신사 숙녀 여러분, 가스실로

창 비 세 계 문 학 단 편 선
폴란드

창비│세계문학 단편선─폴란드편

신사 숙녀 여러분, 가스실로

초판 1쇄 발행 / 2010년 1월 8일
초판 4쇄 발행 / 2022년 3월 10일

지은이 / 타데우쉬 보로프스키 외
엮고 옮긴이 / 정병권 최성은
펴낸이 / 강일우
책임편집 / 황혜숙
펴낸곳 / (주)창비
등록 / 1986년 8월 5일 제85호
주소 / 10881 경기도 파주시 회동길 184
전화 / 031-955-3333
팩시밀리 / 영업 031-955-3399·편집 031-955-3400
홈페이지 / www.changbi.com
전자우편 / lit@changbi.com

ⓒ (주)창비 2010
ISBN 978-89-364-7181-1 03890
ISBN 978-89-364-7975-6 (전9권)

신사 숙녀 여러분, 가스실로

타데우쉬 보로프스키 외 지음

정병권·최성은 엮고 옮김

창비세계문학단편선

폴란드

창비

쇼팽과 코페르니쿠스, 퀴리 부인, 교황 요한 바오로 2세 등을 통해 우리에게 알려져 있는 폴란드는 시엔키에비츠, 레이몬트, 미워시, 쉼보르스카 등 4명의 노벨문학상 수상자를 배출한 '문학의 나라'이다. 또한 러시아와 독일 사이에 자리한 지정학적 특수성으로 인해 역사적으로 끊임없는 외침을 겪으면서도 민족의 주체성을 꿋꿋이 지켜왔다는 점에서 한국과 유사한 점이 많은 나라이기도 하다.

이 책에 수록된 작품들은 19세기말부터 1950년대 중반까지 폴란드 문학사에서 그 가치를 공인받은 '검증된 명작'들이다. 작품을 고르면서 편자들이 첫째로 고려한 점은 오랜 전통을 지닌 폴란드 문학의 흐름을 전체적으로 보여주자는 것이었다. 문학사적 연대에 따라 작품을 수록했으므로 읽다보면 변화해가는 문학적 흐름을 저절로 느낄 수 있을 것이다. 그러나 물리적인 시간의 흐름만을 고려한 것은 아니며, 더욱 중요하게 생각한 것은, 근현대사에서 전세계적 격변의 현장이던 폴란드의 사회·역사적 상황을 얼마나 독창적으로 형상화한 작품인가였다. 단편은 문제의식의 예리함과 정치한 예술감각이 전면적으로 드러나는 소설형식이다. 폴란드 문학은 풍부한 상상력과 세계사적 경험을 자양분으로 독창적인 문학세계를 창조했으며, 세계문학에서의 자리를 분명히했다. 우리는 폴란드의 역사·문화적 특수성과 폴란드적인 감성을 담고 있으면서도 시공을 초월해 감동을 안겨줄 수 있는 작품, 보편적이고 범세계적인 정서를 담고 있는 작품들을 우선적으로 고르고자

했다.

이 소설집의 주제의식을 압축하는 키워드는 '눈물과 감동'이라고 할 수 있다. 가난해도 마음만은 훈훈하던 지난 시절에 대한 애틋한 향수를 그린 작품, 인생의 의미를 곱씹어볼 수 있는 서정적이면서도 철학적인 작품, 전쟁을 배경으로 조국과 민족을 향한 절절한 사랑을 되새기는 작품, 체제에 의해 억압당하는 한 개인이 겪는 가치관의 혼란을 예리하게 파헤친 작품, 현대문명의 위기를 신랄하게 고발한 작품 등 폴란드 문학의 향기를 담뿍 느낄 수 있는 주옥같은 작품들을 한데 모아보았다.

유구한 전통과 깊이, 다양성을 함축한 폴란드 문학을 여기 실린 10편의 작품으로 한번에 대변할 수는 없겠지만, 부족하나마 이 책이 지금껏 생소하게만 여겨져온 폴란드 문학을 국내에 알리는 본격적인 계기가 되기를 바란다. 또한 한국에서 최초로 소개되는 폴란드 문학선집이니만큼 지금껏 몇몇 특정 국가의 문학작품만을 편식해온 우리 독자들에게는 한층 새롭고 다양한 문학의 성찬(盛饌)을 음미할 수 있는 뜻 깊은 기회가 되리라고 기대해본다.

차례

Henryk Sienkiewicz

| 헨릭 시엔키에비치 |

1846~1916

문학을 통해 민족의식을 고취하고 폴란드 문학의 존재를 세계에 드높인 폴란드 문학의 거장. 바르
샤바 대학교에서 법학과 의학을 공부하다 문학부로 진로를 바꿔 재학시절부터 기자와 컬럼니스
트로 활동했고, 1872년 「보르시우와 씨의 가방에 담긴 유모레스끄」를 발표하며 등단했다. 폴란드
가 러시아·프로이센·오스트리아 3국에 분할점령당한 시기, 조국의 영광스러운 과거를 되새기는
역사소설을 집필해 애국심과 독립의지를 일깨웠고, 탁월한 재능을 평가받아 1905년 노벨문학상
을 수상했다. '역사소설 3부작' 『불과 검으로』(1884) 『대홍수』(1886) 『판 보워디요프스키』(1888)는
웅대한 스케일과 생동감 넘치는 묘사, 치밀한 구성으로 시엔키에비츠 문학의 정수로 손꼽힌다. 19
세기 소설 최고의 베스트셀러로 40여개 언어로 번역된 『쿠오 바디스』(1896)는 믿음과 희망에 대한
강렬한 메씨지로 폴란드 민족의식을 고취했다. 이밖에도 「등대지기」 「목탄 스케치」(1877) 「음악가
야넥」(1879) 등 서정적인 문체와 뚜렷한 주제의식을 결합한 아름다운 중·단편을 남겼다.

■ 등대지기 Latarnik

시엔키에비츠 문학의 키워드인 조국애와 모국어에 대한 사랑을 압축적으로 보여주는 작품. 1876년부터 3년간의 미국 체류경험을 바탕으로 1882년에 발표했다. 온갖 시련을 겪은 뒤 미국령 빠나마에 정착해 등대지기로 일하던 스카빈스키 노인이 우연히 폴란드어로 된 문학작품을 접하면서 오랫동안 잊었던 뜨거운 향수와 모국에 대한 사랑을 떠올리고 다시 한번 삶의 전환점을 맞게 되는 과정을 서정적이고 소박한 문체로 그려낸다. 여기서 노인의 조국애를 일깨우는 작품은 바로 '폴란드 문학의 아버지'라 불리는 아담 미츠키에비츠의 『판 타데우시』이다. 아담 미츠키에비츠(1798~1855)는 폴란드 민족이 나라를 잃고 방황할 때 애국적인 서사시를 발표해 민족단결의 원동력을 제공한 위대한 작가이다. 그러므로 「등대지기」는 시엔키에비츠가 선배 문인인 아담 미츠키에비츠에게 헌정하기 위해 쓴 작품이라고도 할 수 있다. 뜨거운 조국애와 모국어의 중요성을 강조하는 「등대지기」는 폴란드 국정교과서 수록작이자 폴란드인들이 가장 사랑하는 단편소설로 손꼽힌다. 또한 미국 소설가 어니스트 헤밍웨이의 대표작 『노인과 바다』(1952)에도 영향을 준 작품으로 알려져 있다. 시엔키에비츠는 헤밍웨이가 몹시 존경하던 작가였다.

등대지기

*

이 작품은 J. 호라인(율리안 호라인(Julian Horain, 1821~83), 폴란드 태생의 작가이자 출판인. 미국으로 망명하여 크라쿠프와 바르샤바에서 발행되는 신문에 기사를 썼음—옮긴이)이 젊은시절 미국에서 보낸 서신에 의거하여, 실화를 바탕으로 씌어졌다.

1

어느날 빠나마에서 그리 멀지 않은 애스핀월이란 항구도시에서 등대지기가 흔적도 없이 사라져버렸다. 그날은 몹시 거센 폭풍우가 몰아쳤기 때문에, 사람들은 아마도 그 불운한 등대지기가 등대가 서 있는 작은 섬의 해변에 나갔다가 파도에 휩쓸려버렸을 것이라고 생각했다. 다음날 바위틈에 매어놓곤 하던 등대지기의 나룻배가 없어진 것이 확인되면서 이런 추측은 더욱 그럴듯하게 여겨졌다. 결국 등대지기 자리는 공석이 되었고, 가능한 한 빠른 시일 내에 후임자를 물색해야만 하는 상황이 되었다. 등대는 그 지역의 유일한 길잡이였을 뿐만 아니라, 뉴욕과 빠나마를 항해하는 선박들에게도 중요한 역할을 했기 때문이다.

모스키토 만(灣)은 모래톱과 암초가 많아서 대낮에도 항해하기가 수월치 않았다. 낮 동안 아열대의 뜨거운 햇볕에 펄펄 끓어오른 수면 위로 물안개가 자욱하게 피어나기 때문에 밤에는 특히 항해가 거의 불가능했다. 이럴 때 오가는 선박들을 인도하는 유일한 길잡이가 바로 등대의 불빛이었다.

새 등대지기를 구하는 임무는 빠나마 주재 미국영사에게 맡겨졌다. 하지만 그 일은 여간 골칫거리가 아니었다. 열두 시간 안에 서둘러 후임자를, 그것도 매우 정직하고 양심적인 사람을 선발해야만 했다. 아무에게나 대충 떠맡길 수 있는 일도 아니었고, 그보다 심각한 문제는 그 자리를 원하는 지원자가 단 한명도 없다는 사실이었다. 등대에서의 생활은 외롭고 고된 것이어서 자유로운 유랑생활을 즐기는, 게으른 남쪽 지방 사람들에게는 구미가 당기는 일이 아니었던 것이다.

등대지기는 거의 죄수와도 같은 생활을 했다. 일요일을 제외하고는 등대가 있는 바위섬을 떠날 수가 없었고, 하루에 한번씩 애스핀월에서 오는 배가 그에게 식량과 물을 전해주고 서둘러 떠나고 나면 손바닥만한 바위섬에서 인적이라고는 찾아볼 수가 없었다.

등대지기는 등대에 상주하면서 낮에는 풍향계가 가리키는 대로 갖가지 색깔의 깃발을 걸어놓아 바람의 방향을 알려주고, 밤에는 등대에 불을 켜야 했다. 사실 일 자체는 그다지 힘들다고 볼 수 없었다. 정작 힘들고 고달픈 것은 사백개가 넘는 나선형 계단을 오르내리며 탑 꼭대기에 불을 켜는 일이었다. 때로는 하루에도 수차례씩 이 고된 일정을 반복해야 했다. 등대지기는 수도원에 들어간 수도자와 같은 삶을 살아야만 했다. 아니, 홀로 고립된 생활을 견뎌내야 한다는 점에서 그보다 더 외롭고 고독한 일인지도 모른다.

아이작 팰콘브리지 영사는 불운하게 세상을 떠난 등대지기의 후임자를 찾는 데 적지 않은 어려움을 겪고 있었다. 그래서 마침내 뜻밖의 지원자가 나타났을 때 그는 뛸 듯이 기뻤다.

그 지원자는 일흔살도 넘은 노인이었지만 군인 같은 늠름한 풍채를 지니고 있었으며, 등이 곧고, 정정해 보였다. 머리는 눈처럼 새하얗게 빛났고, 피부는 마치 이 지역 원주민인 끄리올로 족(서인도제도, 중남미에 이주한 에스빠냐인의 자손―옮긴이)처럼 검게 그을어 있었다. 그러나 푸른 눈동자로 보아 이곳 남미 사람은 아닌 듯했다. 표정은 어딘지 모르게 슬프고 우울해 보였지만, 고지식한 인상을 주었다. 팰콘브리지 영사는 첫눈에 그가 마음에 들었다. 남은 것은 노인과의 면접 절차뿐이었다. 영사는 노인에게 조심스럽게 물었다.

"고향이 어디죠?"

"저는 폴란드인입니다."

"지금까지 무슨 일을 하셨습니까?"

"이곳저곳 떠돌아다니며 여러가지 일을 했습니다."

"등대지기는 한곳에 머물러 있어야 하는데요."

"저도 이젠 쉬고 싶습니다."

"혹시 군대에서 복무한 적이 있나요? 아니면 정부에서 인정하는 증명서나 자격증을 가지고 있습니까?"

노인은 품속에서 낡은 깃발처럼 보이는 너덜너덜한 비단뭉치를 꺼냈다. 그러고는 비단에 싸인 무언가를 소중하게 꺼내어 영사의 눈앞에 펼쳐놓으며 말했다.

"이게 바로 증명서들입니다. 이 십자훈장은 제가 1830년 폴란드 11월봉기 때 받은 것이고, 이것은 스페인내전 때 까를리스따 전투에서

받은 것입니다. 이 세번째 훈장은 프랑스와 알제리의 전투 때 받은 것이고, 마지막 훈장은 헝가리 독립전쟁 때 받은 것입니다. 그후 미국에 가서 남북전쟁에도 참가했었죠. 그때 남군에 대항해서 싸웠습니다만, 거기서는 훈장은 받지 못했고요, 대신 이 서류를 받았습니다."

팰콘브리지 영사는 서류를 집어들고 꼼꼼히 훑어보았다.

"음! 스카빈스키, 이것이 노인장의 이름입니까? 육탄전에 참가해 두 보병중대와 싸웠고, 적진에 뛰어들어 직접 깃발을 탈환한 전력이 있으시군요…… 아주 용감한 군인이셨네요."

"등대지기 일도 성실하게 잘할 수 있습니다."

"하루에도 여러 번 탑 꼭대기를 오르내려야 하는데, 다리는 튼튼합니까?"

"미시씨피 강변의 대평원을 걸어서 종단한 적도 있습니다."

"좋소! 그럼 뱃일에는 익숙한가요?"

"3년 동안 포경선에서 일한 경험이 있습니다."

"노인장께선 경험이 참 풍부하시군요."

"조용히 쉬는 것만 빼고는 지금껏 안해본 일이 없습니다."

"무슨 까닭이라도 있었습니까?"

노인은 어깨를 으쓱해 보였다.

"제 팔자가 그랬으니까요……"

"그렇지만 내 생각엔 말입니다, 등대지기로 일하기엔 노인장의 나이가 좀 많은 것 같군요."

"영사님," 지원자는 간곡한 어조로 말을 이었다. "저는 지금 지칠 대로 지쳤습니다. 영사님께서도 보시다시피 저는 산전수전 다 겪었고, 그렇기 때문에 바로 이런 자리야말로 제가 가장 원하던 일입니다. 저는 늙었고, 이제는 조용히 쉬고 싶습니다. 제 결심은 이렇습니다. '이제 여기에 정착하자, 이곳이야말로 내 항구다!' 영사님, 부탁드립니다! 모든 것은 영사님께 달려 있습니다. 이런 자리는 일생 동안 다시는 오지 않을지도 모릅니다. 제가 빠나마에 있다는 것이 얼마나 다행인지…… 간청합니다…… 지금 제 처지는 정박하지 못하면 곧 침몰하게 될 배와 같습니다…… 제발 이 늙은이에게 기쁨을 주세요…… 정말 열심히 하겠습니다. 이젠 떠돌이 생활에 넌더리가 납니다."

노인의 푸른 눈동자가 너무나 간절해 보였기 때문에 친절하고 소박한 심성을 지닌 팰콘브리지 영사는 감동을 받았다.

"흠…… 좋습니다. 노인장을 채용하도록 하죠. 이제부터 당신은 등대지기입니다."

노인의 얼굴은 이루 표현할 수 없는 기쁨으로 빛났다.

"감사합니다."

"오늘부터 당장 일하실 수 있겠습니까?"

"네, 물론입니다."

"그럼 안녕히 가십시오. 아 참, 그리고 한가지! 근무중에는 어떤 실수도 용납할 수 없습니다. 실수는 곧 해고를 의미한다는 사실을 염두에 두시기 바랍니다."

"네, 잘 알겠습니다."

그날 저녁, 해가 바다 저편으로 기울고, 황혼도 없이 갑자기 어둠이 사방을 뒤덮었을 때, 사람들은 이 외로운 섬에 새로운 등대지기가 왔음을 알았다. 예전처럼 등대의 선명한 빛줄기가 수면을 밝게 비추고 있었기 때문이다. 밤은 정적으로 뒤덮였다. 전형적인 아열대의 밤이었다. 보름달 주위로 옅은 안개가 서려 부드럽고 아스라한 무지갯빛 테두리를 이루었다. 오로지 바다만이 홀로 깨어 파도를 휘몰아치고 있었다.

스카빈스키 노인은 발코니에 서 있었다. 밑에서 올려다보면 그 모습은 마치 거대한 불빛 옆의 작고 검은 점처럼 보였다. 노인은 복잡한 생각을 추스르고, 새로운 임무에 적응하려 애쓰고 있었다. 그러나 너무 긴장한 나머지 생각을 잘 가다듬을 수가 없었다. 노인은 자신의 처지가 사냥꾼에게 쫓기다 쫓기다 겨우 바위틈이나 동굴을 발견해 몸을 숨기게 된 가련한 동물과 같다고 느꼈다. 마침내 내게도 안식의 시간이 허락되었다! 무한한 안도감에 그의 영혼은 기쁨으로 충만했다. 이곳 바위섬에서 노인은 비로소 자신의 기나긴 방랑생활에 종지부를 찍고, 오랜 세월 끈질기게 자신을 따라다니던 불행과 실패를 웃어넘길 수 있었다. 그동안 노인의 인생은 마치 비바람에 돛대가 부러지고 밧줄이 끊어진 배와 같았다. 그 배는 구름 꼭대기에서 바다 밑바닥까지 곤두박질치며, 사나운 파도에 부딪히고 소용돌이에 휘말리기도 했지만, 결국 이렇게 항구에 정박했다. 고통스러운 폭풍의 기억이 이제 막 시작되려는 평온한 미래와 대비되며 노인의 머릿속에 생생하게 스쳐지나갔다.

노인이 팰콘브리지 영사에게 말한 기구한 인생역정은 극히 일부분에 지나지 않았다. 그동안 노인은 말로는 구구절절 표현할 수 없는 수많은 모험들을 겪었다. 그의 생은 불운의 연속이었다. 몇번인가 정착을 꿈꾸며 천막을 치고 불을 피우기도 했지만, 그때마다 어디선가 모진 바람이 불어닥쳐 천막의 말뚝을 뽑아버리고, 애써 피운 불꽃을 꺼뜨리곤 했다. 그리고 노인은 또다시 방랑의 길에 올라야만 했다.

노인은 등대 발코니에 서서 아름답게 물결치는 파도를 바라보며, 지금껏 자신이 겪은 온갖 모험들을 되짚어보았다. 그는 전세계를 돌아다니며 네 대륙에서 벌어졌던 전투에 참가했다. 그후에는 여기저기를 떠돌며 거의 모든 종류의 일을 다 해보았다. 성실하고 정직했기 때문에 꽤 많은 돈을 벌어들인 적도 있었지만, 아무리 조심하고 주의를 기울여도 결국에는 빈털터리가 되고 말았다. 오스트레일리아에서는 광산에서 금을 캤고, 아프리카에서는 다이아몬드 채굴자로, 동인도제도에서는 소총수로 근무하기도 했다. 캘리포니아에서 농장을 차렸을 때는 가뭄으로 실패를 맛보아야만 했고, 브라질 내륙에서 원주민들과 무역을 할 때에는 아마존에서 배가 침몰했다. 그때 그는 헐벗고 굶주린 채 야생열매를 따먹고, 맹수들의 습격으로 죽을 고비를 넘기면서 몇주일 동안 밀림에서 길을 잃고 헤매기도 했다. 아칸소의 헬레나에서 대장간을 차린 적도 있었지만, 그 도시의 대화재로 불타버리고 말았다. 그뒤로는 로키 산맥에서 인디언들에게 포로로 잡혔다가 캐나다의 사냥꾼에 의해 기적적으로 구출되기도 했다. 바이아 항과 보르도 항 사이를 정기 운항하는 배에서 선원으로 일하기도 했고, 포경선의 작살잡이로 먼 바다를 항해한 적도 있었다. 그러나 그가 탔던 두 배는 모두 난파되고 말았다. 아바나에서 동업자와 함께 담배공장을 차렸으나, 열병으로 앓아누운 사이에 동업자가 사기를 치고 달아나버린 일도 있었다.

마침내 노인은 애스핀월에 이르렀다. 이제 이곳은 그의 불운한 인생 역정에서 종착역이 될 것이다. 과연 무엇이 이렇게 외딴 바위섬까지 그를 쫓아오겠는가! 물도, 불도, 그 누구도 더이상 그를 따라오지 못할 것이다. 사실 스카빈스키 노인은 사람 때문에 해를 입은 적은 별로 없었다. 도리어 노인의 주위에는 나쁜 사람보다는 착한 사람들이 더 많았다. 다만 그를 둘러싼 환경이나 여건이 그의 편이 아니었던 것이다. 노인을 잘 아는 사람들은 운이 없기 때문이라고 위로하면서 모든 것을 팔자소관으로 돌렸다. 노인 자신도 어느정도 운명을 신봉하는 듯했다. 심술궂고 거대한 손이 육지와 바다 곳곳에서 자기를 쫓아다니고 있다고 믿었지만, 그런 이야기를 입밖에 내지는 않았다. 사람들이 가끔씩 그 손의 주인이 도대체 누구냐고 물으면, 노인은 모든 것을 초월한 듯한 표정으로 담담하게 북극성을 가리키면서 "바로 저기에서 모든 것이 비롯된다"라고 의미심장하게 중얼거릴 뿐이었다.

이처럼 그의 인생에서 역경은 쉬지 않고 계속되었다. 아마 누구라도 그런 고난에 빠지면 어쩔 수 없이 좌절하고 동요할 것이다. 그러나 스카빈스키 노인에게는 타고난 인내와 성실함으로 묵묵히 역경을 견디는 인디언 같은 강인함이 있었다.

젊은시절 스카빈스키는 헝가리 전투에서 여러 차례 부상을 당했는데, 그것은 목숨을 부지하려고 굳이 애쓰지 않았기 때문이었다. 그는 단 한 번도 살려달라고 발버둥치거나, 적에게 목숨을 구걸하며 투항한 적이 없었다. 마찬가지로 자신의 불운에도 결코 굴복하지 않았다. 그는 부지런한 개미처럼 꾸준히 산을 기어올랐다. 백번을 오르다 백번째마저 실패하면, 다시 묵묵히 백한번째 여정을 시작하곤 했다. 이처럼 스카빈스키에게는 남들과 다른 특별한 면이 있었다. 가난과 역경이라는, 오직 신만이 알고 있는 뜨거운 불길에 수없이 달궈지고 연마된 노인의 정신은 어린아이의 그것처럼 순수했다. 꾸바에 전염병이 돌 때, 그는 자신이 가지고 있던 꽤 많은 양의 키니네(말라리아 치료제. 해열·진통·강장 등에 효험이 있음—옮긴이)를 한 알도 남기지 않고 다른 환자들에게 나눠주고는, 정작 자신은 열병에 걸려 사경을 헤매기도 했다.

스카빈스키의 불가사의한 점은 그처럼 많은 좌절을 겪으면서도 항상 자신감에 넘치고, 모든 일이 잘되리라는 희망을 버리지 않았다는 것이다. 아무리 추운 겨울에도 결코 기운을 잃지 않고, 전쟁이나 봉기 등 또다시 자신에게 밀어닥칠 거대한 모험들을 상상하곤 했다. 미래에 대한 기대감은 그의 삶을 지탱해주는 굳건한 버팀목이 되었다. 그러나 겨울이 지나도 봄은 오지 않고, 또다시 겨울이 찾아오곤 했다. 그렇게 오랜 세월 기다림에 지쳐가는 동안 어느덧 그의 머리카락은 은빛으로 변해갔다. 마침내 스카빈스키는 늙고, 기력이 쇠했다. 그의 인내심도 차츰 운명에 길들여졌다. 나이를 먹으면서 예전의 초연함은 감상적으로 변해갔다. 한때 용맹스러운 군인이던 노인은 사소한 일에도 눈물을 흘릴 만큼 나약해졌다. 고향에 대한 지독한 향수 역시 노인을 끊임없이 괴롭혔다. 자신을 둘러싼 모든 것에서 스카빈스키는 고향 폴란드를 떠올렸다. 제비나 참새를 닮은 잿빛 새들을 보면서도, 산정에 소복이 쌓인 새하얀 눈에서도, 오래전에 들은 귀에 익은 멜로디를 떠올리게 하는 노래를 들으면서도…… 이제 노인은 단 하나의 생각에 사로잡혔다. 그만 쉬고 싶다…… 이러한 바람이 노인의 영혼을 완전히 잠식하고, 모든 욕망과 희망을 잠재워버렸다. 이 영원한 방랑자는 자신이 편안히 쉴 수 있고, 평화로이 죽음을 맞이할 수 있는 조용한 안식처 외에는 그 무엇도 바라지 않게 되었다. 지금껏 운명의 장난에 이끌려 평생 바다로, 육지로 떠돌며 숨돌릴 틈도 없이 바쁘게 살아왔기에, 스카빈스키 노인이 생각하는 인간의 가장 큰 행복이란 고작 '방랑하지 않는 것', 그뿐이었다. 그가 바라는 행복은 지극히 소박한 것이었지만, 워낙 떠돌이 생활에 익숙해져 있는 터라 닿을 수 없는 신기루처럼 아득하게만 느껴졌다. 그는 이런 기대를 품는 것 자체가 헛된 꿈을 꾸는 것은 아닐까 하고 걱정했다.

그런데 정말 뜻밖이었다. 반나절도 걸리지 않아 마치 오래전부터 이 세상에서 오직 자신만을 위해 마련된 것만 같은 그런 일자리를 얻게 된 것이다. 그날 저녁 처음으로 등대에 불을 밝히는 순간, 스카빈스키 노인은 뭔가에 홀린 듯 얼떨떨해서 꿈인지 생시인지조차 구분할 수 없었다. 하지만 주위의 모든 것이 이 달콤한 행복이 현실임을 생생히 일깨우고 있었다. 노인은 지금 이 순간이 꿈이 아니라는 것을 스스로에게 다짐하고 확인이라도 하려는 듯 오랫동안 발코니에 서 있었다. 애스핀월의 시계가 이미 열두시를 훌쩍 넘겼건만, 생전처음 바다를 보는 사람처럼 등대의 발코니에 꼼짝 않고 서서 수평선을 바라보고 있었다. 발밑에는 바다가 펼쳐져 있었다. 등대의 불빛은 비밀에 싸인 어두운 바다 저편을 향하는 노인의 눈길을 따라 칠흑 같은 암흑 속에 거대한 빛줄기를 던지고 있었다. 아니, 도리어 어둠이 빛을 향해 맹렬하게 돌진하는 듯했다. 거대한 파도가 불빛 아래에서 장밋빛으로 빛나며, 등대섬을 삼킬 듯 어둠속에서 굽이쳤다.

밀물이 점점 더 세차게 밀려와 모래사장이 잠겼다. 대양의 신비스러운 음성이 심연으로부터 점점 더 거대하고 우렁차게 솟아올랐다. 때로는 대포의 폭음처럼 힘차고, 때로는 숲속의 바스락거림처럼 감미로웠으며, 또 어느 때는 아주 먼곳 사람들의 웅성거림처럼 아득하게 느껴지기도 했다. 한순간 바다가 침묵에 잦아들 때도 있었다. 그러고 나면 노인의 귓가에는 깊은 곳에서 들려오는 한숨과 흐느낌이 울려퍼졌다. 때로는 그 소리가 다시 격렬한 통곡으로 바뀌기도 했다. 그때 바람이 몰려와 안개를 휘몰아가고, 먹구름이 달빛을 삼켰다. 서쪽에서 불어오는 바람은 점점 더 거세졌다. 파도는 사납게 등대섬의 절벽에 부딪쳐, 산산이 부서져 거품을 일으키면서 그 밑동을 핥았다. 바야흐로 폭풍우가 멀리서 으르렁거리고 있었다. 멀리 바다 저편, 어둠속에서 돛대에 매달린 초록빛 등불이 반짝이고 있었다. 그 불빛은 높이 솟구쳤다가 파도 속으로 사라지고, 좌우로 흔들리기를 반복하고 있었다.

스카빈스키 노인은 자신의 방으로 내려갔다. 폭풍우가 시작된 것이다. 지금 밖에서는 뱃사람들이 밤과 어둠과 파도에 맞서 싸우고 있지만, 이 작은 방에는 평화와 고요가 노인을 기다리고 있었다. 폭풍의 함성도 두터운 벽을 뚫지는 못했다. 머리맡에 놓인 시계의 초침소리만이 지친 노인을 깊은 잠속으로 이끌려는 듯 규칙적으로 재깍거렸다.

2

시간이 흐르고, 여러 날이 지나갔다. 뱃사람들은 바다가 미친 듯이 날뛰면, 종종 한밤중의 어둠속에서 누군가 자신들을 부르는 소리를 들었다고 이야기한다. 바다의 부름이 정말 영원한 것이라면, 늙고 인생 경험이 풍부한 사람들일수록 그 소리는 더욱 깊고 신비스럽게 느껴지리라. 또한 인생살이에 지친 사람일수록 그러한 부름을 더욱더 반갑게 맞이하리라. 그렇지만 바다의 목소리를 들을 수 있으려면 우선 침묵할 줄 알아야 한다.

나이든 사람들은 마치 죽음을 예감이라도 하듯 고독을 즐기게 된다. 등대는 스카빈스키 노인에게는 무덤과도 같은 곳이었다. 등대에서의 생활만큼 단조로운 것은 없다. 만약 젊은 사람들에게 이 일을 맡긴다면, 얼마 안 가서 줄행랑을 치고 말 것이다. 그래서 등대지기는 대개 나이가 지긋하고 어딘가 우울해 보이는, 내성적인 사람들이 많았다. 만일 등대지기가 등대를 떠나 속세로 돌아간다면, 그는 깊은 잠에서 덜 깬 사람처럼 세상에 적응하지 못하고 방황할지도 모른다. 등대섬에 있으면 평범한 일상과 관련한 사물들의 세세한 부분들이 별다른 의미를 갖지 못한다. 이곳에서 접하는 사물들은 구체적인 형태를 얻지 못하고 그저 거대한 덩어리로 느껴질 따름이다. 등대에서 바라보는 하늘은 끝없이 펼쳐져 하나를 이루고, 바다 역시 또다른 전체로 존재할 뿐이며, 이런 무한함 속에 고독한 인간의 영혼이 머물고 있는 것이다. 등대섬에서의 삶은 하루하루가 명상의 연속이었으며, 그 무엇도, 심지어는 등대를 지키는 일조차도 노인을 그 명상에서 깨어나게 하지는 못했다.

하루하루 되풀이되는 나날은 마치 묵주의 구슬처럼 똑같이 흘러갔으며, 유일한 변화라곤 날씨가 바뀌는 것뿐이었다. 스카빈스키 노인은 자신의 생애 중 그 어느 때보다도 충만한 행복을 만끽하고 있었다. 노인은 새벽에 일어나 식사를 하고, 등대의 렌즈를 정성껏 닦는 일로 하루를 시작했다. 그 일이 끝나면 발코니에 앉아 머나먼 수평선을 바라보곤 했다. 눈앞에 펼쳐진 광경에 심취한 듯 노인의 시선은 지칠 줄 모르고 하염없이 바다에 머물러 있었다.

광활한 하늘을 배경으로 바람에 잔뜩 부풀어오른 새하얀 돛을 단 배들이 무리지어 떠다니고 있었는데, 햇살을 받아 환하게 빛나는 그 배들이 어찌나 눈부신지 제대로 눈을 뜰 수조차 없을 정도였다. 때때로 열대지방 특유의 순풍에 몸을 맡긴 채 열을 지어 지나가곤 하는 돛단배들이 마치 떼지어 날아가는 갈매기나 알바트로스의 행렬 같았다. 뱃길을 표시하는 빨간 부표가 수면 위에서 가볍게 넘실거렸다. 매일 정오가 되면 새하얀 돛들 사이로 거대한 회색 연기기둥이 피어오르곤 했다. 뉴욕에서 애스핀월로 승객과 화물을 운반하는 증기선이 지나가며 수면 위에 긴 거품을 일으키는 것이었다.

발코니의 반대편에서는 크고 작은 배들과 수많은 돛대들이 부산하게 움직이는 항구가 보였고, 그보다 멀리로는 새하얀 집들과 작은 탑이 솟아 있는 애스핀월이 선명하게 보였다. 등대에서 보면 집들은 갈매기 둥지처럼, 배는 딱정벌레처럼 보였으며, 돌담길을 걸어가는 사람들은 제방 위의 조그만 점처럼 보였다.

아침나절에는 종종 증기선의 기적소리와 더불어 마을의 왁자지껄한 소리가 동쪽에서 불어오는 미풍에 실려오곤 했다. 오후에는 모두가 낮잠을 자는 씨에스따 시간이 있었다. 이 시간에는 항구를 오가는 배들의 왕래도 잠잠해지고, 갈매기도 바위틈으로 숨어들었다. 파도도 때맞춰 잦아들고, 만물이 나른한 휴식에 빠져들었다. 바다에도 등대에도 오로지 적막만이 감돌았다. 이 순간만큼은 그 누구도 이 고요한 평화를 깨뜨릴 수 없었다. 파도가 물러간 모래사장은 촉촉하게 젖어 황금빛으로 아름답게 빛났다. 등대가 있는 탑은 창공을 향해 우뚝 솟아 있었다. 햇살은 폭포수처럼 하늘에서 바다로, 해변으로, 절벽으로 쏟아져내렸다.

그 순간 노인은 더할 나위 없는 달콤한 휴식에 취해 있었다. 자신이 누리는 안식이 완벽한 것이며, 이런 생활이 영원히 계속되리라 믿었기에 세상 그 무엇도 부럽지 않았다. 스카빈스키는 꿈결과도 같은 행복에 그렇게 길들여져갔다. 본래 인간이란 편안한 삶에 쉽게 적응하는 법이기에 노인은 자신이 누리고 있는 이 생활에 점차 확신을 갖게 되었다. 사람들도 주변의 불우한 이웃들과 인정을 나누는데, 하물며 하느님께서 당신이 창조한 불쌍한 인간을 외면하시겠는가. 시간이 흐르면서 노인의 믿음은 더욱더 확고해졌다.

이제 노인은 등대와 절벽과 모래사장과 고독에 점차 익숙해졌다. 어느새 바위틈에 알을 낳고 등대 지붕으로 모여드는 갈매기들과도 친해졌다. 가끔씩 밖에 나가 음식찌꺼기를 던져주곤 했기에 새들과 친해지는 일은 그리 어렵지 않았다. 노인이 새들에게 먹이를 줄 때는 갈매기떼의 새하얀 날개가 폭풍우처럼 노인을 둘러쌌다. 그 모습이 마치 한 무리의 양떼를 몰고 나선 목동 같았다.

썰물 때가 되면 노인은 나지막한 모래언덕으로 나가 파도가 모래사장에 남겨두고 간 맛 좋은 달팽이와 아름다운 진줏빛 껍데기를 가진 조개를 줍기도 했다. 밤에는 달빛과 등대의 불빛을 벗삼아 물고기가 많은 바위틈을 찾아다니며 밤낚시를 즐겼다. 마침내 노인은 온통 절벽으로 둘러싸이고, 나무라고는 나뭇진이 뚝뚝 흐르는 작은 관목들밖에 없는 이 헐벗은 조그만 바위섬을 진심으로 사랑하게 되었다. 비록 이

섬에는 아무것도 없었지만, 저 멀리 수평선 너머로 펼쳐진 아름다운 풍경은 그에게 충분한 보상이 되었다.

공기가 점점 맑고 투명해지는 오후가 되면, 무성한 수목으로 뒤덮인 태평양의 지협(地峽)까지도 볼 수 있었다. 스카빈스키 노인에겐 이 모든 것이 마치 하나의 커다란 정원처럼 느껴졌다. 커다란 코코넛과 바나나 송이들은 애스핀월의 주택가 뒤편에서 화사하고 풍성한 꽃다발처럼 덤불을 이루고 있었다. 좀더 멀리 애스핀월과 빠나마 운하 사이에는 광대한 숲이 있었는데, 아침저녁으로 불그스레한 수증기가 피어올라 전형적인 아열대의 밀림을 실감하게 했다. 아래쪽으로는 라이아나(열대지방 덩굴식물의 일종—옮긴이)로 뒤덮인 호수가 보였다. 바람이 불면 난초와 야자수, 우유나무, 철나무, 고무나무가 웅웅거리며 하나의 커다란 물결을 이루었다.

노인은 망루 위에서 망원경을 통해 나무나 바나나의 넓적한 잎사귀뿐 아니라 원숭이 무리와 커다란 두루미, 숲 위에 떠다니는 무지갯빛 구름처럼 알록달록한 날개를 뽐내며 하늘 위로 솟구쳐오르는 앵무새들을 두루두루 살펴보았다. 노인이 이처럼 숲에 대해 구석구석 알고 있었던 것은 아마존에서 배가 난파되었을 때, 하늘이 보이지 않을 정도로 빽빽하게 나무가 들어찬 밀림 속에서 몇주 동안 길을 잃고 헤매다닌 경험이 있기 때문이었다. 그때 노인은 아름답고 신비로워 보이는 공간 속에는 어김없이 위험과 죽음의 기운이 도사리고 있다는 사실을 깨달았다. 지난날 그런 숲에서 밤을 지새워야만 했을 때, 어디선가 들려오던 짐승들의 음산한 울음소리와 근처에 도사리고 있던 표범의 으르렁대는 소리가 아직도 귓가에 생생했다. 그때 스카빈스키는 나무에 덩굴처럼 매달려 있는 엄청나게 큰 뱀을 보기도 했다. 꿈꾸는 듯 신비스럽기만 한 원시림의 호수 안에는 수많은 전기뱀장어와 악어 들이 득실거린다는 사실을 노인은 누구보다 잘 알고 있었다. 또한 그런 미지의 열대림 속에는 보통 나뭇잎보다 열 배는 더 큰 잎을 지닌 나무들이 있고, 피를 빨아먹는 왕모기, 나무거머리와 거대한 식인 독거미가 득실거린다는 사실도 알고 있었다. 그런 곳에 살고 있는 원주민들에 대해서도 속속들이 파악하고 있었다. 이 모든 것은 경험을 통해 터득한 것이었다. 아열대지방의 늪지대에 도사린 위험을 누구보다 잘 아는 노인으로서는 높은 망루 위에서 안전하게 그런 풍경을 바라볼 수 있다는 사실이 커다란 기쁨이었으며, 그렇게 바라보는 숲의 아름다움이 더욱 각별하게 느껴질 수밖에 없었다.

등대섬은 모든 죄악과 위험으로부터 노인을 보호해주는 안식처였다. 스카빈스키는 매주는 아니었지만 어쩌다 일요일이 되면 성당에 가기 위해 자신의 섬을 떠날 때가 있었다. 그때마다 은단추가 달린 등대지기의 제복을 입고, 가슴에는 훈장을 달았다. 노인이 성당을 나설 때 마을사람들끼리 수군대는 소리가 들려오곤 했다.

"저 등대지기는 꽤 괜찮아 보이는군. 외국인이기는 해도 이교도는 아니잖아."

그런 말을 들을 때면 노인은 자부심을 느끼면서 백발이 성성한 머리를 더욱 꼿꼿이 세우고 걸었다. 하지만 노인은 미사가 끝나자마자 부리나케 자신의 섬으로 돌아왔다. 육지와 그곳의 사람들을 여전히 믿지 못하기 때문이었다. 일요일에는 마을에서 사온 스페인 신문이나 펠콘브리지 영사에게서 빌려온 『뉴욕 헤럴드』를 읽었다. 스카빈스키는 유럽에 대한 기사는 하나도 빼놓지 않고 읽었다. 이 불쌍한 노인의 심정을 누가 이해할 수 있겠는가! 그는 지구 반대편의 등탑 꼭대기에서 일하면서도 여전히 자신의 조국을 그리워하고 있었던 것이다.

섬으로 하루치 식량과 물을 날라다주는 배가 도착하면, 이따금 등대에서 내려와 경비원 존과 잡담을 나누기도 했다. 그러는 동안 노인은 점차 야생의 삶에 길들여져갔다. 마을을 방문하는 일도, 신문을 읽는 일도, 존에게 인사를 하러 내려가는 일도 차츰 그만두었다. 이제는 노인이 누구를 만난다든지, 누군가가 노인을 보러 오는 일도 없이 하루하루가 지나갔다. 스카빈스키가 살아 있다는 유일한 증거는 해안 기슭에 놓아두는 식량이 없어진다는 것과, 아침에 바다 위로 찬란한 태양이 떠오르는 것처럼 밤이면 어김없이 등대 불빛이 바다를 비춘다는 사실뿐이었다.

노인은 세상일에 무관심하고 초연해져갔다. 처음에는 향수 때문에 일부러 세상을 멀리했지만, 나중에는 향수조차 느끼지 못하는 체념상태에 빠져버렸다. 이제 노인에게는 이 섬에서 시작되어 이 섬에서 끝나는 삶이 전부였다. 그는 자기가 죽을 때까지 이 섬을 떠나지 않으리라는 생각에 젖어들었고, 그밖의 다른 상념들은 모두 잊어버렸다. 그러면서 노인은 신비주의자가 되어갔다. 노인의 부드러운 푸른 눈은 어린아이의 맑고 천진난만한 눈빛이 되었고, 마치 붙박이기라도 한 듯 어느 한곳을 골똘히 응시하는 버릇이 생겼다. 고립된 생활과 더할나위 없이 단조로운 환경은 노인으로 하여금 자신의 존재를 망각하게 했다. 그는 이제 더이상 한 개인이 아니었으며, 점차 자신을 둘러싼 모든 것들에 동화되어갔다. 노인은 이런 사실을 논리적으로 이해하려 하지 않고, 그저 무의식적으로 받아들였다. 노인은 하늘이 되고, 바다가 되었다. 그에게는 바위와 등대, 금빛 모래사장, 갈매기, 돛단배, 밀물과 썰물, 이 모든 것이 자유롭고 무한한 하나의 거대한 영혼처럼 느껴졌다. 이런 신비스러운 감정에 고스란히 젖어서, 살아 있되 모든 것에 덤덤하고 초연한 경지에 도달하게 되었다. 이제 노인은 주변의 만물과 완전한 일치를 이루어, 그 속에 잠겨들어, 하나가 되었다. 개별적이고 고유한 존재방식은 철저하게 부정되었다. 의식은 깨어 있으나 반쯤은 잠자는 듯한 기묘한 상태 속에서 노인은 거의 죽음과도 같은 고요의 경지에 이르렀다.

3

노인이 꿈에서 깨어난 것은 순식간의 일이었다.

어느날, 여느 때와 마찬가지로 물과 식량을 내려놓은 조각배가 등대섬을 떠난 후, 한 시간 남짓 지나 노인은 탑에서 내려왔다. 그곳에는 평소의 짐 말고도 작은 꾸러미 하나가 더 놓여 있었다. 그 소포에는 미국 소인이 찍힌 우표가 붙어 있었으며, 두꺼운 아마포 겉봉에는 등대섬의 주소와 함께 "스카빈스키 씨 귀하"라고 적혀 있었다.

노인은 호기심에 차서 꾸러미를 풀기 시작했다. 그 안에는 한권의 책이 들어 있었다. 노인은 책을 들어 이리저리 살펴보다가 첫장을 펼쳐보고는 소스라치듯 놀라 얼른 책을 손에서 내려놓았다. 갑자기 노인의 손이 심하게 떨렸다. 그는 눈앞에 펼쳐진 현실을 믿을 수 없어 눈을 깜빡였다. 마치 꿈을 꾸고 있는 것 같았다. 그것은 폴란드 책이었다! 도대체 어찌된 일인가? 누가 그에게 폴란드 책을 보냈단 말인가?

등대지기 일을 막 시작하던 무렵 노인은 영사에게서 빌려온 『뉴욕 헤럴드』에서 뉴욕에 있는 '폴란드 이민자협회'에 관한 기사를 읽은 적이 있었다. 월급을 받아도 등대섬에서는 별로 쓸 일이 없던 노인은 월급의 절반을 그 협회에 기부했었다. 협회에서는 그에 대한 감사의 뜻으로 책을 보낸 것이다. 꽤 오래전 일이라 노인은 그 일을 까맣게 잊고 있었다. 낯선 땅 애스핀월에, 그것도 이 작은 바위섬의 외로운 등대에,

그리고 그 등대에 살고 있는 자신의 깊은 고독 속에 던져진 한권의 폴란드 책은 너무나 특별한 것이었다. 마치 바람결에 실려온 지난 세월의 숨결처럼 느껴졌다. 아니, 그것은 기적이었다. 망망대해를 오랫동안 표류하던 뱃사람이 어둠속에서 절망에 허덕이던 중에 너무나도 애틋하게 자기의 이름을 부르는 그리운 목소리, 오랫동안 잊고 지내던 정다운 음성을 듣게 된 것처럼 놀랍고도 신기한 일이었다. 노인은 한동안 눈을 감은 채 뜰 수가 없었다. 눈을 뜨면 이 꿈이 사라져버릴 것만 같은 불안감 때문이었다. 노인은 잠시 후 살며시 눈을 떠보았다. 책은 저녁의 석양빛을 받아 밝게 빛나며 그 자리에 그대로 놓여 있었다.

마침내 책장을 넘기자 노인의 심장이 고요한 적막을 깨뜨리며 자신의 귀에도 들릴 만큼 요란하게 고동치기 시작했다. 노인은 책을 펴고 황급히 들여다보았다. 시집이었다(폴란드의 민족시인 아담 미츠키에비츠(1798~1855)의 『판 타데우시』를 가리킴—옮긴이). 겉장에는 커다란 글씨로 제목과 작가의 이름이 적혀 있었는데, 그 작가는 노인에게도 낯선 사람이 아니었다. 그는 폴란드에서 가장 존경받는 위대한 시인이었다. 노인 역시 1830년 조국 폴란드에서 민족봉기(1830년 11월 러시아의 무장점령에 항거해 폴란드의 청년장교와 대학생 들이 주축이 되어 일으킴—옮긴이)가 일어난 직후 빠리로 망명했을 당시, 그의 작품을 읽은 적이 있었다. 그후 알제리와 스페인에서 벌어진 전투에 참전했을 때, 그곳에서 만난 동포들로부터 이 위대한 시인의 명성이 점점 높아지고 있다는 소식을 들을 수 있었다. 그러나 총대를 쥐고 생사를 건 싸움에 전념해야 했던 스카빈스키에게는 책을 손에 잡아볼 시간조차 허락되지 않았다. 1849년 미국으로 건너간 뒤에도 온갖 고생과 시련을 겪었고, 그곳에서 폴란드 사람을 만난 적은 거의 없었다. 더구나 폴란드 책은 꿈도 꾸지 못했다. 그렇기 때문에 더욱더 큰 기대와 설렘으로 책장을 넘길 수밖에 없었다. 지금 노인의 외로운 바위섬에서는 무언가 엄숙하고 장엄한 일이 벌어지고 있었다. 그것은 진정 예사롭지 않은 평화와 고요의 순간이었다.

애스핀월의 시계가 오후 다섯시를 알리고 있었다. 하늘의 구름도 찬란히 빛나는 창공을 가리지는 못했다. 단지 몇마리의 갈매기만이 푸른 하늘에서 유유히 날갯짓을 하고 있을 뿐이었다. 넘실대는 파도가 거대한 정적 속에서 해변을 부드럽게 쓰다듬을 뿐, 바다도 침묵에 잠겨 있었다. 애스핀월의 하얀 집들과 그 뒤로 늘어선 울창한 야자수들이 멀리서 미소짓고 있었다. 갑자기 정적을 뚫고 노인의 떨리는 목소리가 울려퍼지기 시작했다. 노인은 마치 자신에게 들으라는 듯이 큰 소리로 시집을 읽어내려갔다.

리투아니아, 나의 조국이여!* 잘 있었느냐?
너를 잃었을 때 비로소 너의 소중함을 알 수 있다니,
오늘 내가 너의 아름다움을 보며 노래하는 것은,
너를 그리워하고 있기 때문이리니.

노인은 목이 메어 더이상 읽을 수가 없었다. 글자가 그의 눈앞에서 일렁이기 시작했다. 가슴속에서 무언가가 무너져내렸고, 격정의 파고가 갈수록 높아져서 그의 목소리를 자꾸만 짓눌렀다…… 노인은 잠시 그대로 있다가 숨을 깊게 들이마시고 평정을 찾으려 애쓰며 다시 시를 읽어나갔다.

---

* 역사적으로 폴란드와 리투아니아는 16세기부터 폴란드-리투아니아 공국을 이루며 오랫동안 한나라로 지내왔음.(옮긴이)

성모 마리아여! 그대는 야스나구라 쳉스토호바*를 지키시고,
오스트라브라마**에 자비를 내리시고,
충실한 민중이 있는 노보그루트*** 성을 지키셨도다!
기적을 베풀어 나에게 생명을 다시 주신 것처럼.
(울고 있는 어머니 옆에서 죽어가던 내가
당신의 은총을 입어 눈을 떴을 때,
돌아온 생명의 은혜에 감사하기 위해
나는 맨발로 당신의 성전으로 달려갈 수 있었으니)
기적을 베풀어 우리를 조국의 품으로 보내주소서.

　파도처럼 밀려오는 감동의 물결이 노인의 의지력을 마비시켜버렸다.
스카빈스키는 울음을 터뜨리며 주저앉았다. 흰 머리카락을 새하얀 모
래톱에 파묻은 채, 노인은 오랫동안 눈물을 흘렸다. 마지막으로 조국
을 본 지 어언 사십년의 세월이 흘렀다. 모국어를 들은 지는 또 얼마나
오래되었는가. 그런데 지금 그 모국어가 홀로 그에게 왔다. 지구 정반
대편에 있는 외로운 노인을 찾아 바다 건너 이곳까지 온 것이다. 너무
나도 아름답고, 사랑스럽고, 귀중한 선물이었다! 노인이 울음을 터뜨
린 것은 고통이나 회한 때문이 아니라 가슴 깊은 곳에서 솟아오르는
무한한 사랑 때문이었다. 그것은 그 무엇과도 바꿀 수 없는 귀한 것이

---

* 폴란드 최고의 가톨릭 성지. 17세기 스웨덴 군대의 공격을 물리친 기적을 행한 것으로 전
해지는 '검은 성모 마리아 이콘'이 있다.(옮긴이)
** 리투아니아의 수도 빌노에 위치한 수도원. 쳉스토호바에 있는 것과 비슷한 성모상이 있
다.(옮긴이)
*** 아담 미츠키에비츠가 탄생한 도시로, 현재는 우크라이나 영토이다.(옮긴이)

었다…… 노인은 사랑하는, 하지만 너무도 멀리 떨어져 있는 조국에게 눈물로써 용서를 빌었다. 자신이 이렇게 무기력하게 늙어버린 것에 대해, 이 외로운 바위섬에 너무나도 강한 애착을 가지고 있었던 것에 대해, 그리고 조국에 대한 향수마저 지워버리려 했던 데 대해. 그런데 잃어버린 줄 알았던 모국어가 지금 '기적처럼' 노인의 품으로 돌아왔다. 노인의 가슴은 격렬하게 두근거렸다. 노인은 모래사장에 엎드린 채 오랫동안 꼼짝도 하지 않았다. 갈매기들이 등대 위를 날면서 자기들의 늙은 친구를 향해 끼룩끼룩 울어댔다. 새들에게 먹이를 줄 시간이 지났던 것이다. 몇마리의 새들이 등대 꼭대기에서 덤벼들기라도 하듯 노인에게 내려와 앉았다. 그러자 점점 더 많은 새들이 다가와 가볍게 노인을 쪼아대거나 머리 위에서 날개를 퍼덕이기 시작했다. 새들의 부산한 날갯짓이 마침내 노인을 일깨웠다. 실컷 울고 난 노인의 얼굴에는 평화로운 광채가 깃들어 있었다. 노인의 눈은 마치 어떤 영감을 받은 듯 결연하게 빛났다. 노인은 법석을 떨고 있는 새들에게 자신의 하루치 식량을 전부 나눠주고는 다시 책을 집어들었다. 태양은 빠나마의 원시림 뒤로 서서히 고개를 떨어뜨리며, 수평선 너머 또다른 대양 저편으로 가라앉고 있었지만 대서양에는 아직도 석양의 잔영이 남아 있어서 글을 읽기에는 충분했다. 노인은 계속해서 책을 읽어내려갔다.

향수에 젖은 나의 영혼을 데려가주소서,
그 언덕의 숲, 푸른 니에멘 강가의
넓디넓은 녹색의 들판으로……

마침내 석양이 글자 위로 내려앉기 시작했다. 눈깜짝할 사이에 황혼이 밀려왔다. 노인은 바위에 머리를 기대고 앉아 지그시 눈을 감았다.

그러자 '쳉스토호바를 지키는 빛나는 성모 마리아'가 노인의 영혼을 '수많은 곡식들로 울긋불긋 수놓인 들판'으로 인도했다. 하늘에는 석양의 그림자가 여전히 붉은빛과 금빛의 실타래를 늘어뜨린 채 빛나고 있었다. 노인은 그 빛줄기를 타고, 그리운 고향으로 향했다. 소나무숲이 바람결에 흔들리며 귓가에서 수런거리고, 강물은 대지 위로 굽이굽이 흘러가고 있었다. 모든 것이 옛날 그대로였다. 고향산천은 그에게 묻고 있었다.

"잊지는 않았겠지요?"

물론 노인은 모든 것을 기억하고 있었다! 드넓은 벌판과 지평선, 초원과 숲, 그리고 고향마을, 하나하나가 생생했다. 어느덧 밤이 되었다! 이 시간이면 등대는 바다의 어둠을 비추어야 하지만, 노인은 지금 애스핀월의 바위섬이 아니라 자기의 고향마을에 와 있었다. 노인은 머리를 가슴에 파묻은 채 꿈을 꾸고 있었다. 수많은 영상이 그의 눈앞에서 빠르게, 그리고 어지럽게 스쳐지나갔다. 노인은 자기 집을 찾지 못했다. 이미 전쟁으로 불타 없어졌기 때문이다. 어린시절에 돌아가신 아버지와 어머니의 모습도 찾아볼 수 없었다. 하지만 마을은 바로 어제 떠나온 것처럼 그대로였다. 창가에 불을 밝힌 집들이 오밀조밀 모여 있었고, 도랑이며 방앗간, 마주하고 있는 두 연못, 밤새 들려오던 개구리 울음소리, 모든 것이 하나도 변하지 않았다.

젊은시절 언젠가, 군인이던 스카빈스키는 마을 어귀에서 밤새도록 보초를 선 적이 있었다. 그런데 그 과거가 갑자기 눈앞의 생생한 현실로 탈바꿈했다. 노인은 병사가 되어 보초를 서고 있었다. 저 멀리 선술집의 등불이 빛나는 눈동자처럼 타오르는 가운데, 바이올린과 콘트라베이스의 흥겨운 선율과 시끄러운 노랫소리가 밤의 고요를 깨뜨리며 커다랗게 울려퍼졌다. "야호!" 사람들이 가락에 맞춰 발구르는 소리를 들으면서 병사는 혼자 말등에 앉아 외로움을 느꼈다. 시간은 느릿느릿 흘러갔다. 마침내 불빛이 꺼졌다. 사방에는 안개가 자욱했다. 서리가 초원을 뒤덮어 바다처럼 보였다. 그렇지만 아니다! 이것은 초원이다! 곧 어둠속에서 뜸부기의 울음소리가 들려올 테고, 갈대밭에서는 해오라기가 날아오를 것이다. 차갑고 고요한 이 밤은 전형적인 폴란드의 밤이었다. 바람 한점 없는데 멀리서 소나무숲이 윙윙거린다…… 파도의 일렁임처럼.

얼마 안 있으면 새벽이 동쪽에서부터 그 창백한 빛을 던질 것이다. 어느덧 마당에서 수탉이 홰를 치는 소리가 들리고 집집마다 닭들이 날갯짓하는 소리가 이어졌다. 두루미들도 나뭇가지 위에서 지저귀기 시작했다. 주위에는 온통 상쾌하고 활기찬 기운이 가득했다. 사람들은 내일 벌어질 전투에 대해서 무언가 떠들어대고 있었다. 다른 사람들처럼 그도 소리치고 깃발을 흔들며 전쟁터로 떠날 것이다. 밤바람에 공기는 차갑게 식었지만, 그의 뜨거운 젊은 피는 나팔소리처럼 힘차게 용솟음쳤다. 새벽이었다. 새벽이 밝았다! 밤은 창백해졌고, 숲과 초원과 가지런히 늘어선 집들과 풍차와 포플러나무 들이 어둠속에서 모습을 드러냈다. 탑 위의 풍향계가 돌아가는 것처럼 우물의 두레박이 비걱대고 있었다. 장밋빛 여명 아래 펼쳐진 소중한 땅, 이 얼마나 아름다운 곳인가! 오, 하나뿐인 내 땅, 하나뿐인 내 조국이여!

"쉿!" 병사는 누군가 가까이 다가오고 있음을 느꼈다. 아마 교대하러 온 동료일 것이다.

순간 스카빈스키 노인의 머리 위에서 낯선 목소리가 들려왔다.

"노인장, 노인장, 일어나시오! 대체 무슨 일이 있었던 게요?"

등대지기 노인은 눈을 번쩍 뜨고 자신을 내려다보고 있는 사내를 의아한 눈길로 바라보았다. 조금 전까지 보았던 환상의 잔영들이 그의 머릿속에 남아 현실과 싸우고 있었다. 그러다 환영은 현실 앞에서 차츰 수그러들었다. 항구의 경비원인 존이 그 앞에 서 있었다.

"무슨 일이오? 어디 아프신가요?"

"아니요……"

"어젯밤에 등대 불을 켜지 않으셨더군요. 그래서 노인장께선 등대지기의 자리에서 해고되었습니다. 산 제로니모에서 오던 배 한척이 인근 해협에서 침몰했답니다. 다행히 인명 피해는 없었지만, 만일 있었다면, 노인장께서는 재판을 받아야 했을 게요. 자, 저와 함께 배를 타고 가시죠. 나머지 이야기는 영사님께 듣도록 하시고요."

노인의 얼굴이 창백해졌다. 그렇다. 지난밤 등대의 불을 켜지 않았던 것이다.

며칠 후 사람들은 애스핀월에서 뉴욕으로 가는 증기선에서 스카빈스키 노인의 모습을 볼 수 있었다. 이 불쌍한 노인은 결국 일자리를 잃고 말았다. 이제 그에게는 또다시 새로운 방랑의 길이 펼쳐지게 되었다. 모진 바람은 또다시 잎새를 낚아채서 육지로, 바다로 내던지려 하고 있다. 며칠새 노인은 더 늙어버린 듯, 허리도 더 구부정해졌다. 그러나 그의 눈만은 여전히 햇살처럼 빛나고 있었다. 그의 품안에는 새로운 인생길의 동반자가 될 책 한권이 소중하게 안겨 있었다. 노인은 귀중한 보물이라도 되는 듯 이따금씩 손으로 그 책을 쓰다듬었다. 또다시 잃어버릴까봐 두려운 듯이. 다시는 놓치지 않겠다고 다짐이라도 하는 듯이.

〔최성은 옮김〕

더 읽을거리

시엔키에비츠의 단편은 『경향잡지』에 「어느 포즈난 가정교사의 회고록」, 「포니크와의 오르간 연주자」, 2편이 소개되었고, 『국어시간에 세계 단편소설 읽기 2』(나라말출판사 2009)에 「음악가 야넥」이 실려 있다. 장편 가운데 대표작으로는 『쿠오 바디스』 1, 2(최성은 옮김, 민음사 2005)가 있다. 최초로 폴란드어 원전을 번역한 판본으로 풍부한 각주와 해설을 곁들여 독자의 이해를 도왔다. 1세기 로마를 배경으로 몰락해가는 로마의 세계관과 새롭게 등장한 기독교 간의 갈등과 대립을 선명하게 그려낸 불멸의 고전이다.

이 작품에 등장하는 아담 미츠키에비츠의 『판 타데우시』(정병권 외 옮김, 한국외국어대출판부 2005)는 「등대지기」의 주인공 스카빈스키 노인에게 모국어와 조국에 대한 향수를 일깨우는 계기를 제공한 책이다. 아름답고 자연스러운 리듬의 서사시로 19세기 폴란드 귀족의 생활상을 고스란히 재현하며 조국을 잃은 폴란드 민족에게 자긍심과 애국심을 일깨웠다.

Bolesław Prus

| 볼레스와프 프루스 |

1847~1912

본명은 알렉산데르 그워바츠키(Aleksander Głowacki)로, 폴란드 문단에서는 시엔키에비츠를 제치고 실증주의 문학의 최고봉으로 평가받으며, 흔히 '폴란드의 발자끄'라 불린다. 세계문학사적으로도 매우 독창적인 문학세계를 가진 작가로, 똘스또이에 비교되는 서사적 스타일과 체호프에 견줄 수 있는 소박한 유머를 겸비했다는 평가를 받았다.

열일곱의 나이에 러시아의 압제에 저항하는 1863년 '1월봉기'에 참가했다가 한쪽 눈을 잃었다. 바르샤바대학교에서 사회학과 경제학을 전공한 뒤 저널리스트로 활약하면서 본격적으로 소설을 쓰기 시작했다. 실증주의 철학에 입각해 사회·문화적 진보와 계몽에 큰 관심을 가졌으며, 자신의 소설을 통해 다양한 계층의 생활상을 날카롭게 파헤치고, 사회의 모순과 부조리를 비판하는 데 주력했다. 그 때문에 프루스의 소설은 흔히 '19세기의 파노라마'라고 불린다.

폴란드 산문의 새로운 장을 개척한 것으로 평가받는 『인형』(1889)을 비롯해 『여성운동가들』(1893) 『파라오』(1895) 『아이들』(1909) 등의 장편소설과 「손풍금」(1880) 「파문은 되돌아온다」(1880) 「회심자」(1881) 등의 중·단편을 남겼다.

■ 파문은 되돌아온다 Powracająca fala

19세기 후반 공업도시 우츠(Łódź)는 전세계적인 산업사회로의 전환기를 맞아 근대화·공업화가 한창이었다. 특히 방직공업이 활성화되면서 영국의 맨체스터에 비교될 만큼 급성장을 이룩했고, 러시아에 대량의 원단을 수출하게 되면서 '약속의 땅'으로 불리던 이곳에는 다양한 인종이 모여들기 시작했다. 서구의 자본주의 경제체제가 정착되는 과정에서 폴란드 또한 많은 시행착오를 겪었다. 근대화의 명목으로 수많은 노동자들이 착취당했고, 투기와 편법, 부도덕한 범죄행위가 난무했으며, 경제권을 장악한 서구 자본가와 유대인에 대한 인종주의도 본격적으로 모습을 드러냈다. 「파문은 되돌아온다」는 이러한 상황을 사실적으로 그리면서 도시화·산업화가 야기한 도덕적 가치의 위기와 인간성 상실의 문제를 본격적으로 제기한 작품이다. 사회적 각성과 계몽을 촉구하는 실증주의적인 인식과 함께 도덕적 타락을 개탄하는 인본주의 사상이 담겨 있다. 황금만능주의에 물든 이기적인 자본가 아들레르 고틀리프와 그의 아들 페르디난트의 비극적인 종말이 파국을 향해 치닫는 돌이킬 수 없는 과정 속에서 우리는 근대화의 화려한 겉모습 뒤에 감추어진 어두운 현실을 되새기게 된다. 이 작품을 비롯한 19세기 후반의 작품들에서 유의할 것은 근대화 초기 대대적으로 세력을 확장한 유대계 상인과 독일인 들에 대한 반감이다. 유대인, 독일인과 폴란드인의 관계는 격변의 현대사를 거치며 때로 감정적 대립과 차별로, 때로 이해와 공감으로 나타났으며, 이 시기의 많은 문학작품 속에 이런 정서가 반영되어 있다.

■ 모직조끼 Kamizelka

척박하고 고단한 생활 속에서도 진정한 사랑을 잃지 않았던 한 젊은 부부의 훈훈한 에피소드를 작중화자인 '나'의 입을 통해 담담하게 풀어낸 작품이다. 폐병에 걸려 하루가 다르게 쇠약해져가는 남편은 자신의 몸무게가 줄어들고 있다는 사실을 부인에게 애써 감추고, 부인 역시 그런 남편의 마음을 헤아리고 남편이 자신의 병세를 눈치채지 못하도록 정성을 다한다. 서로를 진심으로 아끼고 사랑하는 두 사람의 마음은 '모직조끼'라는 상징적인 매개체를 통해 독자들에게 전달된다. 행복한 시절과 불행한 시절을 모두 함께했던 낡아빠진 모직조끼를 통해 주인공들은 서로에게 선의의 거짓말을 하면서 상대방에 대한 한없는 사랑을 말없이 표현했던 것이다. 프루스의 사실주의적인 문체, 대화를 통해 자연스레 드러나는 섬세한 감정묘사가 애틋한 결말과 함께 돋보이는 작품이다.

파문은 되돌아온다

1

만약 뵈메 목사의 너그러운 성품과 미덕이 크기와 무게를 가늠할 수 있는 삼차원의 물질적인 것이었다면, 그것이 너무나도 크고 무거운 나머지, 교회 업무나 사적인 볼일을 위해 어딘가 가야 할 때 그는 열차의 화물칸에 올라타야 했을 것이다. 하지만 본래 덕이란 과학자들이 고민하는 사차원적인 가치로서 현실세계에서는 보이지 않는 것이므로, 뵈메 목사는 언제나 말 한필이 끄는 작은 사륜마차를 타고 다녔다.

깨끗하게 관리하고 여물을 잘 먹인 살집 좋은 말이 잘 닦인 공장의 도로 위로 굼뜨게 달렸다. 말은 깡마른 목사의 지시에 따라 움직이기보다는 파리를 쫓는 데 정신이 팔려 있었다. 말의 두꺼운 굴레와 고삐, 길 위에 뽀얗게 피어오르는 먼지와 열기 때문에 뵈메 목사의 구레나룻과 밀짚모자, 흰 바탕에 분홍색 줄무늬가 있는 알록달록한 외투, 좌석의 오른편에 세워둔 에나멜가죽으로 만든 채찍은 잘 보이지 않았다. 목사는 혹시 사람들이 비웃을까봐 채찍을 챙겨오기는 했지만, 굳이 사용할 필요가 없었으므로 길에서 채찍을 휘두르지는 않았다. 대신 말이 비틀거리며 중심을 잃지 않도록 한손으로는 고삐를 잡고, 다른 손으로는 모든 행인들을 향해 강복(降福)의 손짓을 했다. 그가 내리는 축복이 얼마나 효험이 있는지는 모르겠지만, 아무튼 순수한 선의에서 우러난 것임에는 틀림없었다. 행인들은 자신의 종교와 상관없이 이 선량한 독일인에게 모자를 벗어 정중히 인사를 했다.

때는 유월, 오후 다섯시경이었다. 목사는 지금 종교적인 일과는 거리가 먼 사적인 볼일을 보러 어디론가 가는 중이었다. 그가 가장 먼저 하게 될 일은 가까운 친구에게 걱정거리를 안겨주는 것이고, 친구가 그로 인해 낙담하면 위로해주는 것이 그다음 할 일이었다. 지금 목사는 자신의 절친한 친구인 아들러 고틀리프에게 그의 하나밖에 없는 아들 페르디난트가 외국에서 큰 빚을 졌다는 소식을 알려주러 가는 길이었다. 우선 아버지에게 아들의 채무소식을 사실대로 전하고, 그다음에는 그를 진정시킨 뒤, 경솔한 젊은이를 용서해줄 것을 간청할 계획이었다.

아들러 고틀리프는 면직물 공장의 소유주이다. 지금 목사가 마차를 타고 달리고 있는 이 가로수 없는 도로는 공장과 주변의 기차역을 연결하는 유일한 통로였다. 도로에서 왼쪽, 나무덤불 사이로 멀리 보이는 것은 공장이 아니라 마을이었다. 공장은 도로의 오른편에 있었다. 단풍나무와 보리수, 포플러나무 사이로 수십명의 노동자들이 거주하는 작은 판잣집들의 검고 붉은 지붕들이 보였다. 그 뒤로 다른 부속건물들에 둘러싸인, 반원형의 사층짜리 큰 건물이 바로 공장이었다. 열을 지어 죽 늘어선 창문들에 햇살이 비쳐 황금빛 얼룩을 만들고 있었다. 높이 솟은 검붉은 굴뚝에서는 검은 연기가 실타래처럼 자욱하게 뿜어져나오고 있었다.

만약 공장이 있는 쪽에서부터 바람이 불어왔더라면 목사는 증기기관과 방적기계가 돌아가는 요란한 소리를 들을 수 있었을 것이다. 하지만 바람이 반대편에서 불어왔기 때문에 그의 귀청을 두드리는 건 기차 소리와 자신이 탄 사륜마차가 달리는 소리, 말이 뿜어대는 콧김, 그리고 곡식이 넘실거리는 푸른 벌판을 기웃거리는 메추리인 듯싶은 새들의 지저귐뿐이었다.

공장 근처에 이르면 다른 곳보다 나무들이 빽빽하게 들어찬 숲이 나오는데, 여기가 바로 아들러 가문의 정원이었다. 나뭇가지 사이로 아름답게 지어진 저택과 농장 건물의 하얀 외벽이 얼핏얼핏 보였다.

살진 말이 비틀거리지 않도록 계속해서 주의를 기울이는 것은 따분한 일이었다. 목사는 사자굴에 들어간 다니엘과 고래 뱃속의 요나를 구해주신 하나님께 모든 것을 의탁하기로 마음먹고는 가죽으로 만든 팔걸이에 고삐를 붙들어매고 기도하듯 두 손을 모았다. 뵈메는 공상을 즐겼다. 목사에게는 공상에 빠질 때면 지금처럼 두 손을 깍지끼고 엄지손가락을 풍차처럼 빙빙 돌리는 습관이 있었다. 그러면 자신의 눈앞에서 추억의 나라로 들어가는 마법의 문이 열리는 것 같았다.

이 도로를 통해 아들러의 공장을 다녀간 것이 올해만도 벌써 40여 차례나 되었지만, 여기 올 때마다 목사는 브란덴부르크 평원에 있던 낯익은 공장 풍경을 떠올리곤 했다. 그곳에서 지금은 목사가 된 자신, 마르틴 뵈메와 친구 아들러 고틀리프가 함께 어린시절을 보냈던 것이다. 그들은 둘 다 중산층 직물공의 아들이었고, 같은 해에 태어나 같은 초등학교에 다녔다. 두 친구는 초등학교 졸업 후 사반세기 동안은 서로 떨어져 지냈다. 그사이 뵈메는 튀빙엔의 신학교에 다녔고, 아들러는 수만 탈러의 재산을 모았다.

두 친구가 다시 만난 건 고국에서 꽤 멀리 떨어진 폴란드땅에서였다. 뵈메는 그곳에서 기독교 교회의 목사가 되었고, 아들러는 작은 직물공장을 세웠던 것이다. 그렇게 다시 만난 뒤 그들은 일주일에 몇번씩 서로의 집을 왕래하면서 또다시 사반세기의 세월을 함께 보냈다. 그동안 아들러의 작은 공장은 점점 규모가 커져 현재는 육백여명의 노동자가 근무하며 일년에 수십만 루블의 순이익을 내는 공업단지로 발돋움했다. 하지만 뵈메는 여전히 가난한 목사 그대로였다. 목사에게 있어 성과라면, 얼마나 많은 인간의 영혼을 신의 품으로 인도하느냐 하는 것이었으므로, 목사는 일년에 수십만명에게 강복했다.

두 친구 사이에는 다른 점이 더 있었다. 목사에게는 리가(라트비아의 수도—옮긴이)의 기술학교에 다니는 아들이 있었는데, 그는 학업을 마치면 부모님과 누이동생의 생계를 책임지겠다고 다짐하는 건실한 청년이었다. 아들러에게도 역시 아들이 하나 있었는데, 인문계 고등학교를 졸업한 뒤 외국을 유랑하면서 아버지의 돈을 물 쓰듯 탕진하는 것이 이 젊은이가 하는 주된 일이었다. 목사의 걱정거리는 열여덟살 된 딸 아네타를 어떡하면 좋은 데 시집보낼까 하는 것이고, 아들러의 걱정거리는 자신의 하나뿐인 아들이 과연 어떻게 될까 하는 것이었다. 목사는 보잘것없는 자신의 재력과 일년에 수십만명의 신자에게 강복을 내리는 지금의 처지에 만족했다. 하지만 아들러는 일년에 수십만 루블의 수익이 하나도 만족스럽지 않았다. 그에게는 은행에 넣어둔 자금이 자신이 꿈꾸는 수백만 루블로 불어나기까지의 시간이 너무도 길고 지루하게만 여겨졌다.

지금 이 순간 뵈메의 머릿속에서 소소한 근심걱정은 다 사라졌다. 그는 자신을 둘러싼 푸른 들판과 하늘을 수놓은 새하얀 뭉게구름, 그리고 어린시절 고향을 떠올리게 만드는 아들러의 공장 건물을 바라보며 만족감을 느꼈다. 두 줄로 늘어선 단층집들, 주변의 나무들, 아치형의 공장건물, 공장주의 웅장한 저택과 정원의 작은 연못까지…… 모든 것이 고향의 풍경과 비슷했다.

그러나 이곳에 어린아이들을 위한 탁아시설과 학교, 양로원, 병원이 없다는 것은 정말 유감이었다. 아들러가 공장을 지을 때 브란덴부르크의 공장을 모델로 했음에도 이런 시설들을 생각지 못했다는 사실이 목사는 안타깝기만 했다. 최소한 학교라도 세웠어야 하는데…… 만약 자신들의 어린시절에 학교가 없었다면 뵈메도 목사가 되지 못했을 것이고, 아들러도 지금처럼 거부(巨富)가 될 수 없었을 게 아닌가!

어느새 마차가 공장에 도착한 모양이었다. 기계 돌아가는 요란한 소리에 목사는 문득 정신을 차렸다. 때가 잔뜩 타고 너덜너덜해진 옷을 입은 한무리의 아이들이 길가에서 놀고 있었다. 공장을 둘러싼 담 너머로 면직물이 담긴 상자를 실은 수레들이 보였다. 왼편으로는 이딸리아 풍으로 건축된 아들러의 화려한 저택이 위용을 뽐내며 당당히 서 있었다. 거기서 몇십 발자국 떨어진 곳에 연못이 있고, 그 옆에 세워진 정자가 나뭇가지 사이로 보였다. 공장주와 그의 친구인 목사는 그곳에서 라인강 유역에서 생산된 고급 포도주를 마시며 어린시절의 추억이나 여러 가지 문제에 대해 담소를 나누곤 했다.

그 주변 노동자들의 판잣집 창문에는 갓 빨아서 널어놓은 속옷들이 걸려 있었다. 이 시각에는 아파트에 거주하는 대부분의 노동자들이 공장에서 작업중이었으므로 목사에게 환영의 인사를 하는 것은 가슴이 축 늘어진 몇몇 창백한 얼굴의 여인들뿐이었다.

"주님께 찬미!"

"영원토록 찬미!" 비쩍 마른 늙은 목사가 낡은 밀짚모자를 벗으며 답례했다.

잠시 후 마차는 왼쪽으로 꺾어들었고, 말은 고삐를 당기지 않아도 알아서 머리를 번쩍 쳐들고 종종걸음으로 저택의 안뜰로 들어섰다. 그러자 어디선가 마구간지기 소년이 재빨리 나타나 말의 콧잔등을 쓰다듬으며 목사가 말에서 내리는 것을 거들었다.

"주인어른은 집에 계신가?" 뵈메가 물었다.

"공장에 계십니다. 목사님께서 오셨다고 곧 말씀드리겠습니다."

목사는 회랑으로 들어가 기다리고 있던 하인에게 외투를 맡겼다. 그러자 긴 프록코트와 그와는 대조적으로 짧은 다리가 훤히 드러났다. 한편 그의 코는 선량함으로 가득한 주름투성이 얼굴에 어울리지 않을 정도로 매우 컸다.

목사는 자신의 양손을 가슴 아래쪽에서 깍지끼고는 아까처럼 엄지손가락을 빙빙 돌리기 시작했다. 그러면서 그는 자신이 여기에 온 목적을 다시 한번 상기했다. 먼저 친구에게 상처를 준다…… 그러고 난 뒤 상처받은 아비의 마음을 위로해준다…… 그가 심사숙고해서 세운 계획에 따르면 오늘 그는 수사학에서 말하는 세 단계를 거쳐 소식을 전하도록 되어 있었다. 첫번째는 준비단계로서, 전능하신 신께서는 때로 고통을 통해서 인간을 영원한 행복의 세계로 이끌어주신다는 점을 주지시키는 것이다. 두번째는 사실을 말하는 단계이다. 즉 채무자들에게 얼마의 빚을 갚기 전까지는 젊은 페르디난트 아들러가 결코 아버지의 품으로 돌아올 수 없다는 사실을 알린다. (아마 이 대목에서 아버지는 아들에 대한 노여움을 폭발시킬 것이고, 아들이 잘못을 저지르게끔 내버려둔 데 대해 스스로를 질책하는 과정이 따를 것이다.) 화가 난 공장주가 욕설을 퍼부으며 아들과의 인연을 끊고 상속권을 박탈하겠노라고 선언을 하면, 그때 세번째 단계로 접어든다. 회유와 위로를 하는 것이다. 뵈메 목사는 낭비벽과 관련한 페르디난트의 숱한 전력을 상기시키면서 이렇게 된 것은 아들을 잘못 가르친 아버지의 책임도 있다는 것을 완곡하게 일깨울 생각이었다. 자, 그러니 신께 봉헌하는 마음으로 페르디난트의 채무자들이 요구하는 돈을 불평 없이 지불해야 마땅하지 않겠는가. 이쯤 되면 아들러를 진정시킬 수 있겠지.

뵈메가 자신의 계획을 머릿속으로 정리하는 사이, 저택을 향해 뻗은 도로 위에 아들러의 모습이 나타났다. 그는 큰 키에 등이 약간 굽었고, 뚱뚱한 체구에 긴 다리를 가지고 있었으며, 잿빛의 긴 프록코트와 같은 색 바지를 입고 있었다. 붉게 상기된 무표정한 얼굴에서 가장 먼저 눈에 들어오는 것은 크고 둥근 코와 마치 흑인처럼 부푼 두꺼운 입술이었다. 아들러는 콧수염 대신 색다르게 금발의 구레나룻을 기르고 있었다. 이마에 흐르는 땀을 닦기 위해 모자를 벗자 약간 튀어나온 하늘색 눈동자와 듬성듬성 빠진 성긴 눈썹, 그리고 짧게 깎은 아마빛 머리카락이 드러났다.

부유한 공장주는 육중한 다리를 흔들며 기마병처럼 무겁고 규칙적인 발걸음으로 걸어왔다. 어깨를 움츠린 채 팔꿈치를 구부린 두 팔은 마치 태곳적에 멸종된 동물의 갈비뼈처럼 활모양의 둥근 곡선을 만들어 냈다. 커다란 손바닥과 그에 어울리지 않게 짤막한 손가락이 인상적이었다. 넓은 가슴은 숨을 쉴 때마다 마치 대장간의 풀무처럼 부풀어올랐다 가라앉기를 반복하고 있었다. 아들러는 멀리서 목사를 향해 덤덤하게 머리를 까딱해 보였다. 그가 커다란 입을 벌리자 굵은 목소리가 흘러나왔다. "하 하 하!" 하지만 그가 정말로 웃고 있는 건 아니었다. 평소에 늘 엄격하고 무표정한 이 근육질의 냉정한 얼굴에 웃음기가 떠오른다는 건 상상조차 하기 힘든 일이었다.

하지만 이 모든 것에도 불구하고, 날 때부터 덩치가 컸던 이 거대한 사내는 혐오스럽다기보다는 좀 괴팍해 보였다. 상대에게 두려움을 주기보다는, 절대로 기대거나 의지해서는 안 될 것만 같은 비정한 인상을 풍겼다. 무쇠처럼 단단한 그의 울퉁불퉁한 팔뚝은 관절이 구부러질 때마다, 마치 그의 육중한 발이 공장 작업실 바닥을 디딜 때마다 삐걱대듯이, 괴상한 소리를 냈다. 사람이 만든 투석기로는 이 사내의 차돌 같은 마음을 두드릴 수 없다는 걸 첫눈에 알 수 있었다. 하지만 만약 마음에 상처를 입기라도 하면 기계와 같은 그의 몸은 주춧돌이 빠진 건물처럼 순식간에 무너져내릴 게 뻔했다.

"마르친, 그동안 잘 지냈나?" 아들러가 계단 밑에서 성급하게 팔을 뻗어 목사의 손을 와락 움켜잡으며 소리쳤다. "그래…… 자네 어제 바르샤바에 갔었지. 혹시 내 아들 소식 못 들었나? 그놈의 자식이 통 편지를 쓰지 않으니 알 수가 있어야지. 대체 어디를 헤매고 다니는지 아마 은행에서나 알겠지!"

아들러가 회랑에 다다르자 그의 옆에 선 가냘픈 뵈메는 성서의 비유를 빌리자면 마치 낙타 옆의 메뚜기처럼 왜소해 보였다.

"말 좀 해보게!" 아들러가 다시 한번 재촉했다. 그가 자리에 앉자 철제의자는 요란하게 삐걱거렸다. 아들러의 우렁찬 목소리는 공장에서 들려오는 리드미컬한 기계의 소음과 묘한 조화를 이루며 먼곳에서 울려퍼지는 천둥소리를 연상시켰다.

"페르디난트가 은행에도 아무 소식을 전하지 않았던가?"

뵈메는 미처 입을 열 준비를 하기도 전에 자기가 여기에 오게 된 바로 그 문제의 핵심에 부딪히고 말았다. 그는 아들러의 맞은편에 있는 소파에 앉았다. 당황한 가운데서도 목사는 자신이 말하려 했던 내용의 맨처음 대목을 기억해내려고 애썼다. 그래, 그건 바로 예기치 않은 신의 형벌이었지……

목사에겐 결정적인 약점이 있었는데, 안경이 없으면 유창하게 말을 하지 못한다는 것이었다. 게다가 그렇게 중요한 안경을 늘 엉뚱한 곳에다 넣어두고는 기억해내지 못하는 게 문제였다. 지금이 바로 서두를 시작해야 할 싯점이라는 것을 실감하면서도 안경을 쓰지 않고 말을 꺼내야 한다는 게 마음에 걸렸다. 그는 소파에서 벌떡 일어나 헛기침을 하면서 주위를 이리저리 살피기 시작했다. 안경은 어디에도 없었다!

바지의 왼쪽, 오른쪽 주머니에 손을 넣고 열심히 뒤졌지만 안경은 온 데간데 없었다! 집에다 놔두고 왔나? 아니면 또 어디 딴 데서 잃어버린 것일까! 그렇지! 마차에 오를 때까지만 해도 분명 손에 들고 있었다…… 프록코트의 뒷주머니에 손을 넣고 이리저리 뒤졌지만 역시 안경은 없었다! 목사는 딱하게도 준비단계의 첫번째 대목에서 자기가 할 말을 까맣게 잊어버리고 말았다.

친구를 너무나 잘 아는 아들러는 목사를 보면서 초조함을 느꼈다.

"마르친, 대체 뭘 그렇게 찾는 거지?"

"이런, 문제가 생겼어…… 안경을 어딘가에 빠뜨린 거 같아……"

"안경이 뭣 때문에 필요한데? 나한테 설교를 할 것도 아니잖아."

"그렇긴 하지만……"

"나는 자네에게 페르디난트에 관해 물었네. 그애 소식 좀 뭐 들은 거 없나?"

"곧 말해줄게……" 뵈메가 얼굴을 찡그리면서 간신히 대답했다.

프록코트의 옆주머니까지 모조리 뒤졌지만 안경은 없었다. 목사는 프록코트 안주머니에서 뭔가 적힌 종이쪽지를 꺼내고는 주머니를 뒤집어보았지만, 안경이 없기는 마찬가지였다.

"마차에다 두고 왔나?"

목사는 혼잣말을 하면서 회랑을 나서기 위해 몸을 돌렸다.

목사가 프록코트 안주머니에 넣어두는 것은 항상 중요한 서류라는 것을 알고 있는 아들러는 그의 손에서 재빨리 종이를 빼앗았다.

"여보게, 고틀리프!" 난처해진 뵈메가 외쳤다. "제발 돌려주게. 내가 거기 적힌 내용을 직접 읽어줄 테니. 하지만 우선 안경부터 찾고……

대체 어디다 두었지?"

목사는 안뜰로 나가 마구간을 향해 달음질쳤다.

"내가 돌아올 때까지 기다려주게. 우선 설명부터 들어야 하니까."

그러고는 양손으로 하얗게 센 머리를 움켜쥐며 밖으로 나간 목사는 몇분 뒤 잔뜩 풀이 죽은 얼굴로 마구간에서 돌아왔다.

"아마 안경을 잃어버렸나봐. 마차에 탈 때만 해도 한손에는 손수건을 들고, 다른 손에는 채찍과 안경을 들고 있었다고 기억하는데……"

그는 할 수 없이 소파에 몸을 던지고는 허망한 눈길로 아들러를 쳐다보았다.

늙은 공장주의 이마에는 정맥이 불끈 솟았고, 두 눈은 평소보다 더 크게 튀어나와 있었다. 그는 종이에 적힌 내용을 열심히 읽기 시작했다. 마침내 다 읽고 난 뒤 아들러는 현관에다 침을 뱉으며 중얼거렸다.

"페르디난트, 이 날건달 같은 놈! 이년 동안 5만 8천하고도 31루블의 빚을 지다니…… 내가 용돈으로 매년 1만 루블씩 꼬박꼬박 주었는데도 말이야!"

"아, 생각났다!"

목사가 갑자기 소리를 지르며 현관을 향해 뛰어갔다.

잠시 후 그는 안경이 들어 있는 검은 주머니를 손에 들고 의기양양한 표정으로 나타났다.

"당연하지, 당연하고말고! 외투주머니 말고 넣을 데가 어디 있다고! 이놈의 건망증하고는!"

"자네는 늘 안경을 잃어버리지만, 나중에 가서는 꼭 찾는구먼!"

아들러는 이렇게 말하며 턱을 괴었다. 그의 표정은 뭔가 깊은 생각에 잠긴 것 같기도 하고, 서글퍼 보이기도 했다.

"5만 8천이라. 그러니까 합해서 7만 8천 31루블을 이년 동안 날린 셈이로군! 언제 그 손해를 다 벌충한담? 정말 모르겠어!"

안경을 쓰자 목사는 비로소 마음을 진정시킬 수 있었다. 이 집에 오는 동안 계획한 첫번째 준비단계는 이미 지나가버렸다. 두번째 내막을 알리는 단계도 마찬가지다. 이제 남은 것은 세번째 단계뿐이다.

뵈메는 재빨리 방 안을 훑어보고는 신속하게 자신의 결심을 행동에 옮겼다. 그는 헛기침을 한번 하고, 두 다리를 벌려 자세를 바로잡으면서 입을 열었다.

"여보게, 고틀리프. 하나밖에 없는 아들의 잘못으로 자네의 부성애가 얼마나 큰 상처를 입었을지는 잘 알고 있네. 하지만 아무리 어렵고 힘들어도 운명은 정정당당하게 받아들여야 하네……"

골똘히 생각에 잠겼던 아들러가 정신을 차리고는 침착한 목소리로 대꾸했다.

"그냥 받아들인다고 해결되는 게 아니잖아. 문제는 댓가를 치러야만 한다는 거지! 요한!"

그는 회랑의 지붕이 들썩거릴 정도로 큰 소리로 하인을 불렀다.

하인이 현관으로 통하는 문에 모습을 드러냈다.

"물 한잔 가져와!"

눈 깜짝할 사이에 물이 대령되었다. 아들러는 그 물을 단숨에 들이켜고는 한잔 더 가져오라고 했다. 두 잔을 마시고 나자 그의 얼굴에서 노기가 사라졌다.

"로트실드에게 전보를 쳐야겠군. 아직 시간이 좀 있으니 오늘 속달로 보낼 수 있겠지…… 페르디난트, 그 건달 같은 놈더러 돌아오라고 해야겠어. 여행은 이제 끝이야!"

뵈메는 문득 자기가 준비한 세번째 단계 역시 이미 물 건너갔음을 깨달았다. 예상한 것보다 나쁜 상황이 발생하고 말았다. 아버지가 아들의 잘못을 너무 관대하게 용서해버린 것이다. 어쨌든 아들은 5만 8천 루블의 돈을 날렸다. 그것도 아버지의 이름을 팔아 빚을 진 것이다. 이 것은 분명 대수롭게 넘길 일이 아니었다. 만약 아들러가 그 돈을 가지 고 있었더라면 혹시 학교라도 세웠을지 누가 알겠는가. 학교가 없기 때문에 공장 노동자들의 아이들은 외딴 곳에 격리되어 빈둥거리며 허 송세월을 하고 있지 않은가.

목사는 그 경솔한 젊은이의 잘못을 변호하려던 애초의 결심을 바꾸 어 원고(原告)의 입장으로 돌아서기로 결심했다. 갓난아기 때부터 페 르디난트가 장난꾸러기짓을 하는 것을 쭉 지켜보았고, 안경이 없으면 무엇 하나 제대로 할 수 없는 지금에 이르기까지는 오랜 세월이 흘렀 으므로 목사는 젊은이에 관해서라면 모르는 것이 없었다.

아들러는 의자 등받이에 등을 기대고, 깍지낀 두 팔을 목뒤로 가져가 고개를 한껏 젖히고 천장을 바라보았다. 뵈메는 헛기침을 하면서 무릎 위에 두 손을 올려놓고는 친구의 넥타이를 뚫어지게 쳐다보며 말했다.

"고틀리프, 불행에 순응할 줄 아는 자네의 태도는 진정한 기독교인 다운 자세라고 할 수 있네. 이런 태도야말로 인간이 이 땅에서 실현할 수 있는 위대한 행위 가운데 하나지. 물론 그것도 창조주께서 보시기 엔 불완전한 것이지만 말일세. 하지만 인간은 수동적 포기단계에 머물 러서는 안되며 능동적 행위의 주체로 거듭나야 하네. 우리의 주인이신 예수 그리스도께서는 죽음을 통해 스스로를 희생하셨을 뿐 아니라 잘 못을 뉘우치고, 고쳐야 한다고 가르치셨음을 잊으면 안되네. 그러므로 그분의 종인 우리들 또한 단순히 고통을 참고 견디는 데서 한걸음 더 나아가 모든 과오와 실수를 바로잡아야 하는 것이지……"

아들러는 소파 위에 팔을 올려놓고 고개를 가슴까지 푹 숙였다.

"자네의 육신의 아들이자 내 영혼의 아들인 페르디난트는 타고난 재능과 많은 덕성에도 불구하고, 저분께서 인간을 천국에서 추방하시면서 명하신 노동의 사명을 전혀 수행하지 않고 있네."

"요한!" 아들러가 소리쳤다.

하인이 회랑으로 뛰어왔다.

"기계가 너무 빨리 돌아가고 있어! 내가 없으면 항상 저 모양이라니까. 가서 기계를 천천히 돌리라고 하게!"

하인이 사라지자 목사는 포기하지 않고 이야기를 계속했다.

"창조주께서 육체적인 힘과 정신적인 힘을 주셨음에도 불구하고, 자네 아들은 지금 아무 일도 하지 않고 있네. 뿐만 아니라 헛되이 돈을 낭비하고 있지 않은가. 여보게, 고틀리프, 이 이야기는 내가 벌써 여러 차례 했을 걸세. 나는 적어도 내 아들 유제프를 키우면서 내 신념과 원칙에 어긋나는 일은 하지 않았네."

아들러는 우울한 표정으로 고개를 들어 목사를 쳐다보았다.

"그래, 기술학교를 졸업하고 나면 유제프는 뭘 할 생각이지?"

갑자기 아들러가 물었다.

"공장에 취직해서 일을 할 예정이고, 그러다보면 언젠가는 공장장이 되겠지."

"공장장이 되고 나면, 그다음엔?"

"계속 일을 하겠지."

"대체 무엇 때문에 그렇게 끊임없이 일을 해야만 하지?"

목사는 당황했다.

"그건…… 그러니까 자신과 다른 사람들에게 쓸모있는 인간이 되기 위해서지."

"그렇다면 내 아들 페르디난트도 집에 돌아오는 즉시 공장장에 임명하겠네. 그러면 오늘부터 그애는 사람들에게 쓸모있는 인간이 되겠군.

하긴 이년 동안 7만 8천 31루블을 낭비했으니, 누군가에게는 엄청나게 쓸모있는 일을 한 셈이지. 그러면서 자기 자신도 실컷 즐겼을 테니 전혀 쓸모가 없었다고는 할 수 없겠군."

"하지만 그애는 지금껏 일을 해본 적이 없지 않나?"

목사가 손가락을 치켜들며 지적했다.

"그래, 사실이네! 대신 내가 나 자신과 그애 몫까지 열심히 일하고 있지 않은가. 나는 평생 동안 다섯 사람 몫의 일을 해왔네. 그러니 내 아들이 젊은시절에 잠시 인생을 즐긴다고 나쁠 건 없지 않나?" 그러고는 이렇게 덧붙였다. "지금 즐기지 않으면 필경 나중에도 즐기지 못하게 되네…… 그건 내가 겪어봐서 누구보다 잘 알고 있지! 나는 한평생 지긋지긋한 노동을 해왔고, 그 증거로 이만큼의 재산을 모았네. 만약 페르디난트 또한 나처럼 고생하고, 평생 동안 일에 시달려야 한다면 하느님께서 왜 내게 이처럼 많은 돈을 허락하셨겠는가? 만약 내 아들이 죽도록 고생해서 재산을 열 배로 늘렸다 치세. 그런다고 뭐가 남겠나? 그애의 아들 또한 재산을 스무 배로 늘리기 위해 또다시 일에 쫓겨야 하고, 계속해서 같은 상황이 반복된다면, 그게 다 무슨 소용이란 말인가? 신께서는 부자도 가난한 사람들과 똑같이 창조하셨네. 누구나 돈만 있으면 인생을 즐길 권리가 있어. 물론 나는 인생을 즐기는 법을 배운 적이 없고, 또 그럴 기운도 없어서 아마 앞으로도 제대로 즐기진 못할 걸세. 하지만 내 운명이 그렇다고 내 아들에게도 그러라고 할 수는 없지 않은가?"

하인이 공장에서 돌아왔다. 기계는 어느 틈에 천천히 돌아가고 있었다.

"여보게, 친구! 독실한 기독교신자라면……"

"요한!" 공장주가 말을 막았다. "라인강에서 들여온 포도주와 생강과자를 정자로 가져오게. 자, 마르친, 정원으로 가세나!"

뵈메는 주먹으로 어깨를 두드리며 웃었다. "하! 하! 하!"

그들은 함께 정원으로 갔다. 도중에 웬 가난한 아낙네가 그들 앞에 나타나 아들러의 다리 밑에 엎드려 울음 섞인 목소리로 말했다.

"존경하는 사장님! 장례를 치르게 3루블만 주세요."

아들러는 자기 다리에 매달린 여인을 아무렇지도 않게 떼어내고는 냉정하게 말했다.

"선술집 주인에게나 가봐라. 네 어리석은 남편이 매일 그곳에다 돈을 퍼부었으니까."

"주인님!"

"돈 문제는 회계사무실에 가서 처리해야지, 어딜 감히 여기까지! 물러가라!"

"사무실에는 갔었습니다. 하지만 문간에서 쫓겨났어요."

여인은 또다시 그의 발목을 부둥켜안았다.

"어서 꺼져!" 공장주가 소리를 버럭 질렀다. "공장에선 코빼기도 안 보이다가 장례식이나 세례식은 잘도 챙기는군, 안 그래?"

"주인님, 그동안에는 아파서 일을 할 수가 없었습니다."

"장례 치를 돈도 없으면서 아이는 빚 때문에 낳아가지고……"

목사는 이 광경을 지켜보면서 분개했지만, 아들러에게 떠밀려 어쩔 수 없이 정원 쪽으로 향했다. 뵈메는 쪽문 앞에서 걸음을 멈추었다.

"고틀리프, 나 술 생각 없네."

"응? 왜 그러나?" 아들러가 의아해하며 물었다.

"가난한 사람들의 눈물은 술맛을 떨어뜨리는 법이지."

"걱정할 거 없어. 술잔도 깨끗하고, 병도 코르크마개로 단단히 밀봉되어 있다고, 하! 하! 하!"

목사의 얼굴이 시뻘겋게 변했다. 그는 분노를 삼키며 아들러에게서 몸을 돌려 안뜰로 뚜벅뚜벅 걸어갔다.

"멈춰! 자네 돌았나?" 아들러가 소리쳤지만 목사는 잠자코 마구간 쪽으로 걸어갔다.

"이리 오시오!…… 어이! 부인!"

목사가 조금 전 문앞에서 울부짖던 가난한 여인을 불러세웠다.

"자, 여기 1루블이 있소. 무슨 일이 생기기 전에 어서 가시오."

목사는 여인에게 지폐 한장을 주었다.

"마르친! 뵈메! 돌아오라고! 포도주가 이미 정자에 도착했어."

하지만 목사는 들은 척도 않고 자신의 마차에 올라타더니 외투도 챙기지 않은 채 말을 몰고 사라졌다.

"미친놈!" 아들러는 혼잣말을 했다. 그렇다고 목사에게 화가 난 건 아니었다. 지난 십몇년간 지금과 똑같은 상황, 똑같은 장면이 얼마나 여러 차례 반복되었던가.

'학식깨나 있다는 먹물들은 언제나 융통성이 부족하다니까.' 아들러는 친구의 마차가 남기고 간 뽀얀 먼지더미를 바라보면서 생각했다. '만약 내가 뵈메처럼 샌님이었다면 페르디난트는 지금쯤 기술학교에서 고생하고 있겠지. 그애가 샌님이 아니어서 얼마나 다행인지!'

아들러는 사방을 둘러보다가 문득 마구간으로 시선을 돌렸다. 마침 그 앞 포장도로에서는 임시로 고용한 하인이 열심히 비질을 하고 있었다. 아들러는 바람결에 실려오는 공장의 연기를 가볍게 들이마시고는 노동자들이 수레에 화물을 싣는 광경을 물끄러미 바라보았다. 그리고 경영과 관리 업무를 보는 회계부 사무실로 갔다.

거기서 아들러는 페르디난트에게 양도하는 5만 9천 루블 상당의 수표를 발행하라고 명령하고, 이 돈을 받는 즉시 빚을 갚고 집으로 돌아오라는 내용으로 전보를 보내라고 지시했다.

아들러가 사무실에서 나가자마자 늘 신사답게 우산을 들고 다니며, 십몇년간 사무실의 가죽의자에 앉아 주판을 두드려온 늙은 독일인 회계사는 의혹에 찬 시선으로 주위를 둘러보더니 옆자리에 앉은 사무원에게 속삭였다.

"이런! 앞으로 또다시 긴축경영에 돌입하겠군! 애송이가 5만 9천 루블을 허비했으니, 가만있자, 우리가 갚아야 할 돈이 모두……"

십오 분 후 기술관리부 사무실에서는 아들이 10만 루블을 날렸기 때문에 아들러가 노동자들의 임금을 삭감할 것이라는 소문이 떠돌았다.

한 시간이 지나자 공장 내 모든 부서에서 임금이 줄어들 것이라는 이야기가 공공연히 퍼져나갔고, 저녁나절이 되자 이러한 소문은 아들러의 귀에까지 들어갔다. 사장의 뼈를 부러뜨리겠다는 위협적인 말을 내뱉는 사람, 아예 죽여버리겠다고 으름장을 놓는 사람, 급기야는 공장을 불태워버리겠다고 선언하는 사람까지 나타났다. 무작정 떼를 지어 작업장을 박차고 나가려는 사람들도 있었지만 금세 수그러들고 말았다. 막상 작업장을 나서봤자 딱히 갈 데도 없었던 것이다.

여자들 가운데 상당수는 울음을 터뜨렸고, 남자들 대부분은 아들러에게 신의 벌이 내리기를 빌며 그를 향해 저주를 퍼부었다.

공장주는 공장 내의 전반적인 분위기에 관해 보고를 받고는 만족스러워했다. 노동자들이 아무것도 못하고 욕설이나 퍼붓고 있다는 건, 다시 말해 가차없이 임금을 깎아도 된다는 의미였다. 지금 아들러를 위협하는 사람들 중에는 예전에 아들러의 충성스러운 심복이던 사람들도 있었다.

하룻밤 사이에 긴축경영을 위한 모든 구체적인 계획이 수립되었다. 보수를 많이 받는 사람일수록 자신의 배당금에서 더 많은 비율을 공제

당했다. 몇년 전, 전염병이 한창 유행하던 무렵부터 공장에는 의사와 간호사가 상주해왔다. 평소 아들러는 이들이 하는 일이 거의 없다고 생각하던 참이었다. 유월말이 되자 의사는 해고되었고, 간호사 역시 임금이 반으로 줄었다.

긴축경영과 관련한 임금삭감계획이 발표된 다음날, 공장은 온통 분노의 소요로 들끓었다. 수십명의 사람들이 공장을 그만두었고, 작업장에 출근한 인원도 평소보다 훨씬 적었다. 그들은 일은 하지 않고 계속 잡담을 나누었다. 의사는 아들러에게 욕설을 퍼부으며 도시로 떠났고, 간호사도 의사의 뒤를 따랐다. 정오부터 해질 무렵까지 노동자들 무리가 공장주의 저택으로 몰려와서 제발 자기들에게 피해를 입히지 말아달라고 사정했다. 그들은 울부짖기도 하고, 무릎을 꿇고 애원하거나 협박을 하기도 했으나 아들러는 요지부동이었다. 아들 때문에 5만 9천 루블을 잃었기에 그만큼을 회수해야 했던 것이다. 긴축경영을 강행하면 연간 1만 5천 루블 내지 2만 루블 정도의 이익을 챙길 수 있다. 어떤 경우에도 그 결정을 번복할 수는 없다. 하긴 굳이 번복해야 할 이유도 없었다. 대체 뭐가 두려워서 그렇게 한단 말인가?

실제로 며칠이 지나자 공장 내 소란은 가라앉았다. 노동자들 중 일부는 제 발로 공장을 그만두었고, 난폭하게 행동한 몇몇은 강제로 쫓겨났다. 그리고 그들의 자리는 새로운 일꾼들로 대체되었다. 새로 고용된 노동자들은 지금 자기들이 받는 임금도 많다고 여기며 만족스러워했다. 당시만 해도 시골에서는 많은 사람들이 헐벗고 굶주리며 가난에 시달렸기에 사람들은 너도나도 일자리를 구하려고 발버둥을 쳤던 것이다.

간호사 업무는 늙은 노동자가 임시로 맡게 되었다. 아들러는 일전에 이 노동자가 가벼운 상처에 붕대를 매는 것을 보고 외과의술에 정통하다고 멋대로 결론지어버렸다. 드문 경우이긴 하지만 어쩌다 심각한 부상이 발생하면 환자를 도시로 보내기로 했다. 이제부터 아픈 노동자나 부인, 아이 들은 자비를 들여 도시로 가야 하게 되었다.

한바탕 난리를 치르고 나서 공장은 안정을 되찾았다. 사람들은 비록 아들러로 인해 손해를 입었지만, 그에게 아무런 해코지도 못할 것이며, 또 그럴 만한 여력도 없다는 보고서가 아들러에게 전달되었다.

아들러가 자신의 새로운 조치에 동의를 얻기 위해 가장 먼저 찾아간 뵈메 목사만이 고개를 절레절레 흔들었을 뿐이다. 그는 안경을 고쳐쓰면서 말했다.

"잘못은 잘못을 불러오는 법일세, 고틀리프! 페르디난트의 교육에 신경쓰지 않았으니 자네는 분명 잘못을 저지른 거지. 그애가 자네 돈을 날렸으니, 더더욱 잘못된 것이고. 그런데 지금 그로 인해 많은 사람들의 봉급을 삭감해버렸으니, 자네는 정말 큰 잘못을 저지른 걸세. 이번 조치가 또 어떤 결과를 초래할지 누가 알겠나?"

"아무 일도 없을 거야!" 아들러가 중얼거렸다.

"어떻게 아무 일도 없을 수 있겠나!" 뵈메 목사가 머리 위에서 양손을 흔들었다. "저 높은 곳에서 그분이 세상을 다스리고 계신다고. 모든 원인에는 반드시 결과가 따르는 법이지. 선은 선을 부르고, 악은 악을 부르는 거야!"

"적어도 내게는 그렇지 않네." 공장주가 끼어들었다. "내게 대체 무슨 일이 일어난단 말인가? 자금은 은행에 안전하게 예치되어 있고, 공장에 불이 날 것도 아닌데. 아니, 만약 불에 타서 잿더미가 된다 해도 보험에 들어놓았으니 걱정없지. 노동자들은 절대로 공장을 떠날 수 없어. 왜냐하면 그들이 떠난다 해도 그 자리에 들어오고 싶어 제 발로 찾아올 사람들이 얼마든지 있으니까. 뭐, 그들이 나를 죽인다면 또 모를까. 마르친, 설마 그런 생각을 하는 건 아니겠지? 하! 하! 하! 그들이 감히 나를 죽인다고?"

아들러는 그 커다란 손으로 박수를 치면서 말했다.

"신의 섭리를 그렇게 함부로 판단해서는 안되네!"

목사는 준엄한 목소리로 친구의 말을 막고는 다른 이야기로 화제를 돌렸다.

2

아들러가 살아온 인생역정은 그 자신만큼이나 괴팍스럽고 굴곡이 많았다.

뵈메 목사와 함께 다닌 초등학교를 졸업하고 나서 아들러는 직조기술을 익혔고, 스무살의 나이에 열심히 돈을 모았다. 아들러는 붉은 피부에 척 보기에도 날렵하지는 않은 커다란 체격을 가진 건장한 청년이었다. 영리하고 손재주가 뛰어났으므로 젊은 나이에 이미 몇사람 몫의 일을 도맡아 할 정도였다. 상사들은 아들러를 좋아했지만, 그에게도 결점이 있었으니, 바로 향락에 빠져 흥청망청 보내기를 좋아한다는 것이었다.

젊은 아들러는 휴일이 되면 잔치나 무도회가 벌어지는 곳을 찾아가 친구나 여자 들에 둘러싸여 지냈다. 그에겐 애인도 많았다. 회전목마나 그네를 타는 일, 마음껏 먹고 마시는 일에서 아들러는 늘 으뜸이었다. 어찌나 정열적으로 유흥을 즐기고 쾌락을 밝히는지, 때로는 그 자리에 모인 사람들을 깜짝 놀라게 만들기도 했다. 하지만 평소에는 미친 듯이 일에 전념했다.

아들러는 유달리 체력이 강했다. 그의 몸속에서는 정신은 잠을 자고, 오로지 근육과 신경만이 움직이고 있는 듯했다. 아들러는 책을 읽는 것도, 예술을 감상하는 것도 좋아하지 않았고, 노래를 부를 줄도 몰랐다. 단지 온몸에 내재된 야수와도 같은 거대한 힘을 소진하는 데에만 지칠 줄 모르고 몰두했다.

인간적인 감정 가운데 그가 느끼는 유일한 것은 부자(富者)에 대한 질투심이었다. 그는 세상 곳곳에 아름다운 여자들이 넘쳐나는 거대한 도시들이 있으며, 거기에 가면 온통 황금과 크리스털로 뒤덮인 쌀롱에 앉아 샴페인을 마시며 여자들과 마음껏 사랑을 나눌 수 있다는 이야기를 들었다. 또한 부자들만이 오른다는 높은 산에 관한 이야기도 들었다. 조난을 당하고, 부상을 입더라도 산에 올라 모험을 즐기리라. 지쳐 쓰러지는 한이 있어도 준마를 몰고 세상 끝까지 가보리라. 거대한 함선을 사서 뱃사람이 되어 적도부터 양극에 이르기까지 온세상을 돌아다니리라. 전장의 한가운데로 돌진해 들어가서 사람들이 흘린 피 속에 몸을 담그리라. 아, 무엇보다 이름난 산해진미를 먹고 마시며, 마음껏 여자들을 탐닉하리라.

하지만 자기가 벌어들인 돈을 쓰려면 우선 빚을 갚아야 했다. 벌어들이는 돈은 곧 써버리고, 게다가 빚까지 진 마당에 거액의 돈을 모은다는 것은 꿈 같은 일이었다. 바로 그 무렵 특별한 사건이 일어났다.

그가 일하던 삼층 공장건물에서 큰 화재가 발생한 것이다. 노동자들은 서둘러 도망쳤지만, 모두가 빠져나간 건 아니었다. 오층에 남아 있던 여자 두 명과 남자아이 하나가 불길에 갇혀버렸다. 다른 사람들이 그들을 발견했을 때는 이미 아래층의 모든 창문이 화염에 휩싸인 뒤였다.

누구도 감히 그들을 도울 생각을 못하고 머뭇거렸다. 그러자 노동자들을 향해 공장주가 소리쳤다.

"저들을 구하는 사람에게 3백 탈러를 주겠다!"

군중 사이에서 갑자기 웅성대는 소리와 술렁임이 일어났다. 서로 이야기를 주고받으며 권유하는 소리가 들렸지만, 땅 위에 서 있는 사람들을 향해 공포에 떨며 절망적으로 손을 뻗치고 있는 불쌍한 조난자들을 구하기 위해 선뜻 나서는 사람은 아무도 없었다.

바로 그때 아들러가 나섰다. 그는 긴 밧줄과 갈고리가 달린 사다리를 달라고 하더니 밧줄을 허리에 묶고 창문 아래쪽으로 다가갔다.

군중은 아들러가 무슨 수로 오층까지 올라가려는지 도무지 알 수가 없었다. 그저 아무 말도 못하고 쳐다볼 뿐이었다. 밧줄은 어디에 쓰려는 것일까?

아들러에게는 나름대로 묘안이 있었다. 그는 사다리의 갈고리를 이층의 넓은 코니스(건물 벽에 띠 모양으로 돌출한 부분—옮긴이)에 걸고 마치 고양이처럼 날렵하게 위로 올라가기 시작했다. 그러고는 코니스에 다다르자 사다리를 다시 삼층의 코니스에 걸고 얼마 후에 삼층에 다다랐다. 그러는 동안 불꽃이 그의 머리카락과 옷을 태웠고, 자욱한 매연이 마치 시트처럼 그를 휘감았다. 하지만 그는 발밑에 펼쳐진 화염과 거미줄 같은 까마득한 심연에도 아랑곳하지 않고, 차근차근 위로 올라갔다.

마침내 아들러가 오층에 다다랐을 때 군중은 "와아!" 탄성을 지르며 박수를 쳤다. 아들러는 사다리 갈고리를 지붕 가장자리에 걸고 결코 가볍지 않은 몸에도 불구하고 비호같이 날쌘 동작으로 위기에 처한 사람들을 한명 한명 지붕 위로 인도했다.

건물의 한쪽 외벽에는 창문이 아예 없었는데, 아들러는 그쪽으로 밧줄을 늘어뜨린 뒤, 자기가 구해낸 사람들이 아래로 내려가게 했다. 그리고 맨 마지막으로 그 자신도 내려왔다. 그가 피를 흘리며 여기저기 불에 그슬린 몸으로 땅바닥에 내려서자, 군중은 그의 팔을 잡고 감격의 환호성을 질렀다.

전대미문의 영웅적인 행동 덕분에 아들러는 정부로부터 금메달을 하사받았고, 공장주로부터는 약속된 3백 탈러보다 더 많은 상금을 받았다.

아들러의 인생에 급격한 반전이 찾아온 것이다. 그는 거액의 돈을 소유한 지체 높은 부자가 된 자신을 보면서 예전보다 돈에 대해 더 강렬한 애착을 느꼈다. 그 돈이 목숨을 걸고 손에 넣은 것이기 때문도 아니고, 자기가 헌신적으로 구해낸 사람들을 상기시키기 때문도 아니었다. 단지 그 돈이 3백 탈러가 넘는 큰 액수였기 때문이었다…… 만약 1천 탈러가 있다면, 얼마나 많은 향락을 누릴 수 있겠는가. 밑천이 있으니 1천 탈러로 불리는 것은 그리 어렵지 않으리라!

돈은 그의 마음속에 새로운 열정을 지폈다. 아들러는 자기의 나쁜 습관을 다 버리고, 구두쇠 고리대금업자가 됐다. 그는 자기가 가진 자금을 이용하여 친구들에게 짧은 기간 동안 높은 이자를 받고 돈을 빌려주기 시작했다. 게다가 공장에서 지금껏 해오던 일도 열심히 했으므로 재산은 금세 불어났다. 그리하여 몇년 뒤에 그의 재산은 3백 탈러가 아니라 3천 탈러에 이르게 되었다.

이 모든 것은 거액을 모으고 나면 부자들처럼 마음껏 향락을 누리겠다는 일념에서 비롯된 것이었다. 하지만 재산이 늘면 늘수록 목표액은 자꾸 커졌고, 처음 시작할 때 그랬듯이 다시 완고하고 단호한 자세로 돌아가 또다시 돈을 불리는 데 몰두하게 되었다. 이상에 가까이 다가가면 갈수록 목표도 자꾸만 상향조정되었다. 아들러는 감정이나 정서를 점점 잃어만 갔다. 그는 자신의 강력한 힘을 오로지 노동에만 쏟았고, 오래전에 품었던 꿈을 잃어버렸다. 그가 생각하는 것은 단 한가지, '돈'뿐이었다. 처음 얼마 동안은 돈이란 그저 수단에 불과하다고 여기고 돈이 아닌 다른 목표를 꿈꾸기도 했지만 시간이 흐르면서 그 목표들은 흐지부지되고, 그의 영혼은 '돈'과 '일'이라는 두 가지 욕망에만 사로잡히게 되었다.

　마흔살까지 그는 온갖 고난과 역경을 딛고 5만 탈러의 재산을 모았다. 그렇게 되기 위해서는 고리대금업과 구두쇠 노릇, 그리고 수단방법을 가리지 않는 간교한 술책이 뒤따라야 했다. 바로 그 무렵 그는 폴란드로 이주했다. 그곳에서 사업을 벌이면 많은 이윤을 챙길 수 있다는 소문을 들었기 때문이다. 그는 폴란드에 작은 직물공장을 세우고, 부유한 가문의 여인과 결혼도 했다. 하지만 그녀는 하나밖에 없는 아들 페르디난트를 낳고 얼마 안 있어 세상을 떠나고 말았다. 이제 아들러는 백만장자가 되겠다는 목표를 세우고, 그 목표를 향해 달리기 시작했다.

　아들러에게 이 새로운 조국은 약속의 땅 그 자체였다. 그는 직물업에 사력을 다하며, 동전 한푼도 절약했다. 아들러는 폴란드땅에서 여러 종류의 사람들을 만나 이득을 챙겼다. 돈이 없어서 아들러에게서 착취당하는 사람들도 있었고, 돈이 너무 많아서 선뜻 돈을 내놓는 사람도 있었다. 꾀가 없어서 이용당하는 사람도 있고, 꾀가 많기 때문에 선뜻 돈을 투자하는 사람들도 있었다. 아들러는 기초적인 사업질서조차 갖추어져 있지 않은 폴란드 사회를 경멸하면서, 악착같이 돈을 모았다. 점점 시장의 생리를 꿰뚫게 되면서 그의 재산은 더욱더 불어났다. 사람들은 이 행운의 공장주에게는 든든한 뒷배가 있으며, 독일에서 막대한 자본이 유입되고 있다고 생각했다.

　그러던 중 페르디난트가 태어나자, 목석 같은 아들러의 마음에도 형언할 수 없는 부성애가 솟구쳤다. 그가 어머니를 잃은 갓난아기를 안고 공장에 가면, 아이는 공장의 기계소리에 소스라치듯 놀라 얼굴이 창백해질 때까지 울곤 했다. 페르디난트가 소년이 되자, 아버지는 아들이 원하는 모든 것을 들어주었다. 아이는 늘 맛난 음식과 하인들에 둘러싸여 있었다. 아버지는 아들의 오락거리를 위해 기꺼이 거액을 지불했다.

아이가 자랄수록 아버지의 사랑도 점점 더 커져갔다. 페르디난트의 장난감은 아들러에게 자신의 어린시절을 떠오르게 했고, 오랫동안 잊고 지내온 본능과 꿈을 일깨웠다. 아들러는 아들이 자기 대신 세상을 즐기고, 재산을 유용하게 쓸 수 있기를, 그래서 지금은 희미해졌지만 언젠가는 그토록 바라던 자신의 꿈, 즉 먼 나라로의 여행과 화려한 연회, 모험에 찬 원정 등을 실현할 수 있기를 진심으로 바랐다.

'페르디난트가 어느정도 크면 공장을 팔아서 그애와 함께 세상을 여행해야지. 그애가 마음껏 향락을 즐기는 것을 지켜보면서 나는 그애를 온갖 위험에서 지켜주리라.'

누구나 자기가 가지고 있는 것만큼만 타인에게 줄 수 있기에 아들러는 아들에게 무쇠처럼 단단하고 건강한 체력과 이기적인 성품, 막대한 재산, 그리고 향락에 대한 끝없는 열망을 물려주었다. 페르디난트는 아들러에게서 물려받은 품성을 긍정적인 방향으로는 조금도 발전시키지 못했다. 아버지도, 아들도 모두 진리를 탐구하는 데에서 얻는 기쁨을 알지 못했고, 예술이나 자연의 아름다움을 느낄 줄 몰랐으며, 둘 다 다른 사람을 경멸하는 버릇을 가지고 있었다. 사회라는 유기체 속에서는 모든 사람들이 의식적이건 무의식적이건 서로 연관을 맺고 공감대를 형성하고 조화를 이루어야 하는데, 두 사람은 그 무엇에도 속박되거나 얽매이려 하지 않았다. 아버지는 다른 무엇보다 돈을 사랑했고, 돈보다 아들을 사랑했다. 아들은 아버지를 좋아하긴 했지만, 그가 사랑하는 건 오로지 자기 자신과 자신의 욕망을 만족시켜주는 수단들뿐이었다.

집에 가정교사가 있었으므로 페르디난트는 중등학교 6학년(우리의 고교 3학년에 해당—옮긴이)까지만 학교를 다녔다. 그는 청소년기에 이미 몇개의 외국어와 춤, 때와 장소에 맞게 옷을 갖추어 입기, 우아하고 교양있게 말하는 방법 등을 배웠다. 겉보기엔 농담도 잘하고 돈도 잘 쓰는 원만한 아이로 보였지만, 그것은 별다른 난관에 부딪히지 않고 만사가 편한 경우에만 그랬다. 잘 모르는 사람들은 그를 좋아했다. 하지만 뵈메처럼 사물을 깊이있게 보는 식견있는 사람들은 이 소년이 실상 할 줄 아는 것이 별로 없고 나쁜 길로 가고 있다는 것을 알고 있었다.

열일곱살이 되었을 때, 페르디난트는 벌써 돈 후안처럼 난잡한 생활을 했고, 열여덟살 때는 학교에서 쫓겨났다. 열아홉살 때 이미 노름을 시작해서 1천 루블을 따기도 했지만, 스무살이 되던 해에 외국으로 가서 아버지가 보내주는 용돈을 제외하고도 6만 루블에 가까운 돈을 날렸다. 비록 고의는 아니었다 해도 어쨌든 그가 저지른 잘못 때문에 아버지의 공장은 긴축경영에 돌입해야 했고, 아버지와 아들은 수백명의 노동자들로부터 원성을 들어야 했다.

지난 이년간 페르디난트는 집을 비우고 유럽 전역을 여행했다. 눈덮인 알프스 정상에도 올랐고, 베쑤비오 화산에도 갔으며, 기구를 타고 하늘을 날아보기도 했다. 빨간 벽돌집들이 늘어서 있는 런던에서 몇주 동안 머물기도 했는데, 그곳은 일요일이 되면 놀 거리가 없어 따분했다. 그가 가장 오래 머물고 가장 흥겨운 시간을 보낸 도시는 빠리였다.

페르디난트는 아버지에게 편지를 자주 쓰지는 않았다. 하지만 이따금씩 무쇠와도 같은 마음이 감동을 느끼는 순간에는 시시콜콜한 것까지 상세하게 써보내기도 했다. 아들러에게 있어 아들의 편지는 그야말로 성대한 향연 그 자체였다. 늙은 공장주는 단어 하나하나를 음미해가며 아들의 편지를 수십번씩 되풀이해서 읽었다. 편지를 읽노라면 오래전 자신의 뜨거웠던 열망이 새삼 되살아나는 것을 느꼈다.

기구를 타고 하늘을 나는 것, 화산을 보는 것, 빠리의 화려한 쌀롱에서 수천쌍이 짝을 지어 캉캉을 추는 것, 샴페인에 여인들을 목욕시키는 것, 한번의 카드 게임으로 수백 루블을 따거나 잃는 것, 이 모든 것이야말로 그가 꿈꿔오던 이상을 뛰어넘는 멋진 삶이 아니던가? 아들러에게 페르디난트의 편지는 바로 자신의 젊은날을 되살리는 영감이었고, 이제는 늙어버린 자기가 감히 넘보기에는 너무도 황홀한 환희였으며, 지금껏 맛보지 못한 새로운 감동이었던 것이다.

사치스러운 방랑자가 구구절절 묘사해놓은 내용들을 읽다보면 완고한 현실주의자의 마음속에도 시적 환상이 싹텄다. 때로는 자기가 읽은 구절이 눈앞에서 생생하게 살아움직이는 것 같기도 했다. 하지만 그런 환상도 기계가 돌아가는 리드미컬한 소음과 작업장에서 옷감이 바스락대는 소리에 금세 사라졌다.

아들러의 바람과 소원, 꿈은 이제 한가지뿐이었다. 그것은 수백만 루블의 현금을 모아서 공장을 팔고 그 돈을 모두 챙겨 아들과 여행을 떠나는 것이었다.

"아들이 세상을 즐기는 것을 나는 하루종일 곁에서 지켜보리라!"

몰락한 소돔이나 로마제국에나 어울릴 것 같은 친구의 이런 황당한 계획이 뵈메 목사는 도무지 마음에 들지 않았다.

"돈도 다 써버리고, 환희도 다 사라지고 나면, 그때는 자네와 아들에게 과연 뭐가 남겠나?" 목사가 아들러에게 물었다.

"그런 거액은 쉽게 바닥나지 않는 법일세."

공장주가 대답했다.

3

페르디난트의 귀환 날짜가 마침내 정해졌다.

아들러는 평소와 다름없이 다섯시에 일어나 여덟시에 사각 파이앙스 잔에 커피를 따라 마셨다. 그 잔에는 푸른색으로 'Mit Gott für König und Vaterland'(국왕과 조국에 신이 함께하시길—옮긴이)라고 씌어 있었다. 그러고 나서 공장에 들렀다가 열한시경에 기차역으로 아들을 태울 이륜마차와 짐을 실을 사륜마차를 보냈다. 여느 때와 마찬가지로 담담하고 표정 없는 얼굴로 저택 앞 회랑에 앉아 있었지만, 초조한 듯 자꾸만 시계를 들여다보는 것이 어딘지 평소와는 달랐다.

그날은 날씨가 매우 더웠다. 안뜰에서는 목서초(木犀草)와 아카시아 향기가 공장에서 뿜어져나오는 매연과 뒤섞여 묘한 냄새를 풍겼다. 암탉의 꼬끼오 소리가 공장에서 끊임없이 들려오는 기계 돌아가는 소리에 응답이라도 하듯 터져나왔다. 하늘은 청명하고, 대기는 고요했다.

아들러는 땀에 젖은 얼굴을 닦으며 철제 벤치 위에서 자꾸만 앉은 자세를 바꿨다. 그럴 때마다 벤치는 삐걱거리며 기묘한 소리를 냈다. 평소에는 열두시경에 고기를 곁들인 늦은 아침을 먹곤 했지만 오늘은 입에 대지도 않았고, 지난 삼십년간 매일같이 주석 뚜껑이 달린 커다란 잔으로 마시던 맥주도 자제했다.

한시가 조금 지나자 페르디난트를 태운 이륜마차가 안뜰로 들어서는 게 보였다. 하지만 짐을 싣기 위해 딸려 보낸 사륜마차는 텅 비어 있었다.

페르디난트는 혈색은 다소 창백했지만 큰 키에 건장한 체격을 가진 젊은이로, 금발에 옅은 푸른빛 눈동자를 지니고 있었다. 머리에는 두 개의 띠를 두른 스코틀랜드식 베레모를 쓰고, 소매 없는 망또 스타일의 가벼운 외투를 걸친 아들이 마차에서 내렸다.

공장주는 아들을 보자마자 자신의 거대한 몸을 일으켜 양팔을 활짝 벌리며 외쳤다.

"하! 하! 하! 잘 있었니, 페르디난트?"

아들은 마차에서 뛰어내려 회랑으로 달려와서 아버지를 와락 끌어안고는 양 볼에 번갈아가며 입을 맞추었다.

"비라도 내렸나보군요. 아버지께서 바짓부리를 걷고 계신 걸 보니."

노인은 자신의 바지를 내려다보았다.

"이런, 이런, 네 영리한 눈에는 한눈에 모든 게 다 보이는가 보구나! 하! 하! 그동안 어떻게 지냈느냐?…… 요한! 아침식사를!"

아들러는 아들의 외투를 벗기고, 가방을 받아 내려놓고는 마치 숙녀에게 하듯이 그에게 손을 내밀었다. 현관으로 들어서면서 아버지는 다시 한번 안뜰을 바라보고 질문을 던졌다.

"그런데 마차가 왜 비어 있는 거니? 왜 역에서 네 물건들을 찾아오지 않았지?"

"물건들이라고요?" 페르디난트가 물었다. "아버지는 제가 외국에서 결혼이라도 해서 궤짝과 바구니, 상자 들을 잔뜩 가져올 거라고 생각하셨나요?…… 제 물건은 이 휴대용 트렁크 안에 들어 있는 게 전부예요. 셔츠 두 벌, 색깔이 있는 건 여행용이고, 흰색은 쌀롱에 갈 때 입는 것이죠. 그리고 프록코트가 딸린 정장 한벌, 세면도구, 넥타이, 장갑 몇켤레…… 그게 다예요."

아들은 미소를 지으며 활기 넘치는 우렁찬 목소리로 대답했다. 아들은 아버지의 손을 몇차례나 부여잡으며 말을 이었다.

"아버지는 그동안 어떻게 지내셨어요? 별일 없으셨나요? 들리는 얘기로는 아버지께서 화려한 프린트 옷감과 퍼스티언 천(중세시대부터 사용된 능직 무명의 일종. 코르덴이나 우단과 유사함—옮긴이)으로 큰돈을 버셨다던데…… 우리 앉아서 얘기해요."

아버지와 아들은 허겁지겁 아침식사를 하고 나서 술잔을 부딪쳐 건배를 한 다음, 사무실로 갔다.

"이제 이곳에도 프랑스식 생활방식을 도입할 필요가 있을 것 같군요. 다른 무엇보다도 프랑스 요리를 말이죠!"

페르디난트가 씨가에 불을 붙이며 말했다. 아버지는 언짢은 듯 인상을 찌푸렸다.

"다른 무엇보다도……라니? 그럼 독일인들이 먹는 음식은 형편없다, 그 말이냐?"

"그들은 돼지들이죠……"

"뭐라고?" 늙은 아버지가 깜짝 놀라서 물었다.

"독일인들은 돼지들이라고 했어요." 아들은 여전히 싱글벙글 웃으면서 말했다. "제대로 먹을 줄도, 즐길 줄도 모르는……"

"아니, 그럼, 너는 누구란 말이냐?" 아버지가 말을 끊었다.

"저요? 저야 코즈모폴리턴, 그러니까 세계인이죠."

아들이 스스로를 코즈모폴리턴이라고 칭하는 것에는 별다른 이의가 없었지만, 독일인들을 도매금으로 그런 지저분한 동물과 동일선상에 놓는 것은 신경에 거슬렸다.

"페르디난트야, 나는 네가 7만 8천 루블을 날린 대신에 어느정도의 분별력은 배웠을 거라고 기대했다."

아들은 씨가를 재떨이에 던지고는 아버지의 목에 매달렸다.

"아휴, 여전하시네요!" 아들은 아버지의 뺨에 입을 맞추었다. "전형적인 보수주의자처럼 구시는군요. 완전히 중세시대의 남작 같으세요!

인상 쓰지 마세요, 아빠! 자, 어서 얼굴 좀 펴세요."

아들은 아버지의 손을 잡아 방 한가운데로 이끌더니 마치 군인처럼 몸을 쭉 펴고는 말했다.

"이런 단단한 가슴에다……"

이렇게 말하며 아들은 아버지의 가슴을 손바닥으로 가볍게 두드렸다.

"이런 종아리를 가지셨으니……"

이번에는 종아리를 꼬집었다.

"만약 제게 아내가 있었다면 아버지를 피해 그녀를 쇠창살이 달린 방에 가두어놓았을 거예요. 사실 아버지도 독일 요리가 시체냄새 풍기는 형편없는 음식이라는 의견에는 동의하시잖아요? 뭐, 맛없는 독일 음식은 멀리 독일에 있는 사람들에게 맡겨두자고요. 요즘 같은 세상에 정말 실력자라면, 그런 하찮은 일에 일일이 신경쓸 필요가 없다고 생각하는데요."

"정신나간 놈!" 어느정도 마음이 진정된 아버지가 끼어들었다. "그나저나 너는 이제 더이상 독일의 애국자가 아닌가 보구나. 그럼 대체 너는 누구란 말이냐?"

"제가 누구냐고요?" 페르디난트가 일부러 심각한 체하며 입을 열었다. "지금 여기 있는 그대로가 바로 저예요. 폴란드 귀족인 아들러 폰 아들러스도르프(Adler von Adlersdorf), 독일인이면서 동시에 폴란드의 실업가라고 할 수 있죠. 또한 프랑스인이면서 공화국의 시민이자 민주주의자입니다."

페르디난트와 아버지의 재회 인사는 이렇게 끝났다. 7만 9천 루블을 외국에다 쏟아붓고 이 청년이 얻은 유일한 성과라면, 그것은 어떤 상황이 닥쳐도 인생의 쾌락을 즐기는 법을 알게 되었다는 것, 그뿐이었다.

같은날 아버지와 아들은 뵈메 목사에게 갔다. 공장주는 페르디난트를 '돌아온 탕아'에 비유하면서, 비록 많은 돈을 잃었지만, 대신 좋은 경험을 했을 거라 믿는다며 두둔했다. 목사는 자신의 대자(代子)를 다정하게 포옹하면서 현재 열심히 일하고 있고 죽을 때까지도 일을 하겠다는 자신의 아들 유제프의 마음가짐을 본받으라고 충고했다.

페르디난트는 인간이 사회에서 존재가치를 획득하는 것은 오로지 노동을 통해서라는 것을 깨달았노라고 대답하면서, 자기가 지금껏 경박한 삶을 살아온 것은 경솔함과 게으름이 특징인 폴란드 사람들 틈에서 어린시절을 보냈기 때문이라고 말했다. 그러고는 한 명의 영국인이 두 명의 프랑스인, 또는 세 명의 독일인 몫의 일을 하는 데 대해 깊은 감명을 받았으며, 그렇기 때문에 최근 들어 영국인에게 많은 존경을 품고 있다고 덧붙였다.

늙은 아들러는 아들의 진지함과 솔직함, 그리고 설득력에 감화되었다. 뵈메 또한 페르디난트를 보면서 그가 겪은 체험이 긍정적인 변화를 가져왔다고 생각했다. 그런 변화야말로 7만 몇천 루블보다 더 값진 게 아닐까.

목사의 성대한 환영인사가 끝난 뒤 뵈메 부부와 아들러는 라인강 유역에서 생산된 포도주를 마시며 자식들에 관해 이야기를 나누었다.

"이보게, 고틀리프! 나는 페르디난트를 다시 보게 됐네. 보다시피 난봉꾼 젊은이가 '진짜 남자' 그러니까 '베루스 비르'(verus vir, 진짜 사나이라는 뜻의 라틴어—옮긴이)가 됐으니 말이야. 사물을 냉철하게 판단하고 자기 자신을 성찰하게 됐으니 긍정적인 변화라고 할 수 있지……" 뵈메가 말했다.

"그렇고말고요!" 목사 부인이 맞장구를 쳤다. "페르디난트의 이야기를 듣고 있으니 우리 유제프가 생각나네요. 여보, 기억나세요? 작년 여름휴가 때, 유제프도 똑같이 영국인 이야기를 했잖아요. 그애는 정말 성실한 애죠!"

비쩍 마른 목사 부인이 한숨을 내쉬었다. 그녀가 입은 검은 드레스는 빈약한 몸에 너무 헐거워 보였다.

그 시각에 페르디난트는 뵈메 목사 내외의 열여덟살 난 아름다운 딸 아네타와 정원을 거닐고 있었다. 두 사람은 어릴 때부터 함께 자랐기에 젊은 처녀는 오랫동안 만나지 못한 어린시절 친구를 성의를 다해 반갑게 맞이했다. 그들은 한시간 동안 함께 산책을 했는데, 아네타가 갑자기 더위 때문에 머리가 아프다며 자기 방으로 들어가버렸다. 페르디난트는 어른들이 있는 자리로 돌아왔지만, 시무룩해져서 거의 아무 말도 하지 않았다. 팔팔한 청년의 입장에서는 늙은이들 곁에 있는 것보다는 아름다운 처녀와 함께 있는 것이 훨씬 유쾌한 일일 것이다. 목사 부부는 페르디난트의 무례한 태도를 너그럽게 이해했다.

집으로 돌아온 뒤, 페르디난트는 아버지에게 다음날 바르샤바에 다녀와야겠다고 말했다.

"아니, 무엇 때문에? 집에 돌아온 지 여덟 시간 만에 벌써 집이 지겨워졌니?"

아버지가 소리쳤다.

"무슨 말씀이세요? 생각해보세요. 속옷과 옷가지도 사야 하고, 이웃들을 방문할 때 타고 다닐 마차도 있어야 할 거 아네요?"

페르디난트가 무슨 말을 해도 아버지를 설득할 수는 없었다. 아들러는 하녀를 바르샤바로 보내 속옷을 사오게 하고, 마차는 자기가 잘 아는 공장주인에게 편지를 써서 직접 주문하겠노라고 했다. 양복도 큰 문제가 아니었다. 프록코트와 양복을 만드는 재단사에게 양복 쌤플을 보내면 원하는 옷감으로 맞춤옷을 제작할 수 있다는 것이었다.

그 말에 페르디난트의 태도는 더욱 무뚝뚝해졌다.

"아버지, 마구간에 혹시 승마용 말이 있어요?"

"그게 왜 필요한데?" 공장주가 물었다.

"저한텐 꼭 필요해요. 아버지께서 최소한 그것만은 들어주실 거라고 기대했는데……"

"물론이지, 애야."

"내일 당장 도시에 가서 귀족들 중에 말을 팔려고 내놓은 사람이 있는지 알아보고 싶은데요. 설마 그것까지 못하게 하지는 않으시겠죠?"

"그러려무나……"

다음날 아침 열시, 페르디난트는 도시를 향해 떠났다. 몇분 후 아들러의 안마당에 뵈메 목사가 사륜마차를 타고 나타났다. 평소와는 달리 목사는 매우 흥분한 상태였다. 구레나룻 부근의 양쪽 뺨과 큰 코가 벌겋게 물들어 있었다. 그는 아들러를 쳐다보며 소리를 버럭 질렀다.

"페르디난트 집에 있나?"

아들러는 목사의 목소리가 떨리는 것을 감지하고 이상히 여겼다.

"페르디난트는 왜 찾는데?"

"이런 불한당 같은…… 나쁜놈! 자네, 어제 그놈이 우리 아네타에게 뭐라고 지껄였는지 아나?" 뵈메가 소리쳤다.

공장주인의 얼굴 표정으로 봐서는 아무것도 모르고 있고, 짐작조차 못하는 것이 분명했다.

"그놈이 우리 딸에게 말하길……" 목사는 잔뜩 흥분해서 목소리를 높이다가 이 대목에서 잠시 말을 멈추었다. "이런 파렴치한 일이! 이런 무례한 일이!"

"대체 왜 그러나, 마르친?" 불안해진 아들러가 물었다. "페르디난트가 무슨 말을 했는데?"

"내 딸더러 한밤중에 창문을 열어놓고 자기를 기다리라고 했다네……"

불쌍한 목사는 분을 삭이지 못하고 자신의 밀짚모자를 바닥에다 내던져버렸다.

아들러는 공장업무와 직물 파는 일 외에는 무슨 일이든지 천천히 생각하는 습관이 있었다. 목석같은 그의 냉정한 마음은 가련한 시골 처녀가 입었을 마음의 상처에 쉽게 공감하지 못했다. 하지만 그의 마음속에는 목사와의 오랜 우정의 감정이 자리잡고 있었다. 이 사건을 냉정하게, 그리고 논리적으로 판단한 결과 아들러는 다음과 같은 결론을 내렸다. 만약 아네타가 페르디난트의 권유를 받아들인다면, 아들은 그녀와 결혼을 해야 한다. 반드시 그녀와 결혼해야만 한다…… 도저히 다른 방법이 없다.

페르디난트는 집에 돌아온 지 몇시간 만에, 앞으로 잘못된 점을 고쳐나가겠노라고 다짐한 지 십여분 만에, 지참금도 없는 목사의 딸과 혼인을 해야 할지도 모르는 무모한 일을 저지른 것이다…… 아니 어떻게 그런 일을 벌일 수 있단 말인가? 아버지 곁에서 맘껏 향락을 즐겨야 하는데, 세상을 누비며 거리낌없이 돈과 젊음을 소비해야 하는데! 뵈메가 간신히 화를 가라앉히고 마음을 진정시킬 무렵, 이제는 아들러의 분노가 폭발했다. 그의 낡은 옷자락 속에서 호랑이 같은 난폭한 기질이 고개를 들었다.

"이런 깡패 같은 놈! 일주일 전에 그놈 때문에 5만 9천 루블이나 허비했는데, 오늘 또 돈을 가져가고, 게다가 이런 못된 말썽을 피우다니!"

그는 양손을 높이 들어올리고 마치 금송아지를 숭배하는 자의 머리에 석판을 던지려는 모세처럼 부들부들 떨었다.

"그 못된 자식을 회초리로 혼쭐을 내줘야지." 공장주가 고함을 쳤다.

홍분해서 날뛰는 아들러를 보면서 목사는 그의 손에서 휘둘리고 있는 회초리가 뭔가 큰일을 낼 것만 같은 생각에 우선 화를 풀었다.

"이보게, 고틀리프! 그럴 필요없네. 이 일은 내게 맡겨두게. 내가 직접 페르디난트를 만나 더이상 우리집에 오지 말라고 이야기하고, 기독교인다운 성실한 태도를 가지라고 충고하겠네."

"요한!" 공장주는 하인이 대령하자 격앙된 목소리로 명했다. "어서 도시로 사람을 보내 페르디난트를 데려오게. 회초리로 그 자식을 후려패야겠어!"

하인은 놀라움과 의아함이 섞인 눈길로 주인을 쳐다보았다. 하지만 목사가 하인을 향해 눈짓을 보내자 요한은 조용히 물러났다.

"고틀리프!" 목사가 말했다. "페르디난트는 회초리로 때리거나 심하게 꾸짖기엔 이미 너무 나이가 들어버렸네. 지나친 엄격함은 그애의 잘못을 고치는 게 아니라 오히려 절망에 빠뜨려 망칠 수도 있어…… 워낙 야심만만한 녀석이라 혹시 제 인생을 망가뜨리게 될지도 몰라……"

목사의 지적에 아들러는 충격을 받은 모양이었다. 늙은 아버지는 눈을 휘둥그레 뜨면서 의자에 털썩 주저앉았다.

"마르친, 지금 무슨 말을 하는 거야?" 아들러가 목소리를 낮추며 물었다. "요한! 어서 물 한병 가져오게……"

공장주는 요한이 가져온 물을 단숨에 들이켜고는 조금씩 이성을 되찾기 시작했다. 페르디난트를 데려오라는 명령도 다시 하지 않았다.

"그 미친놈이 대체 왜 그런 짓을 했을까?"

직물공장 주인이 낙담하여 고개를 푹 수그리며 중얼거렸다. 덩치 크고 힘세지만 늙은 아버지는 자기 아들이 잘못된 길로 가고 있으며, 그곳에서 아들을 빼내와야 한다는 걸 깨달았다. 하지만 무슨 수로? 도무지 알 수가 없었다.

목사는 만약 지금 이 순간 적절한 충고를 한다면, 아들에 대한 공장주의 태도를 바꿀 수도 있고, 경솔한 젊은이의 버릇을 고칠 수도 있으리라고 생각했다. 뵈메는 재빨리 여러 단어를 조합하여 그럴듯한 말을 생각해냈다. 먼저 신께 도움을 구하고, 그다음엔……

목사는 바지의 왼쪽 주머니에 서둘러 손을 넣더니 다음엔 반대쪽 손을 오른쪽 주머니에 넣고 뒤졌다. 그다음엔 프록코트의 뒷주머니를 살피고, 옆주머니와 안주머니를 차례로 뒤졌다. 그러다가 초조한 듯 방 안을 왔다갔다하기 시작했다.

"마르친, 뭘 그렇게 찾는 거야?"

아들러가 목사의 부산한 몸짓을 보면서 물었다.

"또 안경을 잃어버렸나봐!"

뵈메가 난처해하며 말했다.

"안경은 자네 이마에 있는데……"

"아, 그렇군!" 목사가 양손으로 그 귀중한 물건을 잡으면서 외쳤다. "이놈의 건망증! 참, 사람을 우습게 만드는군!"

그는 이마에서 안경을 끌어내리고는 금색 플라르 천(광택 있는 부드럽고 가벼운 비단 또는 그런 질감의 화학섬유─옮긴이)으로 된 손수건을 꺼내 안경 유리에 묻은 땀방울을 닦았다.

바로 그때 공장의 회계사가 전보를 들고 들어왔다. 전보를 읽은 아들러는 미룰 수 없는 위급한 일이 생겨서 변호사 사무실에 갔다와야 하니, 점심식사 때까지 가지 말고 기다려달라고 친구에게 부탁했다. 하지만 뵈메 또한 할 일이 있었으므로 늙은 공장주에게 아들을 기독교적인 삶에 합당한 정직하고 바른 길로 인도하기 위해서는 어떻게 해야 하는지 알려줄 기회를 갖지 못한 채, 그 집을 나서야만 했다.

그날 저녁 늦게 페르디난트는 매우 유쾌한 기분으로 집에 돌아왔다. 아들은 아버지를 찾아 이 방 저 방 돌아다니며 방문을 활짝 열어젖혔다. 뿐만 아니라 지팡이로 책상이며 의자를 북을 치듯 리드미컬하게 두드리면서 프랑스어로 노래를 불렀다. 바리톤의 그 목소리는 요란하기만 했지, 음정은 불안하기 짝이 없었다.

　　조국의 아이들아
　　영광의 날이 왔다

　　그는 아버지의 사무실로 들어와 스코틀랜드 모자를 약간 뒤로 비스듬히 기울여쓴 차림으로 아버지 앞에 섰다. 조끼 단추는 풀어헤쳤고, 땀에 흠뻑 젖은 채, 포도주냄새까지 풍기고 있었다. 두 눈에는 냉철한 이성과는 거리가 먼 환락의 불꽃이 타오르고 있었다.

　　시민들이여 무기를 들라!

　　이 대목을 노래하는 순간 페르디난트는 열정에 사로잡혀 아버지의 머리 위에서 지팡이를 몇차례나 흔들었다. 노인은 아들이 자신의 머리 위에서 지팡이를 흔들어대는 것을 용납하지 않았다. 그는 안락의자에서 벌떡 일어나 아들을 무섭게 쏘아보며 버럭 소리를 질렀다.
　　"이 불한당 같은 놈, 술에 취한 꼴이라니!"
　　페르디난트가 뒤로 물러섰다.
　　"아빠!" 아들이 냉정하게 말했다. "저를 불한당이라고 부르지 마세요. 그런 표현에 익숙해지면 나중에 다른 사람들이 저나 아버지를 그렇게 부르더라도 아무런 감정도 느끼지 못하게 돼버릴 거예요…… 인간은 모든 일에 쉽게 익숙해지는 법이니까요."

아들의 절제된 목소리와 명쾌한 논조는 아버지에게 강한 인상을 주었다.

"에라, 이 난봉꾼 같은 놈아! 어째서 뵈메의 딸에게 수작을 걸었니?"

"아니, 아빠는 제가 목사님 딸에게 수작을 걸기를 바라세요?" 페르디난트가 이상하다는 듯 물었다. "뼈와 가죽만 남은 그런 말라깽이한테요?"

"물론 그런 생각은 꿈에도 없다! 하지만 오늘 목사님이 다녀갔다. 그러면서 앞으로는 너를 자기네 집 문간에 발도 들여놓지 못하게 한다더구나. 이젠 너를 아는 척하고 싶지도 않다면서!"

페르디난트는 서류더미 위에 모자와 지팡이를 집어던지고는 머리를 팔로 괸 채 소파 위에 몸을 쭉 펴고 드러누웠다.

"뵈메 아저씨는 정말 못말리겠네요." 그가 웃음을 머금고 말했다. "물론 더이상 그 지긋지긋한 집에 발을 들여놓지 않아도 된다니 정말 다행이지만요. 참 괴팍스러운 가족이에요! 뵈메 아저씨는 아마도 자기들이 무슨 식인종이나 야만인 들 틈에서 살고 있다고 생각하시나봐요. 그분은 잘난 자기 가족이 남을 바꿀 수 있다고 착각하고, 그걸 통해 기쁨을 느끼고 싶어하시는 것 같아요. 그 아주머니 머릿속에는 오로지 자기의 잘난 아들, 그 박식한 느림보 유제프밖에는 없고요. 그 집 딸은 또 어떤 줄 아세요? 목사들만 감히 범접할 수 있는 교회 제단처럼 성스러운 척하는 꼴이라니. 아네타는 아마 애를 둘쯤 낳고 나면 틀림없이 자기 어머니처럼 말라비틀어져서 추하게 변할 거예요. 그런 여자를 아내로 둔 남편은 참 좋기도 하겠군요! 그런 아무 짝에도 쓸모없는 막대기 같은 여자와 뭘 하겠어요? 정말 따분한 사람들이죠…… 혐오스러운 먹물들 같으니라고!"

"그래, 먹물들이지!" 잠시 뜸을 들이다가 아버지가 말했다. "하지만 적어도 네가 그 먹물들처럼 살았다면, 이년 만에 7만 8천 루블을 날리는 황당한 일은 없었을 게 아니냐?"

페르디난트는 하품을 하려다 멈추었다. 그는 의자에 그대로 다리를 기댄 채 상체를 일으켜 소파 위에 앉더니 원망 섞인 표정으로 아버지를 바라보며 물었다.

"아버지, 그까짓 몇만 루블 가지고 평생 괴롭히실 작정이신가 보군요."

"당연하지. 결코 잊지 않겠다!" 아버지가 소리를 버럭 질렀다. "명색이 이성을 가진 인간이 그런 큰돈을 날리다니. 아마 악마도 네놈의 행태는 이해 못할 거다! 실은 어제 너를 보자마자 이 말을 꼭 하고 싶었다!"

페르디난트는 아버지가 말은 그렇게 하면서도 진짜로 노여워하고 있는 게 아니라는 것을 간파했다. 그는 바닥에 다리를 내려놓고는 손으로 무릎을 두드리면서 말했다.

"아버지, 어디 한번 이성을 가진 사람답게 우리 심각하게 이야기를 나누어보기로 하죠. 아빠도 더이상 저를 어린애로 보시지는 않잖아요……"

"미친놈!" 말은 그렇게 하면서도 노인은 아들의 진지한 태도에 끌렸다.

"그렇다면 아빠, 부디 사물의 본질을 깊이 들여다봐주세요. 물론 받아들이시기는 힘들겠지만, 자연과 우리 가문의 혈통에서 비롯된, 있는 그대로의 제 본성을 인정해주세요. 본래 우리 집안에는 목사님이나 그분의 아들 같은 그런 샌님은 없었잖아요. 일찍이 우리 조상은 '아들러들'이라고 불렸지요. 그 이름 속에는 개구리도, 가재도 아닌, 독수리의 본성을 가진 존재라는 의미가 담겨 있잖아요(독일어 'Adler'는 '독수리'란 뜻—옮긴이). 우리 가문은 육체적으로도 큰 키와 건장한 체구를 가졌고, 특히 맨주먹으로 수백만의 재산을 모으고, 외국에 나가서 높은 지위를 차지한 자랑스러운 인물도 배출했지요. 그 말은 우리 가문은 힘도 있고, 꿈도 있다는 뜻으로……"

페르디난트는 진심인지 거짓인지 알 수 없는 열정을 담아서 말했고, 아버지는 감격하여 아들의 말에 귀를 기울였다. 청년은 점차 목소리를 높여가며 연설을 계속했다.

"설사 제게 잘못이 있다 하더라도, 제게는 조상들로부터 물려받은 강인한 힘과 꿈이 있잖아요? 저는 천성적으로 활기차게 움직여야 마음이 후련하고, 슈타인(Stein)이나 블룸(Blum), 포겔(Vogel, 각각 돌과 꽃, 새라는 뜻으로 독일에서 매우 흔한 성—옮긴이) 같은 족속들과는 달리 일을 많이 벌여야 직성이 풀리거든요. 왜냐하면 저는 아들러니까요. 좁은 구석자리로는 만족할 수가 없죠. 제게 필요한 건 넓은 세상이에요. 제게 내재한 힘은 투쟁을 위한 더 많은 시련과 역경을 필요로 하고, 정신 없이 몰두할 수 있는 향락을 원해요. 그러지 않으면 전 터져버릴 것만 같아요…… 저처럼 정열적인 사람들은 온 나라를 뒤흔드는 인물이 되거나 아니면 범죄자가 되곤 한대요…… 비스마르크도 오스트리아와 프랑스를 정복하기 전에 속물들의 머리에다 대고 컵을 깨뜨린 적이 있었죠. 그러니까 제가 바로 그래요…… 정상에 올라가기 위해서는, 진정한 아들러가 되기 위해서는 주변의 여건이 따라주어야만 해요. 지금 저는 제가 원하는 세상에 살고 있지 못해요. 딱히 제 주의를 끄는 일도 없고, 제 넘치는 힘을 사용할 데도 없어요. 그래서 저는 쾌락에 빠져 있는 거예요. 이렇게 즐길 거리라도 찾지 않으면, 새장에 갇힌 독수리처럼 숨이 막혀 죽어버릴지도 모르거든요…… 아빠는 지금까지 인생에서 목표가 있었죠. 수백명의 사람들에게 명령을 내리고, 공장의 기계를 가동하고, 돈을 차지하기 위해 수많은 사람들과 치열한 경쟁을 벌이셨죠. 하지만 내게는 아무런 낙이 없어요…… 대체 뭘 하면 좋을까요?"

"아니 누가 너더러 공장을 운영하고, 사람들을 부리고, 돈을 벌어들이는 일을 하지 말라고 했느냐?" 아버지가 물었다. "그런 일이야말로 목돈을 잡아먹는 예전의 그 방탕한 짓거리들보다는 훨씬 낫지 않겠니?"

"물론이죠!" 페르디난트가 의자에서 벌떡 일어났다.

"그렇다면 아버지의 권한 중 일부를 제게 주세요. 그러면 내일부터 열심히 일을 할게요. 지금 제게 필요한 건 노동이라는 사실이 절실히 느껴져요…… 그냥 일이 아니라 아주 힘겨운 일, 제가 날개를 활짝 펼칠 수 있는 그런 일 말이에요…… 아버지, 제게 공장의 감독 자리를 맡겨주시는 거죠? 맡겨만 주시면 내일부터 열심히 할게요. 이런 공허하고 무료한 생활은 이제 진절머리가 나요!"

만약 늙은 아들러가 감동의 눈물을 흘릴 줄 아는 사람이었다면 당장에라도 기쁜 마음에 울음을 터뜨렸을 것이다. 하지만 그는 자신의 바람을 그대로 실현하겠노라 다짐하고 있는 아들의 손을 여러 번 힘주어 잡으며 간신히 눈물을 참았다.

페르디난트가 공장을 운영하고 싶어한다! 얼마나 다행스러운 일인가! 몇년 뒤 그들의 재산이 두 배로 불어나면, 그때는 돈으로 바꾼 다음 어린 독수리를 위해 세상의 드넓은 지평으로 나아가리라.

그날 밤 공장주는 제대로 잠을 이루지 못했다.

다음날 페르디난트는 정말 공장으로 출근해서 모든 부서를 돌아보기 시작했다. 노동자들은 흥미로운 눈으로 페르디난트를 바라보면서 그가 묻는 질문에 대답하고, 그의 명령을 수행하기 위해 서로 경쟁을 벌였다. 엄한 아버지와는 대조적으로 명랑하고 서글서글한 젊은이는 노동자들에게 좋은 인상을 심어주었다.

그날 아침 아홉시경, 한 명문가의 대리인이 고소장을 들고 아들러의 사무실을 찾아왔다. 그 내용은 아들러 가문의 청년이 명문가의 마나님을 유혹했고, 그 집의 하녀들에게도 무례하게 행동했다는 것이었다.

"말도 안돼!" 아들러가 중얼거렸다.

한시간 뒤 방직공장의 책임자가 기겁을 해서 아들러를 부르러 뛰어왔다.

"주인님! 페르디난트 도련님께서 노동자들의 임금이 삭감되었다는 사실을 듣고는, 지금 노동자들더러 공장을 떠나라고 부추기고 계십니다. 모든 작업장마다 돌아다니면서 말도 안되는 이야기를 하고 계세요."

"이런 망나니 같은 자식!" 아버지의 분노가 폭발했다. 그는 즉시 아들을 데려오라고 명령했다가, 기다리지 못하고 조급한 마음에 아들이 있는 곳으로 직접 달려갔다.

아버지와 아들은 창고 앞에서 마주쳤다. 페르디난트는 씨가를 입에 물고 있었다.

"뭐야…… 지금 공장에서 씨가를 피우는 거냐? 어서 버리지 못해?" 아들러는 분을 못 이겨 발을 굴렀다.

"아니, 이제 저더러 씨가도 맘대로 못 피우게 하시나요?" 페르디난트가 물었다. "정말 제게 하시는 말씀이세요?"

"공장 울타리 내에서는 그 누구도 담배를 피워선 안된다!" 아들러가 고함을 쳤다. "네 담배연기 때문에 전재산을 잃게 될지도 몰라. 게다가 사람들을 부추기다니! 어서 꺼지지 못해!"

마침 그 광경을 수십명의 사람들이 지켜보고 있었으므로, 페르디난트 역시 화가 폭발했다.

"아, 이런! 아버지께서 저를 이렇게 취급하시다니 너무나 야만적인 처사예요. 제 명예를 걸고 맹세하는데, 저는 앞으로 절대 공장 문턱을 넘지 않을 겁니다. 이런 수모는 집에서 당하는 것만으로도 충분하니까요."

페르디난트는 씨가를 발로 짓이기더니, 분노와 수치심으로 씩씩거리고 있는 아버지에게는 눈길도 주지 않고 저택으로 들어가버렸다.

점심 식탁에서도 똑같은 상황이 벌어졌다.

"이제 네 도움 따위는 필요없다. 앞으로 매달 네게 3백 루블을 주겠다. 마차와 말, 그리고 하인을 줄 테니, 네 맘대로 해라. 대신 공장 근처에는 얼씬도 하지 마라!"

페르디난트는 탁자에 턱을 괴고 앉아 한손으로 수염을 쓰다듬으며 말했다.

"아버지! 제발 이성을 가진 사람답게 이야기를 하자고요. 더이상 이 좁은 저택에서 제 인생을 허비할 순 없어요. 지금까지 말씀드리진 않았지만, 실은 저는 우울증에 시달리고 있어요. 의사들도 저더러 무료한 생활을 피하라고 처방했다고요. 이곳에서의 생활은 단조롭기 그지없죠. 여기 있으면 저는 끊임없이 향수에 시달릴 수밖에 없어요. 물론 아버지께 걱정을 끼치고 싶진 않지만, 까딱하다가는 제 생명이 위험할 수도 있다고요……"

아버지는 깜짝 놀랐다.

"그러니까 네게 한달에 3백 루블을 준다고 하지 않니!"

페르디난트가 손을 내저었다.

"그럼, 4백 루블……"

아들은 슬픈 듯 고개를 저었다.

"이런 제기랄, 6백 루블을 주마!" 아들러는 주먹으로 탁자를 내리치며 소리쳤다. "더 이상은 줄 수 없다. 지금 공장이 얼마나 어려운지 알기나 하니? 긴축경영 때문에 마치 팽팽하게 당겨진 줄처럼 위태롭기 짝이 없다고! 이대로 가다가는 파산하고 말 거야!"

"쳇! 아버지께서 어디 한번 한달에 6백 루블로 살아보시죠! 물론 제가 병에 걸리지만 않았어도 이야기는 달라지겠지만!"

젊은이는 자신이 내세운 우울증 때문에 굳이 바르샤바까지 갈 필요는 없다는 걸 간파하고 있었다. 아버지의 공장이 있는 지방에 머물러 있으면 황금 같은 젊은시절을 왕자처럼 보낼 수 있었으므로, 그는 이쯤에서 보채지 않고, 아버지의 제안에 동의했다. 페르디난트는 또래의 젊은이들보다 영리하고 약삭빨랐던 것이다.

그날부터 페르디난트는 또다시 사치스럽고 방탕한 생활을 하기 시작했다. 그나마 다행인 것은 예전보다는 그 규모나 정도가 줄어들었다는 점이었다. 페르디난트는 주변 이웃들을 사귀기 위해 그들의 집을 부지런히 방문하기 시작했다. 생각이 깊고 진중한 사람들은 그를 반기지 않거나 냉정한 태도로 대했다. 늙은 아들러에 대한 주위의 평판이 좋지 못한 것과 마찬가지로 젊은 아들러 또한 버릇없는 청년으로 소문이 나 있었던 것이다. 그렇지만 그는 자신만의 친화력을 발휘하여 주변의 여러 젊은이들과 나이든 어른들을 휘어잡는 데 성공했다. 페르디난트는 친지들과 어울려 도시를 드나들고, 술과 음식이 넘쳐나는 아버지 집에서 화려한 파티를 열어 손님들을 초대함으로써 짧은 시간에 그들의 선심을 얻었다.

집에서 향연이 열릴 때면 공장주는 몰래 집을 빠져나오곤 했다. 페르디난트의 친구들 가운데 몇몇은 명문가 자제였기에 아들러의 마음에

드는 부분도 있었지만, 노인은 대체로 그 젊은 친구들을 탐탁지 않게 여겼다. 그는 자신의 회계사에게 종종 말했다.

"저 젊은 놈들이 진 빚을 다 합하면, 아마 우리 공장을 세 채는 지을 수 있을걸."

"굉장한 친구분들입니다." 회계사가 굽실대며 말했다.

"바보 얼간이들이지."

"아, 예, 저도 그런 의미로 말씀드린 겁니다." 회계사가 승복의 미소를 지으며 대답했다. 하지만 그 속에는 비웃음이 담겨 있었다.

페르디난트와 그의 동료들은 밤새도록 카드놀이를 하고, 술을 퍼마셨다. 페르디난트는 또한 끝없는 여성편력으로도 유명했다. 그러는 동안 공장에서는 가능한 모든 분야에서 긴축경영이 시행되어 노동자들을 괴롭히고 있었다. 일터에 늦게 오는 사람, 잡담하는 사람, 실수하는 사람에게는 예전에는 상상도 할 수 없던 무자비한 처벌이 뒤따랐다. 셈을 제대로 못하는 사람은 가차없이 봉급이 삭감되었다. 사무원들과 노동자들은 그들의 주인과 그의 아들을 저주했다. 두 사람의 부도덕한 면을 낱낱이 보고 있었고, 결국 자기들이 그 모든 것을 대신해서 갚아야 한다는 걸 너무도 잘 알고 있었기 때문이었다.

4

수십년 전, 그 지역에는 상당한 재력가인 한 귀족이 살았다. 이웃들로부터 '괴팍한 사람'이라 불린 그는 정말 특이한 사람이었다. 평생 결혼하지 않고 독신으로 지냈고, 노름이나 사치, 방탕한 생활과는 거리가 먼 고결한 삶을 살았다. 왜냐하면 젊은시절 향락에 빠져 자신의 인생에 어두운 그림자가 드리워진 적이 있었기 때문이었다. 나이가 어지간히 든 뒤에도 중매 얘기가 오가곤 했지만, 그는 도무지 여자에게 관심을 보이지 않았다. 대신 그는 아이들을 가르치는 데서 보람을 느꼈다.

그 귀족은 초등학교를 세워 어린 소년들에게 읽고 쓰는 법을 가르치고, 신앙에 눈뜨게 하고, 계산, 재단일, 가봉하는 법을 가르쳤다. 그곳에 사는 소년들은 교육의 첫단계로 신발과 외투, 셔츠, 모자를 만드는 기술을 배웠다. 그다음에는 정원사와 광부, 대장장이, 목수, 마차 만드는 기술자를 데려와서 아이들을 지도하게 했다. 재단일과 가봉하는 법을 습득한 아이들은 정원일, 광부일, 대장일, 마차 만드는 기술 등을 차례로 익혔다. 그리고 나서는 복잡한 계산과 기하학, 설계 등을 공부했다.

괴팍한 귀족은 아이들에게 직접 역사와 지리를 가르치고, 교과서를 읽어주고, 교훈이 담긴 여러 일화를 들려주곤 했다. 부지런하고 검소하며 정직하게 살 것, 인내심과 분별력을 키울 것을 강조했고, 참된 인간이 되기 위해서는 그밖에도 많은 덕목을 갖추어야 한다고 설교했다.

주변 사람들은 오히려 그가 아이들을 망치고 있다며 비난했다. 기술자들은 소년들에게 여러 가지 기술을 한꺼번에 가르치는 것을 보며 그를 비웃었다. 하지만 그 귀족은 남들이 비난할 때마다 어깨를 으쓱거리며 말하기를, 만약 이 세상에 로빈슨 크루쏘우처럼 혼자서 여러 가지 일을 다 해낼 수 있도록 젊은시절에 교육을 받은 사람이 많아진다면, 핍박받는 사람들, 깡패들, 어느 한곳에서 노예로 평생을 얽매여 사는 사람들이 훨씬 줄어들 것이라고 대답했다.

"내가 하고 싶어서 하는데, 왜들 그러는 거요?" 그 괴팍한 귀족이 대답했다. "여러분도 개나 말 같은 가축들을 마음대로 키우지 않소? 나도 마찬가지요. 나는 내가 원하는 유형의 사람들을 양육하고 있는 거요."

그러던 어느날 귀족이 갑작스레 사고로 세상을 떠났다. 친척에게 상속된 그의 재산은 몇년 못 가 탕진되고 말았다. 학교는 잊혀졌다. 하지만 그 학교는 경제적으로나 도덕적으로, 또 정신적으로 수준 높은 사람들을 꽤 많이 배출했다. 물론 그렇다고 그 학교 출신들이 고위관직에 오른 것은 아니었다.

아무튼 그 귀족의 영혼은 자기가 이 땅에서 교육시킨 아이들이 얼마나 훌륭히 자랐는지를 보면서 하늘에서 기뻐하고 있을 게 틀림없었다. 소년들을 뛰어난 인재로 교육시킨 것은 아니었지만, 나름대로 값진 능력을 가진 쓸모있는 시민으로 만들었고, 당시 사회는 바로 그런 사람들을 필요로 했던 것이다.

고인이 교육시킨 소년들 가운데 하나가 바로 카지미에시 고스와프스키였다. 고스와프스키는 어릴 때부터 여러 가지 기술을 배웠지만, 그 중에서도 쇠를 다루는 단압술과 대장일에서 두각을 나타냈다. 뿐만 아니라 기계와 건물의 설계도를 그릴 줄 알았고, 복잡한 계산도 거뜬히 해냈으며, 목제 거푸집을 만드는 기술도 가지고 있었다. 또한 빈곤한 생활 탓에 구두와 망또쯤은 스스로 기울 줄 알았다. 고스와프스키는 나이를 먹어감에 따라 스승의 참뜻을 이해하게 되었고, 그가 들려준 도덕적인 일화들이 얼마나 중요한지를 실감했다. 스승을 회상할 때마다 그의 위대함을 찬양했고, 아내와 네살 된 딸과 함께 스승의 숭고한 행위를 기리며 때로는 자신의 친부모를 위해 기도할 때보다 더 열심히 기도했다.

고스와프스키는 칠년 전부터 아들러의 공장에 있는 기계공작실에서 일했다. 하루에 2루블, 운이 좋으면 3루블의 임금을 받는 그는 사실상 기계공작실에서 없어서는 안될 핵심인물이었다. 물론 기계실의 최고 책임자는 연봉이 1천 5백 루블가량 되는 독일인이었다. 하지만 독일인 책임자는 기계와 관련된 실질적인 업무보다는 공장에 떠도는 여러 가지 소문에 더 많이 신경을 썼다. 책임자는 체면상 노동자들에게 명령도 내리고 지시도 했지만, 아무도 그의 말을 이해하지 못했고 귀기울이지도 않았다. 공장을 위해서는 오히려 다행이었다. 만약 그가 지시하는 대로 기계를 움직였다가는 목재와 철 등은 한번 가동하고 나서 폐물이 되거나 고철덩어리가 될 게 뻔했다.

기계에 문제가 생기면 해결사로 나서는 건 언제나 고스와프스키였다. 그는 기계의 작동원리를 익힌 뒤, 무엇이 문제인지를 알아내고 수리에 착수했다. 대부분 혼자 힘으로 고쳤고, 그러면 기계는 다시 문제없이 돌아갔다. 평범한 대장장이이자 기계공에 불과한 고스와프스키 덕분에 기계의 부속들은 완전히 다른 것으로 변모했다. 때로는 새로운 발명품을 고안하기도 했지만, 고스와프스키 자신도, 그리고 다른 사람들도 그게 얼마나 획기적인 것인지 몰랐다. 설사 발명품이 널리 알려졌다 하더라도 다들 기계공작실 책임자의 공로로 착각할 게 분명했다. 기계공작실 책임자는 노동자들 앞에서 공공연하게 자신이 외국에서 얼마나 많은 성과를 이루었는지 떠들어대곤 했다. 그의 주장에 따르면 오직 이곳, 낙후된 폴란드땅에서만 새로운 아이디어를 내지 못했기 때문에 여태 공장장 자리에 오르지 못했다는 것이었다. 어떤 공장인지는 중요치 않다고 했다. 엔진 공장이건 인분 공장이건, 폴란드만 아니라면 그 어떤 곳에 가더라도 상관없으며, 그곳에서 낯선 노동자들과 이상기후, 그 어떤 악조건에 부딪쳐도 얼마든지 훌륭하게 공장을 운영할 자신이 있다며 큰소리를 치는 것이었다.

아들러의 날카로운 눈은 일찌감치 책임자의 무능함과 고스와프스키의 가치를 꿰뚫어보고 있었다. 하지만 폴란드인인 고스와프스키에게 독자적인 기계공작실 감독 자리를 맡기는 것은 다소 위험한 인사라는 생각이 들었고, 또 기존의 독일인 책임자는 나름대로 공장 내 소문들에 매우 밝았으므로, 아들러는 고스와프스키의 능력에 대해서는 모르는 척하면서, 지금의 체제를 고수했다. 다들 현재의 상황에 만족했고, 그 누구도 이 훌륭한 공장이 '한 어리석은 폴란드 노동자의' 머리에 의해서 좌우되고 있다는 사실을 알아차리지 못했다.

고스와프스키는 중간 정도의 키에 보통 체격을 가지고 있었고, 항상 몸을 비스듬히 기울인 채 팔을 빙빙 돌리며 바이스를 들고 일을 했다. 겉으로 보기엔 커다란 손과 약간 휜 다리를 가진 평범한 노동자에 불과했다. 하지만 이마에 흘러내린 검은 머리카락을 들추어 그의 얼굴을 자세히 들여다보면, 그가 얼마나 깊이있는 영혼을 가지고 있는지 알 수 있었다. 창백하면서도 마른 듯한 얼굴은 그의 예민한 면모를 드러내주었고, 생각에 잠긴 잿빛 눈동자에는 열정을 다스리는 이성의 기운이 빛나고 있었다. 고스와프스키는 말을 너무 많이 하지도, 그렇다고 너무 적게 하지도 않았으며, 목소리 또한 너무 작지도 크지도 않았다. 그는 명랑한 사람이었지만, 그렇다고 쾌락을 탐하는 것은 아니었다. 또한 상대방의 눈동자를 관대하면서도 관심어린 시선으로 바라보며 그의 말에 열심히 귀기울일 줄 아는 사람이기도 했다. 하지만 공장 내에 떠도는 잡다한 소문을 들을 때는 눈길도 주지 않고 하던 일을 계속했다. 고스와프스키는 그런 소문들을 가치없는 것으로 치부했다. 하지만 자신의 업무와 관련된 설명을 들을 때에는 아무리 급한 일이라도 멈추고 귀를 기울였다. 동료들과는 일정한 거리를 두었으나 늘 진심으로 대했다. 꼭 필요한 경우에는 충고를 아끼지 않았고, 사사로운 일에도 남에게 도움을 베풀었다. 하지만 그 자신은 웬만하면 결코 남에게 도움을 청하는 법이 없었다. 다른 사람의 지식이나 시간을 다른 사람의 돈만큼이나 존중했기 때문이었다.

인생에서 고스와프스키의 목표는 오직 하나였다. 대장일과 단금(鍛金)일을 할 수 있는 자신만의 소박한 철공소를 갖는 것이었다. 그는 마음속에 희망을 품고서 수입의 일부를 꼬박꼬박 저축했다. 그의 집에는 모아놓은 돈이 차곡차곡 쌓여갔지만, 고스와프스키는 다른 사람에게 돈을 빌려주는 것은 좋아하지 않았다. 누군가 돈을 꾸어달라고 하면 차라리 몇즈워티 정도는 그냥 줄망정, 돈거래는 하지 않았다. 그렇다고 구두쇠처럼 굴지도 않았다. 고스와프스키와 그의 부인은 단정한 옷차림에, 소박하면서도 적당한 양의 식사를 했다. 일요일에는 맥주 한 컵이나 포도주 한잔을 마시는 여유도 잊지 않았다.

이렇게 살아오면서 고스와프스키 부부는 마침내 1천 5백 루블가량의 재산을 모을 수 있었다. 그들은 아는 사람을 통해서 부동산을 소유한 독일인들 중에 철공소를 운영할 만한 건물을 임대해줄 수 있는 사람이 있는지 알아보았다. 대신 고스와프스키의 철공소에서 가장 먼저 써비스를 받고, 그가 만드는 물건이나 연장에 우선권을 준다는 조건이었다. 당시에는 독일인들과 철공업자들 사이에 종종 이런 협약이 맺어지곤 했던 것이다. 그리하여 고스와프스키는 성 미카엘 교회 근처에 쓸 만한 자리까지 물색해두었다.

공장에서의 수입은 불안정했다. 처음에 새로운 제품을 만들어낼 때는 개당 제법 괜찮은 보수를 받았지만, 여러 개를 만들고, 그 기술을 다른 사람들에게 전수해주고 나면, 그가 받는 보수는 반으로 줄고, 또 다시 4분의 1로, 그러다가 10분의 1까지 떨어지곤 했다. 때로는 전체 필요량의 4분의 1을 만들 때까지는 개당 1루블을 받다가 4분의 1이 지나면서 그 가격이 20 또는 10꼬뻬이까까지 떨어진 적도 있었다. 그러면 그는 줄어든 수입을 보충하기 위해서 공장에 몇시간이나 더 남아 있곤 했다. 즉 평소보다 더 일찍 출근했다가 더 늦게 퇴근했던 것이다.

다른 사람들이 노동자를 착취한다며 공장주를 욕하면 고스와프스키는 이렇게 대답했다.

"우리가 이렇게 욕을 한다고 그의 태도가 달라지는 것도 아니잖아요?"

하지만 착취가 끈질기게 계속되자 그도 한번은 화를 못 이겨, 이를 악물고 이렇게 말한 적이 있었다.

"날강도 같은 독일놈!"

남편에게 보탬이 되기 위해 부인 또한 공장에서 일하려 했지만, 고스와프스키가 한사코 말렸다.

"음식을 준비하고 아이를 돌보는 편이 좋겠어! 당신이 공장에 나가 2즈워티를 버는 동안 집에서는 1루블이 사라지는 거라고."

고스와프스키 역시 부인이 함께 번다면 더 많은 돈을 벌어들일 수 있으며, 집에서 입는 손실도 그리 크지 않다는 걸 알고 있었다. 하지만 그는 야심있는 사람이었다. 장차 자신의 철공소를 소유한 장인(匠人)의 부인이 될 사람이 평범한 노동자들 틈에 섞여 막노동을 하는 것이 싫었던 것이다.

고스와프스키는 좋은 남편이었다. 때로는 음식이 맛이 없다든지, 준비가 너무 지체된다든지 하면서 불평할 때도 있었고, 아이를 제대로 돌보지 않았다거나 빨래하다가 속옷에 푸른 물이 들었다며 투덜거릴 때도 있었지만, 다른 남자들처럼 목소리를 높이거나 부인에게 욕을 한 적은 한번도 없었다. 일요일이면 고스와프스키는 부인과 함께 공장에서 몇비오르스따(러시아의 거리 단위. 1비오르스따는 1.07킬로미터 — 옮긴이)나 떨어진 성당에 갔고, 화창한 날에는 딸을 안고 산책을 나갔다. 때때로

도시에 나가 가족들을 위해 선물을 사오기도 했다. 아이에게는 바삭바삭하게 구운 비스킷이나 생강과자를, 부인에게는 리본이나 머리 장신구, 실, 설탕, 차(茶) 등을 사다주었다.

고스와프스키는 딸을 사랑하고 애지중지했지만, 한편으로는 아들을 간절히 원했다.

"계집애를 키우면 무슨 낙이 있소?" 그는 여러 번 되뇌었다. "잘 키워서 결국엔 남에게 내줘야 하고, 게다가 시집 보내려면 지참금까지 얹어서 보내야 하니 말이오. 하지만 아들은 노년에 의지할 수 있는 기둥이지. 게다가 철공소도 물려줄 수 있고……"

"우선 철공소부터 마련하세요. 그러면 아들도 저절로 생길 거예요." 부인이 대답했다.

"이런, 이런! 당신은 벌써 삼년 전부터 똑같은 얘기구먼…… 아무래도 당신에게선 자식을 기대할 수 없을 것 같아." 대장장이가 말문을 닫았다.

부인의 말은 헛된 것이 아니었다. 결혼한 지 육년째 되는 해에 부인은 아들을 낳았다. 그해는 바로 젊은 아들러가 집으로 돌아온 해이기도 했다. 기술자의 기쁨은 이루 말할 수 없었다. 그는 아들의 세례식에만 30루블을 썼다. 아들을 얻었다는 기쁨에 마음이 들떠서 돈걱정은 하지 않고, 부인에게 새로운 드레스를 사주었다. 성 미카엘 교회 근처에 마련할 철공소를 위해서 저축해둔 돈에서 1백 루블이나 줄었다.

바로 그 무렵 공장에서 긴축경영 조치가 발표되었다. 이번에는 고스와프스키도 다른 사람들과 마찬가지로 주인을 욕했지만 한편으론 두배나 더 열성적으로 일에 매달렸다. 그는 새벽 다섯시에 출근했다가 밤 열한시에 파김치가 되어 졸면서 퇴근했다. 부인에게 인사도 못하고, 아이들에게 키스도 못하고, 옷을 입은 채로 그대로 쓰러져 세상모르게 곯아떨어지곤 했다.

고스와프스키의 지나친 근면함은 다른 친구들의 노여움을 샀다. 고스와프스키의 가장 친한 친구는 증기기관 운전수인 잘린스키였는데, 몸집은 뚱뚱하지만 행동은 날렵한 편이었다. 어느날 잘린스키가 고스와프스키에게 말했다.

"카지미에시, 대체 무슨 짓이야? 그 늙은 놈한테 아부하느라 다른 사람들 벌이를 망치고 있으니! 어제 동료들 몇이 공장주를 찾아가서 임금이 너무 적다고 불평을 했더니 그 주인놈이 뭐라고 했는지 알아? '그런 불평은 고스와프스키처럼 일을 열심히 한 뒤에나 하라'면서 '당신들한테는 그 정도 임금이면 충분하다'고 했다는 거야."

고스와프스키가 설명했다.

"여보게, 친구! 내 아내가 그동안 많이 아파서, 세 차례나 도시에 가서 의사를 불러와야 했다네. 그때마다 2루블씩 지불했어. 그밖에도 돈 쓸 데가 얼마나 많았는지 몰라. 먹고살기 위해서는 어떻게든 그 돈을 벌충해야만 하네. 그 개자식이 임금을 낮춰버렸으니, 내가 할 수 있는 일이 뭐가 있겠나? 아무리 고되고 가슴이 답답해도 시간을 쪼개서 부지런히 일하는 수밖에……"

"흥!" 잘린스키가 말을 막았다. "그러다 나중에 자네가 철공소를 열면, 일꾼들을 똑같이 혹사시키려 들겠군그래."

고스와프스키는 손을 내저었다.

"나는 다른 사람들에게 손해를 끼치고 싶지 않네. 내 것을 나누어주지는 못하지만, 그렇다고 다른 사람의 것을 빼앗을 생각은 없어."

그러고는 또다시 묵묵히 노동에 착수했다. 일 때문에 완전히 녹초가 되어 아무 생각도 할 수 없을 정도였다. 자신의 밥그릇만 생각하느라 고스와프스키는 그밖의 모든 것에 관해서는 깡그리 잊어버린 듯했다.

하지만 노동은 너무나 힘들었다. 그저 식구들을 부양하는 데 만족한다면 내일을 위해 힘을 비축하면서 일할 수 있었다. 하지만 가족을 먹여 살리는 동시에 저축을 하고, 병약한 부인을 위해 지출할 비용까지 벌려면 죽기살기로 일해야 했다. 그러나 젊은 아들러가 여행을 하면서 뿌려대는 돈까지 감당하기에는 역부족이었다. 결국 이 평범한 인간의 체력은 완전히 소진되고 말았다. 건강이라는 자산을 송두리째 잃어버린 것이다. 체중이 점점 줄었고, 얼굴은 갈수록 창백하고 침울해졌다. 때로는 땀에 흠뻑 젖어 바이스를 든 팔을 힘없이 늘어뜨린 채 이리저리 주위를 둘러보다가, 사람들로 가득 찼던 작업장이 텅 비어 있고, 벌써 날이 어두워졌음을 깨닫고는 깜짝 놀란 적도 있었다. 만약 그의 눈앞에 어둠을 뚫고 붉은 간판이 어른거리지만 않았다면, 그는 하던 일을 멈추었을 것이다. "고스와프스키의 철공소! 그래, 계속하는 거야……" 그렇게 석 달이 지났다.

운명은 또다시 아들러의 손을 들어주었다. 생산량이 순조롭게 늘었고, 칠월이 되자 공장은 두 배가량의 주문을 받게 되었다. 늙은 직물업자는 믿을 만한 직원들과 상의한 끝에 모든 주문을 다 수용하기로 결정했다. 그는 은행에 저축해놓은 현금을 거의 다 찾아서 면화를 사들이라고 명령했다. 노동자들에게는 그때부터 근무시간이 저녁 아홉시까지로 연장되었으며, 한시간 초과근무마다 평소 시간당 임금의 1.5배씩을 지급할 것이라고 통보했다. 새로운 작업장이 십여개나 만들어졌고, 휴일에도 노동력을 착취하기 위한 방안이 강구되었다. 아들러는 이미 나름의 계획을 가지고 있었다. 휴일근무의 댓가로 처음에는 일당의 두 배를 지급하고, 노동자들이 점차 새로운 관례에 익숙해지면, 그때는 임금을 삭감하면 되는 것이다.

공장주의 계산에 따라 모든 것이 성공적으로, 원활하게 진행되었다.

예기치 않은 사건이나 천재지변만 일어나지 않는다면, 그해 말쯤에는 아마도 직물업에서 완전히 손을 뗄 수 있을 것이다. 공장을 사고 싶어 하는 여러 후보자 가운데 한사람에게 비싼 값에 공장을 팔고, 수백만 루블을 챙겨서 아들을 데리고 해외로 나가리라.

고스와프스키와 아들러, 노동자와 사장은 이처럼 자신의 꿈을 실현 하는 과정에서 점점 서로를 닮아갔다. 한사람은 자신의 철공소를 소유 하기 위해서, 또 한사람은 공들여 모은 재산을 마음껏 탕진할 그날을 위해서.

공장에서 업무가 가장 많이 늘어난 곳은 기계공작실이었다. 새로운 노동자들이 추가로 배치되었고, 의무노동시간은 아홉시까지로 연장되 었다. 초과노동시간은 열두시까지였다. 열시부터 열한시까지 두 시간 동안은 평소 시간당 임금의 1.5배가 추가로 지급되었고, 나머지 한시 간에 대해서는 평소보다 두세 배가량 많은 임금이 주어졌다. 동시에 예전보다 더 엄격한 통제와 관리가 가해졌다. 만약 정해진 기한 내에 일을 완수하지 못하면, 임금을 대폭 삭감하는 제재가 가해졌다. 그러 므로 노동자들은 기한을 엄수하기 위해 노력했고, 그중에서도 고스와 프스키가 가장 철저했다. 그는 매일 열두시까지 기계공작실에 남아 있 었다.

매일같이 강행군이 이어지면서 고스와프스키조차 자신에게 할당된 업무가 과중하다는 것을 실감하기 시작했다. 그는 아들러에게 일을 줄 여달라고 요청했다. 공장주는 고스와프스키의 지적을 인정하고, 새로 운 계약서를 제안했다. 고스와프스키는 지금껏 고도의 정확성을 요구 하는 기계부품을 수리하고 만드는 일을 하면서 일당을 받아왔다. 그런 데 앞으로는 공작의 전체 진행과정을 감독하고, 기술자들에게 원리를 설명하는 일을 주로 맡으라는 것이었다. 다시 말해 기계공작실의 실질적 책임자 역할을 하라는 뜻이었다. 결국 그는 일반노동자의 임금을 받으면서, 평소에 해오던 기술업무에다 관리업무까지 더 떠맡게 된 셈이었다.

처음에는 이런 대우는 독일인들도 받지 못하는 것이라며 다들 고스와프스키를 칭송했다. 하지만 시간이 흐르자 고스와프스키는 자기가 착취당하고 있다는 걸 깨달았다. 육체노동의 양은 예전보다 줄어들지 않았고 오히려 고도의 정신적 집중력이 요구되었다. 그는 하루종일 모루와 바이스 사이, 바이스와 선반 주위를 쉴새없이 왔다갔다했다. 동료들을 감독하면서, 단순히 업무를 설명하는 것뿐 아니라 그들을 대신해서 많은 일을 해야만 했다.

칠월말이 되자 고스와프스키는 마치 자동으로 움직이는 기계 같았다. 그는 웃지도 않았고, 일과 관련된 주제가 아니면 말도 거의 하지 않았다. 늘 단정하고 깔끔하던 그이지만 이제는 옷차림에 전혀 신경을 쓰지 않았다. 부인과 함께 일요일마다 성당에 가는 것도 그만두고, 열두시까지 잠을 잤다. 사람들과의 관계에서도 무뚝뚝하기 그지없어졌다. 그는 환자처럼 잠을 잘 때만 행복했다. 아침저녁으로 아들에게 인사를 할 때만 유일하게 생기를 되찾았다.

고스와프스키는 자기 상태가 심각하다는 것을 알고 있었고, 일에 시달려 스스로가 피폐해져간다고 느끼면서도 어디서 어떻게 멈춰야 할지를 알지 못했다. 철공소를 열 건물을 임대해주기로 한 사람과 팔월에 계약서를 작성하기로 했고, 시월에 그곳으로 이사를 할 예정이었다.

그에게는 아무런 방법이 없었다. 만약 오늘 공장을 그만두면 자기가 가진 현금을 까먹으며 살아야 하고, 그러면 두 달 동안 수백 루블을 잃게 될 것이다. 그 돈을 모으기 위해 얼마나 고생을 했는가. 게다가 철공소를 열면 초기에는 이것저것 돈이 많이 들 것이다. 그러니 아무리 힘들어도 지금 이 자리에서 버텨야 했다. 지금 그에게 유일한 희망은 자신의 작업실로 이사를 하고 나면 일주일간은 아무 생각 없이 푹 쉬겠다는 것뿐이었다. 그러면 원기도 되살아나고, 나빠진 건강도 회복되리라.

지긋지긋한 공장일은 해도 해도 끝이 없었다. 그는 작은 달력을 늘 몸에 지니고 다니며, 하루가 지날 때마다 표시를 했다. 이제 두 달 반만 버티면 된다…… 65일만 참으면 된다…… 두 달 남았다……

5

팔월의 어느 토요일 밤, 기계공작실은 여전히 노동자들로 북적거렸다. 작업장의 넓은 벽에는 온실처럼 창문이 많이 나 있었다. 한쪽 구석에는 증기기관이 기계적인 동작을 반복하고 있었고, 맞은편에는 화로 두 개에서 제련을 위해 피워놓은 불이 훨훨 타오르고 있었다. 작은 풀무와 여남은 개의 바이스, 선반, 드릴, 기타 다른 연장 들도 가지런히 놓여 있었다.

자정이 가까웠다. 공장의 다른 작업장에서는 벌써 오래전에 불이 꺼졌고, 피로에 지친 직공들은 각자 집으로 돌아가 곤히 잠들었다. 하지만 이곳 기계공작실에서는 아직도 노동자들이 활발하게 움직이고 있었다. 증기기관이 내뿜는 연기와 피스톤의 고동소리, 모터 돌아가는 요란한 소음, 선반의 덜컹거림, 쇠붙이에다 줄을 문질러대는 소리가 밤의 적막을 뚫고나와 점차 빨라지고 점점 더 커졌다. 연기와 석탄 가루, 미세한 쇳조각으로 가득 찬 작업장에서는 수십개의 가스등이 반딧불처럼 불규칙하게 깜빡이고 있었다. 소음 때문에 끊임없이 흔들리는 창문 너머로 달빛이 기웃거리고 있었다.

늦은 시각이었고, 기계공작실에서는 거의 아무런 대화도 없었다. 일은 급한데 이미 한밤중이었으므로 말할 틈도 없이 서둘러야 했던 것이다. 검게 그은 대장장이들이 망치로 두드려 허옇게 변한 거대한 쇠막대를 운반해오면, 일렬로 서서 기다리고 있던 단금공들이 일제히 몸을 구부려 바이스를 들어올렸다. 그들 맞은편에서는 선반공이 몸을 구부린 채 기계가 돌아가는 것을 지켜보고 있었다. 풀무 아래에선 불꽃이 이글거렸다. 때로 어디선가 명령이나 욕설이 들렸다. 그러다가 망치질이나 톱질하는 소리가 잦아들기 시작하면, 제련용 화로를 향해 불어대는 환풍기 소리가 구슬프게 들렸다.

가장 큰 선반을 담당하는 사람은 고스와프스키였다. 그는 거대한 강철 씰린더를 깎고 있었는데, 이 일은 정확성과 주의력을 요하는 것이었다. 하지만 오늘은 별로 큰 진전이 없었다. 오늘따라 일이 너무 많아서 저녁 휴식시간에도 쉬지 못해 유달리 피곤하고 졸렸던 것이다. 깜빡 조는 동안 온몸에 식은땀이 흘렀다.

너무 지친 나머지 잠시 고스와프스키는 자신이 작업장이 아닌 다른 곳에 있는 것 같은 환영에 빠지기도 했다. 그렇지만 곧 정신을 차리고 몸을 떨면서 더러워진 손으로 눈을 비볐다. 칼날이 씰린더에서 그리 멀지 않은 곳까지 와 있는 것을 보고, 고스와스프키는 순간 두려움에 몸서리를 쳤다.

"정말 졸리군!" 옆자리의 동료가 그에게 말했다.

"그래, 맞아!" 고스와프스키가 탁자에 걸터앉으며 대답했다.

"너무 더워서 그런 것 같아." 동료가 말했다. "기계는 뜨겁게 달구어져 있고, 계속 불가에서 일을 해야 하니…… 게다가 너무 늦었잖아…… 코담배 좀 맛볼 텐가?"

"자네에게 신의 축복이 내리길! 파이프담배라면 정신을 맑게 하겠지만, 코담배는 싫어…… 차라리 물을 좀 마시는 게 낫겠어."

고스와프스키는 몇발자국 떨어진 물통으로 걸어가 나무컵에다 물을 따랐다. 하지만 물은 미적지근했다. 정신이 맑아지기는커녕 오히려 온몸에서 땀이 흐르고, 힘이 빠지는 것을 느꼈다.

"지금 몇시지?" 고스와프스키가 동료에게 물었다.

"열한시 십오분이구먼. 오늘은 그만하세!"

"그래, 그래야겠어." 고스와프스키가 대답했다. "아직 보푸라기를 제거하는 일이 남았는데, 눈앞에 있는 게 모두 두 개로 보이니, 이거야, 원……"

"더위 때문이야! 너무 더워서 그래!" 동료가 말했다.

동료는 다시 한번 코담배를 들이마시며 자신이 맡은 선반으로 갔다. 고스와프스키는 씰린더의 구멍 치수를 재고는 칼을 옆으로 밀었다. 그러고는 나사로 씰린더를 조였다가 다시 기계를 가동시켰다. 잠시 동안 주의를 집중하고 있으려니 또다시 졸음이 밀려왔다. 그는 씰린더의 불꽃에 눈을 고정한 채 꾸벅꾸벅 졸기 시작했다.

"자네, 방금 내게 뭐라고 했나?" 고스와프스키가 뜬금없이 동료를 향해 물었다.

하지만 동료는 자신의 일에 정신이 팔려 그의 질문을 듣지 못했다.

어느 순간 고스와프스키는 자기가 이미 집에 와 있는 것 같은 착각에 빠졌다. 부인과 아이들은 자고 있고, 서랍장 위에는 등잔이 희미하게 밝혀져 있으며, 자신의 침대는 커버가 가지런히 젖혀진 채 주인을 맞을 준비를 하고 있다. 탁자가 있고 그 옆에는 의자가 있다. 그는 피로에 지친 몸으로 그 의자에 앉기 위해 탁자 가장자리에 무거운 손을 올려놓는다.

바로 그 순간 선반에서 굉음이 들려왔다. 뭔가가 그 안에서 잘려나가면서 동시에 으스러지기 시작한 것이다. 그와 더불어 인간의 끔찍한 비명소리가 작업장 안에 울려퍼졌다.

고스와프스키의 오른팔이 톱니바퀴 속으로 들어간 것이다. 먼저 손가락이, 그다음엔 손이, 그리고 그다음엔 팔꿈치뼈가 으스러졌다. 사방으로 피가 튀었다. 이 불운한 사내는 정신이 멀쩡한 상태로 신음하고, 버둥거리면서, 팔은 그대로 기계에 매단 채, 바닥으로 넘어졌다. 하지만 산산조각난 뼈와 갈기갈기 찢긴 근육이 체중을 미처 견디지 못했으므로, 그는 기계에서 떨어져나와 바닥에 엎어지고 말았다. 이 모든 일이 십몇초 안에 벌어졌다.

"기계를 멈춰!" 고스와프스키의 동료가 소리쳤다.

단금공과 선반공, 대장장이들이 하던 일을 팽개치고 부상자를 향해 달려왔다. 기계가 작동을 멈추었다. 노동자 중 한사람이 고스와프스키에게 물을 끼얹었다. 젊은 노동자 중 한명은 고스와프스키의 몸에서 시뻘건 피가 분수처럼 뿜어져나와 선반과 마룻바닥, 그리고 사람들을 향해 흩뿌려지는 것을 보고 경련을 일으켰다. 어쩔 줄 몰라하며 작업실을 하릴없이 서성거리는 동료들도 있었다.

"의사!" 부상자가 아픔을 무릅쓰고 외쳤다.

"어서 말을 구해와! 도시로 가서 의사를 데려와야 해!"

노동자들은 정신을 못 차리고 허둥대며 외쳤다.

"피! 피!" 부상자는 신음했다.

그 자리에 있던 사람들은 부상자가 원하는 게 뭔지 알지 못했다.

"제발 자비를 베풀어 지혈을 좀 해주시오! 이 팔을 좀 묶어주시오."

하지만 다들 꼼짝도 못했다. 어떤 이는 팔을 동여매는 방법을 몰라서 엄두를 내지 못했고, 또다른 이는 너무 당황한 나머지 움직일 수가 없었기 때문이다.

"여기는 공장이오!" 고스와프스키의 옆에서 작업하던 동료가 외쳤다. "의사도, 간호사도 없소. 슈미트는 어딨소? 슈미트를 데려오시오."

몇명이 간호사를 대신해 간단한 치료를 담당하고 있는 슈미트를 데리러 갔다. 다른 노동자들보다 먼저 정신을 차린 늙은 대장장이 한사람이 부상자 옆에 무릎을 꿇고 앉아 팔꿈치 윗부분을 손가락으로 힘있게 누르기 시작했다. 그러자 피가 흘러나오는 속도가 조금 느려졌다. 끔찍한 부상이었다. 검지와 중지 두 손가락만 남기고 멀쩡하던 손이 다 날아가버렸고, 나머지 부위도 팔꿈치까지 갈기갈기 찢겨 피에 젖은 셔츠조각처럼 너덜너덜했다.

십오분쯤 지나 간신히 슈미트가 도착했지만, 그 역시 다른 이들 못지않게 겁을 집어먹었다. 그는 찢긴 팔에다 천조각을 수십번도 더 동여맸지만 피는 그칠 기미를 보이지 않았다. 천조각은 팔에 묶자마자 금세 피가 스며들어 흥건히 젖었다. 슈미트는 사람들에게 부상자를 집으로 옮기라고 지시했다.

동료들은 고스와프스키를 작업장의 들것에 실었다. 두 사람이 들것을 들고, 두 사람은 앞쪽에서 머리를 붙잡았다. 나머지는 들것을 둘러싸고 무리지어 걸었다.

사무실에는 아무도 없었고, 아들러의 저택에도 불이 꺼져 있었다. 개들이 피냄새를 맡고 큰 소리로 짖기 시작했다. 야간 당직자가 얼굴이 하얗게 질린 채 모자를 벗고는 달빛 속에서 천천히 걸어오는 행렬을 바라보았다.

노동자들이 사는 판자촌에서 누군가가 속옷차림으로 창문을 열고 내다보며 외쳤다.

"어이, 거기 뭐야?"

"고스와프스키의 팔이 부서졌네."

일행중 누군가가 대답했다. 부상자는 낮게 신음하고 있었다.

그때 도로 저편에서 뭔가 덜컹거리는 소리와 말발굽소리가 들려왔다. 은빛 갈기를 펄럭이는 두 필의 말과 가죽 정장을 차려입은 마부, 그리고 그 뒤로 페르디난트 아들러를 태운 마차가 보였다. 페르디난트는 거나하게 취해서 손발을 쭉 뻗고 의자에 기대앉아 있었다. 술자리에 참석했다가 집으로 돌아가는 모양이었다.

"옆으로 비켜라!" 마부가 일행을 향해 소리쳤다.

"당신이 옆으로 물러서시오. 우리는 지금 부상자를 운반하는 중이오."

들것의 행렬은 마차와 정면으로 마주섰다. 젊은 아들러가 잠에서 깨어나 밖을 내다보면서 물었다.

"뭐야?"

"고스와프스키의 팔이 부서졌습니다."

"아, 그 예쁘장한 부인을 둔 사내 말인가?"

잠시 침묵이 흘렀다.

"참 예리하기도 하지!" 누군가가 빈정대듯 중얼거렸다.

페르디난트는 정신을 가다듬고 목소리를 바꾸어 물었다.

"의사에게 보였나?"

"공장에는 의사가 없습니다."

"아 참, 그렇지! 그럼 간호사는?"

"간호사도 없는걸요!"

"흠! 그러면 의사를 부르러 도시로 말을 보내야겠군."

"네, 당장 보내야 합니다." 누군가가 대답했다. "주인님께서 자비를 베푸셔서 이 말들을 보내주시는 게 어떠신지요?"

"내 말은 이미 지쳤소. 하지만 다른 말을 보내주지." 페르디난트가 대답했다. 행렬은 다시 움직이기 시작했다.

"이런 나쁜 놈!" 노동자들 가운데 누군가가 외쳤다. "우리는 일하다 지쳐도 아무도 교대해주지 않는데, 말 따위가 지쳤다고 신경을 쓰다니!"

"말이야 돈 주고 사와야 하지만, 사람은 거의 공짜로 부릴 수 있으니까."

누군가가 대꾸했다.

행렬이 고스와프스키의 집에 도착했다. 창가에는 아직 등불이 밝혀져 있었다. 노동자들 중 한사람이 조심스럽게 문을 두드렸다.

"누구세요?"

"고스와프스키 부인, 문을 여세요!"

잠시 후 문간에는 잠옷차림의 여인이 나타났다.

"무슨 일이죠?"

그녀는 겁에 질린 채 행렬을 쳐다보며 물었다.

"남편께서 부상을 당해서, 우리가 데려왔습니다."

고스와프스키 부인은 소스라치듯 놀라 들것을 향해 뛰어왔다.

"하느님, 맙소사! 대체 무슨 일이에요, 여보!"

"애들을 깨우지 마시오." 남편이 속삭였다.

"이런, 이 피 좀 봐…… 이렇게 피를 많이 흘리다니!"

"조용! 조용!" 부상자가 속삭였다. "팔이 부러졌소. 하지만 괜찮소. 의사를 불러주시오."

여자는 온몸을 부들부들 떨면서 흐느꼈다. 두 명의 노동자가 그녀를 부축해서 방으로 데려갔다. 다른 이들은 통증을 참기 위해 입술을 깨물고 있는 창백한 부상자를 안에다 눕혔다. 고스와프스키는 아이들이 깰까봐 신음소리도 제대로 내지 못했다.

아침이 되자 아들러에게도 사고 소식이 알려졌다. 그는 신중하게 보고를 듣고는 하인에게 물었다.

"의사는 다녀갔는가?"

"한밤중에 도시로 데리러 갔지만, 의사도 간호사도 모두 진료를 나가서 자리에 없었습니다."

"다른 의사를 데려오게. 그리고 도시에 전보를 쳐서 고스와프스키의 자리를 대신할 기술자를 구한다고 알리게."

열시경에 아들러는 망가진 선반을 살펴보기 위해 기계공작실에 들렀다. 그는 불행한 사건이 벌어진 기계 옆을 지나다가 얼결에 핏물이 고인 웅덩이에 발을 빠뜨렸지만, 간신히 인상을 구기지 않고 참았다. 그는 피와 살점, 셔츠의 천조각이 들러붙어 있는 톱니바퀴날을 살펴보고는 이가 빠져나간 부분을 유심히 들여다보았다.

"이것과 똑같은 톱니바퀴가 있는가?" 공장주가 책임자에게 물었다.

"네!" 독일인은 피 때문에 구역질이 나려는 것을 간신히 참으며 창백한 얼굴로 대답했다.

"의사는 왔는가?"

"아직 안 왔습니다."

아들러는 못마땅한 듯 혀를 찼다. 의사가 아직 오지 않았다는 사실이 왠지 불길하게 느껴졌다.

정오가 되자 의사가 도착했다는 소식이 공장주에게 전해졌다. 그는 얼른 집에서 나왔다. 술에 취해 아직까지 자고 있는 페르디난트의 별채를 지나가다가 지팡이로 문을 두드렸지만, 아들은 대답이 없었다.

고스와프스키의 아파트 앞에는 노동자들 한무리가 모여 있었다. 일요일이었지만 교회에는 거의 사람이 없었다. 다들 부상자의 상태와 사고의 상세한 경과에 대해서 듣고 싶어했다. 고스와프스키 부인과 아이들은 이웃 아낙네가 자기 집으로 데려갔다.

술렁이던 군중은 아들러의 모습을 보자 이내 조용해졌다. 겁 많고 소심한 이들만 사장에게 인사를 했을 뿐, 대부분은 등을 돌렸고, 용기있는 자들은 고개를 꼿꼿이 세운 채 그를 빤히 쳐다보았다.

공장주는 충격을 받았다. '저들이 내게 원하는 게 뭐지?'

그는 독일인 노동자들 가운데 한명을 붙잡고 부상자의 상태가 어떤지 물었다.

"아직 모릅니다." 노동자가 우울한 목소리로 대답했다. "아마 오른팔 전체를 잘라낸 것 같습니다."

아들러는 사람을 시켜 의사를 집 밖으로 나오게 했다.

"그래, 어떤가?" 공장주가 물었다.

"죽어가고 있습니다." 의사가 대답했다.

순간 아들러는 다리를 휘청거리며 격앙된 음성으로 말했다.

"안돼, 그럴 순 없어! 두 팔, 두 다리를 다 잃은 사람도 죽지 않고 살아가는데⋯⋯"

"붕대를 잘못 매서 피가 멈추질 않았어요. 게다가 그동안 너무 무리했는지 극도로 쇠약해진 상태입니다."

의사의 대답은 집 앞에 서 있던 노동자들 사이에서 빠른 속도로 퍼져나갔다. 군중은 또다시 술렁이기 시작했다.

"돈은 얼마든지 지불하겠소!" 아들러가 말했다. "제발 부상자를 성심껏 돌봐주시오. 남자가 그런 부상쯤으로 죽다니, 있을 수 없는 일이오."

그 순간 부상자가 깨어났다. 의사는 서둘러 집 안으로 들어갔고, 공장주는 발길을 돌려 자기 집으로 향했다.

"만약 의사가 공장에 상주하고 있었다면 이런 불행한 사태는 일어나지 않았을 거요!"

군중 가운데 누군가가 외쳤다.

"만약 앞으로도 우리를 자정까지 작업장에 붙들어놓는다면 우리 또한 비슷한 종말을 맞게 될 것이오!" 또다른 누군가가 소리쳤다.

여기저기서 욕설과 협박소리가 들려왔다. 하지만 덩치 큰 직물업자는 군중이 떠들어대는 소리가 전혀 들리지 않는다는 듯 주머니에 두 손을 넣은 채 고개를 쳐들고 군중을 헤치며 걸었다. 그러나 눈꺼풀이 미세하게 떨리고 있었고, 목덜미는 하얗게 질려 있었다. 가까이 서 있던 노동자들은 이 남자는 그 어떤 저주와 위협, 절망적인 상황에도 아랑곳하지 않으리라 생각하면서 옆으로 흩어져 길을 내주었다.

의사는 고스와프스키를 포기하지 않고 끝까지 자리를 지켰다. 저녁 무렵 고스와프스키는 부인을 불렀다. 그녀는 비틀거리며 방으로 들어왔다. 눈물 때문에 시야가 뿌옇게 흐려졌지만 간신히 울음을 참고 있는 듯했다.

부상자는 수척한 몰골로 겁에 질린 채 누워 있었다. 석양빛에 보이는 환자의 얼굴은 거의 흙빛으로 물들어 있었다.

"마그다, 어디 있소?" 고스와프스키는 알아듣기 힘든 발음으로 중얼거리더니 한참 동안 아무 말도 하지 못했다. "이제 내 철공소는 소용이 없어졌구려! 오른팔이 날아갔으니! 나도 내 팔과 함께 사라질 거요. 아무것도 안하고 밥만 축낼 순 없잖소?"

부인이 울음을 터뜨렸다.

"마그다, 당신 지금 내 옆에 있는 거요? 우리 아이들을 생각해요. 돈은 서랍 속에 있소. 당신도 알지, 내 장례식에 쓸 돈…… 이런, 눈앞에 파리가 떼로 날아다니는군…… 왜 이렇게 윙윙거리는지……"

고스와프스키는 갑자기 불안한 듯 몸을 뒤척이더니, 이내 곯아떨어진 사람처럼 코를 골기 시작했다. 의사가 손짓을 보내자 누군가가 강제로 고스와프스키 부인을 방에서 끌어내 이웃집으로 데려갔다.

몇분 뒤, 그 집에 의사가 나타났다. 불쌍한 고스와프스키 부인은 의사의 눈을 빤히 쳐다보다가 통곡을 하며 바닥에 주저앉았다.

"의사선생님! 그이의 방에서 왜 나오신 거죠? 무슨 일이 난 건가요? 혹시……"

"신께서 위안을 주실 겁니다." 의사가 대답했다.

아낙네들이 고스와프스키 부인의 주위를 둘러싸고 그녀를 진정시키려 애썼다.

"울지 마세요, 고스와프스키 부인. 신께서 주신 생명, 신께서 거두어가신 겁니다…… 일어나세요. 울지 마세요. 애들이 들어요."

미망인은 숨이 넘어갈 정도로 통곡을 했다.

"제발 날 좀 내버려두세요. 여기 이렇게 있는 게 더 편하니까요. 신께서 내게 이토록 가혹한 재앙을 내리셨으니, 여러분께는 좋은 일만 허락하시기를! 이제 이 세상에는 그이가 없네요! 여보, 대체 무엇 때문에 그렇게 일에 시달리고 괴로워했나요? 바로 그제만 해도 당신은 말했죠, 시월이 되면 가질 수 있다고…… 바로 자신의…… 그런데 이제는 그토록 바라던 자신의 철공소 대신 무덤을 갖게 됐네요…… 오, 이런……"

고스와프스키 부인은 딸꾹질이 나올 정도로 심하게 오열하다가 아이들이 들을까봐 손수건을 물어뜯었다. 그녀는 고인의 방에 몇명의 노동자들이 들어와 방 안의 가구들을 옆으로 밀어놓는 것을 지켜보면서 아무리 울부짖어도 남편이 돌아올 수 없다는 사실을 깨달은 듯, 고통스러운 신음을 내뱉고는 기절해버렸다.

고스와프스키의 죽음은 공장 노동자들의 분노를 폭발시키는 계기가 되었고, 아들러에게는 심각한 골칫거리가 되었다. 화요일에 노동자 대표가 아들러를 찾아와 고스와프스키의 장례식에 참석할 수 있도록 모든 노동자들에게 하루 동안 휴가를 달라고 청했다. 공장주는 잔뜩 화가 나서, 각 작업장에서 대표들 몇명만 장례식에 참석할 수 있으며, 장례식을 핑계로 무단 결근하는 사람은 벌금을 물게 될 것이라고 선언했다.

아들러의 강경한 태도에도 불구하고, 노동자들 대부분이 장례식에 참석했다. 아들러는 그날 작업장에 나오지 않은 노동자들에게 하루 임금의 절반에 2즈워티를 더한 벌금을 물렸다.

그러자 성미 급한 노동자들이 당장 공장을 그만두자며 동료들을 부추기기 시작했다. 보일러공 가운데 한사람은 공장에 불을 질러야 마땅하다고 소리쳤다. 어떤 경우에도 동요하지 않던 아들러였지만, 이번만큼은 사태가 심각하다는 것을 직감했다. 분노와 공포에 휩싸인 그는 이번 소요를 폭동이라 칭하면서 도시에서 경찰을 데려왔다. 그러고는 선동에 적극적으로 가담한 사람들을 해고하고, 보일러공들을 고소했다.

예상 외로 단호한 조치가 행해지자 노동자들은 잠잠해졌다. 파업을 강행하며 사장을 위협하는 일도 없어졌다. 대신 그들은 아들러가 해고한 사람들을 복직시킬 것을 요구했다. 또한 노동자들로부터 벌금으로 거두어들인 돈이 있으니, 그 비용으로 간호사만이라도 공장에 상주시켜줄 것을 요청했다.

아들러는 이러한 요구사항에 대해 자기가 원할 때, 원하는 방식으로 해결할 것이며, 해고한 노동자들에 대해서는 더이상 아무 말도 하고 싶지 않다고 잘라 말했다.

다음날인 월요일이 되자 공장은 다시 조용해졌다. 뵈메 목사가 아들러를 찾아와서 노동자들을 진정시키고, 그들의 정당한 요구를 받아들이라고 권고했다. 하지만 뜻밖에도 친구의 반응은 그 어느 때보다 강경했다. 목사가 제안하는 모든 사항에 대해서 늙은 직물업자의 태도는 요지부동이었다. 예전이라면 그렇게 했을지도 모르지만 지금은 절대로 그럴 생각이 없다면서, 물러설 바에는 차라리 공장 문을 닫겠다는 폭탄선언까지 서슴지 않는 것이었다.

"마르친, 자네 알고 있나?" 아들러가 말했다. "신문에서 우리 가족에 대해서 뭐라고 떠들어대는지? 한 유머잡지는 우리 페르디난트를 대놓고 조롱했고, 일간지에서는 고스와프스키가 죽은 건 과다한 업무에 시달린데다 공장에 의사가 없었기 때문이라고 하더군."

"틀린 얘기는 아니잖나." 뵈메가 대답했다.

"턱없는 소리!" 공장주가 소리쳤다. "나는 고스와프스키보다 더 많이 일했네. 우리 공장의 모든 독일인 노동자들도 그보다 더 많은 일을 해왔고. 만약 공장에 의사가 있었다 해도 그날 밤 환자를 보러 어디 다른 곳에 갔을 수도 있지 않나. 우리가 도시에서 의사를 데려오지 못한 것처럼 말이야."

"그렇다고 해도 간호사는 남겨두지 않았겠나……" 목사가 상기시켰다.

아들러는 목사의 책망에 아무런 대답도 하지 않았다. 그는 큰 방을 초조한 듯 왔다갔다하면서 분에 못 이겨 씩씩거렸다. 그러더니 목사에게 정원으로 나가자고 했다.

"요한!" 그는 시종을 불렀다. "마당의 정자로 라인강 유역에서 생산된 포도주를 한병 가져오게."

그들은 연못 뒤에 있는 정자로 갔다. 부드러운 바람과 시원한 나무그늘, 그리고 질 좋은 포도주 한잔이 아들러의 마음을 진정시켰다. 뵈메는 금테안경 너머로 덩치 큰 친구를 찬찬히 살펴보았다. 친구의 기분이 나아진 것을 간파하자 목사는 한번만 더 밀어붙여보기로 했다. 목사는 자신의 술잔을 가볍게 두드리면서 말했다.

"이렇게 좋은 포도주를 음미할 줄 아는 사람은 냉정한 마음을 가질 수 없는 법이지. 고틀리프, 제발 그들의 벌금을 삭감해주고, 해고한 사람들을 받아들이게. 그리고 의사를 데려오는 데도 동의하고…… 자네의 건강을 위해서도 좋은 일 아닌가!"

"마르친, 자네의 건강을 위해서 건배하세. 다시 한번 말하지만 난 아무것도 안할 걸세!"

공장주는 노여움이 사라진 냉정한 얼굴로 대답했다. 목사는 고개를 저으며 중얼거렸다.

"흠…… 그렇게 완고하게 굴어선 안되네……"

"감상에 젖어 내 이익을 희생할 순 없어. 오늘 그들에게 천 루블을 양보하면, 내일은 10만 루블을 내놓으라고 할걸."

"그런 과장이 어디 있나?" 뵈메가 씁쓸하게 말했다. "내가 장담하는데, 만 루블 정도만 써도 이번 일은 조용히 넘어갈 걸세. 아예 선심 써서 1만 5천 루블을 내놓으면 일은 깨끗이 해결될 거야!"

"일은 이미 다 해결됐는걸." 아들러가 말했다. "깡패놈들은 죄다 쫓겨났고, 다른 노동자들도 내가 얼마나 엄격한지 똑똑히 알았을 테니 말일세. 나는 그들에게 자네처럼 부드럽게 대할 수가 없네. 그러면 공장 전체가 내 머리꼭대기에 올라앉으려고 할걸."

목사는 입을 다물고, 두 눈을 들어 하늘을 쳐다보며 생각에 잠겼다. 그러더니 코르크 마개와 나뭇가지 따위를 연못에다 던지기 시작했다.

"마르친, 왜 물에다 쓰레기를 버리는 거야?" 아들러가 물었다.

목사는 고개를 끄덕이면서 팔을 뻗어 연못이 있는 쪽을 가리켰다. 수면 위에는 던져진 마개와 나뭇가지가 점점 커다란 파문을 만들어내고 있었다.

"고틀리프, 저 물결이 보이나?" 목사는 공장주에게 물었다. "저 파문이 얼마나 크게 번져가고 있는지, 그리고 얼마나 멀리까지 흘러가는지도 보이나?"

"그거야 당연히 일어나는 파장이 아닌가." 아들러가 대답했다. "그게 뭐 대단한 일이라고?"

"그래, 자네 말이 맞아. 언제나 어디서나 늘 당연히 일어나는 파장일세. 연못에서도, 그리고 우리 인생에서도. 좋은 일이건 나쁜 일이건 세상을 향해 던져지고 나면, 그 주변에는 점점 더 커다란 파문이 생겨나고, 점점 더 멀리 퍼져나가게 마련이네……"

"무슨 소린지 통 알 수가 없구먼!"

아들러가 포도주를 따라 마시며 냉소적으로 말했다.

"무슨 말인지 설명해주지. 단, 화내지 말게."

"내가 언제 자네에게 화를 낸 적 있었나?" 공장주가 말했다.

"지금 자네가 보고 있는 그대로일세. 자네는 아들을 잘못 키웠고, 그런 그애를 마치 연못에다 나뭇가지를 던지듯이 무작정 세상에 내놓았네. 그리고 그애는 빚을 졌네. 그것이 첫번째 파문일세. 그 때문에 자네는 노동자들의 임금을 삭감했고, 의사를 내쫓았네. 그것이 두번째 파문일세. 고스와프스키의 죽음, 그것은 세번째 파문이라네. 공장의 소요와 신문의 보도내용, 그것이 네번째 파문이지. 노동자들을 해고하고 고소한 것, 그것은 다섯번째 파문이라네…… 자, 그러면 앞으로 여섯번째, 열번째 파문은 무엇이 되겠나?"

"나와는 상관없는 일일세!" 아들러가 대답했다. "자네의 파문이나 세상을 향해 열심히 퍼져나가라고 하게. 그러다가 무슨 바보 같은 일을 당하건간에, 나와는 상관없는 일이니까……"

목사는 연못에다 또다시 병마개를 집어던지고는 직물업자에게 그 마개를 가리켜 보였다.

"고틀리프, 보게나! 열번째 파문이 가장자리로 퍼져나갔다가 되돌아오는 게 보이나? 파문은 언젠가는 되돌아오는 법일세. 거기, 처음 생겨난 곳으로."

목사의 단순명료한 비유는 늙은 공장주의 마음을 흔들었다. 그는 잠시 생각에 잠겨 머뭇거렸다. 그의 내부에서 형언할 수 없는 두려움이 솟아나고 있었다.

하지만 그것도 잠시뿐이었다. 그는 지극히 현실적인 사고방식을 가지고 있었고, 미래에 벌어질 일을 예감하기에는 판단력이 부족했다. 그는 목사가 공연히 설교조로 헛소리를 하고 있다고 단정지으며, 너털웃음을 터뜨렸다.

"허허! 마르친, 자네가 말하는 파문이 나를 덮치지 않도록 주의해야겠군그래."

"앞일은 모르는 법일세……"

"의사도, 파업을 선동한 자들도 내 공장으로 돌아오는 일은 없을 걸세. 벌금도 면제되지 않을 것이고. 고스와프스키라 해도 예외는 없네!"

"악업은 반드시 돌아오게 되어 있네……"

"허허! 안 돌아온다니까! 만약 돌아온다고 해도 내 주먹으로, 내 공장으로, 내가 들어놓은 보험으로, 경찰로, 그래도 안되면 내 재산으로 막을 걸세."

두 친구는 밤늦게 헤어졌다.

'마르친이 정신이 나간 게 틀림없어!' 공장주는 생각했다. '나를 겁주려고 작정을 했구먼……'

목사는 마차를 몰면서 하늘을 쳐다보았다. 갑자기 무서운 생각이 들었다.

'만약 정말로 파문이 돌아오면 어떡하지……'

오늘 친구에게 이야기한 파문의 비유는 자신도 예기치 못하게 갑자기 머릿속에 떠오른 아이디어였다. 목사는 이것을 어떤 불길한 조짐으로 받아들였다. 그릇된 파문은 반드시 되돌아온다는 확신이 들었다. 하지만 언제, 어떤 모습으로?

그날 밤 목사는 잠을 설쳤다. 몸을 뒤척이고 비명을 질러 옆에 있던 부인이 깰 정도였다.

"마르친, 대체 뭐라고 하시는 거예요? 어디 아프세요?"

뵈메는 식은땀을 흘리면서 침대에 걸터앉았다.

"악몽이라도 꾸셨어요?" 부인이 물었다.

"그래, 그런데 기억이 안 나…… 내가 무슨 말을 했소?"

"무슨 말인지 잘 모르겠는데요, 파문이 어쩌고 하면서, 계속 돌아온다, 돌아온다, 그랬어요."

"신께서 우리를 지켜주시기를!"

목사는 가슴 깊은 곳에서 치밀어오르는 알 수 없는 두려움을 느끼면서 속삭였다.

6

사람들이 생각하는 인생의 좋고 나쁜 일들은 활자화될 때 비로소 명확한 의미를 갖게 된다.

늙은 아들러는 이미 오래전부터 이기주의자에다 착취자로 유명했고, 페르디난트 또한 이기주의자이고 난봉꾼이라는 사실이 널리 알려져 있었지만, 고스와프스키의 죽음을 계기로 신문에서 떠들어대면서 비로소 그들에 대한 반대 여론이 본격적으로 고개를 들기 시작했다.

이제 그 지역 전체가 아들러의 공장에 관심을 갖게 되었다. 그곳에서 일어나는 모든 일이 사람들 입에 오르내렸고, 적절한 조치가 무엇인가에 관해서 적극적인 논의가 이루어졌다. 사람들은 공장에 관해서라면 아주 구체적이고 세세한 부분까지 관심을 가졌다. 또한 그들은 페르디난트가 외국에서 진 빚이 얼마이며, 현재까지 얼마나 탕진했고, 그 때문에 그의 아버지가 어떤 손실을 입었으며, 그간 노동자들에게 얼마나 부당하게 업무가 부과됐는지도 밝혀냈다. 노동자들은 고스와프스키의 죽음을 늙은 공장주의 과욕과 그 아들의 방탕한 짓거리에 의한 억울한 희생이라고 여겼다.

한쪽에서는 분쇄기와 절단기가 돌아가는 모든 공장과 작업장에서 이와 같은 불행한 사태가 얼마든지 일어날 수 있다고 주장했지만, 그런 주장은 금세 잦아들었다. 대체 노동자를 새벽부터 자정까지 부려먹는 경우가 어디 있단 말인가? 백 대도 넘는 기계가 돌아가는 공장에 의사와 간호사가 없다는 것이 말이 되는가? 아들러 같은 거부가 공장에 의료시설을 마련한다고 해서 무슨 큰 손해라도 본단 말인가? 예전에는 의사와 간호사가 있지 않았는가? 젊은 놈이 빚을 지자 늙은이가 사람들의 피를 담보로 그들을 착취한 것이 아닌가?

오래지 않아 여론은 페르디난트의 귀에도 들어갔다. 어떤 집에서는 부모들이 자기 자식들에게 페르디난트와의 관계를 끊으라고 명령하기도 했다. 대놓고 관계를 끊지 못한 주변 사람들의 태도도 냉랭해졌고, 페르디난트와는 진심이 아닌 형식적인 관계만을 유지했다. 그나마 별로 질이 좋지 않은 부류들만이 곁에 남았지만, 페르디난트는 그들에게

서조차 멸시와 조롱의 감정을 느끼곤 했다.

비난은 계속되었다. 페르디난트가 돈을 뿌려대는 호텔이나 레스토랑, 술집, 빵집에서도 고스와프스키의 죽음이 무엇 때문인지를 파헤친 기사들이 눈에 띄었다. 한번은 페르디난트가 자신의 일행과 가게에 들러 괜찮은 적포도주가 있는지 물었다. 그러자 다음과 같은 대답이 돌아왔다.

"물론 있습죠. 마치 피처럼 붉은 것으로 말입니다……"

만약 다른 사람이 이와 비슷한 일을 겪었다면, 필경 고민에 빠졌을 것이다. 대중이 이렇게 노골적으로 악의를 드러내는 경우에는 대개 얼마 동안은 자중하는 것이 보통이며, 아니면 자신의 생활방식을 바꾸거나 아버지를 설득하기 위해 애쓰는 게 마땅하다. 하지만 페르디난트는 바로 그런 '다른 사람'에 속하지 않은 인간이었다. 무엇보다 그는 진득하게 일을 할 수 없는 사람이었다. 그는 방탕한 생활을 원했으며, 다른 사람들의 견해에 좀체 귀를 기울이지 않았다. 아니, 반대로 그런 의견에 흥분하고, 과격하게 반응했다. 페르디난트는 진실하지 못한 친구들을 보면서 조만간 모두가 자기 앞에 무릎을 꿇게 될 것이며, 그 누구도 감히 자기에게 저항하지 못하리라고 믿고 있었다. 자신과 공동체 사이의 소리없는 싸움은 그를 자극하고 짜증나게 만들었다. 그는 그러한 싸움을 불길한 조짐으로 보는 데 그치지 않고, 그 싸움에서 승리할 수 있다는 헛된 망상을 품었다. 페르디난트는 홧김에 길을 가다 맨먼저 눈에 띄는 사람에게 화풀이를 하기로 결심했다. 여론 때문에 신경이 날카로워지고 불안한 판국에 뭔가 소동을 벌이면 기분이 나아질 것 같았기 때문이다. 게다가 페르디난트의 뒤에는, 비록 성격은 다르지만, 어쨌든 모든 장애물을 산산조각내야 직성이 풀리는 아버지가 든든히 버티고 있지 않은가.

페르디난트의 입장에서 가장 달갑지 않은 인물은 독일인이자 지방 판사인 자포라였다. 중키에 뚱뚱한 몸집, 무뚝뚝한 인상을 풍기는 이 사내는 엄격하고 냉정하며, 늘 눈을 내리깔고 상대를 바라보는 습관이 있었다. 유달리 말수가 적었지만, 그 대신 격식을 생략하고 단호하게 핵심을 찌르는 직선적인 말버릇이 특징이었다. 자포라의 내면에는 뛰어난 판단력과 폭넓은 지식, 귀족적인 품성과 불굴의 의지가 있었다. 입에 발린 아첨이나 농담, 그럴듯한 이론이나 높은 지위 등으로는 자포라를 매수할 수 없었다. 그는 말하는 사람을 담담한 시선으로 바라보면서 언행을 냉철하게 판단하고, 그 사람의 속마음을 꿰뚫어보곤 했다. 그러다 상대방의 진심을 알게 되면, 좋을 때건 나쁠 때건 변함없이 그 사람의 친구가 돼주었다. 하지만 인격이 갖추어지지 않은 질나쁜 사람들, 게으른 건달들은 경멸했고, 그런 경멸의 감정을 감추려 하지도 않았다.

젊은 아들러는 언젠가 이 냉정한 판사와 마주친 적이 있었지만, 한마디도 말을 나눌 기회가 없었다. 자포라 역시 페르디난트에게 특별한 용건이 없었으므로 일부러 피한 것은 아니었지만, 그와 대면할 계기를 갖지 못했다. 다만 친구들과 말할 때는 페르디난트를 '얼빠진 놈'이라고 불렀다.

자포라와 가깝게 지내는 사람들은 다들 '얼빠진 놈'이 곧 젊은 아들러를 가리킨다는 걸 알고 있었다. 연륜이 있는 사람들은 이 좁은 소도시에서 언젠가는 자포라와 페르디난트가 반드시 부딪칠 것이며, 그때는 이 젊은 건달이 인생의 쓴맛을 톡톡히 보게 되리라고 짐작하고 있었다.

페르디난트 역시 자포라가 자기를 좋아하지 않는다는 걸 알고 있었기에, 그와의 대면을 서두르지 않았다. 더군다나 페르디난트는 고스와프스키와 관련된 기사를 퍼뜨리는 주범이 자포라라고 생각하고 있었으므로, 기회가 되면 그에게 반드시 앙갚음을 하리라고 벼르고 있었다.

구월초 도시에 장이 열렸다. 인근의 여러 지역에서 많은 귀족들이 장터에 몰려왔다. 자포라의 사무실은 장이 열리는 바로 그 도시에 있었다.

그날 오후, 자포라는 관공서에 들러 필요한 업무를 해결하고, 두시쯤 점심식사를 하기 위해 한 레스토랑으로 갔다. 마침 홀에는 낯익은 얼굴들이 보였다. 식당에 들어서니 한줄로 정렬된 탁자 위에 수많은 포도주와 샴페인이 차려져 있었다. 아마도 곧 굉장한 술상이 벌어질 모양이었다.

"대체 무슨 일이오?" 자포라가 물었다. "단체손님이라도 오는 거요?"

아는 사람들이 그를 우르르 둘러쌌는데, 그중에는 아들러의 친구들도 있었다.

"젊은 아들러가 오늘 점심값을 모두 내기로 했답니다. 여기에 들어오는 사람들은 전부 식사에 초대받는 거죠." 누군가가 웃으며 속삭였다.

"설마 판사님께서 우리의 초대를 거절하지는 않으시겠지요."

아들러의 친구 가운데 한명이 말했다. 자포라가 구석에서 발걸음을 멈추고 청년을 똑바로 바라보며 말했다.

"거절하겠소."

한 젊은이가 눈치없이 판사의 말꼬리를 잡고 늘어졌다.

"존경하는 판사님, 왜 그러십니까?"

"왜냐하면 이 점심 값은 페르디난트의 돈이 아니라 늙은 아들러의 돈이기 때문이오. 하지만 그 노인이 나를 점심식사에 초대한다 해도 역시 거절하겠소."

그러자 또다른 페르디난트의 친구가 대화에 끼어들었다.

"판사님께서는 아들러에게 유감이라도 있으십니까?"

"글쎄요. 노인은 착취자이고, 청년은 난봉꾼이니, 두 사람이 우리 사회에 가져다주는 이익보다는 손실이 더 크지 않소?"

한사람의 평범한 시민이 여러 사람 앞에서 이처럼 용기있게 자기 의사를 밝히는 것을 보면서 대중의 양심이 반응하기 시작했다. 아들러의 친구들은 입을 다물었고, 다른 손님들의 마음에는 갈등이 일었다. 그 중에서도 일부 양심적인 사람들은 레스토랑에서 나가려고 모자를 집어들었다.

바로 그 순간 젊은 아들러가 자신의 또다른 친구 한명과 함께 레스토랑으로 들어섰다. 홀 안에 발을 들여놓는 순간, 아들러는 판사의 개성 있는 얼굴을 금방 알아보았다. 지금까지 무슨 일이 일어났는지 모르는 아들러는 친구들을 향해 부탁했다.

"나를 저 사람에게 소개해주게! 그래, 술은 잘 마시던가?"

"그럼, 그렇고말고!" 일행 중 누군가가 총알같이 자포라를 향해 뛰어갔다.

"이런 이런, 오늘은 참 운이 좋네요. 아들러가 마침 레스토랑에서 도시를 위해 잔치를 베풀기로 했는데, 판사님께서 그 덫에 딱 걸리셨으니 말이에요. 우리는 판사님을 절대 놓아드리지 않을 거예요. 그나저나 두 분은 아직 정식으로 인사를 안하셨죠……"

"이쪽은 아들러 씨! 이쪽은 자포라 씨!"

"오래전부터 판사님을 뵙고 싶었습니다."

페르디난트가 손을 내밀며 말했다.

"그래요? 반갑소!"

자포라는 자신의 손을 일부러 뒤로 빼면서 대답했다.

그 순간 그 자리에 있던 사람들 중에는 놀라서 입을 다물지 못하는 이들도 있었다. 페르디난트의 얼굴이 창백하게 질렸다. 그는 잠시 동안 머쓱해서 그대로 서 있더니 곧 정신을 차리고 태도를 바꾸었다.

"제가 판사님을 만나기를 원했던 것은……" 페르디난트는 여기서 잠시 말을 멈추었다가 계속했다. "제 아버지에 관한 글에 대해서…… 감사의 인사를 드리기 위해서입니다……"

자포라는 그를 뚫어지게 쳐다보았다.

"자네 부친에 관한 글이라면……" 자포라가 침착하게 말했다. "예전에 시장에게 보내는 서신을 한통 쓴 적은 있었소만…… 소송을 제기하기 위해서 말이오."

아들러는 분노로 몸을 떨었다.

"아하, 그래서 유머잡지에 저에 관한 그 우스운 기사들을 쓰셨나보군요."

자포라는 단 한순간도 냉철한 이성을 잃지 않았다. 그는 한손으로 지팡이를 짚고 말했다.

"뭔가 착각하는 모양인데 유머잡지에 글을 기고하는 것은 젊은 친구들에게 양보하고 있소. 하는 일은 별로 없으면서 다른 방면으로 유명해진 그런 젊은이들한테 말이오."

아들러는 완전히 이성을 잃고 말았다.

"당신은 나를 모욕했소." 그는 버럭 소리를 질렀다.

"말도 안되는 소리! 장담하지만, 내 마지막 말이 꼭 당신을 겨냥한 것은 아니었소이다……"

격분한 젊은이는 마치 자포라에게 당장에라도 덤벼들 것 같았다.

"결투를 합시다!" 아들러가 소리쳤다.

"기꺼이!"

"지금 당장 말이오!"

"배가 고프니 우선 점심부터 좀 먹어야겠소. 한시간 후에 우리집으로 시종을 보내시오."

자포라가 냉정하게 대답하고는 홀 안의 지인들에게 가볍게 머리를 숙인 뒤 천천히 식당을 빠져나갔다.

아들러가 주최한 만찬은 어색하게 끝났다. 많은 손님들이 식사를 하기도 전에 자리에서 일어났고, 또다른 손님들은 억지로 흥겨운 척했다. 하지만 그들의 과장된 연기 덕분에 페르디난트의 기분은 한결 나아졌다. 그는 포도주 첫 잔을 마시고 나서 진정하는가 싶더니, 계속 술을 마시면서 다시 흥분했다. 그는 자기가 결투를 벌이게 됐으며, 그 상대가 자포라라고 떠들어댔다. 그러면서 승리는 따놓은 당상이라고 장담했다.

"그놈에게 사격이 뭔지 가르쳐줘야지. 개자식!"

합석한 사람들 가운데 한명에게 아들러가 속삭였다. 그러면서 마음속으로 생각했다.

'결투에서 이기고 나면 사람들의 태도가 달라지겠지. 수십번 식사를 대접하는 것보다 훨씬 효과적일 거야.'

레스토랑에는 살아오면서 이와 비슷한 난리법석을 겪어본 경험이 있는 연륜있는 사람들도 꽤 있었다. 그들은 철없는 젊은이를 보면서 그의 무모함과 열정만큼은 인정했다.

"신의 뜻으로 마침내 우리 마을에 큰 사건이 벌어지겠군."

"한 가지 유감은……" 다른 이가 말했다.

"뭐가 유감이지?"

"사격장의 유리병처럼 시체더미 위로 쓰러지게 될 사람들이 불쌍해서……"

"우리가 그들에게 근사한 장례식을 치러주면 되지 않나?"

"제발 우리가 아는 그 사람들의 장례식은 아니었으면 좋겠네."

"에이, 설마 그런 일까지 벌어지진 않을 테지…… 결투의 조건이 뭔데?"

"권총으로 승부를 겨루고, 누구든 먼저 피를 흘릴 때까지 싸운다고 하더군."

"이런, 제길! 대체 누구의 아이디어야?"

"아들러의 생각일세."

"승리를 자신하나보지?"

"그의 사격솜씨야 알아주지 않나!"

결투에 대한 이야기를 들은 사람들과 페르디난트의 친구들이 수군거렸다. 점심식사가 끝날 무렵 자포라가 결투의 조건을 모두 수용했으며, 내일 새벽에 결투를 벌이기로 했다는 소식이 들려왔다.

"여러분!" 식사를 마치면서 아들러가 말했다. "오늘밤 여러분을 연회에 초대합니다. 우리 밤새도록 마십시다!"

"대체 어쩔 셈이오?" 누군가가 물었다.

"나는 콘트라댄스(서로 마주 보고 상대를 바꿔가며 추는 춤. 여기서는 결투의 은유적 표현—옮긴이)를 벌이기 전날에는 늘 그렇게 해왔소. 사실은…… 이번이 네번째거든요!"

페르디난트가 말했다.

한편 다른 레스토랑에는 좀더 나이가 많고 진중한 사람들이 모여 있었는데, 자포라의 친구들이었다. 그들도 오늘 벌어진 사건에 대해 의논하는 중이었다.

"큰일났군!" 누군가가 말했다. "점잖은 양반이 그런 망나니 같은 젊은이와 결투를 벌이게 되다니!"

"하찮은 말썽에 자포라가 공연히 연루된 거지."

"우연히 휘말렸다가 발을 뺄 수 없게 되어버렸으니……"

"정말 이상한 일이야." 지금껏 입을 다물고 있던 머리가 하얗게 센 귀족이 말했다. "아들러처럼 쓸모없고 무모한 인간들은 품위있는 사람들의 무리에 끼려고 안간힘을 쓰다가도 자포라 같은 강직한 사람에게는 해를 끼치게 마련이거든. 예전 같으면 그놈의 아비가 하는 짓을 봐서라도 사람들이 그런 인간을 순순히 내버려두지 않았을 텐데."

"네, 요즘 우리 사회의 여론이란 게 너무 물러터진 것 같아요. 정직한 사람들이 권력을 거머쥔 자 앞에서 머리를 숙여야 하니, 이거야 원…… 자포라가 정말 안됐어요."

"총을 쏠 줄은 아나?"

"뭐, 대충은 쏘죠. 하지만 그 젊은 놈 솜씨는 완전 예술이라고요."

"제가 한마디 해도 될까요?" 금발의 젊은이가 나섰다. "마침 그 분야는 제가 전문가라서 한마디 하겠습니다. 제 명예를 걸고 말씀드리는데요, 총싸움에서는 반드시 기술이 떨어지는 자가 패하는 건 아닙니다. 일전에 제가 스타섹과 에텍의 결투에 입회인으로 나갔을 때의 이야기입니다만, 당시 스타섹은 권총을 잡을 줄도 몰랐거든요, 그런데도……"

"하지만 총을 잘 쏘는 게 더 안전한 건 사실이잖소."

"당연하죠! 당연하죠!" 금발의 젊은이가 말꼬리를 낚아챘다. "제가 오스트리아 출신의 한 선원과 결투를 벌였을 때의 이야기입니다. 제가 그에게 미리 경고했죠. 곧 총을 맞게 될 거라고요……"

이 대목에서 늙은 귀족이 귀를 쫑긋 세웠다.

"그래서 명중시켰나?"

"네, 고문님. 마치 과녁처럼 맞추었지요. 과녁처럼 정확하게요."

"자포라는 왼손잡이인데, 혹시 불리하진 않을까요?" 누군가 소리쳤다.

"총싸움에서는 상관없어요." 금발의 젊은이가 말했다. "칼싸움에서는 오히려 유리하답니다. 한번은 왼손잡이와 칼싸움을 벌이다가 상대의 칼에 제 이마를 찔린 적도 있어요. 그때 의사들은 두 시간 동안 제가 죽은 줄 알았다고 했어요…… 오, 여기에 흉터가 있군요."

"그런 끔찍한 일이! 두 시간 동안이나?"

"에, 뭐…… 한 시간 반 정도였죠."

"한 시간 반 동안이나 자네 심장이 뛰지 않았다는 건가?"

"그러니까…… 솔직히 말하면 반시간 정도였죠. 뭐…… 정확히는 기억이 안 나지만요…… 아무튼 제가 시체처럼 죽은 듯이 누워 있었다더군요. 그때 독일인 하인이 제 웃옷의 왼쪽 주머니에서 돈주머니를 꺼내려고 했거든요."

"그가 훔쳐가려는 건 또 어떻게 알았나?"

"어떻게 알다니요? 그놈이 막 돈주머니를 빼내려는 찰나에 붙잡혔으니까 알았죠. 저는 무고한 사람을 함부로 의심하는 그런 경솔한 인간은 아닙니다."

오후 여섯시경에 페르디난트는 레스토랑에서 자신이 묵는 호텔로 돌아왔다. 그는 한밤의 연회가 시작되기 전에 잠시 눈을 붙이려 했지만, 통 잠이 오지 않았다. 방 안을 왔다갔다하던 페르디난트는 문득 길 건너편에 자포라의 사무실이 있는 것을 발견했다.

거리는 텅 비어 한산했다. 사무실은 아래층이고, 그 바로 위층에 자포라의 아파트가 있었다. 페르디난트는 맞은편에 있는 자포라의 방을 유심히 들여다보았다.

판사는 무슨 종이쪽지를 들고서 시의원과 서기와 이야기를 나누는 중이었다. 시간이 꽤 오래 걸렸다. 얼마 후 시의원은 자포라와 작별인사를 나누었고, 서기는 자기 방으로 돌아갔다. 방에는 판사 혼자 남았다.

자포라는 책상 위에 등잔불을 밝히고, 씨가를 피우면서 종이 위에다 뭔가를 쓰기 시작했다. 먼저 꽤 긴 제목을 쓰고, 그다음에는 고른 글씨체로 연이어 빠르게 적어나갔다. 젊은 아들러는 판사가 만일의 사태에 대비하여 유언장을 쓰고 있으리라 짐작하였다.

페르디난트는 비록 나이는 어렸지만 지금껏 몇번의 결투를 경험했고, 그때마다 결투를 일종의 아슬아슬한 유희라고 생각했다. 그런데 이번에는 달랐다. 그는 지금 결투라는 것이 미리 준비를 하고, 비장한 각오를 해야 하는 엄숙한 의식이라는 것을 실감하는 중이었다. 그렇다면 어떻게 준비하고 각오해야 하는 걸까? 그렇다. 자포라처럼 유언장을 쓰면서 준비하는 것이다!

페르디난트는 소파에 몸을 던졌다. 호텔 복도에서는 몇분에 한번씩 울려퍼지는 벨소리와 함께 하인들의 분주한 발걸음소리가 들려왔다. 페르디난트는 꿈을 꾸기 시작했다.

페르디난트가 어린아이였을 때, 그러니까 공장 규모가 막 확대되기 시작한 무렵, 그는 증기기관이 있는 건물에서 단단한 쇠못이 박힌, 그리 크지 않은 문을 발견한 적이 있었다. 소년은 그 문 안에 무엇이 있는지 궁금하기도 하고, 또 무섭기도 해서 견딜 수가 없었다. 어느날 소년은 용기를 내어 박힌 못을 빼냈다. 그러자 문이 스르르 열렸다. 그 안에서 소년은 구리로 만든 파이프와 구불구불하게 감긴 밧줄, 그리고 빗자루 하나를 보았다.

그때 그 광경은 소년의 머릿속에 생생히 각인되었고, 결투를 할 때마다 떠올랐다. 많은 증인들이 지켜보는 가운데 상대방을 향해 총구를 겨누는 순간, 방아쇠 위에 놓인 자신의 손가락을 실감하는 바로 그 순간에, 그의 머릿속에는 항상 자신을 불안하게 만들던 그 못과 문이 떠올랐다. 그 순간 그는 언젠가 문에서 박힌 못을 빼냈듯이 용기있게 방아쇠를 당겼다. 그러면 모든 사건은 종결되었다. 하지만 방아쇠를 과감히 당겨 열어젖힌 운명의 비밀스러운 문 너머에서도 페르디난트는 별반 대단한 것을 발견하지 못했다. 상대에게 부상을 입히거나, 아니면 친구들에 둘러싸여 수십병의 샴페인을 축내는 것이 고작이었다.

지금까지 그가 해온 결투는 고작 이런 것이었다. 오페라 가수를 차지하기 위해, 경마에서 내기를 하다가 다툼이 일어나서, 길거리에서 마주친 사람과 시비가 붙어서……

하지만 내일의 결투는 그런 결투들과는 본질적으로 다른 것이었다. 한쪽에는 사람들이 별로 달가워하지 않는 인물의 아들인 그가 서 있고, 다른 쪽에는 다수의 분노를 대변하는 존경받는 사람이 서 있는 것이다. 자신의 적수 뒤에는 아들러 일가를 외면할 용기가 있는 사람들, 모든 노동자들, 공장의 사무원들 거의 대부분이 버티고 서 있다. 하지만 자신의 뒤에는 과연 누가 있는가?

지금 그의 뒤에는 아버지조차 없다. 왜냐하면 아버지는 아들이 총을 쏘는 것을 허락하지 않을 것이기 때문이다. 그와 함께 술을 마시던 친구들도 없다. 그들은 공연히 말썽에 휘말렸다고 여기면서 어떻게든 그에게서 도망칠 궁리나 하고 있을 테니까.

그렇다면 누가 그와 함께 나설 것인가? 아무도 없다. 그의 반대편에는 군중이 서 있다. 만약 자포라가 부상을 입으면 적들은 또 하나의 새로운 구실을 발견하게 된다. 만약 페르디난트가 부상을 당하면 신께서 아들러 부자에게 벌을 내리신 거라고 모두가 떠들어댈 것이다.

어떻게 하면 좋단 말인가? 대체 무슨 수로 혈혈단신으로 다수와 맞선단 말인가? 그는 지금 공장과 도시 전체를 상대로 한바탕 난장판을 벌이려 하고 있다! 소심하고, 온순하고, 어리석고, 관대한 사람들도 많은데 하필이면 왜 그렇게 완고한 사람이 나타나 그의 면전에 대고 무례한 놈이라고 소리쳤단 말인가? 정말로 그가 잘못했다면, 다른 사람들은 왜 지금껏 자기에게 아무런 경고도 해주지 않았는가? 젊은 날 한때의 실수로 인해 이처럼 비극적인 종말을 맞이해야 한단 말인가?

언젠가 크리스마스이브에 오늘처럼 결투가 벌어진 적이 있었다. 그때도 페르디난트는 아버지의 공장에 있던 그 문을 떠올렸다. 하지만 이번에는 문 안쪽에서 다른 게 보였다. 파이프와 밧줄, 빗자루 대신 관이 어른거리는 것이다. 그 관에는 이렇게 씌어 있다. "오직 한사람만을 위한 집." 언젠가 페르디난트는 바르샤바의 한 목공소에서 이런 카드가 걸린 관을 본 적이 있었다.

"오직 한사람만을 위한 집이라!" 그때 페르디난트는 이렇게 혼잣말을 했었다. "참 재치있는 목수로군!"

호텔 소파는 푹신하지 않았다. 소파 가장자리에 머리를 기대자, 페르디난트의 머릿속에는 지난번 술에 취해 집으로 돌아가던 순간이 문득 떠올랐다. 마차는 앉아 있기에는 편했지만 누워 있기에는 지금 이 소파처럼 불편하기 짝이 없었다. 그때 마차를 타고 달리면서 그는 가벼운 오한을 느꼈었다. 저 멀리 어딘가에서 말발굽소리와 마차의 덜컹거리는 소리가 들려왔다……

이미 자정이 넘은 시각이었다. 하늘 높이 걸린 달빛만이 도로를 희미하게 비추고 있었다. 마차가 잠시 흔들리더니 덜커덩 소리를 내면서 갑자기 멈췄다.

"뭐야?" 페르디난트가 잠결에 소리쳤다.

"고스와프스키의 팔이 부서졌습니다."

누군가가 기어들어가는 목소리로 대답했다.

"아, 그 예쁘장한 부인을 둔 사내 말인가?"

페르디난트가 정신을 차리고 물었다.

"참 예리하기도 하지!" 누군가가 빈정대듯 중얼거렸다.

"예리하다고? 대체 뭐가 예리하다는 거지?"

페르디난트는 눈앞에 갑자기 나타난 환영을 보고 싶지 않은 듯 소파에 몸을 묻으며 혼잣말을 했다. 하지만 그 환영은 사라지지 않았다. 정신을 차리고 보니, 들것이 보이고, 그 위에 누운 누군가를 둘러싼 사람들 무리가 보였다. 가슴 위에 놓인 그 사내의 팔이, 둘둘 말린 넝마조각이, 그리고 그 위로 붉게 물든 핏자국이 보였다. 페르디난트는 열심히 눈을 비볐지만…… 소용이 없었다! 사람들은 여전히 서 있고, 수레도 그대로였다. 모든 것이 너무나 선명해서 도로 위에 드리운 사람들과 사물들의 짤막한 그림자마저 생생하게 보일 정도였다.

'저렇게 괴로워하는 걸 보니 곧 죽겠구먼.' 페르디난트가 중얼거렸다. '흠, 죽을 거야.' 그가 덧붙였다.

문득 팔이 완전히 조각난 채 들것 위에 누워 있는 사내가 모든 희망을 잃고 고통에 신음하고 있다는 사실이 생생하게 다가왔다. 부상자의 몸은 음울한 달빛을 받아 더욱더 창백해 보였다. 대체 갑자기 이런 생각이 왜 들까? 언제부터 샴페인이 이런 우울한 환영을 가져다주었지?

페르디난트는 갑자기 지금껏 경험하지 못한 격렬한 감정의 소용돌이에 휩싸였다. 무언가가 자신을 괴롭히고, 무기력하게 만들고, 가슴을 갈기갈기 찢어놓고, 뇌수를 찌르는 것만 같았다. 갑자기 비명을 지르며 도망쳐 어딘가에 숨고 싶어졌다.

페르디난트는 어두운 방 안을 미친 듯이 서성거렸다.

"제기랄! 대체 내가 뭘 두려워하는 거지……" 그가 중얼거렸다. "내가 지금 두려워하고 있단 말인가? …… 내가?"

그는 간신히 성냥을 찾아내 초에 불을 붙였지만, 촛불은 흔들리다가 금세 꺼져버렸다. 다시 성냥을 켜서 촛불을 밝히니 방 안이 조금 환해졌다.

그는 거울을 들여다보았다. 칙칙한 잿빛 얼굴과 눈밑의 검은 그림자, 확장된 동공이 보였다.

'내가 지금 두려워하고 있나?' 그는 스스로에게 질문을 던졌다. 손에 든 촛불이 눈에 띄게 흔들리고 있었다.

'만약 내일 결투를 할 때도 권총이 이렇게 흔들린다면, 참 잘도 싸우겠군그래!'

페르디난트는 창밖을 내다보았다. 자포라는 여전히 길 건너편 아래층 방에 꼼짝 않고 앉아서, 침착한 태도로 글쓰기에 전념하고 있었다.

그 광경을 보고 페르디난트는 정신이 번쩍 들었다. 비장한 유언장을 보는 순간 혼란스러운 환상이 일순간에 사라진 것이다.

'그래, 열심히 써라.' 그는 판사를 보면서 생각했다. '내 기꺼이 당신의 생애에 마침표를 찍어주리라!'

복도에서 발자국소리가 들렸다. 누군가가 문을 두들기며 소리쳤다.

"페르디난트, 일어나! 향연이 준비됐다고!"

낯익은 목소리가 들려오자 페르디난트는 완전히 이성을 되찾았다. 총검이 삐죽삐죽 솟아 있는 함정에 빠진다 해도, 눈 하나 깜빡 하지 않을 자신이 있었다. 그는 또다시 사자 같은 힘과 젊은이 특유의 맹목적인 용기를 느꼈다. 이제는 어떤 위험도, 어떤 제약도 없을 것만 같았다.

문을 열고, 친구들의 낯익은 얼굴을 본 순간, 페르디난트는 환한 미소를 지었다. 그는 잠시나마 알 수 없는 환영에 시달리며 감정의 격랑을 맛본 것이, 그리고 스스로를 향해 두렵냐고 물었던 것이 부끄러워서 웃음이 났다.

아니, 나는 절대 아무것도 두려워하지 않는다. 저 푸른 하늘이 내 머리 위로 무너져내린다 해도 무섭지 않다. 내게는 천부적인 재능은 없어도 대신 용기가 있다. 지금 이 순간 그는 번개 위에 나뭇가지인 양 가볍게 앉은 독수리처럼, 창공을 굽어보는 제우스처럼 그 무엇도 무섭지 않았다.

페르디난트와 그 일행은 해 뜰 때까지 주연을 즐겼다. 레스토랑의 창문은 웃음소리와 환호성으로 흔들렸다. 포도주가 다 떨어져서 다른 음식점으로 종업원을 보내야 할 정도였다.

아침 여섯시경, 도시에서는 네 대의 마차가 교외로 빠져나갔다.

7

며칠 전부터 공장 창고에는 면화를 실은 거대한 마차가 드나들기 시작했다. 면화가격이 상승할 것을 예측한 아들러가 현금을 모두 동원하여 한창 원료를 사들이는 중이었기 때문이다. 공장에는 영국과 독일의 창고에서 운송된 면화가 산더미처럼 쌓이기 시작했다.

직물업자의 계산은 빗나가지 않았다. 구매계약을 맺은 지 몇주가 지난 뒤부터 면화가격이 폭등하기 시작해 지금까지 계속 상승하고 있던 것이다. 가지고 있는 원료를 두 배 가격에 넘기지 않겠느냐는 제의가 들어왔지만, 아들러는 들은 척도 하지 않았다. 그저 흡족한 얼굴로 손바닥을 비빌 따름이었다. 예전에는 이런 식으로 이윤을 챙길 수 있다는 것은 생각조차 못했는데, 이제는 생산품이 아닌 원료만 가지고도 재산을 최소한 세 배는 불릴 수 있게 된 것이다.

"머지않아 공장을 팔아야지!" 아들러는 혼잣말로 중얼거렸다.

이상한 일이었다. 자신이 수십년간 몸담아온 일이 이제 마무리단계에 돌입하자 노인은 갑자기 마음이 약해지는 걸 느꼈다. 늘 해오던 공장일이 웬일인지 힘겹게 느껴졌고, 알 수 없는 뭔가를 애타게 갈망하면서 어디론가 멀리 떠나고 싶어졌다. 아들에게 집밖으로만 나돌지 말고, 아버지와 함께 있으면서 여행이야기를 들려달라고 부탁한 적도 여러 번 있었다. 뵈메 목사를 찾아가는 횟수도 점점 더 잦아졌고, 그에게 앞으로 누리게 될 휴식에 대해 이야기하기를 즐겼다.

"나는 지쳤어. 고스와프스키의 죽음과 공장 내부의 여러 소동들이 목에 걸린 가시처럼 나를 괴롭히고 있네."

아들러는 생각에 잠겼다가 갑자기 덧붙였다.

"마르친, 자네 상상이 되나? 아침에 눈을 뜨자마자 벌써 침대에서 일과 씨름해야만 하는 인간의 삶이란 게 어떤 건지 말일세. 때로는 자네의 삶이 부러울 때도 있었네. 차라리 목사가 되는 게 낫지 않았을까, 나 자신에게 물은 적도 여러 번이었어. 그랬다면 사람들로부터 욕먹을 이유도 없었을 테고, 아들이 돈을 날리는 일도 없었을 테고, 또 신문에서 뭐라고 떠들어댈까봐 걱정하지 않아도 됐을 테니 말이야…… 하지만 다 부질없는 생각이지! 아마 나도 이제 늙었나봐."

얼마 전에 고인이 된 고스와프스키가 막판에 공장에서 그만둘 날만을 손꼽아 기다렸듯이 늙은 직물업자 또한 일할 날이 몇달 남았는지를 열심히 헤아리는 중이었다.

"내년 칠월까지는 계약을 맺은 모든 면직물을 다 만들어야지. 유월에 미리 공장을 내놓으면, 늦어도 팔월이면 내게 잔금이 지불되겠지. 단, 할부로 팔 생각은 추호도 없어. 그리고 마침내 구월이 되면…… 참! 페르디난트에게는 마지막 순간까지 아무 말도 하지 말아야겠어. 막판에 그애가 깜짝 놀라며 뛸 듯이 기뻐하는 모습을 보려면 말이야! 은행에다 돈을 예치해놓고 이자를 받으며 살아가야지. 안 그러면 그 방탕한 자식이 몇년 내에 돈을 다 날려버리고 말 테니까. 향락을 실컷 즐기고 나면, 어디 가서 조그만 작업장이나 운영하면서 기술자로 살 생각이야…… 하! 하! 하!"

이따금 늙은 아들러의 눈앞에는 하늘 높은 줄 모르고 치솟은 거대한 화산과 용암이 뿜어져나오는 그 산의 꼭대기까지 고집스럽게 오르는 자신의 모습이 어른거리곤 했다. 그는 때로 열기구를 타고 높이, 더 높이 올라 마침내 별에서 가장 가까운 위치까지 올라가는 꿈을 꾸기도 했다. 아름다운 옷을 차려입고, 화려한 쌀롱을 바삐 오가며 춤추는 수많은 사람들의 무리를 본 적도 있었다. 하지만 그때마다 그는 늘 혼자였다. 페르디난트는 곁에 없었다. 그럴 때면 아들러는 생각했다.

'그 못된 놈이 하도 내 곁에 붙어 있질 않으니 꿈에서도 안 나타나는 게로군. 앞으로 몇년간 이렇게 살다가는 아마 그놈 얼굴도 잊어버릴 거야.'

아들에 대한 노인의 사랑은 갈수록 커져갔다. 지금은 집밖에서 망나니짓을 하고 돌아다니는 걸 눈감아주고 있지만, 아들을 사랑하기에 언제까지나 곁에 붙잡아둘 수는 없다는 사실을 노인은 누구보다 잘 알고 있었다.

'나 자신도 이렇게 지긋지긋하게 여기는 공장에 내 아들을 붙잡아둘 수는 없지 않은가? 내가 페르디난트에게 연연한들 그애한테 무슨 도움이 된다고. 그애는 젊고, 나는 이렇게 늙은 할아범인데! 그애는 마땅히 젊은이들과 어울려야 하고, 나 또한 스스로 즐거움을 찾아야지. 일하는 즐거움 말이야.'

도시에서 장이 열린 지 이틀째 되는 날 늙은 직물업자는 모든 사무실과 작업장을 돌아보았다. 수십명의 노동자들이 박람회에 갔다왔기 때문에 공장 내에 페르디난트에 관한 소문이 과장되게 퍼졌다. 젊은 주인이 도시에 있는 모든 식당에서 사람들에게 점심을 샀고, 뭔가를 먹고 싶거나 마시고 싶은 귀족들은 우선 그 젊은 도련님께 머리 숙여 인사를 해야만 했다는 것이다. 아들러는 처음에 그 소문을 듣고 그저 웃어넘겼다. 하지만 그러려면 얼마나 많은 비용이 들었을까를 계산해보고나자 갑자기 우울해졌다.

"페르디난트, 이 망할 자식!" 그는 회계사에게 불평을 했다. "면화 가격이 올라서 챙긴 이익을 그놈이 다 까먹는구먼. 대체 그 미친놈 땜에 이 무슨 고생이람!"

안마당에는 면화를 실은 짐마차가 세워져 있고, 노동자들이 창고로 부지런히 짐을 나르고 있었다. 아들러는 그들이 일하는 것을 물끄러미 바라보다가 창고로 갔다. 공장주는 그곳에서 짐꾼들에게 물건을 나를 때 절대로 담배를 피워서는 안된다고 엄하게 이르고는 회계사무실로 향했다.

정문을 통과하려는데 수위와 이야기를 나누던 두 명의 여인이 아들러를 보고 갑자기 후다닥 도망쳤다. 직물업자는 그 광경에 별다른 주의를 기울이지 않았다. 잠시 후 회계사무실에서 사무원 한사람이 놀란 표정으로 뛰어나왔다. 사무실에 들어서자 회계사와 그의 조수, 경리직원 등이 구석에 모여 당황해하면서 이야기를 주고받는 게 보였다. 하지만 공장주가 나타나자 다들 서둘러 자기 자리로 돌아가서 서류더미에 얼굴을 파묻는 것이었다.

아들러로서는 조금도 이상할 것이 없었다. 어제부터 장이 열렸으니, 사무원들은 필경 또 무슨 소문에 대해 떠들어대고 있겠지.

노인은 종종 자기 사무실에서 사업 파트너를 일 대 일로 만나곤 했다. 이번에도 모르는 사내가 와서 그를 기다리고 있었다. 손님의 얼굴에는 불안하고 초조한 기색이 역력했다. 그 낯선 방문객은 방 안을 이리저리 왔다갔다하면서 손을 비비다가, 거대한 몸집의 공장주가 들어서자 갑자기 발걸음을 멈추고 다급한 목소리로 물었다.

"아들러 씨 맞습니까?"

"네!" 직물업자가 대답했다. "제게 무슨 볼일이라도?"

손님은 입술을 떨면서 한참 동안 아무 말도 하지 못했다.

공장주는 대체 이 사내가 누구이며, 원하는 게 무엇일까 짐작하려 애쓰며 손님의 얼굴을 빤히 바라보았다. 하지만 그의 행색은 도무지 공장일을 하는 사람처럼 보이지 않았다. 오히려 부잣집 도련님 같은 인상이었다.

"긴히 드릴 말씀이 있어서 왔습니다." 손님이 입을 열었다.

"제 집으로 자리를 옮겨 이야기를 나누실까요?"

긴장에 떨고 있는 손님과 이야기를 나누기에는 사무실보다는 집이 훨씬 낫겠다는 생각에 아들러가 제안했다. "왜, 싫으십니까?"

손님이 잠시 망설이다가 대답했다.

"아, 예! 그럼 집으로 가시죠…… 실은 벌써 거기에 갔다왔습니다만……"

"저를 찾으러 가셨었나보죠?"

"네…… 그러니까…… 아들러 씨, 우리가…… 페르디난트를 데려왔거든요……"

그 말 속에 엄청난 불행의 그림자가 도사리고 있는 줄은 꿈에도 생각지 못한 공장주가 짐짓 명랑한 목소리로 물었다.

"페르디난트가 장에서 술을 많이 마셨나보군요. 누군가가 데려와야 할 정도였다면 말입니다."

"실은 그가 다쳤습니다." 손님이 말했다.

그들은 벌써 저택의 안마당으로 들어서고 있었다. 아들러가 발걸음을 우뚝 멈췄다.

"누가 다쳤다고?" 아들러가 물었다.

"페르디난트……"

노인이 두 팔을 벌렸다.

"다리가 부러졌소, 아니면 목이 부러졌소? 무슨 일이오?"

"총에…… 맞았습니다."

"총에? 내 아들이? 대체 왜?"

"결투를 했습니다."

공장주의 붉은 얼굴이 거의 벽돌색으로 변했다. 그들은 회랑으로 들어섰다. 아들러는 현관에서 모자를 벗어던지고 열린 문으로 돌진했다. 심지어 누가 그에게 부상을 입혔느냐고도 묻지 않았다. 지금 중요한 건 그게 아니었다.

현관을 들어서자마자 첫번째 방으로 달려가니 하인들과 낯선 사내가 우왕좌왕하고 있었다. 공장주는 그들을 밀치고 페르디난트가 누워 있는 소파 앞으로 황급히 다가갔다. 부상자는 외투도 조끼도 입고 있지 않았다. 얼굴이 너무 많이 상해서, 직물업자는 그가 자기 아들인 줄 첫눈에 알아보지 못했다. 부상자의 머리맡에는 의사가 앉아 있었다.

아들러는 아들을 바라보고 또 바라보다가 빈 의자에 털썩 주저앉고 말았다. 노인은 커다란 손을 무릎 위에 힘없이 올려놓은 채 숨죽여 말했다.

"이 고약한 놈, 대체 무슨 짓을 한 게냐!"

페르디난트는 이루 말할 수 없이 슬픈 얼굴로 아들러를 쳐다보았다. 아들은 정말 오랜만에 아버지의 손을 잡더니, 그 손에 입을 맞추었다. 아들러는 몸을 부르르 떨면서 아무 말도 하지 못했다.

페르디난트가 가쁜 숨을 몰아쉬며 조용히, 띄엄띄엄 말하기 시작했다.

"아빠, 그럴 수밖에 없었어요…… 정말 그럴 수밖에 없었어요……

모두가 우리를 비난하니까요…… 귀족들, 웨이터들, 신문들…… 제가 돈을 까먹으면, 아버지는 그걸 노동자들에게서 거둬들인다고들 했어요…… 얼마 안 가서…… 우리 눈에다 침이라도 뱉을 기세였다고요."

"무리하시면 안됩니다." 의사가 경고했다.

노인은 입을 크게 벌리고, 아들을 향해 몸을 바짝 기울였다. 그는 망연자실한 표정으로 아들의 얼굴을 쳐다보며 그의 말에 열심히 귀를 기울였다. 아들러의 몸짓 하나하나에는 충격과 회한이 묻어났다.

"아빠, 저를 살려주세요!" 페르디난트가 격앙된 목소리로 외쳤다. "제가 의사선생님께 약속했어요. 만 루블을 주겠다고……"

그 순간 아들러의 얼굴에 먹구름이 끼었다.

"대체 왜 그렇게 많은 돈을?" 그가 본능적으로 소리를 질렀다.

"왜냐하면…… 나는 곧 죽을 테니까…… 죽음의 그림자가 느껴지니까……"

"미친놈! 이런 바보 같은! 이런 못된! 넌 절대로 안 죽어……" 아버지가 외쳤다.

"죽을 거예요!" 부상자가 신음했다.

아들러가 손바닥을 두드렸다.

"미쳤어! 신께 맹세코 이놈이 미친 게 틀림없어!"

아들러는 소리가 날 정도로 손마디를 세게 잡아당기며 방 안을 서성대기 시작했다. 그러다가 갑자기 의사 앞에 멈춰서며 외쳤다.

"제발 이놈이 지금 헛소리를 지껄이고 있다고 말해주시오! 죽느니 뭐니 하면서 이상한 소리를 하고 있는데, 내가 저놈을 죽게 내버려둘 것 같소, 응? 애야, 내가 널 죽게 할 것 같니? …… 의사에게 만 루블을 약속했다고? 너무 적구나…… 의사선생님!" 늙은 아버지가 열에 들떠 말했다. "만약 내 아들에게 털끝만큼이라도 위험의 그림자가 드리워져 있다면, 10만 루블이라도 내놓겠습니다. 하지만 저 바보 같은 자식이 공연히 착각해서 허튼소리를 하는 거라면, 한푼도 내놓을 수 없습니다. 대체 지금 상태가 어떤가요?"

"특별히 위험한 건 아닙니다." 의사가 말했다. "하지만 치료에는 각별히 신경을 써야 하는 법이죠."

"아, 그렇군요! 페르디난트야, 의사선생님 말씀 들었니? 이제 더이상 네 마음도, 아비의 마음도 괴롭히지 말아다오. 요한! 바르샤바로 전보를 쳐서 가장 유능한 의사를 수소문하게. 필요하다면 베를린이나 비엔나, 아니 빠리에라도 연락하게. 의사선생님, 가장 유명한 전문가의 연락처를 좀 주십시오. 돈은 얼마든지 내겠습니다…… 제게 돈은 얼마든지 있습니다!"

"아, 고통스러워 죽을 것만 같아요!" 페르디난트가 소파에서 일어서며 신음했다. 아버지가 아들에게 달려갔다.

"진정하십시오!" 의사가 말했다.

"아버지! 아버지 얼굴이 보이질 않아요……"

페르디난트의 입에서는 피거품이 새어나오고, 눈과 얼굴에는 공포와 절망이 가득했다. 그는 소파에서 벌떡 일어나 장님처럼 두 팔을 앞으로 뻗으며 창문으로 달려가더니 갑자기 두 팔을 힘없이 떨어뜨렸다. 잠시 후 그는 몸을 돌려 소파를 향해 비틀비틀 걸어와서는 벽에 머리를 부딪혀가며 그 위에 몸을 던졌다. 그러고 나서 얼마 후 아버지를 향해 몸을 돌린 페르디난트는 울고 있었다. 간신히 부릅뜬 두 눈에서 눈물이 비오듯 흘러내려 뺨을 적셨다.

아들러는 온몸을 떨면서 무기력하게 아들 곁에 앉아 커다란 손으로 아들의 눈물과 입가의 거품을 닦아주었다.

"페르디난트! 페르디난트! 제발 진정해라. 네가 살아나기만 하면, 내

전재산을 주마.”

바로 그 순간 아들이 아버지의 품에 힘없이 쓰러져 안겼다.

“의사선생님! 이애를 좀 살려주십시오. 정신을 잃고 있어요!”

“아들러 씨, 여기에서 나가주십시오!” 의사가 말했다.

“내가 왜 나갑니까? 아들이 나를 필요로 할지도 모르는데 나갈 순 없어요⋯⋯”

“이제는 필요치 않을 것 같군요⋯⋯” 의사가 조용히 말했다.

아들러는 망연자실한 표정으로 아들을 보고 또 보면서 열심히 흔들어댔다. 가슴에 동여맨 붕대에서 핏자국이 커다랗게 번져나왔다. 페르디난트는 이미 시체였던 것이다.

노인은 분노에 휩싸였다. 그는 소파에서 벌떡 일어나 한발로 의자를 냅다 걷어차고 의사를 난폭하게 떠밀며 안마당을 지나 한길가로 뛰어나갔다. 도로에서 면화를 싣고 온 마차꾼과 마주치자, 노인은 그 일꾼의 어깨를 부여잡고 소리쳤다.

“이봐, 알아? 내 아들이 죽었다고!”

아들러는 마차꾼을 길바닥에 밀치고는 수위실로 뛰어들어갔다.

“이봐! 어서 사람들에게 저택 앞으로 모이라고 해! 어서 오라고 하라니까⋯⋯ 지금 당장!”

그러고는 아들의 시체가 놓여 있는 방으로 돌아갔다. 노인은 아들의 정면에 앉아 싸늘한 주검으로 변한 아들을 보고, 또 보고, 하염없이 바라보았다⋯⋯

그렇게 반시간 쯤 흐른 뒤 아들러는 정신을 차렸다.

“왜 이렇게 조용하지? 기계가 고장났나?” 그가 물었다.

“주인님께서 노동자들을 다 불러모으라고 명령하시지 않았습니까? 그래서 기계 가동을 멈추고 다들 안마당에서 기다리고 있습니다.” 요한이 대답했다.

"왜? 무엇 때문에? 다들 가서 일하라고 해! 이렇게 조용한 건 싫어. 기계를 돌리고, 모든 작업장이 활발하게 움직이도록 해! 얼른 가서 실을 잣고, 직물을 짜고, 기계를 돌리고, 고함을 치라니까!"

아들러는 양손으로 머리를 움켜쥐며 몸을 웅크렸다.

"내 아들…… 아들…… 아들!"

그때 소식을 전해들은 목사가 아들러의 저택에 도착했다. 그는 울음을 터뜨리며 방 안으로 들어섰다.

"고틀리프! 신께서는 우리에게 시련을 안겨주셨네만, 그래도 그분의 자비로우심을 믿어야 하네……"

아들러는 목사를 뚫어지게 바라보더니, 아들의 시체를 가리키며 말했다.

"마르친, 보게나! 이게 바로 나일세. 이건 내 아들이 아니라 내 시체네. 그것마저 몰랐더라면 나는 아마 미쳐버렸을 걸세……" 잠시 멈췄다가 그가 말을 이었다. "여기 내 공장, 내 재산, 내 희망이 누워 있네. 하지만 그애는 살아 있네! 말해주게. 자네와 여기 있는 모두가…… 제발 나를 안심시켜주게…… 가슴이, 내 가슴이, 이렇게도 아프군!"

그릇된 파문이 마침내 되돌아온 것이다. 의사와 간호조무원 들이 떠난 뒤, 목사는 아들러에게 그 방에서 나가자고 권유했다. 노인은 순순히 친구의 말을 따랐고, 두 사람은 함께 정원으로 나왔다. 마당에 나가자 늙은 공장주는 둔덕에 올라 사방을 둘러보며 말했다.

"만약 내가 이 모든 걸 손아귀에 넣고 맘대로 할 수 있다면……"

그는 양손을 활짝 벌렸다.

"이 모든 걸 내 손으로 주무르고, 짓이기고, 땅바닥에 내던지고, 짓밟을 수 있다면…… 아, 그래, 그래! 그럴 수만 있다면! 그럴 수만 있다면…… 마르친, 지금 내 머릿속에서 무슨 일이 일어나고 있는지 모르겠나? 이런, 가슴이 아파서 견딜 수가 없군……"

노인은 벤치에 털썩 주저앉아 계속해서 주절거렸다.

"저기 죽은 내 아들이 누워 있는데, 나는 아무것도 할 수가 없네. 내가 하고 싶은 말이 뭔지 알겠나? 일년 안에, 한달 안에, 어쩌면 일주일 안에 의사들이 아들을 깨우고, 상처를 낫게 할 비책을 개발해낼지도 모른다는 생각을 하고 있네. 만약 그런 방법이 있다면 내 전재산과 나 자신까지도 송두리째 바칠 수 있네. 나 자신을 개처럼 팔아넘길 수도 있어. 하지만 다 부질없는 생각이지…… 내가 할 수 있는 일이라곤 아무것도 없으니!"

목사가 아들러의 손을 잡았다.

"고틀리프, 자네 기도한 지 오래되었지?"

"글쎄…… 아마 삼십년, 아니 사십년도 더 된 것 같군."

"주기도문과 성모송은 기억하나?"

"아들이 태어났을 때…… 그때 바쳤던 건 기억나는데……"

"자네 아들은 지금 신의 곁으로 간 걸세."

아들러가 고개를 숙였다.

"자네의 그 신은 얼마나 잔인한지……"

"어리석은 소리 말게! 언젠가는 반드시 아들과 다시 만나게 될 걸세."

"언제?"

"자네에게 주어진 시간이 다되었을 때."

노인은 한동안 생각에 잠겨 있다가 주머니에서 회중시계를 꺼내 태엽을 감기 시작했다. 그러고는 시계소리에 귀를 기울이며 말했다.

"내 시간은 이미 끝났네. 마르친, 집으로 돌아가게. 부인과 딸, 교회가 자네를 기다리고 있지 않나. 그들과 즐거운 시간을 보내고, 예배를 드리고, 라인강 유역에서 생산된 포도주나 마시게. 그리고 제발 좀 나를 내버려두게…… 지금 나는 세계가 멸망할 순간만을 기다리고 있네. 아니면 머지않아 거대한 종에 부딪혀 내 머리가 산산조각나기를 바랄 뿐이네…… 집으로 돌아가게, 마르친! 내게는 더이상 친구가 필요없네. 게다가 목사는 더더욱! 자네의 그 겁먹은 얼굴은 나를 더욱 힘들고 괴롭게 만드니까. 나를 안아주고 달래줄 유모 따윈 필요없어. 더구나 나는 혼자서 내 아들을 키웠는걸!"

"고틀리프, 진정하고 함께 기도하세!"

아들러가 의자에서 벌떡 일어섰다.

"당장 꺼져!" 그는 버럭 고함을 지르고는 정원을 가로질러 쪽문을 통해서 벌판 저편으로 사라져버렸다.

목사는 어떻게 해야 좋을지 알 수가 없었다. 그는 불길한 예감을 안고 집으로 돌아왔다. 옆에서 아들러를 보살펴줄 누군가를 보내고 싶었지만, 하인들은 모두 자기 주인을 두려워하며 슬슬 피했다.

목사는 회계사를 집으로 불러, 공장주가 반쯤 정신이 나간 채 벌판으로 뛰어갔다고 알렸다.

"에이, 별일 아니에요." 회계사가 대답했다. "지칠 때까지 돌아다니다가 마음이 진정되면 돌아오실 거예요. 뭔가 근심거리가 있으면 늘 그러시거든요."

몇시간이 흐르고 날이 어두워졌다. 하지만 늙은 직물업자의 모습은 보이지 않았다.

각 작업장에서는 다들 젊은 아들러가 부상당한 채 실려오던 순간부터 죽음에 이르기까지의 세세한 과정에 촉각을 곤두세우고, 유례없이 민감하게 반응했다. 얼마 전 고스와프스키의 죽음은 공장 전체의 노여움을 폭발시켰고, 사람들로 하여금 자신들이 입은 부당한 손실에 대한, 자신들을 고통 속에 몰아넣은 공장주의 냉혹한 태도에 대한 비난의 여론을 야기했다. 하지만 지금 일어난 이 사건처럼 폭발적인 반응을 불러일으키진 못했다.

페르디난트의 갑작스러운 사망 소식은 우선 모든 사람을 놀라움과 두려움에 휩싸이게 했다. 마치 마른하늘에 날벼락이 쳐서 공장을 온통 뒤흔들어놓고, 태양은 어디론가 멀리 숨어버린 것 같은 느낌이었다. 회계업무의 최고책임자에서부터 말단 노동자들과 야간 당직자에 이르기까지 그 누구도 페르디난트가 죽었다는 사실을 믿을 수 없어했다. 그처럼 젊고, 활기차고, 명랑하고, 부유한 젊은이가 죽어버렸다니! 언제나 아무 일도 하지 않고, 기계 근처에는 얼씬도 안하던 그 젊은이가, 막강한 아버지를 배후에 둔 그 젊은이가 죽었다! 불쌍한 노동자 고스와프스키보다 더 빨리, 그야말로 화살에 맞은 토끼처럼 순식간에 허무하게 죽어버렸다!

그동안 가난하고 무식하고 단순한 사람들에게 아들러는 신처럼 위대한 존재였고, 최고 권위자였으며, 지엄한 귀족에다 가장 강력한 힘의 소유자였다. 사람들은 그를 두려워했다. 그들에게는 중류층에다 지방법원 판사에 불과한 자포라가 페르디난트를 죽였다는 사실이 마치 신성모독처럼 느껴졌다. 대담하다고 소문난 사람도 그 망나니 도련님 앞에 가면 눈길을 피하고 어찌할 바를 몰랐다는데, 과연 판사는 무슨 용기로 페르디난트에게 총을 겨누었단 말인가? 대체 어찌된 일인가?

하지만 결국 예기치 못했던 뜻밖의 일이 일어나고 만 것이다. 사람들은 그동안 날마다 공장주와 그의 아들을 욕하고, 그들이 저지른 살상 행위를 비난해왔다. 문제는, 그런 악당은 개잡듯이 죽여버려야 한다고 뇌까리면서도 막상 그 악당이 나타나면 누구나 도망갈 태세였다는 것이다. 놀라움과 두려움이 가시고 나자 사람들은 심사숙고하기 시작했다. 기계공과 기술자 들 사이에는 다음과 같은 이야기가 떠돌았다. 자포라가 페르디난트에게 총을 쏜 것은 사냥꾼이 새를 잡듯 일방적인 행위가 절대로 아니었으며, 페르디난트를 향해 먼저 총을 쏘지도 않았다는 것이다. 오히려 페르디난트가 마치 자기에게 총을 쏴주기를 바라는 것처럼 먼저 발포를 했으므로, 두 사람의 결투는 정당하다고 봐야 한다. 그렇지만 상대를 죽이지도 못할 거면서 페르디난트는 대체 왜 결투에 몸을 던진 것일까? 명사수로 소문난 그의 총알은 어째서 빗나갔을까? 무엇 때문에 두 사내는 목숨을 걸고 싸웠을까? 고집스럽고 강인한 두 사내가 왜 그처럼 사력을 다해 충돌하게 된 것일까?

누군가가 그것은 자신들, 그러니까 노동자들 때문이라고 말했다. 사람들이 피땀 흘려 번 돈을 젊은 망나니가 탕진해버렸기 때문에 자포라가 그를 죽였다는 것이다. 노인들은 페르디난트의 죽음을 아들러를 벌하기 위한 신의 섭리로 해석했다. 사람들의 애타는 원성이 결국 신의 귀에까지 들어갔다는 것이다.

이런 식으로 불과 몇 시간 만에 전설이 탄생했다. 사람들의 눈물과 그들이 흘린 피가 마침내 신을 감동시켰고, 그리하여 모두가 지켜보는 앞에서 기적이 일어난 것이다. 신앙심 깊은 사람들은 두려움을 맛보았고, 자유주의자들은 아무렇지도 않은 척했지만, 마음속으로 떨고 있었다.

"이제 어떻게 될까?" 모두가 앞으로의 일을 궁금해했다.

"노인이 미쳤다는 소식 들었나?"

"아마 그럴 거야. 길가에서 마차꾼을 붙잡고 소리를 지르지 않나, 갑자기 우리를 죄다 불러모아놓고는 자기는 밖으로 나가 벌판을 헤매지 않나……"

"화가 나면 늘 그렇게 하는걸……"

"그래, 누군가에게 화가 났겠지…… 아마도 신을 원망하고 있을 거야!"

"함부로 지껄이지 말게! 신의 이름을 그렇게 들먹였다가는 무슨 일이 일어날지 몰라……"

"노인이 이제 어떻게 할지 궁금하군."

"글쎄…… 이제 더이상 우리를 괴롭히지 못할지도 몰라."

"회계사무실에서 들었는데 공장을 팔아치우고 자기 나라로 돌아간다던데."

"하지만 그곳에는 아무도 없잖아."

"뭐, 고향에 가면 누군가는 있겠지…… 독일놈들이 얼마나 번식력이 강한데."

노동자들은 이렇게 수군거렸다. 기술자들 역시 사태를 심각하게 받아들였다. 그들은 회계사무실로 가서 뭔가 새로운 소식이 없는지 물었다. 어떤 기술자는 애도의 표시로 공장일을 잠시 멈추는 게 좋겠다는 의견을 내놓았지만, 연장자가 그를 나무랐다.

"아니, 그냥 그대로 돌아가게 놔두시오. 사장은 지금 안 그래도 정신이 없을 텐데, 우리까지 그의 신경을 건드려서야 되겠소? 내 경우에도 공장이 가동을 멈추고, 모두가 집으로 돌아가고 나면, 종종 두려운 생각이 들곤 했소. 별일 없었다는 듯 기계 돌아가는 소리를 들으면 사장의 마음도 조금은 가라앉을 게요."

"그래요…… 그렇군요……"

그 자리에 있던 사람들이 고개를 끄덕였다.

저녁 여섯시가 다 되어 아들러가 회계사무실에 나타났다. 마치 유령처럼 조용히 들어섰기 때문에 사람들은 그가 언제 왔는지도 몰랐다. 어디 가서 실컷 뒹굴기라도 한 듯 옷에는 흙먼지가 잔뜩 묻어 있었다.

아마빛의 짧은 머리카락은 곤두서고, 온몸이 땀에 젖은 채 가쁜 숨을 몰아쉬고 있었다. 눈의 흰자에는 핏발이 섰고, 동공은 크게 열린 상태였다.

아들러는 회계사무실로 들어와서 각 부서를 부지런히 오가면서 손가락으로 총을 쏘는 시늉을 했다. 사무원들은 의자에 앉아 공포에 떨었다.

젊은 교환수가 전보를 읽고 있었다. 아들러가 그에게 다가가 침착한 목소리로 물었다.

"뭔가?"

"면화값이 또 올랐다는 소식입니다." 교환수가 대답했다. "오늘 우리가 얻은 이익은 6만 루……"

그는 말을 채 끝마치지 못했다. 아들러가 그의 손에서 전보를 빼앗아 갈기갈기 찢어서 그의 얼굴에 뿌렸던 것이다.

"자네 지독하군……" 아들러는 사무원을 향해 소리를 질렀다. "정말 지독해! 어떻게 내게 그런 말을 할 수 있지?"

그는 또다시 방 안을 뛰다시피 경중경중 돌아다니며 중얼거렸다.

"인간은 정말 동물 중에서도 가장 질이 나쁜 동물이라니까! 개들도 나를 보더니, 차마 다가오지 못하고 꼬리를 돌돌 말고 도망치는데, 사람이라는 자가 내게 한다는 말이, 뭐, 6만 루블이 어쩌고 어째!"

아들러는 두려움에 떠는 교환수의 눈앞에서 양손을 흔들어 보이면서 사납게 말했다.

"이 돌대가리야. 어디 시간을 일주일만 뒤로 돌려봐…… 딱 일주일만. 그러면 내 전재산을 네게 주지. 그러곤 이 저주받은 땅에서 맨발로, 알몸으로 미련없이 떠날 테다! 짐승처럼 네 발로 기어가다가 돌부리에 차여도, 그러다 굶어죽어도, 그래도 행복할 텐데…… 이놈! 어디 일주일만 시간을 되돌릴 수 있겠느냐, 아니, 반나절만이라도……"

아들러가 돌아왔다는 소식을 듣고 뵈메 목사가 회계사무실로 황급히 들어섰다.

"고틀리프!" 목사가 소리쳤다. "밖에다 말을 준비해두었네. 우리 집으로 가세……"

비록 온몸이 진흙투성이에다 숨을 헐떡거리면서도, 아들러는 몸을 곧게 펴고 당당하게 보이려고 애썼다. 그는 주머니에 두 손을 꽂은 채 목사를 내려다보면서 빈정대듯 말했다.

"이봐, 마르친, 나는 자네 집으로 갈 생각이 추호도 없네! 내친 김에 한마디 더 할까? 나는 자네에게나 자네 딸 아네타, 자네 아들 유제프에게 한푼도 줄 생각이 없네! 들었나? 물론 자네가 신의 일꾼이고, 교리를 설파하고 있다는 것도 알고 있네. 하지만 나는 자네에게 이 빠진 동전 한닢도 줄 생각이 없거든. 내 재산은 내 아들을 위한 것이지, 목사 네집 아이들을 원조하기 위한 게 아니니까…… 그러니 가게, 뵈메, 어서 가! 자네의 그 말라깽이 부인과 볼품없는 아네타에게 가서, 하필이면 머리 좋은 미치광이한테 걸려서, 아무리 우는 척하고 바보 같은 표정을 지어도 안 통하더라고 이야기하게! 아니면 뵈메, 그곳으로 가게…… 거기, 내 아들 시체가 있는 곳으로…… 가서 그애를 위해 기도해주게…… 하지만 미리 말하는데, 그애는 자네 기도에 금방 싫증을 느낄 걸세. 자네가 아무리 신성한 말을 지껄여도 나를 설득할 수 없는 것처럼 말이야……"

"고틀리프, 무슨 말을 하는 건가?" 목사가 놀라며 물었다.

"내가 이렇게 분명하게 말하고 있지 않나! 지금 내 재산을 가로채기 위해, 자네 아들 유제프가 이 공장을 손에 넣고 휘두르게 하기 위해서, 다들 짜고 음모를 꾸민 걸 모를 줄 아나? 그래서 내 아들을 빼앗아간 거잖아…… 이제는 나까지 죽이려 들겠지만, 소용없네! 나는 영혼을 구원한답시고 목사나 신부에게 수백만 루블씩 갖다 바치는 그런 어리석은 바보가 아니니까!"

"고틀리프!" 목사가 아들러의 말을 중단시켰다. "지금 나를 의심하는 건가? 나를?"

아들러는 목사의 팔을 잡고, 분노에 찬 눈으로 그를 쳐다보며 말했다. "뵈메, 기억나나? 신의 형벌 어쩌고저쩌고 하면서 나를 위협한 게 대체 몇번이었나? 예전에도 예수쟁이들은 바보 같은 부자들한테 똑같은 말을 하고 재산을 빼앗아가곤 했지…… 하지만 나는 속아넘어가지 않고 재산을 지켰어. 그랬더니 신이 내게 벌을 내렸구먼! 뵈메, 놀라는 척하지 말게! 얼마 전에 연못에다 코르크 마개와 나뭇가지를 던져 파문을 만들고는 자네 뭐라고 했나, 언젠가 돌아올 거라고 했지…… 그래, 이제 자네가 말한 대로 파문이 되돌아왔네…… 하지만 불쌍한 내 아들은 돌아오지 못할 길로 가버렸어…… 그애는 먼 여행을 떠났네. 그 여행길에서 예수쟁이와 목사 들로부터 그애를 보호하기 위해서는 정말 많은 돈과 아비의 사랑이 필요하지…… 뵈메, 어서 가게! 자네의 그 시뻘겋고 기다란 코만 봐도 구역질이 나려고 해. 내 아들한테 가보게, 뵈메! 저세상에서도 필경 자네 목소리가 들릴 테니, 내 아들에게 가서 말을 하게나……"

이성을 잃은 지금 이 순간, 아들러의 입에서는 그 어느 때보다 청산유수로 말이 흘러나왔다. 그는 목사의 어깨를 잡아 문밖으로 쫓아냈다. 그러고는 사무실의 모든 업무에 시시콜콜 간여하기 시작했다.

얼마 후 아들러는 회계사무실에서 나왔다. 저녁 무렵의 석양이 그를 감쌌다. 공장의 기계가 돌아가는 요란한 소리에 그의 발걸음소리가 묻혀버렸다.

사무원들은 모두 겁에 질렸다. 잠시 동안이라 해도 아들러가 미쳤다는 사실을 의심하는 사람은 아무도 없었다. 하지만 그를 따라가서 보살펴주어야 한다는 생각은 아무도 하지 못했다. 갑작스럽게 일어난 끔찍한 비극 앞에 다들 정신을 놓고 있었던 것이다. 그들은 기계적으로 일상적인 업무를 수행했지만, 반쯤 미쳐버린 늙은 공장주에게 다가갈 용기를 가진 사람은 아무도 없었다.

뵈메 목사는 아들러가 정상이 아니라는 것을 직감했다. 친구의 성품을 누구보다 잘 알기에 뭔가 또다른 위험이 도사리고 있음을 감지할 수 있었던 것이다. 목사는 사무원들에게 부분적으로 사태를 알리긴 했지만, 감히 직접 나서서 해결할 엄두는 내지 못했다. 대체 누구에게 지시를 한단 말인가? 누가 자기 말을 듣겠는가?

사건은 점점 더 커졌다. 일곱시경 노동자들 중 한사람이 면화창고로 들어가는 작은 문이 열려 있는 것을 발견했다. 그는 이 사실을 창고지기에게 알리고, 사람들이 오기 전에 문을 닫았다.

절도에 관한 소문이 삽시간에 공장에 퍼졌다. 그들은 또다시 벌받은 페르디난트의 영혼에 관한 이야기를 꺼냈다…… 이미 퇴근한 사무원들에게도 이 소식이 전해졌다. 그들 중 몇사람은 황급히 공장으로 되돌아왔다. 이상한 예감에 사로잡힌 사람들이 회계사무실을 살펴본 결과, 공장 내 주요 부서의 열쇠들이 없어졌다는 사실을 발견했다.

누가 가져갔을까? 의심의 여지가 없다. 사장일 것이다…… 하지만 혼자서 열쇠를 가지고 어디로 간 걸까? 공장부지로 통하는 출입문을 지키는 수위는 정문으로 들어서는 아들러를 보았다고 진술했다. 그렇다면 아들러는 지금 공장 내 어딘가에 있는 것이다. 하지만 한밤중에 넓은 공장부지에서 그를 찾기 위해 선뜻 나서는 사람은 아무도 없었다.

그 순간 늙은 회계사는 공장에 닥쳐온 위기를 직감했다. 그는 기술자들을 불러모아 회계사무실 주변에 보초를 서게 했다. 그리고 모든 기계의 가동을 멈추고, 노동자들로 하여금 작업장을 비우라고 지시했다.

하지만 그가 미처 지시를 끝내기도 전에 사방에서 경적소리가 울려 퍼지기 시작했다. 면화를 쌓아놓은 창고의 문들이 활짝 열려 있고, 그 안에서 연기와 화염이 피어나고 있었던 것이다. 그 순간 일련의 사건들로 가뜩이나 혼란스러워하던 노동자들은 공황상태에 빠졌다. 모두들 떼를 지어 작업장을 빠져나갔다. 두려움이 워낙 컸고, 또 순식간에 뛰쳐나갔기 때문에 각 작업장에서는 아무도 불을 끄지 않았고, 문도 닫지 않았으며, 심지어는 증기기관을 멈추지도 않았다.

하지만 노동자들이 겁을 먹고 도망친 것은 천만다행이었다. 창고에 쌓인 면화를 밖으로 꺼내기 위해 노동자들 대부분이 안마당에 모였을 때, 직물창고에서도 불길이 솟아오르기 시작한 것이다.

"어떻게 된 거야! 누군가가 불을 지르고 있군."

군중 가운데 한사람이 외쳤다.

"사장이 공장에 불을 지르고 있다!"

또다른 누군가의 목소리가 들려왔다.

"사장은 어디 있지?"

"알 수가 없군. 아마도 공장부지 내에 있는 것 같은데…… 지금은 방적공장과 소면(梳綿)공장에서 불길이 치솟고 있어."

"아들러 본인이 불을 지르는 게 틀림없어!"

"하지만 공장 안에는 어떻게 들어갔지?"

"회계사무실에서 열쇠를 가져갔겠지."

"사장이 자기 공장에 불을 지르는데, 우리가 공장을 구하려고 애쓸 필요가 뭐 있나?"

"누가 우리더러 공장을 구하라고 했나?"

"하지만 공장이 불에 타면 내일 당장 뭘 먹고 살라고?"

수백명의 절망한 군중이 운집한 가운데, 여기저기서 고함소리와 여자들의 울음소리가 터져나왔다. 사실상 진화작업은 별 소용이 없었다. 그 자리에 모인 사람들은 무기력하게 화재현장을 바라볼 뿐, 아무것도 할 수가 없었다. 어떤 곳에서는 불길이 강하게 타올랐고, 또 어떤 곳에서는 이제 막 화재가 시작되고 있었다.

그날 공장의 풍경은 독특하고 괴이했다.

흐린 가을 하늘 아래, 십여채의 건물들이 이상한 빛에 휩싸여 밝게 빛나는 가운데, 훤히 열린 창고들마다에서는 횃불처럼 화염이 타오르고 있었다. 말굽 모양으로 지어진 본관 왼쪽 건물의 오층에서 불꽃이 치솟고 있었고, 오른쪽 건물에서는 일층부터 불길이 퍼지고 있었다. 건물 내 모든 방에는 가스등이 켜져 있었는데, 그 때문에 불이 직물작업장으로 금세 번지고 말았다. 안마당으로 붉은 기운이 점점 더 강렬하게 번지는 가운데, 겁에 질려 불평을 쏟아내는 거대한 사람들 무리가 화재현장을 망연히 지켜보며 서 있었다. 사람들의 술렁거림에 기계의 파열음과 덜컹거림, 버스럭대는 소리가 한데 뒤섞였다.

불길은 매순간 점점 커져갔다. 창고의 벽들은 연기와 화염에 휩싸여 거의 보이지 않았다. 왼쪽 건물 지붕에 불이 붙었고, 오른쪽 건물에서는 일층 창문에서 불길이 폭발하여 이층으로 솟구쳤다. 안마당은 점점 더 밝아졌다.

그때였다. 사람들의 웅성거림이 갑자기 잦아들면서, 여태껏 별로 주목하지 않던 본채로 일제히 군중의 시선이 쏠렸다. 작업장들 사이 삼층 한 구석에 가스등을 손에 든 사람의 거대한 그림자가 나타난 것이다. 그림자는 부지런히 왔다갔다하면서 가끔씩 한곳에 멈춰서서 머뭇거렸는데, 그러고 나면 그곳이 밝아졌다. 직조실과 방적실에는 기계마다 실이 감겨 있었고, 먼지가 날리지 않도록 바닥에는 기름칠이 되어 있었으며, 기계들은 나무틀로 둘러싸여 있었다. 이 모든 것이 순식간에 화마(火魔)에 휩싸였다. 몇분이 흐르자 본채의 삼층은 완전히 불에 타버렸다. 이제 사람의 그림자는 사층에 나타났다. 그림자는 거기서도 천천히 움직이다가 홀연히 사라지기를 반복했다. 얼마 안 있어 그림자는 다시 가장 꼭대기인 오층에 나타났다.

"그 사람이다! 그 사람이야!" 여기저기서 같은 말들이 들려왔다.

이제 공장 전체가 불길에 휩싸였다. 면화창고에서는 마치 화산처럼 불길이 뿜어져나와 구름 같은 연기 속에 묻혔다. 오른쪽 건물의 모든 창문에서 연기와 불길이 솟아올랐다. 왼쪽 건물의 지붕이 구부러지면서 삐그덕삐그덕 소리를 내기 시작했다. 유리창이 요란한 소리를 내며 부서져 안마당으로 파편이 쏟아져내렸다. 어떤 작업실에서는 기계의 무게를 이기지 못하고 마룻바닥이 무너져내렸다.

본채의 전층이 생지옥 같은 소음과 비처럼 쏟아지는 불똥, 자욱한 연기구름과 화염의 홍수에 휩싸인 가운데, 맨 꼭대기 방에서 사람의 그림자가 또렷하게 보였다. 그림자는 마치 노동자를 감시하는 감독처럼 전혀 서두르지 않고, 너무도 용의주도하고 침착하게 움직였다. 무수한 창문 가운데 하나 앞에 잠시 멈춰서서 뭔가를 물끄러미 내려다보기도 했다. 그 자리에 모인 군중을 보는 것인지, 자신의 저택을 보는 것인지 알 수 없었다.

바로 그 순간 왼쪽 건물의 지붕이 요란한 소리와 함께 무너져내렸다. 잠시 뒤에 오른쪽 건물의 삼층도 무너지기 시작했다. 수많은 불꽃이 하늘로 치솟았다. 사방이 대낮처럼 환했다. 면화창고의 삼층이 무너지면서, 군중을 향해 뜨거운 재가 비처럼 쏟아져내렸다. 열기 때문에 숨이 턱턱 막혔다. 본채에 있던 기계 중 일부가 삐걱거리더니 옆으로 넘어졌다. 증기기관의 엔진 바퀴도 더 버티지 못하고 미친 듯이 돌아가기 시작했다. 기계 돌아가는 소리가 마치 사람의 비명소리 같았다. 벽이 무너져내리고 굴뚝이 내려앉은 곳도 있었다. 부서진 굴뚝의 잔해가 어찌나 수북이 쌓였는지, 사람들의 발목이 푹푹 빠질 정도였다.

연기와 불꽃은 순식간에 본채의 오층까지 번졌다. 그곳에서는 사람의 그림자가 변함없이 침착한 태도로 불이 밝혀진 방들을 왔다갔다하고 있었다.

군중 사이에서 도저히 사람의 목소리라고는 할 수 없는 공포에 휩싸인 탄식이 흘러나왔다. 군중은 술렁대고, 소리치고, 손가락으로 창문을 가리켰다……

공장 건물에서는 가스 타는 기묘한 소리가 들렸다. 오층의 한 방에서 등불이 점점 희미해지더니, 마침내 꺼져버렸다. 본채의 연기 사이로 불길이 본격적으로 모습을 드러냈다. 건물 전체에서 쩍 쩍 금가는 소리가 나는 가운데, 벼락같은 굉음과 더불어 천장 몇개가 내려앉았다.

이제 안마당에 있던 군중은 열기가 너무 심해져서 뒤로 물러나야 했다. 증기기관의 엔진 바퀴는 점점 느리게 돌다가, 마침내 멈췄다.

……불과 한시간 전만 해도 활기로 가득 찼던 거대한 공장을 지금 마음대로 휘두르는 건 맹렬한 불길이었다. 불꽃에 휩싸인 대들보에 금이 가는 소리, 벽이 갈라지고 기계의 쇳조각이 떨어지는 소리가 사방에 울려퍼졌다.

유능한 사업가이자, 생존을 위해 지칠 줄 모르고 싸웠던 인물, 수십년 동안 돈을 모아 백만장자의 꿈을 이룬 아들러는 자신의 의지로 모든 것을 잿더미로 만들었다.

파문은 되돌아왔다.

모직조끼

물건을 수집하는 취미를 가진 이들이 있다. 그들은 저마다의 기준에 따라 값비싼 물건, 혹은 별로 비싸지 않은 물건들을 열심히 모은다. 나에게도 수집품들이 있는데, 수집을 처음 시작하는 사람이 대개 그렇듯 보잘것없고 자질구레한 물건들이 대부분이다. 그중에는 고등학교 라틴어 수업 때 처음 쓴 희곡도 있고, 당장이라도 내버려야 할 것 같은 말라비틀어진 꽃잎들도 있다. 하지만 뭐니뭐니 해도 가장 눈에 띄는 건 낡고 해진 모직조끼이다.

그 모직조끼의 상태는 이랬다. 앞은 색이 바랬고, 뒤는 닳아서 너덜너덜하다. 여기저기 얼룩이 있을 뿐 아니라 단추도 떨어져나갔고, 끝자락에는 담뱃불에 덴 듯 구멍이 나 있다. 무엇보다 흥미로운 건 주름이 잡힌 조끼의 등부분으로, 허리끈에 부착된 버클을 조여 몸에 맞도록 품을 조절하게 되어 있는데, 허리끈 두 개 중 버클이 달린 끈의 경우, 누군가가 일부러 줄인 듯 그 길이가 매우 짧을 뿐 아니라 엉성한 솜씨로 아무렇게나 꿰매져 있다. 또한 버클 속으로 집어넣어 잡아당기게 되어 있는 다른 쪽 끈에는 버클의 톱니자국이 촘촘히 나 있다.

조금만 주의깊게 살펴보면, 이 조끼의 주인은 하루하루 체중이 급격히 줄어서 결국엔 조끼가 필요없는 상태에까지 이르렀으리라는 것, 그러니까 지금쯤이면 조끼보다는 목까지 단추를 채우는 장례용 가운을 입은 신세가 됐으리라는 것을 금세 추측할 수 있다.

고백하자면 지금 같아선 이 골칫덩어리 누더기조각을 다른 사람에게 선뜻 줘버리고 싶은 마음이 굴뚝같다. 수집품을 모아놓는 서랍장이 따로 있는 것도 아니고, 그렇다고 이 낡은 조끼를 내 물건과 섞이게 하고 싶은 마음은 추호도 없으니까. 하지만 예전에 내게도 그런 시절이 있었다. 제값보다 비싼 댓가를 치르고서라도, 흥정이 가능한 액수보다 훨씬 많은 금액을 지불하고서라도, 그 조끼를 꼭 손에 넣고 싶던 그런 시절 말이다. 살다보면 슬픈 사연이 떠오르게 만드는 물건들을 곁에 두고 싶을 때가 있는 법이다.

그 슬픈 사연은 내게 일어난 것이 아니라 이웃에 살던 한 젊은 부부와 관련된 것이었다. 나는 매일같이 창문을 통해 그들의 방에서 무슨 일이 일어나는지 훔쳐보곤 했다.

사월에는 그 단칸방에 세 명이 함께 살았다. 남편과 부인, 그리고 어린 하녀. 내가 본 바에 따르면, 그 하녀는 장롱 뒤에 커다란 궤짝을 놓고, 그 위에서 잠을 잤다. 내 기억이 맞다면, 그러다가 칠월경부터 그 방에는 부부만 남게 되었다. 하녀는 일년에 3루블과 매일 점심식사를 제공하는 새로운 주인에게로 훌쩍 떠나버렸던 것이다.

시월이 되자 부인은 혼자가 되었다. 물론 완전히 홀로 남겨진 건 아니었다. 방에는 여전히 많은 가구들이 있었으니까. 침대 두 개와 탁자, 장롱…… 하지만 그것도 십일월초가 되자 모두 경매에 넘어가버리고, 남편이 남긴 물건이라고는 바로 지금 내가 갖고 있는 모직조끼 하나만 덩그러니 남게 되었다.

십일월도 거의 다 저물어가는 어느날 부인은 자신의 아파트로 고물상을 불렀다. 그렇게도 아끼던 우산은 2즈워티에, 남편의 조끼는 40그로시에 팔았다. 부인은 아파트 문을 잠그고, 아래층으로 내려와 안마당(19세기말 폴란드의 아파트는 관리인이 지키고 있는 정문을 통과하면 사오층 정도 되는 건물이 안마당을 둘러싸고 있는 구조였다——옮긴이)을 천천히 거닐었다. 그러고는 정문 관리인에게 열쇠를 건네주고, 흩날리는 눈송이를 맞으며 자신이 살던 아파트 창문을 물끄러미 바라보았다. 그리고 그녀는 문밖으로 자취를 감추었다.

안마당에는 고물상만 남았다. 그 사내는 추위 때문인지 후드 달린 긴 망또의 깃을 높이 세우고, 방금 산 우산을 겨드랑이에 낀 채, 붉은 모직조끼를 손에다 둘둘 감고서 뭔가를 중얼거리고 있었다.

"고물상! 고물상!"

나는 그를 불렀다.

"아이고, 지체 높으신 손님께서 무얼 파시려고요?"

고물상은 문지방을 넘어서면서 급히 물었다.

"그게 아니라 당신 물건을 사고 싶소."

"아하, 이 우산을 사시려는 게로군요."

유대인 고물상은 조끼를 바닥에 냅다 던지며 말했다. 그는 망또 깃에 쌓인 눈을 털어내고는 황급히 우산을 펼쳤다.

"아주 멋진 물건이죠. 이런 궂은 눈보라엔 바로 이런 우산이 제격이랍니다. 물론 워낙 고귀하신 분이라 비단우산도 여러 개 갖고 계시겠지만, 그런 건 여름에나 어울리죠!"

"그 조끼, 얼마요?" 내가 물었다.

"조끼요? 어떤 조끼 말씀인지……"

그는 자기가 입고 있는 조끼를 말하는 줄 알고, 의아해하면서 되물었다. 그러다가 잠시 후에 내 말뜻을 알아듣고는 얼른 땅바닥에서 조끼를 집어올렸다.

"아하, 이 조끼 말씀이시군요. 손님께서는 그러니까 이 조끼 값을 물어보신 거죠?"

그러고는 뭔가 미심쩍은 듯, 내게 물었다.

"아니, 지체 높으신 손님께서 무엇 때문에 이런 조끼를……"

"얼마면 되겠소?"

유대인의 눈 흰자위가 누렇게 변했고, 벌겋게 물든 코끝은 더욱 시뻘게졌다.

"뭐, 1루블만 주시죠!"

그는 내 눈앞에 대고 아주 대단한 물건이라도 되는 양 조끼를 조심스럽게 펼쳐 보이면서 말했다.

"반 루블 주겠소."

"반 루블이라고요? 이런 귀한 조끼를 겨우? 안됩니다!" 고물상이 대답했다.

"그 이상은 절대 안되겠소. 1그로시도 더 줄 수 없소."

"손님께서는 농담도 잘하시는군요!" 그는 내 어깨를 가볍게 두드리면서 말했다. "이게 얼마나 쓸 만한 물건인지는 손님께서 누구보다 잘 아시면서…… 이건 애들 옷이 아니라 어른이 입는 조끼라고요……"

"반 루블에 안 팔겠다면, 가시오. 더이상은 나도 어쩔 수 없소."

"손님, 화내지 마세요." 그는 한결 누그러진 태도로 흥정을 하기 시작했다. "제 양심을 걸고, 반 루블에는 드릴 수가 없습니다. 하지만 저는 손님의 판단 또한 존중합니다…… 손님께서 가격을 말씀해주세요. 그럼 거기에 따르겠습니다!…… 손님께서 말씀하시는 딱 그만큼만 더 받겠습니다."

"이 조끼는 본래 50그로시면 충분하오. 하지만 나는 당신에게 반 루블을 준다고 했소."

"반 루블…… 좋습니다. 반 루블로 하죠!" 그는 내 손에 조끼를 쥐여주며 한숨을 쉬었다. "제가 한 말도 있고 하니, 밑지고 팔겠습니다…… 아이고, 이놈의 바람!"

그는 손바닥으로 눈보라가 몰아치는 창문을 가리켰다. 막 돈을 지불하려는 순간, 고물상이 갑자기 뭔가가 생각난 듯 내게서 조끼를 빼앗더니, 주머니에 뭐가 들었는지를 재빨리 확인했다.

"대체 뭘 찾는 거요?"

"아, 제가 혹시 주머니에 뭘 넣어놓고 깜빡 잊었을지도 모르잖아요."

고물상은 태연한 목소리로 대답하며 돈을 받아들고는 마지막으로 한 번 더 흥정을 시도했다.

"손님, 제발 10그로시만 더 얹어주세요."

"잘 가시오!" 나는 현관문을 열었다.

"이런, 눈이 발목까지 푹푹 빠지는군요…… 저희 집에 꽤 근사한 모피코트가 있습니다만……"

고물상은 문지방 너머에서 다시 한번 고개를 들이밀면서 물었다.

"양젖 치즈는 필요 없으신가요? 원하시면 갖다드릴 수 있는데요……"

몇분 뒤 안마당에서 그의 목소리가 들려왔다. "고물 삽니다! 고물 팝니다!……"

내가 창가에 서서 밖을 내다보자, 그는 친근한 미소를 지어 보였다.

날이 저물 때까지 눈이 무섭게 쏟아졌다.

석달 전만 해도, 부부는 저녁나절 한가롭게 마주 앉아 담소를 나누곤 했다. 오월의 어느날인가는 열어놓은 창문으로 부인의 콧노래가 흘러나오기도 했다. 남편은 그 옆에서 한가로이 주말판 일간지를 읽고 있었다. 그런데 지금 저곳에는 아무도 없다.

그들이 우리 단지로 이사온 것은 사월 초순이었다. 그들은 꽤 이른 시간에 일어나서 싸모바르(물을 끓이는 데 쓰는 러시아의 전통 찻주전자—옮긴이)에 차를 끓여 마신 뒤, 함께 시내로 나가곤 했다. 시내에 도착하면 부인은 가정교사 노릇을 하러 가고, 남편은 사무실로 향했다.

남편은 말단 공무원으로 그의 눈에는 각 부처의 부서장들이 타트리 산맥 정상에 오른 산악인처럼 까마득히 높게만 보였다. 그는 하루종일 과중한 업무에 시달려야만 했다. 때로는 집에까지 일감을 가져와 늦도록 등잔불 밑에서 쭈그리고 앉아 일을 할 때도 있었다.

그럴 때면 늘 부인은 남편 곁에 앉아 바느질을 했다. 그녀는 가끔씩 일손을 멈추고 남편을 물끄러미 바라보다가 은근히 질책하는 어조로 이렇게 말하곤 했다.

"자, 이제 그만 주무세요."

"당신은 언제 자려고?"

"저는…… 몇땀만 더 뜨고요……"

"흠…… 그러면 나도 몇줄만 더 쓰고 잘게……"

그러고는 그들은 고개를 숙인 채 다시 각자의 일에 몰두했다. 얼마쯤 시간이 흐르고 나면 부인은 같은 말을 되풀이한다.

"주무세요…… 이제 그만 주무세요!"

그녀의 간청에 새벽 한시를 알리는 종소리가 대답한 적도 여러 번 있었다.

그들은 젊은 부부였다. 특별히 잘생기지도 못생기지도 않은, 조용한 성품의 평범한 사람들이었다. 내가 기억하기로는 처음에는 부인이 남편보다 훨씬 더 마른 몸매였다. 남편은 말단 공무원직에는 도무지 어울리지 않는 뚱뚱하고 건장한 체격이었다.

일요일이 되면 부부는 정오 무렵에 팔짱을 끼고 산책을 나갔다가 저녁 늦게 돌아오곤 했다. 점심은 시내에 나가 외식을 하는 모양이었다. 하루는 와지엔키 공원 쪽으로 나 있는 식물원 정문 앞에서 그들과 마주친 적이 있었다. 그들은 각자 물 한컵과 커다란 싸구려 생강과자 한 개씩을 손에 들고 있었다. 그러면서도 짐짓 부르주아 같은 풍요로운 표정을 짓고 있었다. 마치 지금은 이런 싸구려 과자를 먹고 있지만, 평소에 차를 마실 때는 항상 겨자소스를 곁들인 뜨거운 훈제고기를 먹는다는 듯이. 가난한 사람들에게는 정신적인 안정을 유지하기 위해 별다른 것이 필요치 않다. 그저 약간의 식량과 일자리, 건강만 보장되면 그뿐이다. 나머지 부수적인 것들은 어떻게든 조달하게 마련이다. 이웃의 그 젊은 부부에게는 최소한 먹을 것이 떨어진 적도, 일감이 부족한 적도 없었다. 단지 건강이 따라주지 않았을 뿐이다.

칠월경에 남편은 대수롭지 않은 감기에 걸려 며칠을 앓았다. 그런데 갑자기 의식을 잃을 정도로 심한 각혈 증세가 나타났다. 한밤중의 일이었다. 부인은 남편을 침대에 눕히고, 관리인에게 남편의 곁에 있어줄 것을 부탁하고는 의사를 부르러 달려갔다. 그녀는 다섯 군데나 문을 두드렸지만, 의사를 만나지 못했다. 그러다가 정말 우연하게도 길에서 한 의사와 마주쳤다.

의사는 희미한 가로등 아래서 어쩔 줄 몰라하는 부인의 모습을 보고는 우선 이 가엾은 여인을 진정시킬 필요가 있다고 판단했다. 피로 때문인지 부인의 다리가 휘청거리고 있었다. 늦은 시각이라 거리에는 승합마차도 다니지 않았다. 의사는 부인이 쓰러지지 않도록 손을 잡고 부축하면서 함께 걸었다. 그러면서 출혈이 있다고 해서 너무 걱정할 필요는 없다고 친절하게 설명해주었다.

"출혈은 후두나 위, 코에서 발생하는 경우도 있고, 드물지만 폐에서 비롯되는 경우도 있습니다. 더군다나 본래 몸이 건강하고 기침도 안했다면 아무 일도……"

"가끔씩 기침은 했답니다!" 부인은 호흡을 가다듬기 위해 잠시 발걸음을 멈췄다.

"가끔이라고 하셨죠? 그건 별 문제도 아니에요. 가벼운 기관지염일 수도 있습니다."

"네…… 기관지염!" 부인이 기운을 차리며 말했다.

"남편께서 폐렴에 걸렸던 적은 없으시죠?"

"아뇨, 실은…… 있습니다."

부인이 또다시 걸음을 멈추며 말했다. 다리가 또다시 후들거리고 있었다.

"네, 하지만 오래전 일이겠죠?" 의사가 부인을 부축했다.

"네, 네…… 그럼요. 아주 오래전 일이었답니다!" 부인이 황급히 대답했다. "그러니까 지난 겨울이었어요."

"일년 반이나 됐군요."

"아니요…… 제 말은, 그러니까 올해가 아니고, 작년 십이월의 일이었다고요."

"흠…… 이 길은 정말 어둡네요. 게다가 구름까지 잔뜩 껴서 하늘이 전혀 안 보이네요……"

의사가 말했다.

그들은 아파트 입구에 도착했다. "별일 없었나요?" 부인이 두려움에 떨며 관리인에게 물었다. 다행히 아무 일도 없다는 대답이 돌아왔다. 집 안에 들어서자 관리인의 부인 역시 특별한 일은 없었고, 환자는 막 잠들었다고 일러주었다.

의사는 조심스럽게 남편을 깨워 진찰한 뒤, 괜찮을 거라고 두 사람을 안심시켰다.

"내가 별일 아니라고 했잖소!" 환자가 부인에게 말했다.

"그래요, 아무 일도 아닐 거예요! 출혈은 위에서 나오기도 하고, 코에서 나오기도 한대요. 당신 경우에는 틀림없이 코에서 나오는 걸 거예요…… 당신 요즘 살이 많이 쪘어요. 운동이 필요한데 계속해서 앉아만 있으니…… 그렇죠, 의사선생님? 운동이 필요한 거죠?"

"네, 네. 운동은 항상 필요한 법이죠. 하지만 남편께서는 며칠간은 누워 계셔야 합니다. 얼마 동안 시골로 요양을 다녀오실 수 있으신가요?"

"아니요, 그럴 순 없어요……" 부인이 서글픈 목소리로 속삭였다.

"흠…… 하는 수 없죠! 그러면 바르샤바에서 안정을 취하세요. 제가 진찰하러 또 오겠습니다. 자리에 누워서 푹 쉬세요. 만약 또다시 각혈을 하게 되면……" 의사가 덧붙였다.

"그러면요, 의사선생님?" 부인이 밀랍처럼 창백한 얼굴로 물었다.

"아니에요, 별것 아닙니다. 한 며칠 푹 쉬시면, 건강이 회복되실 겁니다."

"그러니까…… 그 코의 염증이 회복된다는 말씀이시죠?"

의사의 눈앞에서 부인이 두 손을 꼭 모으며 애원하듯 물었다.

"네…… 코의 염증 말입니다! 당연히 그렇죠. 안심하십시오, 부인. 신께서 다 알아서 도와주실 겁니다. 안녕히 계십시오."

의사의 말을 듣고 부인은 마음을 놓았다. 출혈이 있고 나서 악몽 같은 몇시간이 지난 뒤, 부인은 처음으로 기분이 좋아졌다.

"별일도 아닌데 괜히 걱정했네!"

반은 웃고 반은 우는 듯한 표정으로 부인이 중얼거렸다. 그러고는 환자 곁에 무릎을 꿇고 앉아, 그의 손에 입을 맞추었다.

"뭐, 대단한 일이라고!" 남편은 조용히 되뇌며 부인을 향해 미소를 보냈다. "전쟁터에서 사람들이 얼마나 많은 피를 흘리는지 알아? 그러고도 나중에는 다들 멀쩡하다고."

"더이상 아무 말도 하지 마세요, 여보." 부인이 말했다.

벌써 날이 밝아오고 있었다. 여름밤은 유난히 짧았다.

남편의 병은 생각보다 오래 지속되었다. 남편은 더이상 직장에 출근하지 못했다. 계약직 말단 공무원이었기 때문에 따로 병가를 받는 수고조차 할 필요가 없었다. 몸이 좋아지면 일터로 다시 돌아갈 수 있다고는 했지만, 그때까지 자리가 비어 있을 리 없었다. 집에서 누워 있는 동안 남편의 건강이 어느정도 회복된 듯했기 때문에 부인은 주당 가정교습 시간을 몇시간 더 늘렸다. 생계를 유지하기 위해 돈을 벌어야만 했다.

부인은 매일 아침 여덟시에 시내로 갔다. 그러고는 오후 한시쯤 남편에게 점심을 차려주기 위해 몇시간 정도 집에 돌아왔다가, 오후에 다시 수업을 하기 위해 나갔다. 대신 저녁시간은 남편과 함께 보냈다. 하지만 그 시간마저도 헛되이 보내지 않기 위해 부인은 남편 곁에 앉아 예전보다 삯바느질을 더 많이 했다.

팔월의 어느날 부인은 길에서 의사를 만났다. 그들은 함께 걸으며 오랫동안 심각하게 이야기를 나누었다. 부인은 의사의 팔을 붙잡고 애원했다.

"상관없어요. 그래도 저희 집에 와주세요. 신께서 자비를 베풀어주실지도 모르잖아요! 선생님이 왔다가시는 날엔 남편이 얼마나 위안을 얻는다고요……"

의사는 그렇게 하겠다고 약속했다. 부인은 눈물 젖은 얼굴로 집으로 돌아왔다. 남편은 오랫동안 무기력하게 누워 있던 탓에 신경이 날카로워진데다가 자신의 병세에 대해 차츰 의구심을 품고 있었다. 그는 곧 죽을 게 틀림없는데 무엇 때문에 그렇게 극진하게 자기를 보살피느냐고 부인을 힐난했다. 그리고 마침내 단도직입적으로 물었다.

"의사가 몇달 못 살 거라고 말 안하던가?"

순간 부인의 표정이 굳어졌다.

"무슨 말씀 하시는 거예요? 대체 왜 그런 생각을 하세요?"

환자는 버럭 화를 냈다.

"이리 와봐, 어서!" 그는 부인의 손을 휙 잡아당기면서 거칠게 말했다. "내 눈을 똑바로 보고 대답해. 의사가 정말 아무 말도 안했어?"

남편은 격앙된 시선으로 부인을 뚫어지게 바라보았다. 바윗덩이라도 당장에 비밀을 털어놓지 않고는 못 배길 만큼 무섭고 사나운 눈빛이었다. 하지만 부인의 표정은 조금도 흔들리지 않았으며 침착하고 냉정했다. 그녀는 남편의 날카로운 시선을 묵묵히 견디며, 남편을 향해 온화한 미소를 지어 보였다. 단지 두 눈동자만이 뿌옇게 흐려져 있을 뿐이었다.

"의사선생님은 정말 아무 일도 아니라고 했어요. 조금만 더 쉬면 괜찮아진다고……"

순간 남편은 잡고 있던 부인의 팔을 놓고 부르르 몸을 떨더니 손을 내저으며 너털웃음을 터뜨렸다.

"이것 좀 봐, 내가 이렇게 신경이 예민해졌다니까! 갑자기 의사가 나를 포기했을 거라는 생각이 들어서 말이야…… 하지만 당신 말을 듣고 나니…… 괜찮아졌어!"

남편은 자신이 품고 있던 의구심을 솔직하게 털어놓으며, 명랑하게 웃기 시작했다.

그날 이후로 남편은 더이상 의심하거나 부인을 몰아붙이지 않았다. 부인의 태연하고 침착한 태도야말로 남편의 건강이 심각하지 않다는 가장 확실한 증거였던 것이다. 사실 건강이 더이상 나빠질 이유도 없다고 생각되었다. 기침은 계속됐지만, 의사의 말에 의하면 그것은 단순히 기관지염 탓이었다. 이따금 오랫동안 누워 있다 보면 출혈이 있을 때도 있었지만, 그것은 코의 염증 때문이 아닌가. 때로 열이 날 때도 있지만, 그건 정확히 말하면 병 때문이라기보다 그저 신경과민으로 인한 일시적인 증세이리라.

남편은 체력이 점점 좋아지는 것같이 느꼈다. 멀리 소풍이라도 가고 싶은 생각에 사로잡힐 때도 종종 있었지만, 기력이 모자라서 번번이 포기하곤 했다. 상태가 부쩍 좋아져서 더이상 침대에 누워 있지 않아도 될 것 같은 날도 있었다. 한번은 옷을 다 차려입고, 외출 준비까지 마쳤지만 끝내 밖으로 나가지는 못했다. 갑자기 몸에 힘이 빠지고 어지러워서 결국 의자에 주저앉고 말았던 것이다.

남편을 자꾸만 불안하게 만드는 유일한 이유는 따로 있었다. 어느날 옷을 갈아입던 남편은 문득 조끼가 매우 헐거워졌다는 사실을 깨닫게 되었다.

"내가 이렇게 살이 많이 빠졌나?" 남편은 힘없이 말했다.

"아픈데 살이 빠지는 건 당연한 일이잖아요. 심각한 일 아니에요……" 부인이 대답했다.

남편은 두려운 듯 부인을 쳐다보았다. 부인은 바느질감에서 잠시도 눈을 떼지 않았다. 그래, 아닐 거야! 그렇지 않고서야 아내가 저렇게까지 태연자약할 수가 없지! 아내가 말하지 않았는가. 또다시 심하게 아프거나 병세가 악화되는 일은 없을 거라고 의사가 장담했다고. 그러니 걱정할 이유가 없다.

구월 초순이 되자 신경과민 때문이라고만 보기엔 발열이 점점 더 심해졌고, 거의 하루종일 지속될 때도 있었다.

"여보, 부질없는 소린 줄 알지만 말이야⋯⋯" 남편이 말을 꺼냈다. "나도 알아. 여름에서 가을로 넘어가는 환절기에는 건강한 사람들에게도 문제가 생기곤 하니까. 왜 그럴 땐 다들 제 컨디션이 아니잖아⋯⋯ 그런데 말이야, 한가지 이상한 게 있어. 왜 날마다 조끼가 헐거워지는 거지? 아마 내 체중이 정말 많이 줄었나봐. 몸무게가 예전으로 돌아오지 않으면, 건강도 회복되지 않을 텐데⋯⋯ 뭐, 별일 아니겠지만 말이야!"

두려움에 싸여 남편의 말에 귀를 기울이던 부인은 그의 말이 옳다는 것을 인정해야 했다.

남편은 날마다 침대에서 일어나 옷을 입어보았다. 이제는 부인의 도움 없이 혼자 힘으로는 옷을 갖춰입을 수 없을 정도로 쇠약해졌지만, 그래도 그만두지 않았다. 부인의 간곡한 설득으로 겉에다 길고 거추장스러운 오버코트 대신 짤막한 웃옷을 걸쳐보는 것이 그나마 다행이었다.

"이상해. 정말 이상한 노릇이야. 기운이 하나도 없거든. 내 꼴이 참 볼만하군!"

남편이 거울을 보면서 말했다.

"얼굴은 자주 변하게 마련이에요." 부인이 참다못해 끼어들었다.

"맞아. 하지만 점점 살이 빠지는 건 왜 그렇지?"

"당신이 착각하시는 거 아녜요?" 정말 의아하다는 듯 부인이 물었다.

남편은 뭔가 깊은 생각에 빠져 있었다.

"그래, 당신 말이 맞을지도 모르겠군. 사실 말이야, 지난 며칠 동안⋯⋯ 그러니까⋯⋯ 내 조끼가⋯⋯"

"이제 그만 좀 하세요! 당신 체중이 늘어나지 않는 건 저도 안다고 요."

"하지만 여보, 혹시 모르잖아…… 이렇게 조끼를 입어보면 몸무게 가 변했는지 알 수 있다고."

"그래요? 이제 힘이 좀 나시나보죠?"

"뭐, 아직은 아냐. 사람이 참 성급하긴…… 그렇게 당장 회복될 순 없잖아. 우선 몸에 살이 좀 붙어야지. 체중이 불면, 곧 기력도 돌아올 거야…… 그런데 당신, 장롱 뒤에서 뭘 그렇게 찾는 거야?"

남편이 물었다.

"별거 아니에요. 수건을 넣어둔 상자를 찾고 있었어요. 깨끗한 수건 이 어디 있었는데……"

"당신 너무 무리하는 거 아냐? 목소리가 이상해. 상자가 얼마나 무거 운데……"

부인의 얼굴이 벌겋게 달아오른 걸 보면, 상자는 정말 무거웠던 모양 이다. 하지만 부인의 태도는 여전히 침착했다.

그날 이후로 남편은 자신의 모직조끼에 점점 더 많은 집착을 보였다. 이틀에 한번꼴로 남편은 부인을 불러놓고 말했다.

"이것 좀 봐…… 두 눈으로 똑똑히 보라고. 어제는 여기에 손가락 하나가 들어갔거든. 바로 이렇게 말이야…… 그런데 오늘은 이것 좀 봐, 안 들어가잖아. 몸무게가 불어나고 있는 게 틀림없어!"

그러던 어느날이었다. 남편의 얼굴에 기쁨의 기색이 역력했다. 부인 이 교습에서 돌아왔을 때 남편은 두 눈을 빛내며, 감격에 찬 어조로 말 했다.

"여보, 내 말 좀 들어봐. 내가 고백할 게 있어…… 실은 내가 이 조끼 를 가지고, 당신을 속여왔어. 당신을 안심시키기 위해서, 매일같이 허리끈을 팽팽하게 조였다고. 조끼가 몸에 꼭 맞는 것처럼 보이게 하기 위해서 말이야. 그러다가 어제 마지막으로 버클을 끝까지 잡아당겨 허리끈을 조였거든. 이젠 당신에게 더이상 숨길 수가 없겠구나, 생각하니 걱정스러워 견딜 수가 없었어. 그런데 오늘, 무슨 일이 일어났는지 알아? 허리끈을 조이기는커녕 오히려 허리끈을 풀어야만 했다고. 하늘에 맹세코 이 말은 사실이야. 엊저녁까지만 해도 약간 헐거웠는데, 오늘은 이렇게 몸에 꽉 끼는 거야. 이젠 믿어, 내가 건강해질 수 있다는 걸! 의사가 뭐라고 떠들어대건, 나 스스로 확신을 갖게 됐다고!"

오랫동안 흥분해서 이야기한 탓에 남편은 침대로 돌아가 안정을 취해야만 했다. 하지만 더이상 허리끈을 조일 필요도 없고, 체중이 불기 시작한 것을 두 눈으로 확인한 남편은 한사코 드러눕기를 거부했다. 그는 부인의 어깨에 몸을 기댄 채 침대 위에 앉았다.

"어떻게, 이런 일이…… 정말 기대하지 않았는데…… 이주 동안 조끼가 몸에 끼는 척하며 당신을 속여왔거든. 그런데 오늘, 정말로 조끼가 몸에 꼭 맞게 되었으니!"

"그래요, 그래요……"

젊은 부부는 저녁 내내 서로 꼭 부둥켜안고 있었다.

환자는 감격의 눈물을 흘렸다.

"하느님, 감사합니다……" 남편은 부인의 손에다 입을 맞추었다. "사실 난 이대로 하루하루 마지막 순간까지 몸무게가 줄어서 나중에는 뼈만 남게 될 거라고 생각했거든. 그런데 두 달 만에 오늘 처음으로 내가 건강해질 수 있다는 확신을 갖게 됐지 뭐야…… 환자 옆에서는 다들 거짓말만 늘어놓는다고 바보같이 오해했어. 특히 아내의 말은 가장 믿을 수 없다고 생각했지. 하지만 조끼는…… 거짓말을 못하잖아!"

낡은 조끼를 유심히 살펴보니, 조끼의 버클과 허리끈에는 두 사람이 손을 댄 흔적이 보인다. 남편은 부인을 안심시키기 위해 매일같이 버클을 잡아당겨 열심히 끈을 조였고, 부인 또한 남편을 안심시키기 위해 매일 밤, 남편이 잠든 사이에 몰래 끈의 길이를 줄였던 것이다.

'과연 두 사람이 다시 만나, 서로에게 조끼의 비밀을 털어놓게 될 그런 날이 올까?'

먼 하늘을 향해 망연히 눈길을 돌리며 나는 생각했다.

대지 위에서 올려다보니 하늘은 구름에 가려 거의 보이지 않았다. 무덤 속의 재마저 혹한에 몸서리칠 만큼 매서운 눈보라가 휘몰아치고 있었다. 하지만 저 구름 뒤에 태양이 없으리라고 감히 누가 단언할 수 있겠는가?

어디선가 웃음소리와 더불어 소곤대는 즐거운 이야기소리가 들려온다. 저 멀리 또 어디선가는 "잘 자요" "안녕히 주무세요" 하는 인사들이 들려온다. 그리고 마침내 만물이 침묵한다. 잠에서 깨어났던 새 한마리가 발톱을 곤추세우고 나뭇가지에 매달린 채, 또다시 잠에 빠져들었다. 그 새는 날갯죽지에 머리를 파묻고 꿈을 꾸고 있다. 언젠가 엄마새의 따뜻한 가슴에 안겨 둥지에서 잠들던 어린시절이 꿈결처럼 새의 머릿속에 스쳐지나가고 있었다.

〔최성은 옮김〕

더 읽을거리

『경향잡지』에 소개된 단편 「개종자」(Nawrocony) 외에 우리말 단행본으로 번역된 것은 없다. 프루스는 대표작 『인형』(Lalka, 1889)에서 폴란드 문학사 불멸의 주인공 스타니스와프 보쿨스키(Stanisław Wokulski)를 통해 새로운 실증주의적 인간상을 창조해냈다. 「파문은 되돌아온다」에서와 마찬가지로 이 작품에서도 작가는 19세기 후반 산업화·도시화를 거치며 폴란드 사회가 겪은 의식과 가치관의 변화를 간결명료하고 군더더기 없는 문체로 묘사하고 있다.

시엔키에비츠의 『쿠오 바디스』와 나란히 『폴란드일보』에 연재된 역사소설 『파라오』(Faraon, 1895) 또한 프루스 문학을 이해하는 데 열쇠가 되는 작품이다. 점령국의 검열을 피해 배경을 고대 이집트로 설정했지만, 성직자 출신 파라오가 과학적 지식과 치밀한 전략을 바탕으로 개혁사업을 추진하여 강력한 국가를 건설한다는 내용을 통해 나라 잃은 폴란드 민족에게 희망과 용기를 심어주었다.

Maria Konopnicka

| 마리아 코노프니츠카 |

1842~1910

폴란드의 대표적 여성시인이자 동화작가, 단편소설가. 1862년 스무살의 나이에 지주인 야로스와프 코노프니츠키와 결혼한 뒤 여덟 명의 아이를 낳고 평범한 가정주부로 살아가던 중 1875년 시인으로 문단에 첫발을 내디뎠다. 1877년 이혼한 뒤 극심한 빈곤 속에서 가정교사로 일하며 아이들을 뒷바라지하고, 작품활동을 계속했다. 폴란드 실증주의문학을 대표하는 시인으로서 『시가(詩歌)』라는 제목으로 1881~96년 총4권의 시집을 출간했고, 어린이와 유대인, 여성 문제와 같은 19세기말의 민감한 사회문제를 다룬 「멘델 그다인스키」(1890) 「우리들의 조랑말」(1890) 「연기」(1890) 「거리에서」(1893) 등의 단편과 『난쟁이들과 고아 소녀 마리시아』 『방랑자 야넥』 등의 동화를 발표했다. 1902년에는 브제신(Wrześń)에서 벌어진 프로이센의 폴란드 어린이 학대 반대시위를 주도했다. 서정시와 함께, 사회의 모순과 고통받는 소외계층에 대한 무관심을 질타하면서 사회개혁에 앞장서는 계몽적인 작품을 남겼으며, 여덟 명의 아이를 둔 어머니로서 '어린이'의 사회적 위상 정립에도 크게 기여했다.

■ 우리들의 조랑말 Nasza szkapa

이 작품의 가장 큰 특징은 어린이가 화자가 되어 그들의 시선으로 사건이 전개된다는 점이다. 순진한 세 형제의 눈으로 바라본 19세기말 폴란드 빈민층의 생활상은 말할 수 없이 처참하다. 아이들은 자신이 처한 가난이 얼마나 비극적인지, 그 심각성을 인식하지 못한다. 가난에 익숙해져서 이미 그 고통에 무감각해져버렸기 때문이다. 불행의 심각성을 깨닫지 못하는 아이들의 무심한 태도가 오히려 그들이 처한 비극적 상황을 한층 더 부각하고 있다. 세 형제는 유치원이나 학교에서 제대로 된 교육을 받아본 적도, 놀이다운 놀이를 해본 적도 없다. 하지만 천진난만한 동심은 열악한 환경 속에서도 그들만이 공유할 수 있는 놀잇감을 발견해낸다. 아이들의 가장 친한 친구이자 놀이의 대상이던 조랑말이 어머니의 시신을 묘지로 실어가기 위해서 앞마당에 들어선 순간, 세 형제는 어머니의 죽음에 대한 슬픔을 금방 잊어버리고, 그들의 말이 돌아왔다는 사실에 기뻐서 어쩔 줄 모른다.

'어린이 심리묘사의 백미'로 불리는 이 작품을 통해 마리아 코노프니츠카는 기존의 낭만주의나 판타지 소설, 동화에서와 같은 순수하고 천진난만한, 긍정적인 어린이상이나 철없는 말썽꾸러기로 대표되는 부정적인 어린이상이 아닌, 적당히 영악하고 현실감각도 가지고 있는 새로운 어린이상을 제시한다. 이것은 어른의 잣대로 만든 허구적 어린이의 이미지를 작품 속에 그대로 차용한 것이 아니라 작가 자신의 세밀하고 정확한 관찰을 바탕으로 어린이를 그렸기에 가능한 것이다. 또한 작가 자신이 여덟 아이의 어머니였고, 평소에 어린이에 대한 사랑과 관심이 각별했다는 점도 그 이유로 들 수 있을 것이다.

우리들의 조랑말

　이 이야기는 우리 삼형제가 부대끼며 함께 자던 낡고 비좁은 침대에서 시작된다.

　그날 아버지는 뭔가에 잔뜩 화가 난 채로 강가에서 돌아와 소파에 털썩 주저앉아 턱을 괴고 말없이 앉아 있었다. 어머니가 무슨 일이냐고 캐물었지만 묵묵부답이더니, 결국 세번째 물음에야 간신히 대답하기를, 강가에서 자갈을 캐는 일이 오늘로 끝났으며, 앞으로 조랑말은 모래만 나르게 되었다는 것이다. 그 말에 펠렉이 내 옆구리를 쿡쿡 찔렀다. 어머니는 조용히 신음소리를 냈다.

　분명 오늘 저녁에 의사를 불러오기로 했었는데, 아버지가 아무 말이 없는 것을 보니 아직도 돈이 부족한 모양이었다. 생각에 잠겨 방 안을 이리저리 둘러보던 아버지가 마침내 어머니 앞에 멈춰서서 말했다.

　"여보, 저녀석들 말이야, 침대가 무슨 소용이지? 나도 바닥에서 잠을 자는데, 녀석들도 충분히 그럴 수 있을 거야."

　우리들은 서로를 쳐다보았다. 펠렉의 회색 눈동자에서 금빛 광채가 번쩍였다. 그렇다! 침대 따위가 대체 무엇 때문에 필요하단 말인가? 어린 피오트렉이 침대에서 떨어지지 않게 늘 신경을 써야 하고 거추장스럽기만 한데.

"앞으로! 행동 개시!"

어머니가 미처 대답을 하기도 전에 펠렉이 소리를 질렀다. 우리 삼형제는 침대 위에 깔아놓은 건초더미를 재빨리 마룻바닥으로 끌어내렸다. 펠렉은 그 위에서 재주를 넘었다.

건초더미를 치우고 나서 보니, 나무판자 두 개가 떨어져나갔고, 옆면의 널판도 튀어나와 있었다. 아버지가 시키는 대로 고물상을 불러왔지만, 그는 침대의 상태를 보더니 더이상 할 말이 없다는 듯, 식탁 위에 늘어놓았던 동전들을 주섬주섬 다시 주머니에 주워담고 끈으로 묶은 뒤, 품속에 도로 집어넣었다. 아버지는 처음에 10그로시를 깎아주겠다고 했다가 다시 20그로시로 양보하고, 나중에는 1즈워티나 싸게 준다는 파격적인 조건을 내걸었다. 하지만 유대인 고물상은 꿈쩍도 하지 않았다. 그는 흥정이 다 끝난 것처럼 돌아서 나가는 척하다가 갑자기 현관에서 방으로 얼굴을 들이밀었다. 그러고는 7그로시 모자란 반 루블(1,100그로시—옮긴이)을 주겠다고 제안하는 것이었다. 단, 베개도 끼워 판다는 조건이었다.

아버지는 잠시 망설이며 우리를 바라보고, 또 어머니를 바라보았다. 그의 제안대로라면 도합 11즈워티를 받을 수 있다.

"어떡하지, 얘들아?" 아버지가 물었다. "어머니가 나아지실 때까지 베개가 없어도 괜찮겠니?"

"아이고머니!" 펠렉이 쥐어짜내는 듯한 괴상한 소리를 지르면서 자신의 머리 밑에 있던 베개를 휙 던졌다. 그러자 피오트렉이 베개를 받아 다시 펠렉에게 던졌고, 이번에는 내게로 베개가 날아왔다. 그러자 고물상이 다가와서 우리가 더이상 망가뜨리지 못하게 내 손에서 베개를 빼앗아갔다.

"하지만 베갯잇은 안돼요!" 어머니가 힘없는 목소리로 대답했다.

그 말에 우리는 옆구리에 베개를 끼고 있는 고물상에게 달려들어 베개를 빼앗아 베갯잇을 벗기기 시작했다. 하지만 막상 베갯잇을 벗기고 보니 베개의 한쪽 구석이 터져서 깃털이 줄줄 새나오고 있었다. 그러자 고물상은 11즈워티는 못 준다고 우기며, 15그로시 모자란 10즈워티를 주겠다고 버텼다.

거래는 거래였다. 그는 아버지에게 이불을 함께 넘긴다면 2루블을 주겠다고 제안했다.

아버지는 어머니를 쳐다보았다. 눈이 푹 꺼진 채 창백한 얼굴로 힘없이 엎드려 있는 어머니는 마치 시체처럼 보였다.

"안나……?" 아버지가 물어보는 투로 어머니를 바라보았다.

그 순간 갑자기 기침이 터져나와 어머니는 아무 대답도 하지 못했다.

"아버지, 우린 이불 따윈 필요없어요! 이것 때문에 밤마다 서로 싸우기나 한다고요. 내 말이 맞지? 비첵, 말 좀 해봐!" 펠렉이 큰 소리로 말했다.

"정말이에요, 아버지!" 나는 열심히 맞장구쳤다. "자꾸만 바닥으로 흘러내려서 여간 거추장스러운 게 아니에요."

내 말이 끝나기가 무섭게 고물상은 이불을 둘둘 말아서 옆구리에 끼었다. 우리는 자랑스러워 못 견디겠다는 표정을 지으며 그의 뒤를 따라 안마당으로 나갔다.

펠렉이 자치기를 하고 있는 옆집 애들을 향해 소리쳤다.

"너희들 알아? 고물상이 우리 침대와 이불, 베갯잇을 샀다고! 이제 우리는 앞으로 바닥에서 건초더미를 깔고 자게 됐어!"

옆집의 재단사 밑에서 재단일을 배우는 유지엑이 파리한 얼굴로 고함을 질렀다.

"그게 뭐 대단한 일이라고? 난 이미 이년 전부터 스승님 댁에 머물면서 바닥에서 잠을 잤어. 건초더미도 깔지 않고 말이야."

유지엑의 말은 충격이었다. 결국 바닥에서 자는 것은 우리 삼형제만이 할 수 있는, 기발한 일이 될 수 없다는 뜻이었다.

그날 우리의 지하 단칸방에는 드디어 의사가 왔다. 어머니의 상태가 자꾸만 나빠졌기 때문에 나는 두 번이나 약국에 다녀와야만 했다. 우리 삼형제는 저녁 무렵이 되어서야 겨우 식탁에 앉아 감자를 먹을 수 있었다. 식사가 끝나갈 무렵 다들 화덕 바로 뒤쪽 자리를 차지하기 위해 서로의 눈치를 살폈다. 펠렉은 건초더미를 흘끔거리면서 손에 빵을 든 채로 저녁기도를 했다. 나는 아직 '봉헌의 기도'도 시작하지 않았는데, 펠렉은 '주기도문'과 '성모송'을 아무렇게나 재빨리 암송하고는, 방 안이 쩌렁쩌렁 울릴 정도로 요란하게 가슴을 두드리며 회개를 마쳤다. 곁눈질로 보니 어느 틈에 윗저고리를 벗어던진 채, 화덕 바로 뒷자리에 가서 벌렁 드러눕는 것이었다. 나 역시 화덕 근처를 차지하고 싶은 마음이 굴뚝같았지만, 펠렉과 다투고 싶지 않았으므로, 그애의 귀를 한번 잡아당기고는 벽 옆에 가서 누웠다. 막내 피오트렉은 가운데에 눕혔다. 오랫동안 베개에 길들여졌기 때문에 막상 베개가 없으니 목이 허전하고 영 불편했다. 하지만 양손을 목 뒤로 포개넣었더니 한결 나아졌다.

"애들아, 뭐 입을 걸 좀더 줄까? 춥지 않니?"

우리가 서로 꼭 껴안고 있는 걸 보고 아버지가 말했다.

아버지는 방 안을 둘러보고는 옷걸이에 걸린 자신의 짙은 푸른색 코트를 내려 우리를 덮어주었다.

나와 펠렉은 기뻐서 함성을 지르며 코트 소매에 팔을 집어넣었다. 그러자 소매에다 미처 팔을 집어넣지 못한 막내 피오트렉이 와락 울음을 터뜨렸다. 하지만 나와 펠렉이 코트에 달린 모자를 덮어주고 토닥거려주니까 얼마 후 피오트렉은 잠잠해졌다.

아버지는 잠자리에 들기 전에 다시 한번 우리에게 다가왔다.

"어때? 춥진 않니?" 아버지가 물었다.

"네, 따뜻해요!" 나는 코트 깊숙이 몸을 파묻으며 말했다.

"저도요!" 펠렉이 외쳤다. "훈훈한데요, 아빠!"

그러고는 코트 밖으로 삐죽 나온 자신의 길고 비쩍 마른 다리를 얼른 안으로 집어넣었다. 화덕의 열기 때문에 정말로 곧 따뜻해졌다. 아버지가 저녁식사 전에 땔감을 많이 가져다가 불을 피우고, 어머니에게 줄 따뜻한 차를 끓였기 때문이다. 우리는 금방 잠이 들었다. 하지만 새벽이 되자 갑자기 추워졌다. 나는 코트를 내 쪽으로 힘껏 잡아당겼다. 그러자 펠렉은 잠결에 몸을 웅크리며 코트자락을 꽉 움켜쥐었다. 잠시 후 잠에서 깨어난 펠렉은 자기 쪽으로 코트를 세게 잡아당기기 시작했다. 하지만 나도 양보할 수 없었다. 펠렉의 자리는 화덕 근처였으므로 내가 있는 곳보다 훨씬 따뜻하지 않은가. 펠렉은 화덕 옆으로 좀더 가까이 다가가기 위해 몸을 뒤척이다가 자고 있는 피오트렉을 건드리고 말았다. 그러자 어린 동생이 칭얼대기 시작했다. 잠시 후 그 칭얼거림은 커다란 울음으로 바뀌었다.

정적 속에서 어머니가 한 번, 두 번, 신음소리를 냈다.

"필립! 필립! 애들에게 무슨 일이 있는지 좀 보고 오세요. 피오트렉이 울기 시작했어요……"

어머니가 기운 없는 목소리로 말했지만 아버지는 내내 자고 있었다.

"얘들아!" 어머니가 우리에게 말을 걸었다. "피오트렉이 왜 우는 거니?"

"펠렉이 우는 거예요, 엄마!" 내가 대답했다.

"아니에요, 비첵이 우는 거예요!" 펠렉이 졸음 가득한 목소리로 대답하며 고개를 저었다.

어머니는 아까보다 더 힘겹게 신음했다. 막내가 울음을 멈추지 않자, 어머니는 침대에서 천천히 일어나 우리 쪽으로 와서 피오트렉을 팔에 안고, 자신의 이불 속으로 데려갔다. 덕분에 건초더미 위에 더 많은 공간이 생겼으므로 우리는 또다시 장난을 치기 시작했다. 펠렉이 나를 팔꿈치로 쿡쿡 찔렀고, 나도 똑같이 했다. 그렇게 티격태격하다가 우리는 마주 보고 누워서 아침까지 세상모르고 잤다.

며칠 뒤 또다시 고물상이 찾아왔다. 아무도 그를 부르진 않았지만, 그는 정중한 태도로 어머니의 건강이 좀 나아졌는지 알고 싶어서 왔노라고 했다. 그러고는 방안을 왔다갔다하면서 옷장과 테이블 주변을 유심히 살펴보기 시작했다. 아버지는 무엇 때문인지 아주 우울해 보였고, 고물상과 별로 이야기를 나누고 싶어하지 않았다.

그 다음날 고물상이 또다시 찾아왔다. 그날 점심에도 우리는 감자와 소금만 먹었다. 버터도 없고 빵도 다 떨어졌기 때문이다. 피오트렉은 아침도 못 먹고 탁아소로 갔다. 아버지는 나에게 석탄을 담을 자루를 준비하라고 했다. 펠렉은 내 옆구리를 쿡쿡 찌르면서 안 그래도 바람이 너무 세게 불어서 방이 몹시 추웠는데, 이제는 금방 따뜻해질 거라며 좋아했다. 우리는 함께 웃음을 터뜨렸다.

나는 아버지가 시키는 대로 자루를 손에 들고서 얼마 동안 기다렸다. 하지만 아버지는 석탄에 대해서는 까맣게 잊어버린 듯 어머니의 침대 곁에 앉아 골똘히 생각에 잠긴 채, 애꿎은 콧수염만 잡아당기고 있었다. 나는 짐짓 헛기침을 했지만, 아버지는 내 쪽은 쳐다보지도 않았다. 두번째로 헛기침을 하자, 간신히 이쪽으로 시선을 돌리긴 했으나, 아버지의 눈에는 내가 보이지 않는 듯했다. 바로 그때 고물상이 방 안으로 들어와서는, 옷장을 놓고 아버지와 홍정을 벌이기 시작했다.

나는 발의 무게중심을 이쪽저쪽 바꿔가며 또다시 한참을 기다렸다. 하지만 더이상은 지체할 수가 없었다. 왜냐하면 최근 며칠 동안의 매서운 추위로 수도펌프 주위에 넓적한 빙판이 생겨, 펠렉이 그 위에서 미끄럼을 탈 정도였기 때문이다. 나는 결국 용기를 내어 세번째로 헛기침을 했다. 그래도 아버지가 내 쪽을 쳐다보지 않자, 나는 주먹으로 책상을 쾅 내리치고는 쏜살같이 현관으로 뛰어갔다. 어찌나 빨리 달렸는지 하마터면 문지방에 걸려 넘어질 뻔했다. 고물상 역시 방에 오랫동안 머물지 않고, 얼마 지나지 않아 밖으로 나갔다. 그러자 이번에는 아버지가 손가락으로 신호를 해서 유대인을 다시 집 안으로 불러들였다. 그리고 잠시 후, 아버지가 나를 부르는 소리가 들렸다. 아버지는 떨리는 손으로 16그로시를 주면서 석탄을 사오라고 했다. 내가 석탄을 사가지고 돌아왔을 때 고물상과 앞집에 사는 유대인이 함께 옷장을 밖으로 나르고 있었다. 아버지는 차가운 바람이 집 안으로 들어오지 못하도록 문간에 버티고 서 있었고, 어머니는 벽을 향해 돌아누워서 낮은 신음소리를 내고 있었다. 방 한구석에서 옷장이 사라지자, 우리 눈앞에 낯설고 새로운 공간이 나타났다. 우리는 옷장이 놓여 있던 자리 옆에 쪼그리고 앉아 쓸어모은 쓰레기더미를 열심히 뒤적거렸다. 펠렉은 양철로 만든 단추를 찾아내 자기 옷소매에 달았다. 나는 작대기로 바닥의 홈을 뒤져 녹이 잔뜩 슨 커다란 바늘과, 뾰족하고 딱딱한 날개에 다리가 구부러진 장수하늘소를 발견했다. 우리는 버둥거리는 곤충을 살린다고 열심히 입김을 불어댔지만, 결국 장수하늘소는 죽고 말았다.

뭔가 새로운 물건이 발견될 때마다 우리는 기쁨에 넘쳐 소리를 질렀다. 좋아서 어쩔 줄 몰라하는 우리 삼형제를 보면서 아버지는 밥 먹으라는 말도 하지 못했다. 그날의 메뉴는 귀리죽이었다. 어머니는 입맛이 없다고 했다.

그러고 보니, 옷장이 놓여 있던 자리의 벽면은 다른 벽에 비해 유난히 더 하얬다. 나는 이 사실을 펠렉에게 귓속말로 속삭였다. 어머니는 슬픈 표정으로 옷장이 사라진 방구석을 멍하니 바라보았다. 아버지가 그런 어머니를 물끄러미 쳐다보더니, 식탁에서 벌떡 일어나 상자 속에서 못 두 개를 찾아내어 새하얀 벽에다 박았다. 그러고는 어머니가 명절 때 입는 밤색 드레스와 보통 때 입는 검푸른 드레스를 못에다 걸고는 드레스에 때가 묻지 않도록 양옆을 수건으로 꼼꼼히 싸놓았다. 그러자 벽은 훌륭하게 가려져 그럭저럭 볼만해졌다. 나와 펠렉은 또다시 숨겨진 물건 찾기놀이를 시작했다.

그 무렵부터 어머니의 병세는 점점 악화되었다. 의사는 신선한 고기와 고깃국을 먹어야 한다고 했다. 어머니는 이런 가난한 살림에 고기를 먹을 수는 없다며 울음을 터뜨렸고, 아버지에게 사오지 말라고 신신당부했다. 하지만 나는 일주일 내내 매일같이 푸줏간에 가서 고기 반 파운드씩을 사와야만 했다.

언제부터인지 우리가 부르건 부르지 않건, 매일같이 우리집에 들르는 것이 고물상에게는 하나의 일과가 되었다. 어느덧 경비원이 키우는 개 홀타이조차 그를 보고 짖지 않게 되었다. 옷장 다음에 고물상이 가져간 것은 엷은 호두빛깔로 칠해진 의자 네 개였다. 우리는 매일 이 의자에 앉아 식사를 했었다. 의자들을 가져가는 날, 우리는 매우 즐거웠다. 왜냐하면 고물상 혼자서 두 개 이상은 운반할 수 없어서, 나와 펠렉이 오르디나츠카 거리까지 나머지 두 개를 들어다주어야 했기 때문이다.

머리 위로 의자를 번쩍 쳐들고서 우리는 거리 한가운데를 행진했다. 펠렉은 신이 나서 소리를 질러댔다. "비켜요, 비키세요!" 나와 펠렉은 일부러 고물상을 멀찌감치 따돌리고, 앞으로 달음질쳐 나아갔다. 유대인은 "도둑이야!" 하고 소리를 지르며, 유대인들끼리 쓰는 온갖 욕설을 퍼부어대며 열심히 쫓아왔다. 오르디나츠카 거리에 이르자 우리는 마치 북을 연주하는 것처럼 의자를 두드리기 시작했다. 사람들은 무슨 연극이라도 하는 줄 알고 우리에게 길을 터주었다. 간신히 우리를 따라잡은 고물상은 턱수염을 어루만지면서, 우리가 벌인 소동을 어이없어하며 바라보았다. 고물상은 우리에게 30그로시를 주면서 어서 가라고 쫓았다. 물건을 운반하는 일이 어찌나 신이 나던지 우리는 고물상에게 우리집에서 가져올 다른 물건이 더 없느냐고 물어보기까지 했다.

펠렉은 날마다 새로운 아이디어를 내놓았다. 탁아소에서 돌아오면 으레 뒷짐을 지고 방 안 여기저기를 왔다갔다하면서, 마치 무슨 감정가라도 된 듯이 방 안을 휘휘 둘러보곤 했다.

"아버지, 양은솥은 어때요? 벽시계나 대야는요?"

"그만 해라!" 아버지는 뭔가에 화가 난 것 같기도 하고, 슬프기도 한 듯, 인상을 잔뜩 찌푸리면서 펠렉에게 호통을 쳤다.

"펠렉! 대체 무슨 말을 하는 거니? 이러다간 아예 영혼까지도 팔려고 들겠구나."

어머니가 서글픈 목소리로 말했다. 나와 피오트렉도 덩달아 열심히 졸라대기 시작했다.

"솥을 팔아요! 아무짝에도 쓸모가 없잖아요!"

"그러면 앞으로 귀리죽은 어디다 끓이고, 감자는 또 어떻게 삶을 건

데?"

"그럼 시계는 어떨까요?"

그러자 피오트렉이 볼멘소리를 했다. "시계가 없으면, 언제 밥을 먹고 언제 잠을 자야 되는지 어떻게 알려고?"

"오호, 그래?" 펠렉이 마치 전형적인 자유주의자처럼 초연한 표정을 지으며 말했다. "시계가 무슨 소용이람? 너는 시계를 보건 안 보건 간에 끊임없이 뭔가를 먹으려고 안달하잖아."

"그러는 넌 어떻게 하면 카드릴(고기파이—옮긴이)을 얻어먹을까 궁리하면서 만날 가게 근처나 기웃거리는 주제에……"

"그런 적 없어!" 펠렉이 얼굴을 붉히며 말했다.

"기웃거렸잖아!"

"안 그랬어!"

"기웃거렸다고! 네가 카드릴을 먹는 걸 내 두 눈으로 똑똑히 봤는걸……"

"내가 카드릴을? 하느님 앞에 맹세코 난 아무것도 안 먹었다니까!"

펠렉은 메아리라도 들려올 듯 자신의 가슴을 쾅쾅 세게 두드렸다.

"그래…… 그럼, 어디 한번 숨을 뱉어봐. 먹었는지 안 먹었는지 확인해보게."

펠렉은 입에서 김이 나올 정도로 세게 입김을 내뱉었다. 결국 그의 말이 맞다는 것이 증명되었다. 그는 카드릴을 먹은 적이 없었다. 움푹 꺼진 그의 뱃속에는 허기만이 가득할 뿐이었다.

물건을 팔자고 조를 때마다 온갖 핀잔을 받으면서도 펠렉은 꿋꿋했다. 어느날 방 안을 왔다갔다하면서 유심히 살펴보던 펠렉이 갑자기 소리를 질렀다.

"아빠, 법랑냄비요! 절구요! 다리미요!"

우리는 그 말에 소스라치듯 놀랐다. 법랑냄비와 절구, 다리미……
그것들은 거의 우리 가족의 보물과도 같은 소중한 물건들이기 때문이
었다. 금박으로 장식된 빛나는 찬장 문을 열면 한가운데 뚜껑이 덮인
법랑냄비가 가지런히 놓여 있었다. 내 기억으로는 지금껏 이 법랑냄비
에 음식을 해먹은 적은 단 한 번도 없었다. 그렇기 때문에 내게는 이런
귀한 물건에다 요리를 하는 건 마치 신성모독 같은 일로 여겨졌다. 토
요일이면 우리는 어머니와 함께 벽돌가루나 재를 가지고 냄비를 윤이
나게 닦았다. 어찌나 반짝거리던지 방 안에 냄비를 꺼내놓으면, 그걸
쳐다보는 사람은 다들 눈이 부셔 눈을 뜰 수 없을 정도였다. 법랑냄비
옆에는 절구와 절굿공이가, 반대쪽 옆에는 다리미가 놓여 있었다. 그
절구는 나와 나이가 같았다. 내가 세상에 막 나왔을 때, 아버지가 아들
을 얻은 기쁨으로 어머니를 위해 사온 선물이었다. 내게는 이 절구가
안마당이나 길거리에 있는, 나와 나이가 엇비슷한 그 어떤 오래된 물
건들보다도 소중하게 여겨졌다. 어머니는 1년에 딱 한 번, 부활절 직전
의 성금요일에만 이 절구를 꺼냈다. 부활절에 먹을 부침개에 넣는 계
피가루를 빻기 위해서였다. 그날이 되면 늘 똑같은 이야기가 되풀이되
었다. 나는 황새가 공짜로 우리집에 데려다준 선물이지만, 이 절구는
같은 시기에 비싼 값을 치르고 사왔다는 이야기였다. 내가 이 절구에
대해 다른 어떤 물건보다 각별한 애정을 품고 있는 것은 조금도 이상
한 일이 아니었다. 우리 가족이 그만큼 오랫동안 사용해왔고, 또 내가
자라면서 여러가지 추억을 함께 나눈 물건이기 때문이다.

다리미 역시 높은 선반 위에서 우리 가족의 일상생활을 위해 내려온
적은 거의 없었다. 어머니가 이 다리미로 다리는 것은 자신의 얇은 씰
크 모자와 아버지가 일요일에 입는 셔츠뿐이었다. 나머지 옷가지는 전

부 작은 압착 롤러로 눌러 다렸다. 한번은 이 다리미를 빌리러 온 문지기 아줌마에게 어머니가 버럭 화를 낸 적이 있었다.

"부인!" 그때 어머니는 문지기 아줌마에게 매우 단호한 목소리로 말했다. "이런 귀한 물건은 함부로 빌려주거나 남의 손에 맡길 수 없답니다. 이게 얼마나 값비싼 물건인데요! 이런 건 한번 사놓으면 평생 쓰는 물건이라고요."

어머니의 이 말에 문지기 아줌마는 현관에 서서 욕설을 내뱉고는 힘껏 문을 닫아버렸다. 내 기억이 맞다면, 어머니 역시 노여움 때문에 손을 부들부들 떨며 멍하니 서 있다가, 잠시 마음을 진정시킨 후에야 비로소 우리가 아침식사에 먹을 빵을 썰기 시작했다. 바로 그 순간부터 다리미 역시 내게는 아주 귀한 물건으로 각인되었다. 그러므로 나는 이 세 가지 물건을 떠올릴 때마다 세례식이나 견진성사처럼 경건한 의미가 담겨 있다는 생각이 들었고, 아버지가 애지중지하는 짙은 푸른색 코트와 마찬가지로 소중하고 특별한 가치를 지닌 보물로 여겨지던 것이다. 그런데 지금 펠렉은 이 다리미를 마치 무슨 국자나 오래된 꿀단지인 것처럼 태연하게 내다 팔자고 말하고 있다!

나는 아버지의 얼굴을 쳐다보았다. 아마도 당장 펠렉의 귀를 잡아당기시겠지…… 나는 확신했지만, 아버지는 바닥만 내려다보고 있었다. 그때 어머니가 잠들어 있던 것이 천만다행이었다. 그날 나는 어머니의 상에 올릴 고기를 사러 푸줏간에 가지 않았다. 아버지는 뼈를 사오라며 3그로시를 주었고, 그걸 푹 삶아서 국을 끓였다.

다음날, 아버지는 뼈만 앙상한 두 손을 비비면서 꽁꽁 언 채로 돌아와서는 문간에서 소리쳤다.

"여보, 반가운 소식이야! 비스와 강이 녹을 날도 멀지 않은 것 같아.

이제 바람이 서쪽에서 불어오기 시작했거든."

어머니는 아버지를 바라보더니 몸을 일으켰다.

"필립! 털가죽코트는 어떻게 했죠?"

그러고 보니 아버지는 털코트를 입고 있지 않았다. 집에 들어서자마자 재빨리 피오트렉을 안고 목마를 태우는 통에 미처 볼 새가 없었던 것이다. 어머니의 말에 아버지는 큰 소리로 웃으면서 피오트렉을 내려놓고는 어머니의 침대 옆에 앉아 누렇게 뜬 얼굴 위로 눈물이 흘러내릴 때까지 웃고, 또 웃었다. 아버지는 낡은 스펜서(19세기 유럽에서 유행한 칼라가 붙은 짧은 점퍼—옮긴이) 소매로 재빨리 눈물을 훔친 뒤, 짐짓 명랑한 목소리로 물었다.

"여보, 오늘은 좀 어때?" 아버지가 물었다.

어머니는 속상한 나머지 베개에 얼굴을 파묻고는 죽은 듯 꼼짝도 하지 않았다.

"필립! 어떻게 된 거예요? 털코트도 팔았나요?"

"털코트! 털코트! 그 따위 털코트가 뭔데? 거리에 나가보라고, 온통 털가죽의 행렬이라니까! 그만큼 오래 입었으면 됐잖아? 게다가 너무 무겁고 불편해…… 간편하게 다니려면 안 입는 게 더 낫다니까!"

어머니가 조용히 신음을 내뱉자, 아버지는 어머니의 머리칼을 부드럽게 쓰다듬으며 말했다.

"안나, 대체 왜 그렇게 투덜대는 거야? 뭘 그렇게 속상해하고그래? 물론 털코트가 있다가 없어진 건 서운한 일이지! 하지만 어쩌겠어? 털코트가 먹을 걸 가져다주는 것도 아니고, 집세를 대신 내주는 것도 아닌데…… 이제 봄이 얼마 남지 않았어. 강물만 녹고 나면 곧 봄이라고. 그런데 털가죽 따위를 입을 일이 뭐가 있겠어? 스펜서 차림으로도 더워서 땀이 날 텐데……"

그날 오후 의사가 우리집을 방문했고, 나는 또다시 약국에 다녀와야 했다.

"이곳은 너무 춥군요. 게다가 습기도 많고요. 난방에 더욱 신경을 쓰셔야 합니다."

의사는 집을 나서며 말했다. 그는 몸을 부르르 떨면서 모피코트의 앞자락을 여몄다. 아버지는 고개를 푹 숙인 채 잠자코 듣고만 있었다. 그날 아버지는 하루종일 명랑한 듯 보였지만, 내심 무슨 걱정거리가 있는 게 틀림없었다. 어머니가 보지 않을 때는 힘없이 고개를 떨어뜨리곤 했는데, 표정은 어두웠고, 회색빛 눈동자는 거의 거무스름하게 변해 침울해 보였다.

우리는 석탄 반 뿌다(1뿌다(puda)는 약 16.38킬로그램)를 외상으로 들여와서 화덕에서 타닥타닥 소리가 날 정도로 활활 불을 피웠다. 아버지는 건초더미 가까이 소파를 끌어당겨 거기에 앉았다. 어머니 또한 몸을 돌려 화덕에서 불꽃이 피어오르는 것을 바라보았다. 온 식구가 다함께 훈훈한 기운을 느끼니 너무 좋았다!

또 두 주일이 흘렀다. 아버지의 수입은 여전히 신통찮았다. 반면에 집에는 할 일이 끊이질 않았다. 누더기 옷가지들을 세탁해야 했고, 뭔가를 끓이고 삶고 먹을거리를 준비해야 했다. 하긴 그것도 매 끼니마다 그런 것은 아니었다. 재료가 뭐냐에 따라 끓이거나 삶을 필요가 없는 것도 있었다. 우리에게 주어진 가장 중요한 임무는 먹을 것을 사오는 일이었다…… 어머니의 병세는 좋아지지도 나빠지지도 않고 그대로인 듯했지만, 눈에 띄게 여위어갔고, 얼굴은 너무나 창백해서 꼭 백짓장 같았다. 기침도 갈수록 심해졌다. 특히 아침에는 더욱 심했다.

이따금 이웃집 아주머니들이 우리집을 들여다보곤 했다. 그들은 어머니의 초췌한 몰골을 보면서 한숨을 내쉬었다.

"이승이든 저승이든 주님께서 빨리 결정을 내려주시면 좋으련만!"

철물점 주인아주머니가 아버지에게 말했다. 그러자 아버지가 얼굴을 붉혔다.

"어허! 대체 무슨 말을 하시는 겁니까? 정말 가슴아픈 말씀이군요. 애초에 제가 이 사람과 결혼서약을 할 때, 건강할 때만 함께하고 아플 때는 헤어진다고 했습니까? 만약 이 사람이 나랑 우리 아이들과 살지 않고 다른 가정을 꾸렸다면, 그래도 지금처럼 이렇게 병이 들었을까요?"

대화는 그렇게 끝났다.

추위는 여전히 계속되었다. 바람이 서쪽으로 방향을 틀었다고는 해도, 방 안에 냉기가 너무 심해서 입을 열 때마다 김이 피어나곤 했다. 저녁나절이 되자 추위가 다소 누그러지는가 싶었는데, 갑자기 바깥이 안 보일 정도로 무섭게 눈이 퍼붓더니 또다시 강추위가 기승을 부렸다. 피오트렉은 더이상 탁아소에 가지 않았다. 그애는 화덕 뒤에서 놀거나 어머니의 침대에서 하루를 보냈다. 피오트렉은 또래에 비해 몸집이 유난히 작았다. 나와 펠렉은 눈을 뭉쳐 눈싸움을 하면서 추위를 잊으려 애썼다.

어느날인가는 하루종일 화덕에 불을 피우지 못했다. 아버지는 침대 커버로 어머니의 몸을 꽁꽁 싸매고는 나더러 이웃집에 가서 약초를 달이는 데 넣을 설탕을 조금만 얻어오라고 했다. 하지만 이웃집에는 아무도 없었다. 아버지는 궤짝을 열고는 혹시라도 설탕부스러기가 남았는지 뒤지기 시작했다. 어머니가 가슴에 통증을 느낄 정도로 심하게 기침을 했기 때문이다. 우리는 아버지 곁으로 모여들었다. 궤짝 안에는 우리가 평소에 볼 수 없는 여러 가지 신기한 물건들이 들어 있어서 우리는 그 안을 들여다보는 것을 매우 좋아했다. 언젠가 궤짝 속에 들어 있던 첫번째 상자에서는 아버지의 면도칼이 나왔다. 두번째 상자에는 어머니의 산호 목걸이, 그리고 아버지가 명절이면 목에 두르시던 검은색 비단스카프가 있었다. 어떤 상자 속에는 붉은색 안감을 댄 어머니의 외투와 꽃무늬가 그려진 노란색의 식탁용 냅킨, 페르시아 우단으로 만든 초록색 침대커버가 들어 있었다.

하지만 이번에는 완전히 실망스러웠다. 상자에 든 것이라고는 어머니의 붉은색 스카프와 아버지가 총각 시절에 연주하던 아코디언뿐이었다. 아버지는 혹시라도 설탕부스러기가 남아 있지 않나 해서 몇차례나 상자 속을 뒤졌지만, 찾아내지 못했다. 아버지는 잠시 머뭇거리더니, 상자에 손을 대는 것조차 두려운 듯 한쪽 구석으로 아무렇게나 상자를 밀어놓았다. 상자는 삐걱대다가 잠시 후 멈췄다. 펠렉이 상자 속에 손을 집어넣으며 소리쳤다.

"아빠! 아코디언 저 주세요! 이 아코디언 가지면 안돼요?"

"펠렉……" 어머니가 힘없이 펠렉을 불렀다.

아버지의 얼굴이 새빨개졌다. 아버지는 펠렉에게서 아코디언과 스카프를 빼앗아 상자 속에 집어넣고는 열쇠로 잠갔다.

그날 우리는 늦은 시각까지 아침을 먹지 못했고, 결국 점심도 못 먹었다. 이제나저제나 아버지가 빵을 사오라고 심부름 시키기만을 기다렸는데, 소식이 없었다. 우리 중에 그래도 뭔가를 먹은 건 어제 저녁에 남긴 빵조각을 먹은 피오트렉뿐이었다. 나와 펠렉은 기다리기가 지겨워서 현관에 나가 돌차기 놀이를 했다. 두시가 지나고, 한 세시쯤 되었을까. 어머니가 큰 소리로 나를 불렀다. 어머니는 지친 목소리로 띄엄

띄엄 말했다.

"비책, 슈취그와 거리에 있는 정육점에 다녀오렴. 어디 있는지……
알지?"

"그럼요. 알고말고요! 3번가에 있잖아요……"

"그래, 3번가……" 어머니가 되풀이했다. "그 집은 살림이 넉넉하니
까 다리미를 사줄지도 몰라……"

"다리미요……?" 혹시 잘못 들었나 의아해하면서 내가 되물었다.

"단, 부인더러 석양이 지고 난 뒤에 우리집에 와달라고 해라. 안마당
을 지나다가 문지기 아줌마가 보면 안되니까…… 자, 그럼, 어서 갔다
오렴……"

모자를 막 쓰려는데 어머니가 다시 나를 불러세웠다.

"비책!"

침대로 달려갔지만, 어머니는 물끄러미 나를 바라보고는 아무 말도
하지 않았다.

"아무것도 아냐. 아무것도! 어서 갔다오려무나……"

문을 나서려는데, 어머니가 또다시 나를 불렀다. 어머니는 침대에서
반쯤 몸을 일으키고, 눈을 크게 부릅떴다.

"그리고 절구도……" 어머니는 거의 들리지 않을 만큼 가냘픈 음성
으로 말했다.

순간 내 몸은 돌처럼 굳어졌다. 나 자신을 팔아치우는 느낌이란 게
어떤 것인지, 그때 처음으로 실감했다.

"절구라고요?" 나는 어머니의 얼굴 가까이 몸을 구부리고는 목소리
를 낮추어 되물었다.

어머니는 거친 숨을 힘겹게 내쉬고 있었다. 어머니의 가슴에서 휘파
람 비슷한 날카로운 바람소리가 들려왔다. 어머니는 아무런 대답도 하

지 않고, 단지 내 손만 붙들고 있었다. 얼음장처럼 차가운 손이 식은땀에 젖어 축축했다. 어머니는 뭔가를 말하려는 듯 애써 두세 번쯤 입술을 옴찔거렸으나, 아무 소리도 나오지 않았다. 누렇게 변한 어머니의 이마는 식은땀으로 흥건히 젖어 있었다.

어머니는 숨을 깊게 들이마셨다가 다시 힘겹게 내뱉었다.

"그리고 법랑냄비도……" 어머니는 간신히 말을 이었다.

"법랑냄비도요?" 나 역시 속삭이듯 물었다.

어머니는 내 손을 꽉 쥐는 것으로 대답을 대신했다. 머리는 베개에 힘없이 파묻은 채였고, 두 눈은 꼭 감고 있었다.

나는 손에 모자를 움켜쥐고서 불에 덴 사람처럼 부리나케 뛰어나갔다. 마침 현관에서 펠렉을 만났다.

"펠렉, 나 지금 죄다 팔러 가는 길이야. 법랑냄비랑 절구랑 다리미, 모두 다!"

나는 펠렉의 귀에 대고 소리를 질렀다.

"만세!" 펠렉은 기쁨에 넘쳐 활짝 웃더니, 자신의 허벅지를 탁 치면서 위로 풀쩍 뛰어올랐다. 이번 점프는 그애가 보여준 것 중 단연 최고였다. 앞으로도 이렇게 높이 뛰어오르지는 못할 것 같다. 그애는 마치 물고기가 헤엄치듯이 가볍게 몸을 움직였다. 우리는 슈취그와 거리를 향해 앞서거니 뒤서거니 하며 쏜살같이 달음질쳤다. 펠렉은 본래 욕심이 많아서 나에게 지는 것을 못 견뎌한다.

하지만 정육점 아주머니는 나와 별로 이야기를 하고 싶지 않은 듯했다. 그녀는 법랑냄비도 필요없고, 절구와 다리미는 자기도 갖고 있다고 했다. 우리는 화가 나서 씩씩거리며 집으로 돌아왔다.

"괴상한 여편네로군. 법랑냄비가 필요없다니! 우리 법랑냄비처럼 좋은 냄비가 필요없다니!"

어머니는 잔뜩 기대에 부풀어 기다리고 있다가, 정육점 아주머니의 심드렁한 반응을 이야기하자, 땅이 꺼져라 깊은 한숨을 내쉬었다. 그러나 거기에는 어딘지 모르게 안도감이 깃들어 있었다.

날이 저물기 전에, 어머니는 또다시 나를 불러 고물상에게 다녀오라고 했다. 나는 이번에도 펠렉과 함께 갔다. 우리는 아직 우리의 보물들을 팔 수 있는 기회가 남아 있다는 사실에 기쁨을 느꼈다. 고물상은 우리 집에 와서 다리미와 절구, 법랑냄비를 꼼꼼히 살펴보았다. 그러고는 경멸 섞인 말투로 이 물건들은 전부 다 고철덩어리에 불과하다고 했다. 절구는 너무 작고, 다리미에는 그을음이 지나치게 많으며, 법랑냄비는 두께가 너무 얇고 한쪽에 납땜자국까지 나 있다고 트집을 잡는 것이었다. 그러고는 세 개 다 합쳐서 10즈워티를 주겠다고 말했다. 이 말에 분개한 어머니는 억지로 몸을 일으켰다.

"뭐라고요? 겨우 10즈워티라고요? 이 절구만 해도 5즈워티 30그로시를 주고 샀는걸요! 이 다리미는 어떻고요? 이 법랑냄비는요?"

"이것들은 다 고철덩어리니까요……"

고물상이 흥정을 막 시작하려는데, 화가 난 어머니가 말을 막았다. 어머니는 손으로 문을 가리키면서 소리를 질렀다.

"가세요! 어서 가세요! 더이상 당신을 볼일이 없었으면 좋겠군요! 세상에 물건을 살 사람이 당신만 있는 건 아니죠."

어머니는 우리를 다른 고물상에게 보냈다. 우리는 최근에 우리집에서 탁자를 사간, 붉은 머리의 사내에게 달려갔다. 우리는 그 유대인을 좋아했다. 왜냐하면 항상 우리에게 입에 발린 칭찬을 해주었고, 탁자를 건너편 동네까지 날라다주는 댓가로 나와 펠렉에게 호두를 준 적도 있기 때문이다. 그 호두는 비록 구멍이 나긴 했지만, 펠렉은 신이 나서 하루종일 호두를 입에 물고 기차소리를 흉내내며 휘파람을 불어대곤 했다. 우리는 잠시도 지체하지 않고, 곧장 그 붉은 머리 고물상에게 가서 용건을 말했다. 우리집으로 오는 길에 붉은 머리 고물상은 가게 앞 모퉁이에서 조금 전에 다녀간 첫번째 고물상과 뭔가를 쑥덕거렸다. 그러고는 등에 짊어진 빈 병 자루를 고쳐메고 우리 뒤를 따라왔다.

그는 절구와 법랑냄비, 그리고 다리미를 살펴보더니 모두 합해서 9즈워티 16그로시를 지불하겠다고 선언했다. 그러면서 먼저 다녀간 고물상과 마찬가지로 우리의 절구는 고철덩이에 불과하다고 말했다. 충격과 분노 때문에 어머니의 얼굴이 새빨개졌다. 어머니는 침대에서 거의 일어나지도 못할 만큼 쇠약했지만, 고물상의 손에서 법랑냄비를 빼앗아들고는 땅바닥에 집어던졌다. 그러자 냄비는 마치 종이 울리듯 댕그렁 소리를 냈다. 그 기묘한 소리를 듣고 있자니 문득 우리집 벽의 네 귀퉁이에서 누군가의 비명이 새어나오는 것만 같았다.

어머니는 눈을 가리며 울기 시작했다.

날이 저물 때까지 우리집에는 다섯 명의 고물상이 왔다갔다. 하지만 미리 담합이라도 한 듯 다녀가는 고물상마다 점점 더 낮은 가격을 제시하는 것이었다. 그들은 단 2,3즈워티씩이라도 매번 값을 내려 불렀다. 그러나 재미있는 건 다들 트집을 잡으면서도 절구와 다리미를 차지하려고 욕심을 부린다는 점이었다. 방 안은 포치에유프 광장보다 더 시끄러웠다. 오로지 펠렉만이 좋아서 어쩔 줄 몰라하며 나를 꼬집었다.

그애는 터져나오는 웃음을 간신히 억누르기 위해 공중제비를 넘으며 뛰어다녔다.

"정말 신난다!"

방 안 가득 숨막히는 열기를 남겨놓고, 마침내 유대인들은 모두 사라졌다. 법랑냄비와 다리미, 절구는 소파 위에 여전히 줄지어 놓여 있었다. 어머니는 지치고 망연자실한 모습으로 나를 쳐다보았다. 어둠이

점점 깊어져 밤이 되었다. 피오트렉은 여느 어린아이처럼 추위와 배고
픔을 견디지 못하고 칭얼대기 시작했다. 마침내 어머니는 나를 문지기
아줌마에게 보내 다리미를 살 생각이 없는지 물어보도록 했다.

하지만 문지기 아줌마는 예전에 어머니가 한 말을 잊지 않고 있었다.
아줌마는 뾰로통한 얼굴로 입을 삐죽거리면서 말했다.

"만일 다리미를 산다 해도 새것을 사지, 뭣 때문에 그런 쓸모없는 고
물을 사겠니!"

이 말을 전하자 어머니는 불같이 화를 냈다.

"말도 안돼!" 어머니는 분노로 떨면서 외쳤다. "그 여자가 뭐라고 했
다고? 고물! 쓸모없는 고물이라고? 대체 이런 경우가 어딨담! 나더러
그 다리미를 빌려달라고 했을 땐 분명 필요했을 거 아냐. 그런데 막상
사라고 하니까 쓸모없는 고물이라니! 두고 보자, 이 여편네야…… 심
술궂은 마녀 같으니라고……"

어머니는 또다시 심하게 기침을 하면서 가슴을 움켜쥐었다. 하지만
집 안에는 어머니가 마실 수 있는 것이라고는 아무것도 없었다. 약초
달인 물은 이미 오래전에 바닥이 났다.

"완전 코미디로군!"

펠렉이 속삭이면서 내 팔을 세게 꼬집었다.

"비첵!" 어머니가 천천히 나를 불렀다. "그 첫번째 고물상…… 왜,
있잖니, 10즈워티를 준다고 했던, 검은 머리 사내 말이야. 기억나지?
가서…… 그 사람을 데려와라."

어머니는 간신히 눈을 뜨고서 말했다.

"푼돈이지만 팔아치워야지. 고약한 여편네, 이런 훌륭한 물건을 고
물이라고 하다니…… 당신 같은 여자는 평생 이런 좋은 다리미를 쓰지
못할 거야. 절대로!"

마리아 코노프니츠카 우리들의 조랑말

어머니는 완전히 탈진한 나머지 더이상 아무 말도 하지 못했다.

나와 펠렉은 유대인을 불러오기 위해 뛰기 시작했다. 펠렉은 발꿈치가 종아리에 닿을 만큼 열심히 뛰어 나를 앞질렀다. 어찌나 빨리 달려갔는지 나는 그애의 뒤통수를 아예 놓치고 말았다. 그런데 유대인은 우리 아파트 정문에서 불과 얼마 떨어지지 않은 곳에 서 있었다. 정문을 벗어나기가 무섭게, 뒷짐을 지고서 오른쪽과 왼쪽에다 번갈아가며 침을 뱉고 있는 유대인이 보였다. 그 태도로 보아 분명 우리를 기다리고 있었던 것 같았다. 펠렉은 유대인에게 쪼르르 달려가서 팔꿈치로 그를 툭툭 쳤다. 유대인의 눈동자가 어둠속에서 고양이처럼 번쩍 빛났다. 그는 기꺼이, 그리고 부지런히 우리 뒤를 따라왔다. 집에 들어서자마자 고물상은 어머니에게 '정확히 9즈워티를 지불할 수 있다'고 못을 박았다. 마치 우리가 자기더러 반 루블이나 더 얹어달라고 무리하게 조르기라도 한 것처럼, 그는 '정확히'라는 말을 유독 강조했다.

어머니의 얼굴에 또다시 노여운 기색이 피어올랐다.

"이보세요, 어째서 값을 내린 거죠? 처음에는 10즈워티를 주겠다고 했잖아요! 바로 똑같은 그 물건들인데 말예요!"

"똑같은 물건이라고요?" 고물상이 냉정하게 말했다. "곰곰이 생각해보니 마음이 바뀌었습니다……"

"처음에 말한 대로 10즈워티 주세요. 최소한의 양심이라도 있다면 말입니다!"

"흠…… 양심이야 있죠! 내가 정말 양심이 없는 사람이라면 당신들에게 8즈워티만 준다고 했을 겁니다. 하지만 그래도 양심이 있는 사람이니까 정확히 9즈워티를 주겠다고 한 거죠."

"오늘 제게 입힌 상처에 신께서 벌을 내리실 겁니다." 어머니가 신음하며 말했다.

"벌이라니! 아니, 무슨 벌 말입니까? 내가 지금 당신에게서 공짜로 물건을 빼앗아가는 겁니까? 내가 무슨 쓸모없는 쭉정이라도 준단 말입니까? 나는 당신들에게 현금을 지불하고 정당하게 물건을 가져간다, 이 말씀이에요."

고물상은 이를 갈며 대꾸했다.

어머니는 더이상 아무런 대답도 하지 않았다. 어머니의 낯빛은 백지장처럼 창백했다. 유대인이 천천히 돈을 세고 있는 동안, 펠렉은 10그로시씩 쌓아놓은 동전더미를 뚫어지게 바라보았다. 그러다가 조금이라도 낡은 동전이 나오면, 쌓여 있던 뭉치에서 그 동전을 꺼내 집어던지면서, 새 동전을 달라고 졸라댔다. 유대인의 얼굴이 마치 뇌출혈이라도 일어난 듯 새빨개졌다. 급기야 그는 펠렉을 때리려고 손을 뻗었으나, 결국 마지막 순간에 마음을 가다듬고는 펠렉을 향해 웃음을 지어 보였다. 그는 조끼 안주머니에서 때가 잔뜩 낀 그로시 한 닢을 꺼내 펠렉에게 주면서 말했다.

"영리한 아이구나! 아마 너는 나중에 공무원이 될 거야! 자, 이걸로 생강과자나 사먹으렴!"

하지만 펠렉은 그로시를 받으려 하지 않았다.

"이보세요. 3그로시가 모자라잖아요." 펠렉은 1즈워티어치의 그로시 동전들이 담긴 컵을 두드렸다. "자, 어서 내놓으시죠. 난 생강과자 따위는 필요없다고요."

유대인은 감탄하며 혀를 내둘렀다.

"영악한 꼬마녀석!" 그는 혼잣말을 했다.

마침내 계산이 마무리되었다. 유대인은 요란한 소리를 내면서 더러운 자루 속에 다리미와 절구, 법랑냄비를 담았다. 어머니는 내게 석탄과 빵을 사오라고 심부름을 시켰다.

아버지가 돌아왔을 때, 화덕에서는 불이 훨훨 타오르고 있었고, 우리는 양은솥에다 물을 끓여 한창 마시는 중이었다.

아버지는 문간에 서서 화덕과 우리를 번갈아 바라보고는 방 안을 이리저리 둘러보다가 텅 빈 찬장에 시선을 멈추었다. 잠시 후 아버지는 힘없이 시선을 떨어뜨린 채, 발꿈치를 들고 조용히 어머니의 침대 곁으로 다가갔다.

얼마 지나지 않아 매서운 바람이 다소 누그러들었다. 밤마다 비스와 강에서 얼음이 깨지는 소리가 들려왔다. 하지만 우리는 석탄을 계속해서 사들여야 했다. 방 안에는 벽이 축축하게 젖을 정도로 습기가 많았기 때문이다.

단칸방은 얼마 안 가 텅 비어버렸다.

"완전히 바닥났네." 펠렉이 중얼거렸다.

어머니의 드레스 두 벌 가운데 상태가 나쁜 드레스가 팔려나갔고, 그다음은 벽시계, 그다음은 대야…… 이렇게 차례로 물건들이 사라졌다. 아버지의 짙은 푸른색 코트가 팔려갔을 때, "한번 사면 평생 간직하는 소중하고 특별한 물건"에 대한 내 믿음은 완전히 산산조각나고 말았다. 더군다나 그때는 다리미 사건을 겪은 지 얼마 되지 않은 터라 더욱 그러했다.

우리는 마치 교회의 경당처럼 텅 빈 방 안을 돌아다녔다. 펠렉은 손을 동그랗게 오므려 입가에 대고 소리를 지르고는, 방 안 가득 울려퍼지는 메아리 소리에 귀를 기울이곤 했다. 의사는 계속해서 우리집을 찾아왔고, 나 또한 변함없이 약국을 오갔다. 양은솥은 아직 남아 있지만, 그 솥에다 점심식사(폴란드 사람들은 보통 아침 일곱시나 여덟시쯤 출근해서 오후 네시나 다섯시에 퇴근하며, 그후에 '오비아드'(obiad)라고 하는 늦은 점심을 먹는데 오비아드는 폴란드인들에게는 전통적으로 하루 끼니 중 가장 중요한 정찬이다—옮긴이)에 먹을 음식을 요리하는 날은 드물었다. 우리는 점심은 건너뛰고, 아침과 저녁에만 감자를 삶아먹었다. 점심때는 관리인이 기르는 고양이들을 잡으러 뛰어다녔다. 그놈들이 지붕 위에서 너무 시끄럽게 소리를 질러댔기 때문이다.

그날은 얼음이 유달리 많이 녹았다. 지붕에서 눈이 녹아 흘러내렸고, 참새가 지저귀기 시작했다. 올 겨울 들어 처음으로 햇빛이 우리의 지하 단칸방에까지 스며들었다. 하지만 어머니의 상태는 갈수록 나빠지고 있었다. 밤마다 기침에 시달리며 대여섯 번씩 물을 찾곤 했다. 이미 약도 바닥이 난 상태였다. 펠렉은 발돋움을 해서 어깨 너머로 아버지를 쳐다보았다. 아버지가 뭔가 대단한 일이라도 벌이지 않을까 잔뜩 기대를 했지만, 별다른 일은 일어나지 않았다. 아버지는 그저 머리를 끄덕이고 수염을 쥐어뜯으며, 하루종일 구석에 놓인 붉은 꾸러미를 말없이 바라보기만 했다. 그러다가 뭔가 결심이라도 한 듯 벌떡 일어나 꾸러미 안에 든 아코디언을 꺼내더니 어머니의 침대 곁에 앉아 연주를 시작했다.

어머니는 아버지의 연주를 들으며 어느정도 생기를 되찾았다. 어머니는 피오트렉을 침대 위에 앉혔다. 우리도 침대 가까이 다가갔다.

아버지는 경쾌한 곡을 연주하면서 중간중간 어머니에게 말을 붙였다.

"여보, 안나, 비엘라니에서의 일…… 기억나? 우리가 어떻게 처음 만났는지도 생각나? 함께 걸으며 당신에게 아코디언 연주를 들려주었던 건?"

"물론이죠. 모든 게 다 생생한걸요." 어머니가 조용히 대답했다.

"그럼, 이 멜로디는 기억해?"

"네, 생각나요." 어머니가 속삭였다.

"와, 근사한 슈타예르(폴카와 비슷한 오스트리아의 민속 춤곡—옮긴이)다!" 펠렉이 내 옆구리를 쿡쿡 찌르며 낮은 목소리로 말했다.

"그때 당신은 분홍빛 체크무늬 원피스를 입고 있었지. 그뒤로 사흘 동안 나는 당신이 못 견디게 그리웠는데……" 아버지는 부드러운 음성으로 말했다. "그럼 안나, 그 사건은……?"

"아, 그건 잘 모르겠는데요……"

"아니, 어떻게 잊을 수가 있소? 거, 왜, 볼라에서 말이오. 처남과 함께 그곳에 갔다가 당신 곁에 앉으려는 독일놈에게 내가 맥주잔을 내던졌잖소."

"아하! 그 일 말이군요!" 어머니가 대답했다.

아버지는 연주를 계속했다. 아코디언을 무릎 위에 놓고, 한손으로 당겼다 조였다를 반복하면서, 다른 손가락으로는 건반 위를 부지런히 왔다갔다하고 있었다. 지금껏 살아오면서 들어본 적이 없는 아름다운 멜로디였다.

"여보, 그럼, 그때 그 일은?"

"기억나요, 필립! 그러니까 결혼식이 얼마 남지 않은 어느 일요일이었지요. 돌아가신 어머니와 함께 체르니아쿠프에 갔잖아요."

"거기서 한달 동안 함께 지냈었지." 아버지가 끼어들었다. "그때 우리는 시골에서 봄맞이 행사에 참가하느라 바빴는데……"

"아, 라일락 냄새가 어찌나 향기롭던지…… 종달새도 우리와 함께 노래를 불렀죠."

"당신은 또 얼마나 아름다웠는데…… 마치 사월의 장미처럼 말이오……"

펠렉은 또다시 내 갈비뼈를 쿡쿡 찔렀다.

"당신은 얼마나 멋있었다고요…… 어쩜 그렇게 연주를 잘하던지……"

어머니는 환하게 웃음을 짓더니, 연주에 귀를 기울이다가 얼마 후 깊은 한숨을 내뱉고는 잠이 들었다.

아버지는 어머니가 잠든 뒤에도 계속해서 아코디언을 연주했다. 아코디언에서는 끊임없이 아름다운 선율이 흘러나왔다. 처음에는 저절로 어깨가 들썩여질 만큼 명랑하고 신나는 곡이었다. 하지만 펠렉이 주먹으로 두 눈을 비빌 만큼 밤이 깊어지자, 아버지는 점차 아코디언을 옆으로 길게 잡아당기며 구슬픈 가락을 연주하기 시작했다. 그 선율은 마치 죽은 사람에게 바치는 애도의 오르간 연주처럼 애절하게 울려퍼졌다.

어머니는 곤히 잠이 들었다. 그 무렵 어머니는 마치 누군가가 양귀비꽃을 눈꺼풀 위에 얹어놓기라도 한 듯 순식간에 곯아떨어졌다가도, 다음날 아침이면 뼈만 앙상한 얼굴에 식은땀을 흘리며, 창백하고 피로한 얼굴로 잠에서 깨어나곤 했다. 그날 아버지는 고개를 푹 숙인 채 어머니 곁에 꼼짝 않고 앉아 어머니를 지켰다. 얼마나 시간이 흘렀을까. 아버지는 땅이 꺼져라 한숨을 쉬더니 자리에서 일어나 아코디언을 붉은 수건으로 조심스레 싸기 시작했다. 그러고는 옆구리에 아코디언을 끼고, 모자를 눌러쓰고는 발소리가 나지 않게 조심하면서 살금살금 밖으로 나갔다.

우리는 건초더미에 누워 낯익은 어머니의 수건에 싸인 아코디언을 보았다. 펠렉이 내 옆구리를 찌르며 말했다.

"비첵!"

"왜?"

"그거 알아? 연주하면서 아버지가 우셨어……"

"웃기지 마!"

"맹세코 사실이야!"

펠렉은 답답하다는 듯 주먹으로 가슴을 쿵쿵 치며 말했다. 실은 나도 아버지의 눈물을 보았다. 굵은 눈물이 콧수염을 타고 흘러내리던 것이다. 뭐, 나도 눈뜬장님은 아니니까.

"하고 싶은 말이 뭐야! 이것저것 옛날 일이 생각나면 그럴 수도 있지……"

나는 깊이 한숨을 내쉬고는 잠시 말없이 자리에 누워 있다가 화덕 쪽으로 몸을 돌렸다. 잠시 후 펠렉이 코 고는 소리가 들렸다. 그날 밤 아버지는 늦게 돌아왔다. 손에는 어머니에게 줄 약봉지가 들려 있었다. 아버지는 아무 말 없이 불을 피우고 차를 끓였다. 그날 밤 나는 오랫동안 잠을 이룰 수가 없었다. 머릿속에서 슬프기도 하고 경쾌하기도 한 아코디언의 멜로디가 끊임없이 맴돌았다. 그러다가 새벽이 될 때까지 계속해서 이상한 꿈에 시달렸다. 꿈속에서 본 우리집 단칸방에는 꽃밭이 있었다. 화덕에 불을 피우지 않았는데도 방 안은 따뜻했고, 여기저기 꽃이 만발했다. 현관에서는 종달새가 노래하고, 예전에 벽시계를 걸어놓았던 벽에는 커다란 보름달이 은빛 광채를 뿜으며 걸려 있었다.

잠에서 깨어나니 펠렉이 벌써 일어나 흘러내리는 바지춤에 허리띠를 묶고 있었다. 조각조각 기운 셔츠 틈으로 깡마른 갈비뼈가 보였다. 셔츠깃 위에는 참새처럼 마른 목이 구부러진 채 솟아 있었다. 비쩍 마른 다리가 펠렉의 키를 실제보다 껑충하게 커 보이게 했다.

"펠렉! 너, 한달 동안 키가 컸나봐! 마치 장대 같은걸!"

내가 큰 소리로 외쳤다.

"이 바보! 배가 들어가 보이도록 몸을 쭉 펴서 그런 거지."

펠렉은 내 눈앞에서 마치 철사처럼 몸을 늘여 곧게 펴 보였다.

"그러고 있으니까 꼭 소금에 절인 청어 같다!"

"좋아! 거리에 나가 묘기라도 부려서 돈이나 벌어볼까?"

펠렉의 말에 나는 와락 웃음을 터뜨렸다.

"왜 웃어?" 펠렉이 물었다. "벌이가 시원찮을까봐 그래?"

그는 양손으로 자신의 허벅지를 털썩 치면서 위로 풀쩍 뛰어올랐다. 그러고는 공중에서 몸을 빙글 돌리더니, 마치 고양이가 네 발로 착지하듯이 가볍게 바닥에 내려섰다.

"봤지?"

펠렉이 계속해서 말했다.

"탁아소에 가는 길에 피오트렉이 배가 고프다고 칭얼대는 거야. 그래서 나는 매일 피오트렉에게 내 빵의 절반을 나눠줬어. 안 그러면 울음을 안 그칠 테니까."

"진짜야?"

나는 펠렉의 말을 믿을 수가 없었다. 빵을 절반이나 나눠주다니, 나 같으면 그런 굉장한 일은 엄두도 못 냈을 것이다.

"하느님께 맹세해도 좋아!"

펠렉은 말라빠진 가슴을 두드리며 말했다.

나는 피오트렉을 쳐다보았다. 짤막한 두 다리는 활처럼 구부러지고, 배는 감자만 먹어 볼록 튀어나온 채 방 안을 돌아다니고 있었다. 그 모습에 나와 펠렉은 갑자기 미친 듯이 웃음이 터져나와 멈출 수가 없었다.

"뭐가 그렇게 재미나니, 얘들아?" 어머니가 들릴 듯 말 듯한 목소리로 물었다.

"피오트렉 때문에 그래요. 어쩜 저렇게 뚱뚱할까……"

"저 불쌍한 애가 뭐가 뚱뚱하다고 그러니! 뭐 먹은 게 있어야 뚱뚱하지!" 어머니가 말했다. "피오트렉! 엄마에게 오렴! 가엾은 것!"

어머니는 피오트렉을 향해 인자한 미소를 지으면서 그애의 머리를 쓰다듬었다. 우리는 한참 동안 웃음을 멈출 수가 없었다.

하지만 우리들의 즐거운 한때도 결국 오래 가지 못했다. 그날 저녁 아버지가 어머니의 침대 곁에 앉으며 뜻밖의 이야기를 꺼냈기 때문이다.

"있잖아, 여보…… 조랑말 말인데, 아무래도 파는 게 좋을 것 같아."

"조랑말을 판다고요?" 어머니는 너무 놀라 침대에서 벌떡 일어났다. "절대 안돼요, 필립! 우리 식구를 먹여살리는 게 바로 조랑말이잖아요!"

아버지는 아무 말 없이 한 손으로 턱을 괴고, 다른 손으로는 애꿎은 수염만 잡아뜯고 있었다.

"먹여살리건, 굶겨죽이건 다 소용없어!" 아버지가 반박했다. "어차피 조랑말 데리고 강가에 가봤자 아무 일도 못한다고! 물살이 빨라서 자갈도 캘 수 없고, 허드렛일 하나 없어. 망할놈의 모래도 어찌나 귀한지 사람 손으로 집어나를 만큼도 안된다니까. 하지만 우리는 매일같이 말에게 먹일 여물을 사야 하잖아. 왕겨 한줌이 지금 얼마나 비싼지 알아? 사람도 세 끼를 못 먹는 판에…… 게다가 말을 키우려면 헛간도 있어야 하고, 짚도 깔아야 하고, 여물통에 귀리도 넣어야 하고…… 전부 돈이라니까."

어머니는 신음을 내뱉을 뿐, 더이상 아무 말도 하지 못했다.

우리들은 부모님의 대화를 엿들으며 몸서리쳤다. 피오트렉은 입을 헤 벌린 채 아버지를 뚫어지게 쳐다보았다. 나는 돌처럼 몸이 굳어 움직일 수조차 없었다. 펠렉이 내 옆구리에다 매서운 주먹을 날린 뒤에야 비로소 정신이 들었다. 어찌나 세게 때렸는지 갈비뼈 근처가 감각이 없을 정도로 얼얼했다.

"비첵, 들었어?" 펠렉은 바로 내 귓가에 대고 소리를 버럭 질렀다.

"그래, 들었어. 내가 뭐 귀머거리냐?" 나는 펠렉의 귀에 대고 더 크게 소리쳤다.

우리는 현관으로 뛰어나갔다. 머리를 쥐어뜯고 싶을 만큼 속상하고 괴로웠다.

우리는 조랑말을 끔찍이 사랑했다. 내가 세상에 태어났을 때부터 내 곁에는 늘 아버지, 어머니, 그리고 조랑말이 함께 있었다. 황새가 펠렉과 피오트렉을 물고 온 건 조랑말이 우리집에 온 것보다 훨씬 나중의 일이었다. 조랑말은 항상 그 자리에 있었으므로, 곁에 없다는 것을 도저히 상상할 수 없는 그런 존재였다. 나는 조랑말이 처음에 어떻게 우리 곁에 왔는지, 그리고 마지막에 어떻게 우리 곁을 떠나게 될지에 관해 단 한 번도 생각해본 적이 없었다. 조랑말은 당연히 우리의 일부이고, 우리 또한 당연히 조랑말의 일부였다. 우리 가족과 조랑말은 서로 뗄래야 뗄 수 없을 만큼 긴밀하고, 특별하게 결합되어 있었다. 조랑말과 함께하는 삶은 너무나도 당연한 일이어서, 다른 뭔가가 그 자리를 대신한다는 건 있을 수도 없는 일이었다. 우리 가족 중에 누군가가 떠날 수는 있어도 조랑말은 절대 없어서는 안되는 존재였다. 조랑말은 우리 가족의 기쁨, 그 자체였던 것이다.

아버지가 강가에서 일을 마치고 집으로 돌아올 무렵이면, 우리는 한시라도 빨리 조랑말을 보기 위해 일삼아 한길까지 마중을 나가곤 했다. 우리는 조랑말의 코끝을 문지르고 쓰다듬으면서, 빵이나 감자 부스러기, 안마당에서 주운 레몬 껍질 등을 주었다.

조랑말도 우리를 사랑했다. 멀리서 우리 모습이 보이면 히힝, 귀를 쫑긋 세우고는 걸음을 빨리하며 부지런히 우리를 향해 다가왔다. 우리가 녀석의 목덜미와 잔등을 가볍게 찰싹찰싹 때리면, 저를 예뻐해서 그렇다는 걸 알아차리고는 커다란 머리를 바짝 숙였다. 평소에도 녀석은 우리를 내려다보며, 혓바닥으로 우리의 머리카락과 겉옷을 핥아대곤 했다. 조랑말은 우리들 가운데 피오트렉을 가장 좋아했다. 아버지를 향해 끙끙거리면서, 피오트렉을 자기 등에 태우라고 조를 때도 있었다. 집에 돌아와 아버지가 마구를 풀어주고 목에다 먹이자루를 묶어주면, 조랑말은 좋아서 어쩔 줄 몰라하며, 머리를 자루 속에 처박고 우적우적 풀잎을 씹어먹었다. 그러면 펠렉은 어느 틈에 뼈가 튀어나온 말 잔등으로 풀쩍 뛰어올라서는, 낡은 고삐를 잡고 흔들었다. 펠렉은 말 위에 올라가서 한쪽 다리를 구부린 채 다른 쪽 다리에 의지해 벌떡 일어서서 모자를 빙빙 돌리며 외쳤다.

"자, 비켜라, 천하무적, 지하실에서 온 멋진 기수가 해골 문장(紋章)을 앞세우고 나가신다! 그의 이름은 펠릭스 모스토비악! 비록 말라깽이지만 용감무쌍한 사나이다! 감히 맞설 자 누구냐?"

'감히 맞설 자 누구냐'라는 대목에서 우리는 다같이 고래고래 소리를 지르며 소동을 피웠다. 그러면 아파트에 사는 이웃들이 놀라서 뛰어나오기도 했다.

펠렉의 뒤를 이어 피오트렉이 말 등에 기어올랐다. 피오트렉의 배가 하도 볼록하게 튀어나와서, 말 잔등에 태우기가 여간 까다로운 게 아니었다. 우리 삼형제는 위풍당당하게 안마당을 행진하곤 했다. 우리 때문에 조랑말은 한가하게 자루에 든 여물을 먹을 시간이 없었다. 펠렉은 또다시 모자를 빙빙 돌리면서 소리쳤다.

"자, 여기 피오트렉 님이 생쥐 문장을 앞세우고 나가신다. 두살 하고도 팔개월밖에 안되었고, 아직 앞니도 두 개나 더 나야 하는데, 이렇게 말을 몰고 간다! 감히 맞설 자 누구냐?"

'감히 맞설 자 누구냐'라고 외치는 펠렉의 목소리에는 누구도 대꾸할 수 없을 만큼 위엄이 서려 있었다. 펠렉은 앞의 대사와 뒤의 대사가 자연스럽게 연결되도록 주의를 기울이면서 그럴듯하게 외쳤다. 그러면 나와 피오트렉 또한 우리 일행이 세 명이 아니라 삼십 명이라도 되는 듯 옆에서 함성을 질렀다.

"저것 좀 보게나, 대체 이게 무슨 소란이람? 모스토비악 씨네 망나니 같은 애들이 암조랑말을 가지고 난리법석을 피우고 있네그려. 마치 동물원의 원숭이들 같구먼."

뚱뚱한 가게 아주머니가 문간에 서서 중얼거리면서, 투실투실한 얼굴에서 거의 눈이 보이지 않을 때까지 웃어댔다.

"예끼, 이놈들!" 이층에서 비쩍 마른 요리사 아주머니가 소리를 질렀다. "아무리 애들이지만, 참, 팔자도 좋군. 이제 나이도 꽤 먹었는데, 시간낭비 하지 말고 뭐라도 할 생각을 해야지, 뭣들 하는 짓인지! 일을 하든가, 기술을 배우든가, 아니면 책이라도 들여다보든가! 당장 입에 풀칠할 것도 없는데, 멀쩡한 도시를 소돔과 고모라로 만들어놓고 있구먼!"

펠렉은 마치 연극배우처럼 오른쪽, 왼쪽, 사방에다 대고 절을 했다. 그러고는 요리사 아주머니에게는 특별히 입술을 내밀어 키스를 보냈다. 아주머니는 그런 펠렉을 보고 화들짝 놀라며 창문을 쾅 닫아버렸다.

우리는 조랑말과 일상의 소소한 일들을 모두 함께했다. 때로는 조랑말의 관심을 끌기 위해서 서로 경쟁을 벌이기도 했다. 우리가 서로 다투었을 때, 조랑말은 늘 마지막으로 우리가 기대는 존재였다. 피오트렉은 나와 펠렉에게 삐치거나 속상한 일이 있을 때마다 조랑말을 들먹이곤 했다. "아빠에게 이를 거야" 혹은 "엄마에게 이를 거야"라고 말하는 대신 "조랑말에게 말할 거야"라고 했던 것이다. 우리 또한 그애의 그러한 협박을 가볍게 넘기지 못했다. 피오트렉은 '조랑말에게 말하지 않는다'는 조건으로 특히 펠렉한테서 종종 먹을거리를 한입씩 얻어먹곤 했다.

우리에게 가장 견디기 힘든 것은 조랑말의 서글픈 눈빛이었다. 이따금 조랑말은 뿌옇게 흐려진, 보이지 않는 한쪽 눈을 멍하니 허공에 고정한 채, 성한 눈에 슬픔을 가득 담고서 마치 원망이라도 하듯 우리를 쳐다보다가, 시선을 천천히 바닥으로 내리깔곤 했다. 그 모습을 바라보는 것이 우리에게는 견딜 수 없이 괴로웠다.

"비첵! 우리 조랑말은 한쪽 눈이 아예 보이질 않잖아…… 그런데 대체 성한 눈으로 뭘 그렇게 뚫어지게 보는 거지? 저 슬픈 눈빛을 보니 차라리 아버지한테 허리띠로 매를 맞는 게 낫겠어. 마치 사람을 원망하는 것 같은 그런 눈빛이잖아……"

우리는 매일같이 조랑말을 씻겨주었다. 서로 티격태격 다투면서도 우리는 조랑말을 솔로 문지르고, 갈기를 빗기는 일만큼은 게을리하지 않았다. 우리는 털이 빠지고 갈기가 뒤엉킬 정도로 열심히 조랑말을 문질러댔다. 분명 아프고 성가셨을 텐데도, 조랑말은 참을성있게 버텼다. 성한 눈을 순하게 꿈벅거리며, 파리라도 쫓는지 이따금씩 축 늘어진 꼬리를 흔들어댈 뿐이었다.

부활절이 지난 뒤, 우리는 조랑말을 깨끗이 목욕시키기로 했다. 아직 물이 얼음처럼 차가웠지만, 우리는 성급하게 바짓단을 걷어붙이고는 당당하게 거리를 행진했다! 골목마다 우리 뒤를 따라오고 싶어하는 애들로 가득했지만, 우리는 주먹을 휘두르며 애들을 쫓았다.

우리 삼형제는 강가에 도착해서, 조랑말에게 물을 끼얹고는 아버지에게 배운 대로 휘파람을 불면서 말의 발목과 옆구리를 구석구석 닦아주었다. 그런데 우리가 잠시 한눈을 파는 사이 하마터면 큰일이 날 뻔했다. 조랑말이 강물 쪽을 향해 달아나기 시작한 것이다.

"어어, 물에 빠진다! 물에 빠져!" 피오트렉이 얼굴이 새파랗게 질려서 소리를 질러댔다. 피오트렉은 양손으로 배를 움켜쥐고 땅바닥에 털썩 주저앉았다. 나와 펠렉은 허겁지겁 쫓아가서 조랑말의 꼬리를 끌어당겼다. 물에 빠질 뻔한 조랑말을 가까스로 구해낸 것이다. 그날, 우리는 피로에 지쳐 숨을 헐떡이며 조랑말을 앞세우고서 집에 돌아왔다. 조랑말도 우리도 물에 빠진 생쥐처럼 홀딱 젖은 채였다.

그런데 아버지는 지금 사랑하는 우리들의 조랑말을 팔아야만 한다는 것이다. 그것은 마치 세상이 끝나는 것 같은 날벼락이었다. 나는 펠렉의 얼굴을 한대 갈기고 현관으로 나왔다. 그러자 펠렉은 내 뒷목을 힘껏 후려쳤고, 나는 다시 그애의 등을 때렸다. 펠렉은 눈앞에 별이 보일 정도로 세게 내 옆구리를 쳤다. 나와 펠렉은 마침내 서로 머리카락을 부여잡고 싸우기 시작했다. 우리는 서로 뒤엉켜 털실뭉치처럼 데굴데굴 구르며 문지방 근처까지 갔다. 우리의 괴로움과 안타까움은 그만큼 심했다. 서러움이 너무 커서 아무 말도 할 수 없었고, 신음소리조차 나오지 않았다.

서로를 실컷 두들겨패고 나니 마음이 어느정도 가벼워졌다. 바깥이 추웠기 때문에 우리는 방으로 돌아왔다. 아버지는 아직도 어머니를 설득하고 있었다.

"지금은 말에게 풀이라도 먹이고 있지만, 더이상 아무것도 줄 게 없으면 그땐 어떡하면 좋을지 생각해봤소? 그렇게 되면 조랑말은 말라죽을지도 몰라. 응? 안나? 어떻게 생각해?"

어머니는 깊은 한숨만 내쉬다가 간신히 말했다.

"내 생각 말이에요, 필립? 내 생각은요, 하느님이 왜 내게 이런 무서운 병을 안겨주셨는지 정말 모르겠다는 거예요. 당신 목에 무거운 돌을 매달아놓고, 자꾸만 밑바닥으로 끌어내리고 있으니까요…… 불쌍한 우리 애들은 어떡하죠?"

어머니는 손으로 두 눈을 가리고는 큰 소리로 흐느끼기 시작했다. 아버지는 어머니의 머리에 입을 맞추었다.

"여보…… 여보!" 결국 아버지도 울음을 터뜨리고 말았다.

"그럴 순 없어!" 내 뒤에서 펠렉이 주먹을 움켜쥐고 눈물을 닦으며 중얼거렸다.

며칠이 흘렀다. 그동안 조랑말을 판다는 이야기는 쑥 들어갔다. 어머니의 상태는 갈수록 나빠졌다. 어머니가 어찌나 심하게 기침을 해대는지 한번 잠이 들면 업어가도 모르게 곯아떨어지는 우리들도 한밤중에 깨기가 일쑤였다. 어머니는 이제 낮에도 거의 잠만 잤다. 최근 날씨가 부쩍 따뜻해졌는데도 어머니는 종종 오한이 나는지 덜덜 떨며 이를 부딪곤 했다. 아버지는 구부정하게 허리를 구부리고, 얼굴이 누렇게 뜬 채로 방안을 왔다갔다했다. 지난 며칠 동안 한 십년은 늙은 것 같았다. 어쩌다 우리 뒤통수에 꿀밤을 먹일 때도 있었지만, 자주 있는 일은 아니었다. 왜냐하면 우리 삼형제는 언제부턴가 하루 중 대부분의 시간을 헛간에서 조랑말과 함께 보냈기 때문이다.

조랑말을 잃게 될지도 모른다는 사실을 알게 된 그날부터 조랑말은 우리에게 예전보다 두 배나 더 소중한 존재가 되어버렸다. 조랑말이 내뿜는 콧김 하나하나, 조랑말이 흔드는 꼬리의 움직임 하나하나가 우리를 감동시켰다.

"와아…… 먹는다!" 조랑말이 여물통에 머리를 처박고 있다가 지겨운지 머리를 번쩍 들고, 성한 눈을 끔벅거리며 질겅질겅 여물을 씹는 모습을 피오트렉은 감탄어린 눈으로 지켜보았다.

"와아…… 마신다!" 낡은 양동이에 머리를 담그고, 우리 손으로 길어다준 물을 한 모금, 두 모금 들이켜는 것을 보면서 피오트렉은 또 소리를 질렀다.

나와 펠렉은 여물통의 양쪽 끝에 걸터앉아 거의 하루종일 조랑말의 움직임을 지켜보았다. 비록 버터도 곁들이지 않은 찐 감자가 전부였고, 조랑말에게 나누어줄 수도 없을 만큼 양이 적었지만, 그래도 우리는 항상 조랑말 곁에서 밥을 먹었다. 늘 부족하고 배가 고팠음에도, 감자의 양은 나날이 줄었다.

그래도 우리는 방 안에 있는 것보다는 헛간에 있는 편이 훨씬 즐거웠다. 헛간 문을 활짝 열어놓으니 일년 내내 햇볕이 들지 않는 지하 단칸방과는 달리 햇살이 우리 뺨에 따뜻하게 내리쬐었기 때문이다.

"이 방은 여전히 춥네요." 어머니의 상태를 보기 위해 집에 들른 의사가 말했다. "습기도 심각하고요! 부인의 건강을 위해서는 무엇보다 방을 건조하고 따뜻하게 유지해야 합니다."

현관까지 배웅을 나간 아버지에게 의사가 단호하게 말했다.

"부인처럼 위독한 환자가 이런 방에 누워 있어서는 안됩니다. 공기도 안 좋고 곰팡이가 잔뜩 낀데다, 환풍기도 없고 빛도 안 들어오니…… 부인께선 지금 중병을 앓고 있으니 각별히 돌봐야 합니다. 안 그래도 상태가 악화되고 있는데, 이런 환경에선 더욱 나빠질 뿐입니다."

아버지는 힘없이 고개를 푹 숙이고 초조한 듯 입술을 잘근잘근 깨물었다.

"신선한 우유와 고기, 그리고, 때때로 포도주 한두 잔씩을 환자에게 먹이십시오…… 이젠 그 어떤 약도 듣지 않습니다. 지금 필요한 건 영양가있는 식사입니다……"

의사가 반대편 길모퉁이를 돌아설 때까지 나는 그의 뒷모습을 지켜보았다. 아버지는 한참 동안 현관에 서서 땅바닥을 내려다보며 입술을 물어뜯고 있었다. 그러더니 갑자기 집 안으로 들어와 셔츠 앞자락을 열고 목에 걸고 있던 작은 돈주머니를 꺼냈다. 그 안에는 성모 마리아가 그려진 은화가 들어 있었다. 아버지는 나를 불러 석탄과 우유를 사오라고 했다. 단, 어머니에게는 어디서 났는지 절대 말하지 말라고 했다.

다음날 오후 우리는 조랑말을 타고 '물렀거라' 놀이를 시작했다. 펠렉이 말 등에 막 올라탔는데, 아버지가 갑자기 헛간으로 들어섰다. 뒤에는 우카시 스몰릭 아저씨가 서 있었다. 그는 피오트렉의 대부이자, 비스와강 건너 프라가 지역에서 승합마차를 모는 마부였다.

갑자기 불길한 예감이 들어서 나는 펠렉을 꼬집었다. 우리 둘은 겁에 질린 나머지 꼼짝도 하지 못했다.

우카시 아저씨는 문지방을 넘어서며 자신의 채찍을 헛간 구석에 내려놓았다. 아저씨는 작고 날카로운 검은 눈동자에 숱이 많은 눈썹, 뾰족한 턱을 가지고 있었고, 유달리 날카로운 턱 밑에는 숱이 무성한, 누런 콧수염을 기르고 있었다. 그는 토끼처럼 날렵한 동작으로 코담배를 집어들었다. 남색 모자 밑으로 솜털이 보송보송 자란 귀가 보였는데, 오른쪽에는 은색 귀고리를 달고 있었다. 아저씨는 피오트렉의 대부로 우리 가족과 오래전부터 잘 아는 사이였지만, 우리집에 들르는 일은 거의 없었다. 언젠가 어머니가 아저씨더러 수전노라고 욕하는 것을 들은 기억이 났다. 가진 돈이 많은데도 늘 그로시 한 닢에 벌벌 떤다는 것이었다. 하지만 아저씨에게는 자식이 없으므로 운이 좋으면 대자(代子)인 피오트렉에게 전재산을 물려줄지도 모른다고 했다.

우리가 아무 말도 못하고 멍하니 아저씨를 쳐다보고 있는 동안 아버지는 마치 우리를 못 본 것처럼 무시하며 곧장 여물통 근처로 다가갔다. 그러고는 조랑말을 묶어놓은 끈을 풀면서 말의 엉덩이를 철썩 때렸다.

"자, 이랴, 이놈아!" 아버지는 말머리를 햇빛이 비치는 쪽으로 돌리려고 애쓰면서 소리쳤다. 조랑말은 멀쩡한 한쪽 눈만 꿈벅거렸다. 놀란 것처럼 크게 부릅뜬, 보이지 않는 다른 눈은 마치 어딘가 먼 곳을 바라보는 듯했다.

우카시 아저씨는 코담배 한줌을 코에 가까이 가져가더니 얼굴 가득 미소를 띤 채 고개를 끄덕이면서 조랑말을 왼쪽, 오른쪽에서 꼼꼼히 살펴보았다.

"헤, 헤, 헤, 지금 대자의 아버님께서 이런 물건을 팔겠다는 거요? 가죽을 파시려는 거요, 뼈다귀를 파시려는 거요?"

아버지는 우울한 눈빛으로 우카시 아저씨를 바라보았다. 잠시 후 아버지는 손으로 콧수염을 쓰다듬고, 침을 한번 꿀꺽 삼키고는 말했다.

"가죽과 뼈다귀가 곧 대부님께 고기를 안겨주게 될 거요. 먹이만 조금 주면 금방 통통하게 살이 오를 테니까."

"천만의 말씀!" 그는 코웃음을 쳤다. "먹이를 준다는 거…… 그게 쉬운 일이 아니거든요! 요즘은 귀리값도 만만치 않아요. 0.25킬로그램에 5즈워티나 하거든요. 게다가 건초도 좀 비싸야 말이죠……"

"네, 비싸죠." 아무렇지도 않은 듯 아버지가 말했으나, 나는 아버지의 눈에서 이글이글 불꽃이 타오르는 것을 보았다.

"자, 어디 다리를 좀 볼까, 이랴!"

우카시 아저씨는 조랑말을 묶어놓은 밧줄을 훌쩍 뛰어넘어 반대편으로 가서 말등을 철썩 때렸다.

"헤, 헤, 헤," 우카시 아저씨는 다시 한번 미소를 지었다. "이런, 지금 보니까 뒷다리에 골종(骨腫)도 있군……"

"네, 있습니다." 아버지가 메마른 목소리로 짧게 대답했다.

나는 문간에 서 있으면 위험할 것 같아서 펠렉의 옷소매를 잡아당겼다. 하지만 펠렉은 팔꿈치로 나를 쿡 찌르고는 두 눈을 부릅뜨고, 아버지와 우카시 아저씨를 뚫어지게 쳐다보고 있었다.

"이런…… 골종은 심각한 일인데……" 우카시 아저씨가 고개를 설레설레 젓자, 노란색 씰크 스카프를 칭칭 감은 살진 아래턱이 흔들렸다. "흠…… 골종이라……" 아저씨는 혀를 차며 말을 이었다. "아마 완치되긴 힘들 것 같군!" 파이프 안에다 말린 담배를 한줌 집어넣으면서 아저씨가 말했다.

아버지는 격해진 감정을 추스르느라 콧수염을 자꾸만 아래로 끌어당겼다.

"대부님더러 꼭 말을 사라고 강요하는 건 아닙니다." 아버지는 땅바닥을 내려다보면서 말했다. "내가 하고 싶은 말은, 비록 골종은 있지만 제법 쓸 만한 녀석이라는 거요! 아내가 아프지 않다면, 절대로 팔지 않을 거요! 이 녀석이 우리 식구를 먹여살렸으니까……"

우카시 아저씨는 잠자코 몸을 굽혀 말의 뒷다리와 무릎을 유심히 살펴보았다.

"혹시 절름발이는 아니겠지? 헤…… 헤…… 헤!" 우카시 아저씨는 또다시 웃음을 터뜨렸다.

"절름발이! 절름발이라고!" 아버지가 자제력을 잃고 버럭 소리를 질렀다. "만일 이 말이 절름발이라면 나는 천벌을 받아도 좋소! 대부님, 말해보시오, 대체 어디가 절름발이란 말이오?"

"글쎄, 뭐……" 우카시는 여전히 빙긋빙긋 웃고 있었다. "난 그저 물

폴란드 창비세계문학

어본 것뿐인데, 뭘 그렇게 흥분하고 그러시나? 말을 사는 건 마누라 고르는 것만큼 신중해야 하는 법이오. '두 눈이 미처 보지 못한 것은 돈주머니로 갚게 된다'는 속담도 모르시오?"

"나는 사기꾼이 아니오." 아버지가 흥분을 참지 못하고 손짓까지 섞어가며 외쳤다. "나는 다른 사람에게 절대로 손해를 끼치고 싶지 않소! 사실만 말하고, 사실이 아닌 건 말하지 않는 사람이오, 나는!"

"아니, 그런데 이건 또 뭐야…… 장님이구먼?"

우카시 아저씨가 조랑말의 눈꺼풀을 뒤집어보면서 외쳤다.

그 순간 펠렉이 비명이 절로 나올 정도로 세게 내 옆구리를 찔러 신호를 보내고는 슬금슬금 자리를 피하기 시작했다.

"장님이라니……" 아버지의 콧수염이 또다시 쭈뼛 섰다. 하지만 아버지는 애써 마음을 가라앉히면서 침착한 목소리로 말했다.

"왼쪽 눈만 그래요. 내가 처음에 사올 때부터 그랬는걸요. 우리집에서 한쪽 눈이 먼 건 아니라고요."

"하 하 하!" 우카시 아저씨는 박장대소를 하면서 또다시 코담배에 손을 뻗었다. "나도 마찬가지죠. 사올 때부터 장님이라니! 흠…… 형편없는 눈먼 말이라! 흠……"

아저씨는 손가락을 떨면서 코담배를 다시 안주머니에 넣었다.

"이 말이 장님인 이상, 흥정은 처음부터 다시 하는 거요. 가격이 달라져야겠지……"

아버지의 얼굴에는 분노의 빛이 역력했다.

"무엇 때문에 흥정을 다시 한다는 거요? 한쪽 눈이 보이지 않는 게 뭐가 그렇게 큰일이오? 이 말이 글을 익힐 것도 아니고, 그렇다고 대부님께서 학교에 보내려는 것도 아니잖소. 이 말은 양쪽 눈이 성한 웬만한 말보다 훨씬 좋은 말이오. 이놈은 사람 말귀를 정말 잘 알아듣는 영리한 암말이란 말이오. 지금껏 살아오는 동안 나는 이보다 영리한 말을 본 적이 없소이다!"

"이보시오!" 우카시 아저씨의 입가에서는 웃음이 떠나질 않았다. "대체 지금 무슨 말이 하고 싶은 게요? 당신은 지금 '눈먼 조랑말이 최고'라는 말로 나를 현혹시키려는 거요?"

"최고라는 건 아니오! 단지 이보다 더 말귀를 잘 알아듣는 영리한 말을 못 봤다는 얘길 하고 있는 거요. 당신을 현혹시킬 생각은 추호도 없소. 나는 유대인이 아니라 가톨릭 신자니까요."

아버지는 애써 감정을 억누르며 부러 천천히 말을 이어갔지만, 이미 목소리는 격분해 있었다. 그러더니 마치 그제야 우리를 처음 본 것처럼 펠렉의 목덜미를 와락 움켜잡고서 그애를 문 밖에 내던지며 소리를 버럭 질렀다.

"이놈들, 어서 나가 있어!"

우리는 쏜살같이 헛간에서 뛰어나와 방으로 들어갔다.

방 안에서 얼마 동안 기도문을 암송하고 있는데, 이성을 되찾은 아버지가 침착한 얼굴로 우카시 아저씨와 함께 들어왔다. 협상이 원만하게 진행되지 않자, 아버지는 한데가 아닌 지붕 밑에서 이야기를 나누는 게 좋겠다며, 아저씨를 설득해서 집 안으로 데리고 들어온 것이었다. 아무데서나 흥정을 벌이는 건 집시들이나 하는 짓이라는 게 평소 아버지의 지론이었다. 잠시 후 아버지와 우카시 아저씨는 서로 악수를 나누었다. 우카시 아저씨는 마부들이 입는 겉옷에서, 아버지는 여기저기 기운 자국이 나 있는 스펜서 자락에서 오른손을 꺼내어 상대에게 내밀었다.

"하느님께서는 아실 겁니다. 제가 낯선 사람, 특히 유대인에게는 아무리 많은 돈을 준다고 해도 이 말을 넘기고 싶어하지 않는다는 것을요.

좋은 주인에게 갔으니, 그것만 해도 다행이죠……" 아버지가 말했다.

"하 하 하!" 우카시 아저씨는 웃음을 터뜨렸다. "피오트렉의 대부로서 맹세합니다! 절대 말에게 나쁜 일이 일어나지 않게 하겠소……"

"그리고…… 불행한 일이 일어나지 않게 신께서 지켜주시기를!"

아저씨는 고갯짓으로 어머니를 가리켰다. 어머니는 눈을 꼭 감은 채 죽은 듯이 침대 위에 누워 있었다. "인간이 목석은 아니잖소? 나중에 무슨 일이 생기면, 내가 공짜로 운반해주겠소."

아버지는 우카시 아저씨의 말에 긍정도 부정도 하지 않았다. 그저 눈을 바닥에 고정시킨 채 콧수염만 잡아당길 뿐이었다. 어머니가 가벼운 신음소리를 내며 잠에서 깨어났다. 어쩌면 아까부터 깨어 있었는지도 모른다.

우카시 아저씨가 작별인사를 하고 아버지의 뒤를 따라 대문을 나섰다. 나와 펠렉은 마치 정신나간 사람처럼 아저씨의 뒤를 쫓아가려 했다. 그러자 아버지가 우리를 향해 몸을 돌리며 소리쳤다.

"한 발자국이라도 문지방을 넘으면 안된다! 꼼짝 말고 방 안에 있어라."

문이 쾅 닫혔다.

우리는 그 자리에 벙어리처럼 말없이 앉아 있었다. 펠렉을 보니, 그 애 또한 나를 보고 있었다. 동그랗게 부릅뜬 펠렉의 눈동자는 촉촉하게 젖어 있었다. 입과 턱은 마치 말라리아에 걸린 환자처럼 덜덜 떨고 있었고, 두 손으로 머리카락을 움켜쥐고 있었다.

"안돼!" 펠렉이 소리를 지르고는 갑자기 큰 소리로 울음을 터뜨렸다.

며칠 동안은 좋은 날들이 반복됐다. 방은 따뜻해졌고, 벽 틈에서는 더이상 곰팡이가 피지 않았다. 우리는 가게 아주머니에게서 놋그릇을 빌려다가 귀리죽을 끓여먹었다. 하지만 조랑말이 우리 곁에 없다는 건 정말 슬픈 일이었다. 헛간을 들여다보는 우리 삼형제의 눈에는 항상 이슬이 맺혔다. 어머니는 우리를 위로하려고 안간힘을 썼지만, 역부족이었다.

"필립, 저는 곧 죽을 거예요. 그러니 더이상 저 때문에 돈을 낭비하지 마세요."

여름날의 가벼운 산들바람처럼 작고 희미한 목소리로 어머니가 말했다.

어느날, 어머니의 건강이 이유도 없이 갑자기 좋아진 듯했다. 어머니는 맥주나 우유를 데워달라고 큰 소리로 부탁하기도 하고, 손수 피오트렉의 얼굴을 닦아주고 머리를 빗겨주었다. 나중에 건강해지면 쳉스토호바에 우리를 데려가겠다는 약속도 했다. 거기에 가면 멋진 성당과 종탑도 볼 수 있고, 오르간 연주도 들을 수 있다고 했다. 그런 말을 할 때면 어머니의 얼굴과 눈동자에서는 희미한 광채가 뿜어져나왔다. 어머니가 기운을 차리는 건 주로 저녁 무렵이었다. 아침이 되면 투명한 아지랑이처럼, 거의 죽은 사람 같은 창백한 얼굴로 꼼짝 않고 누워 있었다. 목소리도, 숨결도, 감정도 다 사라진 듯했다. 아버지는 우리더러 조용히 하라는 시늉을 하면서, 몸을 숙이고 어머니의 입에다 귀를 갖다댔다. 어머니의 숨소리가 확인되면, 아버지는 자기 자신이 죽었다 살아나기라도 한 것처럼 안도의 한숨을 내쉬면서, 벽에 걸린 십자가를 물끄러미 바라보곤 했다.

그러다 마침내 아무 소리도 들리지 않는 그날이 왔다.

어머니는 간밤에 혼자서 조용히 숨을 거두었다. 우리 식구들 중 아무도 그 사실을 몰랐다.

어머니 바로 옆에서 잠을 자던 피오트렉도 아무 소리도 듣지 못했다.

어머니의 영혼은 연기처럼 가만히 육신을 빠져나갔다. 참새처럼 요란하게 날개를 퍼덕거리지도 않고, 그저 고요히 저세상으로 갔다.

아버지가 어머니의 메마른 가슴에 머리를 파묻은 채 오열하는 동안, 나와 펠렉은 침대맡에 우뚝 서서 납빛으로 변한 어머니의 입술을, 그리고 뻣뻣하게 굳은 차가운 어머니의 다리를 베고서 세상 모르고 잠들어 있는 피오트렉을 멍하니 바라보았다. 어머니와 달리 피오트렉의 두 뺨은 홍조로 물들어 있었고, 이마에는 땀이 맺혀 있었다. 그 광경은 나와 펠렉에게는 놀라운 일이었다. 아무리 어린애지만, 죽음의 그림자가 자신의 바로 옆을 스치고 지나갔는데도 아무것도 알아차리지 못하다니!

얼마 안 있어 우리집 단칸방에는 왁자지껄 소란이 벌어졌다. 이웃집 아주머니들이 몰려든 것이다. 그들은 끊임없이 이야기를 나누고, 고개를 끄덕이고, 한숨을 쉬었다. 그날 아버지가 깜빡 잊고 우리에게 귀리죽을 끓이라는 말을 하지 않았기 때문에 피오트렉은 먹을 것을 달라며 울어댔다. 그러자 가게 아주머니가 빵을 갖다주었다.

"웬일이야? 저 아줌마가 너그러워졌네!"

펠렉은 내 귀에 대고 이렇게 속삭이더니, 얼른 그녀에게 다가가 입을 맞추고 마치 연극배우처럼 우아한 동작으로 팔을 뻗으며 한쪽 무릎을 꿇었다.

일주일 내내 내 귓가에서는 누군가가 이렇게 속삭이고 있었다. "이제 엄마는 죽었어! 엄마는 죽었다고!" 나는 울고 싶었지만, 주먹으로 두 눈을 문지르며 간신히 참았다.

어머니가 떠나고 며칠 동안, 우리집은 오르디나츠카 거리처럼 손님들로 북적댔다. 우리의 지하 단칸방에 이렇게 많은 사람들이 찾아온 것은 처음이었다. 찾아오는 손님들마다 우리를 불쌍히 여기며, 눈물을 흘리고, 머리를 쓰다듬어주었다. 바로 어제까지만 해도 사람들은 우리를 '망나니' 혹은 '악동'이라고 불렀었는데, 오늘은 마치 꿀이라도 바른 듯 달콤한 목소리로 '불쌍한 녀석들! 엄마 없는 애들, 가엾은 아이들!' 하고 말하는 것이었다.

펠렉은 누군가가 새로 올 때마다 나를 옆으로 밀어젖히고 그 앞에 나아가 가련한 표정을 지으며 두 눈을 끔벅거렸다.

"정말 웃겨서 못 봐주겠군. 이 사기꾼 같으니라고!"

내가 한마디 하면 펠렉은 주먹을 쥔 채 엄지손가락을 검지와 중지 사이에 끼고 내 눈앞에서 흔들어 보이면서 뱀처럼 가늘고 날카로운 혓바닥을 쑥 내밀었다.

아버지는 거의 정신이 나간 상태로 방 안을 왔다갔다하면서, 아무 거나 손에 잡히는 대로 들었다가 다시 내려놓기를 반복하고 있었다. 그렇지만 이미 방 안에 남아 있는 물건이 거의 없었기 때문에 딱히 집을 만한 것도 없었다.

아주머니들은 빈털터리가 된 우리집을 둘러보면서 서로 귓속말을 주고받기도 하고, 고개를 절레절레 내젓거나 혀를 차기도 했다. 도저히 끝날 것 같지 않던 이 끔찍한 상황은 다행스럽게도 아주머니들이 각자의 집으로 흩어지면서 끝이 났다. 불 위에 얹어놓은 냄비에서 죽이 넘칠 시간이 되었기 때문이다.

인간적인 도리에 어긋나는 일인지 모르겠지만, 그때 우리는 어머니의 죽음을 별로 실감하지 못했다. 어머니는 이미 반년 이상 병으로 누워 있었고, 특히 마지막 몇주 동안은 꼭 죽어버린 지금의 모습처럼 침대 위에 누워 꼼짝도 하지 않았던 것이다. 이미 저세상 사람이 되어버린 어머니의 얼굴을 들여다보자니 어머니가 당장이라도 피오트렉을 바라보고 희미한 미소를 지으며 이렇게 말할 것만 같았다. "뚱뚱하긴 뭐가 뚱뚱하다고 그러니! 가엾은 것!"생전에 그랬듯이 예의 그 다정한 목소리로 말이다. 그때와 지금의 다른 점은 어머니의 곁을 휘황찬란하게 밝혀주고 있는 촛불들뿐이었다.

촛불 때문에 어머니의 얼굴에는 투명한 황금빛 그림자가 드리워졌다. 나는 그 그림자가 왠지 무서웠다. 아버지의 명령에 따라 우리들은 모두 어머니의 손에 입을 맞추었다. 어머니의 손은 얼음장처럼 차가웠다. 아버지는 우리들과는 달리 어머니에게서 냉기를 느끼지 못하는 것 같았다. 하루종일 변호사 사무실로, 수레를 예약하는 곳으로, 목수에게로 정신없이 뛰어다녔기 때문일 것이다. 사람들이 모두 집으로 돌아가고 난 뒤에 아버지는 어머니가 누워 있는 침대 옆에 등받이도 없는 작은 의자를 가져다놓고, 턱을 괴고 앉아 어머니를 하염없이 들여다보았다. 침대맡에 걸린 검은 십자가가 어머니의 꼭 감은 두 눈에 깊은 그림자를 드리우고 있었다. 나는 아버지가 꼼짝도 않고 자리에 앉아 있는 걸 보다가 스르르 잠이 들었다. 한밤중에 어디선가 들려오는 흐느낌 때문에 나는 잠에서 깨어났다. 그 주인공은 다름아닌 펠렉이었다. 하루종일 뛰어다니며 소란을 피우고, 사람들을 놀래고, 내 옆구리를 계속해서 찔러대던 펠렉이 지금은 건초더미 위에 앉아 서럽게 울고 있었다. 셔츠 앞자락은 풀어헤치고, 다 해져서 맨살이 튀어나온 무릎을 두 팔로 부둥켜안고서 텅 빈 방을 쳐다보며 동생은 하염없이 울었다.

어머니가 돌아가신 후 사흘째 되는 날까지 우리는 아버지의 명령으로 건초더미를 현관에 가져다놓고 빨래통 옆에서 잠을 잤다. 그런데 문득 잠결에 낯익은 조랑말의 울음소리가 들려왔다. 나는 자리에서 벌떡 일어났다. 심장이 망치로 두드리는 것처럼 쿵쿵 뛰었다.

말 울음소리가 또다시 들려왔다.

"펠렉! 조랑말이 울고 있어!"나는 펠렉의 어깨를 흔들며 외쳤다.

펠렉은 몸을 버둥거리며 반대편으로 돌아누웠다. 하지만 또다시 말 울음소리가 들리자 이번에는 펠렉도 자리에 벌떡 일어나 앉았다. 펠렉은 두 눈을 크게 뜨고 열심히 귀를 기울였다.

길게 끄는 말 울음소리가 또다시 희미하게 들려왔다.

"조랑말이다!"

펠렉은 한손으로 재킷을 낚아채며 지하실의 계단을 향해 달음질쳤다.

나 역시 서둘러 옷을 입기 시작했지만, 손이 떨려서 도저히 단추를 잠글 수가 없었다.

"피오트렉, 일어나! 어서 일어나! 조랑말이 왔어!"

나는 건초더미처럼 축 늘어져 잠들어 있는 피오트렉을 흔들었다. 막내를 깨우는 일은 쉽지 않았다.

정문 앞에 나가보니 킬림(터키, 카프카즈 등지에서 생산되는 화려한 양탄자—옮긴이)이 덮인 수레가 서 있었고, 우리의 조랑말이 그 수레에 매여 있는 게 보였다. 펠렉은 어느 틈에 벌써 양손으로 조랑말의 목덜미를 부여잡고 매달려 있었다. 수레 옆에는 우카시 아저씨가 서 있었는데, 문지기에게 코담배를 권하는 중이었다.

우리는 너무 기쁜 나머지 와락 소리를 질렀다.

"조랑말! 우리 조랑말! 우리들의 사랑하는, 소중한 조랑말!"

우리는 번갈아가며 소리를 지르고, 손뼉을 치고, 조랑말을 껴안고, 손이 닿는 곳은 아무데나 마구 쓰다듬었다. 피오트렉은 조랑말의 등에 기어오르려 안간힘을 썼다.

"조랑말, 너도 우리가 보고 싶었지, 응? 조랑말, 너 맞지? 네가 온 거 정말 맞지? 우리 착한 조랑말, 우리 늙은 조랑말!"

우리는 조랑말의 이빨을 들여다보고, 코를 만져보고, 갈기를 쓰다듬었다. 조랑말이 돌아왔다는 사실이 너무 기쁘고 신기한 나머지, 우리는 조랑말이 왜 왔는지, 이 수레가 무엇을 기다리는 중인지 까맣게 몰랐다.

조랑말도 우리를 알아보고, 반가워했다. 골종이 있던 뒷다리는 훨씬 살이 올라 튼실해졌다. 조랑말은 뒷다리로 도로에 깔아놓은 포석(鋪石)을 툭툭 치면서 우리를 향해 반가운 기색을 드러냈다. 머리를 들어올려 한쪽으로 기울이고 힘차게 콧김을 뿜다가 우리 말소리와 웃음소리에 귀를 쫑긋 세우고, 목을 앞으로 쭉 내밀면서 큰 소리로 히히힝 울부짖으며 말로 하지 못하는 반가움을 표시했다.

말의 명랑한 울음소리는 갑자기 장엄하게 울려퍼지는 삼종기도 종소리에 묻혔다. 동시에 우리의 지하 단칸방에서 망치소리가 조용히 들려오기 시작했다. 그제야 우리는 조랑말이 온 이유가 수레에 관을 실어 가기 위해서라는 사실을 깨달았다.

"워이, 워이!" 우카시 아저씨가 소리쳤다. 조랑말은 움직이기 시작했고, 우리 또한 그 옆에서 부지런히 걸었다. 거리의 한모퉁이에 이웃집 아줌마들과 길 가던 사람들이 우르르 모여 있다가 옆으로 흩어지는 것이 보였다. 우카시 아저씨가 수레 위에 앉아 말을 몰고, 아버지는 손에 모자를 들고 고개를 푹 숙인 채, 수레를 따라 조용히 걸었다.

우리들은 조랑말 곁에서 즐겁고 명랑하게 행진했다. 삼형제 모두 한 순간도 입을 다물지 않았고, 손으로는 끊임없이 조랑말을 쓰다듬었다. 청명한 오월의 아침이었다. 투명한 햇살이 거리와 다리, 비스와 강물에 광채를 던지고 있었다. 아카시아 나뭇가지 위에서, 지붕 위에서 참새들이 재잘거렸다. 하지만 우리 삼형제는 참새떼보다 더 시끄럽게 재잘거렸다.

"비첵! 오늘 보니 조랑말, 되게 뚱뚱해졌네! 옆구리에 저 살집 좀 봐! 안장도, 고삐도 다 새것이고……"

우리는 또다시 입을 모아 합창을 했다.

"조랑말! 우리들의 조랑말! 우리 사랑스러운 암조랑말!"

사람들은 우리를 바라보며 뒤에서 수군거렸다. 그들의 눈에는 흥겹게 소리치는 세 명의 어린애를 앞세운 장례 행렬이 어색해 보였던 것이다. 특히 인파로 북적대는 다리 근처에서 어머니의 장례 행렬이 천천히 움직이는 동안, 사람들은 우리 쪽을 향해 끊임없이 의혹의 눈길을 던졌다. 행인들은 우리를 보고 그 자리에 멈춰서서 어깨를 으쓱거렸다. 우카시 아저씨는 우리더러 수레 뒤에서 따라오라며 몇번이나 소리를 질렀다. 하지만 우리는 조랑말 곁에서 한발자국도 떨어지고 싶지 않았다.

태양은 점점 더 강하게 내리쬐었다. 곧이어 모래로 덮인 험한 길이 나타났다. 조랑말은 안간힘을 쓰면서 열심히 수레를 끌었다. 멀쩡한 한쪽 눈은 햇살 때문에 눈이 부신지 자꾸만 꿈벅거렸고, 보이지 않는 다른 눈에는 더위에 지친 파리가 앉았다. 우리는 재빨리 버드나무 가지를 몇개 꺾어 흔들어대며 파리를 쫓았다. 정작 우리 자신은 피곤한 줄도 몰랐다. 다들 맨발이었고, 다 헐어빠진 헐렁한 바지와 여기저기 기운 낡은 재킷을 입고 있었지만, 조랑말 옆에서 신나게, 즐겁게 걸어갔다. 잠시 후 우리의 눈앞에는 끝없는 십자가의 숲이 펼쳐졌다.

묘지에 도착했지만 관을 지고 옮길 사람이 부족했다.(보통 네 사람이 관의 각 모퉁이를 짊어지고 운반하는 것이 관례이지만, 이 경우에는 비첵과 펠렉, 피오트렉은 키가 너무 작아서 우카시 아저씨와 아버지, 두 사람밖에 없었다——옮긴이) 무덤 파는 일꾼이 구덩이에서 황금빛 모래를 다 파낼 때까지 우리 일행은 오랫동안 기다려야 했다. 우리는 조랑말을 예쁘게 장식하기 위해 길가에 핀 토끼풀과 들꽃 들을 꺾기 시작했다. 얼마 뒤 아버지는 우카시 아저씨와 함께 수레에서 관을 내려 어깨에 둘러메고는 구덩이 근처까지 운반했다. 관은 그다지 무겁지 않은 듯했다. 아저씨는 나이가 들었음에도 허리를 곧게 펴고 관을 들었지만, 아저씨보다 젊은 아버지는 오히려 등을 구부리고 있었다. 언젠가 베르나르딘스카 거리에 있는 마차 정류장의 그림에서 본, 골고다 언덕에 십자가를 지고 오르는 예수님처럼 말이다.

잠시 후 종소리가 들려오더니 백색 제의를 입은 신부님과 십자가와 성수뿌리개를 손에 든 교회 관리인이 나타났다. 아버지가 무서운 눈으로 우리를 쏘아보았기 때문에 나와 펠렉은 방금 딴 풀잎을 주먹에 감춘 채 재빨리 무릎을 꿇었다. 우카시 아저씨와 아버지도 무릎을 꿇었다. 그동안 무덤 파는 일꾼은 대충 일을 마무리했다. 한 개, 두 개, 세 개…… 신부님은 라틴어 기도문을 암송하고, 어머니의 성과 이름을 부르고는, 다 함께 주기도문을 바치자고 했다.

아버지는 양손을 들어올린 채 고개를 하늘로 향했다. 위를 향한 아버지의 눈에서 굵은 눈물이 흘러내렸다. 내 옆에 무릎 꿇고 앉은 펠렉은 기도를 하는 동안에도 조랑말에게서 눈을 떼지 않았다. 잠시 정적이 밀려들었다. 무덤가의 버드나무가 살랑거리는 소리와 귀뚜라미 울음소리가 간간이 들려올 뿐이었다.

"자, 먹어…… 어서 먹어……"

갑자기 침묵을 가르고 피오트렉의 가느다란 목소리가 들려왔다. 피오트렉은 봄꽃과 풀잎 들을 조랑말의 주둥이에 갖다대고 있었다. 말등에는 팬지와 민들레가 흩뿌려져 있었다. 조랑말은 조심스럽게 입술을 움직여 막내의 손에서 풀잎을 받아물고는 그것을 질겅질겅 씹어먹었다. 고개를 한쪽으로 갸우뚱 기울인 채로, 허옇게 변한, 보이지 않는 한쪽 눈은 태양을 향하고 있었다. 신부님이 피오트렉에게 시선을 돌리자 아버지는 얼굴을 잔뜩 찌푸렸다. 아버지 곁에 가장 가까이 있던 게 바로 나였으므로 아버지는 내 귀를 잡아당겼다.

그 순간 펠렉이 자신에게 주어진 기도를 다 끝냈다는 표시로 자기 가슴을 주먹으로 쾅쾅 두드리기 시작했다. 모든 기도가 끝나자 펠렉은 곁눈질로 아버지 쪽을 슬쩍 보면서 얼른 조랑말에게로 달려갔다. 그러고는 나를 향해 고개를 끄덕였다. 신부님은 관 뚜껑 위에 성수를 뿌리고 우리에게 이것저것 세세한 강복을 내린 뒤, 교회 관리인과 함께 묘지를 떠났다.

구덩이를 파는 작업은 아직 완전히 끝난 게 아니었다. 무덤을 파는 일꾼의 삽에 진흙덩이가 부딪혔지만, 일꾼은 빵에 버터를 바르듯 손쉽게 진흙을 파냈다.

아버지는 계속해서 기도를 했다. 우카시 아저씨는 뭔가 급한 일이 있는지 서두르는 기색이 역력했다. 초조한 나머지 코담배를 맡기도 하고, 수레가 있는 쪽을 힐끔힐끔 쳐다보며 머리를 긁적이기도 하다가 결국 아버지에게 다가갔다. 아저씨는 아버지와 잠시 이야기를 나누고는 아버지의 손을 꼭 잡고, 우정의 표시로 양쪽 뺨을 번갈아 마주대며 아버지를 끌어안았다. 그러고 나서 아저씨는 조랑말에게로 갔다.

우리는 조랑말을 마치 결혼식장의 신부처럼 멋지게 장식해주었다. 꽃이 주렁주렁 매달린 신선한 아카시아 가지를 손에 잡히는 대로 듬뿍 꺾어다가 조랑말의 귀와 고삐, 굴레에다 꽂았다. 노란색 방가지똥꽃은 이마 위 가죽끈이 엇갈리는 부분에다 매달고, 갈기에는 토끼풀과 참제비고깔꽃을 꽂았다. 남은 풀들은 조랑말에게 덤벼드는 파리를 쫓기 위해 두 손에 들고 있었다.

또다시 위풍당당한 개선행진이 시작되었다.

행렬의 선두에서 피오트렉이 천천히 걸어가고 있었다. 어린 피오트렉은 황금빛 모래가 덮인, 만든 지 얼마 안되는 작은 어린아이의 무덤을 타박타박 밟으며 걸어가고 있었다. 그러면서도 막내는 자꾸만 수레를 뒤돌아봤다. 피오트렉의 뒤에는 조랑말이 조용히 콧김을 내뿜으며, 꽃과 나무로 요란하게 치장한 머리를 숙인 채 걸어가고 있었다. 나와 펠렉은 마치 기사의 시종이라도 되는 듯 조랑말의 왼쪽과 오른쪽에 각각 자리를 잡고 걸었다. 수레는 오르고 내리기를 반복하며 무덤들을 천천히 지나가고 있었다. 어머니의 시신을 묻기 위해 흙을 파내는 일꾼의 삽질소리가 마차의 요란한 바퀴소리에 묻혀 차츰 희미해져갔다.

〔최성은 옮김〕

더 읽을거리

마리아 코노프니츠카가 1886년에 발표한 동화 『난쟁이들과 고아 소녀 마리시아』 『방랑자 야넥』은 폴란드에서 아동문학이 문학적인 도약을 이루는 효시가 된 작품들이다. 코노프니츠카는 자신의 아이들에게 읽어주기 위해 이 책을 썼다고 한다.

마리아 코노프니츠카 우리들의 조랑말

Jarosław Iwaszkiewicz

| 야로스와프 이바시키에비츠 |

1894~1980

우끄라이나에서 태어나 끼예프에서 음악과 법학을 전공하고 1918년 바르샤바로 이주했다. 양차 대전 사이에는 외교관으로서 코펜하겐과 브뤼셀에서 근무했고, 2차대전 중에는 바르샤바에서 레지스땅스 운동에 가담하기도 했다. 시인이자 소설가, 드라마 작가, 수필가, 평론가, 번역가 등 다방면에 걸쳐 왕성하게 활동했으며, 전후 사회주의 폴란드에서 여러 차례 폴란드 작가동맹 의장직과 국회의원을 역임하는 등 활발한 정치·사회활동을 벌이며 당과 반체제작가들 사이의 중재자 역할을 담당했다. '폴란드 현대문학의 산 증인'으로 격변하는 현대사의 흐름을 묵묵히 견디며 폴란드 문학의 발전에 기여했고 1956년부터는 폴란드 현대문학의 밑거름이 된 문예지 『창조』를 발간하기도 했다. 문학뿐 아니라 음악에 각별한 관심을 갖고 작곡가이자 피아니스트인 시마노프스키와 오랜 세월 우정을 나누었으며, 1918년에는 그의 오페라 『로저 대왕』의 대본을 썼고, 음악에쎄이 『저녁에 듣는 음악』(1981)을 출간하기도 했다. 대표작으로 『디오니소스』(1919) 『밤과 낮의 책』(1929) 등의 시집을 비롯해 장편소설 『명성과 영예』(1956~62, 전3권), 수필집 『내 추억에 관한 책』(1957) 『폴란드로의 여행』(1977), 희곡 『가장무도회』(1937) 등이 있다. 또한 「빌코의 아가씨들」(1932) 「자작나무숲」(1933) 등 시적인 감수성과 서정적인 문체를 자랑하는 중·단편소설도 남겼다.

■ 빌코의 아가씨들 Panny z Wilka

양차 대전 기간에 발표된 이바시키에비츠의 소설 가운데 가장 뛰어나다고 평가받는 작품으로, 당시 성행하던 모더니즘의 틀에서 탈피, 인간 내면의 보편적 정서를 조화롭게 형상화했다는 평을 받고 있다. 삼십대 후반의 주인공 빅토르 루벤은 친구의 죽음에 충격을 받고, 요양을 위해 젊은날의 추억이 담긴 빌코 농장을 찾아 여섯 명의 아가씨들과 재회하게 된다. 십오년 만에 찾아간 청춘의 현장 빌코에서 빅토르는 세월의 흔적을 실감한다. 그 옛날 십대와 이십대의 발랄하고 아름답던 아가씨들은 지금은 모두 결혼하여 자신의 삶에 몰두하고 있다. 추억 속의 여인들에게서 세월이 남겨놓은 세속적 일상의 편린을 발견한 빅토르는 다시는 빌코를 찾지 않겠다고 다짐한다. 빌코 여행을 통해서 운명의 불가피성을 되새긴 빅토르는 현재의 삶 자체가 무엇보다 소중하고 가치있음을 깨닫고 일터로 돌아온다. 「빌코의 아가씨들」에는 청춘의 아련한 추억들이 무자비한 세월의 흐름 속에 매몰되어가는 과정이 생생하게 묘사되어 있다. 1979년 폴란드의 인기 영화감독인 안제이 바이다에 의해 영화로 만들어져 큰 호응을 얻기도 했다.

■ 자작나무숲 Brzezina

한 여자를 둘러싸고 벌어지는 형제의 심리적 갈등과 애증을 그린 작품으로, 파편처럼 산산이 부서진 인간관계는 결국 '가족애'와 '죽음'을 통해서 치유되고 화해하고 완성된다. 생의 막다른 골목에 이르러 가족의 품에 닻을 내린 스타시는 대자연 속에서 평화롭게 삶을 마감하게 된다. 잃어버렸던 생의 숭고함을 되찾아가는 스타시의 마지막 여정을 통해 독자들은 '죽음은 존재의 소멸이나 어두운 심연이 아니라 사랑하는 이들의 가슴속에 영원히 머무는 것'임을 느낄 수 있다. 이바시키에비츠는 감각적이고도 탐미적인 문체로 인생의 무상함과 덧없음을 한폭의 수채화처럼 담백하고 서정적으로 그려낸다. 음악에도 조예가 깊었던 작가는 언어 자체가 가진 멜로디와 음악성을 살리는 데 힘쓰면서 여기에 소리와 빛깔, 색채를 절묘하게 접목하여 공감각적인 생생한 표현을 빚어낸다. 이 작품에서 우리는 슬픔으로 깨끗하게 정화된 허허로운 공간에서 공명하는 아름다운 영혼의 울림을 느낄 수 있다.

빌코의 아가씨들

전쟁이 끝난 지도 오래되었다. 빅토르 루벤은 일상의 단조로운 틀에 얽매여 있느라 전쟁에 대해서는 까맣게 잊고 있었다. 나날의 일들에 온 정신과 시간을 뺏기다보니 전쟁 전의 옛 추억들에 대해서는 아예 생각조차 할 수 없었다. 가난했던 젊은시절, 힘들었던 노동, 여러 가지 역사적인 사건들로 인해 정상적인 삶의 궤도에서 벗어나는 바람에 많은 시간을 들이고도 결국 끝맺지 못한 대학공부 등. 그렇게 현실에 쫓기느라 젊은 날을 돌이켜볼 여유를 가지지 못했고, 그러다 어느새 마흔살 가까이 되어버린 것이다. 빅토르는 과도한 노동에 많이 지쳤지만, 이것저것 생각할 틈이 없었던 것이 오히려 잘된 일이라고 혼자 생각하곤 했다. 과로일 정도로 일하고 있지만 결국 남는 게 없다는 것도 알고 있었다. 그런데 친구 유렉의 죽음이 그의 생활에 갑작스러운 변화를 가져왔다. 심적으로 흔들리면서 몸도 쇠약해져서 의사와 상의할 지경에까지 이르렀다.

그것은 심각한 진찰이라고 할 것도 없었다. 개인병원을 찾아간 것도 아니고, 일부러 바르샤바까지 간 것도 아니었다. 초여름의 어느날, 들판에 나갔다가 타고 간 수레에서 막 내리는데 마침 자동차에서 내리는 의사와 맞닥뜨리게 되어, 예기치 않게 상담할 기회를 갖게 되었던 것이다. 일주일에 한번씩 정기적으로 농장을 방문하는 의사였다. 빅토르는 삼년 전부터 이 작은 농장의 관리인으로 일해왔다. 맹인 후원회에 가입한 이 농장에서는 매년 맹아들을 위한 여름 캠프가 열린다. 진료차 매주 이곳을 방문하는 의사와 우연히 마주친 건 그날이 처음이었다. 빅토르는 의사와 이런저런 이야기를 나누다가, 자기의 몸상태가 좋지 않은 것 같다고 말했다. 요즘 들어 밤에 잠을 못 이루고, 신경이 매우 예민해졌으며, 일이 제대로 손에 잡히지 않았다. 게다가 두 달 전에 폐결핵으로 죽은 친구 생각이 도무지 뇌리에서 떠나질 않았던 것이다. 몸에 나타나는 갖가지 증세에 대해서는 술술 털어놓았지만, 유렉에 관한 이야기는 태연하게 이야기할 수가 없었다.

유렉은 그의 유일한 친구였다. 가톨릭 신학생이던 유렉은 이 농장 여주인 언니의 아들이었다. 그는 신앙심이 깊은 평범한 청년이었고, 침착한 성품의 좋은 친구였다. 어렸을 때부터 부지런했던 유렉은 옷을 따뜻하게 입지 않고, 바르샤바 시내 이곳저곳을 돌아다니며 일하다가 궂은 날씨 탓에 그만 감기에 걸렸는데, 그것이 폐결핵으로 악화되고 말았다. 유렉은 자신의 병세가 심각하다는 것도 모른 채, 얼마 못 가 죽고 말았다. 아마 오래전부터 위중한 상태였다 해도 연연해할 친구는 아니었다. 심지어 자기가 곧 죽으리라는 것을 알았어도 별로 안타까워하지 않았을 것이다. 올봄에 병원에서 유렉이 숨을 거둘 때 빅토르는 곁에 없었다. 유렉의 죽음이 그렇게 빨리 찾아오리라고는 생각지 못했던 것이다. 그는 스토크로치 농장에서 할 일이 많았다. 금년에 처음으로 만든 온실은 그 수가 무려 이백개나 되었다. 비료가 턱없이 부족했지만, 쉽게 구할 수가 없어서 사방으로 뛰어다녀야만 했다. 비료를 구하기 위해 브오니에까지 갔다가 돌아왔을 때, 빅토르는 유렉의 사망 소식을 들었다. 여름 캠프 건물 앞에 있는 카스타니아 나무 아래 앉아서 아이들이 산책에서 돌아오기를 기다리며, 그가 의사에게 한 이야기는 대강 이런 내용이었다.

의사는 갈색 컵에 담긴 시원한 발효우유를 아주 맛있게 마셨다. 무더운 날이었다. 의사는 아무 말도 않고 고개만 끄덕이면서 우유에 대해서 뭐라고 중얼거렸다. 먼지가 자욱한 길 위로 한 무리의 어린이들이 총총 걸음으로 다가오는 것을 보고 있던 의사가 빅토르에게 눈을 돌리며 물었다.

"빅토르!" 의사는 누구한테나 존칭을 생략한 채 이름을 부른다. "긴 말 할 것 없어요. 여기서 일한 지 얼마나 됐지요?"

"삼년째입니다."

"뭐, 그럼 길게 말할 것 없이 삼주 동안 휴가를 내세요. 여주인께는 내가 말해주지. 야넥이 대신하면 되니까 아무 걱정 말고 떠나도록 해요. 그런데 시골에 친척이나 아는 사람이라도 있나요? 이곳을 떠나서 좀 쉬다 오는 게 좋겠는데……"

이렇게 해서 빅토르는 여행길에 오르게 되었다. 예전에도 이곳을 찾아가는 자신의 모습을 떠올려본 적은 있었으나, 그러한 상상은 상점의 유리 진열장에 전시된 아름다운 사진들을 보면서 문득 여행을 떠나고 싶은 마음이 들 때, 절로 터져나오는 한숨 같은 것이었다. 아니야! 이곳에 대해선 전혀 생각지 않았고, 정말로 이렇게 이곳을 다시 찾게 될 거라고 믿지도 않았다. 사실 오래전 이곳에서 방학을 보내며 알게 된 사람들 가운데 나중에 다른 곳에서 만나본 사람은 한명도 없지 않은가. 뿐만 아니라 빅토르는 지금 자기가 향하고 있는 그 마을에 대해서 아무것도 모르고 있었다.

길가에 보이는 모든 것들은 옛모습 그대로였다. 전에는 간이역 앞 도로에 다 허물어져가는 유대인 여인숙만이 쓸쓸하게 서 있었는데, 지금은 근처에 십여개의 상점들이 새로 생겼다. 더 걸어가면 울타리가 있고, 울타리 안쪽에는 석탄과 목재더미가 쌓여 있었으며, 오른쪽으로 조금 떨어진 곳에 한길이 나 있었다. 길은 그대로였다. 그 당시 새로 지어졌던 붉은 기와지붕 빌라는 그사이에 많이 낡았고, 주변의 정원에 심겨진 나무들은 어느새 훌쩍 자랐다. 한길가에는 크고 오래된 포플러나무들이 줄지어 서 있었다. 그 나무들은 세월의 흐름과 더불어 성장한 것이 아니라 오히려 생명력을 잃어가고 있는 듯했다. 나무들의 숫자도 줄어들었다. 빅토르 루벤은 전쟁 때 이곳에서 격렬한 전투가 벌어졌다는 것을 기억해냈다. 틀림없이 나무줄기에 총알들이 무수히 날아와 박혔을 것이다. 그는 전쟁이 일어났을 때 이곳에 있지 않았다. 그의 포병부대는 먼 북쪽을 향해 진군했다가, 포탄이 다 떨어지는 바람에 후퇴해야만 했다. 그때 일들을 빅토르는 마치 오늘 일처럼 생생하게 기억하고 있었다. 또한 외숙부 댁까지 마차를 타거나 걸어다니던 추억들이 최근에 일어난 사건들보다도 더 뚜렷하게 떠올랐다. 어머니가 외숙모를 별로 좋아하지 않아서 빅토르가 이곳에 오는 건 어쩌다 한번씩에 불과했다. 하지만 그럴수록 모든 기억은 더욱더 생생하기만 했다.

길은 아래로 나 있었다. 버드나무가 들어찬 협곡이었는데, 지금도 그대로였다. 한참 가다보면 오르막길이 되고, 작은 나무들로 이루어진 숲이 나온다. 그러나 협곡을 빠져나와보니, 그 작던 나무들이 쑥쑥 자라서 지금은 무성한 숲을 이루고 있었다. 전쟁에 대한 기억도, 무르만 수용소도, 프랑스에서의 마지막 전투도, 끼예프를 공격했다가 그곳으로부터 철수한 일도, 병영생활의 기억도, 지방정부에서 근무하며 허송

세월하던 날들도, 아무에게도 도움이 안되는 일에 몰두했던 지난 시간들도, 그 무엇도, 빅토르로 하여금 예전에 작은 나무들이 있던 자리가 풍성한 숲이 되어 있는 지금 이 광경만큼 세월의 흐름을 절감하게 하지는 못했다.* 그것은 예기치 못한 변화였다. 군데군데 토끼를 잡기 위에 파놓은 함정이 있고, 작은 은빛 관목들이 심겨져 있던 그 땅에는 지금 침엽수에서 떨어진 낙엽들이 쌓여 있고, 그 위로 크고 검은 나무들이 우뚝우뚝 솟아 있었다. 이것은 정말 뜻밖의 풍경이었다. 빅토르는 잠깐 걸음을 멈추고 한숨을 쉬면서, 몸을 굽혀 아래쪽을 내려다보았다. 언덕 모퉁이에 위치한, 경계를 표시하는 작고 검은 기둥도 여전했다. 색깔이 좀더 짙어진 듯했지만 기둥은 변함없이 그 자리에 그대로 있었다. 빅토르는 그 기둥을 뚜렷이 기억했다. 그때 그들은 바로 그 기둥 옆에 앉아 있었다. 칠월의 어느날, 그가 전쟁이 일어났다는 소식을 듣고 이곳을 떠날 때였다. 바로 여기까지 욜라가 그를 배웅했던 것이다. 두 사람은 이 자리에 앉아서 사과를 먹었다. 가는 길에 먹으라고 욜라가 가져온 것이었다. 그리고 그는 떠났다. 전쟁이 일어난 즉시 모든 말들이 징발되었기 때문에 역까지 타고 갈 마차가 없기도 했지만, 이 길은 평소 빅토르가 자주 걸어다니던 길이기도 했다. 헤아려보니 그로부터 어언 십오년이란 세월이 흘렀다.

펠라, 율치아, 욜라. 그 아가씨들은 어떻게 되었을까? 그는 자기도 모르게 서둘러 언덕 위에 올랐다. 조그맣던 나무들이 울창하게 자라

---

* 빅토르는 제1차 세계대전 때 유제프 할레르가 지휘하던 폴란드 지원부대(PKP) 소속으로 전투에 참가했다. 카니오브 전투(1918년 5월 11일)에서 부대가 패한 후 독일에 의해서 무장해제되어 부대원들은 헝가리에 집단수용되었다. 이때 강제수용을 모면한 대원들은 무르만스크까지 갔다. 그들은 그곳에서 배를 타고 프랑스로 이동해서 1918년 7월 프랑스에서 창설된 폴란드 군대에 편입되었다.(원주)

시야를 가리는 바람에 전처럼 전망이 시원하지는 않았다. 외숙부 가족의 근황에 대해서는 간간이 소식을 들어서 알고 있었다. 어쩌다 한번씩이기는 해도 그곳에서 그대로 살고 계신다는 이야기를 들었던 것이다. 그러나 빌코의 저택과 농장에 대해서는 아는 것이 전혀 없었다. 살다보면 얼마든지 그럴 수 있겠지만, 아무튼 그 여인들과는 단 한 번도 만나지 못한 것이다. 게다가 그는 편지 한줄 쓰지 않았고, 심지어 소식을 궁금해하지도 않았던 것이다! 그는 다시 기억을 더듬기 시작했다. 그러나 생각나는 것이 없었다. 자기도 모르게 발걸음이 느려졌다. 그때 그 아가씨들은 이제 나이가 들었을 테고, 틀림없이 결혼도 했겠지. 율치아는 당시에 스무살인가 스물한살쯤 됐고, 카지아는 그보다 나이가 적었었다. 그런데 욜라는? 욜라도 이제 서른살이 넘었을 것이다.

숲을 빠져나오니 표지판과 성 네포무첸의 상이 보였다. 빅토르는 눈을 들어 먼 곳을 바라보았다. 외숙부 댁으로 가는 길에 그는 종종 옆길로 빠져 2킬로미터쯤 더 가서 그 농장에 들르곤 했다. 저택이 딸린 농장은 '빌코'(늑대의 애칭—옮긴이)라는 재미있는 이름으로 불렸는데, 마을에서 떨어진 외진 곳에 있었다. 그 시절 빅토르는 그 집에 자주 드나들었다. 조시아의 가정교사 노릇을 하면서 방학 내내 그 집에서 지낸 적도 있었다. 그때가 바로 전쟁이 일어나던 해였다. 아, 조시아도 지금쯤은 다 큰 처녀가 되었겠구나. 그는 걸음을 멈추고 멍하니 저택을 바라보았다.

별로 넓지 않은 분지에 'ㄷ'자 모양의 커다란 창고가 서로 마주 보고 있어서, 위에서 내려다보면 마당이 '十'자 모양으로 보였다. 멀리서지만 손바닥을 들여다보듯 알 수 있었다. 두 개의 창고 사이는 잔디밭인데 불필요하게 넓은 느낌이었다. 마당에는 오래된 두 그루의 포플러나무가 있고, 조금 떨어진 곳에 저택이 있었다. 전에는 반짝거리는 양철

지붕이었는데, 지금은 지붕에 붉은 기와를 얹어 보기 좋았다. 누가 생각했는지, 잘한 일이라고 빅토르는 생각했다. 집 뒤편으로는 나무들이 빽빽하게 서 있는 정원이 펼쳐져 있었다. 조금 떨어진 언덕 위에 아주 큰 소나무들이 몇그루 있고, 다시 작은 숲과 완만한 언덕을 지나면, 하얀 오솔길이 나온다. 외숙부 댁으로 통하는 길이다. 분지 맞은편의 지평선 방면은 또다시 숲이었는데, 지금은 없어졌다. 나무들은 죄다 베어졌고, 아주 큰 나무 한그루만 서 있을 뿐이다. 빅토르는 빌코로 가는 길을 지나쳐서 그대로 외숙부 댁으로 가려고 했다.

하지만 마치 약속이라도 한 듯, 거의 자동적으로 오른쪽으로 향하는 발걸음을 자신도 어쩔 수 없었다. 그는 지금 빌코의 저택 쪽으로 가고 있다. 오랫동안 기억조차 하지 못했던 그 저택을 향해서 빅토르는 휘파람을 불며 활기찬 걸음으로 칫솔과 두 벌의 셔츠가 든 가방을 흔들면서 걸어갔다. 여행할 때 큰 가방을 가지고 다니지 않는 것이 빅토르의 습관이었다. 그는 마치 자신의 젊은 날을 스쳐지나듯이 울퉁불퉁한 길 오른쪽의 풀밭 언덕을 지나갔다. 예전에 이 길의 왼편에는 들판에서 모아온 돌들을 쌓아놓은 돌무덤이 있었고, 그 옆에는 산딸기가 보기 좋게 열려 있었는데, 지금은 산딸기도 돌무덤도 안 보인다. 돌들을 전부 내다 판 모양이다. 이제 길은 점점 내리막길로 향하고 있었다. 이 부근은 변한 것이 없다. 들판은 십오년 전과 마찬가지로 잘 가꾸어져 있다. 어쩌면 이백년 전에도 마찬가지였으리라는 생각이 들었다. 간편한 옷차림에 가방 하나 들고 떠난 여행길에서 빅토르는 그동안 도시에서의 바쁜 생활로 인해 팽팽히 긴장되었던 신경이 편안하게 이완되는 것을 느꼈다. 그는 놀랍다는 생각이 들었다. 유렉도, 스토크로치 농장도, 그리고 손잡고 줄지어 걸어가는 맹아들도 그의 머릿속에서 지워졌다. 모든 것이 신속하고도 말끔하게 날아가버렸다. 문득 빅토르는 자신이 아주 젊어진 것 같았다. 어리석게도 왜 자신이 늙었다는 생각을 했을까. 몇년이 지났건 그건 중요한 일이 아니다. 그는 휘파람을 불면서 빌코로 향했다. 여름, 따뜻한 유월말이다. 열흘쯤 지나면 수확이 시작된다. 날씨만 도와준다면, 그보다 먼저 시작할 수도 있으리라. 외숙부는 항상 "날씨가 도와주신다"고 말씀하시곤 했다.

사실 빅토르는 오래전부터 실감하고 있었다. 특별히 피곤하거나 과로했을 때면, 정상적인 생각의 흐름과 더불어, 도저히 설명할 수 없는 방식으로 전에 보았던 어떤 광경이 의식의 표면 위로 떠올라서 그가 확인할 수 있을 때까지 머물다가, 다시 의식 깊은 곳으로 가라앉곤 한다는 사실을. 때로는 얼마 안 가 같은 광경이 다시 눈앞에 나타날 때도 있고, 전혀 다른 광경이 어른거릴 때도 있었다. 너무나도 익숙한 길을 따라 너무나도 잘 아는 그곳을 향해서 걸어가는 지금 이 순간, 햇살은 '늘 그렇듯이' 따갑게 내리쬐고 있고, 부드러운 풀밭을 지나 들판에서 돌아오는 소떼 뒤로 개들이 '늘 그렇듯이' 컹컹대며 짖고 있었다. 그러자 그의 눈앞에는 역시 과거이자, 역시 여름철에 보았던 또다른 장면이 어른거렸다. 불에 탄 들판, 뜨거운 먼지, 길가의 배나무 아래 아무렇게나 버려진 기관총, 그리고 그 위로 쏟아지는 햇빛, 추수가 끝난 호밀밭 한가운데 조금 전에 총살된 시체에서 초록색에 가까운 회색 연기가 모락모락 피어오르는 장면. 그는 사망자의 신원을 확인했다. 그렇다. 후퇴할 때 탈주자 혹은 첩자를 사살하라는 명령이 있었던 것이다. 그는 작고 여윈 군인이었는데, 사살되기 전에 느긋하게 담배를 피웠었다.

잠시 후 그 영상은 사라졌다. 다시 바닥이 고르지 못한 길이 나왔다. 신발 밑창에서 울퉁불퉁한 길 상태가 고스란히 느껴졌다. 길에 자라고 있는 개밀 무더기는 끊임없이 밟혀도 아랑곳하지 않는 듯했다. 곧 이어 울타리가 보이고, 저택에 딸린 농장에서 일하는 사람들이 사는 별채가 눈에 들어왔다. 빅토르의 모습을 본 사람은 아무도 없다. 각자 맡은 일을 하느라 저녁식사 전까지는 모두가 정신없이 바쁘다. 소와 말, 닭과 오리 들은 잠을 자기 위해 우리 안으로 모여들 테고, 일꾼들은 외양간과 닭장 문을 잠근 뒤 밤이 되기 전에 가축들에게 먹이를 주어야 한다.

빅토르 루벤은 아치형 현관과 베란다를 지나 저택 안으로 들어갔다. 현관에 들어서자마자 낯익은 저택의 고유한 향기가 그를 에워쌌다. 그것은 식당에서 풍겨나오는 냄새 같은 것이었다. 말린 찻잎 냄새, 쇠붙이 냄새, 소나무 냄새, 버섯 냄새 등이 뒤섞인 것 같은 묘한 향기. 빅토르는 걸음을 멈추고 무의식적으로 오른쪽에 있는 옷걸이에 가방과 외투, 모자를 걸었다. 그는 현관에 있는 가구들이 예전과 다르다는 것을 알았지만, 그것에 신경을 쓰지는 않았다. 현관의 바로 안쪽에 있는 방에서 떠들썩한 이야기소리가 들려왔다. 여러 명의 여인들이 한꺼번에 떠들어대고 있었고, 애들이 떠드는 소리도 들렸다. 그 목소리들은 예전에 이곳에서 늘 듣던 바로 그 목소리라고 착각할 만큼 귀에 익었다. 빅토르는 확신했다. 금방 어린 투니아가 문간에 나와 "빅토르 님이 오셨어요!"라고 큰 소리로 말할 것이라고.

실제로 누군가가 웃으면서 의자를 뒤로 밀고 자리에서 일어나 현관으로 나왔다. 빅토르는 밝은 빛깔의 옷을 입은 젊고 예쁜 여인이 문간에 서 있는 것을 보았다. 그 젊은 아가씨는 가만히 서서 용건을 묻는 듯한 눈으로 그를 쳐다보았다. 빅토르는 고개를 약간 숙여 인사를 했다. 무슨 말을 해야 좋을지 몰라 머뭇거렸다. 처녀는 잠자코 기다렸다.

"카베츠키 님을 찾아오셨나요?" 작고 따뜻한 목소리였다.

"저는……" 빅토르는 이렇게 말하고 미소를 지어 보였다. 그 웃음으로 아가씨는 단번에 그를 알아보았다. 젊은 처녀가 큰 소리로 외쳤다.

"어머나! 빅토르 님이 오셨어요!"

처녀는 빅토르의 손을 잡고 안으로 들어갔다. 밖은 아직 환한데도 방에는 등불이 켜져 있었다. 곧 여러 여인들의 어깨가 그를 에워싸고 얼싸안았다. 맨살을 훤히 드러낸 그 어깨들은 따뜻했다. 빅토르에게 키스를 하는 여인도 있었고, 큰 소리로 외치는 소리도 들렸다. "엄마는 어디 계시지? 엄마는? 엄마, 빅토르가 왔어요!" 그러나 여인들의 어머니는 늘 그러듯이 나타나지 않았다. 하긴 빅토르가 누구인지 기억하고 있을지도 의문이었다. 그러나 '아가씨들'은 빅토르를 생생하게 기억하고 있었다. 여인들 중 몸집이 약간 뚱뚱하고, 후덕한 인상에 옷을 잘 차려입은 여자가 빅토르에게 말을 걸었다. "너"라고 불리는 바람에 빅토르는 순간적으로 당황했으나, 여러 가지로 미루어볼 때 가장 나이가 많았던 율치아인 것 같았다. 그는 오랫동안 기억 속에 묻혀 있던 낮고 아름다운 목소리를 금세 알아들었다. 그러나 그녀의 외모는 완전히 변해 있었다. 빅토르는 어리둥절해져서 자신을 둘러싸고 있는 여인들을 둘러보았다. 그를 더욱 놀라게 한 것은 무슨 일이 있는지도 모르면서 귀엽게 소리지르며 주위를 뛰어다니는 어린아이들이었다.

율치아가 천천히 설명했다.

"너는 빌코의 살아 있는 전설이라는 것을 알아야 해. 우리가 항상 이야기했거든. 이러이럴 때 빅토르가 있었으면 좋겠다고 말이야. 빅토르가 있었으면 이것도 하고, 저것도 했을 거라고. 바로 얼마 전에도 내가 욜라에게 빅토르가 있었으면 그런 일은 없었을 것이라고 말한 적이 있어."

빅토르 루벤은 정신이 얼떨떨했지만 기분은 나쁘지 않았다.

"그런데, 그런 일은 전혀 기대하지 않았는걸. 역사란 것이 그렇게 만

들어지는구나. 나라는 존재는 빌코에서 그림자조차 사라졌다고 믿었거든. 완전히 잊혀졌으리라고 생각했지."

"잘못 생각한 거야." 다른 여인이 입을 열었다. 빅토르는 그녀가 누구인지 금방 알아보았다. 자매들 중 가장 예쁘던 율라였다. "우리는 네 외숙부 댁에 갈 때마다 네 소식을 여쭤보곤 했어."

"하지만 외숙부도 내 소식은 전혀 모르고 계실걸." 빅토르가 웃었다.

"이번에 모두가 휴가를 함께 보내기 위해 빌코에 모이게 됐어. 애들까지 데리고서 말이야. 매번 서로 엇갈렸는데 올여름에는 이렇게 한꺼번에 다 모일 수 있었지."

"그런데 펠라는 어디 있어?" 빅토르가 물었다.

"펠라, 펠라! 이리 온." 율치아가 불렀다. "보렴, 이젠 다 큰 계집아이가 됐어. 그래, 이리 와, 펠라."

옆방에서 열살쯤 되어 보이는, 뚱뚱하고, 못생긴 여자아이가 나왔다. 하지만 피부만큼은 엄마와 이모를 닮아 고와 보였다. 소녀가 빅토르에게 인사했다.

"내 큰딸이야." 율치아가 말했다. "그리고 저기 저 작은 애가 둘째딸이고."

"그래? 벌써 다 컸구나." 빅토르는 어리둥절해하면서 말했다. "나는 네가 결혼한 줄도 몰랐는데. 그런데 내가 물어본 건 아이가 아니고, 어른 펠라야."

"어떻게 그럴 수가, 너, 모르고 있었니?" 율치아가 나지막이 말했다. "펠라는 죽었어. 십년 전에 스페인 독감*으로."

빅토르는 펠라가 죽은 것도 몰랐고, 또 자신의 쓸데없는 질문에 당황

---

* 1917~18년 유럽을 휩쓴 악성 독감.(원주)

한 나머지 어쩔 줄 몰라했다.

"내가 펠라의 묘에 같이 가줄게." 욜라가 말했다.

인물은 가장 처졌지만, 진지하고 침착한 성품에 항상 집안일을 도맡곤 하던 카지아가 자리에서 일어서면서 말했다.

"저녁상 차리는 것을 살펴봐야 해. 우리와 함께 식사하고 갈 거지?"

카지아는 빅토르를 쳐다보고 밖으로 나갔다. 그 뒤를 사내아이가 따라갔다. 보나마나 카지아의 아들이리라. 아가씨들이 다시 빅토르에게 질문을 던지기 시작했다. 그러나 주로 묻는 건 율치아와 욜라였다. 그전에 빅토르에게서 수업을 받은 두 아가씨는 한쪽 귀퉁이에 얌전히 앉아서 잘생겼지만 옷차림은 별로 단정하지 않은 손님을 의아한 눈길로 바라보고 있었다. 두 아가씨는 이 사람이 바로 그 전설적인 빅토르라는 걸 잘 기억하지 못하는 듯했다. 저녁식탁에 모두 둘러앉았을 때, 빅토르는 밝은 불빛 아래에서 여인들을 관찰할 수 있었다. 식당으로 들어서면서 빅토르는 특히 율치아를 주의깊게 살펴보았다. 아니, 완전히 다른 사람이 되었다. 활발하고 자신감 넘치고 명랑하게 웃었지만, 몸에는 절제가 배어 있었다. 하지만 이 여인은 옛날의 율치아가 아니다. 빅토르가 여인들을 둘러보며 말했다.

"너희들 얘기 좀 해봐. 십오년 만인데……"

"햇수는 세서 뭐해?" 욜라가 명랑하게 말했다.

"…… 십오년 동안 너희들에 대해서 아무것도 모르고 살았거든. 너희들이 어디에 있었는지, 뭘 하고 지냈는지, 누가 결혼했고 누가 안했는지 말 좀 해봐. 내가 실수하지 않도록 말이야. 어때, 시작하는 게?"

"나는 결혼했고, 애가 둘이야." 율치아가 말했다. "카지아는 이혼했는데 아들이 하나 있고, 욜라도 결혼했는데 애는 없어. 조시아는 결혼해서 아들이 하나 있고."

"오, 벌써!" 빅토르가 놀라면서 자기의 옛날 학생을 쳐다보았다. "그런데 라틴어는 기억나?"

그 말에 조시아가 웃음을 터뜨렸다.

"아들이 벌써 두살이야. 이름은 헤니오."

"투니아도 이제 결혼할 나이가 됐지. 이게 다야." 율치아가 덧붙였다.

빅토르는 웃으면서 율치아를 바라보았다. 그리고 투니아를 보았다. 두 사람은 서로 가장 많이 닮은 듯하면서도 달랐다. 그 시절 율치아의 나이가 바로 지금의 투니아 또래쯤 되었을 것이다. 하지만 투니아가 더 예쁘고 쾌활해 보였으며, 손목이 가늘고 더 섬세한 외모를 지니고 있었다. 그러나 투니아의 커다란 회색눈은 자신감이 좀 부족한 듯 보였다. 율치아의 눈은 푸르고 아름다웠지만, 특징이 없었다.

"그런데, 빅토르, 너는?" 욜라가 물었다.

빅토르는 다시 웃었으나, 그것은 아까와는 다른 의미의 웃음이었다. 여기서 자신에 대해서 이야기할 만한 것이 있을까?

"지금은 바르샤바 근교의 어느 재단에 속한 농장에서 일하고 있어. 대위로 군대에 갔다 왔고, 지금은 휴가중이고. 이게 다야."

갑자기 그의 눈앞에 흰옷을 입은 여인들의 창백한 얼굴과 영구차, 고통, 투쟁, 맹목적이고 무의미한 작전과 군사행동 들이 꼬리를 물고 지나갔다. 그는 자신의 인생이 꼬이고 망가지기 시작한 그 순간을 떠올리고는 몸서리쳤다.

"지금 내가 하는 일은 정말 대수롭지 않은 일이야." 빅토르가 말했다. "나에 대해서는 이야기할 가치도 없어. 그냥 다른 사람들처럼 평범하게 살고 있어."

문득 그런 생각이 들었다. 끔찍하다. 내가 다른 사람들처럼 살고 있다니. 그리고 다른 사람들이 나와 같은 삶을 살고 있다니.

빅토르는 이곳에서 보낸 시절을 회상했다. 그때 그는 늘 꿈꾸었다. 앞으로 내 인생은 뭔가 달라지겠지. 좀더 풍요로워지고, 윤택해지고, 다른 보통 사람들과는 다른 삶이 펼쳐지겠지. 당시 빅토르가 자신의 미래에 관해 이야기를 나누는 상대는 오직 카지아뿐이었다. 그렇다고 카지아와 많은 이야기를 하지는 않았다. 일주일이나 보름에 한번, 아주 긴요한 이야기를 나누는 것이 전부였다. 두 사람은 자기들끼리만 아는 말로 그런 대화를 '발전단계'라고 불렀다. 그게 어떤 '발전단계'를 뜻하는지는 자신들도 잘 몰랐다. 정신적인 성장인지, 우정의 발전을 의미하는지, 혹은 그냥 미래를 향한 길을 지칭하는지 서로 묻지도 않았다. 한번은 그 '발전단계'에서 미래의 가능성에 대해 이야기한 적이 있었다. 빅토르가 대학입학 자격시험을 통과한 직후였다. 카지아는 그에게 법학은 공부하지 말라고 했다. 그밖에도 그녀는 인생이란 것이 그렇게 생각한 대로 술술 풀리는 것은 아니라고 경고했다. 카지아는 꼭 필요한 충고를 그렇게 소박하고 완곡하게 표현했지만, 당시의 빅토르에게는 그 말이 먹히지 않았다. '참 재미있는 일이군.' 빅토르는 생각했다. '그 당시에 나는 폴란드의 독립에 대해서는 왜 한번도 생각하지 않았을까. 너무나 당연한 일인데 말이야.' 결국 카지아가 옳았다. 빅토르는 카지아의 눈을 바라보면서 그때 나눈 대화가 정말 고마웠다고 말하고 싶었다. 그러나 그 순간 카지아는 의자 뒤로 몸을 돌려서 욜라와 조시아의 등뒤에 있는 식탁 맨끝 자리를 쳐다보고 있었다. 거기서 카지아의 어린 아들 안토시가 사촌 여동생에게 장난을 치고 있었다. 카지아는 이미 그 당시에 인생에 대해 아무런 환상도 갖지 않고 있었다. 그리고 지난 십오년간 카지아는 결혼과 이혼을 힘겹게 경험했다. 그 모든 것은 어땠을까? 그는 그런 일들에 대해 결코 알 수 없으리라. 카지아에 대해서는 아무도 아무것도 알지 못한다. 카지아는 폐쇄적이고,

말수가 적은데다, 늘 집안일만 했다. 빅토르는 카지아의 재능에 대해서 놀란 적이 있다. 그러나 그 재능은 자리를 잘못 잡은 듯싶었다. 카지아는 비관적인 미래를 내다보는 것 말고는 자신의 재능을 제대로 이용할 줄 몰랐던 것이다.

'흥미로운데.' 빅토르는 생각했다. '카지아는 안토시의 미래에 대해서 어떻게 생각하고 있을까?'

율치아가 외숙부 댁의 근황에 대해서 이야기했다. 외숙부는 많이 늙으셨는데, 외숙모는 옛날 그대로라는 것이다. 한창 저녁식사를 하는 도중에, 다른 방에 계시던 여인들의 어머니가 모습을 드러냈다. 인자하고 조용한 성품의 노부인은 빅토르에게 할 말을 찾지 못했는지 말없이 그의 머리에 입을 맞추고는 상석에 앉은 율치아의 옆자리, 그늘진 곳에 앉았다. 어머니의 출현은 대화의 진행에 아무런 변화도 가져오지 않았다. 식탁의 분위기는 여전히 활기있고, 명랑하고, 시끌벅적했다. 노부인은 음식을 처음부터 시작하지 않고, 이제 막 나오고 있는 두번째 요리부터 들기 시작했다.

빅토르는 지금 어떤 한가지 사실에 대해 깊은 생각에 잠겨 있었다. 그것은 이곳 사람들이 그를 잊지 않고 있었고, 십오년 동안 이 외딴 곳에서 줄곧 그에 관한 이야기를 나누었다는 사실이었다. 솔직히 그는 자신의 방문에 대해서 이 저택의 사람들이 고작 이렇게 생각할 줄 알았다. '아주 오래전 여름방학 때 이곳에 잠시 드나들던 젊은이, 별로 가까운 사이도 아니고, 그다지 필요치도 않았던 가정교사가 슬그머니 그 누구의 눈에도 띄지 않게 빌코 저택에 다시 나타났'고. 그런데 자기가 여기서 그처럼 중요한 역할을 했고, 큰 의미를 가진 존재였다니. 그것은 오랫동안 그가 모르던 사실이었다. 당시에 그는 너무 숫되어서 자신을 향한 아가씨들의 시선을 알아차리지 못했다. 오늘에야 비로소 알게 되었지만, 차분히 생각을 정리할 시간이 없었다. 수없이 쏟아지는 질문들에 답해야 했고, 그에게 하는 말들에 귀기울여야 했기 때문이다.

빅토르는 한창 이야기에 열중하고 있는 율치아를 유심히 바라보면서 옛날을 생각했다. 전쟁중에, 군대 막사나 지방정부에서 일할 때, 그리고 스토크로치 농장에서 힘들고 막막하고 견디기 어려운 일에 부딪혔을 때, 혹시라도 빅토르가 빌코를 떠올렸다면, 율치아의 얼굴과 목소리를 빼놓고는 생각할 수 없었을 것이다. 그러나 지금 테이블 끝에 앉아서 듣기 좋은 음성으로 그에게 지난 시절을 마치 다른 사람의 이야기처럼 낯설게 늘어놓고 있는 저 품위있고, 따뜻하고, 다정하고, 진지한 부인은 그 옛날의 율치아가 아니었다. 예전의 율치아는 유연하고 늘씬한 몸매를 가졌고, 활발했으며, 젊음을 억제하지 못했고, 묘한 열정을 가지고 있었다. 율치아는 승마 산책에 항상 빅토르를 데려갔는데, 두 사람은 산책을 하면서 별로 말이 없었다. 테니스도 함께 쳤지만, 둘 사이에 농담이나 장난이 오간 적도 없고, 별로 가까운 사이도 아니었다. 오히려 욜라가 그에게 관심을 보였었다. 당시 열여섯살의 욜라는 정말 아름다운 아가씨였다. 그렇다고 빅토르가 카지아와 나눈 식의 진지한 대화를 주고받은 것도 아니었다. 돌이켜보면 그는 율치아와 거의 이야기를 해본 적이 없었다. 율치아가 주도하고 있는 오늘의 대화가 그가 지금껏 그녀와 나눈 가장 긴 대화인 듯싶었다. 빅토르 루벤은 언젠가 율치아를 만나면 모든 것을 털어놓고 서로 허물없이 이야기할 수 있으리라고 생각했다. 그러나 막상 이렇게 율치아를 만나고나니 빅토르는 자신의 생각이 헛된 것임을 깨달았다. 지나간 모든 것은 해묵은 세월 속에 깊이 가라앉아야 하며, 절대로 끄집어내어 이야깃거리로 삼아서는 안되는 것이다. 빠르고 또렷한 말투로 이야기하고 있는 율치아의 차가운 파란 눈, 균형 잡힌 아름다운 얼굴 윤곽, 도톰한 흰 손가락에서 반짝이는 커다란 다이아몬드 반지를 보면서 그는 이 자리에서 이야기할 수 있는 것은 아무것도 없다는 것을 알게 되었다.

'모든 것'을 제대로 이해하기 위해서는 빌코의 저택 구조와 그 집안의 관습을 알아야 한다. 아가씨들은 나이가 들면서 각자 자기 방을 가지게 되었다. 아직 나이가 어린 세 아가씨들은 서재 뒤편의 커다란 어린이용 방을 썼다. 이 방에는 또한 욜라의 화장대가 있었다. 그러나 욜라는 큰 연회실 뒤에 있는 작은 방의 소파 위에서 잠을 잤고, 카지아와 율치아는 위층에서 잤다. 위층에는 복도 외에도 서로 똑같이 생긴 방이 네 개 있는데, 그 옛날 이 집에서 한동안 머물 때, 빅토르는 율치아의 방 뒤편의 손님방을 썼다. 그것은 1913년 여름방학 때였다. 두 방의 크기나 가구 배치는 서로 비슷했다. 빅토르는 율치아의 방을 자주 구경하곤 했다. 그 방에서 빅토르는 책도 빌려보고, 율치아가 현상한 사진들도 보았다. 그래서 빅토르는 율치아의 방에 무엇이 어떻게 진열되어 있는지 잘 알고 있었다.

언젠가 방학이 끝날 무렵, 빅토르는 늦게까지 욜라와 함께 산책을 했다. 빌코의 저수지에서부터 외숙부 내외가 사는 로즈키와 그곳의 커다란 호수까지는 창포와 개구리밥이 무성하게 자란 수로가 나 있었다. 그곳에는 오리와 물총새 들이 떼지어 서식하고 있었다. 그날 저녁, 욜라와 빅토르는 작은 보트를 타고 외숙부 댁으로 저녁을 먹으러 가기로 했다. 그들은 오후의 다과시간이 끝나자마자 곧장 출발했다. 그러나 보트를 저어서 먼길을 가는 것은 꽤 힘들었다. 두 사람은 거의 보트를 끌고 가다시피 하면서 간신히 저녁식사 전에 외숙부 댁에 도착할 수 있었다. 식사가 끝난 뒤 외숙부와 외숙모의 만류에도 불구하고, 그들은 왔던 길로 돌아가겠다고 고집했다. 달이 밝은 밤이었다. 돌아오는 길은 갈 때보다는 수월했지만, 그래도 집에 도착하니 상당히 늦은 시각이었다. 다들 잠들었고, 개들은 묶여 있던 줄에서 풀려놓여 있었다. 빅토르는 자매들 중 가장 호감이 가는 욜라와 친하게 지내고 싶었다. 하지만 욜라는 그의 외모와 지성에는 관심이 없는 것 같았다. 평소 그들은 몇시간씩 장난을 치며 함께 놀았고, 때로는 다투기도 했다. 그러다가 마차를 타고 숲에서 산책도 하고, 인근 소도시까지 함께 나가기도 했다. 또한 나란히 수영도 하고 승마도 했다. 두 사람이 함께 있으면 크게 떠드는 소리가 멀리까지 들리곤 했다. 하지만 누가 가까이 다가오면 얼른 입을 다물었는데, 그것은 자기들이 주고받는 실없는 이야기를 남이 들을까봐 부끄러워해서였다. 두 사람이 함께 어울려 노는 것은 워낙 익숙한 장면이어서 아무도 두 사람 사이를 이상히 여기지 않았고, 다만 친구처럼 허물없이 지내는 걸로만 여겼다. 빅토르는 고등학교를 졸업한 후에도 한동안 욜라와 편지도 주고받았지만, 차츰 흐지부지되고 말았다. 그날 저녁 그들은 피곤했고, 졸렸다. 녹초가 되어 돌아온 두 사람은 연회실로 들어섰다. 마침 그곳에는 그들을 위해서 시원한 차와 빵, 버터, 그리고 훈제고기 들이 남겨져 있었다. 욜라와 빅토르는 그것을 하나도 안 남기고 다 먹었다. 그런 후 욜라는 스스로 '잠자는 방'이라고 부르는 자기 방으로 갔고, 빅토르 역시 한층을 더 올라가서 자기 방으로 갔다.

방 앞에 다다른 빅토르는 아무 생각 없이 방문을 열었다. 그런데 알고 보니 자기 방이 아니라 율치아의 방이었다. 훗날 어떻게 그런 일이 일어났을까 여러 차례 곰곰이 생각해보았지만 빅토르 본인도 알 수가 없었다. 그러나 한가지 분명한 것은 의식적으로 한 일은 아니었다는 점이다. 그는 어둠속에서 불도 켜지 않고 의자에 앉아, 창 밖의 푸르스름한 하늘을 쳐다보았다. 구름에 가려 달이 보이지 않았다. 빅토르는 구두와 양말을 벗고, 입고 있던 얇은 옷들을 벗어서 의자에 아무렇게나 걸쳐놓고는 침대로 다가갔다. 그제야 비로소 빅토르는 그곳이 자기 방이 아니라는 것을 알아차렸다. 그는 조용히 웃었다. 자신의 실수를 깨닫고도 그가 왜 중단하지 않고 그대로 계속했는지 스스로도 이해할 수 없는 일이었다. 마치 자기 앞에서 자기가 연극을 하는 것 같았다. 그는 누워 있는 아가씨를 살며시 만졌다. 그러나 아가씨는 움직이지 않았다. 빅토르는 아가씨의 옆에 앉았다. 그녀는 잠들어 있었다. 그는 아가씨 옆에 누워서 다리를 뻗었다. 얇은 시트를 통해서 여인의 살냄새가 흠뻑 느껴졌다. 얼마 후 빅토르는 율치아가 자고 있지 않다는 것을 알았다. 그 순간 몸이 뻣뻣하게 굳는 것 같아, 움직이지 않고 한참 동안 그대로 있었다. 빅토르는 아무 말도 하지 않고, 숨소리를 죽였다. 두 사람은 서로 몸을 밀착해 좀더 가까이 껴안을 수 있도록 시곗바늘처럼 천천히 위치를 바꾸기 시작했다. 그때 여인의 피부를 어루만지며 맛본 손끝의 그 짜릿한 느낌을 빅토르는 평생 잊을 수 없을 것이다. 그것은 꽃 같은 아름다움이고, 따스함이었으며, 궁극적으로 완벽한 실체감이었다. 왜 서로 아무 말도 하지 않았는지, 왜 황당한 코미디처럼 애써 자는 흉내를 냈는지 알 수 없었다. 분명한 건 그들이 의식 없는 몸짓을 주고받은 것이 아니라는 점이었다. 빅토르는 자기 몸 안에서 모든 성적인 기운이 극도로 긴장하는 것을 느꼈다. 고통스러운 황홀감이 온몸을 감쌌다. 율치아의 몸 위로 손을 움직일 때마다 그는 거의 기절할 것만 같았다. 그때까지의 성적 체험이 워낙 보잘것없는 것이었기에 예전에 그런 비슷한 느낌을 가져보지 못한 것은 조금도 이상한 일이 아니었다. 하지만 그후에도 그런 느낌은 다시는 찾아오지 않았다. 뜨겁고 조용했던 사랑의 첫날밤에 대한 기억은 일생동안 그에게서 떠나지 않았다. 그후 빅토르는 그 어떤 과일에서도, 그 어떤 육체에서도 그때 빌코에서 율치아의 젊은 가슴을 보듬으며 맛보았던 탄력과 감미로움을 체험하지 못했다. 그들은 잠을 자지 않으면서 동이 틀 때까지 자는 척했다. 새벽에 빅토르는 옷가지들을 챙겨서 조용히 자기 방으로 돌아갔다. 그리고 깊이 잠들었다가 느지막한 시각에 눈을 떴다.

율치아는 다음날 이른 아침에 어머니와 함께 바르샤바에 갔다. 그래서 사흘이 지난 후 저녁 무렵이 다 되어서야 율치아를 만날 수 있었다. 마침 빅토르는 욜라와 카지아와 뒤뜰에서 테니스를 치고 있었다. 뒤뜰에서는 역에서 오는 길이 보였다. 빅토르는 그때 어머니 곁에 앉아 있는 율치아를 보았는데, 그녀는 아몬드 색깔의 정장에 붉은 넥타이를 매고 있었다. (빅토르는 나중에 그 넥타이를 훔쳐서 오랫동안 자신의 물건들과 함께 두었는데, 훗날 다른 물건들과 함께 어디에선가 잃어버리고 말았다.) 율치아는 들판의 건초더미들을 무심한 눈길로 바라보고 있었고, 테니스를 치고 있는 자기들 쪽으로는 눈도 돌리지 않았다. 오후의 다과시간이 지난 뒤에야 율치아는 일행에게로 와서 함께 테니스를 쳤다. 마치 아무 일도 없었던 듯 태연한 얼굴이었다. 두 사람은 그 후 서로 말을 안했다. 물론 일상적인, 그렇고 그런 이야기는 주고받았다. 같이 산책도 했고, 율치아의 방에 빅토르가 책을 빌리러 가기도 했다. 외딴 방에서, 숲속에서, 보트 안에서 단둘이 있은 적도 꽤 많았다. 그러나 그날 밤, 그 일에 대해서는 끝내 서로 한마디도 하지 않았다.

그 일이 벌어진 것은 여름이 끝나갈 무렵이었다. 빅토르가 빌코에 머물 날이 얼마 남지 않은 때였다. 그후에도 빅토르는 두 차례나 더 율치아의 방을 찾아갔고, 모든 것은 도저히 믿기지 않는 꿈의 무언극 속에서 전과 똑같이 진행되었다. 그 밤들은 빅토르의 기억에 생생하게 남아 있었다. 뭔가 끝없는 아름다움과 향기로움과의 만남 같기도 하고, 육체적인 쾌락은 배제된 경건한 의식을 치른 것 같기도 한 그런 아련한 시간들이었다. 떠나기 바로 전날 밤인 세번째 밤은 더욱더 특별했다. 마치 바닷가에서 보낸 아름답고 달콤한 여름날처럼 그의 가슴에 새겨졌다.

이듬해 빅토르는 외숙부 댁에 머물렀다. 빌코 농장에는 나이 어린 두 소녀를 가르치는 날에만 들렀다. 외숙부 댁에 온 때가 이미 여름이 시작되고도 한참 지난 뒤였고, 그해 8월 1일*에는 도시로 떠나야만 했기에 빅토르가 그곳에 머문 시기는 짧았다. 빅토르는 다시 한번 율치아의 방을 찾아가기로 용기를 냈다. 오랫동안 망설인 끝에 어느날 밤, 빅토르는 창문을 통해서 율치아의 방으로 들어갔다. 이번에도 율치아는 그에게 아무 말도 하지 않았다. 그 밤도 전처럼 촉촉하고, 향기로웠다.

그 네 번의 밤이 빅토르에게는 가장 아름다웠던 밤들이다. 빅토르는 지금 많은 질문을 받으면서도 그 밤들을 회상하고 있었다. 그는 완두콩을 곁들인 닭고기요리를 먹으면서 살이 쪘는데다 낯설게 보이는 아름다운 여인의 얼굴을 바라보았다. 가까이 앉아 있는 이 여인은 말도 많고, 식욕도 왕성했으며, 손가락에서 다이아몬드 반지를 번쩍이며 어머니다운 엄한 목소리로 식탁 한쪽의 구석에 보모와 안토시와 함께 있는 펠라와 키치아(율치아의 둘째 딸—옮긴이)를 나무라고 있었다. 지금까지 빅토르는 이런 생각을 갖고 있었다. 언젠가 나이가 많이 들면 율치아를 만나서 모든 것을 털어놓으리라. 비록 율치아를 사랑하지는 않았지만, 그 어떤 여인들보다 율치아에게 고마워하고 있으며, 그 밤들은 정말 더할 수 없이 아름답고 황홀한 시간이었다고 말해주리라. 그리고 그는 율치아에게는 그 밤들이 어떠했으며, 그녀도 자기처럼 그 밤들을 기억하고 있는지 묻고 싶었다.

*독일이 러시아에 선전포고한 1914년 8월 1일을 말함.(원주)

그러나 지금 빅토르는 그 모든 것이 부질없는 일이라는 것을 깨달았다. 묻고 싶었던 말들과 나누지 못한 대화들이 이미 영원 속으로 가라앉았기에, 그것들을 끄집어내는 일은 결코 없을 것이다. 그때 두 사람이 자는 척했듯이, 지금은 아무것도 기억하지 못하는 척해야 할 차례였다.

저녁식사 후에 빅토르는 로즈키까지 마차를 타고 가게 해달라고 카지아에게 부탁했다. 두 사람이 서재에 마주 앉아 예전부터 사용하던 금도금 잔으로 커피를 마시고 있는데, 밖에서 마차 소리가 났다. 늙은 마부인 안토니가 마차를 몰고 온 것이다. 빅토르는 서둘러서 여인들과 작별인사를 나누었다. 모두가 그를 배웅하기 위해 현관 밖까지 나왔다. 한꺼번에 떠드는 소리가 요란했다. 율치아는 다음날 점심에 빅토르를 초대하면서, 자기 남편 카베츠키를 소개해주겠다고 말했다. 그러나 빅토르는 외숙 내외가 서운해하실 거라며 거절했다.

"내일은 아무래도 외숙부, 외숙모하고 함께 점심을 먹어야 할 것 같아. 내일 오후 다과시간에 올게. 점심은 모레 같이하지!"

빅토르는 명랑하게 말하면서 젊은이처럼 훌쩍 마차 위로 뛰어올랐다. 그는 이곳 사람들이 자기를 기억하고 있고, 좋은 감정을 품고 있다는 데 대해서 기분이 좋았다. 아가씨들은 이야기를 많이 했고, 즐거워했다. 모두에게 똑같이 십오년이란 세월이 흘렀지만 각자 나름대로 만족하는 듯했다.

"선생님은 아직 결혼 안하셨지만, 이곳의 아가씨들은 모두 시집갔습니다."

마부 안토니가 의미심장하게 말했다.

"모두는 아니죠. 투니아가 있잖아요." 빅토르가 대꾸했다.

"에이, 아직 어린애인걸요."

말도 안된다는 듯이 안토니가 채찍을 휘둘렀다. 늙은 마부에게도 십오년이란 세월은 뚜렷한 흔적을 남긴 듯했다.

빌코와는 달리 로즈키의 집은 검소하고 소박했다. 전에 어느 귀족의 재산 관리인이었던 외숙부는 자수성가한 인물이었다. 외숙모도 열심히 닭을 길러서 살림에 보탰다. 외숙 내외의 농장은 그리 크지는 않았지만, 짜임새있고 알뜰하게 운영되고 있었다. 두 분이 거처하는 집도 별로 크지 않았다. 닭고기, 오이, 우유 등의 식재료는 모두 직접 기르고 가꾼 것이었다. 빅토르는 이곳의 자급자족하는 소박함과 근면한 생활이 마음에 들었다.

첫날, 빅토르는 외숙부 내외와 오랜 시간을 함께 보내지는 않았다. 무례하지 않을 정도의 짧은 시간이었다. 다만 이곳에 오기 전에 빌코에 들렀다는 이야기는 했다. 그러자 외숙모가 고개를 흔들면서 말했다. "맙소사, 가장 예쁜 아가씨들은 다른 사람들이 모두 데려갔는걸!" 외숙부가 외숙모를 나무랐다. 십오년 전의 멍청한 발레리아(외숙부 집에 있던 하녀—옮긴이)를 쏙 빼닮은 카지미에조바가 등불을 들고 춥고, 습기 찬 방으로 그를 안내했다. 빅토르는 방 안에 혼자 남았다.

빅토르는 스토크로치의 자기 방에서 그랬듯이 방 안을 초조하게 서성거렸다. 그렇다고 그곳에서의 일을 생각하고 있는 건 아니었다. 스토크로치 농장의 골치아픈 업무들, 그를 화나게 했던 문제들에 대해서는 전혀 생각지 않았다. 이 순간 빅토르에게는 농장에서 겪던 모든 일들이 마치 한꺼번에 땅속으로 꺼져버린 것만 같았다. 대신 지금 그의 머릿속을 온통 사로잡고 있는 것은 젊은 날 빌코와 로즈키에서 겪은 소박한 옛 추억들이었다. 문득 예전에 똑똑한 친구들이 했던 말들이 생각났다. 언젠가 유렉도 빅토르에게 이런 말을 해준다. 사람들은 시간의 개념에 대해서 많은 생각을 하고 있으며, 시간의 극복에 관한 책을 쓰고 있다고.* 이제 빅토르 자신도 시간을 극복하고, 뛰어넘고, 되돌릴 수 있을 것만 같았다. 십오년 전의 바로 그 장소에 서 있는 지금, 이제 마음대로 시간을 선택할 수 있을 것처럼 느껴졌던 것이다.

빅토르는 그 이년의 세월이 무엇 때문에 그렇게 강렬하게 느껴지는지, 그리고 그 시절 그 여인들이 어떻게 이처럼 생생하게 기억이 나는지 그 이유를 비로소 이해할 수 있었다. 이유는 간단했다. 예쁘고 착한 여섯 명의 아가씨들을 에워싼 공기 속에는 미처 의식하지 못한 젊은 날의 에로티씨즘이 녹아 있었던 것이다. 그것은 바야흐로 청춘을 맞이한 그들에게는 커다란 의미였고, 그래서 그 여인들은 빅토르에 관해서라면 세세한 것까지 전부 다 기억하고 있었던 것이다. 여인들은 빅토르에게 그가 했던 아주 사소한 말들과 그가 한 일들, 예를 들면 고장난 작은 종을 고쳤던 것이며, 발효우유로 금색 구두를 닦은 일 등을 되풀이해서 이야기했다.

그 당시에 있었던 일들은 모두 끝내 실현되지 못한 현실에 대한 무의식적인 예고편이나 다름없었다. 하지만 지금 빅토르는 과거와 현재를 잇는 다리를 놓았고, 시간을 되돌렸다. 이제 그는 그때 예고되었던 모든 것을 실현할 수 있다. 그 옛날 그는 아무것도 모르는 풋내기에 불과했으나, 이제는 어엿한 성인 남자가 되었다. 그러므로 그 시절 불확실한 윤곽으로 그려놓은 스케치들을 얼마든지 현실화할 수 있는 것이다. 그렇다. 지금까지 실현된 것은 그리 많지 않다. 자기 힘으로는 어쩔 수 없는 고차원적이고 불가항력적인 힘이 작용하고 있었기 때문이었다. 그래서 모든 것을 나중으로 미루어놓았던 것이다. 어쩌면 빅토르는 의식 깊은 곳에서 언젠가는 이곳으로 돌아와 오후의 다과시간에 이렇게

*마르쎌 프루스트의 『잃어버린 시간을 찾아서』를 암시함.(원주)

또다시 빌코를 찾게 되리라는 것을 막연히 예감하고 있었는지도 모른다. 이제부터는 지금까지와는 정말 완전히 달라지리라.

하지만 유감스럽게도 율치아에게서는 아무것도 기대할 수 없었다. 율치아와 관련된 모든 것은 돌이킬 수 없이 완벽하게 단절되어버렸고, 율치아와는 대화를 나눌 수조차 없었다. 율치아는 마치 굳게 닫힌 책과 같았다. 믿을 수 없을 정도로 변했고, 예전과는 너무나도 달라져버렸다. 모든 것이 깨끗이 끝나버린 것이다. 하지만 그렇다고 그해 여름을 그냥 건너뛸 수는 없는 일이다. 카지아는 빅토르에게 단 한 번도 어떤 의미를 가지지 않았다. 그러면 다른 아가씨들은? 욜라, 조시아, 투니아, 그리고 불쌍한 펠라. 아마 살아 있었으면 지금 가장 아름다울 텐데…… 그러나 그녀는 이미 이 세상 사람이 아니다. 빅토르는 옆방 문을 열었다. 외숙부와 외숙모가 도란도란 이야기를 나누는 소리가 들렸다. 외숙모는 거울 앞에서 은회색으로 변한 긴 머리카락을 빗질하고 있었다.

"펠라는 언제 죽었죠?" 빅토르가 갑자기 물었다. "까맣게 모르고 있었네요."

"전쟁이 끝나기 전에." 외숙모가 대답했다. "율치아가 결혼하고 얼마 안되어서였지."

"무슨 병으로 죽었어요?"

"사람들 말로는 스페인 독감이라더군. 그애는 항상 심장이 약했어."

"세상에, 좋은 아이였는데!" 외숙부가 이불 속에서 한숨 섞인 목소리로 말했다.

"숙모, 숙부, 안녕히 주무세요."

"잘 자라."

빅토르는 자기 방으로 돌아와 삐걱대는 높은 나무 침대에 누웠다. 오랫동안 잠이 오지 않았다. 밀짚을 넣은 매트리스와 새로 세탁한 시트에서 나는 비누냄새가 오히려 그를 숨막히게 했다. 밤늦게 간신히 잠이 든 빅토르가 눈을 떴을 때는 이미 한낮이었다. 창밖에서는 닭과 오리가 우는 소리가 들렸다. 외숙모는 카지미에조바에게 무엇 때문인지 한창 잔소리를 늘어놓고 있는 중이었다. 그러니까 로즈키의 하루는 이미 정상궤도에 진입해 있었던 것이다. 빅토르는 천천히 옷을 입고, 별로 크지 않은 안마당과 집 뒤의 제법 넓은 정원을 이리저리 돌아다녔다. 정원은 로베르토 외숙부의 농기구들로 가득 차 있었다. 그는 별 생각 없이 각종 파종기와 물뿌리개들을 살펴보았다. 빅토르는 어서 빨리 점심시간이 되기만을 기다렸다. 다행히도 건강한 사람들은 점심을 일찍 먹는다. 그는 빌코의 아가씨들에 대해 좀더 자세하게 알고 싶었다. 외숙모는 이 근방에서 일어나는 일이라면 누구보다도 많이 알고 있다. 지난 세월 동안 듣지 못한 소식들을 외숙모는 충분히 보충해 주실 것이다.

하지만 막상 야채와 보리를 넣고 끓인 수프와 커틀릿으로 식사를 하는 도중에는 안타깝게도 빅토르가 원했던 정보를 별로 많이 들을 수가 없었다. 외숙부가 외숙모에게 말할 기회를 거의 주지 않았던 것이다. 외숙부는 빅토르에게 쉬지 않고 이것저것 물어보았다. 지금 무슨 일을 하고 있으며, 그동안 어떤 일을 겪었고, 뭘 하며 지냈는지, 러시아 군대에서는 어땠으며, 무르만스크에서는 어떻게 보냈는지, 프랑스에는 왜 건너갔으며, 끼예프 근교에서 후퇴할 때의 상황은 어땠는지 등등. 질문이 쏟아질 때마다 빅토르는 외숙부를 잠깐씩 곤혹스러운 눈길로 바라보았다. 그는 자신의 과거를 되살리기 위해 안간힘을 썼다.

"아, 그랬어요, 그렇지요, 외숙부……"

빅토르는 모든 질문에 가능하면 짤막하게 대답했다. 굳이 질문을 회피하고 싶은 건 아니었지만, 복잡한 생각들, 잊고 싶은 사건들에서 벗어나고 싶었던 것이다. 그래서 이렇게 대답하기도 했다.

"그래요, 그런데 그건 너무 끔찍한 일이어서 다시 생각하고 싶지 않네요."

물론 아르한겔스끄*에 있을 때처럼 아무 걱정 없이 즐거운 때도 있었다. 그러나 지금 와서 생각해보면 여자 없이 살아야 했던 그 시절은 정말 견디기 어려웠다. 외숙모는 빅토르가 지난 세월에 대해서도, 또 현재 하고 있는 일에 대해서도 이야기하기 꺼린다는 것을 재빨리 눈치챘다. 집안에서는 빅토르에게 상당한 기대를 걸고 있는데, 사실 지금 그가 하고 있는 일은 출세와는 거리가 먼 것이었다. 하지만 외숙부가 여전히 외숙모의 발언권을 뺏고 있어서, 빅토르를 거들어줄 수가 없었다. 점심식사가 거의 끝날 무렵에서야 빅토르는 간신히 외숙모에게 몇 마디 물어볼 수 있었다. 그는 율치아의 남편인 카베츠키 집안에 대해서, 그리고 현재 카베츠키가 하는 일은 무엇인지, 빌코의 농장은 관리가 잘되고 있는지, 가세는 불어났는지, 소와 양이 모두 몇마리이고, 금년 무 작황이 어느 정도인지 등에 대해서 들었다. 외숙모는 그밖에도 율치아의 두 딸이 태어날 때의 상황, 바르샤바에서 태어난 첫아이와 빌코에서 태어난 둘째아이, 그리고 당시의 복잡한 문제들에 대해 이야기해주었다. 식사가 끝날 무렵이 되자 외숙부는 별로 신경쓰지 않아도 되는 가벼운 질문을 던져서 분위기를 돋우었다. 빅토르는 유쾌한 기분으로 식탁에서 일어나면서 말했다.

"외숙모, 오늘 오후 다과시간에는 제가 없을 것 같아요. 빌코에 간다고 약속했거든요."

---

* 백해 연안의 러시아 항구도시. 1918~1920년에 연합국 군대가 점령하고 있었음.(원주)

외숙모는 웃으셨다.

"벌써?" 외숙모가 말했다. "우리는 아직 너를 더 보고 싶은데……"

"봐서 뭐하게?" 외숙부가 서운한 듯 말했다. "젊은애들이 다 그렇지, 뭐."

"젊은애들이라고요?" 빅토르가 웃었다. "숙부, 아쉽지만 전 이제 젊은애가 아니에요."

외숙모가 손을 내저었다.

"너는 예전보다 지금이 더 젊은 것 같구나. 전보다 훨씬 더 미남이 됐거든. 외숙부한테도 말했지만, 누가 생각이나 했겠니, 네가 이렇게 멋있어질 줄 말이야. 전에 네가 여기 머물 때는 카지아하고 욜라만 너를 괜찮게 봤었단다. 다른 사람들은 그애들의 안목을 비웃었어. 너는 영국 말처럼 비쩍 마른데다 키만 컸으니까. 그런데 지금은 보기 좋구나. 빌코의 아가씨들은 너를 기다리지 않은 걸 틀림없이 후회할 거다. 하기야 지금은 다들 결혼이란 걸 너무 쉽게 생각하니……"

빅토르는 휘파람을 불며 방으로 돌아왔다. 그는 넥타이를 어두운 색으로 바꿔매고는(그의 가방에 달랑 셔츠 두 벌만 들어 있었던 것은 아니다) 거울에 비친 얼굴을 들여다보았다. 괜찮게 생긴 얼굴인데 곱슬머리가 드리운 이마의 끝부분이 깊게 파인 듯해서 머리를 다듬어야겠다고 생각했다. 면도를 하고 나면, 그의 얼굴은 한결 깔끔해 보였다. 빅토르는 얼마 전에 자기의 눈이 꽤 아름답다는 사실을 알게 되었다. 동료 중 누군가가 아무 사심 없이 그렇게 말해주었던 것이다. 아마 야넥이었을 것이다. 빅토르는 늘 자기가 못생겼다고 생각하고 있었다. 그것이 그를 자신없게 만들고, 주눅들게 했다. 빌코에서 식사할 때에도 그는 거의 말이 없었다. 될 수 있으면 사람들을 피하고, 눈에 띄지 않으려 했다. 어제까지만 해도 자기가 다른 사람의 관심을 끌 만한 사람이 못된다고 생각했던 것이다. 예전에 그는 빌코의 정원 언덕 위, 소나무 아래로 책을 읽으러 가곤 했다. 하지만 자기가 무슨 책을 읽고 있는지는 일부러 감추었다. 빌코의 아가씨들이 그가 읽는 책들을 하찮게 볼 것 같았기 때문이었다. 그때 그는 쉴러와 니체를 읽었다. 그런데 니체는 그 당시 그도 별로 이해하지 못했었다. 빅토르가 정말 중요하게 생각한 두 권의 책은 따로 있었다. 하나는 뽀앵까레(J.-H. Poincaré)의 『과학과 가설』이고, 또다른 하나는 베르그쏭의 『창조적 진화』였다. 왜 다른 책도 아니고 하필이면 그 책들이었을까? 그것은 젊은시절의 설명할 수 없는 정신적 방황 때문이었을 것이다. 그때는 특별한 이유도 없이 베르그쏭을 버리고 니체를 택했다가, 다시 프랑스 작가 쪽으로 관심이 기울면서 니체를 좋아하지 않게 되었고, 헤겔의 단순한 이론도 이해하지 못하면서 오히려 칸트의 어려운 사상을 탐독하곤 했다. 그런데 그 모든 것은 다 어디로 갔을까. 살아오면서 칸트나 베르그쏭을 인용한 적은 한번도 없었고, 그때 이후로는 그런 책들을 전혀 들여다보지 않았다. 아르한겔스끄에서나, 루드키에서 농장 책임자로 있을 때, 스토크로치에서 관리자로 있으면서도 빅토르에게는 도무지 책을 읽을 시간이 나질 않았다. 확실한 것은 지금도 좀처럼 책을 손에 들지 않는다는 것이다.

빅토르는 모자를 눌러쓰고는 외숙부의 채찍을 들고, 종아리를 가볍게 치면서 집을 나섰다. 날씨는 따뜻하고 화창했다. 건초냄새와 약쑥냄새가 공기 속에 은은하게 풍기고 있었다. 하늘은 맑게 갰고, 푸른 연못과 길가의 웅덩이에 고인 물은 화창한 햇살에 반사되어 흰빛을 띠고 있었다.

이유는 알 수 없지만, 빅토르의 머릿속에서는 줄곧 펠라와 펠라의 죽음에 대한 생각이 떠나질 않았다. 펠라가 살아 있다면 욜라보다 더 예쁘고, 더 건강하고, 더 발랄할 것이다. 펠라는 늘 자세가 반듯하고, 유치할 정도로 진지했다. 또한 그녀는 마치 잘 빚어진 단단한 그릇 같은, 막 부풀기 시작한 작고 봉긋한 가슴을 가졌었다. 빅토르는 펠라를 마치 오늘 본 것처럼 생생히 기억하고 있었다. 외숙부의 질문과 외숙모의 이야기를 미루어보면, 외숙모는 욜라를 그다지 좋아하지는 않으시는 것 같다. 그러나 욜라보다도 욜라의 남편을 더 못마땅해하는 듯했다. 욜라의 남편은 빌코에 오는 일이 거의 없다고 했다. 외숙모는 서글픈 목소리로 다른 몇명의 남자들이 욜라를 찾아 빌코에 온다는 말도 했다. 빅토르는 연못가를 지나 벌목한 숲 쪽으로 난 큰길을 향해 걸어가면서 외숙모의 이야기를 정리해보았다. 그는 채찍을 개암나무 위로 휘둘렀다. 짙은 초록색 개암나무 잎사귀들이 나무에서 후두둑 떨어져 날렸다. '한마디로 그녀는 바람을 피우고 있군.' 그는 혼잣말을 했다. 그런데 욜라의 그런 행동이 그에게는 조금도 언짢게 생각되지 않았다. 욜라는 여전히 아름다우니까. 그러면서도 어딘지 모르게 아쉬운 심정이었다. 그러나 '아쉬움'이 정말 무슨 의미인지는 빅토르 자신도 알 수 없었다.

빌코에서는 점심을 로즈키에서보다 훨씬 늦게 먹는다. 그래서 빅토르는 로즈키에서의 점심식사가 끝나자마자 곧장 빌코로 가지 않고 혼자서 시간을 보내며 기다렸다. 빌코의 여인들은 점심식사 후에 각자 자기 방으로 흩어졌다. 오후 늦게 빌코에 도착한 빅토르가 어린이 방을 들여다보았을 때, 점심식사를 마친 율치아의 두 딸, 펠라와 키치아가 비스듬하게 매달아놓은 그네침대 위에 누워 있었다. 두 아이 모두 얼굴빛이 어두웠고, 예쁜 얼굴은 아니었다. 그가 "안녕" 하고 인사를 건네도 아이들은 아무 대꾸도 없었다. 아가씨들은 모두 위층에 있는 네 개의 방을 하나씩 차지하고 있었다. 율치아가 남편과 함께 방 하나를 사용하고, 카지아와 그녀의 아들 안토시는 그 옆방에 머물렀으며, 조시아가 아들 헤니오와 함께 또다른 방을 쓰고, 나머지 하나는 투니아의 방이었다. 율라는 예전처럼 '잠자는 방'을 쓰고 있었는데, 지금은 방 전체가 침실로 바뀌어 있었다. 위층 전체에서는 화초와 향수 냄새, 갓 세탁한 침대 시트나 속옷에서 나는 신선한 향기와 분냄새 등 한마디로 여자들만의 독특한 체취가 물씬 풍겼다.

빅토르는 율치아의 방문을 두드리고는 안으로 들어갔다. 율치아는 장밋빛 바탕에 레이스로 장식된 드레스를 입고 소파에 누워 있었다. 그녀는 매력적이고 아름다웠다. 율치아 옆에 놓인 안락의자에는 그녀의 남편 카베츠키가 다리를 탁자 위에 올린 채 앉아 있었다. 건장한 체격에 밝고 세련된 옷차림이었는데, 겉보기에는 점잖아 보였다. 빅토르는 행색이 초라한 사람이 고상하고 우아한 복장을 한 상대에게 가지는 일종의 거부감을 느꼈다. 카베츠키는 지적이긴 했지만, 너무도 당연한 얘기를 쉬지 않고 지껄여댔다. 또한 그는 매사에 너무 시시콜콜히 떠들어대는 습관이 있었다. 그는 빅토르와 율치아가 이미 다 아는 내용들, 혹은 추측에 불과한 불확실한 풍문들, 누구나 다 알고 느끼는 일들에 대해서 열심히 이야기했다. 이를테면 "날씨 좋은 날, 신선한 공기 속에서 산책하는 것은 즐거운 일이지요" 따위의 이야기 말이다. 빅토르는 자기가 평소에 관심을 가지고 있는 농장 운영 쪽으로 대화를 유도해보려 했지만 헛수고였다. 빅토르는 스토크로치 농장의 관리에 도움이 될 만한 유익한 정보를 듣고 싶었다. 예를 들어 바르샤바 근교의 농장에서 생산되는 원유를 우유로 가공해서 판매할 때와 버터로 만들어 판매할 때 어느 쪽이 수익성이 있는지, 또한 물품 발송과 가격 산출, 가장 가까운 역까지의 운송비 등에 대해 카베츠키와 진지하게 이야기를 나누고 싶었다. 그러나 카베츠키는 그런 주제를 회피하면서,

아무 소용도 없는 말만 잔뜩 늘어놓았다. 하늘이 푸르다, 날씨가 덥다, 여름에는 먼지가 짜증스럽다, 파리는 살충제로 죽여야 한다…… 따위의 말들을 그는 지겹도록 해댔다. 빅토르는 더이상 참지 못하고 화제를 바꾸기 위해서 욜라에 대해 물었다.

"욜라에게 오늘 손님들이 왔어." 율치아가 말했다. "바르샤바에서 에드바르드(카베츠키의 이름—옮긴이)와 함께 왔지. 아마 너한테 시간을 낼 수가 없을 거야. 오후 다과시간 후에 산책을 가고 싶으면 조시아에게 부탁해봐."

빅토르는 복도로 나왔다. 조시아를 어떻게 부를까 한동안 망설였지만 옛날처럼 "조시아" 하고 부르는 게 좋을 것 같다는 결론을 내렸다. 그는 전에 살던 방 앞에서 머뭇거리다가 조시아의 이름을 부른 뒤, 안으로 들어갔다. 피부가 희고, 몸집이 큰 조시아가 눈에 들어왔다. 순간적으로 빅토르는 앞으로 조시아도 자신의 언니처럼 뚱뚱해질 거라는 생각이 들었다. 조시아 옆에 있는 유모차에는 조시아의 아들이 얇은 거즈를 덮고 잠들어 있었다. 조시아가 큰 소리로 말했다.

"애가 잔다고 신경쓸 것 없어. 점심 먹고 두 시간은 꼭 낮잠을 자거든. 이애는 아무리 시끄러워도 세상모르고 자. 그러고는 네시 전까지는 절대로 깨지 않아. 진짜 사내라니까."

"네가 애를 돌봐야 하니?"

빅토르는 조시아가 마치 누나라도 되는 것처럼 자연스럽게 자기에게 말을 놓는 것이 마음에 걸렸다. 물론 그렇게 하는 것이 서로 편하긴 하지만, 그래도 미리 양해를 구하는 게 도리가 아닐까.

"아니, 꼭 내가 돌보지 않아도 돼. 곧 프란치스카 양이 올 거야."

"그러면 정원으로 산책하러 가지 않을래?"

"글쎄, 오후 다과시간 후에 봐서…… 내가 요즘 좀 게을러졌거든. 투니아가 너랑 함께 갈 수 있을 거야. 그애는 힘도 좋고, 건강하니까."

조시아는 희고 단단해 보이는 이를 드러내며 활짝 웃었다. 하얗고 고른 이가 그녀의 상큼한 얼굴을 한결 돋보이게 했다. 웃는 모습이 아주 예뻤다.

빅토르는 자기와 조시아 사이에는 호감과는 거리가 먼 서먹서먹한 감정이 흐르고 있음을 느꼈다. 그가 조시아의 가정교사였을 때도 조시아는 늘 게을렀고, 빅토르는 그런 조시아를 별로 좋아하지 않았다. 그런데 예전의 그 해묵은 감정의 찌꺼기가 아직도 남아 있었다. 빅토르는 여유있는 생활을 누리며 엄마로서의 역할에 지극히 만족해하고 있는 조시아를 보면서, 지난날 그를 경멸했고, 여름날 오후에 말을 타고 싶다는데도 라틴어 수업을 강행하는 그에게 심한 말을 하던 철없던 조시아를 떠올렸다. 조시아는 빅토르를 관리인이라고 부르고, 그의 외숙부는 집사라고 불렀다. 그처럼 비하하는 말을 해도, 빅토르가 대수롭지 않게 여기며 화를 내지 않자, 조시아는 더 큰 소리로 소란을 피웠다. 빅토르와 산책 갈 수 없다고 거절하는 말투나 빅토르에게 던지는 의례적인 질문들에는 사교적인 대화를 위해 본심을 자제하려는 흔적이 엿보였으나, 예전의 불손한 태도가 배어나오는 것은 어쩔 수 없었다. 조시아는 빅토르를 주저없이 "너"라고 불렀고, 그가 하고 있는 일, 생업에 관해서는 아무것도 묻지 않았다. 또한 조시아는 자신의 남편이나 자매들에 관해서도 이야기하고 싶어하지 않았다. 조시아의 남편은 외무부에 근무하고 있었다. (빅토르는 그의 이름을 듣고 독일 뤼벡에서 부영사(副領事)로 있다는 것을 알았다) 조시아의 말투에는 빅토르에 대한 가벼운 멸시와 혐오가 깔려 있었다. 예전에는 그녀의 건방진 태도 때문에 그녀가 싫었지만, 지금은 자매들 중에서 가장 귀부인답게 변한 조시아가 빅토르의 마음에 들었다. 조시아의 침착하고 여유 만만한 태도, 표현의 뉘앙스를 의식해서 말을 가려 하는 재능이 빅토르를 놀라게 했다. 게다가 조시아는 젊고 예뻤다. 꿈꾸는 듯한 표정에, 몸의 중량감을 스스로 느끼는 듯 신중하고 여유로운 동작…… 갑자기 빅토르는 조시아에 대해서 천박한 감정을 품었다. 그것은 자기가 모시는 귀족 아가씨를 욕보이고 싶은 그런 속된 충동이었다. 그래서 그는 의도적으로 흔히 쓰는 말보다도 더 속되고 비천한 단어들을 사용했다. 조시아는 빅토르의 그런 태도를 짐짓 모른 척했다. 빅토르는 정원을 산책하려던 마음을 바꾸고 그 방에 머물러 조시아와 이런저런 이야기를 나누었다. 정말 네시쯤 되자 조시아의 아들 헤니오가 잠에서 깨어나 요란하게 울어대기 시작했다. 프란치스카 양이 아이를 데려가서 옷을 입혔다. 조시아는 그 광경을 사랑이 듬뿍 담긴 눈길로 바라보면서, 빅토르에게는 무표정하고, 무관심한 태도로 일관했다. 드디어 오후의 다과시간이 시작되었다.

빅토르는 다과시간에 실망을 금할 수가 없었다. 모르는 사람들이 너무 많이 모인데다 어제의 명랑 쾌활하던 분위기는 찾아볼 수 없이 서먹서먹했기 때문이다. 어제는 방문객이 빅토르 혼자였고, 또 너무도 익숙한 아가씨들과 함께 있었다. 그런데 오늘은 빅토르도 잘 모르고, 그들도 빅토르를 잘 모르는, 서로 생전처음 보는 사람들이 섞여 있어 어색하기 짝이 없었다. 손님들은 십여년 전부터 빌코에서 나름대로 중요한 의미를 가진 사람들이었다. 카베츠키가 율치아 바로 옆의 상석을 차지하고 앉아 모임을 이끌고 있었다. 카지아도, 욜라도 카베츠키를 싫어한다는 것을 빅토르는 눈치챌 수 있었다. 또한 자매들간에 빌코에서 나오는 수입의 분배, 각자의 지분 등에 관해 복잡한 재산분쟁이 일어나고 있다는 것도 알 수 있었다. 이 집의 막내가 일년 전에 성인이 되면서 얼마 전부터 분배에 참여하게 되어, 가뜩이나 골치 아픈 계산이 더욱 복잡해졌음에 틀림없다.

어머니는 다과시간에 나타나지 않았다. 다과시간을 알리는 종을 두 차례나 계속 쳤는데도 욜라는 늦게 왔다. 그녀는 낯선 얼굴의 두 신사를 대동한 채, 정원을 지나 유리문을 통해서 들어왔다. 그중 한 사람은 군복을 입고 있었다. 빅토르는 카베츠키와 이야기하는 도중 욜라가 아주 명랑하게 웃으면서 베란다를 통해서 들어오는 것을 보았다. 그는 욜라가 심한 근시라는 것을 기억해냈다. 그런데 지금은 상태가 더 심해졌는지 베란다를 지날 때에도 몸을 굽히고 발아래를 살피면서 걸었다. 손에는 긴 갈대 지팡이를 들고 있었는데, 그것이 욜라를 늙어 보이게 했다. 그러나 욜라가 옆에 있는 남자를 보기 위해 고개를 살포시 들었을 때, 조금 전까지 버섯처럼 욜라를 가리고 있던 커다란 모자가 마치 활짝 웃고 있는 섬세한 타원형의 얼굴을 감싸고 있는 빛무리처럼 보였다. 아, 그녀는 너무도 아름다웠다! 화창한 오후 눈부시게 빛나는 햇빛 아래서 비로소 그 아름다움이 생생하게 드러났다. 방 안에 들어오자 욜라는 정상적으로 빠르고 활기차게 움직였다. 하늘하늘한 흰색 드레스 자락으로 드러난 맨살의 가냘픈 어깨의 움직임도 생기에 가득 차 있었다. 욜라는 모든 사람에게 미소를 지어 보였다. 카베츠키를 향해서도 웃었고, 빅토르에게도 반갑게 인사를 건네며, 품위있어 보이는 두 사내를 소개했다. 두 사람 다 아주 멋있고, 흠 잡을 데 없이 용모 단정했다. 장교복의 빳빳한 깃 위로 감탄이 절로 나올 정도로 흰 피부와 영양 많은 이딸리아산 고급 돼지고기를 즐겨먹는 듯 윤기 흐르고 통통하면서도 수려한 얼굴이 인상적이었다. 스스로 기병 장교라고 밝힌 사람은 키가 크고 호리호리했으며, 유난히 아름다운 손이 눈에 띄었다. 식탁에서의 대화는 활기에 넘쳤다. 그저그런 이야기들이었으나 분위기는 사교적이고 화기애애했다. 그러나 모르는 남자들과 함께 있는 것이 빅토르로서는 별로 유쾌한 일이 아니었다. 기대했던 오후의 다과시간은 빅토르를 지루하게 만들었다. 그는 투니아를 바라보았다. 비쩍마른 투니아는 눈을 동그랗게 뜨고서, 내내 어린아이들 틈에 앉아 있었다.

"투니아밖에 없을 것 같다. 그동안 빌코가 어떻게 변했는지 내게 보여줄 수 있는 사람은……" 빅토르가 말했다. "우리 함께 산책하지 않을래? 괜찮지?"

투니아는 입속말로 "예"라고 대답했다. 투니아는 우유가 들어 있는 흰 잔에 입과 눈을 처박고 있었다. 투니아의 행동에는 아직도 십대를 벗어나지 못한 어린아이 티가 역력했다. 마부 안토니가 빅토르에게 투니아를 '아직 어린애'라고 한 것은 맞는 말이었다.

다과시간이 끝나자 두 사람은 산책하러 밖으로 나갔다. 카베츠키는 율치아와 함께 온실로 갔다. 그는 율치아에게 뭔가 보여줄 것이 있다고 했다. 카지아는 안토시에게 공부를 시키기 위해 방으로 갔다. 욜라는 다시 커다란 모자를 쓰고서 베란다의 의자에 앉았고, 그 주위를 욜라를 따르는 남자들이 둘러싸고 있었다. 이번에는 조시아도 합석했다.

빅토르와 투니아는 아름다운 전경을 바라보면서 한동안 걸음을 멈추었다. 집으로 향하는 길이 끝나는 지점에서부터 오래된 자작나무 가로수길 쪽으로 좁고 반듯한 물길이 마치 화살처럼 뻗어 있었다. 맑은 물길은 족히 1킬로미터는 될 것 같았다. 물길이 끝나는 곳에 자리한 가로수 길 입구에 커다란 목조 방앗간이 있고, 그 뒤로 시골 마을이 있었다.

"산책 좋아하니?" 빅토르가 투니아에게 물어보았다.

"선생님은요?" 투니아가 물었다.

"그보다 먼저, 나를 '선생님'이라고 부르지 않을 수 없겠니? 네 언니들 모두 나한테 말을 놓거든."

"당장은 어려울 것 같아요." 투니아가 당황해서 말했다. "선생님은 저보다 나이가 훨씬 많으시잖아요……" 투니아는 자신의 말에 더욱 안절부절못하며, 눈썹 아래까지 온통 새빨개졌다. "어머나!" 갑자기 그녀가 소리를 질렀다. "제가 바보 같은 말을 했네요."

"아니야, 전혀 바보 같은 말이 아니야. 네 말이 사실인걸 뭐."

투니아의 말이 듣기 좋은 것은 아니었지만, 빅토르는 아무렇지도 않은 듯 표정을 가다듬었다.

"기억난다. 너는 어렸을 때 항상 놀란 눈을 하곤 했지…… 예전에 네가 숨을 헐떡이면서 연회실로 뛰어오더니 '어머나, 장닭이 쫓아와요!' 라고 했었는데, 혹시 기억나니?"

둘은 함께 웃음을 터뜨렸다. 그들은 대문에서 죽 뻗은 길을 따라 밖으로 나가서, 큰길을 옆에 두고 수로를 따라갔다.

"항상 펠라와 함께 이 길로 방앗간에 가곤 했는데……" 빅토르가 말했다. "그런데 너는 펠라를 기억하니?"

"기억은 나요." 투니아는 별 관심 없는 투로 말했다. "그러나 죽은 지 십년이나 지난걸요……"

"우리 지금 펠라 무덤에 가볼까?"

"좋아요." 투니아가 동의했다. "별로 멀지 않아요."

그들은 자작나무를 따라 계속 걸어갔다. 빅토르는 펠라에 대해서 이야기했다. 펠라가 했던 여러 가지 이야기들, 그녀와 함께한 산책, 장난치며 놀던 추억 등을 기억해냈다. 펠라는 연못가에 앉아 있는 것을 좋아했고, 헤엄을 아주 잘 쳐서 몇시간이고 수영을 즐겼었다. 투니아는 펠라 이야기에 전혀 흥미가 없었다. 그래서 펠라와 상관없는 다른 이야기로 빅토르의 말을 끊어버렸다. 투니아는 가로수길 양옆으로 펼쳐진 밭의 수확, 가재 잡는 일, 카베츠키의 제안으로 만든 물고기 양식장

등을 이야기하며 빅토르의 관심을 돌렸다. 빅토르와 투니아, 두 사람의 생각의 흐름은 마치 평행으로 뻗은 수로처럼 서로 일치하는 적도 없었고, 그렇다고 서로 방해가 되지도 않았다.

빅토르에게는 투니아에게 결코 말할 수 없는 한가지 추억이 있었다. 전쟁이 일어나기 몇주 전 일이었다. 사냥총을 들고 이리저리 돌아다니기를 좋아하는 빅토르가 저녁 무렵, 오리 사냥에서 돌아오던 길이었다. 그날따라 오리를 많이 잡지는 못했다. 빅토르는 저녁식사 시간에 맞추기 위해 서둘러 빌코를 향해 가던 중에 갯버들이 우거진 곳에서 연못가 잔디밭으로 급히 빠져나오게 되었다. 그런데 바로 거기, 잔디밭 위에 펠라가 등을 빅토르 쪽으로 돌린 채 서 있었다. 그런데 펠라는 완전히 나체였다. 그녀는 별로 길지 않은 땋은 머리를 금빛의 머리빗으로 풀어내리면서, 앞에 앉은 욜라를 보고 있었다. 욜라는 붉은 옷을 입고 있었고, 펠라는 그녀에게 뭐라고 열심히 이야기하고 있었다. 빅토르는 갑자기 걸음을 멈추었다. 해가 막 지려 하고 있었다. 석양의 황금빛이 펠라의 아름다운 하얀 육체와 욜라의 붉은 옷에 쏟아지고 있었다. 욜라는 빅토르를 보고 놀라서 아무 말도 하지 못했다. 욜라의 시선을 따라 고개를 뒤로 돌린 펠라는 빅토르를 보고는 의아해하면서 말했다. "왜 안 오고 거기 서 있는 거야?" 펠라는 당황하지도, 놀라지도 않고 태연하게 말했다. 그러다가 갑자기 비명을 지르며 주저앉더니, 눈 깜짝할 사이에 욜라 뒤로 몸을 감추었다. "수영복을 벗고 있다는 걸 잊어버렸어!" 펠라가 웃음과 부끄러움이 뒤섞인 목소리로 말했다. 빅토르는 다시 갯버들이 우거진 곳으로 가서 펠라가 옷을 입을 때까지 기다렸다. 그는 눈을 감았다. 석양에 빛나던 펠라의 하얀 몸과 머리를 빗고 있던 우아한 자태, 침착하게 뒤로 고개를 돌리던 동작이 눈앞에 어른거렸다. 그때 갯버들 사이로 젖은 덤불의 씁쓰름한 냄새가 풍겨왔다. 지금 수로를 따라 걸어가면서 빅토르는 그때 맡았던 그 냄새를 몇 번이나 느꼈다. 당시의 광경도 눈앞에 또렷하게 되살아났다. 펠라는 옷을 입고, 빅토르를 앞질러 먼저 뛰어갔다. 빅토르는 욜라와 함께 빌코를 향해 걸어갔다. 그 순간 빅토르는 자기가 진짜 남자가 된 듯한 느낌에 사로잡혔었다. 등에는 엽총을 메고 있었고, 아름다운 욜라를 옆에 거느린 채, 당황해서 어쩔 줄 몰라하는 펠라를 조금은 오만한 듯한 시선으로 바라보는 자신이 자랑스러웠던 것이다. 당시 그는 펠라를 기껏해야 조시아보다 한두살 정도 많은 어린애로 여겼었다. 그러나 지금 돌이켜보니 잘못 생각했음을 알았다. 지금 이 순간 빅토르의 머릿속에는 그때 그 장면만 떠오르는 것이 아니라, 무르만스크에서 오랫동안 여자 구경을 못하고 지냈던 특별한 기억도 스쳐지나갔다. 끼예프로 진격하던 중 유대인이 살해된 배 안에서 잠을 자며 대기에 스며 있는 피 냄새 때문에 속이 메스껍던 일, 다리의 상처와 피로 때문에 고통스럽던 기억, 여러 해 동안 익숙해져버린 수많은 시체와 부상자의 처참한 실상…… 그리고 평화로운 석양빛 속에서 수영을 하는 여인들의 모습이 차례로 어른거렸다.

생각해보니 빅토르는 빌코를 아주 잊고 있었던 것은 아니었다. 그는 자기가 인지하는 것보다 더 자주 빌코를 생각했었다. 의식이 자유로울 때마다 그의 눈앞에는 그 시절과 그때의 여인들 중 한 사람의 모습이 스쳐지나가곤 하던 것이다. 그는 옆에서 걷고 있는 투니아를 쳐다보았다. 날씬한 투니아는 조르조네* 그림 속의 토비아스 옆자리의 천사장처럼 천천히, 그리고 뚜벅뚜벅 걷고 있었다. 몸을 앞으로 약간 숙이고

* Giorgione(1476~1510), 이딸리아 화가로 베네찌아 르네쌍스 창시자의 한사람. 그리스 신화에 나오는 장면을 현실에 비유한 그림들과 초상화들을 그렸음.(원주)

걷는 습관, 근시 때문에 무관심한 듯 시선을 멀리 두고 물체를 바라보는 눈망울을 보면서 투니아도 나이가 들면 욜라를 그대로 빼닮으리라는 생각이 들었다. '십오년 뒤에는 투니아도 욜라처럼 걷겠구나.'

묘지까지는 그렇게 멀지 않았다. 방앗간 뒤부터 마을이 시작되고, 오른쪽에는 언덕처럼 높은 지대가 펼쳐졌다. 앞쪽에 옹기종기 모여 있는 집들 뒤가 곧바로 묘지였고, 경사를 따라 아래로 내려가면 펌프가 설치된 우물이 나왔다. 우물가에는 네 그루의 은백양나무가 서 있고, 그 옆에 묘지로 들어가는 문이 있었다. 묘지에는 나무들이 많았는데, 특히 작은 나무들이 다닥다닥 붙어서 자라고 있었고, 무덤들은 나무 밑에 있었다. 쓰러져서 잘 보이지 않는 십자가들이 사방에 널린 무덤 위에 꽂혀 있는 것이 눈에 들어왔다. 빌코의 가족묘지가 있는 곳은 안의 돌담 아래였다. 이미 무덤들이 많이 들어찼기 때문에 펠라의 묘는 들판의 돌을 쌓아 만든 두 개의 벽이 만나는 구석자리, 조금 외떨어진 곳에 있었다. 묘에는 자작나무 십자가가 꽂혀 있었고, 십자가 주위를 나지막한 나무 울타리가 에워싸고 있었다. 펠라의 묘는 전혀 돌보지 않은 상태였고, 꽃 한송이 놓여 있지 않았다. 빅토르는 문득 빌코의 아가씨들에게 펠라에 대해 물은 것이 적절치 못했음을 깨달았다. 아물어가는 상처를 다시 건드렸기 때문이 아니라, 완전히 잊혀진 일을 캐물었기 때문이었다. 오늘 투니아가 무관심하게 대답하고, 화제를 피한 것도 그 때문일 것이다. 빅토르는 펠라의 무덤을 바라보면서 여태 펠라를 기억하는 사람은 아무도 없다는 것을 확신하게 되었다.

"어머니는 이곳에 자주 오시니?" 빅토르가 투니아에게 물었다.

"요즘 거의 움직이지 않으세요. 건강이 안 좋으시거든요."

빅토르는 무덤 앞에 서서 무슨 말을 해야 할지, 무슨 생각을 해야 할지 몰라 머뭇거렸다. 펠라의 존재 자체가 완전히 잊혀졌는데, 석양빛 아래에서 눈부시게 빛나던 펠라의 몸 따위를 누가 기억하겠는가. 이 세상에서 펠라에 관한 비밀을 간직하고 있는 건 오직 자기뿐이다. 어쩌면 빅토르는 빌코에 오면서 무의식중에 그 누구보다 펠라를 만나리라고 기대했는지 모르겠다. 아니야, 나는 펠라를 생각한 적이 없었어. 빌코에 대해서도 잊어버렸었는걸. 기차역 바로 뒤의 한길을 향해 몇 걸음을 내딛기 전까지는 적어도 아니었다. 펠라가 살아 있었다면 아마 빌코의 아가씨들 중 가장 변하지 않고, 그대로일 텐데. 강가에서 알몸으로 서 있던 그때가 여자의 인생에서 가장 아름다운 시기의 출발점이었다면, 적어도 지금은 그 아름다운 시기의 끝자락쯤은 되었을 텐데. 그랬다면 먼 옛날, 잔디밭의 막 피기 시작한 꽃봉오리 같던 시절에 그랬듯이 펠라는 그를 향해 침착하게 고개를 돌리면서 "왜 오지 않고 거기 서 있는 거야?"라고 말해주었을지도 모른다. 아니, 어쩌면 이렇게 말했을지도. "내게 다가오지 않고 뭐 하는 거야?" 바로 그 현장에 이렇게 다시 왔건만, 이미 늦어버리고 말았다. 그를 애타게 기다려주었을지도 모르는 모든 것이 한줌의 재가 되어버린 것이다. 십년, 또 십년 후에는 황금빛 석양 아래서 그를 향하고 있던 나긋나긋한 아가씨의 희고 넓은 등은 몇개의 뼛조각 외에는 흔적도 없이 영원히 자취를 감추고 말겠지. 빅토르는 한숨을 내쉬었다.

투니아가 가볍게 웃었다.

"한숨을 쉬는 것을 보니 사랑했나보군요."

빅토르는 놀라서 투니아를 쳐다보았다. 이 아가씨에게 젊은 처녀다운 섬세함과 수줍음이 결여되어 있다는 사실이 그를 짐짓 놀라게 했다. '어떻게 이렇게 대담하게 말할 수가 있을까?' 그런 생각이 들었지만, 빅토르는 끝내 아무 말도 하지 않았다. 묘지 위로 세 마리의 오리가 날아갔다. 빅토르는 손가락으로 그 오리들을 가리켰다. 투니아는 한번도 오리를 총으로 쏘아본 적이 없다고 했다. 그들은 다음 주말에 이곳에서 몇킬로미터 정도 떨어진 바지츠키 호수에 함께 가기로 약속했다. 그곳에 오리 사냥터가 있다는 것을 빅토르는 알고 있었다. 그는 사냥을 좋아했다. 마침 다음주는 성 바오로와 성 베드로의 대축일이기도 했다. 두 사람은 아무것도 둘러보지 않고 서둘러 묘지를 빠져나왔다. 굳이 둘러볼 필요가 없었던 것이다. 펠라를 떠올리고, 회상하게 할 만한 것들에는 일부러 눈길도 주지 않았다. 펠라여, 편히 잠들기를.

다음날 오전 빅토르는 혼자서 펠라의 무덤을 찾았다. 그는 오는 길에 펠라의 무덤 앞에 놓기 위해서 감상적인 사춘기 소녀처럼 동자꽃 한묶음을 꺾었다. 쑥스럽다는 생각이 들었지만, 무슨 특별한 생각이 있어서 그런 것은 아니었다. 단지 이 가엾은 소녀를 모두가 잊고 있다는 사실이 부끄러웠던 것이다.

빌코에서의 점심 초대를 완곡하게 거절하면서 빅토르는 율치아의 귀에 대고 이렇게 말했다. "욜라에게 남자 손님들이 없을 때 올게." 그러자 율치아가 웃음을 터뜨렸다. "그들이 가고 나면 또다른 사람들이 오는걸. 이곳에는 항상 손님이 끊이질 않아." 그 말이 맞다. 하긴 빅토르 자신도 며칠간 휴식을 취할 필요가 있었다. 그는 외숙부 댁에 그대로 머물러 있기로 했다.

빅토르는 하루나 이틀 정도 생각을 정리할 필요가 있다고 판단했다. 이곳에 도착하던 날 저녁 그의 머리에 떠오른 갖가지 환상들이 다시 나타나서 그를 혼란스럽게 했다. 사실 그가 정리해야 할 것은 생각이 아니라 감정이었다. 많은 상념이 무더기로 머릿속에 떠올라 그를 괴롭혔던 것이다. 빅토르는 지금까지의 모든 것을 말끔히 털어버리고 뭔가, 새로운 것을 붙잡고 싶었다. 그런데 그 새로운 것이 무엇인지 구체적으로 설명할 수가 없었다. 아니, 어쩌면 지극히 단순한 것인지도 모른다. 그것은 바로 사랑이었던 것이다. 지금까지 그를 지배해온 모든 감정들에 앞서 열정이 솟구쳤고, 뜨거운 감정이 피어올랐다. 사랑이 그의 행동을 좌우하기 시작했다. 꼭 필요한 것이라는 생각도 안했었고, 그저 허공에 붕 떠 있는 듯 막연하기만 했으며, 구체적으로 어떤 대상을 향한 것도 아니었는데, 어느새 마음속에 그런 감정이 돋아나게 되었단 말인가. 한마디로 그가 예전에 삶의 기쁨이라 여기던 모든 것, 무거운 돌덩어리처럼 짓누르는 일상의 중압감에 시달리느라 퇴색해버린 것들이 마치 폐허의 무더기를 뚫고 나오는 쐐기풀처럼 자라고 있다는 사실이 놀라울 따름이었다. 기분이 좋아진 빅토르는 외숙부와 외숙모의 비위를 맞추고 어른들을 즐겁게 했다. 그는 외숙부가 많이 늙었다는 사실을 이제야 실감했다. 외숙부는 마치 연극에 나오는 어떤 인물처럼 빅토르가 이미 잊고 있던 일들을 끊임없이 상기시켰다. 그러나 그때마다 빅토르는 외숙부에게 명랑한 얼굴로 그런 일은 생각하고 싶지 않다고 공손하게 대답했다. 생각을 안하면, 힘들어할 필요도 없는 법이니까.

오전에 빅토르는 또다시 묘지에 갔다왔고, 점심식사 후에는 정원에 앉아 19세기초에 출판된 별로 유명하지 않은 회고록을 읽었다. 저녁에는 외숙부, 외숙모와 늦게까지 담소를 나누었다. 그는 외숙부 내외가 그만 가서 자라고 말할 때까지 자리를 지켰다. 다음날 아침 빅토르는 말을 타고 바지츠키 호수에 갔다. 요즘 그곳의 사정이 어떤지, 달라진 것은 없는지, 사냥 허가권은 누가 갖고 있는지 등이 알고 싶어서였다. 그곳에서 빅토르는 성 바오로와 성 베드로 대축일이 마침 이번주 일요일이어서 주말에는 뱃사공이자 오랫동안 이곳의 관리인으로 일하고 있는 바르 노인 혼자서 사냥할 계획이라는 것을 알게 되었다. 빅토르는 정오에 호숫가에 도착해 배를 타고 사냥터로 가서 예전처럼 저녁때까지 함께 사냥을 즐기기로 노인과 약속했다. 허가 문제는 노인이 다 알아서 하기로 했다. 노인에게 5즈워티만 쥐어주면 납 총알을 마음껏 쏠 수 있으리라. 빅토르가 돌아왔을 때 외숙부 내외는 벌써 점심식사를 마친 뒤였다. 하지만 조카를 위해서 음식을 남겨두었다. 식사 도중 외숙모는 줄곧 빅토르의 옆에 앉아서 수다를 떨었다. 항상 그렇듯이 빌코에 대한 이야기였다. 외숙모는 카베츠키가 처제들에게 부당하게 하고 있고, 경비 문제로 그들과 심하게 싸운다는 이야기를 꺼냈다. 카지아가 친정에서 애까지 데려와서 지출이 배로 늘었다며, 카베츠키가 카지아를 심하게 대한다는 이야기도 했다. 또한 재산분배에 대해서도 자세하게 말했다. 토지는 대부분 율치아 부부와 욜라 부부에게 분배되었고, 다른 형제들에게는 그 몫을 분할해서 돈으로 지불하기로 했지만, 아직 본격적인 지불이 시작되지 않았는데, 그 이유는 카지아가 어머니의 지분 가운데 일부로 융자를 받았기 때문이고, 이로 인해서 빌코 아가씨들 몫의 계산이 복잡하게 되었다는 것이다. 빅토르는 이런저런 이야기들을 한 귀로 듣고 한 귀로 흘렸다. 그는 접시에 쌜러드를 듬뿍 얹으면서 쌍발엽총을 어디서 구할까 하는 생각에 몰두하고 있었다. 누군가 갑자기 창문을 두드렸다. 빅토르는 흰 양산과 흰 모자를 보았다. 외숙모와 빅토르가 동시에 문으로 달려갔다. 욜라였다.

빌코와 로즈키는 거리상으로 가장 가까운 이웃이다. 그러나 두 집안 간의 관계는 가깝지도, 친밀하지도 않았다. 두 집을 연결하는 유일한 끈은 빅토르뿐이었다. 물론 나이 많은 어른들은 집안 행사나 의례적인 축일에 서로 왕래가 있었다. 그러나 아가씨들이 로즈키에 오는 일은 거의 없었다. 그래서 욜라의 방문은 큰 사건이라고 할 수 있었다. 욜라는 '외숙부 내외분'(빌코의 아가씨들은 항상 이렇게 불렸다)을 모레 있을 어머니의 영명축일 파티에 초대하기 위해서 왔다고 했다. 영명축일은 본래 월요일, '성 에밀리아의 날'이지만, 성 베드로와 성 바오로 대축일인 일요일로 하루 앞당겨서 잔치를 벌이기로 했다는 것이다. 욜라는 로즈키 식구들이 점심식사에 꼭 참석해서 저녁까지 머물러주었으면 한다고 당부했다. 당연히 빅토르도 함께 초대했다. 그런데 빅토르는 뜻밖에도 그냥 숙부 댁에 남아 있겠다고 대답하는 것이 아닌가.

외숙모는 오후에 먹을 다과를 준비하기 위해 서둘러 부엌으로 갔다. 틀림없이 어린이들이 좋아하는 거품을 올린 초콜릿이 곧 나올 것이다. 빅토르는 예기치 않게 욜라와 단둘이 식당 방에 남게 되었다. 그녀와 이렇게 둘만 있는 것은 다시 만난 이후 처음이다. 욜라는 이리저리 방을 둘러보았다. 로즈키의 저택에는 여러 해 만에 다시 왔기 때문이었다. 하긴 그녀가 빌코의 저택에 머무는 시간도 일년에 짧게는 몇주, 길게는 두 달 정도밖에 되지 않는다고 했다.

외숙부의 집은 외딴 곳에 떨어진 낮은 분지에 자리잡고 있었다. 이곳도 빌코와 마찬가지로 전쟁의 피해를 별로 입지 않았다. 가구도 그대로이고, 피아노도 여전하다. 욜라가 만질 때마다 삐걱대며 소리를 내는 낡은 가구들도 변함이 없었다. 욜라는 이런저런 감상들을 빠르게 말했는데, 어쩐지 평소의 욜라 목소리가 아니었다. 욜라는 빅토르를 쳐다보지 못했다. 빅토르는 자기가 분위기를 주도하고 있다는 것을 느꼈다. 그는 욜라가 불안해하며, 자기의 시선을 피하는 것을 보면서 웃었다. 마침내 빅토르가 욜라에게 질문을 던졌다.

"욜라, 그저께 집에 있던 그 두 친구는 누구야? 그들 때문에 오후 다과시간에 너와 함께 있는 즐거움이 완전히 망가졌잖아. 게다가 너는 나한테 한마디도 말을 걸지 않더군."

"그날 재미있었는데…… 그리고 그들은 이미 갔어."

"또다른 사람들이 오겠지. 욜치아가 그러더라".

"율치아는 말이 너무 많아. 그런데 그게 너하고 무슨 상관이지? 십오 년이나 지난 지금, 이제 와서 질투라도 하는 거야?"

빅토르가 크게 웃었다. "이야기가 정말 이상하게 되어가는군. 너는 계속 변명을 하고, 나는 쓸데없이 캐묻고 말이야. 그래, 나하고는 아무 상관없는 일이야."

"아, 그래? 유감이다." 욜라가 갑자기 쌀쌀맞고 생소한 말투로 말하면서, 빅토르를 똑바로 바라보았다.

욜라의 두 눈에서 지금처럼 강렬한 메씨지가 느껴진 적은 한번도 없었다. 욜라의 눈은 말로 다 할 수 없는 많은 것을 표현하고 있었다. 그 눈에는 사랑의 감정만 빼고 모든 것이 다 들어 있었다. 천만다행이었다. 빅토르가 눈을 돌렸다.

"유감스러운 일이네. 너한테는 상관없는 일이고, 과거에도 상관없었다니." 욜라가 말했다.

"너는 나를 사랑했었니?"

"너는 나를 어떻게 생각했는데?"

"나는 아니야…… 아마 아닐 거야. 너를 무척 좋아하긴 했지만……"

"나도 아니야. 나는 너를 사랑한 적이 한번도 없어. 그리고 지금도 내가 너를 사랑하지 않는다는 걸 알아줬으면 해. 그러나 너는 내 인생에서 다른 중요한 역할을 했어. 그동안 나는 네 외숙부님을 통해서 너에 대한 소식을 듣고 있었어. 물론 그건 사랑과는 관계없는 일이야. 너는 내게 대단히 권위있는 존재였거든. 그 당시에 내가 어떤 애였는지 생각해봐. 나는 그때 열일곱살이었어. 무슨 일을 할 때마다 항상 빅토르는 어떻게 생각하고, 또 뭐라고 할까 고민하곤 했지. 너는 짐작조차 못했겠지만 말이야. 어떤 책을 읽을 때면 항상, 네가 봐주길 바랐어. 나도 교양을 쌓으려고 책을 읽는다는 것을 네가 알아주길 기대했지.

그런데 너는 한번도 내 마음을 몰라주었어. 가끔 네게 무슨 일에 대해 진지하게 물으면, 너는 모두 농담으로 받아들였어. 나는 그런 애였어. 그런데 그런 습관이 꽤 오래 가더군. 지금도 나는 이따금 내가 하는 일을 네가 칭찬해주길 바랄 때가 있어. 여전히 빅토르라면 이럴 때 뭐라고 할까 혼자서 고민해보기도 하고 말이야…… 그리고……"

"욜라? 말해봐!"

"그런데 말이야, 빅토르……" 욜라가 눈물을 글썽이며 빅토르를 바라보았다. 매혹적인 눈동자에 맑은 눈물이 그렁그렁 고여 있었다.

"빅토르, 내가 네 맘에 들지 않는다는 생각에 괴로울 때도 있어."

"나는 네 마음에 드니?"

"또 질문이야. 제기랄!" 욜라가 화를 버럭 내면서 방수천을 씌운 소파에서 벌떡 일어났다. 욜라는 벽에 걸린 초상화를 뚫어져라 들여다보았다. 한참 후에 그녀가 덧붙였다.

"사실은 오늘, 그래서 온 거야. 그러니까, 나도 내 행동이 별로 바람직하지 않다는 걸 알고 있다는 것을 말해주려고…… 그러니까…… 어떻게 표현해야 하나, 한마디로…… 네가 나를 비난하지 않았으면 해."

빅토르가 웃었다.

"욜라, 생각해봤니? 내가 무슨 권리로 너나 다른 사람을 비판하겠어? 내가 어떤 사람인지는 알고 있니?"

"알아, 너는 고상한 사람이야."

"이런, 과분한 칭찬이군. 내가 그동안 어떻게 살았는지 알아? 나는 너를 평가할 자격이 없어. 알겠니? 나는 아무것도 없는 빈 껍데기에 불과하다구."

"그럼 스토크로치에서 지금 하고 있는 일은 뭐야?"

"딱히 다른 할 일이 없어서 하는 거야."

"난 다 알고 있어. 네 어머니가 외숙모께 이야기하셨어. 네가 맹인들을 위해서 봉사하고 있다고."

"욜라! 욜라!" 빅토르가 큰 소리로 웃으며 말했다. "사실은 그렇지 않아. 고귀한 일과는 실제로 아무 상관도 없는 넌더리나는 인생에 대해서도 동화 같은 이야기는 얼마든지 갖다 붙일 수 있는 거야."

"하지만 말이야, 그렇다고 내가 너를 사랑하는 건 절대 아니야. 지금껏 너를 사랑한 적은 한번도 없었어. 대신 그보다 훨씬 많이 나는 너를 존경해."

"이런, 이런, 욜라! 그것만 가지고는 좀 부족한 것 같지 않니?"

둘은 실컷 웃었다.

"너는 정말 좋은 사람이야."

욜라가 느닷없이 이렇게 말하면서 방 한가운데에 우뚝 섰다. 욜라의 눈에 다시 눈물이 고였다. 그 순간 외숙모가 쟁반을 들고 들어왔다. 초콜릿 위에는 정말로 노란 크림이 먹음직스럽게 덮여 있었다. 욜라는 과자를 맛있게 먹었다. 세 사람은 오후 다과시간까지 테이블을 떠나지 않았다. 나중에 카지아와 조시아가 애들과 함께 숲을 산책하고 돌아가는 길에 마차로 욜라를 데리러 온다고 했다. 그때까지 그들은 먹고 마시며 이야기를 나누었다. 초콜릿을 다 먹고 난 뒤, 욜라는 빅토르에게 안마당 말고, 정원으로 산책을 가자고 했다. 집 뒤의 정원에는 항상 로베르트 외숙부의 재미있는 물건들이 많이 있다. 욜라는 그것들을 오랫동안 보지 못했던 것이다.

두 사람은 수많은 농기구와 연장 들이 널려 있는 넓은 정원을 지나갔다. 기구 하나하나가 마치 벌통들처럼 엷은 판자로 덮여 있어, 로베르트 외숙부의 꼼꼼한 성격을 드러내주고 있었다. 그 옆에는 마차들이 차려 자세를 취하듯 끌채를 위로 향한 채 세워져 있었다. 두 사람은 외양간과 마구간, 닭장이 있는 곳까지 왔다. 사방에 온통 악취가 풍겼지만, 닭과 돼지 들을 바라보는 것은 재미있었다. 이딸리아산 검은 순종 암돼지가 제법 자란 새끼돼지 네 마리와 함께 별채 주변을 어슬렁거리고 있었다. 욜라는 매우 흥미롭게 구경을 하면서, 빅토르와 끊임없이 이야기를 주고받았다.

"빅토르!" 욜라가 말했다. "살아가는 데는 도덕적인 규범 같은 것이 꼭 있어야 할 것 같아. 사람이 비도덕적으로 살수록 그런 기준이 필요해."

"그런데, '비도덕적'이라는 게 대체 무슨 의미지? 아, 저것 좀 봐, 저 흰 점박이 돼지 말이야."

"정말 예쁘네. 그런데 '비도덕적인 사람'이란 내가 이해하기에는 '목적 없는 사람'이라는 말로 바꿀 수 있을 것 같아. 이유도 없이 이리저리 떠돌아다니는 사람은 도덕성이 결여되었기 때문에 그러는 게 아닐까."

그들은 닭이 있는 곳까지 왔다. 철망으로 만든 울타리 안쪽에는 흰 닭들과 아프리카산 뿔닭들이 많이 모여 있었다. 그 옆의 작은 우리에는 키가 크고 검붉은 암탉들이 기다란 다리를 흔들며 서 있었다.

"저것 좀 봐." 욜라가 말했다. "저놈들은 마치 원시시대 동물처럼 걸어다니는군."

욜라도, 빅토르도 원시시대 동물들이 어떻게 걸어다녔는지 알 턱이 없었지만, 그 비유가 재밌어서 오랫동안 낄낄대며 웃었다. 그들은 마침내 농장의 마당 한가운데에 다다랐다. 욜라는 양산으로 모래 위에 뭔가를 그리면서 끊임없이 말을 했다. 그러나 그 말들은 전혀 앞뒤가 맞지 않았다. 빅토르는 욜라에게 마음의 거리를 두고, 욜라가 신경질적으로 지껄이는 말을 가만히 듣고 있었다. 불만에 가득 차 있고, 아이도 낳지 못한 병적인 여인의 넋두리는 과히 듣기 좋지는 않았다. 빅토

르는 마치 뜨거운 불가에 서 있는 듯 그녀의 그런 열정이 두렵기까지
했다. 그러나 고전적인 흰 모자를 쓰고 있는 욜라의 모습은 정말 예뻤
다. 그 모자는 욜라가 고개를 숙일 때는 욜라를 짓누르는 것처럼 보였
고, 고개를 들면 그녀를 떠받치는 것 같았다. 모든 것이 그를 욜라로부
터 멀어지게 하고 있었다. 말을 하고 있는 욜라가 문득 낯설어 보였지
만, 빅토르는 개의치 않았다. 그는 욜라 쪽으로 기울였던 몸을 곧추세
웠다. 욜라는 빅토르가 아무 말도 하지 않는 것을 보고, 입을 다물었
다. 자꾸만 딴사람처럼 생소하게만 느껴지는 욜라가 집 쪽으로 걸어가
고 있었다. 빅토르는 말없이 욜라의 뒤를 따라갔다. 날씬한 욜라의 걸
음걸이는 어딘지 불안해 보였다. 근시안이라 고개를 약간 숙이고, 조
심스럽게 길을 살피고 있었지만, 허리는 곧게 펴고 있었다. 문득 빅토
르는 욜라에게 끌리던 예전의 감정들이 차갑게 식어가는 것을 느꼈다.
그는 욜라에게 화가 났다. 과거에 욜라는 정말 매력적이었는데…… 지
난날 욜라와 산책하던 일, 보트를 타고 이곳까지 왔던 일 등이 떠올랐
다. 그러자 자기가 욜라를 조금은 사랑했던 게 아닐까 하는 생각이 들
었다. 빅토르는 카지아에게 전에 자기가 보낸 편지들을 보여달라고 부
탁하기로 했다. 그 편지들에는 모든 게 다 들어 있을 것이다. 당시에
그는 카지아에게만은 비밀을 털어놓았었다. 어쩌면 빅토르에게는 젊
은 아가씨를 감탄하게 만들고 싶은 의도가 있었는지도 모른다. 그해
여름, 온갖 기지와 유쾌한 농담으로 가득 찬 아무 걱정 없는 만남들과
행복한 분위기는 분명 사랑에 가까운 것이었다.

　욜라는 현관에 서서 빅토르를 웃으며 바라보았다. 그리고 그에게 손
을 내밀었다.

　"내가 네 기분을 망친 것 같아." 욜라가 말했다. "네가 그렇게 깊은
생각에 잠겨 있는 것을 보니 말이야."

"무슨 소리!" 빅토르가 대꾸했다. "스토크로치에 어떤 돼지우리를 지을까 생각하는 중이었어. 내가 하는 일이 바로 그런 일이거든……"

카지아와 조시아가 애들을 데리고 왔지만, 너무 늦었기 때문에 여인들은 마차에서 내리지도 않고 곧장 빌코로 돌아갔다. 누가 카지아를 대신해 저녁식사를 준비하고 있는지 궁금했다. 에드바르드는 아침부터 그 일로 몹시 화가 나 있었다. 그들은 율라를 태우고 서둘러 떠났다. 로즈키의 외숙부 내외분들은 모레 점심 초대에 꼭 참석하겠노라고 약속했다.

마차 소리가 멀어지자 외숙모가 율라를 염두에 둔 듯 빅토르에게 이 것저것 잔소리를 하기 시작했다. 빅토르는 웃기만 했다.

"외숙모는 제가 스무살이 아니라는 것을 모르시나 보군요. 아무렴 제가 나이 서른일곱이 될 때까지 여자 구경도 못했겠어요? 율라가 이 제 와서 제게 무슨 영향을 미치겠냐고요?"

"나는 네가 투니아하고 결혼했으면 한다." 외숙모가 자신의 속마음을 털어놓았다. "율라는 틀림없이 모든 것을 망칠 거야."

"뭐 망칠 거리가 있어야 망치든지 말든지 하죠. 그리고 외숙모, 제발 그런 희망 버리세요. 저는 빌코에서 결혼 안해요. 혹시 카지아하고라면 모를까. 그렇지만 카지아는 너무 늦었잖아요."

그 말을 하면서 빅토르는 정말로 빌코에서 결혼하는 일은 없을 것이고, 또한 그동안 결혼하려 한 적도 없었다는 데 생각이 미쳤다. 그 이유가 무엇일까?

사흘째 되는 날 빅토르는 그 이유를 알 수 있었다. 빌코 저택 마님의 영명축일 잔치에는 그 근방에서 많은 사람들이 모였다. 집안 식구들을 제하고도 삼십여명이나 모였으니 대단한 성황이었다. 점심식사는 오 래 걸렸다. 빅토르는 모르는 아가씨들 틈에 앉았는데, 그 처녀들은 옆에 있는 다른 사람들과 이야기하느라 정신이 없었다. 빅토르 앞에는 욜라의 손님인 기병장교가 앉아 있었다. 빅토르는 주로 그와 대화를 나누었다. 그 사내는 빅토르가 예비역 대위이고, 무공 십자훈장을 두 개나 받았다는 것을 알고 그에게 존경을 표했다. 그는 군인의 기강에 맞추면서 줄곧 빅토르하고 술을 마시려 했고, 빅토르에게 군 시절에 대한 개인적인 질문도 했다. 식탁의 분위기는 활기에 넘쳤다. 예외적으로 욜라의 남편도 동석했다. 그는 통통하게 살이 쪘으며, 겸손한 성품을 가진, 유능한 변호사였다. 카베츠키는 기분이 좋은지, 어머니를 위해 건배를 제안했다. 어머니의 보라색 드레스는 소박한 외모와 부드러운 인상에 잘 어울렸다. 하지만 빅토르에게는 모든 것이 말할 수 없이 지루하게만 느껴졌다. 점심식사 후 다들 방으로, 베란다로, 정원으로 흩어졌을 때, 빅토르는 뒷마당에 홀로 산책하러 나갔다. 얼마나 걸었을까, 숲을 지나 멀리 연못가에 이르렀다. 아무 생각 없이 적어도 한 시간은 돌아다닌 것 같았다. 요 며칠 동안 빅토르는 정신이 멍한 상태였다. 서로 상반되는 사고의 흐름 속에서 의식이 겉돌고 있었다. 그의 뇌리에서 줄곧 떠나지 않는 것은 욜라와 그녀의 로즈키 방문이었다. 한편 바르샤바와 스토크로치 농장의 업무는 완전히 잊어버렸다. 빌코의 아가씨들 덕분에 일시적으로 주어진 에로틱한 유예기간으로 인해 일상업무의 중요성은 그의 마음속에서 깨끗이 사라진 것 같았다. 산책에서 돌아오는 길에 빅토르는 집 주위를 이리저리 돌아보다가 우연히 식품 창고를 들여다보았다.

빌코의 저택은 현관에서부터 시작되는 커다란 복도에 의해 양쪽으로 나뉘며, 복도 끝에는 작은 베란다가 있다. 베란다를 지나 회랑이 있고, 목조의 중간 통로가 제법 큰 부속 건물까지 연결된다. 이 건물에는 부엌과 그에 딸린 시설들이 있다. 그리고 이곳에는 유명한 빌코의 식품 창고가 있다. 그 창고는 사방이 참나무 선반으로 둘러싸인 일종의 큰 방으로, 가운데에는 커다란 테이블이 놓여 있었다. 이 식품 창고가 빌코 저택에는 없는 도서관을 대신하고 있다고 생각하며 빅토르는 웃었다. 테이블 뒤에는 지하실로 내려가는 입구가 있었는데, 그 지하실의 면적은 저택보다 더 넓었다. 선반에는 헤아릴 수 없이 많은 크고작은 항아리들이 날짜에 따라 진열되어 있고, 모든 그릇에는 내용물을 표시하는 쪽지가 달려 있었다. 절인 과일과 주스 들, 버섯과 오이 피클 병조림 등이 보였고, 선반의 한쪽에는 통조림회사인 '벡'(Weg)상표가 붙은 제품들이 별도로 진열되어 있었다. 전에 빅토르와 욜라가 즐겨 찾던 구석진 자리에는 말린 과일들과 꿀에 절인 배, 건포도와 그와 비슷한 먹을거리들이 진열되어 있었다. 빅토르가 식품 창고를 한창 둘러보고 있는데, 마침 흰 앞치마를 두른 카지아가 커다란 테이블 옆에 서서 오후의 다과상을 준비하고 있었다.

"이리 와, 빅토르! 나 좀 도와주지 않을래?"

카지아는 푸른 잎이 달린 싱싱한 딸기들이 놓인 쟁반에서 눈도 떼지 않고 말했다.

"뭘 하면 되지?"

빅토르가 물었다. 그는 지루한 손님들과 떨어져서 뜻밖에 카지아와 이야기할 수 있게 되어서 기뻤다.

"딸기 맛 좀 봐줘. 큰것 말고 여기, 작은 것들 말이야. 그리고 따분한 일을 하고 있는 나를 즐겁게 해주면 돼." 카지아가 말했다.

"뭔가 다른 제안을 할 수는 없겠니? 남을 즐겁게 하는 데에는 영 소질이 없어서 말이야. 대체 그런 일을 시키는 이유가 뭐야?"

"생각이 필요없는 일이잖아."

카지아가 가장 큰 딸기를 접시의 맨 위에 올려놓으면서 말했다.

"너는 너무 무뚝뚝해." 빅토르가 딸기를 먹으면서 말했다. "그리고 너무 쉽게 판단을 내리는 것 같아. 하긴 모두에게 철학자가 되라고 바랄 순 없겠지. 대신 사람들은 부지런하고 근면하니까……"

"우리 자매들을 두고 하는 말이군."

"아냐, 너희 자매들 말고 다른 사람들 이야기야. 내 생각엔 사물을 볼 때 나만 좀 다르게 보는 것 같아. 그렇다고 내가 특별하다는 뜻은 아니야. 그저 내가 살아온 과정이 나를 주변의 세상과 구분짓고 있는 게 아닌가 생각해."

"너는 항상 달랐어. 처음부터 그랬지. 나중에 네가 다른 사람들과 구별된 것이 아니라, 처음부터 남들과는 달랐어."

"듣기 좋으라고 일부러 그렇게 말하는 거지, 카지아?"

카지아는 딸기 접시를 옆으로 밀어놓고, 푸른색의 큰 접시를 자기 앞으로 당겨서 그 위에 깡통에서 집게로 꺼낸 마른 과일들을 보기좋게 늘어놓았다.

"듣기 좋으라고 하는 말은 아니야. 다르다는 건, 장점도 미덕도 아니거든. 나 자신만 해도 그래. 뭐 내세울 만한 좋은 점도 없고, 번듯하게 이루어놓은 것도 없으니 말이야. 하지만 나 또한 다른 사람들과는 동떨어져 있고, 다르다고 생각해. 이것이야말로 내 인생에서 가장 중요한 부분이지. 이런 일들은 우리 등뒤에 있는 누군가가 결정하는 것 같아. 말하자면 운명을 정해서 장기판 위에 올려놓는다고나 할까? 게다가 늑대들은 언제나 혼자서 따로 움직이지만, 양들은 늘 무더기로 몰려다니곤 하잖아. 중요한 건 우리가 사는 세상에서 잡아먹히는 건 양이 아니라 늑대라는 사실이야. 결국엔 양들이 늑대들을 잡아먹거든."

"아주 복잡한 비유로군."

"실은 어제 오후 내내 안토시와 함께 '늑대와 딸기 놀이'를 했어. 그래서 생각한 거야."

"나는 내 적성에 맞는 일을 하고 싶었는데 그러질 못했어. 지금 스토크로치에서 하는 일도 출세와는 전혀 관계가 없고, 벌이도 시원치 않아. 그저 모두 함께 일한다는 게 즐거울 뿐인지. 그러나 그것도 나한테는 별 의미가 없어."

"너는 지금 하고 있는 일을 좋아하지 않는가 보구나?"

"그래, 좋아하지 않아."

"그런데 군대는 왜 그만두었어? 너한테 잘 맞을 것 같은데."

"아니, 천만에. 병영, 그곳은 정말 참을 수 없는 곳이야. 장교생활이 얼마나 공허하고, 빈곤한지 너는 아마 상상도 못할 거야. 그보다는 차라리 스토크로치가 훨씬 나아. 그곳에는 뭐랄까, 직접적인 의미가 있거든. 결과가 곧바로 눈앞에 보이니까 말이야. 이곳에 돌아와서야 예전에 여기서 내가 꿈꾸던 것들이 얼마나 큰 착각이었는지 똑똑히 알게 되었어."

"우리들이 모두 네게 흠뻑 빠져 있을 때, 그 시절에 너는 정말 다르게 보였었지."

"이런, 카지아, 누가 내게 흠뻑 빠졌다고 그래."

빅토르가 한숨 쉬듯 말하고는, 티스푼을 놓고 손가락으로 말린 과일을 집기 시작했다.

"차려놓은 것을 집어먹지 말고, 깡통에 든 것을 먹어!" 카지아가 그를 나무랐다.

"미안, 그냥 아무 생각 없이, 그만. 이제 안 그럴게."

"우리는 모두 너에게 반했었어. 그래, 그랬었지. 지금 와서 돌이켜보니 어쩌면 율라는 아니었을 테지만 말이야. 율라는 늘 나와 뭐든 똑같이 하고 싶어하고, 그렇게 안될 때는 그런 척이라도 하려고 애를 쓰곤

했으니까. 욜라는 어릴 때부터 뭐든 나를 따라 하길 좋아했었어. 그런데 내가 너에게 반해버렸으니 어땠겠어?."

"설마 진심으로 나를 사랑했던 거야?"

빅토르는 놀란 나머지 손에 들고 있던 시럽에 절인 과일도 잊어버렸다.

"오, 말도 마라, 심각했지."

카지아가 그렇게 말하면서 집게를 길고 날카로운 것으로 바꿔서 깡통에 든 초록색 구스베리 열매를 조심스럽게 끄집어냈다.

"너는 오랫동안 내 마음에서 떠나지 않았어. 전쟁이 끝나고 이삼년 안에 네가 돌아올 줄 알았지. 그러다가 난 결국 결혼을 했어. 남편은 착하고 좋은 사람이었어. 하지만 우리는 합의 이혼했어. 그는 지금 다른 여자와 재혼했고……"

"이제는 더이상 나를 사랑하지 않니?" 불안한 목소리로 빅토르가 물었다.

카지아는 집게에서 눈을 떼지 않고 웃었다. 그녀의 손놀림은 빠르고 능숙했다.

"불안해할 것 없어. 너에 대해서는 완전히 잊었으니까. 너를 우리집에서 다시 만났을 때 말할 수 없이 놀랐어. 완전히 다른 사람처럼 느껴졌거든."

"많이 늙었을 거야."

"물론 늙기도 했지만, 꼭 그것뿐만은 아니야. 뭐라고 해야 하나, 생기가 사라졌다고나 할까."

휴식을 취했는데도 불구하고, 빅토르의 눈앞에는 또다시 그 견디기 어려운 장면이 어른거렸다. 회색과 초록색이 섞인 찢어진 옷을 입고 죽어 있는 군인의 모습…… 그는 씹고 있던 과일찌꺼기를 뱉어버리고, 카지아를 물끄러미 쳐다보았다. 모든 것을 설명할 필요도 없었고, 또 설명할 수도 없었다. 지금 이곳에서 모두가 그를 흠모하던 십오년 전의 그 시절로 다리를 놓는 것은 불가능하다. 그러나 환각상태에서는 스무살 인생의 봄을 여전히 볼 수가 있었다.

"그런데 말이지, 카지아." 한참 후에 빅토르가 말문을 열었다 "나는 언젠가 연못가 잔디밭에서 펠라의 나체를 본 적이 있어. 그러니까 그건 네가 지금의 나한테서 보고 싶은 것과 똑같은 바로 그런 것이겠지. 그렇다고 펠라의 관을 꺼내볼 순 없잖아. 아름다웠던 그 옛날의 펠라는 이미 어디에도 없을 테니까."

카지아가 고개를 들고 찬찬히 그의 눈을 들여다보았다.

"내가 너한테서 보고 싶은 것은 옛날의 네 모습이 아니야." 진지한 목소리로 카지아가 말했다. "사실 난 그때 일은 생각조차 하기 싫어. 그 시절이 내 인생을 망쳐버렸으니까. 그렇다고 네게 부담을 주려는 건 아니야. 그저 네게 확실히 알려주고 싶었어. 아직 사교계에 발도 내딛지 않은 순수한 십대 처녀 시절, 언젠가 너를 미치도록 사랑했다는 것을 말이야. 지금 생각해보면 우스운 일이지. 그때 그 사랑이 남긴 것은 아무것도 없는데 말야. 내가 누군가를 그처럼 사랑할 수 있었다는 사실이 꿈만 같아. 지금은 상상조차 할 수 없는 일이지. 내가 보기에 모든 위대한 사랑에는 굴욕적이고 우스운 면이 있는 것 같아."

"굴욕적인 면은 있을 수 있다고 생각해." 빅토르가 천천히 말했다. "그런데 우스운 면도 있다고?"

"굴욕과 웃음이 결합될 때의 그 어이없는 느낌을 너는 한번도 맛본 적이 없구나?"

"응, 한번도 없었어."

"그것 봐. 그렇다면 너는 한번도 진심으로 사랑을 해본 적이 없는 거야."

"그럴 시간이 없었어."

이렇게 말하면서 빅토르는 갑자기 자리에서 벌떡 일어났다. 그는 말린 과일 단지들이 진열되어 있는 선반으로 가서 단지들을 빙빙 돌리면서 거기에 적힌 날짜를 확인했다. 개중에는 이년, 삼년, 혹은 더 오래된 것들도 있었다.

"뭐가 이렇게 많지?" 그가 물었다.

"거기 있는 단지들 중에 쓸 만한 것을 고르기 위해서지."

카지아와 이야기하는 도중 빅토르는 자기가 지금껏 그 누구와도 미친 듯이 사랑에 빠져본 적이 없다는 사실을 깨달았다. 물론 어설프게 사랑 비슷한 감정을 경험한 적도 있었고, 통속적인 로맨스도 있었다. 코미디 같은 여자 문제 때문에 계획보다 일찍 군복을 벗는 해프닝도 겪었다. 또한 루드키 시청에서 근무할 때에는 자코바 양이 곁에 있었다. 이 모든 것은 명백한 사실이었다. 그러나 얼마나 시시하게 끝나고 말았던가. 그는 과일 단지에서 눈을 떼고 카지아를 쳐다보았다. 카지아는 아무것도 하지 않고 있었다. 그녀는 사탕이 들어 있는 크리스털 병을 밀어놓고 니스칠도 하지 않은 표면이 거친 테이블에 팔꿈치를 올려놓은 채, 먼 곳을 응시하고 있었다. 틀림없이 지금 카지아도 빅토르의 머릿속을 스치고 지나간 그해 여름을 떠올리고 있을 것이다. 그 순간 갑자기 카지아가 지금까지와는 달리 아름답게 보였다. 크고 검은 눈동자에 날씬한 몸매, 귀까지 내려오는 풍성한 곱슬머리…… 카지아는 빅토르가 자기를 바라보는 것을 알아차리고, 그에게 미소를 지었다. 그러고는 테이블을 어지럽히고 있는 사탕부스러기를 손바닥으로 쓸어냈다.

"뭔가를 후회하는 것만 같은 표정으로 날 보고 있네……" 카지아가 말했다.

"아니야, 후회는 무슨……" 빅토르가 단호하게 말하면서, 카지아에게 다가가서 손을 잡았다.

"그러니까……" 그가 말했다. "정말 미안해. 그런데 맹세코 난 아무것도 몰랐어. 하긴 알았더라도 뭘 할 수 있었겠어?"

"그래, 분명 아무것도 할 수 없었겠지. 너한테 서운한 마음은 하나도 없어. 널 원망하지도 않고……"

그 순간 하인이 들어왔다. 그는 이상하다는 듯 빅토르를 바라보며 중얼거렸다. "식품 창고는 손님들이 들어오는 곳이 아닌데……" 하인은 카지아가 준비해놓은 과일 그릇과 접시 들을 쟁반에 담고는 식당으로 나르기 시작했다.

"차가 준비되었습니다." 하인이 카지아에게 말했다. "곧 손님들에게 내가야 합니다."

하인이 나가자 카지아도 따라나가려 했다. 그러나 빅토르가 말렸다.

"잠깐만!" 빅토르가 말했다. "식품 창고가 참 좋아. 마치 포근한 외투에 싸여 있는 것 같아. 우리가 예전에 하던 '단계'를 치러서 기분이 좋은걸."

빅토르는 예전에 그녀와 나누던 대화를 회상했다.

"그래, 하지만 이것이 아마 우리의 마지막 '단계'가 될 거야." 앞치마끈을 풀면서 카지아가 웃었다. "그 '단계'가 우리를 얼마나 먼 곳까지 끌고 갔는지 너도 알지……"

"그래, 시베리아까지 데려갔지." 빅토르가 씁쓸하게 말했다.

그리고 두 사람은 식품 창고에서 나왔다. 잠시 낮잠을 자고 일어난 손님들이 다시 방에서 웅성거렸다. 카지아는 식당으로 갔고, 빅토르는 연회실을 지나서 베란다로 나갔다. 예전에 카지아와 대부분의 '단계'

를 치른 곳이 바로 이 베란다였다. 바로 그때 어떤 씨앗들이 뿌려졌다는 것을 빅토르는 의심하지 않았다. 당시에 그는 자신이 아무것도 모른다는 사실, 자신의 무지함에 절망했었다. 그러나 지금 와서 보니 다른 많은 사람들 또한 그랬으며, 그들도 자기와 별반 다르지 않다는 것을 알게 되었다. 그는 자신이 예전보다 더욱 폐쇄적이 되었고, 스스로 세상을 등지고 있다는 것도 깨닫게 되었다. 사회를 위해 일하면서도 늘 아웃싸이더였고, 구석으로 비껴나 있었던 것이다.

베란다에서 정원으로 내려오면서 빅토르는 갑자기 유렉이 생각났다. 자신의 유일한 친구였던 유렉은 그를 남겨두고 얼마 전에 죽었다. 문득 유렉과 나눈 대화들이 생각났다. 그런데 지금 와서 생각해보니 그 대화들은 지극히 이론적이며, 비현실적이었다. 그때 그들이 내린 결정들이 정말 가치있는 것인지 확인이 불가능하다는 것을 빅토르는 실감했다.

'갑작스러운 죽음으로 유렉의 삶은 정리가 되지 못했다.' 빅토르는 생각했다. 유렉은 인간이 결정하고, 확고한 의지로 이행한 모든 것이 무의미하다는 것을 알기도 전에 떠났다. 의지와 상관없이 우연히 발생한 일들이 실은 굉장히 중요한 의미를 갖고 있으며, 그러한 일들이 우리 곁에 도사리고 있다가 훗날 어떤 형태로든 우리에게 되돌아올 수도 있고, 혹은 최악의 경우에는 우리가 그것들을 잡으려 안간힘을 쓰게 될 수도 있다는 사실을 깨달을 새도 없이 친구는 너무 일찍 가버린 것이다.

아니야, 그럴 리 없어! 우연이 되돌아오는 일 따위는 절대로 없으리라고 빅토르는 생각했다. 그는 빌코에 와서 처음으로 스토크로치 농장을 떠올렸다. 그곳에는 힘겨운 노동이 기다리고 있지만, 대신 복잡한 선택이나 결정을 요구하는 난감한 현실에서 도피할 수 있는 안식처이

기도 했다. 그런가 하면 지금 여기서 그를 에워싸고 있는 모든 것은 쾌락의 가능성을 갖고 있지만, 아직 저지르지 않은 죄악의 언저리를 서성이는 것 같은 아슬아슬한 기분을 들게 했다.

저녁때 빅토르는 외숙부 내외와 함께 마차를 타고 집으로 돌아왔다. 밤은 서늘하고 어두웠지만, 그래도 여름밤이라, 인간의 눈에는 보이지 않는 생명력으로 가득 차 있었다. 주위를 에워싼 은은한 향기는 그 속에서 뭔가가 꿈틀거리며 살아숨쉬고 있다는 것을 증명했다. 빅토르는 자기도 모르게 카지아에 대해 이야기하기 시작했다. 그리고 외숙모로부터 그 집에서 카지아가 어떻게 살고 있는지 알게 되었다. 형부인 카베츠키는 참기 어려울 정도로 심하게 카지아를 구박한다고 했다. 이미 몇차례나 들은 이야기였다. 카지아는 왜 구태여 그 집에 살면서 자기 소유도 아닌 농장을 위해서 일하는 걸까? 혹시 바르샤바나 스토크로치에 와서 빅토르를 도와줄 수는 없을까?

빅토르는 잡념을 떨쳐버리기 위해 머리를 흔들었다. 집에 와서 혼자 방 안에 있으면서도 빅토르는 카지아와 자기 자신에 대해서 이런저런 생각을 하느라 오랫동안 잠을 이루지 못했다. 자고 일어나면 사라질 것만 같던 그런 상념들은 다음날이 되자 더욱더 선명해졌다. 전날 밤 잠을 설쳤기 때문에 빅토르는 오후에 잠시 눈을 붙였다. 무더위가 기승을 부리는 가운데 사방이 정적에 잠겨 있었다. 모슬린 수건으로 햇빛을 가리고, 땀을 흘리며 누워서 빅토르는 일련의 영상을 떠올리기 위해 서서히 의식을 집중했다. 그 영상들은 움직임 없는 고요한 물에 돌이 떨어져 파문을 일으키듯이, 지금까지의 모든 경험들이 헛되다는 것을 그에게 분명하게 인식시켰다. 빅토르는 처음으로 빌코의 분위기를 움직이지 않고 고여 있는 정체된 연못의 물에 비유해보았다. 그리고 돌과 물 사이에는 공통점이 전혀 없다는 사실을 절감했다.

잠깐 눈을 붙였다 깨어났는데 몸이 무거웠다. 잠결에 고열에 시달렸기 때문이다. 빅토르는 집 주위를 여기저기 헤매고 다녔다. 외숙모의 권유에도 불구하고 빌코에는 가지 않았다. 가고 싶은 생각이 없었던 것이다. 카지아와의 대화로 그의 머릿속은 며칠간 포화상태가 되어 있었다. 그날 저녁에도 그는 일찍 잠자리에 드느라 빌코의 여인들에게 갈 수 없었다. 다음날 바지츠키 호수로 오리 사냥을 가려면 새벽에 일찍 일어나야만 했던 것이다.

사냥은 기억에 남을 만했다. 많이 잡았기 때문은 아니다. 결과는 오히려 그 반대였다. 투니아가 제 시간에 약속장소에 나타나지 않았기 때문에 일행은 사냥터에 늦게 도착할 수밖에 없었다. 오리들은 모두 숨어버렸는지 한마리도 눈에 띄지 않았다. 그들은 뱃사공에게서 빌린 작은 보트를 타고 좀개구리밥이 자란 물 위로 오랫동안 갈대를 헤치며 나아갔다. 그들이 지나갈 때마다 별로 깊지 않은, 잔잔한 수면 위에서는 배가 창포에 스치며 바스락거리는 소리가 들려 왔다. 두 사람은 열심히 노를 저어 갈대 사이의 작은 만(灣)으로 들어갔다. 물에서 신선한 기운이 올라왔기 때문에 그다지 덥지는 않았다. 그것이 그들의 마음을 안정시키고 즐겁게 만들었다. 빅토르는 자기 자신과 자신을 둘러싼 복잡한 일들에 대한 상념을 깡그리 잊었다. 지나간 일들, 다시 돌이킬 수도, 수정할 수도 없는 일들은 더이상 되살리지 않았다. 그는 오늘 이 순간만을 생각하면서, 이렇게 생각했다. 나는 아직 젊다. 그 혈기로 모든 걸 새롭게 시작할 수도 있고, 모든 것을 바꿀 수도 있다. 허송세월로 흘려보낸 청춘은 구슬픈 유행가와 무수한 속담 들이 뭐라고 하든 다른 모습으로, 구체적인 형상으로 얼마든지 탈바꿈할 수 있는 것이다.

이런 모든 생각을 가능하게 한 것은 물론 투니아의 존재였다. 이 아가씨는 빅토르가 젊었을 때에는 한번도 눈여겨보지 않던 철부지에 불과했다. 당시 투니아는 조시아처럼 그에게 어떤 감정을 품기에는 너무 어렸었다. 빅토르는 십오년 전에 투니아와 함께한 시간이 전혀 없었다. 그렇기 때문에 지금의 투니아는 완전히 새로운 존재이면서, 그의 관심을 끌고, 그를 다시 젊게 만드는 활력소가 될 수 있는 것이다.

보기 드물게 예쁘고 건강한 아가씨와 함께 있는데, 주저하거나 망설일 필요가 뭐가 있단 말인가. 투니아는 그에게 과거의 어떤 애틋한 감상도, 안타까운 기억도 불러일으키지 않았다. 비록 죽은 언니를 많이 연상시키기는 하지만, 정작 투니아 본인은 펠라에 대한 기억이 거의 없었다. 가끔씩 빅토르의 머릿속에 옛날에는 이해할 수 없었던 지난 일들이 떠오르곤 했는데, 그럴 때마다 투니아는 살포시 미소를 짓거나, 혹은 활짝 웃거나, 아니면 머리를 비스듬히 기울이곤 했다. 그 모습에는 오래전 펠라의 표정과 몸짓이 고스란히 들어 있었다.

오늘 빅토르는 투니아에게서 그 시절 펠라가 보여주던 모든 표정과 동작들을 보았다. 그는 펠라와 예전에 나눈 대화, 그녀와 함께했던 산책의 의미를 이해할 수 있었다. 투니아에게서 떠오르는 펠라의 영상은 본래 있던 것을 지우고, 그 위에 글자를 다시 쓴 양피지 같았다. 빅토르는 그녀에게서 모든 것을 읽었다. 그것은 마치 무덤 속에서 흘러나오는 고백 같았고, 잃어버린 것들을 새롭게 되찾은 것 느낌이었다.

갈대와 창포 사이의 좀개구리밥을 밀어내느라 빅토르가 투니아에게서 고개를 돌리고 잠깐 생각에 잠겼을 때, 그녀가 보인 가벼운 교태는 어쩌면 사랑이었는지도 모른다. 다시 투니아에게로 시선을 돌리자, 그녀의 미소, 이, 매혹적인 예쁜 눈동자, 펠라보다도 더 날씬한 몸매가 눈에 들어왔다.

오후 늦게서야 그들은 집으로 돌아갈 준비를 했다. 빅토르는 오리들을 찾는 척하면서 꽤 오랫동안 덤불 속을 헤매고 다녔다. 그러면서 투니아와 함께하는 그 시간을 마음껏 즐길 수 있었다.

투니아도 좋아했다. 빅토르는 투니아와 함께 있으면, 지나간 사연들이 주는 부담감 없이 편안하게 그녀를 대할 수 있어서 좋았다. 한편 투니아에게 빅토르는 새롭고도 낯익은 사람이었으며, 예상 외로 멋진 사람일 수도 있는 묘한 인물이었다. 사실 빅토르는 여기서 만난 모든 사람들이 예전과는 많이 다른 모습으로 변해 있는 것을 보고 마음이 무거웠다. 그러나 투니아는 빅토르에게 그런 울적한 느낌을 주지 않았다. 그는 모처럼 회상에서 자유롭게 놓여나는 것을 느꼈고, 그로 인해 청춘이 되돌아온 듯한 기분을 가질 수 있었다.

빅토르에게는 투니아와 펠라의 모습이 서로 뒤섞여서 어른거렸다. 그날 저녁 빅토르가 빌코를 떠날 때 투니아는 하루종일 함께 보낸 그를 배웅하기 위해 문지방에 서 있었다. 그 순간 빅토르에게는 펠라가 작별인사를 하러 나온 것처럼 보였다. 하지만 그 모습에서는 죽음의 공포 대신 생명의 환희가 느껴졌다.

사냥을 간 다음날 이른 아침, 빅토르는 빌코에 갔다. 그는 투니아를 불러내 함께 소나무숲으로 산책하러 갔다. 정원 뒤 언덕에 있는 몇그루의 커다란 소나무들은 멀리서도 잘 보였다. 그들은 소나무 아래 잔디밭에 앉았다. 전날 하루종일 빅토르를 황홀하게 했던 바로 그 유희가 또다시 시작되었다. 지난밤 꿈에도 나타나 어른거린 그것들은 유쾌한 농담이었고, 미처 소리내어 말하지 못한 말이었고, 감각적인 대화였고, 여운이 남는 안타까운 속삭임이었고, 싱그러운 여름의 향기와 살내음이었고, 간지러우면서도 따가운 풀잎의 감촉이었고, 팔과 다리 위를 기어다니던 개미들과 실랑이를 벌이며 부르르 몸을 떨던 전율이었다. 동시에 그것은 노년과 청춘의 유희였고, 회상과 현실, 삶과 죽음, 투니아와 펠라의 유희이기도 했다.

투니아는 지금 스물한살, 혹은 스물두살의 풋풋한 처녀이다. 그러나 그녀는 나이보다 더 어려 보였다. 긴 다리로 서 있을 땐 조르조네가 그린 화폭의 천사를 닮았고, 풀밭에서 빅토르의 옆에 앉아 있을 때에는 마치 날갯짓하는 작은 새 같았다. 그때 피할 수 없는 일이 일어났다. 아니, 어쩌면 그것은 당연히 일어나야 할 일이었다. 빅토르는 투니아를 등뒤에서 껴안아 잔디에 눕히고 격렬하게 키스했다. 하지만 투니아는 발버둥을 치면서 싫다고 소리치며 빅토르를 밀어냈다. 그러나 결국에는 웃으면서 두번째 키스를 허용했다. 강렬하고 긴 키스였다. 그녀에게서는 송진 냄새가 풍겼다.

"안돼요!" 한참 후 투니아가 손가락을 위로 치켜세우면서 말했다. "더이상은 안돼요. 절대로!" 그리고 투니아는 밝게 웃었다.

그 웃음이 빅토르의 마음에 걸렸다. 빅토르의 키스를 좀더 따뜻하게 받아들일 수도 있지 않았을까. 자기 역시 투니아를 좀더 진지하게 대했어야 하는 게 아닐까. 그녀의 웃음 속에는 빅토르와 그의 감정에 대한 일종의 조롱이 담겨 있는 듯했다. 빅토르는 실망한 나머지 빌코의 저택으로 돌아가자고 했다. 투니아는 그의 옆에서 나란히 걸었다. 그런데 어느 순간, 갑자기 투니아가 그에게 몸을 밀착했다. 느닷없이 진지하고 심각한 태도였다. 빅토르는 투니아를 쳐다보았다. 그녀는 넓은 눈썹 아래에서 빛나는 짙은 사파이어 색깔의 눈을 들어 무심히 옆길을 바라보고 있었다. 문득 투니아에게 미안한 생각이 들었다. 이렇게 명랑하고 아름다운 아가씨를 감히 내가 어떻게 사랑할 수 있을까 하는 생각에 가슴이 답답해졌다.

잠시 후에는 다과가 준비되었다. 하지만 빅토르의 생각은 다과시간이 끝난 뒤 벌어진 어떤 사건으로 인해 다른 쪽으로 옮겨가게 되었다. 손님들은 차를 마신 뒤 마차 두 대를 나누어 타고 다 함께 숲으로 산책을 갔다. 그러나 욜라의 손님들 때문에 마차에는 자리가 부족했다. 그래서 말 한필이 끄는 작은 간이마차에 욜라와 대위가 탔다. 빅토르는 율치아와 그녀의 아이들, 투니아와 함께 큰 마차에 탔다. 애들은 서로 장난을 치고, 율치아는 듣기 좋은 목소리로 뭔가를 계속 이야기했다. 빅토르는 투니아를 쳐다보았다. 투니아는 애들에게도, 대화에도 무관심한 태도였다. 아침에 빅토르가 보았던 바로 그 진지하면서도 뭔가를 골똘하게 생각하는 눈빛으로 투니아는 길옆에 펼쳐진 들판을 바라보고 있었다. 빅토르는 열심히 떠들고 있는 율치아를 보았다. 그는 두 자매의 외모를 비교해보았다. 어쩐지 닮은 데가 별로 없는 듯했다. 눈동자 색깔은 같았지만, 눈빛은 달랐다. 율치아가 젊고 날씬하던 시절에는 어쩌면 투니아와 더 많이 닮았었는지도 모른다. 그러나 지금은 나이 차이 때문인지 두 여자가 완전히 다르게 보였다. 그녀들이 가진 매력 중에 유일하게 닮은 것은 피부였다. 두 자매의 목은 마치 노란빛을 띤 진기한 비단처럼 매끄러워서, 우열을 가릴 수가 없었다. 목덜미와 어깨 역시 거의 차이가 없을 만큼 매끈했다. 다만 율치아가 지방질이 좀더 많아 보였다. 더이상 생각지 않기로 결심했음에도 불구하고, 빅토르의 뇌리에는 기억 속에 아로새겨진 율치아의 살갗을 애무하던 그 밤이 다시금 떠올랐다.

욜라가 숲에서 팔찌를 잃어버려 모두가 그것을 찾느라 한바탕 소동이 벌어졌다. 오랜 시간이 걸려 마침내 카지아의 어린 아들 안토시가 팔찌를 발견했다. 그 일로 그날 저녁 그애는 영웅이 되었다. 팔찌 사건으로 신경이 날카로워진 욜라는 먼저 마차를 타고 귀가해버렸다. 그래서 율치아와 빅토르, 단둘이서 말 한마리가 끄는 간이마차를 타고 집으로 돌아가게 되었다.

들판에는 꽃이 만발했다. 빅토르는 투니아가 들고 있던 꽃다발에서 커다란 노란색 데이지꽃을 뽑아들었다. 그는 손가락으로 엷은 꽃잎을 만져보았다. 꽃잎의 가장자리가 닳은데다 약간 시들어 있었다. 비단처럼 부드러운 꽃잎과 가운데 돋아난 꽃술을 만지자 알갱이 같은 촉감과 팽팽한 탄력이 느껴졌다. 그는 꽃에 대해서, 그리고 투니아와 율치아에 대해서 생각했다.

율치아는 지치고 굼뜬 말을 부지런히 몰았다. 갑자기 날이 어두워지더니 하늘의 절반가량이 서서히 구름으로 덮였다. 폭풍우가 몰아칠 것 같지는 않았으나 날씨가 갑자기 변한 게 확연히 느껴졌다. 곧 비가 올 것 같았다. 하늘이 변덕스러운 여인처럼 변해버리는 바람에 별과 노을은 어느새 자취를 감추고 말았다. 구름이 계속해서 밀려왔고, 공기는 습했다. 빅토르는 문득 감정이 격앙됨을 느꼈다.

마차가 경사진 길을 달리다가 갑자기 옆으로 기울었다. 빅토르는 떨어지지 않기 위해 한손으로 마차 손잡이를 잡고, 다른 손으로는 율치아를 붙잡았다. 둘만 있게 되자 율치아는 아무 말도 하지 않았다. 하늘을 뒤덮은 구름이 그들을 에워싸 무거운 침묵 속으로 빠뜨렸다. 빅토르는 율치아의 등뒤로 천천히 손을 뻗었다. 그의 손이 그녀의 목덜미에 이르렀고, 이어 천천히 어깨를 보듬으며 내려갔다. 그는 지난 세월동안 손끝에서 문득문득 십오년 전 꽃보다 더 아름답던 살갗의 감촉을 느끼곤 했다. 그런데 지금 그의 손끝에 있는 몸, 마차가 기우뚱거릴 때마다 조심스럽게 만지고 있는 그 살갗은 예전의 그것과는 달리 너무나 무미건조해서 놀랄 지경이었다. 그는 다시 한번 그녀의 피부를 만져보았다. 하지만 마치 자기의 몸처럼 속속들이 알고 있는 익숙한 육체를 만지는 것 같은 느낌이 들 뿐이었다. 예전에 경험했던 경이로운 전율, 그의 혀끝을 마비시키던 욕망의 침묵 같은 것은 하나도 남아 있지 않았다. 지금 율치아는 수천명의 다른 여자들과 차이가 없는 평범한 여자일 뿐이었다.

빅토르는 생뚱맞은 말로 아름다운 여름밤의 추억을 망가뜨리고 있다는 것을 알면서도 큰 소리로 외쳤다.

"율치아, 너 길을 알고는 있는 거니? 마차가 넘어질 것 같다!"

율치아는 한참 동안 대답이 없었다. 그녀는 빅토르의 목소리에 몸을 부르르 떨었다. 그 질문이 상황의 급격한 변화를 뜻한다는 것을 인식한 모양이었다. 그러나 상황을 파악하기까지는 다소 시간이 걸렸다. 한참 후 그녀가 대답했다.

"아니, 몰라. 그러나 말이 알아서 집까지 데려다줄 거야."

"데려다주기야 하겠지. 그러나 도중에 넘어질 수도 있잖아."

빅토르의 손이 아래로 내려와서 율치아의 허리를 꼭 껴안았다. 그는 허리가 굵은데 놀랐다. 전에는 투니아의 허리처럼 가늘고 날렵했는데.

"너와 투니아는 서로 닮았어."

율치아가 뭐라고 중얼거렸다. 갑자기 빅토르의 머리에 자신이 돌이킬 수 없는 실수를 했다는 생각이 스쳤다. 율치아는 그 말의 의미를 전혀 다르게 받아들인 것이다. 이미 저질러버린 실수에 대한 유일한 치료법은 억지로라도 끝까지 밀고 나가는 것이다. 그러나 빅토르는 도무지 평정을 유지할 수가 없었다. 당연한 일이다. 그들 사이에는 십오년이란 엄연한 세월의 벽이 가로놓여 있었던 것이다.

그렇게 두 사람은 집에 도착했다. 오는 도중 끊임없이 떠들어댔지만, 그들이 나눈 말과 문장 들은 아무런 내용도 없었고, 부차적인 의미조차도 없는 공허한 것들이었다. 다만 어색한 시간 때우기에 지나지 않는 말의 유희일 뿐. 그러면서도 아쉬운 마음이 드는 걸 빅토르 자신도 어쩔 수가 없었다. 지금 그가 체험하고 있는 모든 일들 또한 아름답고 향기로웠지만, 문득 지난날 네 번의 여름밤의 기억이 생생하게 되살아

나면서, 돌아오지 않는 시간에 대한 진한 향수가 강렬하게 솟구쳤다. 하지만 율치아는 여전히 담담하게 이야기를 계속했다. 어쩌면 빅토르의 반응 따위는 정말 아무런 상관이 없는지도 모르는 일이었다.

두 사람이 도착하자 저녁식사가 차려진 식당에서는 소란스러운 분위기 속에서 잃어버린 팔찌에 대한 이야기가 오가는 중이었다. 팔찌가 발견된 장소를 얼마나 많은 사람들이 지나다녔는데 아무도 발견하지 못했다는 이야기와 함께 팔찌를 찾아낸 안토시에 대한 칭찬이 이어졌다. 사람들이 하나둘씩, 식탁에 앉기 시작했다. 율치아는 제일 상석에 서서 모두가 모일 때까지 기다렸다. 식구들이 다 모이자 그녀는 미소를 머금고, 매력적인 낮은 목소리로 느닷없는 말을 했다.

"나는 빅토르가 밤에 마차 타는 것을 무서워한다는 것을 미처 몰랐어. 계속 나한테 마차가 넘어질 것 같다고 주의를 주더군."

"알렉산드로스 대왕의 말이 우리를 태우고 오지 않은 것이 다행이지."

빅토르가 이렇게 대꾸하자 모두가 마차를 몰던 불쌍한 암말에 대해 한마디씩 농담을 했다.

그후 며칠 동안 빅토르는 로즈키를 떠나지 않았다. 산책할 때도 일부러 빌코로 가는 길을 피했다. 그동안 빌코의 여인들 중 그 누구도 로즈키에 들르지 않았다. 단조롭고 무미한 나날이 계속되었다. 빅토르는 아무것도 생각하지 않고, 오로지 휴식에만 몰두했다. 나이가 어느덧 마흔이 가까웠으므로, 몸이 쇠약해질 여지는 얼마든지 있었다. 로즈키에 와서 빅토르는 오후에 낮잠을 자는 습관을 들이게 되었다. 그런데 선잠을 자는 그 시간이 그에게는 가장 괴로운 시간이었다. 낮 시간에 자는 잠은 밤잠과는 달랐다. 밤에는 금세 잠들지는 못했지만, 일단 잠이 들면 마치 검은 덮개라도 씌운 듯 완전한 망각상태가 되었다. 그러나 무더운 오후의 낮잠은 잠깐 조는 정도라도, 아주 구체적이고 집요하게 어떤 영상이 꿈으로 나타났다. 해묵은 사건들과 회상의 장면들이 꿈속에서 뒤섞이면서 마치 현실처럼 선명하게 펼쳐졌다. 낮잠 중에 꿈에 나타난 영상들은 대체로 에로틱한 것이었다. 그는 창문을 모두 닫고 응접실의 작은 소파에 다리를 구부리고 누웠다. 이런 불편한 자세가 그가 취하는 낮잠의 특징이기도 했다. 그는 머리 밑에 작은 베개를 괴고, 또다른 낮은 베개로 눈을 가린 뒤, 파리의 날갯짓 소리와 더불어 천천히 흩어져가는 자신의 생각들에 정신을 집중했다. 기분좋게 따뜻한 기운이 구부린 몸 위에 쏟아지는가 싶더니, 곧이어 누군가의 몸이 그의 옆에 길게 누워서 몸에 닿는 것이 느껴졌다. 그것은 지극히 현실적인 촉감이었다. 사방에서 모든 문의 돌쩌귀와 모든 벽의 둥근 모서리 들이 형체를 알 수 없이 흐물흐물해지면서, 경계의 구분이 사라져 버렸다. 어느새 그의 몸은 모르는 여인의 몸이 되었다. 밀착하여 하나로 결합되었는데도 자신과 그 다른 몸 사이에 심연이 가로놓여 있는 것이 느껴졌다. 그 다른 몸이 누구의 몸인지는 도무지 알 수 없었다. 또한 스스로도 자기가 누구인지 알 수 없었다. 그래서 낮잠은 늘 고통스러웠다. 그 몸이 누구의 것인지 알고 싶었으나, 항상 모호하기만 했다. 그러다 마침내 단 한 번, 그 실체를 확인할 수 있었는데, 그것은 살해된 군인의 몸이었다. 그렇다고 기분이 나쁘지는 않았다. 오히려 그 시체는 아늑하고 따사로운 기운을 발산하고 있었다. 그 따뜻함이 그를 에로틱하게 간지럽혔다. 잠시 후 그 시체를 싸고 있던 넝마조각이 떨어져나와 머리 밑의 베개와 하나가 되고, 머리 위에 있는 베개와 하나가 되었다. 빅토르는 그 몸과 하나가 되었고, 그 몸 또한 빅토르와 몸을 포갠 채 꼼짝 않고 그대로 있었다. 그러다 잠시 후 도저히 통과할 수 없는 절망의 구렁이 두 몸을 갈라놓으면서 분리되고 말았다. 그것은 고통스러운 결별이었다. 고통과 기쁨, 답답함, 고독감, 이 모든 감정이 에로틱한 흥분으로, 또한 고통스러운 잠의 형태로 표출되었다.

잠에서 깨어났을 때에 빅토르의 몸은 무거웠다. 그는 주위의 사물과 복잡한 생각 들을 하나씩 인식하면서, 서서히 몸의 균형을 회복했다. 그제야 하루종일 충분히 휴식을 취한 느낌이 들었다. 그래서인지 저녁에는 쉽게 잠들 수가 없었다. 꿈에 빌코의 아가씨들이 직접 나타난 것은 아니었지만, 잠에서 깨자마자 빌코의 분위기에 흠뻑 젖고 싶은 강렬한 충동이 솟구쳤다. 빅토르는 당장에라도 빌코로 뛰어가고 싶은 마음을 억눌러야만 했다. 그렇게 휴가의 두번째 주도 거의 끝나갔다. 빅토르는 일주일 후, 혹은 조금 더 있다가 돌아가야겠다고 담담하게 결심했다. 이제 빅토르는 자기 자신을 돌아보는 것을 마치 다른 사람을 관찰하듯 즐기게 되었다. 어쩐 일인지 자기가 살아온 삶의 궤적을 제대로 그릴 수가 없었다. 지금껏 자기가 살아온 자취를 돌아보면서 빅토르는 거기에 논리적으로는 메워지지 않는 벌어진 틈, 일종의 공백이 있음을 깨달았다. 1914년 그가 빌코를 떠나는 순간, 그때까지의 삶과 그후의 삶을 단절시키는 뭔가가 수직으로 강하게 내리꽂혔고, 그로 인해 그의 인생행로는 근본적인 변화를 맞게 되었다. 그는 머릿속으로 종종 자신의 삶의 궤적을 그려보곤 했지만, 1914년 이후, 특히 1920년 이후에 찾아온 '삶의 굴곡'을 하강하는 선으로 그려야 할지 아니면 상승하는 선으로 그려야 할지 몰라 망설였다. 결국 그는 자신의 인생을 이렇게 나누었다. 1914년까지의 첫번째 시기, 그다음에는 열다섯 개의 빈 칸, 그리고 다시 점선처럼 연결과 중단을 반복하며 평행으로 이어지는 선, 그리고 위쪽으로 치솟는 선. 그는 앞의 열다섯 개의 빈 칸 위에다 옆으로 긴 닫힌 타원형의 도형을 그렸다. 그것은 그에게 있어 또다른 삶이면서 동시에 이미 지나가버린 고립되고 단절된 생을 의미하는 것이었다. 아름다운 아침, 빅토르는 머릿속으로 이 도형들을 그려보면서 문득 인정하지 않을 수 없었다. 하얀 도화지 위에 떠오르는 얼굴은 바로 펠라였다. 펠라 또한 닫힌 타원형 모양의 삶을 살았고, 그밖에 다른 삶은 그려보지 못했다. 그렇게 망연하게 그림을 그리고 있으려니 불현듯 율치아와 욜라, 투니아가 미친 듯이 보고 싶어졌다. 그래서 빅토르는 그림을 그리다 말고 잘 아는 가장 짧은 지름길로 해서 이십분 만에 빌코 저택의 현관에 들어섰다.

하지만 빅토르는 그렇게도 만나고 싶었던 여인들을 만나지 못했다. 기다렸다는 듯이 그를 맞이한 건 조시아였다. 그는 서재에서 책을 읽고 있던 조시아를 보았다. 안락의자에 앉은 조시아는 품위있어 보이는 두꺼운 책에서 눈을 떼고 그를 쳐다보았다.

"어머나, 네가 왔네!" 조시아가 겉치레로 반기면서 말했다. 그러나 그녀는 곧 가식적인 표정을 거두었다. "언니들은 며칠간 네 이야기밖에 안하더군. 물론 네가 보이지 않았기 때문이야. 그러나 아무도 로즈키까지 갈 엄두를 내지 못했지."

빅토르는 조시아 옆에 앉아서 별 생각 없이 조시아에게서 책을 빼앗아 들여다보았다. 조시아는 그를 바라보면서 웃었다. 그녀가 먼저 입을 열었다.

"나는 네가 우리집에서 또다시 주인공이 될까봐 걱정이야. 언니들이 네 이야기를 많이 하거든."

"걱정할 것 없어." 쓸쓸하게 웃으며 빅토르가 말했다. "내가 주인공이 되는 일은 아마 없을 거야. 일주일 후면 나는 떠나. 다들 나를 볼 만큼 봤으니까."

"나도 떠나." 오로지 자신의 일만을 생각하는 듯 조시아가 말했다. "내 남편이 아비뇽으로 발령을 받아서 이사하는 것을 거들어야 해." 이렇게 말하고는 빅토르에게 의례적인 관심을 보이며 이렇게 덧붙였다.
"그런데 빌코에는 다시 오지 않을 거니?"

"지금 생각으로는 다시 오려고 해." 잠시 생각한 뒤에 빅토르가 대답했다. "당연히 와야지. 그런데 일상으로 돌아가면 내가 또다시 너희들을 잊어버리지 않을까 걱정이야."

"너는 예의가 바르구나."

"솔직히 말하면 여기서는 다들 예의 따위에는 신경쓰지 않는 것 같아. 내가 이런 말을 하는 건 솔직하고 싶어서지, 다른 의도는 없어. 비난하려는 건 아니지만 그런 느낌이 드네…… 돌아가면 또다시 일에 얽매일 테고, 현실이 나를 압박하겠지. 어쩌면 빌코를 생각할 여유가 없을지도 몰라."

"그런데 너는 정말 여자 없이 지내는 거야?"

"그래!"

빅토르가 '그렇다'는 말을 너무나 자신있게 스스럼없이 내뱉자 조시아가 의미있는 웃음을 지었다.

"너는 특별해." 잠시 후 조시아가 이렇게 말하며 자리에서 일어났다. 조시아는 거울 앞에서 머리 매무새를 고쳤다. 그러고 나서 빅토르를 향해 몸을 돌리며 말했다.

"미리 말해두지만 이곳의 모두가 널 특별하다고 생각하는 건 아닐수도 있어. 아니, 어쩌면 너는 희망을 안겨주는 대상이 아니라 그저 어떻게든 소유하고 싶은 욕망의 제물인지도 몰라."

조시아는 다시 웃음을 지으며 의자에 앉았다.

"놀라고 당황한 표정이 역력하군." 조시아가 말했다. "너는 예전에도 뭔가를 결정하기를 두려워했고, 무슨 일에나 확신이 없었어. 심지어너 자신에 대해서도 불안해했지."

"내가 전부터 그런 성격이었다고 생각하니? 그때도 나를 관찰했던 거야?"

"나는 어리석고 심술궂은 아이였어." 조시아가 말했다. "그때 나는 네가 상황판단을 못하는 게 재미있었어. 너는 눈을 가리고 방 한가운데에 가만히 서 있는데, 네 주위의 모든 것들은 수시로 변하고 있었거든. 욜라도 나의 흥미로운 관찰거리였지. 나는 그때 열두살밖에 안되었지만, 너보다는 더 많은 것을 볼 수 있었어."

"너는 여자니까."

"그래, 열두살의 여자는 스무살의 남자보다 더 많은 걸 볼 수 있는 법이지. 그래서 너는 내 눈에서 진지함을 보지 못한 거야. 나는 너를 비웃었고, 너를 좋아하지 않았어."

"듣기 거북한 이야기만 골라서 하는군." 빅토르가 웃으며 말했다.

"네가 개의치 않으리라는 걸 알고 있기 때문이야." 조시아가 가식적으로 미소를 지었다. "이런 말을 해도 너는 정말로 개의치 않잖아."

빅토르는 창문을 통해서 밖을 내다보았다. 바야흐로 여름의 끝자락이었다. 날씨는 꽤 따뜻했지만, 하늘에는 흰 구름이 덮여 있었다. 아래로 축 처지고 약간 시든 듯한 나뭇잎들은 엷은 흰색의 뒷면을 드러내며 찰랑대고 있었다. 꽃들도 시들었는지, 달리아와 퓨셔(바늘꽃과의 관상용 식물. 분홍, 빨강, 보라색의 꽃이 가지 끝에 늘어져 핌—옮긴이)도 고개를 아래로 떨구었다. 그는 무기력한 자연의 모습을 보면서 이 여름도 결국 밀려오는 가을에 굴복하고 말 것임을 절감했다. 수명이 다해가는 계절처럼 빅토르 자신의 몸에서도 저항력이 서서히 사라지는 것만 같았다. 그는 발코니로 나가 정원을 바라보았다. 십오분 전 이곳에 왔을 때와는 완전히 다른 사람이 된 느낌이었다. 조시아가 그의 뒤로 다가왔다. 빅토르는 문득 조시아에게 고마움을 느꼈다. 얼음처럼 차가운 음성이

긴 했지만, 그녀로 인해 빅토르는 저물어가는 계절의 기운과 피할 수 없는 흐름을 분명히 깨달을 수 있었던 것이다.

"그거 알아? 단 몇마디 말로 네가 나를 완전히 변화시켰어."

"네 안에 본래 있던 것을 일깨웠을 뿐인데, 뭐."

"아니야, 오히려 그 반대야. 올여름은 내 안에서 완전히 산산조각나 버렸어."

빅토르는 계단을 내려가다가 갑자기 걸음을 멈추었다. 그러고는 조시아가 그의 뒤를 따라오길 잠시 기다렸다. 그러나 조시아는 발코니에 그대로 멈춰서서 난간을 손으로 짚은 채 그를 날카롭고 흥미로운 눈길로 바라보고 있었다.

빅토르는 몸을 돌려서 정원 안쪽으로 걸어갔다.

마치 먹구름이 거대한 장막을 친 듯한 우중충한 날씨였다. 공기는 달콤쌉싸름한 맛을 머금고 있었고, 어디선가 희미한 루핀(콩과의 관상용 식물로 초여름에 줄기 끝에 등나무꽃 모양의 꽃이 곧게 핀다──옮긴이) 향기가 풍겨왔다. 상당히 후덥지근했다. 분명 공기는 깨끗한데, 어디선가 불쾌한 냄새가 났다. 사방이 쥐죽은 듯 조용했다. 기다랗게 뻗은 수로의 수면에 반사되는 빛도 어딘지 무기력해 보였다. 투명한 공기를 헤치면서 정원 뒤 언덕길로 곡식을 실은 짐마차들이 가까이 다가오고 있었다. 그 광경이 마치 망원경을 통해 보는 것 같았다. 잡초들은 아무런 움직임도 없이 그대로 꼿꼿하게 대지에 뿌리박고 있었다. 천천히 굴러가는, 요란스럽지 않은 마차바퀴 소리가 나른한 오후에 울려퍼지는 유일한 음악소리였다.

빅토르가 두려워하는 오후 시간이 왔다. 그는 아래로 드리운 개암나무 가지 밑을 지나 숲속 풀밭에 앉아 뭔가를 기다리면서 주위를 둘러보았다. 지금 그에게는 현실적인 감각이 완전히 사라지고 없었다. 산산이 조각나버린 여름이 마치 손가락에 상처가 난 것처럼 그를 고통스럽게 했다. 나른하고 불분명한 생각을 헤집고 머릿속에 떠오른 유일한 느낌은 아무것도 할 수 없다는 무력감이었다.

그는 사회생활을 하면서 이미 이런 무력감을 경험한 적이 있었다. 스토크로치에서 그는 이런 느낌을 '완벽에 대한 갈증'이라고 부르곤 했다. 여기 죽어버린 듯한, 새하얗고, 아름다운 여름날 오후에 그러한 느낌이 또다시 유령의 모습으로 그에게 나타났다. 그는 그 느낌에 저항하고 싶지 않았지만, 그 느낌은 그를 에워싸고 그에게서 구체적인 것들을 몰아내려 하고 있었다. 그 무엇으로도 채워지지 않고, 아무것도 할 수 없었으며, 아무것도 소유할 수가 없었다.

혼자 있는 빅토르를 욜라가 발견하고, 가까이 다가왔다. 먼지 낀 솔잎 사이에서 방황하고 있는 그를 비현실적인 투명한 세계로부터 욜라가 끄집어내주었다. 욜라는 아주 평범한 말로 그를 일상의 세계로 돌아오게 했다. 그녀는 늘 그랬듯이 많은 말을 했다. 점심에 무엇을 먹었는지와 다들 어머니를 잊은 채 식사를 했다는 것, 아이스크림 맛이 어땠고, 조시아를 데리러 온 그녀의 남편이 부영사밖에 안되면서 대단한 외교관 같은 표정을 짓고 있었다는 이야기 등. 욜라는 부자연스럽게 웃으면서, 양산으로 소나무 줄기를 툭툭 쳤다. 그러면서 그녀는 빅토르를 절대 쳐다보지 않았다. 그럴 만한 마음의 여유도, 그럴 만한 용기도 없었기 때문이다. 빅토르 또한 그녀의 시선을 피했다. 검은 나뭇가지 사이를 기웃거리는 흰 구름들이 여전히 그의 눈길을 끌었다.

집 쪽으로 걸어가다가 투니아가 합류하는 바람에 세 사람이 함께 꽤 오랫동안 산책을 했다. 줄곧 이야기를 주도하는 것은 욜라였고, 투니아는 가끔씩 거드는 정도였다. 빅토르는 이따금 질문을 던지거나, 아니면 욜라의 물음에 응답만 했다. 저녁 무렵이 되자 먹구름이 사방으로 흩어져 엷게 깔리면서, 하늘이 어두워지기 시작했다. 흰빛의 투명한 서쪽 하늘에 푸른 줄만이 몇개 남았을 뿐이었다. 날씨가 서늘해졌다.

빅토르는 아무 말도 듣고 있지 않았다. 그는 줄곧 조시아의 비웃는 듯한 시선이 자기를 몽롱한 고독 속으로 빠뜨렸던 정원에서의 그 정적을 생각하고 있었다. 문득 분위기가 어두워지고 무거워지는 것을 느꼈다. 그러나 그 이유를 굳이 캐묻고 싶지는 않았다. 자기 주위에 존재하는 모든 것은 결국 얻을 수 없는 것들이라는 것을 빅토르는 그제야 확연히 알았다. 그는 백사장에 홀로 서 있어야 하며, 파도가 다가와서 그를 휩쓸어간다 해도, 아무도 자신의 뒤를 따라와주지 않는다는 것도 깨달았다.

"무언가를 소유한다는 것은 불가능한 일이야." 자신의 말이 지금 대화중인 내용과 관련이 있는지 아닌지도 생각하지 않고 빅토르가 큰 소리로 외쳤다. 그 말의 내용보다는 어조가 투니아의 주의를 끌었으나, 욜라의 이야기를 중단시키지는 못했다. 욜라는 내키는 대로 마음껏 지껄이고 있었는데, 마치 자기 내면의 소리를 희석시키고, 빅토르에게 말할 기회를 주지 않기 위해서 쉬지 않고 떠드는 것 같았다.

저녁식사 후에 빅토르는 욜라와 단둘이서 말을 타고 산책을 나갔다. 따뜻한 밤이면 으레 생기는 이슬 때문에 빅토르의 머리카락을 스치는 나뭇잎들이 촉촉하게 젖어 있었다. 늦게 떠오른 달이 구름을 헤치고, 틈새를 만들었다. 구름에 비친 달빛은 산봉우리를 덮고 있는 흰눈을 닮았다고 욜라가 말했지만, 빅토르는 묵묵부답이었다. 마침내 둘 다 입을 다물었다. 두 마리의 말은 느린 걸음으로 꽤 멀리까지 갔다.

빅토르는 사방이 막히고 어두운 공간에 갇힌 듯한 고독감을 느꼈다. 오늘 그에게 있었던 일을 욜라에게 설명할 수는 없었다. 구체적으로 손에 잡힐 듯하던 것들이 아무것도 아닌 것이 되어 사방으로 흩어져 부서졌고, 깊은 안개 속에 묻혀버린 것이다. 그는 모든 것을 포기했다. 오늘 하루를 음악으로 표현한다면, 비장한 베토벤의 쏘나타와 비슷하다고 할 수 있을 것이다. 빅토르는 욜라가 지금 아무 말도 하고 싶지 않은 기분이란 것을 느낄 수 있었다. 오늘따라 더 친절하고, 더 아름답고, 더 침착하고, 더 당당해진 욜라가 발로 빅토르가 탄 말의 등자를 툭툭 건드리면서 그의 옆에서 나란히 말을 몰았다.

"우리가 예전에 함께 말을 타던 것 기억해?"

이렇게 묻고 나서 욜라는 더이상 아무 말도 하지 않았다.

빅토르는 기억나지 않았다. 한밤중에 욜라와 단둘이서 말을 타고 산책한 적은 없었던 것 같다. 여름밤에 쑥냄새가 이렇게 강하게 난 적도 없었고, 청춘의 활기찬 시간을 이렇게 보낸 적도 없었던 듯싶었다. 밤은 정말 아름다웠다. 끝없는 심연에 빠진 희끄무레한 밤이 빅토르에게는 하얀 낮처럼 보였다. 두 사람의 몸이 스치고 지나가는 나무들 사이에는 그늘이 만들어낸 푸른 공간이 있었다. 거기에는 달빛이 비치지 않았다. 사방은 깊은 침묵에 잠겨 있었다. 빅토르는 자연스럽게 몸을 굽혀 욜라에게 키스했다.

그들은 늦게야 집에 돌아왔다. 다들 이미 잠자리에 든 뒤였다. 빅토르는 주저하면서 현관방에 서 있었다. 욜라가 그를 끌고 연회실을 지나서 그 뒤의 골방으로 데려갔다. 그녀가 침실로 쓰는 방이었다. 하루종일 말이 많던 욜라가 갑자기 조용해졌고, 빅토르 역시 아무 말도 하고 싶지 않았다. 그는 램프를 끄고 욜라와 함께 침대 위를 뒹굴었다. 숲의 나무들 사이에서 보았던 푸른 그림자가 그들을 에워쌌다. 그는 어둠속에서 조용히 웃으며, 모든 것을 체념한 오늘 하루가 이렇게 끝나는구나…… 하고 생각했다. 욜라는 능숙한 솜씨로 여러 가지 사랑의 기교를 보여주었다. 원초적인 충동에서 비롯된 빅토르의 행위들은 그녀의 현란한 기교 속에 재빨리 흡수되었다. 얼마 후 빅토르는 어둡고 작은 방에서 창문을 통해 재빨리 밖으로 나왔다. 그는 자신의 행동이 후회스러웠다. 빅토르는 정원의 나무그림자 사이를 뚫고 로즈키를 향해 도망치듯 달려갔다. 하지만 대지를 향해 내딛는 자신의 발걸음에 힘찬 기운이 담긴 것이 느껴졌다. 나뭇잎과 가지 들에서 생동하는 현실감이 느껴졌다. 감각적으로는 만족을 얻었으나, 앞으로 어떻게 될지 두려웠다. 오늘 저녁과 같은 일은 다시는 없으리라고 빅토르는 스스로에게 다짐했다.

다음날 이른 아침, 빅토르는 빌코로 향했다. 어쨌든 욜라가 보고 싶었다. 또한 투니아도 만나고 싶었고, 무엇보다도 침착하고, 단호하며, 분위기를 잘 맞추는 카지아와 이야기를 나누고 싶었다. 어느 틈에 자신을 끌어당겼다가, 또 밀어내기도 하는 빌코의 농장에서 빅토르는 자신의 야만적인 본능이 빚어내는 모순된 반응들을 세세하게 관찰할 수 있었다. 이곳에 오면 그의 기압계는 매번 다른 눈금을 표시한다. 식품창고와 부엌, 베란다를 바삐 오가며 많은 열쇠를 지닌 그 여인, 카지아는 라파엘로의 그림에 등장하는 올림푸스 신전의 여신처럼 무심하면서도 단호한 표정을 지니고 있었다. 그녀는 오전 내내 집 안을 끊임없이 돌아다니면서 빅토르를 혼자 놔두었다. 빅토르는 베란다에 앉아서 기다렸다. 카지아가 열심히 하고 있는 집안일들이 왠지 불필요한 일처럼 보였다. 하지만 카지아는 빅토르 앞을 개미처럼 분주하게 지나다니며 일에 몰두했다.

빅토르는 카지아가 그처럼 열심히 집안일을 하는 것을 손놓고 바라만 보는 것이 문득 미안하게 생각되었다. 하지만 그는 굳이 이 집안의 삶 속으로 들어가고 싶지는 않았다. 앞으로도 결코 그런 일은 없을 것이다. 며칠 후면 그는 이곳을 떠나서 자기가 해오던 일상의 업무 속으로 복귀하게 된다. 이번에 빌코에서 간직하게 된 새로운 기억들이 예전의 추억을 지워버리게 될지 어떨지는 모르는 일이다. 하지만 분명한 건 어젯밤 욜라와의 일도 그 옛날 물장구를 치고 나서 풀밭에 서 있던 펠라의 모습보다 강렬하진 못했다는 사실이다. 나이와 더불어 예민하던 감각도 무뎌지는 것임을 빅토르는 실감했다. 빅토르에게 있어 그 무엇과도 비교할 수 없는 추억은 율치아의 방에서 경험한 네 번의 밤이었다. 어제의 통속적인 모험은 그가 예전에 이곳에서 경험한 모든 추억들에 생채기를 내고 말았다. 어젯밤 일은 그저 철지난 이야깃거리 정도에 불과했던 것이다.

날씨는 제법 서늘했다. 나무들은 회색 하늘을 배경으로 더욱 선명한 모습을 드러냈다. 빌코의 안마당은 사람들로 분주했고, 집안일하는 소리로 가득했다. 빅토르는 마당을 내다보았다. 눈앞에서 벌어지고 있는 소동은 그가 지금 빠져 있는 깊은 생각과는 정반대되는 광경이었다.

그때 욜라가 다가왔다. 아직 옷을 제대로 갖춰입지 않은 상태였다. 레이스가 많이 달린 하얀 실내복 차림이었다. 향수 냄새가 물씬 풍겼다. 환한 미소를 머금은 그녀는 아름다웠고, 또 자연스러워 보였다. 욜라는 빅토르에게 어제 일에 대한 이야기를 꺼냈다. 뭔가 설명을 하거나, 아니면 변명을 늘어놓고 싶은 눈치였다. 그러나 빅토르는 군대에서 쓰던 말투대로 "쓸데없는 소리"라고 한마디로 잘라 말했다. 그는 섬세하고 아름다운 여인이 놀라고 당황하는 것을 보았다. 욜라는 빅토르를 정말로 중요하게 생각하고 있는 것 같았다. 그 순간 빅토르는 욜라를 그렇게 대한 것이 미안했다. 하지만 그가 할 수 있는 일은 아무것도 없었다. 정작 그가 신경도 쓰지 않는 그 일에 대해서 군이 이야기하는 것은 쓸데없는 일이었다. 그는 욜라가 어젯밤 일을 필요 이상으로 확대하지 않을까 걱정스러웠다.

욜라는 빅토르를 식당으로 데리고 갔다. 거기서 그녀는 버터를 바르고 오이를 얹은 빵으로 두번째 아침식사(아침과 점심 사이의 간단한 요기 — 옮긴이)를 들기 시작했다. 기다란 오이 껍질을 은칼로 솜씨있게 벗겨내고 둥글게 잘랐다. 항상 열심히 말을 하는 그녀답게 음식도 열심히 먹었다. 빅토르는 기분이 좀 상했다. 욜라에게는 부끄러워하는 기색이 전혀 없었고, 그를 특별히 배려하는 것 같지도 않았다. 대신 그녀는 그에게 의례적인 친절함과 무관심을 보여주었다. 구름 사이로 가끔씩 해가 드러나 평화로운 식탁과 욜라의 흰 실내복, 그녀가 쓰고 있는 은칼을 비추었다. 욜라는 다시 이런저런 말을 늘어놓기 시작했다. 남편의 사무적인 편지에 대해 떠벌리고 있는 욜라의 눈빛과 목소리는 어딘지 모르게 인위적이고 가식적으로 보였다. 하지만 빅토르의 침묵이 계속되자 더이상 견딜 수 없다는 듯 욜라가 포크와 칼을 내려놓으면서 말했다.

"네가 무슨 생각하고 있는지 다 알아. 하지만 내게는 아무 상관없어."

"얼마 전에는 그렇게 말하지 않았잖아." 빅토르가 대답했다.

"상관없어. 하지만 정말이야. 어제, 실현하지 않은 상태로 영원히 남아 있어야 할 꿈이 현실이 되고 나니 걱정이 돼서 견딜 수가 있어야지."

"너는 그것을 '실현'이라고 말하는구나. 나는 그런 말은 생각도 못했는데…… 어제 일은 우리가 젊은 날에 하던 장난과는 완전히 차원이 다른 것이었어. 비교조차 할 수 없는 일이지."

"그래. 하지만 적어도 내게는 그때 그 시절 이후로 너와의 우정에 대한 갈망은 남아 있었어. 하지만 어젯밤의 일 때문에 그것조차 불가능해져버렸지."

빅토르가 웃었다.

"그렇게까지? 아니야, 욜라, 진정해. 우리 사이의 우정은 원래부터 불가능한 것이라고 생각해줘. 우리는 서로 다른 세계에 속해 있는 거야. 그러니까 너와 내가 사는 행성은 서로 다른 '궤도'에서 돌고 있는 거라고. 내 말은 반세기 전의 사람들이 따지던 신분이나 계급의 차이가 아니라 순수하게 천문학적인 의미에서 말이야."

"한마디로 우리는 같은 궤도를 공유할 수 없다는 말이야?"

"우주에 대변화가 오면 혹시 모르지."

"너는 정말 지독해."

그 순간에 율치아가 식당에 들어왔다. 충분히 잠을 잔 듯 해맑은 얼굴이었다. 율치아는 리본과 레이스가 많이 달린, 흰색과 장밋빛이 섞인 드레스를 입고 있었다. 얇고 하늘하늘한 옷자락 아래로 유행이 지난 코르셋이 비쳤다. 율치아는 욜라에게 아침을 몇번이나 먹느냐며, 식당에 들어올 때마다 안 마주친 적이 없다는 등의 농담을 건넸다. 사실 욜라가 많이 먹는다는 것은 잘 알려진 사실이었다. 욜라를 실컷 놀린 다음, 율치아는 접시를 자기 쪽으로 끌어당기고, 언제 그런 농담을 했냐는 듯, 버터 바른 빵과 오이를 게걸스럽게 먹기 시작했다. 그러고는 식탁의 종을 울려 가정부에게 흰 치즈를 가져오게 했다.

빅토르는 두 여인의 농담에 귀를 기울이다가, 자리에서 일어나 예쁘고 착한 두 여인을 번갈아 바라보면서 방 안을 서성였다. 두 자매는 상당한 양의 음식을 맛있게 먹고 있었다. 그는 율치아의 희고 긴 이가 새하얀 치즈 사이에 박히는 것을 보았다. 욜라가 테이블 쪽으로 몸을 숙였다. 욜라는 근시이기 때문에 빵에 버터를 바르면서도 신경을 써야만 했다. 몸을 숙이는 욜라의 자세는 마치 자신의 흰 이마를 빅토르의 시선 아래로 밀어넣는 것 같은 인상을 주었다. 빅토르는 그것이 우스웠다. 지금 '자기의' 두 여인이 다정하게 서로 마주 앉아 있다. 하지만 두 여인 중 빅토르와의 사랑을 진지하게 받아들이는 사람은 한명도 없다.

추운 밤 전장의 참호 속에서 율치아의 몸의 촉감을 떠올리던 일이 생각났다. 바로 그 여인이 지금 자신의 눈앞에 있다. 참호에서 미처 생각지 않았던 다른 여인도 여기 함께 있다. 그러나 이 여인에 대한 기억도 실은 오랫동안 간직하고 있었음을 빅토르는 지금 실감하는 중이었다. 눈을 들어 바라보는 여인의 회색빛 눈동자가 그에게 지나간 많은 일들을 회상시켰다. 두 여인은 마주 앉아서 고개도 들지 않고, 활기차고 맛있게 음식을 먹는 중이다. 그러나 유감스럽게도 이들에게서 알아낼 수 있는 건 더이상 없다. 두 여인에게는 각각 남편이 있으며, 율치아는 애가 둘이나 되고, 욜라에게는 많은 애인들이 있다. 빅토르는 욜라에게 애인이 많다는 걸 첫눈에 알았지만, 그녀와 하룻밤을 지낸 뒤에는 확신을 갖게 되었다. 두 여인은 지금 그가 지켜보는 가운데 나란히 앉아서 머리에 스치는 모든 것들에 대해서 번갈아 많은 말들을 주고받고 있다. 욜라는 명랑해 보였다. 그녀는 자기가 빅토르의 애인이 된 것이 몹시 재미있다는 듯, 가끔씩 의미있는 시선으로 빅토르를 쳐다보았다.

빅토르는 옛날에 율치아의 방에서 자고 난 다음날들을 생각해보았다. 그때 그들 사이에는 부끄러움과 당황스러움, 그리고 소심함과 더불어 에로틱한 충동이 합쳐져서 그 밤들을 결코 잊지 못할 것만 같은 그런 은밀한 분위기가 있었다. 오늘 욜라는 스스로 그 말을 꺼내면서 부끄러워하지도 않았다. 욜라는 율치아 몰래 빅토르를 흘끔거렸다. 어느 순간 빅토르는 자기도 모르게 따뜻하고 부드러운 율치아의 손을 잡고는 입가로 가져갔다. 두 여인은 모두 깜짝 놀랐다. 율치아의 보드라운 손의 촉감과 더불어 욜라를 조금도 의식하지 않은 우발적인 행동이 빅토르에게 부차적인 즐거움을 안겨주었다. 빅토르는 잊혀지지 않는 그 밤들에 대해서 고마워하는 의미로 율치아의 손에 입을 맞추었다. 그런 사실을 전혀 모르는 욜라 앞이어서 빅토르는 더욱 기분이 좋았다. 회색빛 눈을 크게 치켜뜨고 그를 쳐다보는 욜라의 얼굴에서 또다시 싱싱한 젊음이 느껴졌다.

"욜라, 놀랄 것 없어." 빅토르가 말했다. "나는 항상 율치아를 사랑하고 있으니까."

이렇게 말하면서 빅토르는 자신의 느닷없는 행동에 놀란 두 여인을 뒤에 남겨두고 밖으로 나갔다. 그 순간 욜라의 눈에 절망의 빛이 번뜩이는 게 보였다. 하지만 두 여인은 금세 태연하게 계속해서 오이를 자를 것임을 빅토르는 알고 있었다. 그는 곧장 식품 창고로 갔다. 카지아는 그곳에 없었다. 그녀를 발견한 건 서재에서였다. 카지아는 몸을 숙여 커다란 바구니에서 갓 세탁한 식탁보와 냅킨들을 꺼내 낡고 못생긴 옷장 서랍에 개켜넣고 있었다. 빅토르는 한참 동안 차분하게 일하고 있는 카지아를 지켜보다가 말했다.

"카지아, 나 이제 떠나려고 해."

"걸어서 갈 수 있겠니?" 카지아가 침착하게 물었다.

"갈 수는 있지만 그러자면 시간이 꽤 많이 걸리겠지. 내 말은 바르샤바로, 스토크로치로 돌아간다는 뜻이야."

"휴가가 끝나려면 아직 나흘이나 남았잖아?"

"휴가는 연장할 수도 있어, 내가 원하면."

"정말이야?" 카지아는 기뻐했다. 그러나 잠시 생각하고 나더니 이렇게 덧붙였다. "그렇지만 바로 떠나는 것이 좋겠다고 판단되면 서둘러 가도록 해. 연연해할 것이 뭐 있다고?"

빅토르는 카지아의 말대로 바로 떠나지는 않았지만, 그렇다고 휴가 기간을 늦추지도 않았다. 그럴 필요가 없다고 생각했다. 그는 남은 날

310　　폴란드 창비세계문학

들을 로즈키에서 보냈다. 그 며칠 동안 빅토르는 외숙모와 많은 대화를 나누었다. 지루하고 짜증스러운 대화였다. 그는 외숙모에게 대강 이렇게 설명했다. 자기는 결혼할 생각이 없고, 결혼생활은 자기에게 맞지 않는다. 더구나 빌코의 아가씨를 아내로 삼고 싶지는 않다. 그가 사는 분위기는 빌코 사람들의 삶의 방식과는 맞지 않는다. 그러자 외숙모가 물었다.

"너 끝내 지금처럼 살 생각이니?"

이 질문 속에는 많은 불만과 비꼬임이 들어 있어서 빅토르를 화나게 했다. 그는 자리에서 벌떡 일어나 외숙모에게 언짢은 감정을 드러냈지만, 곧바로 사과했다. 그러나 여전히 마음은 편치 않았다. 그래서 그는 오랫동안 산책을 했다.

빅토르는 이 길을 좋아했다. 낮은 언덕들이 물결 모양을 이루고, 긴 밭두둑에는 곡식들이 풍성하게 자라고 있었다. 협곡처럼 생긴 길에는 마차바퀴 자국이 패 있었고, 길 양옆에는 잡풀이 무성했으며, 그 속에는 앙증맞은 들꽃들이 빽빽하게 섞여 있었다. 빅토르는 자기가 왜 그렇게 화를 냈는지 후회가 되었다. 그러나 서로 다른 양쪽의 삶의 방식이 그를 곤혹스럽게 했고, 빅토르가 생활을 바꾸어보려는 걸로 속단하는 외숙모의 태도가 그의 기분을 상하게 한 것은 사실이었다. 그는 스스로 선택한 삶을 살고 있고, 인생관을 바꿀 생각도 없었다. 그에게는 앞을 못 보는 맹아들이 있고, 스토크로치가 있고, 또한 농장을 경영해야 할 책임도 있다. 이런 일들은 그에게 정신적으로 만족감을 안겨주었다. 물론 가끔은 지루하고, 의미없는 일이라는 생각이 들기도 하지만, 누구에게나 무슨 일을 하건, 하기 싫을 때도 있고, 힘겨울 때도 있는 법이라고 생각했다. 빌코의 아가씨들에게도 삶은 결코 녹록지 않으리라. 욜라의 경우만 봐도 그렇다. 그녀에겐 남편이 있고, 게다가 그녀는 빅토르와의 일을 몹시 수줍어하고 있지 않은가.

빅토르는 식당에 앉아 치즈 바른 빵을 맛있게 먹던 율치아의 평화로운 모습을 생각했다. 갑자기 구름 사이를 뚫고 나온 햇빛이 율치아의 환영을 광배처럼 에워싸면서 그 옛날 젊고 싱싱한 율치아의 금발 위로 쏟아졌다. 율치아의 나지막하고도 감미로운 목소리가 그의 귓가에서 울렸다. 욜라의 목소리도 들렸다. 그날 빅토르에게 우정과 존경심, 미래에 대해 말하던 욜라는 사실 불행했던 것이다. 욜라는 빅토르가 "네 늙은 남편은 버리고 나랑 바르샤바로 가자"라고 말할지도 모른다고 기대했던 게 아닐까. 아니면 적어도 "오늘은 몇시에 갈까"라고 빅토르가 물어봐주길 내심 기다리고 있었는지도 모른다. 하지만 빅토르는 이제 모든 일에 지쳤고, 빌코에 가고 싶은 마음도 없었다. 그가 휴가를 연장할 수 있다고 말했을 때, 카지아는 정말로 기뻐했다. 그러나 그는 의도적으로 연장하지 않았다. 그런데 정말 카지아를 위해서 그렇게 한 것일까? 사실은 아니었다. 그가 휴가기간을 지킨 것은 두려움 때문이었다. 만일 지금 떠나지 않으면, 결코 떠나지 못할 것만 같았던 것이다. 만약 지금 가지 않으면, 빌코에 파묻혀서 여인들의 하얀 육체에서 온기와 생기를 느끼며 그들 곁에 영원히 남아 있게 되리라. 만약 그렇게 한다면 그는 건강하고 강인한 삶을 누리며, 여인들의 육체로 따뜻하게 데워진 강물을 헤엄치면서 유유자적할 것이다.

돌아오는 길에 빅토르는 펠라의 무덤에 들렀다. 무덤은 몇주 전과 다름없이 여전히 버려진 듯 황량한 느낌이었다. 그가 가져다놓은 꽃다발이 다 시들어서, 잎사귀마저 말라떨어진 앙상한 모습으로 놓여져 있었다. 돌담도 쓸쓸한 느낌이었다. 잎이 진 볼품없는 아카시아 나무 또한 필요없어 버려진 소모품처럼 슬픈 인상을 풍기고 있었다. 빅토르가 다녀간 후 아무도 이곳에 들른 흔적이 없었다. 아름다운 소녀의 무덤은 고스란히 방치되어 있었고, 여름 내내 잎을 떨어뜨리고 있는 아카시아는 시든 잡초 위에 갈색의 잎사귀들을 아무렇게나 흩뿌려놓고 있었다. 빌코는 늘 이런 모습이었다. 이곳의 모든 것이 오직 그의 가슴에 슬픔을 아로새기기 위해 존재하는 것 같았다.

빅토르는 한참 동안 서서 주위를 둘러보았다. 높지 않은 담 위로 멀리, 회색빛 구름이 보였다. 구름 사이로 빠끔히 햇빛이 비치더니, 예상치 못한 아름다운 광경을 감상하려는 눈동자처럼 태양이 그 모습을 조심스레 드러냈다.

"아니야, 앞으로도 달라질 건 아무것도 없어." 빅토르가 중얼거렸다.

지금 그에게는 아무런 갈등도 고민도 없었다. 이를테면 오늘밤 당장이라도 로즈키와 빌코 사이의 오솔길을 달려가서 연회실 뒤의 작은 골방 창문을 두드리는 일 같은 것은 단 한순간도 생각해본 적이 없었다.

"아니야, 앞으로도 달라질 건 아무것도 없어." 이렇게 되풀이하면서 빅토르는 무덤을 떠났다. 그는 수로를 따라 나 있는 빌코로 가는 길을 지나쳐서 곧바로 로즈키로 향했다. 이제 빅토르는 돌아가서 해야 할 일들을 생각하기 시작했다. 거기에 딸린 풍경처럼, 혹은 의미없는 사족처럼 사살된 군인의 얼굴과 황금빛 석양 아래 잔디 위에 서 있던 펠라의 모습, 오래전 어느날 오후 욜라가 입고 있던 붉은색 드레스가 어른거렸다.

그날 저녁, 늦은 시간에 빅토르는 자기 방으로 돌아왔다. 그러고는 창가에 서서 늦은 밤인데도 여전히 투명한 하늘을 바라보았다. 막상 내일 떠나기로 마음을 굳히자 말할 수 없는 안타까움이 밀려왔다. 미처 깨닫지 못하고 있었지만, 모든 일은 이미 십오년 전에 예고되었던 것이 아닐까 하는 생각이 순간적으로 스쳤다. 지난 오랜 세월 동안 그처럼 애달프게 노력하고, 공들인 일들이 지금 와서 생각해보니 그저

한 줄기 연기에 지나지 않는 것 같았다. 그에게 남은 것은 아무것도 없었다. 심지어는 당시의 행복하던 기억조차 오늘에서야 비로소 되살릴 수 있었던 것이다. 분명한 건 도시의 중산층 가정에서 흔히 하는 말처럼 그가 헛되이 시간을 흘려보냈다는 사실이었다. 자신의 행복을 알아차리지 못하는 것은 커다란 죄악이므로.

전쟁 때문에 기회를 상실한 것도 아니고, 별 의미도 없는 일들이 우박처럼 쏟아져서 정신을 제대로 못 차린 것도 아니었다. 모든 것은 스스로 자초한 일이었다. 그는 인생을 다르게 살 수 있다는 생각이 두려웠다. 빌코로 갈 수 있다는 생각을 떨쳐버리기 위해 그는 십오년 동안이나 싸웠다. 그는 지금껏 아무도 사랑한 적이 없었다. 그럴 기회가 없었기 때문이 아니라, 용기가 없었기 때문이었다.

그날 저녁 빅토르는 아쉬움과 회환 때문에 로즈키의 사랑하는 외숙부 댁의 딱딱한 매트리스 위에서 오랫동안 잠들 수가 없었다.

다음날 빅토르는 아침 일찍 일어났다. 그날은 이곳에 머무는 마지막날이었다. 그는 하루종일 외숙부, 외숙모와 이야기를 나누고, 낮잠도 잤다. 수로 옆길로 산책을 나가기도 했지만, 빌코에는 가지 않았다. 처음에는 밤기차를 타느니 차라리 다음날 아침 기차를 타기로 했다가, 그런다고 달라질 게 뭐가 있겠느냐는 생각에 부지런히 물건들을 챙겨서 가방에 넣었다. 그러고는 거울을 들여다보았다. 얼굴이 햇볕에 타서 건강해 보였다. 그는 빌코로 가서 아가씨들과 차분한 마음으로 작별인사를 했다. 율치아는 통 관심없는 표정이었고, 조시아는 십오년 후에 다시 나타날 것인지 물었다.

빅토르는 속으로 '다시는 오지 않아'라고 대답했으나, 입밖에 내지는 않고, 살짝 미소만 지었다. 그러나 아무도 그 웃음의 의미를 알아차리지 못했다. 카지아는 그에게 끈으로 정성스럽게 묶은 커다란 꾸러미를 건네주었다. 식품 창고에서 가져온 것이었다. '우리들 우정의 새로운 단계'라며 약간 반어적인 말투로 내키지 않는 듯 말하는 카지아의 얼굴에는 아쉬움이 서려 있었다.

빅토르는 욜라가 하얀 차양 모자를 손에 들고 머리를 숙인 채 베란다를 걸어내려오는 것을 보았다.

"내가 바래다줄게." 욜라가 말했다. "1914년에 그런 것처럼."

"그때 그곳까지?" 빅토르가 물었다.

"우리가 어디까지 함께 갔었는지 기억나?"

"안 그래도 오는 길에 그곳에서 잠시 멈췄었어. 나는 정확히 기억하고 있어. 경계 표시 언덕이 있는 곳이었지. 지금은 숲이 꽤 무성해졌더군."

두 사람은 나란히 함께 걸었다. 아직 여름이지만 바야흐로 가을의 분위기가 다가오는 중이었다. 하늘은 흐렸고, 정적 속에 계절의 변화를 알리는 소리들이 대지에 고요히 묻어나고 있었다. 사방이 온통 건초와 블루베리 냄새로 가득한 지금은 분명 여름이지만, 계절은 그렇게 떠나가려 하고 있었다.

두 사람은 단지 날씨가 좀 이상하다며 몇마디 주고받았을 뿐, 거의 말을 하지 않았다. 두 사람은 이제 숲이라고 불러도 좋을 만큼 나무들이 크게 자란 곳까지 큰길을 따라 걸었다. 그리고 마침내 1914년 욜라가 빅토르를 떠나보낸 바로 그 장소에 이르렀다. 빅토르는 시계를 보았다. 그를 태우고 갈 기차가 오려면 아직 한시간 정도 남았다. 그러나 그는 걸음을 서둘렀다. 한시라도 빨리 이곳을 떠나고 싶었기 때문이다.

예전에 경계 표시가 있던 언덕에 이르러 그들은 자리에 앉았다. 욜라는 언덕에 기댄 채 풀잎을 씹으면서 하늘을 쳐다보고 있었다. 하늘에는 커다란 뭉게구름이 떠가고 있었다. 반대로 빅토르는 몸을 구부리고 땅을 내려다보고 있었다. 그러나 그는 풀잎도, 풀잎 위에서 분주하게 움직이는 곤충들도 보고 있지 않았다. 그는 지난날, 바로 이곳에 이 여인과 함께 앉아 있던 그 순간부터, 그를 세상과 단절시킨 지난 세월에 대한 회상에 잠겨 있었다. 모든 것이 단조로워 보였고, 엇비슷하게 느껴졌다. 문득 지난 세월을 헤아려보니 그 햇수가 적지 않다는 사실에 새삼 놀라움을 금할 수 없었다. 그는 열다섯 번이나 같은 장소로 돌아올 수도 있었지만, 한번도 오지 않았던 것이다.

"빌코를 떠나는 심정이 어때?"

한참 후 욜라가 물었다. 그러나 빅토르는 어깨만 으쓱했을 뿐, 아무 말도 하지 않고, 그저 고개를 들어 욜라를 바라보기만 했다. 옆에 카지아가 없는 것이 빅토르에게는 유감이었다. 카지아라면 자신의 감정을 비슷하게라도 표현할 수 있었으리라. 하지만 욜라에게는 아무 말도 할 수가 없었다. 만일 그가 아쉽다고 대답하거나, 혹은 그와 비슷한 무슨 말이든 한다면, 욜라는 그것을 사랑의 고백으로 해석해버릴 것이다. 그러나 지금 빅토르의 마음은 실상 그런 것과는 거리가 멀었다. 그가 지금 느끼는 복합적인 감정은 손가락 사이로 새어나간 물처럼 그에게서 흘러가버린 사랑에 대한 향수였다. 지금이 아니라, 그 먼 옛날에 그는 사랑을 할 수도 있었다. 하지만 그렇다고 구태여 지금 욜라를 껴안아야 하고, 그녀에게 강렬한 키스를 해야 한다는 의미는 아니었다. 빅토르는 그래서 잠자코 있었다.

욜라를 향해 고개를 돌린 것만으로도 빅토르에게는 이미 커다란 의미를 가진 몸짓이었다. 그는 다시 고개를 숙인 채, 풀잎과 풀 속에서 오가는 곤충들을 바라보았다. 그러다 갑자기 손을 들어 마치 터져나오는 울음을 막듯이 입을 가렸다. 단순하고 분명한 슬픔이 밀려왔다. 지나가고, 흘러가버린 모든 것에 대한 안타까움이었다. 굽이치는 강물을 따라 멀리멀리 흘러가고 있는 돛단배처럼, 많은 세월의 거리를 두고서야 비로소 볼 수 있는 모든 것들에 대한 서글픔 같은 것이었다.

"슬픈 생각을 하고 있구나." 욜라가 한숨처럼 말했다.

"넌 나를 잘못 알고 있어." 빅토르는 이렇게 말하면서 갑자기 흔들리는 목소리로 서둘러 덧붙였다. "나는 여기 있는 동안 좋았고, 그리고 다 이해하게 됐어. 이해하게 됐다고."

빅토르는 갑자기 말을 멈추고 두려움이 서린 얼굴로 욜라를 쳐다보았다.

"무엇을 이해했다는 거야?"

빅토르는 자신도 잘 모르겠다는 듯 손을 내저었다. 그러고는 벌떡 일어나 작별인사를 했다.

"이제 가야겠어. 만약 기차를 그냥 보내고, 내일이 되면, 어쩜 나는 이곳을 영영 떠날 수 없을지도 몰라."

빅토르가 말했다.

"농담이겠지." 욜라가 진지하게 말했다.

"생각해봐. 다른 혹성에서 불시착한 내가 여기, 너희들 속에서 무엇을 하겠니? 잘 있어."

빅토르는 이렇게 덧붙이면서 욜라의 손에 가볍게 입을 맞추었다.

"그리고 나중에…… 한가지 말하고 싶은 게 있었는데, 뭐더라? 아, 참, 그렇지! 펠라의 무덤 좀 돌봐줘."

그 말을 남기고 빅토르는 떠났다. 그는 뒤돌아보지 않았다. 처음에는 걸음걸이가 다소 불안해 보이고, 보폭도 짧았다. 욜라는 자리에서 일어나 손을 넓게 펼쳐 이마에 갖다대고서 그의 뒷모습을 바라보았다. 그녀는 자신의 근시를 긴장시킨 채, 시야에서 점차 사라져가는 빅토르를 뚫어지게 지켜보았다. 잠시 후 욜라는 자기의 흰 드레스에서 먼지를 훌훌 털고는 유유히 집으로 향했다. 그녀 또한 절대로 뒤돌아보지 않았다.

빅토르의 발걸음은 차츰 활기차고 씩씩해졌다. 그는 머리를 치켜들었다. 역에 들어섰을 때 그는 이미 즐거운 기분으로 가방을 흔들며 걷고 있었다. 야넥이 지난 삼주 동안 자기 대신에 스토크로치에서 어떻게 하고 있을까 궁금해하는 중이었다.

자작나무숲

1

스타시가 현관 앞에 멈춘 마차에서 내리는 모습을 본 순간부터 볼레스와프는 마음이 언짢았다. 어린애처럼 촐싹대며 훌쩍 뛰어내리는 것도 그렇고, 사파이어빛 양말도 눈에 거슬렸다. 깡뚱하면서도 헐렁한 바지 아래에서 그 색깔은 유난히 도드라져 보였다. 앙상하게 마른 스타시의 발목이 눈에 들어왔다. 하지만 그것 말고는 스타시의 건강은 그런대로 괜찮아 보였다. 볼레스와프는 양말에서 시선을 거두어 동생의 푸른 눈동자를 바라보았다. 눈은 명랑한 빛을 머금고 있었다. 미소 띤 입 언저리에 잔주름이 생긴 것이 보였다. 동생을 끌어안으면서 볼레스와프는 생각했다. '고맙게도 건강하구나.'

둘은 오랫동안 서로 만나지 못했다. 스타시는 이년 동안이나 요양소에서 치료를 받았고, 형제는 그전에도 여러 해 동안 서로 왕래가 없었던 것이다. 볼레스와프는 오래전부터 이 숲속에 있는 산림청 관사에 들어와 살고 있고, 스타시는 이곳에 온 적이 한번도 없었다. 그래서 오랜만에 만난 동생을 거의 못 알아볼 정도였다.

"어떻게 지냈니?" 한참 동안 아무 말 없이 동생을 껴안고 있던 볼레스와프가 입을 열었다.

"아주 잘 지냈어……"

"내 생각을 했다니 잘했다."

"의사들이 나더러 숲속에서 요양을 하지 않으면 안된다고 하더군. 그러니 내가 여기 말고 갈 데가 어디 있겠어?"

둘이서 나눈 대화는 이것이 전부였다. 스타시는 현관 계단을 한달음에 내려가 마차에서 그리 무거워 보이지 않는 가방을 꺼내어 현관으로 날랐다. 그러고는 우아한 디자인의 비옷과 장갑, 여행용 모자를 차례로 벗었다. 언젠가 볼레스와프가 잡지 광고에서 본 바로 그런 물건들이었다. 곧이어 형제는 베란다에 마련된 아침식탁에 앉았다.

"2박 3일 동안 여행을 했더니 굉장히 피곤하네."

그때 어린 올라가 집 안에서 나왔다. 푸른 눈동자를 가진 올라는 약간 불안한 표정을 짓고 있었다. 손에는 다 해진 인형이 들려 있었다. 올라는 삼촌에게 다가와서 한참 동안 머뭇거리다가 무릎을 약간 굽히며 인사했다.

"몰라보게 많이 컸구나." 스타시가 말했다. 볼레스와프는 아무 말도 하지 않았다.

"참 예쁜 인형이구나! 외국에서 이렇게 예쁜 인형들을 보았는데, 그걸 가져오는 것을 깜빡 잊었네. 참 멋없는 삼촌이다, 그치?"

올라는 아무 대답도 하지 않고, 숲속을 쏘다니기 위해 집밖으로 달려나갔다. 대문을 나서면 바로 숲이었다. 오늘따라 날씨가 궂은데다 끊임없이 보슬비가 내리고 있었다. 스타시는 즐겁게 여행 이야기를 하면서 올라의 흰 옷이 나뭇가지 사이에서 아른거리는 것을 보았다. 그는 이야기를 멈추었다.

"애를 혼자 밖에 두어도 괜찮아?"

스타시가 형에게 물었다. 형은 어깨만 으쓱할 뿐 아무런 대꾸도 하지 않았다.

"이곳 계곡까지 오는 길이 어땠는지 이야기해줄게." 스타시가 말을 이었다. "몹시 피곤하더군. 우리 폴란드 땅에 들어오면서부터 줄곧 그랬지. 이곳에서는 길이 좀처럼 끝나지 않을 것만 같은 생각이 들어. 가도 가도 숲이니…… 정말 숲이 이렇게 많은 줄 몰랐어."

"그래, 하지만 별로 아름답지는 않지. 그냥 울창한 숲일 뿐이야."

"그런 건 아무래도 상관없어. 나는 소나무숲이 좋아. 의사들은 다들 내게 소나무숲을 추천하더군."

"이 집 뒤에는 아주 아름다운 자작나무숲이 있어."

볼레스와프는 자기가 말하는 쪽으로 고개도 돌리지 않고 손가락으로 가리키기만 했다. 날씨는 몹시 흐렸다. 숲 어귀에서부터 소나무 잎사귀가 바람에 흔들려 버스럭대는 소리가 들렸다.

"나뭇잎이 바람에 흔들리는 소리, 마차바퀴에 부서지는 모랫소리를 두 시간 동안이나 듣고 있자니 참 지루하고 따분하더라고." 스타시가 여전히 유쾌하게 말했다. "이곳의 단조로운 환경이 사람을 지치게 할 것 같은데…… 형은 어때?"

볼레스와프는 어깨를 한번 더 으쓱했고, 입속말로 무어라고 우물거렸지만 들리지 않았다.

"그나저나 올라에게는 누군가 돌봐줄 사람이 있어야 할 것 같은데……"

"생각은 하고 있어……"

"생각만으로는 부족하지……"

스타시는 의자를 뒤로 밀고 가방을 들었다.

"내가 쓸 방은 어디야?"

"현관 왼쪽에 있는 방."

볼레스와프는 거리를 내다보려고 의자를 앞으로 당겼다. 현관 지붕과 숲 사이로 빠끔히 보이는 하늘은 어두웠다. 갑자기 빗줄기가 굵어졌다. 베란다 옆에 있는 창문이 열려 있었기 때문에 옆방에서 스타시가 자신의 짐을 푸는 소리가 들렸다. 볼레스와프는 검은 수염을 만지작거렸다. 동생이 물건들을 이리저리 옮기고 있었다. 가방에서 물건을 다 꺼냈는지 이번에는 욕실에서 물소리가 들려왔다. 목욕을 하면서도 스타시는 나직한 목소리로 끊임없이 노래를 불렀는데, 유럽에서 유행하는 곡들이었다. 그 멜로디가 바람결에 섞여 들려왔다. 볼레스와프는 눈살을 찌푸리더니 손으로 콧수염을 입에 밀어넣고 잘근잘근 깨물었다. 잠시 후 스타시가 여기저기 방문을 여닫는 소리가 들렸다. 얼마 지나지 않아 슬리퍼 끄는 소리가 점점 작아지더니 이번에는 복도로 통하는 문을 여는 소리가 났다. 스타시가 부엌을 들여다보는 모양이다. 잠시 후 스타시는 올라의 방과 볼레스와프의 방을 거쳐서 자기 방으로 돌아왔다. 그동안 방 네 개와 산림청 관사 전체를 둘러보았다.

"집을 모두 살펴봤어." 문턱에 서서 스타시가 말했다. "여기에 피아노가 없으리라는 생각을 못했네. 형이 가지고 있을 줄 알고 여기저기 찾아봤는데. 피아노 없이는 몹시 지루할 것 같은데, 스와프스코에 가서 빌려올 수는 없을까?"

볼레스와프는 아무 말도 하지 않았다.

"우리는 여기서 올라와 함께 죽을 때까지 따분하게 살겠지……"

스타시의 이 마지막 말도 볼레스와프의 굳어진 마음을 움직이지는 못했다. 볼레스와프는 속으로 이렇게 생각하는 중이었다. '맙소사, 저 녀석은 무엇 때문에 이곳에 왔지?'

그사이에 스타시는 탁자 위에 있는 주전자에서 따뜻한 물을 유리잔에 따라서 면도를 하기 위해 자기 방으로 들고 갔다. 조금 후에 그는 창문 밖으로 비누거품이 묻은 얼굴을 내밀고 물었다.

"형, 말은 안 타?"

"안 타. 하지만 안장은 있지."

"그런데 말은 어디 있는데?"

"집 오른편에." 볼레스와프가 볼멘소리로 말했다.

"말이 걷기는 하는 거야?"

"야넥이 그러는데, 아주 좋은 말이라더군."

"그거 아주 잘됐네. 말이나 타야겠다."

스타시의 얼굴이 창문 뒤로 사라졌다. 조금 후에 그는 다시 볼레스와프를 향해 물었다.

"그런데 스와프스코까지는 얼마나 되지?"

"여기 올 때 그곳을 지나오지 않았니?"

"글쎄, 몇킬로미터쯤 될까?"

"3킬로미터, 그래, 아마 3킬로미터 반쯤 될 거야."

"피아노를 이곳까지 운반해올 수는 없을까?"

"도로 사정이 어떤지 너도 뻔히 알잖아……"

"정말 형편없더군, 그렇지만 길이 마르면……"

"그러면 모래밭이 돼버리지."

"어쨌든 말은 빌려줄 거지?"

"이제 피아노 이야기는 그만하고, 사람 좀 귀찮게 하지 마라."

볼레스와프는 화를 내면서 의자에서 벌떡 일어나 부엌으로 가버렸다. 스타시는 콧노래를 계속했다. 면도를 하고 있는데, 비에 젖은 올라가 집을 향해 걸어오는 게 보였다. 올라는 손수건으로 인형을 싸서 들고 마차의 바퀴자국을 따라서 천천히 걸어오고 있었다. 그 모습이 스타시의 마음을 아프게 했다.

'휴!' 그는 자기도 모르게 한숨을 쉬었다. '앞으로 여기서 살아가는 게 쉽지 않겠구나.'

아침식사를 마친 뒤 늙은 하녀 카타지나는 베란다 청소를 시작했다. 올라는 구석에 놓인 조그마한 탁자 앞에 앉아서 인형에게 무어라고 중얼거리고 있었다.

스타시는 외국에서의 삶을 떠올리게 하는 작은 물건들을 바라보다가, 그것들을 구석에 있는 작고 낡은 화장대 위에 늘어놓았다. 그리고 다보스의 요양소에서 미스 시몬스와 함께 눈 위에서 찍은 사진을 들여다보았다. 사진 속의 얼굴들은 웃고 있었다. 이곳에서 그 시절 사진을 보니 뭔가 다른 분위기가 느껴졌다. 소나무로 만든 가구들에서 나는 솔향기와 금방 닦은 마루냄새가 그를 에워싸는 것 같았다. 스타시가 베란다에 나왔을 때, 날씨는 화창하게 개어 있었다.

"올라야, 함께 산책하러 가지 않을래? 자작나무숲이 어디 있는지 보여줄 수 있겠니?"

올라는 말없이 자리에서 일어나서 그의 손을 잡았다. 올라의 손은 비쩍 마른데다 차가웠다. 두 사람은 천천히 계단을 내려갔다. 지붕에서 굵은 빗방울이 떨어졌다.

"아침에 비가 오면 오후에 날씨가 좋대요." 올라가 어른스럽게 말했다.

그들은 집 주위를 빙 둘러 걸었다. 그쪽에는 정말로 자작나무숲이 병풍처럼 펼쳐져 있었다. 자작나무 줄기들은 마치 눈에 싸인 기둥처럼 위로 하얗게 뻗어 있었다. 갸날픈 잎들이 모두 아래로 늘어져 있어서 마치 하얀 기둥들이 가로수처럼 늘어서 있는 것 같았다.

"아름답구나." 스타시가 웃음기 없는 얼굴로 말했다.

올라는 아무 말도 하지 않았다. 둘은 비에 젖은 잔디를 밟으며 나란히 걸었다. 조금 가다보니 사람이 많이 지나다닌 듯 보이는 오솔길이 나왔다. 하얀 자작나무 줄기들이 안개 속에 더욱 빽빽하게 들어차 있었다. 정말 오후에는 해가 날 것 같았다.

"지금 오는 것은 오월의 가랑비예요." 올라가 천천히 자기 생각의 실마리를 끄집어냈다.

둘은 누런 모래로 덮인 무덤 앞에 섰다. 약간 검은빛을 띤 무덤에는 아직 잔디가 덮여 있지 않았고, 주위에는 자작나무 울타리가 에워싸고 있었다. 어디서나 흔히 볼 수 있는 그런 무덤이었다. 울타리는 십자모양으로 나무를 박아 만들었고, 무덤 한가운데는 커다란 흰 자작나무 십자가가 꽂혀 있었다. 스타시는 놀라는 표정이었다.

"이게 뭐니?"

"무덤이에요." 올라가 대답했다.

"누구 무덤?"

"누구긴요? 엄마 무덤이죠."

"엄마가 여기 묻혀 있단 말이야? 왜 공동묘지에다 묻지 않고?"

"그곳은 너무 멀어요." 올라가 대답했다. "하지만 여기는 가깝잖아요."

"물론 가깝긴 하지. 그런데 묘지에 묻을 수는 없었니?"

"눈이 많이 왔다가 녹은 뒤라 길이 몹시 질퍽거렸어요. 신부님이 멀리서 말을 타고 오셨었죠."

"그땐 봄이었잖아?"

"네. 신부님이 오셔서 엄마의 고해를 들어주시고, 여기 이틀이나 머물러 계셨어요. 도저히 움직일 수가 없었거든요. 사방에 물이 넘쳐흘

렀어요."

"그럼 이곳을 신부님께서 축성(祝聖)하셨니?"

"네, 그랬어요. 신부님께서는 처음에 축성하지 않은 땅에는 묘를 쓸 수 없다고 하시면서, 스와프스코 마을로 옮기자고 하셨어요."

"그때 아빠는 뭐라고 하셨니?"

"아빠가 싫다고 하셨어요. 자작나무숲에 묘를 만들고 싶어하셨죠. 여기가 좋은 곳이라고 말씀하셨어요."

"그래, 좋은 곳이지!"

"아무리 좋다고 해도…… 저는 여기 오는 것을 별로 좋아하지 않아요."

"좋아하지 않는다고?"

"네, 좋아하지 않아요. 아빠와 함께만 가끔 왔어요. 여기 오면 아빠는 늘 기도를 해요."

"아빠가……?"

"아빠는 매일 이곳에 오세요. 아침에 혹은 저녁에. 그리고 일요일에는 저와 함께 와서 기도를 하시죠. 아니면 엄마가 갖고 계시던 책을 여기서 읽곤 하세요."

"너는 엄마를 기억하니?"

"그럼요, 돌아가신 지 일년밖에 안된걸요."

"그래, 벌써 일년이나 지났구나. 나는 지난가을에야 소식을 들었단다. 네 아빠는 거의 편지를 안 쓰시니까."

"아빠는 편지 쓰는 것을 별로 즐겨하지 않으시거든요."

"그래도 나는 아빠보다는 자주 편지를 썼다."

"하지만 아빠는 삼촌 편지를 별로 좋아하지 않으셨어요."

"아빠가 네게 편지를 읽어주신 적이 있니?"

"네…… 언젠가 한번 읽어주셨어요. 삼촌이 어떻게 썰매를 탔는지 편지에 적혀 있었지요. 제게도 썰매가 있는데, 여기에는 높이 비탈진 데가 없어서요. 스위스에는 큰 산이 있나요?

"굉장히 큰 산들이 아주 많이 있지. 사진을 보여줄게."

"그만 집으로 가요. 가서 사진을 보여주세요."

스타시는 올라에게 사진들을 보여주기 시작했다. 그러나 올라는 금 방 싫증을 느꼈다. 올라는 '호텔' '요양소' '스위스'와 같은 말들을 잘 이해하지 못했다. 스타시는 기름을 먹인 천으로 된 소파에 앉아 있었 다. 사진들이 그의 무릎에서 아래로 떨어졌다. 그는 아무 생각 없이 창 밖으로 시선을 던졌다. 소나무 줄기 뒤로 햇빛이 비치기 시작했다. 뾰 족뾰족한 소나무 잎사귀에서는 뽀얀 김이 피어오르고, 줄기 사이사이 는 자욱한 안개로 채워졌다. 하지만 스타시는 지금 그런 자연 현상에 는 눈길도 주지 않았고, 관심도 없었다. 그저 아무 생각 없이 무심하고 편안한 지금 이 상태가 지속되기를 바랄 뿐이었다. 한참 뒤 스타시는 아까와 똑같은 말을 중얼거렸다.

"아, 여기서 살아가는 게 쉽지 않겠어."

스타시는 아직 이곳의 분위기를 제대로 파악하지는 못했지만, 별로 좋지 않으리라는 느낌이 들었다. 특히 형의 태도가 마음에 걸렸다. 그 는 앞으로 일어날 일을 예측해보려고 애썼지만 쉽지가 않았다. 왜냐하 면 진정한 의미에서 '상실'이라는 것을 경험해본 적이 없기 때문이다. 어머니의 임종을 지킬 때도 모든 것이 현실적으로 느껴지지 않았었다. 얼마간의 시간이 흐른 뒤에도 눈앞의 현실을 이해하거나 실감할 수가 없었다. 어머니는 여전히 다른 방에 머물고 계시며, 다만 자기의 방에 오시지 않는 것뿐이라는 착각에 익숙해졌다. 그런데 오늘 자작나무숲 에서 본 모래 무덤은 뇌리에서 떠나지 않고 계속 눈앞에 어른거렸다.

멀리 자작나무 줄기들의 희미한 윤곽이 마치 붓으로 가볍게 칠한 듯 엷은 흰 빛을 띠고 있었다.

바로 그때 볼레스와프 역시 현관 오른쪽 방의 침대 위에 걸터앉아, 스타시가 바라보고 있는 자작나무숲의 정경을 보고 있었다. 숲에서 피어나는 뿌연 안개, 비에 젖은 나뭇잎들, 햇빛이 비치기 시작한 숲의 윗부분이 보였다. 하지만 볼레스와프의 생각은 동생의 생각만큼 구체적이지 않았다. 아내의가 죽은 뒤 볼레스와프는 미망에 빠져 있었으며, 그 어떤 현상도 그를 안개 바깥으로 불러내지 못했다. 그는 모든 사물을 볼 때 자신을 촘촘히 에워싸고 있는 일종의 그물을 통해서 보았다. 그것이 그의 눈을 흐리게 했지만, 스스로는 대수롭지 않은 일로 여겼다. 일요일마다 올라와 함께 무덤에 가서 기도를 하지만, 신자가 아닌 그로서는 불편한 일이었다. 무덤, 육체, 이런 것들은 이미 그에게는 존재하지 않는 것처럼 여겨졌다. 몇년을 함께 지내온 착한 아내의 죽음도 혐오스럽게만 느껴졌다. 그는 아내의 부재를 절감했다. 아내가 죽었다는 사실을 분명히 알고 있었고, 어떻게 죽었는지에 관해서도 일일이 기억하고 있었다. 그것만이 볼레스와프에게는 유일한 현실이었고, 그밖의 다른 모든 것들은 그에게는 현실로 다가오지 못했다. 그렇기 때문에 동생의 낯선 양말이 견딜 수 없었고, 그 색깔이 볼레스와프를 꿈속에서 수없이 괴롭혔다. 동생이 결별하고 온 그 세계는 소름끼치는 곳이었고, 동생의 방문은 화성인의 방문이었다. 스타시의 출현으로 인해 볼레스와프는 지난 한해 동안 맛보지 못했던 현실감을 되찾게 되었다.

볼레스와프는 아내 바시아가 죽은 뒤 처음으로, 아내가 떠난 지 벌써 한해가 지났고, 그녀의 육체가 지금쯤 관 속에서 완전히 썩어버렸을 것이라는 생각을 하게 되었다. 이제 그녀는 그 누구도 사랑하지 못하리라. 그동안 올라에게 지나치게 소홀했다는 것도 깨닫게 되었다. 그는 지금까지 올라에게 가정교사를 두어야겠다는 생각 따위는 해본 적이 없었다. 한마디로 떠나야겠다는 생각이 들었다. 어디 가서 무얼 하면 좋을지는 중요하지 않았으나, 아무튼 어디론가 가야만 했다. 이것만으로도 큰 변화였다. 문득 볼레스와프는 참기 어려웠던 스타시의 출현을 오히려 고맙게 여겼다.

그때 계단을 지나 베란다를 뛰어오는 맨발의 발자국소리가 들려왔다. 급히 뛰어오는 바람에 상기된 젊은 여인의 모습이 갑자기 스타시가 보고 있던 소나무들을 가렸다.

"주인님은 어디 계세요?"

스타시는 미처 대답을 하지 못했다. 볼레스와프의 목소리가 베란다문 반대편에 있는 창문을 통해서 들려왔다. 여자가 달려온 것은 그녀의 오빠이자 별채에 사는 경비원인 야넥이 출입문 유리에 손을 다쳤기 때문이었다. 손바닥을 깊게 베었기 때문에, 상처를 소독하고, 붕대를 감아야 했다. 스타시와 볼레스와프가 함께 야넥을 치료했다. 그때 스타시는 별채에 사는 식구들과 처음으로 대면하게 되었다.

식구는 많지 않았다. 경비원과 그의 여동생, 어머니, 그리고 말과 소를 돌보는 십대 소년인 에덱과 올렉이 전부였다. 마당은 그리 크지는 않았으나, 깨끗하고 어딘지 쓸쓸해 보였다. 소와 말 들은 붉은 건물 아래층에 있었고, 이층에 식구들이 살고 있었다. 치료도 거기서 이루어졌다. 방 두 개를 경비원 식구들이 쓰고, 작은 방 하나에는 두 소년이 살았다. 창문이 워낙 작아서 햇볕이 충분히 방 안으로 들어오지 않았다. 별채의 벽들 바로 옆에서부터 소나무숲이 이어졌다. 별채의 절반은 마구간이었다. 창고, 마차 두는 곳, 닭장, 돼지우리는 따로 있었다.

집으로 돌아올 때 스타시는 침울하고 기운도 없어 보였다. 게다가 긴 여행으로 인한 여독이 여전히 남아 있었다. 몸에서 진땀이 흐르고 있었다. 비 온 뒤의 공기는 습했고, 오후에 약간 좋아졌던 날씨는 오래갈 것 같지 않았다. 그는 소파에 누워서 참을성있게 점심시간을 기다렸다. 볼레스와프는 자기 방에서 자신의 침대와 올라의 침대 사이 비좁은 공간을 쉬지 않고 왔다갔다했다. 올라가 인형을 가지고 침대 모서리 뒤편에 앉아서, 인형에게 기도하는 법을 가르치는 소리가 볼레스와프의 귀에 들려왔다.

2

스타시가 이곳에 온 다음날도, 그 다음날도 별다른 변화는 없었다. 다만 볼레스와프가 집에 머무는 시간이 예전보다 더 짧아졌을 뿐이었다. 그는 마차를 타고 숲속을 돌아다니거나, 집에서 꽤 멀리 떨어진 벌목현장을 둘러보았다. 가끔씩 읍내에 나가기도 했다. 실제로 그는 지난 일년 동안 읍내에 단 한 번도 나가지 않았다. 읍내로 가는 도로의 상태는 좀 나아진 듯했다. 그는 오랫동안 처리하지 않은 일들이 잔뜩 밀려 있다는 것을 깨닫게 되었다. 볼레스와프는 여전히 동생과 단둘이 있는 것을 꺼렸다. 동생의 옷차림과 말과 행동이 간신히 아물어가는 자신의 상처를 다시 건드리는 것 같았다. 동생의 거동, 말, 웃음에서 나타나는 생에 대한 의도적인 희열이 부자연스러워 보였다. 인정하기 싫었지만, 볼레스와프는 동생에게서 남다른 매력을 보고 있었다. 그러나 그는 그 사실을 받아들일 수가 없었다. 그것이 어떤 의미인지 납득하지는 못했지만, 아무튼 동생의 그 매력이 자기를 아내에게서 멀어지게 했던 것이다.

볼레스와프는 차라리 제재소에서 유대인들끼리 다투는 소리를 듣는 것을 좋아했다. 점심시간에 늦게 나타난 볼레스와프를 스타시는 참을성있게 기다렸다. 스타시는 자주 올라와 함께 멀리까지 산책을 했는데, 그것은 늘 그를 지치게 했다. 볼레스와프는 소파에 누워 있는 스타시를 자주 바라보곤 했다. 또다시 스타시 혼자 소파에 남았다. 스타시는 저녁이면 항상 일찍 잠자리에 들었고, 해가 저문 뒤에는 외출하지 않았다.

"요양소에 있을 때의 습관이 아직 남아 있는 것 같아." 그가 형에게 말했다.

스타시는 싹싹했다. 그러나 눈치없이 행동했다. 그는 늘 잘 웃었고, 농담을 즐겼으며, 노래도 부르고, 휘파람도 불었다. 올라도 삼촌 덕분에 어느정도 명랑해졌다. 그사이에 삼촌한테서 독일 노래를 두 곡이나 배웠다. 지금껏 올라가 노래를 부르는 일은 거의 없었다. 그런데 지금은 저녁이면 자작나무로 만든 요람에 인형을 눕히고 자장가를 불러 주기도 했다. 그것이 볼레스와프를 피곤하게 하고 신경을 자극했다.

비가 내리다가 날씨가 화창해지는 바람에 그날 밤에는 달을 볼 수 있었다. 올라는 밤늦게까지 자지 않고, 삼촌 방에 있는 소파에 앉아서 소나무 사이로 비치는 달빛을 바라보며 삼촌의 이야기에 정신이 팔려 있었다. 스타시는 올라에게 산 속의 맑은 공기 속에서 달이 어떻게 떠오르는지, 둥근 달의 모양이 어떻게 변하는지, 요양소 맞은편 붉은 지붕 뒤에서 달이 모습을 드러내는 광경이 어떤지 등을 상세하게 이야기해 주었다. 날씨는 차가웠지만 공기는 상쾌했다. 올라는 신기해했다. 붉던 달이 어느새 하얗게 변해서 소나무들 사이로 밝은 빛을 비추고 있었다.

잠시 후 두 사람은 자작나무숲으로 산책하러 갔다. 그들은 숲속을 한참 동안 거닐었다. 모든 것이 스타시에게는 비현실적으로 느껴졌다. 올라의 손을 잡고 걸어가면서 웃고 떠들어대는 것은 힘겨운 일이었다. 무덤 가까이 왔을 때, 올라가 갑자기 걸음을 멈추고 더이상 움직이려고 하지 않았다. 그러자 스타시는 올라에게 두려워할 필요가 없으며, 저기까지 가도 무서운 것은 없다고 부드러운 목소리로 달랬다. 스타시역시 때가 되면 대리석처럼 보이는 저 자작나무 아래 모랫더미 속에 파묻히고 싶었다. 두 사람이 울타리가 있는 곳까지 가까이 갔을 때, 뜻밖에도 볼레스와프의 모습이 보였다. 고개를 숙이고 힘없이 서 있는 형을 보고 스타시는 뒤로 물러섰다.

"저기 아빠가 서 계시네." 올라가 말했다.

스타시와 올라는 말없이 집으로 돌아왔다. 올라는 자러 갔고, 늙은 요리사 카타지나는 올라를 침대에 눕혔다. 스타시는 달빛에 푸르게 물든 소나무들을 물끄러미 바라보았다.

그때 볼레스와프가 갑자기 스타시의 방으로 들어왔다. 볼레스와프는 스타시와 올라가 무덤 가까이 오다가 자기를 발견하고 되돌아간 사실을 알고 있었다. 그러나 그 순간에는 차마 화난 목소리로 그들을 불러세울 수가 없어 가만히 있었던 것이다. 스타시는 그런 형의 기분을 이해하지 못했다. 두 사람은 식당으로 가서 말없이 차를 마셨다. 얼마쯤 시간이 흘렀을까…… 볼레스와프가 모든 것을 처음부터 이야기하기 시작했다. 그렇게 하는 것이 자신의 마음을 후련하게 할 뿐 아니라, 동생과 자기 사이를 갈라놓고 있는 벽을 허무는 길이라고 생각되었기 때문이다. 그는 아내 바시아에 관한 이야기부터 꺼냈다. 조용하고, 착하고, 평범하고, 보기 드물 정도로 마음씨가 고왔던 그녀가 건강이 나빠지기 시작한 것은 올라를 낳으면서부터였다. 바시아가 죽은 해 겨울에는 눈이 많이 왔고, 그뒤 눈이 녹아 땅이 몹시 질퍽거려서 신부도 말을 타고 간신히 올 수 있을 정도였다는 이야기도 했다. 볼레스와프의 이야기는 이미 올라에게서 대강 들어서 알고 있는 내용이었다. 그러나 볼레스와프는 더 상세하고 구체적으로 이야기했다. 심지어는 같은 내용을 두 번씩 말하기도 했고, 같은 말을 반복하기도 했다. 그는 이야기를 짜임새있게 할 줄 몰랐고, 말도 거칠었다. 그러나 스타시는 형에게서 눈을 떼지 않고 그의 이야기에 열심히 귀를 기울였다. 형의 이야기가 거칠게 들린다면, 그것은 형이 가진 힘과 정열 때문에 말이 미처 정리되지 못한 채 한꺼번에 쏟아져나오기 때문일 것이라고 이해했다. 형은 성격이 강한 인물이기에 한번 사랑에 빠지면 정열적으로 사랑하고, 고통도 남보다 더 강하게 느낄 수밖에 없으리라. 자신의 성품을 고스란히 드러내는 형의 단순한 이야기를 들으면서 자기와 비교되는 형에게 스타시는 동정을 느끼며 웃었다. 그의 이야기는 깊이가 없었고, 모든 것이 피상적이었다. 그게 다였다. 이야기를 나누었지만 결국 달라진 것은 아무것도 없었다.

볼레스와프는 자신이 털어놓은 말들이 불만스러운 나머지, 자기 방으로 돌아와서 오랫동안 잠을 이루지 못했다. 스타시가 자기의 이야기를 흥미 없이 듣고, 진지하게 받아들이지도 않았으며, 응당 가질 만한 관심조차 보이지 않은 것 같아 불쾌했다. 볼레스와프는 스타시에게 자기 내부에서 일어나는 감정을 고백함으로써 동생과의 관계가 부드러워질 수 있으리라고 생각했지만 그것은 착각이었다. 다음날이 되자 스타시는 더욱더 낯설어 보였고, 예전보다 더 명랑하게 굴어서 오히려 접근하기가 어렵게 느껴졌다.

우편배달부는 일주일에 두 번씩 관사에 왔다. 스타시에게 외국에서 오는 편지들이 쏟아지기 시작했다. 스타시는 외국의 우표들을 조심스럽게 뜯어서 올라에게 주었다. 날씨가 풀리면서 스타시와 올라는 자주 산책을 나갔다. 볼레스와프는 베란다에서 혹은 숲에서 먼발치로 키가 크고 호리호리한 스타시의 모습을 보았다. 회색 옷을 입고 있어서, 소나무숲에 가득한 옅은 회색빛에 파묻혀 있는 것처럼 보였다. 군데군데 옅은 잿빛이 섞인 올라의 푸르스름한 머리는 스타시 곁에서 햇빛의 반점처럼 보였다.

스타시는 더이상 참지 못하고, 스와프스코에서 피아노를 가져오기로 결정했다.

3

그것은 마치 그리스 신화에 나오는 아르고의 여행 같았다. 스타시는 경비원 야넥을 데리고 마차를 타고 읍내로 갔다. 길은 멀고, 말 그대로 단조롭기 그지없었다. 숲과 나무의 풍경을 바라보며 끊임없이 감탄만 할 수는 없었다. 며칠 전부터 스타시는 자신의 건강상태가 악화되었다는 것을 느끼고 있었다. 체온은 정상 같았으나, 요양소를 떠나면서 앞으로는 체온을 재지 않기로 결심했기 때문에 실제로는 어떤지 알 수 없는 일이었다. 하늘은 회색빛이 감도는 푸른색이었고, 도로의 양옆에는 소나무와 자작나무가 일정한 간격을 두고 번갈아가며 심어져 있었다. 두 남자 사이의 대화는 매끄럽게 연결되지 못했다. 하지만 야넥이 좋은 사람이라는 것은 알 수 있었다. 스타시는 야넥에게 여동생에 대해서 묻고 싶었지만, 왠지 쑥스럽고 은밀한 일처럼 생각되었다. 어쩌면 야넥이 옆에 있기 때문이었을까, 자신도 정확한 이유를 모른 채, 스타시는 가는 길 내내 꾸밈없고 활달한 야넥의 여동생에 대한 생각에서 벗어나지 못하고 있었다. 그 아가씨를 처음 보았을 때 베란다를 맨발로 뛰어오르던 힘찬 발자국 소리가 자꾸만 들리는 것 같았다. 지금 보니 그녀도 옆에 있는 오빠처럼 얼굴이 검고, 회색빛의 투명한 눈망울을 가지고 있다는 것이 떠올랐다. 그녀는 그날 스타시가 야녝의 다친 손에 붕대를 감아주었을 때, 옆에서 스타시의 얼굴을 뚫어지게 보고 있었던 것이다. 야녝의 손바닥에는 아직도 회색 붕대가 감겨 있었다. 마차 바퀴에서 누런 빛의 잔모래들이 미세한 소리를 내며 흩어지고 있었다. 무더운 날씨였다. 스타시의 몸과 얼굴에 땀이 흘러내렸다. 그는 자신의 몸 상태를 가늠할 수 있었다. 몸의 어딘가가 간지러운 듯하면서, 말할 수 없는 쾌감과 통증이 교차하고 있었다. 스타시는 아무 생각 없이 앞만 바라보았다. 바퀴 언저리에서 들려오는 모래 흩어지는 소리가 마치 자신의 몸 안에서 들려오는 소리 같았다.

경비원은 자신의 이름이 야녝이고, 여동생은 말리나라고 했다. 마차를 타고 가는 길에 나눈 두 남자의 대화는 이것이 전부였다. 가는 길은 꽤 멀었다. 대체 들판은 어디서부터 시작되는 걸까. 끝없이 가다보니 마침내 평원이 나타나고, 멀리 작은 도시의 회색빛 지붕들이 보이기 시작했다. 그들은 읍내 한복판에 있는 시장에서 마차를 멈추었다. 우선 읍내에 쓸 만한 피아노가 있는지부터 알아보아야 했다. 스타시는 가장 가까이 있는 유대인과 상담을 시작했다. 그 유대인은 다른 사람을 불렀고, 순식간에 마차 주위에 십여명이 모였다. 그들은 열심히 혀를 놀리고 손을 움직였지만, 흥정은 전혀 진전되지 않았다. 왜냐하면 먼저 구하는 물건의 상태가 어떤지, 그리고 그 물건을 구할 수는 있는지부터 확인해야 했기 때문이다. 스타시는 침착하게 그들의 잡다한 이야기들을 경청했다.

많은 이야기가 오간 끝에 그는 좁은 골목 안에 있는 어느 집에서 자기가 원하는 피아노를 빌릴 수 있다는 정보를 얻게 되었다. 그 집에는 철도청인지 은행인지 아무튼 그 비슷한 곳에 근무하는 사람이 사는데, 그가 피아노를 빌려줄 거라고 했다. 그의 젊은 부인은 피아노가 있는 방에 앓아누워 있었다. 스타시는 피아노 소리를 시험하면서 부인과 이야기를 나누었다. 피아노는 부인의 소유였는데, 부인은 절대 피아노를 팔지는 않겠다고 했다. 그러나 몇개월 정도는 빌려줄 수 있다는 것이었다. 부부는 돈이 필요했다. 그들은 너무 가난했고, 아이도 죽었다고 했다. 몇달 뒤 건강해지면 그때 다시 피아노가 필요해질 것이며, 가을부터는 피아노 레슨도 하게 될 거라고 부인이 말했다. 스타시는 부인의 얼굴을 유심히 들여다보다가 시선을 피했다. 요양소에 오래 머물렀던 스타시는 환자들의 용태를 읽는 데 익숙했다. 부인의 얼굴은 그에게 깊은 인상을 주었다. 가을이 오면 이 부인에게도, 자기 자신에게도 피아노가 더이상 필요하지 않게 되리라는 것을 그는 조금도 의심하지 않았다.

가장 큰 문제는 피아노를 운반하는 일이었다. 덮개 없는 수레를 빌렸지만, 바퀴가 계속해서 모래 속에 파묻히는 통에 움직이기가 쉽지 않았다. 세 마리의 말이 끄는 수레는 균형이 잘 잡히지 않았고, 바퀴가 겨우 고랑에서 벗어났나 싶으면 또다시 모래 속에 처박히곤 했다. 피아노는 그리 크지 않았고, 지나치게 무거운 편도 아니었다. 스타시는 병든 부인에게 피아노를 어린아이처럼 잘 다루겠다고 약속했다. 그는 피아노를 들고 나가는 짐꾼들을 뒤따르면서 야넥에게 수레를 천천히 따라가자고 당부했다. 부인은 피아노가 방에서 들려나올 때 침대에 앉아서 말없이 눈물을 흘렸다. 그것이 스타시를 곤혹스럽게 했다.

"뭐, 울 것까지야······"

좁은 골목에서 피아노가 마차에 실리는 것을 감독하면서 스타시는 혼자 중얼거렸다. 피아노를 뒤에서 따라가려니, 마치 관 뒤를 따라가는 것 같은 생각이 들었다. 부인의 여윈 얼굴에 흐르던 커다랗고 투명한 눈물방울들이 끊임없이 눈앞에서 어른거렸다.

언제 왔는지 느끼지도 못하는 새에 벌써 저녁이 와 있었다. 오월의 저녁은 나무들 사이로 보랏빛의 옅은 안개를 피워올렸다. 하늘도 절반은 보랏빛으로 물들어 있었다. 모래 위에 찍힌 마차바퀴 자국 사이에도 옅은 푸른빛이 깔렸다. 마차 삐걱대는 소리가 조용히 들려오는 가운데, 피아노 위쪽에 자리한 염소가죽으로 만든 마부석에 앉은 유대인은 단조로운 소리를 내며 말을 몰았다. 스타시의 기분은 그리 좋은 편은 아니었다.

그들은 저녁 늦게야 집에 도착했다. 스타시는 야넥, 스와프스코에서 온 유대인, 에덱, 올렉, 그리고 말리나까지 동원해서 간신히 피아노를 마차에서 내려 자기 방에 들여놓을 수 있었다. 유대인은 말들을 바깥마당으로 몰고 갔고, 집 안은 다시 정적에 파묻혔다. 스타시는 피아노 앞에 앉았다. 어둠속에서도 반짝이는 피아노 뚜껑 위에 두 손을 올려놓았다. 그는 열린 창문을 통해서 소나무와 자작나무가 우거진 바깥 풍경을 바라보았다. 갑자기 심장이 조여오기 시작했다. 이렇게 심한 통증은 지금껏 없었기에 스타시는 당황했다.

스타시는 어린 올라가 깨지 않도록 조용히 피아노를 치기 시작했다. 이곳, 시골에서는 아무 의미도 없는 흘러간 곡들이었다. 그가 요양소에서 춤을 출 때 듣던 탱고, 슬로우폭스를 연주했다. 황량한 자연 속에서 그 노래들은 유행이 지난 요란한 옷 색깔 같았다. 그가 미스 시몬스와 춤출 때 듣던 하와이 민요가 특히 그랬다. 그 곡은 미스 시몬스처럼 아름다웠지만, 또한 미스 시몬스처럼 아무 의미도 없었다. 볼레스와프는 피아노가 방으로 옮겨질 때까지 모습을 드러내지 않았다. 그는 자기 방에 있었으나 피아노가 보기 싫어서 밖에 나오지 않았다. 따뜻한 밤이었다. 스타시는 형에 대해서는 신경을 쓰지 않았다. 그저 평범한 곡들을 연주하면서 어두운 밤의 두려움을 잊고 싶을 따름이었다. 당분간 볼레스와프의 기분에 대해서는 상관하지 않으리라.

그러고 있는데 볼레스와프가 요란한 소리를 내며 스타시의 방으로 들어왔다. 그는 한참 동안 방 안을 이리저리 서성대다가 침대에 걸터앉았다. 스타시는 볼레스와프가 자신의 수염을 잡아당기고 있는 것을 보았다. 조금 뒤에 볼레스와프가 말했다.

"그 피아노와 피아노 소리가 나를 짜증스럽게 한다는 것을 너도 알고 있지? 너는 상중(喪中)인 집에 와 있다는 것을 모르는 것 같구나."

"일년이나 지났잖아."

스타시는 계속해서 피아노를 치면서 말했다. 그의 말은 발라드의 시작처럼 선언조의 느낌을 주었다. 볼레스와프는 몸을 떨었다.

"그 곡들이 나를 몹시 화나게 한단 말이야."

"나도 화나게 해." 스타시가 이렇게 말하며 피아노 치는 것을 중단했다. "이 곡들을 듣고 있노라면 돌아갈 수도 없고, 또 경험해보지도 못했던 미지의 세상이 내 눈앞에 어른거리니 말이야. 나는 내 방의 창문 너머로 세상을 보았어. 유리창을 사이에 두고 손을 뻗기만 하면 건드릴 수 있을 것 같은 너무도 아름다운 무언가를 보았단 말이야. 하지만 나는 건드리지 않았고, 앞으로도 손대지 않을 거야. 그것은 마치 유리 같기도 하고, 깨지기 쉬운 얼음 같기도 해…… 형, 잘 들어." 스타시의 어조가 갑자기 심각해졌다. "한가지 형이 모르는 사실이 있어. 내가 왜 이곳에 왔는지 그 이유 말이야."

"왜 왔는데?"

"나도 알고 있어. 내 쾌활함과 내 음악이 형을 화나게 한다는 것을. 그러나 그냥 내버려둬주면 좋겠어. 형도 알잖아. 내가 여기 오래 머물지 않으리라는 것을…… 내 병은 말기에 접어들면 갑자기 호전되는 현상이 나타나. 한 이삼주가량 그런 상태가 지속되는데, 그러면 의사들은 환자가 요양소에서 죽는 일이 없도록 집이나 시골 등으로 보내게 되지. 내 호전 상태는 거의 끝나가고 있어. 미안해, 형, 나도 어쩔 수가 없어. 나는 그저……" 스타시가 미소를 지었다. "나도 어쩔 수가 없었어…… 그러니 날 좀 그냥 내버려두길 바라. 나는 형한테 죽으러 왔단 말이야."

볼레스와프는 어둠속에서 못 박힌 듯 움직이지 않고 있었다. 그러나 스타시는 그를 바라보지 않았다. 창밖의 어두운 밤이 스타시의 마음을 앗아가고 있었다. 그는 미스 시몬스를 생각하면서, 그녀와 사랑에 빠지지 않은 것을 후회했다. 그는 작은 소리로 하와이 민요를 흥얼거렸다.

"여기에는 왜 나이팅게일이 없지?" 잠시 후 스타시가 물었다.

"있었지…… 그런데 우는 것을 그만둔 것 같아."

볼레스와프는 침대에서 몸을 일으켜 방 안을 서성거렸다. 그의 발걸음은 조용했고, 조심스러웠다. 그는 몇차례 스타시가 있는 쪽으로 다가와 어둠속에서도 창백하게 보이는 스타시의 얼굴을 보았다. 동생의 얼굴은 이미 이승을 떠난 것처럼 보였다. 스타시는 형을 의식하지 않고 있는 것 같았다. 어떤 내면의 노래가 병든 그의 폐에서 목구멍을 타고 울려퍼지고 있었다. 이윽고 스타시가 말했다.

"내 병이 폐에서 장으로 옮겨가고 있는 것 같아."

볼레스와프는 말없이 동생의 방에서 나와 베란다로 사라졌다.

4

그해 여름은 유난히 아름답게 시작되었다. 낮에는 무더웠지만, 저녁
에는 기온이 내려갔다. 밤은 평온하고, 고요하고, 또한 아늑했다. 볼레
스와프는 여전히 잠을 조금밖에 자지 못했다. 동생의 고백은 형제 사
이에 이해의 가교를 만들지 못했고, 오히려 둘이서 함께 식사할 때는
더욱 서먹한 분위기만 만들었다. 볼레스와프는 불안한 마음으로 스타
시를 보았지만, 그의 얼굴에서 병세가 악화되는 조짐은 보이지 않았
다. 그러자 볼레스와프는 스타시가 한 말들이 모두 그의 병적인 환상
에서 비롯된 것일지도 모른다고 생각하기 시작했다. 스타시는 피아노
를 많이 쳤고, 편지도 자주 썼다. 볼레스와프는 오후에 동생이 올라와
함께 자작나무숲을 산책하는 것을 자주 보았다. 저녁에 스타시가 집으
로 돌아오면, 이번에는 잠을 못 이루고 회의에 빠져 있던 볼레스와프
가 아내의 무덤이나 검게 변한 산림청 관사, 별채 마당 사이를 왔다갔
다하곤 했다. 때로는 야녁의 식구들이 살고 있는 집 근처까지 갔는데
그곳에서는 항상 떠들썩한 웃음과 즐거운 목소리가 들려왔다. 관사에
서 가장 가까운 마을까지는 상당히 먼 거리였지만, 말리나에게는 항상
사내들이 놀러왔다. 특히 토요일과 일요일에는 서너 명씩 몰려왔는데,
볼레스와프는 스타시의 피아노 소리를 피해서, 말리나를 좋아하는 사
내들 중 하나가 부는 하모니카 소리가 들리는 곳으로 갔다. 그러고는
별채 주변에서 한동안 서성대면서 그 집 안에서 들려오는 하모니카 소
리와 웃음소리에 귀를 기울였다. 스타시가 조용하게 연주하는 하와이
민요들이 볼레스와프의 신경을 건드리는 반면에, 우렁차고 단조로운
하모니카 소리는 그의 기분을 유쾌하게 만들었다. 하모니카에서 흘러

나오는 유치하고 소박한 가락들이 오히려 가슴에 더 깊이 와닿았던 것이다. 하모니카 연주는 적어도 그를 슬프게 하지는 않았다. 하모니카의 멜로디를 들을 때마다 볼레스와프는 바시아가 살아 있어서 함께 손잡고 숲과 이 별채 주위를 산책하면 얼마나 좋을까 하고 생각하곤 했다. 아내는 틀림없이 이 아늑한 여름밤을 좋아했을 것이고, 먼 읍내에서 말리나를 보기 위해 사내들이 놀러오는 것을 보고 즐거워했을 것이다. 바시아는 언제나 사랑에 빠진 연인들에 대해서 특별한 호감을 가지고 있었고, 자기가 들었던 모든 사랑 이야기들을 너무나도 좋아했다. 누가 와서 마을에서 일어난 비극적인 사랑 이야기를 들려주면, 그것이 비록 살인이나 상해 사건과 얽혀 좋지 않은 소문일지라도, 바시아는 아주 즐겁게 들었다. 바시아에게는 사랑이 전부였다. 볼레스와프는 그렇게 생각했다. 그는 도대체 어떤 녀석들이 말리나의 집에 놀러오는지 한번 보기로 결심했다. 마구간 위에 사는 사람들이 모두 모여 앉아 있는 방에 볼레스와프가 나타나자 갑자기 이야기 소리가 작아지고, 웃음소리도 사라졌다. 방에 있던 사람들은 모두 그를 친절하게 맞이했으나, 그것은 의례적인 것이었다. 손님은 미하우뿐이었다. 볼레스와프는 그를 좋아했다. 사내다웠기 때문이다.

미하우가 말리나에게 놀러온다는 사실을 볼레스와프는 미처 모르고 있었다. 굳이 묻지는 않았지만, 우연히 들었을지도 모른다는 생각이 들었다. 미하우가 자기 마을에서 읍내로 가던 중에 이 외딴 곳에 무슨 일이 있는지 궁금해서 잠시 들렀을지도 모르는 일이다.

날씨와 건초수확에 대해서 한참 이야기하다가 볼레스와프는 미하우에게 그가 살고 있는 동네에 무슨 새로운 일이 있는지 물었다. 그러나 대화는 매끄럽게 이어지지 못했다. 볼레스와프는 이 사람들이 자연스럽게 말을 하지 못한다는 것을 알면서도, 선뜻 자리를 뜨지 못했다. 그는 사람들과 어울리고 싶었고, 특히 이들처럼 순박한 사람들과 함께 있는 것이 좋았던 것이다.

하지만 결국에는 자리에서 일어나야 했다. 볼레스와프는 문득 자기가 나이가 들어 성격이 변해서 남들과 어울리고 싶고 이야기하고 싶어 하는 건 아닐까 생각했다. 말리나의 집을 나온 볼레스와프는 자작나무숲을 지나서 자기가 좋아하는 장소 쪽으로 갔다. 그곳은 숲의 끝자락이었다. 거기에는 긴 고랑이 있었고, 고랑 뒤쪽으로 작은 들판이 보였다. 그 들판 뒤로 서양벚나무가 울창하게 서 있는 곳에 늙은 마리이카의 다 허물어져가는 낡은 집이 있었다. 그 집의 굴뚝은 나무에 가려 보이지 않았다. 마리이카의 집 뒤로는 건초로 쓸 풀을 재배하는 들판이 펼쳐져 있었고, 그 건너편은 다시 숲이었다. 건초지는 산림청 관사에 딸린 것으로, 해마다 씨를 뿌리기는 했지만, 갈수록 수확이 떨어져서 볼레스와프가 기르는 말들의 발육상태는 별로 좋지 못했다.

볼레스와프는 바시아와 이곳까지 온 적이 없었다. 그렇기 때문에 이곳을 좋아하는지도 모른다. 하루종일 일을 해서 피곤한데도 그는 요즈음 매일 저녁 이곳을 찾곤 했다. 볼레스와프는 숲의 가장자리에 우두커니 서서 아무런 방해물도 없이 들판이 끝없이 뻗어 있다면 어떨까, 그리고 반대편에 있는 자작나무숲도 없다면 어떨까 상상해보았다. 그러다 한참 후에 정신을 가다듬고 이곳은 그저 마리이카의 오두막이 있는 숲속의 흔한 풀밭에 지나지 않는다고 생각하며 발길을 돌렸다.

저녁나절은 내내 따뜻했다. 볼레스와프는 도저히 집에 머물러 있을 수가 없었다. 집에서는 스타시가 조율도 안된 피아노를 두드려댔다. 빽빽한 숲으로 둘러싸인 집은 악기를 놓아두기에는 좋은 장소가 못되었다. 어떤 건반은 제 음을 내지 못했고, 어떤 건반은 아예 아무 소리도 내지 않았다. 왈츠와 탱고가 흘러나올 때면 특히 참기 어려웠다. 그러나 스타시는 멈추지 않았다. 식사하러 식탁으로 갈 때나 잠을 자기 위해 침대에 누울 때를 제외하고는 하루종일 피아노를 칠 때도 있었다. 하지만 최근 들어 특히 오후가 되면, 다보스 요양소의 기념품인 격자무늬 숄을 감고 누워 있는 것이 자주 눈에 띄었다.

볼레스와프는 소나무숲의 어두운 곳으로 도망쳤지만, 귀에 거슬리는 피아노 선율은 그를 끈질기게 쫓아왔다. 그 소리는 소나무숲을 에워싸고, 그의 주위를 끊임없이 맴돌았다. 볼레스와프는 소나무 아래에 말없이 앉아 있었다. 아무 생각도 하지 않았다. 바람은 그다지 세지 않았고, 나무 꼭대기에서 소나무 잎사귀가 버스럭대는 소리만이 불길하게 울려퍼졌다. 이따금 소나무 가지들이 부딪치는 둔탁한 소리가 들렸다. 내일은 날씨가 궂을 모양이다. 그는 오랫동안 그렇게 앉아 있었다. 바람이 잠잠해지자, 소나무 잎을 밟는 발자국소리가 들렸다. 누군가가 멀지 않은 곳에서 소나무 사이를 왔다갔다하고 있었다. 볼레스와프는 그쪽으로 고개를 돌렸으나 작은 소리만 들릴 뿐, 누구의 기척인지는 알 수 없었다. 그는 약간 화가 났다. 이곳에서까지 방해를 받다니. 그는 이를 악물며 침을 뱉었다. 볼레스와프는 자리에서 일어나서 집으로 향했다.

스타시는 피아노를 치고 있지 않았다. 그는 식당에도 침실에도 없었다. 볼레스와프는 자기 방에서 램프를 들고 식당으로 가서 식어버린 차를 천천히 마셨다. 카타지나는 식당에서 자고 있었다. 별채 쪽에서는 아무 소리도 들리지 않았다. 오늘은 하모니카 부는 미하우가 오지 않은 모양이다. 어쩌면 숲에서 산책하던 사람이 바로 미하우였는지도 모를 일이다.

볼레스와프는 자신의 존재가 보잘것없다는 것을 지금처럼 분명하게 느껴본 적이 없었다. 자기가 죽는다 해도 아무것도 달라지지 않을 것이라는 생각은 여태껏 해보지 못했던 것이다. 세상은 그의 죽음 따위는 대수롭지 않게 여길 것이다. 어차피 아무 생각도 없는 무심한 존재에서 아무 생각도 없는 무형의 존재로 변할 뿐인데, 무슨 의미가 있겠는가. 그렇게 다른 세상을 향해 한 발자국 나아간다는 것은 그저 일상적인 변화일 뿐, 아무런 의미도 없으리라.

볼레스와프는 자기가 죽은 뒤에 벌어질 의식과 절차에 대해서 생각했다. 장례식, 늙은 부인들이 수의를 입히는 일, 기타 등등…… 바시아가 죽었을 때 그랬듯이 카타지나와 마리이카는 내게도 똑같이 몸을 씻기고 수의를 입혀줄 것이다. 그런데 말리나도 올까! 죽은 바시아를 씻긴 것처럼 말리나도 와서 죽은 내 시신을 씻기게 될까? 설마 그러지는 않겠지. 그녀는 젊은 처녀가 아닌가? 그런데 말리나는 몇살이나 되었을까?

볼레스와프는 처음으로 이 숲에서의 말리나의 존재에 대해 진지하게 생각해보았다. 여기서 그녀는 대체 무슨 일을 하고 있는가. 아니, 그녀의 생김새는 어떠한가. 문득 얼굴조차 잘 기억나지 않았다. 눈을 감고 말리나의 윤곽을 그려보았으나, 잘 떠오르지 않았다. 타원형 얼굴에 댕기머리였고, 수건을 쓰지 않고 있었다는 정도만 생각났을 뿐이다. 그러나 예쁜지, 못생겼는지는 종잡을 수가 없었다.

"내일 아침에 그곳에 가봐야겠어." 볼레스와프는 혼잣말로 중얼거렸다.

오랜 시간이 지났는데도 스타시는 돌아오지 않았다. 볼레스와프는 의아해하면서 방 안을 서성거렸다. 스타시의 방을 들여다보았으나, 그는 방에 없었다. 뚜껑 열린 피아노는 한마리 새를 연상시켰다. 볼레스와프는 피아노로 다가갔다. 한 손가락으로 그가 젊었을 때 군대에서 부르던 노래를 쳐보았다. 그들은 그때 러시아 남쪽에 주둔하고 있었는데, 그는 매일 막사를 몰래 빠져나와서 예쁜 아가씨를 만났었다. 그 아가씨는 부대에서 그리 멀지 않은 곳에 살고 있었는데 그를 만나기 위해서 집에서 나오곤 했다. 두 사람은 지붕 밑에 있는 다락방으로 가서 건초더미 위에서 함께 잤다.

볼레스와프는 자신의 손가락 아래에서 서툴게 울리는 별로 크지 않은 멜로디에 조금 놀랐다. 그는 자신의 정신상태에 대해서도 의아하게 생각했다. 유감스럽게도 스타시가 온 뒤 자기가 완전히 변했다는 것을 인정하지 않을 수 없었다.

그제야 볼레스와프는 스타시가 며칠 전에 고백했던 내용들을 이해할 수 있었다. 그것은 자기 집에서 또다시 죽음이 발생하고, 침대 위에 시체가 눕혀지고, 자작나무숲이나 읍내에 무덤이 새로 생기고, 그에게는 항상 어색하게 느껴졌던 '유럽식' 미소를 띤 스타시가 사라진다는 것을 의미하는 것이다. 아내의 시체를 씻기던 것처럼 또다시 노파들이 스타시의 시체를 씻기러 올 것이다. 다만 말리나만은 할 수 없을 것이다. 그것은 젊은 아가씨가 할 일이 아니니까. 그런 일은 항상 할머니들이 한다. 말리나 자신도 원치 않을 것이다. 그래, 그것은 절대로 있을 수 없는 일이다. 누가 폐결핵으로 죽은 사람의 시체를 씻기러 선뜻 여기까지 오겠는가? 스타시로서는 죽는 것이 오히려 나을지도 모른다. 죽고 나면 그가 어떻게 될지 볼레스와프는 상상조차 할 수가 없었다. 폐결핵 환자──그것만이 지금 현재 스타시의 유일한 공식적인 직함이다.

하지만 스타시는 행복한 사람에게서나 볼 수 있는 그런 미소와 홍조를 띠고 돌아오지 않았는가. 그러자 볼레스와프의 머리에서 우울한 생각들이 사라졌다.

5

다음날 볼레스와프와 스타시 사이에 좋지 않은 일이 벌어졌다. 별 이
유도 없이 아침식탁에서 심하게 다툰 것이다. 버터가 맛이 없다고 스
타시가 투덜댔다. 그러자 볼레스와프가 생각이 짧다고 그를 나무라면
서, 그동안 스타시를 요양시키기 위해 얼마나 많은 비용이 지출되었는
지를 상기시켰다. 스타시는 형의 난폭함에 놀라서 서둘러 방에서 나갔
다. 이른 아침부터 구름이 끼었다. 하늘은 희고, 솔밭은 검었다. 그는
집 주위에 있는 오솔길을 따라 걸으면서 길가에 피어 있는 몇송이 안
되는 초라한 데이지꽃을 꺾었다. 스타시는 무성한 잡초들과 마을 쓰레
기터 주위에서 흔히 볼 수 있는 쐐기풀이 있는 곳에서 발길을 돌려 별
채 쪽으로 향했다. 기와지붕의 마구간 뒤편에는 초콜릿처럼 검고 잘
다져진 땅에 빨래통이 놓여 있었고, 그곳에서 말리나가 속옷들을 빨고
있었다. 마침 말리나의 옆모습이 스타시 쪽을 향하고 있어서 스타시는
말리나를 자세하게 볼 수 있었다. 이마와 코의 선이 예쁘고, 엷은 꽃잎
처럼 눈을 덮고 있는 눈꺼풀이 유난히 귀여웠다. 고전적인 형태의 눈
썹 또한 고와 보였다. 반면에 얼굴의 아랫부분은 평범했다. 입이 너무
크고 이도 지나치게 하얘서, 가끔씩 웃을 때마다 어색해 보였다. 그렇
다고 말리나에 대한 스타시의 호감이 줄어든 것은 아니었다. 숲을 산
책하면서 스타시는 자기도 모르게 말리나를 생각했고, 그것이 볼레스
와프와의 불쾌한 일을 잊게 만드는 데 도움이 되는 것 같아서 좋았다.
그는 자기가 죽으면 그동안 들어간 돈이 무의미해진다는 생각에 우울
했지만, 그것은 잠깐뿐이었다. 검은 소나무숲 저 너머에는 햇빛이 비
치는 하늘이 있듯이 이제부터는 유쾌하고 기분좋은 생각만 하기로 결

심했다. 바로 말리나에 대한 생각이었다. 어제 저녁 그는 말리나와 숲속을 산책하면서 말리나의 호적상 이름이 '말비나'라는 것을 알게 되었다. 그러나 말리나가 발음하기 더 편하기 때문에 부모들이 그렇게 불렀다는 것이다. 스타시는 그녀에게 말리나라는 이름이 더 예쁘고, 말리나는 말리나처럼 보이지, 말비나처럼 보이지는 않는다고 말해주었다. 그 말에 말리나는 큰 소리로 웃음을 터뜨렸다.

스타시는 빨래하는 말리나의 모습을 자세히 관찰했다. 유난히 새하얀 손, 작은 단추들이 촘촘히 달린 꽉 끼는 블라우스 아래로 터질 듯이 눌린 가슴, 본래는 보라색이었으나 지금은 색이 바랜 웃옷까지. 빨래하는 말리나의 손은 아주 민첩하고 능숙했다. 말리나는 아마도 자신의 옷과 야녝의 옷을 빨고 있을 것이다. 그런데 미하우의 옷도 빨까?

오늘 스타시는 말리나에게 다가가지 않았다. 무얼 하고 있는지, 어떻게 지내는지, 혹은 날씨에 대해서도 묻지 않고, 말없이 몇분 동안 서 있다가 수려한 자작나무숲 쪽으로 발걸음을 돌렸다. 길의 양옆에서 안쪽으로 기울어진 자작나무들은 군데군데 성당의 신자석을 연상시켰다. 하얀 자작나무 줄기들이 오늘따라 더욱 빽빽하게 늘어서 있는 것이 보였다. 햇빛은 없었으나 기온이 높았다. 이런 날씨는 비를 예고한다. 푹푹 찌는 무더위 속에서 낮고 희뿌연 하늘이 땅으로 내려앉는 것 같았다. 스타시는 아무 생각도 하지 않았다. 다만 자기가 살아 있다는 것만을 느꼈다. 얼마 후면 이 모든 존재들이 자기에게는 무의미하게 되리라는 것도 생각하지 않았다. 바로 지금 자신을 둘러싸고 있는 이 모든 것들에 그는 아무런 집착도, 관심도 기울이지 않았다. 이 순간 스타시의 머릿속을 채우고 있는 것은 낯익은 풍경이었다. 각양각색의 인종들이 모여 있는 요양소의 밝은 복도와 환자들의 트렁크를 임시로 보관하는 계단 밑의 작은 공간. 한때 스타시는 거기가 바로 '유럽' 혹은

'세계'라고 여겼었다. 그는 에테르 냄새와 하와이 민요의 가락이 잔뜩 배어 있는 그곳의 공기를 좋아했다. 스타시는 아래를 향하고 있는 하얀 자작나무들을 약간 무시하듯이 바라보았다. 그것들은 높은 알프스 계곡들을 가득 메우고 있는 '멜레지'라 불리는 낙엽송들과는 다르게 생겼다. 사실 스타시는 그 지방에서 '멜레지'라 불리는 그 나무가 폴란드어로는 '모제프'라는 것도 모르고 있었다.

볼레스와프는 스타시의 기분이 좋아진 이유가 이미 힘겨운 일들을 모두 치렀기 때문이라는 것을 모르고 있었다. 스타시는 자신이 '진짜 세상'이라고 느꼈던 그 모든 것에 이미 완전히 작별을 고했던 것이다. 날씬한 몸매의 미스 시몬스, 그 여인의 값비싼 모슬린 드레스, 호수의 잔잔한 수면, 눈 덮인 산 위의 구름들, 빠리에서 산 음반들, 런던에서 가져온 가방 등…… 그곳에는 삶이 있었다. 그런데 이곳에는 자작나무들, 무덤들, 보잘것없는 꽃들, 돌보는 사람도 없는 어린아이뿐이다. 이것은 현실적인 존재라고는 할 수 없는 것들이다. 그는 세상과 결별하고 절망적인 상태에서 이곳으로 온 것이다. 스타시를 삶과 연결시켜주는 유일한 끈은 읍내에서 그와 똑같은 병을 앓고 있는 여인에게서 빌려온 피아노이다. 물론 볼레스와프는 그러한 스타시의 감정을 느끼지도, 이해하지도 못했다. 그는 심한 말로 동생을 자극했지만, 동생은 정확히 말하면 이미 죽은 것이나 다름없는 존재였던 것이다.

나무줄기들 사이로 누군가가 가까이 다가오는 것이 보였다. 말리나의 오빠인 야넥이었다. 스타시는 야넥에게 호감을 가지고 있었다. 야넥은 말리나와 비슷하게 생겼다. 볼레스와프는 언젠가 스타시에게 야넥이 숲에서 누군가를 살해한 혐의를 받고 있다는 말을 했다. 버섯인지 딸기인지를 따고 있던 노파를 야넥이 총으로 쏘았다는데, 물론 아무도 진상은 확실히 알지 못했고, 또한 있을 법한 일도 아니라고 생각했다. 야넥은 전혀 범죄자처럼 보이지 않았다. 그는 장밋빛을 띤 둥그런 얼굴에 머리칼은 검고 덥수룩했다.

야넥은 스타시에게 가까이 와서 인사한 후, 총을 옆에 놓으면서 맞은편에 앉았다. 그는 몸을 뒤로 젖힌 채 미소를 지으면서 스타시에게 물었다.

"그런데 혹시 엊저녁에 말리나와 산책하셨습니까?"

"그랬네." 스타시가 말했다.

"미하우가 저녁 내내 말리나를 찾았거든요. 화가 많이 났습니다. 요즈음 미하우는 말리나에게 자주 놀러옵니다."

"그런데 야넥, 자네는 누구한테 놀러가나?"

"미하우가 화가 많이 났다고요. 그가 도련님에게 일을 저지르지 않도록 미리 말씀드리는 겁니다."

스타시는 크게 웃었다. 대체 나한테 무슨 짓을 할 수 있단 말인가? 내가 더이상 말리나와 만나지 않게 되면 미하우는 곧 잠잠해질 것이다.

"말리나가 마음에 들지 않으십니까?" 야넥이 물었다.

"걱정하지 말게. 아주 마음에 들어. 하지만 나는 미하우를 방해하고 싶지 않네."

"말리나를 만나셔도 됩니다." 야넥이 은밀하게 말했다. "다만 미하우가 알지 못하도록 하셔야 합니다. 말리나도 도련님을 좋아하지만, 미하우를 두려워하고 있거든요."

"그런데 미하우가 대체 말리나하고 무슨 관계인데?" 스타시는 화를 내며 말했다.

"모르셨습니까? 미하우는 말리나와 결혼하고 싶어합니다."

야넥은 자기의 순찰 구역을 둘러보러 위해 자리를 떴다. 스타시는 숲속의 잔디밭에 홀로 남았다. 그는 무심히 자작나무들을 바라보다가,

문득 풍경 속에서 무언가가 변했음을 알았다. 이제 더이상 무관심할 수만은 없었다. 풍경 속에서 슬픔과 기쁨이 엇갈리는 게 느껴졌다. 스타시는 자신의 환상에 웃었다. 그러자 문득 놀랍게도 환희가 몰려왔다. 아직도 살아갈 날이 며칠이나 더 남았다는 사실이 기뻤다. 남아 있는 나날들이 끝없는 영역으로 뻗어갈 것만 같았고, 저녁 무렵까지 불과 몇시간 안 남은 그 시간이 영원을 향해 길게 연장되는 듯 느껴졌다. 자기에게 주어진 매 순간이 마치 그에게 허락된 귀한 선물처럼 소중하기만 했다.

그날 스타시는 오랜만에 체온을 재보았다. 37.9도였다. 아직은 그렇게 높지 않다. 아침에 느꼈던 허약함이 저녁 무렵이 되자 사라졌고, 생에 대한 의욕이 불끈 솟아올랐다. 그는 볼레스와프에게 말을 내달라고 부탁했다. 마차를 타고 산책하고 싶었다. 그는 올라를 데리고 마차에 올랐다. 야넥이 말을 몰았다. 마차바퀴의 살에서 모래가 타닥타닥 흩어졌다. 그러나 그 소리가 그다지 서글프게 들리지 않았다. 저녁이 되자 하늘이 개는 것 같았다. 두 사람의 머리 위로, 소나무 위로 높고 환한 푸른 하늘이 보였다. 그날의 산책은 아주 상쾌했으며, 올라에게도 오랫동안 삶의 특별한 시간으로 남아 있었다. 그것은 삼촌 스타시가 제안한 첫번째 산책이자, 말리나와 동행하지 않은 첫번째 산책이기도 했다. 그들은 호수까지 갔다. 잔잔하고 검은 호수는 둑으로 둘러싸여 마치 커다란 웅덩이처럼 보였다. 호수는 두 사람의 마음에 들었다. 둑에는 부서진 통나무배가 있었다. 야넥이 배를 타자고 권했지만, 스타시는 산책을 망치고 싶지 않았다. 그들이 돌아올 무렵, 하늘이 다시 구름에 덮이면서, 빗방울이 떨어지기 시작했다. 비가 많이 오지는 않았지만, 차갑지 않은 가랑비는 오랫동안 날이 궂을 것을 예고했다. 스타시는 어린 조카딸을 망또로 덮어주고, 비에 젖은 풍경을 바라보았다.

푸른 나무들은 빗줄기 뒤편에서 김을 뿜고 있었다. 말들은 비에 젖어 반짝거렸다. 그들이 관사로 돌아왔을 때, 저녁 공기는 옅은 푸른 안개 속에 묻혀 있었다. 소나무 잎에서는 향기가 피어오르고, 곰팡이 낀 베란다 지붕 위로 나뭇가지와 잎사귀에서 물방울이 떨어졌다. 가볍게 떨어지는 빗방울 소리는 마치 누군가의 속삭임처럼 들렸다. 그 소리는 점점 잦아들더니 단조로운 리듬을 되풀이하다가, 완전히 멈추었다가, 다시 시작되곤 했다. 마치 조용하고 차분한 악절 같았다.

스타시는 자기 방에 혼자 앉아 있었다. 오늘은 말리나를 못 보겠군…… 그의 창 앞에 놓여 있는 싸모바르에서 모락모락 김이 피어나고 있었다. 미하우가 방 안에서 하모니카를 불고 있는 것이 확실했다. 빗소리가 조용해지자, 문득 별채에서 희미하게 음악 소리가 들려왔다.

그는 지금껏 자기가 잡지 못했던 모든 사랑의 기회들에 대해 생각해 보았다. 병을 앓기 전 바르샤바에서, 그리고 다보스에서, 누구도 사랑할 수 없었던 자신이 못내 안타까웠다. 미스 시몬스가 떠날 때, 아직 눈은 내리지 않았었다. 떠나던 날 오후에 시몬스 양은 검은색 벨벳 드레스를 입고 있었는데, 소매에는 은빛 별 장식이 박혀 있었다. 그녀가 참나무로 만든 난간에 몸을 기댄 채 사랑스러운 푸른 눈동자로 그를 바라보았을 때, 그는 아무런 응답도, 눈짓도 할 수가 없었다. 그때 스타시는 시몬스 양의 눈에서 절망과 슬픔을 보았다. 연민이 마음 깊이 차오르는 것을 느끼면서도 그는 어찌해야 좋을지 몰라 매우 당황했다. 끝내 그는 아무 말도 할 수 없었다. 어떻게 표현해야 할지 그 방법을 몰랐던 것이다. 마당에 나와보니 알프스 세호른 산의 정상을 등지고 얼음처럼 차가운 하늘에 보랏빛 구름들이 점점이 수놓여 있었다. 시몬스 양의 눈동자는 슬퍼 보였다. 도무지 알 수가 없었다. 왜 내게는 지금까지도 시몬스 양의 감정에 상응하는 감정이 생겨나지 않는 것일까. 스타시는 자기 자신이 남성도 여성도 아닌 무성(無性)의 존재이고, 미세한 애정의 감정조차 느끼지 못하는 잘못된 피조물이 아닐까 하고 생각했다. 하지만 그런 생각도 그 당시에는 미처 하지 못했고, 시간이 흐른 뒤 지금 어두운 방에 앉아 빗소리를 듣고 있자니 비로소 떠오른 것이었다. 스타시는 아무런 내용도 없는 지난 세월, 흘러간 나날들에서 무엇인가를 찾아서 채워놓아야 한다는 생각에 마음이 조급해졌다. 모든 것을 합쳐봐도 전부 다 보잘것없게만 여겨졌다. 그렇다고 지나간 과거를 되돌릴 수도, 바꿀 수도 없는 노릇이었다. 전체적으로 종합해볼 때, 공허함의 가장 근본적인 원인은 그가 여태껏 한번도 사랑을 해본 적이 없다는 데 있었다. 그는 그 문제에 대하여 오랫동안 생각하지 않았다. 그의 생각은 어느새 소나무숲과 자작나무숲을 지나 별채 뒤 자두나무들이 있는 쓰레기장 근처로 향하고 있었다. 기와지붕이 덮인 별채의 노란 문과 마구간으로 향하는 커다란 문이 눈앞에 어른거렸다. 거기서 그는 자기 오빠와 애인의 옷을 빨고 있는 젊은 아가씨를 보았다. 애인이라……? 그는 한참 동안 사람들이 흔히 말하는, 미하우가 말리나에게 '자주 놀러온다'는 말이 무슨 뜻인지 곰곰이 생각해보았다. 하지만 그 말의 정확한 의미는 이해할 수가 없었다. 그 말은 여러 가지 뜻을 내포하고 있다. 그러나 미하우가 말리나의 애인이라는 말은 절대로 아닐 것이다. 일시적으로 그럴 수는 있겠지만……

지붕을 두드리는 빗방울 소리가 점점 더 세게 들렸다. 비가 드디어 본격적으로 내리기 시작한 것이다. 스타시는 옷을 입은 채로 침대에 누워서 창문에 비친, 움직이지 않는 나무 그림자를 바라보았다. 순간적으로 스타시의 눈앞에서 그림자들이 커지면서, 누군가가 창문 아래 심겨 있는 보리수나무 가지와 잎사귀 들을 흔들고 있는 것처럼 보였다. 그러나 실은 빗물의 무게 때문에 아래로 구부러진 잎사귀를 타고 물방울이 흘러내리면서 잎들이 다시 제자리로 빠르게 돌아오고 있었던 것이다. 볼레스와프의 방에서 새어나온 불빛이 비에 젖은 숲을 비추고 있었다. 그 빛 때문에 가는 빗줄기가 점점이 보였다. 그 너머로 감히 범접하기 힘든, 짙은 푸른색의 어둡고 신비로운 세계가 펼쳐지고 있었다.

속삭이듯 흐르는 빗물 소리, 보슬비에 젖은 잎들이 살랑대는 소리의 한가운데에서 스타시는 자신이 살아 있다는 사실이 황홀하게만 여겨졌다. 관자놀이의 맥박은 바깥마당처럼 고요했지만, 심장은 강하게 뛰고 있었다. 숲속 관사에서 외로움에 젖어 다른 모든 것으로 통하는 문이 자신의 뒤에서 굳게 닫혀 있다는 상념이 온통 그를 지배하고 있었다. 문득 자신이 인생의 피날레를 작곡했다는 생각이 들었다. 그런데 그것은 피날레가 아니라, 서곡이었다. 진정한 삶은 이제부터 시작이었다. 그것은 아름다웠고, 완벽한 조화로 가득 차 있었다.

6

비는 사흘 동안 한시도 쉬지 않고 내렸다. 이때가 스타시의 생애에서 가장 행복한 날들이었다. 그날 저녁에 발견한 세상의 하모니는 그에게 충만함을 안겨주었다. 게다가 쉬지 않고 내리는 따뜻한 비의 속삭임이 있었다. 모든 것은 그림처럼, 혹은 음악처럼 아름다웠다. 지붕과 창문을 향해 젖은 잎사귀를 드리운 보리수나무는 푸른 잎들로 장식된, 오묘하게 뻗어 있는 가지들로 인해 마치 잘 짜인 한편의 소설 같은 느낌을 주었다. 아침에 눈을 뜨자, 아직 잠에서 완전히 깨지 않은 그의 의식 속으로 지붕에서 규칙적으로 떨어지는 물방울 소리와 빗물받이 관을 통해서 아래에 놓인 수통으로 떨어지는 물소리가 파고들었다. 빗물이 만들어내는 음악소리가 잠결에 섞여서 한밤의 오케스트라 연주처럼 들렸다. 문득 자신이 수많은 청중이 음악을 감상하고 있는 거대한 콘써트홀에 와 있는 것 같은 착각에 사로잡혔다. 그는 눈도 뜨지 않은 채 창문을 통해 스며드는 푸르스름한 밝은 빛을 서서히 느꼈다. 나중에는 존재의 깊은 환희에서 비롯된 전율이 그의 온몸을 관통했다. 그렇게 하루가 시작되었다. 석양이 질 때까지 아무 일도 일어나지 않은 단조로운 하루지만, 그의 내면은 빛으로 충만했다. 광채에 휩싸인 스타시의 눈에는 침울한 볼레스와프마저도 기쁨의 존재로 보였다. 저녁 무렵이 되자 기분이 더할 수 없이 좋아졌다. 열이 오르면서 나른함이 사라지고, 관자놀이에 맥박이 뛰는 것이 느껴졌다. 스타시는 격자무늬 담요로 다리를 감고 베란다로 나갔다. 손을 뻗어 비에 젖은 보리수잎들을 만져보았다. 촉감이 좋았다. 그 순간에는 스타시가 '유럽적인' 모습들이라고 말하던 모든 것들은 뒷전이었다. 마치 자신이 지금껏 폴란드 밖으로는 한번도 나가본 적이 없고, 어릴 때부터 줄곧 이곳에서 소나무, 자작나무, 보리수나무를 바라보며 살아온 것만 같았다.

저녁부터 하늘에 구름이 끼더니, 밤에는 장대비가 내렸다. 아무것도 보이지 않았지만, 속삭이는 소리들은 더욱더 선명하게 들렸다. 그 소리들은 다양한 음색으로 그의 주위에서 맴돌다가 점점 가까이 다가와서 그를 온통 그 선율 속에 잠기게 했다. 스타시는 깜빡 잠이 들었다. 저녁식탁에서 스타시는 온몸에 한기가 느껴져서 보뜨까를 한잔 마셨다. 볼레스와프는 석유등 옆에 앉아 있었는데, 우울하고 경직된 표정에 말 한마디 없어서, 선뜻 다가가기가 어려웠다. 하루종일 아무 말도 하지 않은 스타시는 볼레스와프의 기분 따위는 아랑곳하지 않고, 이것저것 떠들어대기 시작했다. 다보스, 커피숍, 요양소, 그곳에 있던 많은 젊은 아가씨들, 그리고 음악에 대해서, 이곳의 빗소리를 닮은 오케스트라에 대해서 닥치는 대로 이야기했다. 지난 사흘간 그는 말리나를 두 번밖에 보지 못했다. 그나마 그녀가 카타지나에게 용건이 있어서 집에 찾아왔기에 볼 수 있었던 것이다. 그녀가 베란다를 지나갈 때 치마를 들어올리는 바람에 맨살의 종아리가 보였다. 그 순간 말리나는 스타시에게는 눈길도 주지 않고 큰 소리로 인사를 하고는 집 모퉁이를 돌아서 사라졌다. 그 짧은 순간이 스타시에게는 그의 여윈 몸을 관통하는 짜릿한 전기 불꽃 같았다. 일부러 말리나의 뒷모습을 주시하지는 않았지만, 그의 신경 전체가 말리나의 존재를 인식하고 있었다. 그는 몸을 부르르 떨었다. 한기와 빗소리를 누르고 어떤 알 수 없는 느낌이 솟아올랐다. 그것은 발견의 느낌이었다. 그동안의 모든 여행과 만남들은 비 내리는 오늘밤을 위한 준비단계 같았다. 지금 이 시간 속에 뭔가 엄청난 비밀이 간직되어 있다는 느낌을 간직한 채 그는 꿈속으로 빠져들었다. 모든 것이 감당할 수 없을 만큼 큰 기쁨을 마련해주었다. 마음속에 간직한 환희가 너무 벅찬 나머지 그는 몸을 일으켜 걷기조차 힘들었다.

스타시는 창가에 서서 회색빛에 묻힌 바깥 풍경을 내다보았다. 그 회색빛 너머에 참세상이 숨어 있는 것 같았다. 그는 단조로운 줄을 이루고 서 있는 소나무들을 바라보았는데, 오늘따라 마치 처음 보는 풍경처럼 생경하기만 했다. 또다시 그녀가 생각났다. "그래, 이것이 인생이지." 그는 되풀이해서 중얼거렸다. 그러나 이 말 속에 그의 구체적인 생각이 들어 있는 것은 아니었다. 단지 가슴속에 엉켜 있던 감정의 실타래를 밖으로 풀어낸 것뿐이었다. 하지만 이 말로 인해 지난 사흘이 그의 가슴에 잊을 수 없는 시간으로 각인되었다. "그래, 이게 인생이야." 그는 기회 있을 때마다 읊조렸다.

삶의 일부와 작별을 하고, '위대한 삶' '진정한 삶'이라 여기던 그 모든 것에서 벗어나 조용한 최후를 맞이하기 위해 문에다 빗장을 걸 때, 비로소 삶은 진정한 얼굴을 보여주는 게 아닐까. 하필이면 지금 이 순간 새삼스레 삶이 '획득의 대상' 혹은 '발견의 대상'으로 여겨지는 것인지, 스타시 자신도 그 이유를 알 수 없었다. 하지만 그저 이 세상을 떠나기 전에 모든 것이 하나의 감정으로 조합되는 것이 기쁠 따름이었다.

오후가 되자 빗방울이 더욱더 굵어지면서 장대비가 쏟아졌다. 지금으로서는 소나무 위로 낮게 깔린 구름 저편에 여름 햇살과 푸른 하늘이 도사리고 있다는 것이 믿기지 않을 지경이었다. 하지만 스타시는 굳이 눈으로 푸른 하늘을 찾으려 하지 않았다. 푸른 하늘이 그의 눈앞에 나타나지 않는다 해도, 내리는 빗줄기만으로 충분히 행복했다. 창가에 서서 검은 소나무 가지 위로 펼쳐진 회색 베일 같은 안개를 바라보는 순간, 자신의 몸을 관통하던 한기가 그를 기쁘게 했다. "나는 발견했다." 그는 거듭 말했다. 무엇을 발견했는지는 중요하지 않았다. 그가 발견한 것은 숨겨진 내용이며, 사물의 또다른 면이었다. 그는 나무들, 집들, 건물들, 사람들의 내면을 본 것이다. 이런 본질적인 것들이 또한 그를 기쁘게 했다. 그는 햇빛이 비치면 이 모든 것들이 변해버릴까봐 걱정스러웠다. 혹시나 날씨가 개지나 않을까 불안한 마음으로 그는 바깥 풍경을 주시했다. 때때로 리듬이 바뀌기는 했지만 비는 대체로 고르게 내렸다. 빗물이 일정한 소리를 내며 지붕과 개울로 쏟아져 내리고, 물받이 관을 타고 수통으로 떨어졌다. 그는 사방에서 들려오는 그 속삭임의 황홀함을 만끽하며 걷기 시작했다.

스타시는 자신의 호흡에 신경을 쓰면서, 몸 상태에 주의를 기울였다. 관자놀이의 미세한 움직임, 손목의 맥박이 느껴졌다. 자꾸만 눈으로 흘러내리는 머리카락을 쓸어올리며, 그는 자신의 존재를 확인이라도 하듯이 거울을 들여다보았다. 잠시 후 스타시는 부엌으로 가서 불 옆에 서서 물이 끓는 것을 지켜보았다. 물방울이 생기고 김이 피어오르는 것을 보며 어린애처럼 좋아했다. 카타지나가 벽난로에 집어넣은 작고 마른 장작들에서 불길이 피어나고 있었다. 돼지에게 줄 감자를 삶는 구수한 냄새가 식욕을 돋웠다. 따뜻한 기운과 타닥타닥 장작 타는 기분좋은 소리를 뒤로한 채 그는 자기 방으로 돌아왔다. 습기가 많고 적막하며, 암울한 회색빛에다 간간이 작은 속삭임이 들려오는 이 방은 그에게는 그나마 불안한 행복을 보장해주는 은신처였다.

사흘째 되는 날 저녁, 서쪽 하늘이 밝게 빛나면서 청록빛 하늘이 희미하게 드러났다. 비는 더이상 오지 않았다. 스타시는 올라에게 더욱 관심을 가지게 되었다. 올라의 일상은 한결같았다. 올라는 바깥에서 쏘다니다가 머리카락이 흠뻑 비에 젖은 채 집으로 돌아오곤 했다. 무슨 이유에서인지 올라는 삼촌에 대한 믿음을 잃어버린 듯했다. 삼촌이 헝겊으로 만든 작은 인형에 관심을 보이고, 올라가 집에서 주로 시간을 보내는 침대 뒤편 구석자리에 대해서 이야기를 꺼내도 올라는 냉담했다. 무엇 때문에 올라가 스타시를 꺼리게 되었는지는 알 수가 없었다. 하지만 올라의 그런 감정은 오래가지 않았다. 엷은 초록빛의 푸른 하늘이 사파이어빛으로 변하기 전에, 차가운 기운이 하늘을 온통 뒤덮기 전에, 청명하고도 쌀쌀한 저녁이 밀려오기 전에 그런 감정은 깨끗이 사라졌다. 스타시는 기침을 하면서 올라의 손을 잡고 축축한 숲속 잔디밭으로 산책을 나갔다. 처음에는 어두웠지만, 조금 지나자 어둠에 익숙해져서 나뭇가지 너머로 하늘의 밝은 부분이 보였다. 하지만 스타시의 눈에 들어온 것은 오직 한가지, 마구간 위에 불빛이 새어나오는 창문들뿐이었다. 네 개의 유리로 된 정사각형의 창문이었다. 머리 위에 물방울을 떨어뜨리는 나뭇잎들 사이를 지나 그들은 계속 걸었다. 창가에 작은 램프가 켜져 있고, 벽에는 희미한 그림자가 흔들리고 있었다. 사람의 자취는 보이지 않았지만, 방에서 하모니카 선율이 흘러나왔다. 올라가 스타시의 손을 꼭 잡았다.

"삼촌!" 올라가 말했다. "악기 소리 들려요?"

스타시는 아까부터 하모니카 소리를 듣고 있었다. 그 소리는 밀랍에 아로새겨진 봉인처럼 그의 죽어버린 심장에 끊임없이 자국을 남기고 있었다. 그 선율은 스위스에서 혼자 즐겨 부르던 유행가의 멜로디였던 것이다. 하지만 익숙한 멜로디는 이 외딴 숲속까지 오는 동안 달라졌다. 그의 인생관이 이 자작나무와 소나무 숲속에서 새롭게 탈바꿈한 것처럼, 상실의 순간에 되찾은 그의 생(生)처럼. 스타시는 올라와 함께 걸음을 멈추었다. 그는 검은 벽 저편에 불을 밝힌 창문을 하염없이 바라보면서, 미하우의 하모니카 연주로 어둡고 습기 찬 무(無)의 세계에서 흘러나오는 그 콧노래 같은 멜로디에 귀를 기울이고 있었다. 슬로우폭스가 폴란드의 정서에 맞게 빠른 행진곡으로 편곡된 이 멜로디는 지금 이 순간부터 마지막까지 스타시를 줄곧 따라다닐 것이다. 몇년 전에 취리히의 골목마다 울려퍼지던 그 멜로디는 확실히 다른 분위기였다. 당시 스타시는 취리히에서 첫번째 수술을 받았다. 그는 올라에게 취리히에 있는 아름다운 호수에서 열린 보트경기에 대해서 빠르고 무미건조한 말투로 이야기하기 시작했다. 하지만 스타시 자신도 자기가 하고 있는 말에 관심이 없었고, 올라는 아예 듣고 있지도 않았다. 올라가 다시 삼촌의 손을 잡아당겼다.

"저기로 가요." 올라가 말했다. "가서 미하우가 하모니카 부는 것을 들어봐요, 우리."

스타시는 얼마 동안 망설였다. 사실은 올라가 말을 꺼내기 전에 그도 가보고 싶다는 생각을 하던 참이었다. 한편으로는 방 안에 있는 사람들이 당황하지 않을까 걱정스러웠지만, 결국 가기로 결심했다. 그러나 푸른 바탕에 흰 칠을 한 방에 들어서는 순간, 잘못 왔음을 깨달았다. 다들 놀라는 표정이 역력했다. 늙은 어머니와 야넥, 미하우가 보뜨까 한병이 놓인 식탁 주위에 앉아 있었다. 말리나는 당황하지 않았다. 그녀는 앞치마로 탁자를 훔치고는 그에게 밀었다. 스타시는 말리나를 쳐다보지 않았다. 그는 올라를 무릎에 앉히고, 미하우에게 하모니카 부는 것이 힘들지 않느냐며 다정하게 말을 걸었다. 야넥은 벽난로 옆, 구석진 곳에 앉아 있었다. 벽난로 안에서는 장작이 타고 있었다. 삼베가 깔린 나무판자 위에는 빵을 굽기 위한 밀가루반죽 덩어리들이 놓여 있었다. 화덕에 피워놓은 불길에서 소리가 났다.

스타시는 말리나를 바라보지 않고도 그녀의 모든 동작과 눈빛을 느낄 수 있었다. 그에게 지금 이 방에서 관심이 가는 유일한 존재는 말리나뿐이었으므로. 말리나는 그에게 보뜨까를 한잔 따라주고는 빵이 다 익었는지 보기 위해 안쪽으로 사라졌다. 모두가 말이 없었다. 벽에서 노랗고 붉은 장작불이 어른거렸다. 등을 벽에 기대고 불빛을 바라보던 미하우가 갑자기 하모니카로 애절한 곡조를 불기 시작했다. 올라가 삼촌의 몸을 꼭 껴안았다. 올라는 평범하면서도 선이 굵은 미하우의 얼굴을 뚫어지게 바라보고 있었다. 모두가 소리없이 경청했다.

스타시는 보뜨까의 기운이 온몸에 퍼지는 것을 느꼈다. 산책중에 젖은 머리와 옷, 구두의 축축함도 더이상 신경쓰이지 않았다. 그는 고개를 숙인 채 묘하게 삐걱대는 하모니카 소리를 들었다. 감정의 균형을 무너뜨리는 불쾌한 선율이었다. 순간 그가 지금까지 체험한 모든 감정이 한순간에 가라앉아버리는 것 같았다. 그것을 다시 고양시킬 시간이 이제는 정말 조금밖에 남지 않았다. 그는 차분한 태도로 그 시간을 가늘해보았다. 그렇다고 그가 자신의 죽음에 대해 생각하는 건 아니었다. 스타시가 생각하는 건 자신이 아니라 세상의 종말이었다.

스타시는 올라가 눈을 크게 뜨고 경이로운 표정으로 미하우를 바라보고 있는 것을 보았다. 올라의 심장이 뛰고 있는 것이 그의 손바닥에서 느껴졌다. 자기의 심장도 그렇게 뛰고 있을까봐 걱정스러웠다. 그는 고개를 돌려 말리나를 보았다. 그녀는 방 안 깊숙한 곳, 어두운 난로 뒤쪽 구석에서 벽에 등을 기대고 고개를 뒤로 젖힌 채, 미하우의 하모니카 소리를 듣고 있었다. 아름다운 눈꺼풀로 반쯤 가려진 눈에 불빛이 드리워져 있었다. 눈꺼풀에도, 머리에도, 수건 밑으로 흘러내린 머리카락에도 온통 빛이 쏟아지고 있었다.

미하우는 오랫동안 하모니카를 불다가 멈췄다. 스타시는 고맙다는 인사를 건네며 미하우와 악수를 한 다음, 다른 사람들에게는 눈길을 주지 않고 곧장 밖으로 나오려 했다. 그러자 올라가 더 있고 싶어하며 삼촌의 손을 잡아당겼다. 스타시는 올라를 심하게 꾸짖었지만, 금방 후회했다. 밖으로 나온 스타시는 숲의 축축한 향기를 맡으며 올라를 안았다. 올라는 새처럼 가벼웠다. 그는 올라를 가슴에 꼭 안고 이마와 머리에 뽀뽀를 해주었다. 올라는 가느다란 손으로 삼촌의 목을 껴안고 삼촌의 볼에 자신의 볼을 비볐다. 스타시는 올라가 울고 있는 것을 알았다. 눈물이 스타시의 목을 적셨다.

"무슨 일이니?" 스타시가 물었다.

울먹이는 목소리가 어두운 밤의 숨결처럼 그의 귀에 와닿았다.

"미하우를 사랑해…… 그리고 엄마…… 엄마……"

스타시는 조카의 말이 차가운 전율처럼 자신의 몸을 관통하는 것을 느꼈다. 그는 다시 한번 연약한 올라의 몸을 꼭 끌어안으면서 손바닥으로 자신의 입을 막았다. 자기도 울음을 터뜨리지 않을까 무서웠던 것이다. 또한 지금껏 알지 못했고, 의식하지 못했던 숱한 일들의 무게 때문에 자기가 예정된 날보다 일찍 죽게 되지 않을까 두려웠다. 그는 올라를 어깨 위에 올려놓고, 요람처럼 어깨를 흔들면서 천천히 집으로 돌아왔다. 올라의 발과 머리가 나뭇잎들에 스치자 물방울들이 후두둑 땅으로 떨어졌다. 잠시 후 스타시가 목소리를 가다듬고 짐짓 밝게 말했다.

"올라, 너는 말도 안되는 소리를 했어. 아주 바보 같은 소리를 했다고…… 그래서 너는 물방울들로 목욕을 해야만 해. 내가 제대로 목욕을 시킬 거야. 공중에다 집어던질까……?"

올라가 큰 소리로 웃음을 터뜨렸다.

"삼촌, 삼촌! 머리가 가지에 부딪힐 것 같아."

스타시가 진지하게 말했다.

"아니야. 삼촌은 고양이라서 어두워도 다 보인다고."

두 사람은 큰 소리로 웃으며 현관 앞에 섰다.

스타시는 올라를 카타지나의 품에 건네주었다. 볼레스와프는 집에 없었다. 조금 전에 자신을 괴롭혔던 무섭고 두려운 마음은 이제 기분 좋게 바뀌었지만, 형의 외로움이 마음에 걸렸다. 그는 형을 찾아가서 아침에 형이 한 말 따위는 아무렇지도 않다고 말해주고 싶었다. 지금쯤 형은 틀림없이 흰 자작나무 사이에 있는 형수의 무덤 앞에 서 있으리라. 그것은 부질없는 일이며 또한 형에게 아무런 도움도 되지 못한다는 생각이 들었다. 빗물이 모래 사이로 스며들어 바시아가 누워 있는 관을 적신다고 생각하면 얼마나 소름끼치는 일이겠는가.

스타시는 천천히 무덤이 있는 곳으로 향했다. 그러다가 문득 자신과 형의 삶에 유대감이 거의 없다는 것, 각자가 어두운 집을 피해 밖으로 도망치려고 안간힘을 쓰고 있다는 사실을 떠올렸다. 또한 다들 끊임없이 집밖을 배회하고 있으며, 식구가 세 사람밖에 안되는데도 식사시간도 일정하지 않고, 함께 식탁에서 식사하는 일도 거의 없다는 사실 등에 대해서 곰곰이 생각해보았다.

습기를 머금은 축축한 공기가 밤이 되기 전에 따뜻해지면서, 땅에서는 모락모락 김이 피어올랐다. 스타시는 발을 끌면서 천천히 걸었다. 심장의 박동이 가라앉으면서, 짧은 호흡이 깊어지고, 안정을 찾는 듯했다.

스타시는 무덤 옆에 서서 구부러진 자작나무 줄기를 손가락으로 훑어보았다. 손끝에서 줄기의 거친 부분과 매끄러운 부분이 고스란히 느껴졌다. 볼레스와프는 아내의 무덤가에 없었다. 스타시는 한참 동안 홀로 서서 형의 심중을 헤아려보았다. 사랑했던 아내의 주검이 모랫더미 몇미터 아래서 검게 변해 있는 이 자리에 서서 형은 과연 무슨 생각을 할까? 스타시는 한번도 누구를 사랑해본 적이 없었다. 그래서 그는 볼레스와프가 어떤 심정인지 상상이 가지 않았다. 스타시는 지금 이곳에서 비로소 새로운 삶의 계획에 대해서 생각하는 중이었다. 몇주 뒤에 사람들이 자기를 이곳에 묻게 되리라는 계산 따위는 하지 않았다. 볼레스와프는 튼튼하고 건장하기 때문에 틀림없이 자작나무숲에서 마리이카의 오두막이 있는 초원까지 오랫동안 산책할 것이다.

미하우의 음악은 스타시의 머리에서 완전히 사라졌다. 그는 지금 숲의 속삭임을 들으면서 3미터 아래 땅 속에 누워 있는 사람에게도 이 소리가 들릴까, 만일 그의 무덤가에서 사람들이 악기를 연주하면 그가 들을 수 있을까 생각해보았다. 아마 아니겠지. 땅은 단단하고 두꺼워서 소리를 통과시키지 못하기 때문에 지하는 황야처럼 정적에 묻혀 있을 것이다.

그때 스타시의 귓가에 발자국소리가 들려왔다. 숨소리도 가까이 들렸다. 그는 자작나무에서 손을 떼어 자기 옆에 다가와 서 있는 사람을 만져보았다. 자작나무 껍데기처럼 매끄럽기도 하고 거칠기도 했다. 이슬방울의 차가움도 자작나무에서 느끼던 감촉 그대로였다. 다만 손에 닿는 옷 밑에 온기가 배어 있었고, 몰아쉬는 힘찬 숨소리로 살아 있음을 증명하고 있었다.

두 사람은 서로 아무 말도 하지 않고 무덤에서 몇발자국 떨어진 곳으로 갔다. 잡목이 우거져 있고 그 밑으로 작은 풀밭이 펼쳐진 구석 자리가 다른 곳보다는 덜 젖어 있었다. 스타시는 말리나가 여기까지 자기를 따라와준 것이 고마웠다. 그들은 풀밭에 앉았다. 그는 말없이 말리나를 껴안았다. 그의 여윈 팔이 처녀의 넓고 탐스러운 등을 더듬었다. 그는 무덤 속에 누워 있는 여인을 생각했다. 한없는 고마움과 더불어 예민한 감각, 꿈결 같은 나른함을 동시에 느끼며 그는 자신의 머리를 처녀의 가슴에 묻었다. 처녀는 아무 말 없이 이슬에 젖은 채 따뜻한 체온으로 스타시를 안았다. 그러고는 그를 뒤로 젖히고 함께 누웠다. 그렇게 그들은 아주 오랫동안 누워 있었다. 그들은 한밤중 숲이 생동하는 소리에 귀를 기울였다. 연약한 자작나무 가지들이 서로 부딪는 소리가 사람의 속삭임 같았다. 스타시는 처녀의 가슴 위로 천천히 손을 내밀었다. 그의 손바닥 아래 풍만한 가슴 밑에서 맥박이 고르게 뛰고 있었다. 이 심장의 고동은 영원히 이어질 것 같았다.

얼마 후 스타시가 일어났다. 말리나는 그대로 누워 있었다. 평온하고 나른했다. 옷이 흠뻑 젖어 있었다. 그는 손수건을 꺼내서 무릎에 묻은 흙을 털고, 머리에서 물기를 닦아낸 뒤, 얼굴에 남은 사랑의 자취를 훔쳤다. 그러고는 무릎을 꿇고 몸을 굽혀서 사랑스러운 말리나의 얼굴도 닦아주었다. 손끝에서 말리나의 예쁜 눈꺼풀이 느껴졌다. 봄날의 여린 풀잎 같았다. 말리나는 아무 말도 하지 않고 조용히 누워 있었다. 처음부터 말리나는 아무 말도 하지 않았다. 스타시는 손수건을 말리나의 손에 쥐여주고는 귀에 대고 속삭였다.

"기념으로 가져."

스타시는 다시 등을 땅에 대고 누웠다. 말리나는 그의 머리 밑에 자신의 팔을 밀어넣었다. 그는 하늘을 바라보았다. 푸르스름한 하늘은 한없이 높게만 보였다. 나뭇가지 사이로 저 멀리 별들이 반짝이고 있었다.

7

비는 며칠간 계속되다가 개었다. 볼레스와프는 숲에서 할 일이 많았다. 집에는 식사할 때와 잠잘 때만 들렀다. 슬픈 것 같지는 않았지만 힘겨운 기색이 역력했다. 잠자리에서 일어날 때, 걸을 때, 식사할 때 몸이 가볍지 않았다. 그가 하는 일이나 역할은 아무런 특징도, 변화도 없는 것이었다. 그래서 더 힘들게 여겨지고, 심한 공허감이 느껴졌다. 볼레스와프는 아내의 무덤을 찾는 일도 그만두었다. 최근 며칠간 아내의 무덤에 갈 때마다 생각이 몹시 혼란스러웠다. 그런 일은 아내가 죽은 후 처음이었다. 그래서 그는 당분간 무덤에 가는 것을 그만두기로 했다.

볼레스와프를 괴롭히는 것은 무덤이 또 하나 생길지도 모른다는 불안감이었다. 때로는 삶이란 상상에 지나지 않는 것이고, 언제든 철회할 수도 있는 것이라는 생각이 들기도 했다. 스타시는 농담인지 아니면 일부러 볼레스와프를 겁주려고 그랬는지 아무튼 공연히 자기 병에 대해서 떠들어댔지만, 형을 놀라게 하지는 못했다. 하지만 비오는 날 스타시가 마비된 것 같은 표정으로 인기척도 없이 베란다에 누워 있는 것을 봤을 때 볼레스와프는 벌써 때가 왔나 하고 몹시 걱정스러웠다. 그날 저녁 날씨가 개자, 기분이 밝아진 스타시가 올라와 함께 산책을 나가는 것을 보고, 볼레스와프는 기뻤다. 문득 쓸데없는 걱정을 한 자신이 우스워졌다. 볼레스와프는 천천히 일행을 뒤따라갔다. 동생이 가는 방향이 좀 이상하다는 생각을 하고 있는데, 마침 스타시와 올라가 걸음을 멈추었다. 볼레스와프도 그 자리에 서서 마구간 위의 불 켜진 창문을 바라보았다. 그들이 방 안으로 들어갔을 때 볼레스와프는 어둠 속에 남았다. 미하우의 하모니카 소리가 귀에 거슬렸다. 그는 가만히 서서 불빛이 비치는 창문을 바라보았다. 램프가 방 안 쪽으로 옮겨가는 것도 보았고, 벽과 창문에 불빛이 너울거리는 것도 보았다. 미하우의 연주는 기이하게 들렸고, 이전보다 더욱 마음을 파고드는 것 같았다.

스타시가 야넥의 여동생을 사랑한다는 사실은 의심의 여지가 없었다. 그런데 하필 지금? 스타시는 이 평범한 아가씨에게서 대체 무엇을 본 것일까? 이런 아가씨는 이 근방 숲에만도 수없이 널렸는데…… 아니야, 그럴 만한 이유가 있겠지. 책상 위에 진열해놓은 사진들 속의 서유럽 아가씨들만으로는 부족했단 말인가. 말리나는 본래 예쁜 처녀가 아니다. 예쁜 데라고는 눈과 피부, 눈썹과 눈꺼풀, 속눈썹 정도이다.

사방이 어두운데도 볼레스와프는 눈을 감고서 말리나의 얼굴을 떠올려보았다. 그러나 지붕에서 떨어지는 물방울 소리, 물받이관에서 나는 웅웅거리는 물소리 때문에 생각을 집중할 수가 없었다. 그의 눈앞에 어른거리는 것은 다른 눈들과 다른 얼굴들, 다른 눈꺼풀들이었다. 그는 잠시 동안 멍하니 서 있었지만, 도저히 생각이 정리되질 않았다. 숨 죽인 듯한, 그러면서도 선명하게 울려퍼지는 미하우의 하모니카 소리가 모든 것을 말해주지는 못했던 것이다.

별채 바로 옆은 소나무숲이었다. 창 바로 앞에 큰 소나무 네 그루가 서 있었다. 볼레스와프는 방 안에서 벌어지고 있는 일을 보기 위해서 그중 하나에 올라갈까 생각했다. 그러나 가장 낮은 가지도 꽤나 높았다. 나무에 오르려던 생각이 문득 부끄러워졌다. '그래서 어쩌겠다는 것인가.' 그는 잠시 생각하고는 방 안의 소리를 더 잘 듣기 위해 벽 아래로 바짝 다가갔다. 하모니카 소리가 끝나고 스타시와 올라의 발자국 소리가 들렸다. 그리고 조금 후에 올라의 울먹이는 소리가 들렸다. "나는 미하우를 사랑해…… 그리고 엄마…… 엄마……"

볼레스와프는 알지 못했다. 올라가 끝까지 무슨 말을 했는지, 혹은 한밤의 가벼운 바람결에 말이 흩어졌는지. 올라와 스타시는 처음에는 조용히, 나중에는 나뭇잎 흔드는 소리를 내며 살금살금 걸어갔다. 볼레스와프는 못 박힌 듯 그대로 꼼짝 않고 멈춰섰다. 스타시와 올라가 하는 말도, 그들의 감정도 도무지 이해할 수가 없었다.

볼레스와프는 침착하고 고른 발걸음으로 숲속 멀리까지 걸어갔다가 밤늦게 집으로 돌아왔다. 그는 방 안을 다시 서성이다가 곤히 잠든 올라의 침대 앞에서 걸음을 멈추었다. 그는 올라의 말 속에 어떤 비밀스러운 의미가 담겨져 있다고는 생각하지 않았다. 올라 같은 어린아이가 잔인하고 속된 비밀을 알 리가 없다. 바시아가 죽은 지 벌써 일년 반이나 지나지 않았는가. 그때 미하우는 우리집에 오지 않았고, 말리나한테도 놀러오지 않았었다. 볼레스와프는 다만 올라가 한 말이 무슨 의미인지 알고 싶을 뿐이었다. 그런데 올라에게 물어볼 수는 없었다. 그러니 모든 것은 그저 비밀로 남아 있을 수밖에 없다. 밤의 비밀은 절대로 새어나가지 않는 법이다. 사방은 고요했다. 자작나무숲처럼, 무덤처럼.

볼레스와프를 화나게 한 것은 스타시가 말리나를 만나러 다닌다는 사실이었다. 물론 자기도 꼭 한번 말리나의 집에 잠깐 들른 적은 있었다. 그러나 그것은 음악을 듣기 위해서였고, 방에는 다른 사람들이 함께 있었다. 하지만 스타시는 올라를 데려갔다. 그것은 체신머리없는 짓이다. 볼레스와프는 내일 당장 스타시에게 말해서 그런 일을 못하게 하리라고 결심했다.

아침에 일어나자마자 볼레스와프는 멀리 떨어져 있는 자신의 산림 담당구역에 가보아야 했다. 그곳에서는 이른 아침부터 벌목할 나무를 표시하는 작업이 시작되는데, 그 일을 감독해야만 했던 것이다. 날씨는 고르지 않았다. 하늘에는 구름이 많이 끼었고, 기온은 서늘했다. 그는 작업을 감독하고, 벌목할 나무에 숫자를 표시하면서 저녁때까지 숲에 머물러 있었다. 그는 엊저녁에 있었던 일을 되새기고 싶지 않았다. 모든 일들이 마치 꿈에서 본 환상처럼 아득하게 여겨졌다. 그는 바시아에 대해서 많은 생각을 했다. 아내가 몹시 그리웠다. 그는 바시아가 어떤 할머니에게서 블루베리를 사던 일, 양딸기 한줌을 항아리에서 꺼내 쟁반에다 쏟던 모습, 하얀 옷을 입고 올라를 데리고 숲을 산책하던 일이 생각났다. 그는 또한 바시아가 미하우한테서 토끼를 선물받았던 일도 생각났다. 그렇지, 생각해보니 그때 미하우가 집에 찾아온 적이 있었다. 그러나 그는 경비원이었고, 그에 대해서 볼레스와프는 조금도 신경쓰지 않았다. 그는 또한 미하우의 약혼녀에 대해서도 전혀 관심이 없었다.

볼레스와프는 신경질적인 사람은 아니었다. 그는 바시아를 높이 평가하고 있었기 때문에 그녀에 대해서 감히 좋지 않은 생각을 품을 수가 없었다. 바시아와 육체적 호감을 연결지어 생각하는 것조차도 불경스럽게 여겨졌다. 그런데 문득 바시아가 다른 누군가에게 호감을 품을 수도 있었으리라는 생각이 처음으로 그의 뇌리를 스치고 지나갔다. 그들의 짧은 결혼생활 동안 한번도 의심하지 않았던 일이지만, 예를 들어 체격이 좋은 미하우가 바시아에게 어떤 강렬한 인상을 주었을 수도 있을 것이다. 볼레스와프에게는 없는 부분이지만, 바시아는 관능적인 성향을 가지고 있었을지도 모른다.

볼레스와프는 점심시간에도 집에 가지 않았다. 그 시간에 초원 주위를 걸으면서 바람이 구름을 몰고 가는 광경을 멍하니 바라보았다. 날씨는 점점 따뜻해졌고, 땅은 건조해졌다. 그는 도랑처럼 낮고 길게 파인 곳에 누워 눈을 감았다. 문득 자신이 게으름을 피우고 있다는 생각이 들었다. 이렇게 한가하게 누워 있는 것은 산림 작업이 시작된 이래 있을 수 없는 일이었다. 나태한 것은 자신의 적성과는 거리가 멀기에, 그의 본성을 변화시키는 어떤 요소가 혈관을 통해 흘러들어온 것이 아닐까 우려될 정도였다. 졸음이 쏟아지는 이상한 마취주사라도 맞은 것일까.

오후가 되자 더위가 한층 더 기승을 부렸다. 귀뚜라미 울음소리가 들려오고, 개울가에서 장밋빛 꽃을 피우고 있는 유월의 끈끈이대나무에서 묘한 향기가 났다. 그는 무의식적으로 손을 들어 꽃과 풀 들을 쓸어보았다. 손톱에 축축한 흙이 닿는 순간, 그의 머리에 시구가 스치고 지나갔다. '너는 먼지이니, 먼지로 돌아갈 것이다.' 바시아는 이미 먼지로 돌아간 것이다.

모든 것을 한꺼번에 생각한다는 것은 힘겨운 일이었다. 불행은 항상 자신보다 더 강했다. 그러나 그는 불행의 한가운데에서도 자신의 힘을, 건강을, 두 팔의 근육을 느꼈고, 심지어 난관 속에서 어찌해야 할 바를 몰라 허둥거릴 때에도 자기의 굳센 발걸음을 느꼈다.

볼레스와프는 따뜻한 기운과 향기에 도취되어 깜빡 잠이 들었다. 그는 평생 동안 침대에서 생활한 사람들이 땅이나 잔디에 누워 잠들었을 때 그러듯이 뒤숭숭한 꿈을 꾸었다. 잠에서 깨어보니 일꾼들은 감독의 지시 없이 일을 하고 있었다. 그들은 어린 나무들이 죽 늘어선 숲을 따라 줄을 지어 앞으로 전진하고 있었다. 어떤 나무들에서는 껍데기를 벗기기도 했다. 이웃 작업장에서 온 젊은 산림청 직원이 붉은 연필과 타르를 묻힌 붓으로 나무에 숫자를 적었다.

온통 초록빛 잎사귀가 무성한 가운데 새소리가 요란했다. 자연에서 느끼는 평온함은 볼레스와프에게는 커다란 위안이었다. 그는 한참 동안 개울가에 앉아 있었다. 그는 인부들이 작업을 제대로 하고 있는지에 관해서는 걱정하지 않기로 했다. 또한 자신을 엄습하고 있는 불안에 대해서도 개의치 않기로 했다. 아내가 살아 있다면, 점심시간에 도랑 근처에서 잠자는 일 따위는 없을 것이라는 생각이 들었다. 그러나 작업장에 남아서 모든 것을 감독하기로 한 것은 잘한 일인 듯싶었다. 그것은 그의 의무이기도 하니까.

낮이 제법 길어졌지만, 볼레스와프가 집에 돌아왔을 때는 이미 날이 저문 뒤였다. 그는 일꾼들을 돌려보내고 젊은 산림청 직원과 한참 동안 이야기했다. 건실한 청년이었다. 조금 뒤에 경비원이 와서 이곳에서 25킬로미터 떨어진 마을에 사는 사람들이 저지른 피해에 대해서 이야기했다. 오래되고 우람한 낙엽송을 이미 되돌릴 수 없을 지경으로 톱질해놓아서, 나무가 하루 동안은 그대로 서 있다가 이튿날 사람들을 데려오기도 전에 바람에 의해 넘어졌는데, 그로 인해 새로 심은 어린 나무들이 수없이 망가졌다고 했다. 그 이야기를 듣고 젊은 산림청 직원 크렘프스키는 화를 냈다. 볼레스와프는 그 직원을 먼 곳에 있는 관사까지 데려다주었다. 그날은 그밖에 바쁜 일은 없었다.

볼레스와프가 집에 왔을 때, 카타지나 혼자 있었다. 스타시는 산책 나가고, 올라도 어딘가에 갔다고 했다. 그는 혼자서 음식을 데워 먹고,

현관방으로 갔다. 전에는 스타시의 피아노 소리가 그를 짜증스럽게 했는데, 지금은 그의 침묵이 그를 화나게 했다. 자신의 신경을 날카롭게 자극하는 우스꽝스러운 피아노 소리라도 들렸으면 하는 생각이 들었다. 그는 미하우의 하모니카 연주가 생각나서 별채 쪽으로 갔다. 야녁이 말들에게 여물을 주고 있었다. 창문 너머로 불빛이 보였다. 잠깐 망설이다가 계단으로 올라가서, 노크도 없이 문을 열고 문턱에 섰다. 올라가 말리나의 높은 베개에 기대고 어두운 침대 위에 앉아 있었다. 침대 옆에 미하우가 앉아서 어리석은 주인공이 등장하는 동화를 들려주고 있었다. 방에는 그들 세 사람밖에 없었다. 올라가 아빠를 보더니 쪼르르 달려왔다.

"아빠, 아빠, 미하우가 재밌는 얘기를 해줬어요."

볼레스와프는 딸에게 뽀뽀했다. 미하우가 일어섰다. 볼레스와프는 처음으로 그를 자세히 보았다. 체격이 좋았고, 얼굴 윤곽은 속되게 보였지만 나쁜 인상은 아니었다. 머리와 콧수염은 밝은 빛이었고, 작은 눈은 선명한 푸른색이었다. 볼레스와프는 그에게 미소를 지었다. 미하우는 볼레스와프에게 아주 공손한 태도를 보였다. 좋은 청년인 듯싶었다.

"계속하지." 볼레스와프는 뜻밖에 부드러운 음성으로 말했다. "미하우의 이야기가 끝나면 집으로 가거라. 잘 시간이다."

볼레스와프는 몸을 돌려서 자리를 떴다. 계단을 내려올 때 발걸음이 무거워서 약간 발을 끌었다. 볼레스와프는 그들이 자기를 보지 못하도록 숲으로 가고 싶었다. 그 자신도 아무것도 보고 싶지 않았다. 그는 올라에게 동화를 들려줄 줄 모른다. 그는 올라와 이야기할 줄도 모르고, 올라에게 무슨 이야기를 해야 하는지도 모른다. 그러나 올라는 이 세상에서 그에게 남겨진 전부였다. 스타시의 말이 맞다. 올라를 돌보는 사람이 없다. 하지만 어떡하랴. 내게는 할 일이 너무 많은데.

오늘은 새로운 날이다. 늘 한결같고, 평범하고, 너무도 눈에 익은 환경이었는데, 오늘은 새로운 것을 발견했다. 마치 다른 삶 같다. 오후에 게으름을 조금 피운 것이 오후 내내 신선한 기분을 만들어주었던 것이다. 마치 위험한 마약중독을 극복한 것 같은 느낌이었다. 그는 오늘 처음으로 미하우를 만나고 나서, 그가 마음에 들 수도 있는 좋은 사내라는 것을 깨달았다. 또한 지금껏 올라를 돌보지 않은 데 대해서 비로소 양심의 가책을 느꼈다. 올라는 외로웠기 때문에, 그래서 동화를 들으러 산지기의 방에까지 갔던 것이다.

별채 뒤 소나무숲을 지나는데, 볼레스와프는 문득 아내가 누워 있는 자작나무숲에 처음 온 것 같은 생각이 들었다. 늦은 저녁의 어슴푸레한 빛에 비친 자작나무의 하얀 줄기는 마치 검은 벨벳에 박힌 하얀 진주처럼 보였다. 새하얗고 매끄럽고 둥근 자작나무 가지들은 서로 얽힌 수많은 여인들의 어깨를 연상시켰다. 한편에서는 위를 향해 고개를 쳐들고 뭔가를 호소하고, 다른 한편에서는 체념한 듯 머리를 아래로 떨어뜨린 여인들의 모습처럼 보였다. 위로 향한 팔들과 손가락이 서로 얼기설기 얽혀 있기도 하고, 어떤 팔들은 따로 떨어져 절망적인 몸짓을 만들어내고 있었다. 빽빽한 자작나무들 사이에는 습하고 김 서린 공기가 가득 차 있었다. 팔들이 반짝이는 기둥의 숲을 이룬 가운데 주변의 풍경이 관능의 사원처럼 보였다. 그의 눈에 숲이 이렇게 보인 적은 한번도 없었다. 겨울밤의 숲에는 불안한 속삭임과 차가운 미풍이 있고, 별이 총총 걸려 있다. 가을밤의 숲에는 사방으로 흩어지는 황금빛 불빛들처럼 낙엽이 나뭇가지 끝에 매달려 있고. 그 낙엽이 황금빛 빗줄기가 되어 무덤 위로 떨어져내린다. 하지만 지금 이 유월의 밤, 자작나무숲에는 죽음도, 두려움도 없었다. 다만 숲이 내뿜는 생명의 기운만이 충만할 뿐이었다. 그 생명은 강렬하면서도 어딘지 모르게 불안하기까지 해서 볼레스와프의 평온하던 호흡이 뜻밖에 혼란스러워졌다. 무거운 공기가 목에 걸리면서 가슴이 답답해졌다. 그는 걸음을 멈추고 숲을 바라보았다. 부드러운 한기가 숲을 스치고 지나갔다. 팔들은 휘어졌다가 다시 자세를 바꾸었다가 또다시 제자리로 돌아오기를 반복하고 있었다. 하얀 팔들에 박혀 있는 검은 무엇인가가 매번 가볍게 출렁거렸다. 그 검은 그림자에 황금빛 점처럼 박혀 있던 나이팅게일이 뒤늦게 울음을 터뜨렸다. 꼼짝 않고 서서 나이팅게일의 울음소리에 귀를 기울이던 볼레스와프의 목에 뭔가 차가운 얼음덩어리 같은 것이 걸리는 듯했다. 그 얼음덩어리가 목구멍에서 녹을 때 달고 짠 맛이 났다. 뜨거운 것이 눈에 가득 고였다.

8

그날 저녁에도, 그후 며칠 동안, 볼레스와프는 저녁식사 시간에 스타시를 보지 못했다. 짧은 점심시간에 잠시 마주쳤지만 별로 중요하지 않은 말을 몇마디 주고받았을 뿐이다. 얼마 전부터 볼레스와프는 오후 시간 대부분을 벌목과 식목, 개간 작업이 이루어지고 있는 숲에서 보냈다. 스타시는 자유롭게 자기가 하고 싶은 일을 했다. 저녁식사 전에 그는 주로 마차를 타고 산책을 나갔는데 혼자 갈 때도 있었고, 올라를 데려가거나, 혹은 미리 약속된 장소에서 말리나를 태우고 가기도 했다. 같이 마차를 타고 갈 때도 스타시와 말리나는 거의 아무 말도 하지 않았다. 특별한 목적지도 없이 모래밭 길을 한참 달리다가, 숲속으로 방향을 바꾸어 이리저리 돌아다니는 게 다였다. 그러고는 마차를 돌려 침묵 속에 집으로 돌아왔다. 올라와 두 사람이 함께 갈 때는 주로 올라 혼자 떠들어댔다. 스타시는 무엇을 할까 고민하지 않았다. 말리나가 함께 있다는 것, 그것만으로 충분했던 것이다.

하지만 한마디도 하지 않는 말리나의 태도는 그를 피곤하게 했다. 그녀의 침묵 속에는 자기가 모르는 어떤 원칙이나 비밀이 숨어 있는 것만 같았다. 볼레스와프의 마차를 함께 타고 갈 때나, 말리나와 나란히 숲속을 산책할 때, 스타시는 반대쪽을 향해 고개를 돌린 말리나의 옆모습을 자주 보았다. 뭔가 생각에 잠긴 듯한 그녀의 모습은 평온해 보였다. 그런 모습을 보는 것이 스타시의 신경을 안정시키는 데 어느정도 도움이 되었다. 그에게는 심장의 안정이 절대적으로 필요했다. 사실 요즘 들어 스타시는 신경이 극도로 날카로워졌다. 밤에는 환영이 보이고, 위는 거의 소화를 시키지 못하고 있었다. 그러나 그의 심장은 말리나의 좁은 이마를 볼 때나 그 이마에 키스할 때면 고르게 뛰었다.

스타시는 말리나에게 아무것도 묻지 않고 아무 말도 하지 않기로 작정했다. 자기의 삶에 대해서도 말하지 않고, 말리나가 지금까지 어떻게 살았는지에 대해서도 묻지 않기로 했다. 미하우에 대해서도 아무것도 알려고 하지 않았다. 그녀와 헤어져 집으로 돌아 온 뒤에는 오랫동안 잠들 수 없었다. 말리나의 모습이 눈앞에 어른거리고, 지금쯤 미하우와 함께 있을지도 모른다는 상념에 사로잡혔다. 요 며칠 동안 한번도 보지 못한 것을 보면 미하우는 그 집에 드나드는 것을 그만둔 것 같기도 했다.

그날 스타시는 하루종일 기대감을 버리지 못하고 말리나를 기다렸다. 새벽녘에 일찍 깼지만 늦게까지 일어나지 않고 누워 집 안에서 나는 소리에 귀를 세우고 있었다. 카타지나는 부엌에서 점심을 준비하고 있었다. 칼로 양파를 써는 소리가 들렸다. 울타리를 쳐서 만든 닭장에 가둬놓은 수탉이 귀에 거슬리는 단조로운 소리로 울어댔다. 밤새 악몽에 시달리느라 식은땀에 젖은 스타시의 몸은 아주 천천히 깨어났다. 팔과 다리에는 감각이 없었고, 몸에는 소름이 돋았다. 하지만 아직 눈을 뜰 만한 힘은 남아 있었다. 그때 푸른 나뭇잎들로 덮인 창문 틈으로 날씨의 변화에 따라 밝아졌다 어두워졌다 하는 햇살을 보았다. 비가 오면 바깥을 보기 전에 먼저 빗소리부터 들려오는 것이 좋았다. 하지만 화창한 햇빛이 더 좋았다. 맑은 날에는 생이 좀더 강렬하게 느껴지곤 했다. 그런 날이면 평소보다 일찍 일어나 아침을 먹고 곧장 피아노 앞에 앉곤 했다. 그러나 오늘만큼은 생기있는 발자국소리와 허스키한 목소리를 듣기 위해 끈기있게 기다렸다. 말리나는 무슨 볼일이 있는지 온종일 카타지나를 만나러 자주 부엌을 들락거렸다. 문득 이런 생각이 들었다. 게으름을 피우면서 아무 일도 하지 않고, 아무 생각도 없이 누워 있으면서 말리나의 목소리나 발자국에 귀를 기울이기만 할 것이 아니라, 그에게서 멀어져가는 죽음의 소리에 귀를 기울여야 한다. 그는 의사가 오진을 했다고 믿기 시작했다. 특별히 기운이 나는 것은 아니었지만, 병세가 악화되고 있다는 생각도 들지 않았고, 병이 호전되는 징후도 보이지 않았다. 거의 아무것도 먹지 못하면서도 특별한 고통이 느껴지지도 않았다. 정오가 될 때까지 스타시는 힘겹게 갈등했다. 이러한 갈등이 사랑 때문인지, 병 때문인지 스스로도 알 수가 없었다. 사랑이니 죽음이니 하는 일들은 처음 경험하는 것이라 이런 종류의 감정에 대해서는 전혀 아는 바가 없었던 것이다.

다섯시경이 되자 비로소 몸을 추스를 수가 있었다. 모든 것이 자기를 가로막고 있고, 모든 것이 자기와 현실 사이를 갈라놓고 있다고 여기면서도, 스타시는 살아 있음에 대해 말할 수 없는 기쁨을 느꼈다. 어두워질 무렵 말리나가 일을 마치고, 진흙과 비누거품 냄새를 풍기며 미리 약속한 장소에 나타났다. 침묵이 그들을 에워싼 가운데, 가볍게 몸을 흔들며 발걸음을 옮기는 두 사람의 손이 이따금 맞닿았다. 그것이 스타시의 기분을 좋게 했고, 삶의 전부가 되었다. 지금 이 순간 그가 경험하는 모든 것이 하나하나 그의 마음을 넘치도록 채워주었다. 그것은 유일한 기쁨이었지만, 그는 아무 말도 하지 않았다. 말리나는 분명 그의 말뜻을 이해하지 못할 것이기에.

스타시는 비로소 깨달았다. 석양에 물든 숲속의 오솔길을 함께 걷고 있는 이 아가씨는 온통 거짓투성이라는 사실을. 거짓말의 원인이 무엇이고, 거짓말이 어떤 결과를 가져올지는 알 수 없었다. 말리나가 스타시에게 했던 수없이 많은 말들은 모두 명백한 거짓이었다. 결국 스타시는 그녀가 하는 말은 아무것도 믿지 않게 되었다. 심지어 전후를 따져보면 사실일 듯싶은 말도 믿지 않았다. 무엇보다도 말리나는 스타시가 묻는 모든 것을 부정했다. 처음에 스타시는 말리나에게 아무것도 묻지 않겠다고 결심했지만, 얼마 못 가서 생각을 바꾸었다. 질문을 통해서 말리나로부터 얻는 것이 없다는 것을 알게 될수록 화가 나서 더 많은 것을 묻게 되었다. 하지만 말리나는 모든 질문에 "아니에요"라는 대꾸로만 일관했다. 지금껏 아무도 사랑하지 않았고, 애인이 한명도 없었다고 대답했다. 미하우가 자기한테 놀러온 적도 없고, 자기는 이 근방에 아는 남자가 없다는 것이었다. 심지어 스타시를 알기 전에는 그 어떤 남자도 알지 못했다고 이야기했지만, 물론 사실이 아니었다. 스타시는 그 말을 믿지 않았다. 스타시의 머릿속에는 끊임없이 "아니에요"라는 대답만이 맴돌고 있었다. 결국 스타시는 자기 자신도, 자기의 체험도 더이상 믿지 않게 되었다. 시몬스 양은 모든 일을 숨김없이 털어놓았으며, 기품이 있었고, 또한 솔직했다. 시몬스 양은 스타시가 첫사랑이 아니라고 말했다. 과거에 세 명의 남자가 있었고, 아버지 돈을 훔친 경험도 있으며, 좋은 딸이 아니었다고도 했다. 그런 말들이 그 당시 스타시에게는 아무렇지도 않았고, 그런 고백으로 분위기가 이상 해지지도 않았다. 그때를 생각하면 안타까웠다. 자기의 생각이 깊지 못했던 것에 화가 났다. 그러나 지금은 아무것도 없는 이곳의 하루하 루가 예전 그곳에서의 모든 삶보다도 더 충만하게 느껴졌다. 스타시는 외국에서 온 편지에 답장 쓰는 것을 중단했다. 그러자 편지도 뜸해져 서 이제는 우편물 속에 그에게 온 편지가 들어 있는 적은 드물었다.

말리나의 거짓된 이야기는 그를 에워싸는 나비떼 같았다. 그것들은 특이한 분위기로 스타시를 화나게도 하고, 취하게도 했다. 스타시는 날마다 말리나를 보기 전에 굳게 마음먹곤 했다. 오늘은 아무 말도 안 해야지…… 그러나 그는 매일 똑같은 질문을 했다. 그 물음들은 판에 박힌 기도문처럼 항상 똑같았다. 끝에 가서 스타시는 늘 이렇게 묻곤 했다. "내가 너를 지루하게 하지, 그렇지?" 그러면 말리나는 어김없이 확신에 찬 목소리로 "아니에요!"라고 대답하곤 했다.

말리나는 오로지 한가지 질문에만 솔직하고 확실하게 "네"라고 대답 했다. 스타시가 말리나를 처음 만나고 며칠 후에 용기를 내서 "나를 사 랑하니?"라고 물었을 때였다. 긍정적 대답 또한 다른 모든 부정적 대 답처럼 사실과 다를지도 모르지만, 그래도 듣기 좋았다. 그래서 매일 묻는 정도가 아니라, 하루에도 여러 번씩 물어보았다. 손가락으로 잔 디와 지난해에 떨어진 낙엽들을 만지작거리며 축축한 나뭇잎 위에 둘 이 나란히 누워 있을 때면, 그는 어김없이 질문을 던졌다. 잠자코 있는 그녀에게 무슨 말을 해야 좋을지 몰랐기 때문이다. 여윈 팔로 그녀의 따뜻하고 풍만한 육체를 힘차게 껴안을 때, 손바닥으로 살갗을 어루만 지며 그 접촉만으로도 그녀의 피부가 매우 싱싱하다는 것을 실감하는 순간에 그가 할 수 있는 말이 무엇이겠는가? 그가 별 뜻도 없이 동일한 말투로 예의 그 질문을 반복하면, 말리나도 억양 하나 틀리지 않고 같은 대답을 되풀이했다. 마치 비가 온 뒤 나뭇잎에서 나뭇잎으로 떨어지는 물방울처럼 처녀의 대답은 한결같았다. 다르게 대답한 것은 꼭 한번뿐이었다.

무더운 저녁이었다. 스타시는 오랫동안 산책을 했다. 그들은 마리이카의 집이 보이는 숲 어귀에서 늦도록 함께 있었다. 그날따라 스타시는 유난히 기운이 없었다. 피아노를 치는 손가락 끝에서 피로를 느낄 정도였다. 그날은 우편물이 도착한 날이기도 했다. 미스 시몬스에게서 편지가 왔는데, 다시 다보스로 갔다고 했다. 그는 가볍게 미소를 지으며 요양소의 풍경과 집들, 약 냄새가 풍기는 그곳의 공기를 떠올렸다. 그는 천천히 피아노 건반을 두들겼다. 지난날 그녀와 춤을 추던 탱고였다. 더위가 그를 지치게 했다. 하지만 숲으로 달려가고 싶은 마음을 도저히 억누를 수가 없었다. 그에게는 말리나와 만날 수 있다는 것이 가장 큰 행복이었다. 그것만이 그의 인생에 남은 전부이고, 유일한 기쁨이라는 생각이 들었다. 말리나와 밀회를 즐기던 숲을 떠올리자 새로운 애착이 용솟음쳤고, 말리나와 함께 누워 있던 대지가 더없이 친숙하고 가깝게 느껴졌다. 그 숲에서 영원한 안식을 누릴 수 있을 것만 같았다. 말리나와 숲, 대지…… 이 모든 것이 손에 넣을 수 없는 건강처럼 아득하게 느껴지면서, 동시에 그것들이 자신을 어루만져주고 감싸줄 유일한 안식처라는 생각에 빠져들었다. 그는 천천히 베란다에서 내려왔다. 어둠에 덮인 별채를 바라보았다. 숲에 깃든 정적이 생생하게 느껴졌다.

'오늘은 틀림없이 달이 뜨겠지.' 그는 혼자 생각했다.

그러나 달은 뜨지 않았다. 나무 사이를 지날 때 따뜻한 공기와 찬 공기가 번갈아 스치는 것을 느꼈다. 그는 물살을 가르며 헤엄치듯 빠르게 숲속으로 걸어갔다. 낮게 드리워진 소나무 가지 아래 평평한 곳에서 반쯤 잠든 채 누워 있는 말리나를 발견했다. 소나무 가지들은 천막처럼 그들의 사랑의 유희를 가려주었다. 그는 말리나를 흔들어 깨웠다. 이곳에서 그는 정열적으로 똑같은 질문을 던지고, 역시 같은 대답을 되풀이해서 듣곤 했다. 하지만 오늘은 자기를 사랑하는지 묻고 싶지 않았다. 그는 망설이다가 말리나를 껴안고 키스했다. 집으로 돌아가야 할 때쯤 비로소 그는 스스로와 한 약속을 깨고 물었다. "나를 사랑하니?" 그런데 예상치 못한 낮은 속삭임이 들려왔다. "그런데 당신은 저를 사랑하세요?"

이 뜻밖의 물음은 자장가가 되어 평소보다 빨리 그를 꿈결 속으로 이끌었고, 다음날 그로 하여금 일찍 눈을 뜨게 했다. 몸에서 힘이 솟는 것 같았다. 하지만 그 힘은 착각이었다. 저녁 무렵이 다 되어서야 그는 겨우 발을 질질 끌며 걸어다닐 수 있었다. 고요한 밤의 그 예기치 못한 물음은 말리나를 완전히 다른 처녀로 보이게 했다. 그녀가 던진 질문 때문에 예전에 그에게 했던 모든 거짓말조차도 진실성을 띠게 되었다. 그는 말리나에게서 기대하지 않았던 진실한 감정의 실마리를 발견했다. 그러면서 생각지 못한 희망을 품게 되었다. 만일 이 모든 것이 원초적이고 강렬한 사랑의 형태를 취하게 된다면, 자기의 인생은 구름을 헤치고 나와 특별한 마지막을 맞이할 수 있을 것 같았다. 그것은 한 인간이 맞이하는 말할 수 없이 아름다운 종말이 될 것이다. 생각은 그렇게 하면서도 그는 자신이 정말 그러한 최후를 맞게 되리라고는 확신하지 못했다. 스타시는 자기가 바야흐로 인생의 피날레에 이르렀다고 스스로를 억지로 납득시키려 했지만 잘되지 않았다. 오히려 반대였다. 힘겹지만 이제야 자신의 인생에 어떤 구체적인 내용을 만들기 시작했던 것이다. 비로소 삶다운 삶이 시작되었다. 모든 생각은 그가 매일 부둥켜안고 놓지 않고 있는 하얀 육체를 중심으로 얽혀 있었다. 나약함을 극복하기 위해서 필요한 모든 체액을 자신의 육체가 맹렬하게 빨아들이고 있는 것이 느껴졌다.

스타시는 그 순간부터 말리나가 자신의 물음에 대해 다르게 대답할 것이라고 기대했다. 앞으로는 뭔가 진심을 담아 응답하리라고 믿었다. 또한 말리나 스스로 그에게 질문을 던지기 시작할 것이라고 생각했다. 그러나 그렇지 않았다. 말리나는 전과 다름없었다. 여전히 순종적이고, 조용하고, 수줍어했으며, 거짓말을 했다. 스타시를 알기 전에는 남자를 몰랐고, 미하우가 자기를 찾아오지 않는다는 말도 예전처럼 되풀이했다. 스타시가 자기를 사랑하느냐고 묻자 역시 "네"라고 말했다. 스타시는 모든 것을 바꾸고, 움직이고 싶었다. 감정이 없는 차가운 육체의 내면을 보고 싶었다. 그러나 그의 노력은 부질없었다.

그날 저녁이 지나고 며칠이 흐른 뒤, 말리나의 수동적인 태도에 싫증이 난 스타시가 말리나의 어깨를 흔들었다. 그는 새로운 사실을 알고 싶었다. 말리나는 그가 기대하지 않았던 대답을 했다.

"그런데, 미하우는? 그를 사랑하나?"

"네, 사랑해요." 말리나가 속삭이듯 작은 목소리로 말했다.

9

그날 그들은 평소보다 일찍 만났다. 일요일이었기 때문에 말리나는 오후에 할 일이 없었다. 그날은 이상하게 아침부터 무더웠다. 스타시는 몹시 피곤했지만, 걸어서 호수까지 갔다. 검게도 보이다가 하얗게도 보이는 수면은 움직임이 없이 잔잔했다. 스타시는 그곳에서 애인과 만나기로 약속했던 것이다. 호수는 집에서 멀었고, 그들을 지켜보는 사람이 아무도 없었다. 잔디밭에서도, 호숫가 갈대밭에서도 말리나는 스타시를 사랑하지만 미하우도 사랑한다고 말했다. 그는 처음부터 말리나의 말에 주의를 기울이지 않았다. 그는 수영을 더 하고 싶다는 말리나를 남겨두고 혼자서 발을 끌며 집을 향해 걸어가기 시작했다. 움직임이 없는 나무들은 정체된 대기의 열기로 인해 땀을 뻘뻘 흘리고 있는 것 같았다. 하늘은 아침부터 구름 한점 없이 청명한 사파이어빛이었다. 나뭇가지가 만들어내는 가느다란 선과 같은 그림자들이 희미한 그물을 이루었다. 넓고 푸른 숲은 매우 건조했으며 오늘따라 그 윤곽이 뚜렷했다. 땀에 젖은 스타시는 힘이 없었다. 그는 천천히 발을 끌었지만, 숨이 가빠서 자주 멈춰서서 쉬어야만 했다. 그러나 여전히 답답하고, 숨쉬기가 힘겨웠다. 집에 도착했을 때는 상당히 늦은 시간이었다. 형은 어디론가 나가고 없었다. 집 안은 선선하고 상쾌했다. 올라는 아빠의 침대에 누워서 자고 있었다. 파리가 윙윙거리며 올라의 얼굴 위에서 기어다녔다. 스타시의 방 창문에 보리수나무가 시원한 초록빛 그늘을 드리우고 있었다. 그는 피아노 앞에 앉아서 창문을 통해 보리수나무를 바라보았다. 그는 말리나의 말을 되뇌었다.

그날은 좋은 날이 아니었다. 스타시는 식탁에서부터 형과 다투었다. 볼레스와프는 문을 세게 닫고 밖으로 나가버렸다. 말리나의 이야기 또한 예전과 다를 바가 없었다. 끝없이 반복되는 무의미한 말, 거짓말, 무지함, 감정을 표현할 줄 모르는 단순함. 그는 자기가 말리나에게 정신을 못 차릴 정도로 빠졌다는 생각에 처음으로 자존심이 상하는 것을 느꼈다.

스타시는 피아노 건반 위에 손을 올려놓고 아무 생각 없이 내려다보았다. 손가락들은 말라서 뼈만 앙상하게 남아 있었다. 마지막이 가까이 왔다는 것을 알 수 있었다. 그러나 인정하고 싶지 않았다. 오히려 기나긴 인생에 대해서 생각하기 시작했다.

나중에는 자신이 좋아하는 하와이 민요를 연주하기 시작했다. 그가 시몬스 양과 춤출 때 누군가가 연주하던 곡이었다. 그는 아직도 그 순간을 선명하게 기억하고 있다. 그런데 지금 눈앞에는 아주 가끔씩 어른거리곤 하던 환영이 나타났다. 그 환영은 스타시가 이국적인 노래를 들을 때만 나타나곤 했었다. 얼음처럼 서늘하고도 깊은 전율과 함께 앞으로 그가 절대 목격하지 못할 수많은 영상들이 펼쳐지기 시작했다. 차갑고 거대한 초록빛 대양, 야자수와 섬으로 가득한 푸른 바다, 차갑기도 하고 뜨겁기도 한 대지, 항구와 마을에 있는 여인들, 그가 만날 수 있고, 사랑할 수 있고, 관심을 가질 수 있는 사람들, 사람들, 사람들. 그러나 그들은 지금 여기에 없고, 앞으로도 볼 수 없을 것이다. 스위스에 있을 때 어쩌다 이런 광경들이 눈앞에 어른거리면 그는 재빨리 생각을 지우곤 했다. 이런 광경들은 환상에 가까웠다.

"앞으로 살면서 이런 장면을 보게 되려나……" 그는 혼잣말을 했다. 하지만 스타시는 지금 매우 단순하고 무식한 여자의 육체를 제외하고는 더이상 아무것도 가질 수 없으리라는 것을 잘 알고 있었다. 인식할 수도 없고, 표현할 수도 없는 세계가 홍수처럼 그에게 밀려왔다. 숨이 막히는 것 같았다. 단순한 손가락의 움직임에 의해 낡은 피아노에서 울려퍼지는 평범한 하와이 민요의 멜로디에 그 많은 것들이 깃들여 있다니. 그런 세계를 알지 못하고 또한 자기가 느꼈던 전율을 표현하지 못한다는 것이 그에게는 큰 고통이었다. 그는 자연의 거대함과 그 무자비한 법칙의 무서움, 그 크기와 냉정함을 실감했다. 미미한 그의 죽음에 대한 자연의 무관심이 그를 전율케 했다. 그 때문에 무더위 속에서도 한기가 느껴지고, 머리카락이 곤두섰다. 죽음이 그를 서서히 소멸시키고 있는데, 자연은 아무것도 하지 않는다. 아무것도, 정말 아무것도 하지 않는다. 자연은 그것을 바꾸려고도 하지 않는다. 자연은 그저 그의 죽음을 냉담하게 바라볼 뿐이다. 수십억의 사람들이 스타시처럼 젊은 나이에 죽었다. 그는 자리에서 일어나서 쾅 하고 소리를 내며 피아노의 뚜껑을 닫았다. 순간 그는 깜짝 놀랐다. 피아노 소리에 잠에서 깨어난 올라가 마치 최면에 걸린 듯 문가에 서 있었던 것이다. 얼굴이 창백했다.

그는 올라의 손을 잡고 침대로 데리고 가서 메마르고 조급한 목소리로 전에 했던 이야기들을 다시 하기 시작했다. 산 위에서 점점 어두워지는 달빛, 눈 덮인 산의 정상 위에 걸린 얼어붙은 붉은 달, 달에 비친 지구 그림자의 크기, 춥고 어두운 밤이면 더 높고 더 크게 보이는 별들, 산속에서 무섭게 짖어대는 개 소리, 영원히 끊이지 않는 시냇물 흐르는 소리, 커다란 바위를 깨뜨려서 아래로 나르는 웅장한 폭포 소리에 대한 이야기를 들려주었다. 이와 같은 자연의 거대한 작용에 비하면 인간의 생명 따위는 아무 의미도 없는 하찮은 것에 불과하다.

올라는 아무것도 이해하지 못했다. 그애는 그런 이야기를 무서워했다. 스타시는 신경질적으로 되풀이해서 말했다.

"그래 알고 있어, 너는 아무것도 이해하지 못해. 그렇지만 상관없어."

그렇게 말하면서 스타시는 올라를 침대에 그대로 내버려둔 채 피아노 건반을 두드리다가 방 안을 이리저리 서성거렸다. 올라는 놀란 얼굴로 다 해진 인형의 팔을 꽉 붙잡고 있었다.

"상관없어, 네가 이해 못해도 아무렇지도 않아." 스타시는 되풀이했다. "누구에게도 말할 필요가 없다고 생각해. 내가 땅속에 묻히게 되고, 네가 좀 더 크면, 기억하렴. 하지만 밤에는 생각하지 마라. 안 그러면 잠을 잘 수가 없을 테니까." 스타시는 계속 말을 이었다. "아니야,

어쩜 너는 잘 잘지도 몰라. 나무나 구름, 짐승 같은 무서운 것들이 에워싸고 있어도 사람들은 잠을 잘 자거든. 그런 것들에는 아랑곳하지도 않고, 곤히 자곤 하지……"

스타시는 이런저런 소리들을 중얼거렸다. 밖은 완전히 어두워졌다. 잠시 후 그는 밖이 어두워졌을 뿐 아니라 폭풍우가 치고 있다는 것을 알았다. 스타시는 입가에서 야릇하면서도 별로 기분나쁘지 않은 맛을 느꼈다. 그는 수건으로 혀를 닦았다. 수건에 피가 묻어나왔다. 코에서도 피가 몇방울 흘렀다. 스타시는 곧 천둥이 칠 모양이라고 생각했다.

말을 많이 했기 때문에 스타시는 피곤했다. 올라가 침대에 앉아서 조용히 울고 있었다. 무서웠는지 인형을 가슴에 꼭 껴안고 있었다. 스타시는 걸음을 멈추었다. 문득 조카가 가엾다는 생각이 들어 올라를 껴안았다. 올라는 울음을 터뜨렸다.

둘이서 많은 눈물을 흘리며 울고 나니 두려움이 사라졌다. 그들은 자리에서 일어났다. 두 사람의 눈에는 무서운 것들은 안 보이고 몰려오는 폭풍우를 막아주고 있는 벽만 보였다.

바람이 윙윙대는 소리가 멀어졌다. 그때 어두운 베란다를 오르는 볼레스와프의 발자국소리가 울렸다. 집은 완전히 어둠에 묻혀 있었다.

"창문 닫아라!" 무뚝뚝하고 퉁명스러운 음성이 들렸다. 놀란 올라와 스타시는 재빨리 달려가서 창문을 닫았다. 밖에는 비가 쏟아지고 있었다.

볼레스와프는 식당에 램프를 밝히고 와서 스타시의 방 가운데에 말없이 우뚝 섰다. 창문에 빗줄기가 부딪쳐 빗물이 흘러내리고 있었다. 번개와 천둥이 일정한 간격을 두고 번갈아가면서 모습을 드러냈다. 희고 푸른 하늘이 시야에 들어오고, 서로 얽힌 나무들의 형상이 마치 환영처럼 보였다.

"네 방으로 가!" 볼레스와프가 갑자기 올라에게 위협적인 목소리로 말했다. 램프와 번갯불이 겹쳐서 비친 그의 얼굴은 사납게 보였다. 스타시는 형의 심상치 않은 어조에 신경이 쓰였다. 그러나 무슨 영문인지 알아차리기 전에, 볼레스와프가 먼저 이야기를 꺼냈다.

"너 여기 와서 아주 잘하고 다니더구나."

첫마디부터 스타시를 놀라게 했다. 볼레스와프가 무슨 말을 하든 크게 신경쓰지 않았지만, 스타시를 의아하게 만든 것은 말의 내용이 아니라, 형에게서 그런 말을 들어야 할 이유가 전혀 없다는 데 있었다. 다 부질없는 말일 뿐이다. 말리나에 대한 그의 감정에는 어차피 티끌만한 변화도 가져오지 못할 테니까. 말리나는 깊은 물에 빠진 그에게 마지막 남은 한조각 구원의 널빤지와도 같았다. 스타시는 못마땅한 투로 형에게 되물었다.

"그래서?"

스타시는 조금 틈을 두었다가 꼼짝도 않고 서 있는 볼레스와프에게 말했다.

볼레스와프는 불쾌한 얼굴로 천천히 동생을 향해 몸을 돌렸다. 스타시의 눈에 형의 입 오른쪽 끝부분이 말할 때마다 매순간 아래로 실룩거리는 것이 보였다. 그는 손으로 얼굴을 받치고 있었는데, 입술 사이에서 윗니가 반짝였다.

"내가 여기서 무슨 짓을 했다고 그러는 거야?"

스타시가 반항하듯 따졌다. 다리에서 피가 모두 빠져나가는 것만 같아, 우선 자리에 앉지 않으면 안 되었다. 그는 점점 힘이 빠지는 것을 느꼈다. 가능한 한 빨리 이야기를 끝내고 싶었다.

"그 이상한 여자……" 볼레스와프가 말을 뱉었다.

"점잖은 척하지 마, 내가 순결 서약을 한 것도 아니잖아……"

"그래, 그런데 하필 내 집에서……"

스타시가 크게 웃었다.

"그게 무슨 말이야? 형 생각이 뭔데? 도대체 무슨 생각을 하는 거야? 젊은 내가 금욕적인 생활을 할 수 있을 것 같아?"

"나를 봐라."

"그게 나하고 무슨 상관이야? 형 마음대로 해. 나는 요양소를 전전하며 많이 굶었다고."

그 말에 볼레스와프의 태도가 갑자기 누그러졌다. 그는 손을 얼굴에서 내리고는 방 안을 몇발자국 서성이다가 다시 스타시 옆에 섰다.

"네 몸에 해로울 수도 있어."

"걱정 마, 위로할 필요없어. 나한테 해가 될 건 더이상 아무것도 없어."

다툼은 부드럽게 끝난 것 같았다. 스타시는 다정하게 웃었다. 그러나 아직은 의자에서 일어날 힘이 없었다. 그는 형을 의심스러운 듯 쳐다보았다.

"우리를 따라다녔어?"

이 말이 화근이 되었다. 볼레스와프는 다시 사나운 얼굴로 돌변해서는 갑자기 발로 방바닥을 찼다. 그러자 이에 응답이라도 하듯 바로 가까이 있는 숲에서 벼락 치는 소리가 들렸다. 곧이어 굵은 빗줄기가 창유리를 때렸다. 스타시는 화가 나서 어쩔 줄 몰라하고 있는 볼레스와프를 힘없이 쳐다보았다. 형의 얼굴 표정이 무섭게 바뀌면서 좋지 않은 말들이 쏟아졌다.

"사방으로 돌아다니더군…… 너희들 안 가는 데가 없이…… 여기저기…… 오늘도…… 호숫가에서……"

스타시는 감정을 간신히 통제하고 있었다. 지금 눈앞에 펼쳐진 상황이 점점 지긋지긋해졌다. 벌써 오래전에 이 방을 박차고 나가고 싶은 마음이 굴뚝 같았지만, 이상하게도 발이 무거웠고, 그 무게가 자꾸만 위로 치솟아 올라오는 것을 느꼈다. 그는 동정어린 눈길로 형을 쳐다보았다. 하지만 형의 감정 상태는 도저히 이해할 수가 없었다.

"쓸데없이 따라다닌 거야. 형하고는 관계없는 일이라고."

"나하고 관계없다고?" 볼레스와프가 분노를 터뜨렸다. "네 행동이 어떻게 나하고 상관없니? 나한테 언젠가 말했지. 너는 죽어가고 있다고…… 그런데 계집애 꽁무니나 따라다니다니…… 그것도 밤이나, 낮이나, 매일같이……"

"다시 한번 분명히 말하는데, 형이 간섭할 일이 아냐."

"알아, 그러나 나는 네가 모르는 것을 너보다 더 많이 알고 있어. 네가 상상도 못할 일을 말이야."

스타시의 온몸이 싸늘해지고 뻣뻣해졌다. 머릿속으로 번개처럼 어떤 생각이 스치고 지나갔다. 여전히 몸을 추스를 수가 없었지만, 그는 초인적인 힘을 짜내어 자리에서 일어나서 자기 방 쪽으로 몇걸음을 옮겼다. 그러나 발이 더이상 말을 듣지 않았다. 그는 문가에 있는 탁자에 잠시 기대어섰다.

"잠깐 기다려, 잠깐! 너한테 할 말이 있어. 오늘 저녁 비가 오기 전에 봤어. 그애가 미하우하고 키스하는 것을…… 키스뿐이 아냐."

스타시는 마치 안개 속에서 세상을 보고 있는 것 같았다. 갑자기 잦아진 벼락 치는 소리조차 그의 귀에는 들리지 않았다. 모든 것이 하나의 굉음으로 돌변하여 그의 귀에 한꺼번에 쏟아졌다. 스타시는 있는 힘을 다해서 단어 하나하나에 힘을 주어가며 띄엄띄엄 말했다. 자기 입으로 말하면서도 자기 목소리 같지 않았다.

"그 여자의…… 행동이…… 나하고…… 무슨…… 상관이야. 내…… 마누라도…… 아니잖아…… 미하우한테…… 키스…… 하라지……"

볼레스와프의 손이 움직이더니 몸이 휘청거렸다. 그것이 스타시가 본 마지막 장면이었다. 볼레스와프가 손으로 건드리는 바람에 램프가 바닥에 떨어지면서 불이 꺼졌기 때문이다.

"다행이 불이 붙지 않았군."

스타시가 태연하게 말했다. 그 순간에 번갯불이 벽에 기대고 서 있는 볼레스와프의 얼굴을 비추었다. 그는 납처럼 창백했다. 스타시는 볼레스와프의 손에 어떤 검은 물건이 들려 있는 것을 보았다. 스타시의 몸에 갑자기 힘이 돌아왔다. 그는 단번에 형에게 뛰어가서 그를 두 손으로 밀치고 형의 두 팔을 벽에다 밀어붙였다. 그러고는 온 힘을 다해 왼손으로 형의 손목을 눌렀다.

"버려!" 스타시는 씩씩거렸다. "당장 버려. 안 그러면 후회할 거야."

권총이 바닥에 떨어졌다. 다시 번개가 쳐서 형과 아우를 비추었다. 이미 두 사람 다 긴장되었던 근육이 풀어진 상태였다. 볼레스와프가 스타시의 어깨를 세게 잡아당기며, 그의 귀에다 대고 말했다.

"내가 봤다고. 집에는 아무도 없었어…… 야넥은 숲에 있었고, 노인네는 성당 행사에 갔으니까. 미하우는 그 여자가 너한테서 돌아올 때까지 하루종일 기다리더군. 그 여자가 집에 왔을 때는 이미 어두워져 있었어. 하지만 그들이 램프에 불을 켰기 때문에 생생히 볼 수 있었지."

"그럴 리 없어." 스타시가 말했다. 갑자기 형의 말투가 되었다. "그럴 리 없어. 밑에서는 보이지도 않잖아."

볼레스와프가 간신히 대답했다.

"나무에 올라갔지. 소나무에 올라갔어. 창 앞에 있는 소나무 위에서는 모든 게 손바닥처럼 다 보이더구나. 불도 *끄지* 않았고……"

스타시가 형을 밀었다.

"이런 치사한 염탐꾼 같으니라고. 형이 무슨 상관이야."

스타시는 자기 방으로 돌아가려고 했다. 그러나 다리가 다시 납덩이처럼 무거워졌다. 간신히 의자를 찾아서 어둠속에 앉았지만, 무거운 기운이 여전히 온몸을 휘감았다. 심장으로, 맥박으로 스며든 그 느낌은 호흡까지 방해했다. 기침이 터져나왔다. 일순간 몸이 가벼워졌다. 너무 가벼워서 머리가 텅 빈 것 같았다. 손수건을 입에 댔다. 하지만 손수건으로 막을 수 있는 정도가 아니었다. 손가락 사이로 피가 흐르고 있었다.

10

그후 며칠 동안 스타시는 몽롱한 의식 상태에서 햇빛이 가려진 방에 꼼짝 않고 누워 있었다. 카타지나와 올라가 얼음도 가져다주고 체온도 재면서 번갈아가며 그를 간호했다. 그사이에 볼레스와프는 무슨 일인지 방에서 한 발자국도 나오려 하지 않았고, 스타시의 방 쪽으로는 고개도 돌리지 않았다. 더욱 곤란한 것은 아무도 그에게 말을 붙일 수가 없다는 것이었다. 올라가 묻는 말에도 굳게 입을 다물었고, 가끔 뭐라고 중얼대는 소리는 짐승의 으르렁거림 같았다. 볼레스와프는 출근도 하지 않고, 자기 방 책상에만 앉아 있었다. 햇빛이 고양이의 눈동자 같은 그의 눈에 반사되었다. 그는 아무것도 보려 하지 않고, 아무것도 이해하려 하지 않았다. 일터에서 사람이 두 번이나 그를 데리러 왔지만 그는 응하지 않았다.

오후가 되어서야 볼레스와프는 책상에서 일어났다. 차려놓은 점심에는 손도 대지 않고 그는 곧장 벌목장으로 향했다. 볼레스와프는 오랫동안 기다리고 있던 젊은 산림청 직원에게 동생이 중태에 빠져 있다고 조용히 말했다. 굳이 변명을 늘어놓지는 않고, 그저 사실만을 이야기했다. 스타시의 상태가 심각하다는 사실에 화가 나기도 했고, 또 맥이 빠져서 걸을 힘조차 없었다. 볼레스와프는 젊은 직원에게 작업을 일임하고 나무 그루터기에 앉아서 고개를 숙인 채 저녁이 오기만을 기다렸다. 자기가 최근에 저질렀던 자존심 상하는 일들이 그를 화나게 했다. 그는 언제나 자신이 고상하다고 생각해왔다. 그런데 산지기 집 창문 앞에 있는 소나무에 기어올라가 활짝 열린 창문을 통해 불 켜진 방에서 말리나가 미하우에게 키스하는 것을 훔쳐보았으니, 이것은 평소에 스스로에 대해 가진 생각과 도저히 맞지 않는 짓이었던 것이다.

예전에도 볼레스와프는 소나무에 올라갈 생각을 한 적이 있었다. 그러나 어려울 것 같아 포기했었다. 그런데 그날 저녁에는 폭우가 쏟아지기 전에 소나무 가지 하나가 눈에 띄었다. 그 가지는 한순간에 그를 창문이 있는 높은 곳까지 올려다주었다. 호숫가에서 스타시와 말리나가 사랑을 나누는 것을 몰래 보았을 때 볼레스와프는 이미 참기 어려울 만큼 화가 났다. 무더위 속에서 그는 일정한 거리를 두고 그들 뒤를 따라갔다. 두 사람은 마음을 놓은 채 천천히 걸으면서 주위에 전혀 신경을 쓰지 않았다. 지금도 눈을 감으면 나무줄기 사이로 느릿느릿 걸어가던 큰 키에 구부정하고 수척한 스타시의 모습, 말리나의 노란 머릿수건이 생생하게 떠오른다. 그들은 회색빛 나무줄기 사이에 몸을 가린 채 덤불과 낮게 자란 숲을 지나갔다. 볼레스와프는 지금까지 경험하지 못한 감정에 휩싸여 그들의 뒤를 밟았다. 그는 주머니에 있는 권총을 꽉 움켜쥐면서, 처음으로 이것을 쓸 수도 있겠다는 생각을 했다. 하지만 어차피 곧 죽을 스타시에게 굳이 총까지 쓸 필요는 없으리라는 생각이 들었다.

소나무 위에서 볼레스와프의 생각은 단순하지 않았다. 그는 동생의 애인만 본 것이 아니라 미하우도 보았다. 그 사내에 대해서 볼레스와프는 오래전부터 뭐라고 단정짓기는 어려웠지만, 아무튼 미묘한 의구심을 품고 있었다. 물론 그러한 감정을 구체적으로 발설할 수는 없고, 또 그렇게 하고 싶지도 않았지만, 미하우를 볼 때마다 야릇한 호기심이 솟구치는 것은 어쩔 수 없었다. 그를 휩쓸고 간 감정의 소용돌이는 격렬한 것이었다. 마치 그가 앉아 있던 소나무 가지를 부러뜨려 갑자기 아래로 기울게 했던 폭풍우처럼.

볼레스와프는 눈을 꼭 감고 손으로 눈꺼풀을 눌렀다. 그리고 되풀이해서 말했다.

"무서운 일, 무서운 일이야!"

이 말은 그가 내면에 숨기고 있는, 도저히 있을 수 없는 가능성과 관계된 것이었다. 그로부터 사흘 동안 볼레스와프는 의문과 공포 속에서 보냈다. 평상시처럼 태연한 목소리는 나오지 않았고, 평정을 유지할 수가 없었다. 카타지나에게 간단한 지시를 하는 데에도 입이 제대로 벌어지지 않았고, 직원에게나 일꾼들에게 말할 때도 몹시 힘이 들었다. 입과 눈꺼풀이 굳었는지 잘 움직여지지 않았다.

사흘째 되는 날 볼레스와프는 숲에서 말리나를 만났다. 말리나는 비 온 뒤 잡목 밑에 무성하게 돋아난 버섯들을 따고 있었다. 외진 숲을 걸어가던 볼레스와프의 눈에 말리나의 흰 줄무늬 앞치마가 갑자기 눈에 띠었다. 볼레스와프는 걸음을 멈추고 뒤로 몸을 돌렸다. 말리나가 반가운 얼굴로 부드럽게 웃으며, 개암나무 가지 사이에서 몸을 일으켜 세우고는 한참 동안 말없이 서 있었다. 그리고 나서 그에게 매끈하게 생긴 버섯이 가득 든 바구니를 보여주면서 말했다.

"이것 좀 보세요. 올해는 버섯이 얼마나 많은지⋯⋯"

볼레스와프는 말리나와 단둘이 있는 곳에서 지금처럼 말리나를 가까이 본 적이 없었다. 그는 말리나의 반듯한 코, 예쁘게 굽은 눈썹, 낮은 이마를 바라보았다. 얼굴이 참 예쁘다는 생각이 들었다. 볼레스와프가 말없이 말리나를 응시하자, 말리나의 얼굴이 붉어졌다. 그녀는 외면하듯 버섯 바구니 쪽으로 고개를 돌렸다.

"사람들이 오늘 저녁 식사하러 올 거예요." 말리나가 말했다. "올라가 좋아해요."

볼레스와프는 홍조가 그녀의 하얀 이마에까지 퍼지는 것을 뚜렷이 보았다. 또한 말리나가 애써 고개를 뒤로 돌리는 것도 보았다. 말리나는 버섯을 보고 있지 않았다. 이 순박한 시골 처녀는 매우 부끄러워하고 있었다. 볼레스와프의 차갑고 집요한, 고양이 같은 시선이 견딜 수 없었던 것이다.

볼레스와프가 갑자기 입을 열었다. 그러자 간신히 목소리가 새어나왔다.

"스타시의 병이 심각해."

"그래요, 알아요." 말리나가 대답했다. "카타지나가 이야기했어요. 제가 간호하러 가도 될까요?" 말리나가 망설이듯 덧붙였다.

볼레스와프는 잠시 아무런 말이 없었다. 다시 숨이 막혔다.

"너희들은 만날 수 없어."

말리나의 홍조 띤 얼굴이 갑자기 보랏빛이 되었다. 말리나는 몸을 옆으로 돌리더니 불안하게 바구니를 흔들었다.

"이제 네게는 미하우만 남았다." 볼레스와프가 비난하듯이 말했다.

말리나가 의아한 얼굴로 그를 쳐다보았다.

"그런데 그게 볼레스와프 님과 무슨 상관이에요?"

말리나가 갑자기 뛰기 시작했다. 볼레스와프는 말리나를 그대로 놓치고 싶지 않았다. 그는 재빨리 쫓아갔다. 마치 다리에 탄력이 붙은 것처럼 성큼성큼 뛰면서 볼레스와프가 외쳤다. "멈춰, 멈춰!" 그러나 말리나는 계속 도망갔다. 그들의 달리기는 풀밭에서 끝났다. 그 풀밭 한가운데에는 오래된 소나무가 서 있었다. 말리나는 소나무에 기대어 거칠고 가쁘게 숨을 내쉬더니, 입을 크게 벌리고 큰 소리로 웃었다.

"내가 바보지." 말리나가 말했다.

지친 볼레스와프도 말리나 옆에 섰다. 그는 말리나에게 가까이 다가가서 입을 막고 웃음을 멈추게 하고 싶어졌다. 그에게서 서서히 노기가 잦아들었다. 호흡이 어느정도 안정되자 볼레스와프는 손을 뻗어서 말리나의 몸을 애무했다. 숲은 더웠고, 고요했다. 그는 몸을 굽혀 말리나에게 입을 맞추었다. 그러고는 갑자기 방향을 바꾸어 편안한 걸음으로 작업장으로 향했다. 그의 몸에 남아 있던 모든 불쾌한 감정이 사라졌다. 비로소 그는 정상적인 말투로 젊은 직원에게 중요한 일들을 꼼꼼하게 지시할 수 있었다. 잠시 후 볼레스와프는 나무 그루터기에 앉아서 담배를 피우며 가볍게 휘파람을 불었다. 눈이 침침하던 증세도 없어지고, 가벼운 졸음마저 밀려왔다.

그날 저녁 볼레스와프는 스타시의 방으로 들어왔다. 객혈을 한 지 사흘째 되는 날이었다. 스타시는 얼마간 기운을 회복했지만, 아직도 자유롭게 몸을 움직이지는 못했다. 볼레스와프를 바라보는 납처럼 창백한 얼굴에는 아무런 표정도 드러나지 않았다. 어느새 날이 어두워져서 방에 불을 밝혔다. 볼레스와프는 피아노 옆을 서성거렸다. 스타시는 형에게 전혀 관심을 보이지 않았다. 볼레스와프는 계속 곁에 있고 싶었으나, 누워 있는 스타시의 무표정한 얼굴이 마음에 걸렸다. 스타시의 다문 입에서 고통이 느껴졌다. 그 고통은 그의 얼굴에서 볼 수 있는 유일한 생명의 표징이었다. 동생이 괴로워하고 있는 것을 보고 볼레스와프는 연민을 느꼈다. 그들은 아무 말도 하지 않았다. 두 사람 다 뭔가를 말하는 것이 그지없이 어렵게만 여겨졌던 것이다.

드디어 스타시가 희미하게 눈을 떴다. 그는 형을 촛점 없이 바라보았다. 그 시선에는 가슴을 후벼파는 무엇인가가 담겨 있었다. 볼레스와프는 고개를 돌렸다. 그것은 섬뜩한 기운이 감도는, 생명이 꺼져가는, 마지막 흐린 눈빛이었다. 눈을 뜨느라 스타시는 지금 말을 할 수 있는 모든 힘을 쇠진해버렸다. 하지만 볼레스와프는 지금 이 순간 말을 꺼내야 할 필요성을 느꼈다. 그는 지금이야말로 동생과 이야기를 나눌 수 있고, 또 그에게 가장 중요한 일을 물어볼 수 있는 마지막 시간임을 알고 있었다.

볼레스와프는 마음을 정하고 재빨리 침대맡으로 다가갔다. 그러고는 스타시의 앙상하게 튀어나온 어깨뼈 위에 손을 얹었다. 스타시는 볼레스와프의 눈길을 피했다. 눈꺼풀이 반쯤 내려와 있었고, 눈은 천장을 향하고 있었다. 온몸이 굳어져 감각이 마비된 것 같았다.

"너 혹시 바시아에 대해서 뭔가 아는 게 있니?…… 내가 모르는 어떤 것 말이야……"

볼레스와프가 재빨리 질문을 던지고는 힘없이 손을 떨어뜨린 채 잠시 그대로 서 있었다.

스타시가 놀란 표정으로 눈을 치켜떴다.

"바시아에 대해서?" 그가 가느다란 소리로 힘겹게 되물었다.

"그래, 바시아에 대해서 말이야…… 네가 말했듯이 너는 아내가 없고…… 또 아내는……"

볼레스와프가 대답했다.

"내가 바시아에 대해서 어떻게 알겠어?" 스타시가 단호하게 말했다. "내가 그렇게 말했던 건…… 다들 그렇게들 말하니까…… 실제로 나는 결혼도 안했고……"

볼레스와프는 얼마 동안 동생을 물끄러미 내려다보며 서 있었다. 스타시가 무슨 말이라도 해주길 기다렸지만, 그는 더이상 아무 말도 없었다. 볼레스와프가 스타시에게로 가까이 몸을 구부렸지만, 스타시는 여전히 말이 없었다. 마침내 스타시가 눈을 뜨고 조용히 말했다.

"이제 가봐."

볼레스와프는 착잡하고 슬픈 심정으로 문 쪽으로 갔다. 그곳에서 그는 피아노 아래, 벽을 등지고 앉아 있는 올라를 보았다. 딸아이의 밝은 머리카락이 피아노의 어두운 그늘 속에서 반짝이고 있었다. 볼레스와프는 올라를 불렀다. 그는 올라가 줄곧 여기 앉아 있었다는 사실에 놀랐다. 아버지가 부르자 올라는 침착하게 피아노 밑에서 나왔다. 손에는 항상 가지고 다니는 인형이 들려 있었다. 볼레스와프는 올라의 손을 잡고 현관방을 지나서 베란다로 나갔다. 저녁은 따뜻했다. 습한 공기에는 향기가 배어 있었다. 그는 비로소 스타시의 방이 답답했고, 환자의 역겨운 냄새로 가득했다는 것을 깨달았다.

부녀는 훤하게 불을 밝힌 베란다에서 내려가 어둠속을 걷기 시작했다. 깜깜해서 아무것도 보이지 않았지만, 스쳐지나가는 나무와 나뭇잎이 생생하게 느껴졌다. 흙냄새가 상쾌했다. 익숙한 길을 지나 두 사람은 참으로 오랜만에 무덤에 왔다. 올라는 그동안 엄마의 무덤을 찾지 않은 사이에 많은 것이 변했음을 깨달았다. 올라는 무서워하지도, 지루해하지도 않았다. 오히려 아버지의 말투를 따라하며 즐거워했다. 스타시 삼촌이 머물다 온 세계는 넓고 광활하게만 느껴졌다. 삼촌은 또 얼마나 많은 중요한 얘기를 들려주었는가. 하모니카를 부는 미하우가 사는 세상 또한 아름답게만 여겨졌다.

두 사람이 자작나무들 사이에 멈춰섰을 때, 가까운 곳에서 바로 그 하모니카 소리가 들렸다. 올라는 아버지의 손이 떨리는 것을 느꼈다. 볼레스와프는 무릎을 꿇었다. 올라의 귀에 아버지의 슬픈 울음소리가 들려왔다.

11

바시아에 대한 볼레스와프의 질문으로 스타시의 마음은 평정을 잃었다. 그는 자신의 심경을 보이고 싶지도 않았고, 또 보일 수도 없었다. 의식이 희미해지면서, 고요하고 평온한 상태로 그는 아무런 움직임도 없이 누워만 있었다. 마치 벌떼들이 침대 머리맡에 벌집이라도 지어놓은 것처럼 귓가에 윙윙거리는 소리가 크게 울렸다. 창문은 수건으로 가려졌다. 덧문도, 커튼도 없었다. 그는 어둠속에서 고통을 생생하게 인지하면서 그대로 누워 있었다. 그의 모든 내적인 삶은 마비되었고, 외적인 것들도 정지되었다. 갑자기 혼자 남은 그는 자신이 걸레조각과 같은 쓸모없는 존재이고, 심지어는 죽을 만한 자격도 없다는 생각이 들었다. 지금까지 그가 했던 모든 말과 행동은 불필요한 소음에 불과했다. 그 모든 것들은 오로지 한가지, 즉 고통을 덮어두고, 잊기 위한 목적에서 행한 것이었다. 이를 테면 모든 것은 그가 그토록 시끄럽게 쳤던 저 피아노 소리 같은 것이었다.

스타시의 병세가 악화된 지 나흘째 되는 날, 피아노를 가져가려고 사람들이 왔다. 피아노의 주인이었던 여자가 죽자, 상속인이 하루빨리 그 물건을 가지려 했기 때문이었다. 그들은 예고도 없이 짐마차를 가져와서 집앞에 세워놓았다. 아침나절인데도 날씨가 포근했다. 볼레스와프가 사정하며 얼마 가지 못할 동생의 병세에 대해서 이야기해보았지만 그들은 들으려고 하지 않았다. 그는 하는 수 없이 피아노를 내주어야 했다. 인부들과 더불어 환자의 방에 햇빛이 들어왔다. 창문에 걸려 있던 수건들도 치워졌다. 스타시는 아름답고 화창한 바깥 날씨를 놀라운 눈길로 바라보았다. 나중에는 야녁까지 왔다. 모두가 피아노 주위에 달려들어 힘을 합쳐서 피아노를 밖으로 날랐다. 그들은 먼저 검은 피아노를 문 쪽으로 천천히 민 다음, 한쪽으로 기울여서 스타시가 보는 앞에서 들고 나갔다. 마치 커다란 관을 옮기는 것 같았다. '내 관은 저렇게까지 크지는 않겠지……' 스타시가 생각했다. 그는 피아노가 들려나가는 것을 보고 안타까워했다. 오늘이나 내일쯤에는 침대에서 빠져나와서 하와이 민요를 연주해볼까 생각하고 있었다. 그러면 그 몸서리치는 놀라운 장면들을 마지막으로 볼 수 있었을 텐데. 음악을 들을 때면, 그는 쉽게 거대한 바다를 상상하게 되고, 알지 못하는 일들의 끝없는 심연을 볼 수 있었다. 상상의 나래는 그를 어느정도 황홀하게 만들고, 마취시켰다. 그러나 지금 피아노가 들려나간 열린 문을 망연히 바라보면서, 그는 이제 전혀 다른 절차가 다가오고 있음을 느꼈다. 두려움도 고통도 아닌, 모든 것의 끝.

사실 이곳에 와서 한동안 스타시는 신체적인 고통을 별로 느끼지 못했다. 그런데 이제는 정말로 통증이 왔다. 바싹 마른 몸은 누워 있는 것에도 아픔을 느꼈다. 움직일 수조차 없었다. 조금만 움직이려 해도 몹시 힘이 들었고, 고통스러웠다. 통증은 허리에서 손과 발에까지 퍼졌다. 먹을 수도 없었다. 카타지나가 그에게 고기수프나 우유를 가져왔고, 이틀에 한번씩 얼음 마싸지를 해주었다. 이른 아침부터 얼음 깨는 요란한 기계소리가 그를 괴롭혔다. 그러나 옆에 있는 현관방에서 들리는 그 소리는 기쁨의 원천이기도 했다. 얼음조각들이 서로 부딪치는 소리는 그가 이미 속하지 않는 광활한 지상의 삶에서 들려오는 유일한 울림이었다. 그는 강물에 휩쓸렸다가 강가로 밀려난 나무토막처럼 힘없이 누워 있었다. 자신은 전나무숲과 소나무숲에서 흔히 보던 죽은 가지들 중 하나일 뿐이라고 생각했다. 마지막으로 부러지기를 기다리고 있을 따름이다.

스타시는 다시 며칠 동안 거짓말처럼 자리에서 일어나 움직였다. 말할 수 없이 힘들었지만, 그러나 정상적으로 행동했다. 베란다에서 내려와서 길을 좀 걷다가, 숲으로 가서 산책을 하기도 했다. 다음날에는 휘파람도 불었고, 이곳에 온 첫날처럼 면도하면서 콧노래도 불렀다. 볼레스와프는 휘파람소리를 들으면서 웃었다.

'혹시 다시 나아질 수 있을까?' 이런 기대감이 스쳐지나갔다.

며칠간 자리에서 일어나 움직이는 동안, 스타시는 줄곧 뭔가를 잃어버린 것만 같은 망상에 사로잡혀 있었다. 그 생각은 한시도 머릿속을 떠나지 않았다. 마치 오랫동안 손가락에 끼고 다니던 반지를 세면장에 놓고 온 것만 같은 느낌이 들었다. 어쨌든 그는 매일같이 애용하던 소중한 물건이 없어진 듯한 상실감에서 좀처럼 헤어나지 못했다. 다른 생각은 할 수도 없었다. 피아노가 없어졌기 때문은 아니었다. 그것은 이미 정리된 일이었다. 그보다 더 중요한 어떤 것이 사라진 것만 같았다. 그것은 지금까지 그가 보고 느꼈던 모든 것과 어떤 유기적인 전체 속에서 서로 관련된 것처럼 생각되었다. 그의 주위에 있던 것들, 그러니까 언젠가 시몬스 양이 목에 걸고 있었던 유리알 목걸이나 묵주알 같은 것들이 흩어져 산산조각나버린 것만 같았다. 그는 아침부터 창문에 비친 녹색 빛줄기를 보았다. 그러나 그 빛은 방 안에서 나오는 것이 아니었다. 잠에서 깨어나자마자 스타시는 그 빛을 힘겹게 눈으로 좇았다. 그것은 분명 예전에 그에게 그토록 커다란 기쁨을 안겨주던 대상과는 본질적으로 달랐으며, 새로 발견한 것처럼 낯설고 생소했다. 소나무, 보리수나무, 비, 화창한 날씨는 이제 그의 생각 속에서 조각조각 흩어져 따로 놓았다. 그것들은 그의 느낌과 사고의 지평에서 의미 없이 따로따로 각인되어 있었다. 그러한 사실이 그를 가슴아프게 했다. 피로, 무력감, 어떤 음식도 소화시킬 수 없는 무기력한 상태 따위는 모든 세상을 잃어버린 것 같은 지금의 느낌에 비하면 그다지 고통스럽지 않았다. 지금 세상은 그에게 무기력한 혼돈으로 변해 있었다.

이곳에 처음 왔을 때 스타시는 며칠 동안 휘파람을 불고 콧노래를 부르고 다녔다. 휘파람은 현실의 암울함을 어느정도 희석시켜주었다. 그는 현실에서 세상의 새로운 형태를 떠오르게 하려고 애썼다. 그러나 모든 것이 콧노래 속에서 맴돌고 있는 지금, 더이상 아무것도 떠오르지 않았다. 모든 것이 무너져내렸고, 이제는 정말 끝이라는 것을 알았다. 이러한 사실이 폐나 장의 병보다도 그를 더 고통스럽게 했다.

콧노래를 중단하자 두려움으로 가득 찬 정적이 밀려왔다. 스타시가 입을 다문 순간, 갑자기 집과 숲, 베란다 뒤쪽이 의미 있는 침묵으로 가득 찼다. 솔잎 부딪치는 소리만이 그 고통과 두려움에 뒤따르는 유일한 배경이었다. 스타시는 침대로 들어갔다. 고독과 종말과 공포의 감정이 하나씩 찾아와서 그의 머리와 심장을 아무렇게나 두들겨대다가 또다른 느낌에 자리를 양보하고 물러났다.

몸을 움직이고, 휘파람을 불고, 베란다에 앉아 있는 것은 혼신의 힘을 동원해야 하는 말할 수 없이 힘든 일이었다. 한번은 부엌에 갔다가 하마터면 감자 삶는 냄새에 기절할 뻔한 적도 있었다. 아궁이에서 장작이 타는 소리도 그를 붙들지 못했다. 그는 방으로 돌아왔지만 여전히 공포와 무력감에서 벗어나지 못했다. 그동안 볼레스와프는 스타시의 입에서 몇차례 웃음을 보았다. 그 웃음은 입만 움직이는 것이 아닌 진짜 웃음이었다. 그런데 요 며칠 사이 갑자기 그 웃음이 감쪽같이 사라졌다. 웃음이 사라진 후 스타시의 얼굴에 남은 표정은 치열한 전투가 끝나고 난 뒤의 전쟁터를 연상시켰다. 볼레스와프는 조마조마한 마음으로 그 변화를 관찰했다.

점심때 스타시는 식구들과 함께 앉아 있었다. 볼레스와프는 스타시의 얼굴을 보고 가망이 없다는 것을 알았다. 푹 꺼진 동생의 눈동자는 미소를 지을 때도 전혀 생기를 띠지 않았다. 그들은 베란다에서 점심 식사를 했다. 스타시는 햇볕을 등지고 앉아 있었다. 볼레스와프는 뭔가를 탐색하는 예리한 눈빛으로 그늘이 드리운 동생의 얼굴을 바라보았다. 엷은 그림자 속에 파묻힌 수척한 얼굴은 도저히 사람의 얼굴처럼 보이지 않았다. 동생은 죽었다. 다들 그것을 느끼고 있었다. 눈을 크게 뜨고 삼촌을 바라보면서 올라 또한 조용히 앉아 있었다. 스타시는 그들의 시선을 의식하지 못하고 있었다. 그저 숲을 향해 망연한 눈길을 던질 뿐이었다. 그 순간 그의 파란 눈에 빛이 투사되어, 마치 먼지 낀 거울의 흐릿한 반사광선처럼 보였다. 스타시는 미소를 머금고 느닷없이 시몬스 양에 대한 이야기를 꺼냈다. 오늘 그는 시몬스 양에게서 편지를 받았던 것이다. 다시 다보스로 돌아온 시몬스 양은 요양소에서 일어난 모든 일들을 자세하게 적어보냈다. 스타시의 머릿속에 언젠가 시몬스 양이 입었던 드레스가 떠올랐다. 스타시는 그것을 올라에게 자세히 설명해주었다. 올라는 딱딱한 빵을 삼키면서 삼촌을 똑바로 바라보며 듣고 있었다. 스타시는 아무것도 먹지 않고, 우유만 마셨다. 시몬스 양의 옷은 초록색이고, 옷단에는 초록빛 모피가 둘려 있었다. 거기에 금빛 줄무늬가 있는 짧은 초록빛 벨벳 재킷을 입고 있었는데 그 색깔이 마치 숲속에 있는 호수를 떠올리게 했다.

스타시는 '숲속에 있는 호수 같다'라고 말하고는 한동안 볼레스와프를 응시하다가 고개를 돌렸다. 이 단순한 비교가 그들 사이의 불쾌한 장면을 연상시키기도 했지만, 모든 상황이 변해버린 지금, 그 장면들은 이제 완전히 무의미하게 여겨졌다.

올라가 밖으로 나가자, 스타시는 볼레스와프에게 자기를 자작나무숲에 있는 바시아의 곁에 묻어달라고 말했다. 하지만 당장 죽을 것처럼 보이지는 않았다. 볼레스와프는 오늘따라 기분이 좋았으므로, 동생과 장례 절차에 대한 이야기는 나누고 싶지 않았다. 무덤의 위치나 장례 의식에 관해 이야기를 나누는 것은 우울한 일이다. 볼레스와프는 우선 본심을 숨기기로 했다. 그는 동생의 관을 마차에 싣고 20킬로미터도 넘는 길을 갈 생각은 전혀 없었다. 무엇 때문에 그렇게 한단 말인가? 차라리 이곳에 바로 매장하는 것이 낫지.

"나를 가까운 곳에 두고 있으면, 형 기분이 언짢을지도 모르잖아."

볼레스와프는 아무 말도 하지 않았다. 그러나 이 말을 듣고 보니 정말 그럴지도 모른다는 생각이 들었다. 바시아의 바로 옆에 새로운 무덤이 생긴다는 것은 그에게 큰 부담이 될 것이다. 그는 스타시를 다른 먼 곳으로 데려가는 것이 좋을 것 같다고 결론지었다. 그러면 이런저런 생각도 하지 않게 될 것이고, 눈앞에서 무덤을 봐야 하는 고역을 겪을 일도 없을 것이다. 그러다 문득 다른 생각이 머릿속을 스치고 지나갔다. 나중에 수헤드니우프 근처나 쉬드우프 같은 다른 곳으로 근무지를 옮기는 것은 어려운 일이 아니다. 그렇게 되면 이곳에 있는 무덤들을 찾아오기가 힘들어지겠지. 고작 일년에 한번이나 이년에 한번 정도…… 그러면 스타시를 자작나무숲에 놔두어도 될 것이다.

그사이 스타시는 볼레스와프의 맞은편 식탁에 앉아서 담배를 피웠다. 회색의 가느다란 담배 연기가 숨결처럼 피어오르다가 따뜻한 공기 속에서 녹아 사라졌다. 그들은 한동안 말 없이 앉아 있었다. 잠시 후 스타시가 웃으면서 말했다.

"그런데 형, 내가 죽거든 말리나를 거절하지 마."

이 말에 볼레스와프가 주먹으로 식탁을 내리쳤다. 그는 자신의 감정을 자제하려 애쓰고 있었다. 그의 얼굴에 무섭게 주름이 잡혔다. 그는 몸을 돌리고서, 손으로 수염을 잡아서 입안으로 밀어넣으려고 했다. 그러나 며칠 전에 수염을 깎았기 때문에 씹을 거리가 하나도 남아 있지 않았다. 그 광경이 스타시로 하여금 웃음을 터뜨리게 했다. 그러나 스타시는 아무 말도 하지 않았다. 오후의 햇살이 등을 따뜻하게 하고, 그 따사로움이 자신을 아늑한 기쁨으로 채워주는 것을 즐기고 있었다.

그날 스타시는 말리나를 만났고, 다음날에도 만났다. 그러고는 며칠 간 줄곧 누워 있었다. 말리나는 스타시가 누워 있는 방에 들어오는 법이 없었다. 와서도 안되는 일이었다. 그가 침대에 눕는 순간, 그들 사이의 모든 유대는 사라졌다. 그것은 스타시에게 그리 큰 고통은 아니었다. 그는 말리나를 생생하게 느낄 수 있었기에, 실제의 말리나는 굳이 필요치 않았다. 스타시는 며칠 동안 줄곧 말리나만 생각하며 보냈다. 그것은 단순한 생각이 아니라, 조용하고 순종적이며 생기발랄한 이 아가씨를 통해서 그가 알게 된 모든 것을 그가 기억하는 모든 일들과 비교하는 것이었다. 그는 그 처녀가 거짓말을 한다는 것도, 미하우가 그녀의 남자라는 것도, 또한 고분고분하고 활달한 그녀가 결국에는 미하우와 결혼해서 늙을 때까지 백년해로 할 것이라는 사실도 알고 있었다. 그는 늙은 말리나의 모습을 그려보았다. 소박하고, 평범하고, 별로 예쁘지도 않을 것이다. 그는 말리나의 인생을 생각하면서 이렇게 중얼거렸다. "바로 이런 게 사는 것이지……"

스타시는 날마다 누워 있었다. 날이 갈수록 그는 점점 더 쇠약해졌다. 상상 속의 벌집에서 들리는 윙윙거리는 소리에서, 가려진 창문의 빛 속에서, 그는 칠월의 아름답고 화창한 날씨를 보았다. 그를 돌보는 사람은 아무도 없었다. 볼레스와프는 하루종일 집을 비웠고, 카타지나 또한 그를 거의 들여다보지 않았으며, 올라는 밖에서 노는 것을 더 좋아했다. 병든 삼촌의 웃음이 지겨웠던 것이다. 칠월말의 어느날, 스타시는 유난히 기운이 없었다. 창문을 통해서 석양을 보고 싶었다. 그는 간신히 몸을 일으키고는 베개를 등뒤에 조금 높게 받쳤다. 그렇게 하는 데에도 여간 힘이 드는 게 아니었다. 그러자 황금빛으로 물든 창틀이 보이고, 창문 가까이 있는 나무들의 잎사귀가 마치 창문을 두드리는 것처럼 보였다. 보이는 것은 항상 똑같은 풍경이다. 나무와 잿빛, 그리고 숲…… 집에도 마당에도 아무도 없었다. 모두들 어디에 갔는지 사방이 조용했다. 그러나 따사로운 축복으로 가득 찬 여름날의 고즈넉함이 별로 싫지 않았다. 스타시는 생각에 몰두한 듯했지만, 사실 자기 자신도 무엇을 생각하고 있는지 몰랐다. 오늘은 뼈에 통증도 없었다. 아니, 오히려 아늑함이 느껴졌다. 고요한 정적 속에서 그는 여름날 오후와 하나가 되었다.

조금 뒤에 발자국소리가 들렸다. 누군가가 길을 가로질러 베란다로 다가오는 기척이 났다. 발자국소리가 가까워지더니 다시 멀어졌다. 그것은 그가 하루종일 기다렸던 발걸음 소리였다. 말리나였다. 심장이 크게 뛰었다. 관자놀이에서도 맥박이 느껴졌다. 식은땀이 등과 이마에 솟았다. 그러나 말리나는 집으로 들어오지 않고, 되돌아갔다. 발자국이 집에서 멀어지는 소리가 들렸다. 그녀는 숲으로 들어간 것이다.

그리고 숲에서 큰 소리가 울려퍼졌다. 말리나가 노래를 부르고 있었다. 그는 말리나의 노랫소리를 처음 들었지만, 금방 말리나라는 것을 알았다. 말리나는 성량이 풍부했다. 이 근방에 사는 누구보다도 더 아름답게 노래를 잘했다. 하지만 세련미는 조금 부족한 듯했다. 고음을 낼 때는 고집스럽게 무리하는 것이 느껴졌다. 노래는 첫 구절부터 숲에 메아리를 불러일으켰다. 숲속에 숨어서 은밀하게 모여 있던 음들이 깨어나서 절묘한 화음으로 변한 것 같았다.

노래에 스며 있는 다듬어지지 않은 열정에 환자는 전율을 느꼈다. 노래를 듣기 위해서 긴장한 채로 귀를 기울이는 동안 힘이 솟아났다. 스타시는 알고 있었다. 말리나가 그를 위해서 노래하고 있다는 것을. 그리고 그 노래는 말리나가 그에게 해야 했던 말들을 대신하고 있었다. 그것은 말리나가 정말로 스타시에게 하고 싶었던 말이었다. 그의 의미 없는 질문에 대한 단조로운 대답은 말리나의 본심이 아니었다.

"처음에 닿은 것은
저의 시선이었어요,
당신을 알고 싶지 않았기에……"

숲속 가득히 윙윙대는 메아리에도 불구하고 스타시는 노랫말을 분명하게 알아들을 수 있었다. 스타시의 입이 저절로 벌어졌다. 지금 이 순간 그는 한꺼번에 많은 것들을 보고, 또 들을 수 있었다. 넓은 은빛의 강물을 따라 헤엄치고 있는 어린날의 자신의 모습과 어머니의 얼굴이 보였다. 나중에는 모든 것이 꿈처럼 변했다. 그는 어머니에게 키스했다. 어머니는 이미 오래전에 돌아가셨다는 것을 의식하면서도, 그는 손끝에서 어머니의 다정한 손길을 느꼈다. 그 손은 두툼하고 부드러웠다. 침대 맞은편에 있는 두 개의 창문을 통해 들어오는 빛들이 은빛의 강물과 뒤섞였다. 보이지 않는 애인의 노래가 강물에 녹아들었다.

말리나는 노래의 첫번째 악절을 두 번 반복해서 불렀다. 그러고는 오랫동안 침묵했다. 스타시는 말리나가 노래를 다 불렀다고 생각했다. 그는 베개에 기댄 채 몸을 옆으로 기울였다. 그러고는 잿빛과 초록빛,

서늘한 기운에 뒤섞인 채 자신을 비껴서 무심하게 흘러가고 있는 세상을 보았다. 스타시는 처음 혼자서 학교에 간 날처럼 사방을 둘러보면서 어머니의 눈을 찾았으나 찾을 수 없었다. 나뭇잎을 닮은 눈꺼풀 밑에 있는 눈, 반쯤 감긴 눈. 아니, 엄마의 눈은 이렇지 않은데…… 그것은 말리나의 눈이었다.

그러자 갑자기 환상의 끈이 풀어져서 흩어졌다. 다시 말리나의 노랫소리가 들렸다. 말리나가 곁에 가까이 온 것 같았다. 노랫소리가 손에 잡힐 것처럼 가까운 곳에서 들렸다. 노래는 구체적인 몸이 되어 스타시의 방으로 들어왔다. 다만 스타시에게는 그 노래를 손으로 잡을 힘이 없었다.

"그리고 두번째로 닮은 것은
높은 현관문이었어요,
제가 발을 디뎌놓아야 할……"

말리나는 쉬지 않고 악절을 두 번씩 반복했다. 끝부분은 가볍게 고음으로 처리하면서 아주 높고 길게 불렀다.

저물어가는 해가 숲속으로 들어갔다. 소나무 가지들 사이, 숲의 통로들을 지나며 햇살은 숲에 장밋빛 안개를 피워올렸다. 스타시는 마치 동화에서처럼 높이 솟은 숲에 둘러싸여 있는 자신을 보았다. 그리고 사람들이 자기를 심판한다는 것을 알았다. 그것은 마치 그의 할아버지가 몸소 싸웠던 무장봉기의 현장 같기도 했고, 어스름한 꿈결 같기도 했다. 장밋빛 구름이 숲을 가득 채우고, 새들로 변했다. 새들은 말리나의 목소리로 노래를 불렀다. "그것은 높은 현관문, 높은 현관문이었어요." 스타시는 숲이 한없이 높은 목조건물들로 변하는 것을 보았다. 그

건물들 위를 자기가 마치 다람쥐처럼 가볍게 뛰어다니고 있고, 어린 꼬마 말리나가 목조 성당 아래쪽에서 걸어가고 있었다. 그런데 아무리 손을 뻗어도 말리나에게 닿질 않았다. 갑자기 숲 뒤에서 꽁꽁 얼어붙은 은빛 강물이 나타났다. 그러자 갑자기 마음이 편안해지면서 자신의 몸이 유리처럼 단단한 그 공간을 가볍게 미끄러져 지나가는 것을 느꼈다.

말리나는 아무 말이 없었다. 그는 또다시 평온함을 느꼈다. 피아노가 있던 빈 구석을 바라보니 마치 버려진 고아가 된 듯한 느낌이 들었다. 입에서 짜고 단 냄새가 났다. 입천장에서 역겨운 냄새가 느껴졌다. 또 피를 토하겠구나……

문 아래에서 발자국소리가 들렸다. 창문 아래 작은 보리수나무에 누군가가 몸을 기대는 것 같았다. 그는 아래쪽에서 들려오는 저 날카롭고 생기넘치는 노랫소리를 견디지 못할 것 같은 느낌이 들었다. 그는 두 손으로 뛰는 가슴을 눌렀다. 그리고 불렀다.

"말리나, 말리나……"

그것은 부르는 소리가 아니라, 슬프고도 다급한 속삭임이었다. 말리나는 그 소리를 전혀 듣지 못했다. 어쩌면 그녀는 스타시가 자신의 노래를 듣고 있지 않다고 생각할 수도 있었다. 하지만 가만히 귀를 기울여보면, 그가 자기 노래를 듣고 있다는 걸 그녀도 알고 있는 듯했다. 왜냐하면 그녀의 노랫소리가 아까처럼 크지 않고 적당히 낮아졌기 때문이다. 말리나의 노래는 슬픈 자장가처럼 그의 마음속으로 더욱더 깊이 파고들었다.

노래의 첫구절을 들으면서부터 스타시는 회오리치는 강물 속으로 다시 빠져들어갔다. 노랫소리가 작아진 만큼 강폭도 좁아졌다. 강 양쪽이 서로 합쳐져 그를 덮치고는 숨을 틀어막는 듯했다. 그는 가까스로 숨을 쉬었다.

"세번째로 닮은 것은
잿빛 바윗돌이었어요,
그 밑에서 제가 잠들어야만 하는……"

말리나가 더 깊고 조용한 음성으로 같은 구절을 두번째로 반복하기 전에, 모든 환상은 사라졌다. 가장 오래도록 남아 있던 영상은 어머니의 모습이었는데, 그것도 이내 사라졌다. 스타시가 베개에 기댄 채 정신을 차렸을 때 입술에서 피 냄새가 났다. 눈은 나뭇가지들 사이 진홍빛 공간에 박혀 있었다. 그의 내면 깊숙한 곳에서 다음과 같은 구절이 메아리치고 있었다. "잿빛의 바윗돌이었어요, 그 밑에서 제가 잠들어야만 하는……" 그는 처음으로 자신의 죽음을 온몸으로 실감했다. 모든 것이 그의 주위에 붉고 축축한 안개의 형상으로 모였다가 천천히 떠나갔다. 그 뒤로는 무섭고도 텅 빈 공허만이 남았다.

"회색의 바윗돌이에요,
그 밑에서 제가 잠들어야만 하는……"

마지막 힘을 다해서 스타시는 떠나가는 생명을 불렀다. 생명은 이내 돌아왔다. 그러나 오래 머물러 있지는 않으리라는 것을 알았다. 이제 조금은 안정이 되었다. 멀어져가는 발자국소리가 들렸다. 결국 그는 말리나를 보지 못했다. 나중에는 바위에 관한 구절만 반복해서 들려왔다. 어두운 현관방의 잿빛 바윗돌 아래에서 정말로 자신이 오래오래 잠드는 것을 상상하니 슬픈 감정이 밀려왔다. 그는 정말 어린애처럼 울기 시작했다. 베개가 눈물로 흠뻑 젖었다.

저녁에 볼레스와프가 돌아왔을 때, 스타시는 형에게 처음으로 이렇게 빨리 죽고 싶지는 않다는 말을 했다. 볼레스와프는 놀랐으나 곧 익숙해졌다. 스타시는 죽을 때까지 그 말만을 반복했다.

12

스타시가 죽은 뒤 볼레스와프는 비로소 삶이 제대로 흘러가는 것을 느꼈다. 동생이 없어지자 바로 아늑한 평온이 찾아왔다. 그는 만나는 모든 것과 화해하고, 모든 일을 부드럽게 받아들였다. 전에 없던 일이었다. 매사가 막힘없이 술술 진행되었다. 일도 쉽게 할 수 있었고, 전근을 부탁하는 편지도 별 어려움 없이 쓸 수 있었다. 직장에서 나름대로 인정받고 있었으므로 자기를 지금보다 못한 곳으로 보내는 일은 없으리라는 것을 알고 있었다. 가을 날씨는 화창했다. 햇살은 내내 빛나고, 나뭇잎들은 노랗게 단풍이 들어 따뜻하고 편안한 느낌을 주었다. 숲속에 있는 검은 호수도 물빛이 변해서 아름답게 보였다. 호수의 수면 위에 단풍이 든 나무들이 알록달록 비치고 있었다. 볼레스와프는 말리나를 호숫가에서 자주 만났다. 정열적인 만남은 아니었지만, 그녀와 만나는 일은 볼레스와프에게 일상의 한부분이 되었다. 볼레스와프는 말리나와 깊은 관계를 유지하지 않았다. 그러므로 어느날 호숫가에서 말리나가 시월에 미하우가 자기하고 결혼하고 싶어한다고 말했을 때, 볼레스와프는 절망하지 않았다. 그는 "잘됐군"이라고 말하면서 그동안 자란 수염을 입안에 넣고서 질겅질겅 씹었다. 볼레스와프는 덧붙여 말했다.

"잘됐어. 나도 다른 곳으로 자리를 옮기게 될 거야. 십일월 일일부터, 아니면 크리스마스 때부터가 될 것 같아. 너희는 그전에 결혼을 할 테니, 내가 이곳을 떠날 때쯤이면 너는 이미 결혼한 몸이 되어 있겠군. 그런데 결혼하면 미하우의 집으로 갈 거니, 아니면 그대로 여기 살 거니?"

말리나는 자신이 어디에서 살게 될지 모르고 있었다. 그러나 어디든 숲에서 살게 된다는 것만은 확실했다. 여기서 살든, 다른 곳에서 살든 말리나에게는 중요하지 않았다. 그녀가 말했다. "그런데 참 안됐어요, 주인님이 다른 데로 가신다니…… 주인님이 안 계시면 슬플 텐데. 올라도 없고. 스타시 님만 혼자 이곳에 남겠네요."

스타시는 유언대로 자작나무숲에 묻혔다. 어려움이 없었던 것은 아니다. 하지만 여름철이었으므로 눈이 녹아 길이 질퍽거리는 일은 없었다. 비가 내린 뒤 맑게 갠 화창한 날이었다. 읍내로 가는 길도 어느 때보다 더 좋았다. 그러나 볼레스와프는 자기 방에 틀어박혀서 나오지 않았다. 장례식 때 외부에서 온 유일한 사람은 신부뿐이었다. 모든 절차는 간소하고 짧게 진행되었다. 야넥과 미하우가 관을 들어 들것에 실은 뒤 운반했다. 신부가 성수를 뿌리고, 바시아의 무덤 옆에 있는 땅을 축성했다. 그러고는 관을 묻은 뒤, 서둘러서 흙을 덮었다. 다음날 오전에 올렉과 에덱 두 소년들이 무덤 주위에 자잘한 자작나무 가지로 작은 울타리를 만들고, 굵은 자작나무 가지로는 작은 십자가를 만들어 세웠다. 장례식 때 눈물을 흘리는 사람은 아무도 없었다. 올라도 울지 않았다. 장례가 끝나자마자 다들 곧바로 자기가 하던 일로 돌아갔다. 여름의 막바지여서 다들 할 일이 많았다. 신부도 자기가 가꾸고 있는 땅에서 수확할 일이 남아 있었다. 볼레스와프는 가을 벌목작업을 시작했다. 말리나는 어머니, 오빠, 그리고 미하우의 빨래를 했다. 올라만 딱히 할 일이 없어, 혼자서 빈방에 앉아 있었다. 삼촌의 시신이 들려나간 후 아직 청소도 하지 않은 방이었다. 자그마한 방이지만 피아노도 없고, 삼촌도 없으니 휑하니 커 보였다. 올라는 기분이 좋지 않았다. 용기를 내기 위해서 올라는 인형과 이야기하기 시작했다. 볼레스와프가 집에 올 때까지 올라는 그렇게 앉아 있었다. 올라는 삼촌이 쓰던 방에서 혼자 지내겠다고 고집했다. 다음날 볼레스와프는 방을 잿물로 닦고, 벽도 새로 흰색으로 칠했다. 그러고는 피아노가 놓여 있던 자리에다 딸아이의 침대를 옮겨다놓으라고 지시했다. 죽은 자의 방에서 조용하면서도 새롭고, 밀도 있는 삶이 펼쳐지기 시작했다.

말리나가 시월에 미하우와 결혼할 것이라고 말한 그날 오후, 볼레스와프는 호숫가에서 바로 집으로 돌아가지 않았다. 그는 아름다운 저녁 시간을 이용해서 숲에서 산책도 하고, 여기저기 둘러보고 싶었다. 아니, 무엇보다 하고 싶었던 일은 취할 듯 향기로운 공기 속에서 내면의 소리에 귀기울이고 여러 가지 생각을 정리하는 것이었다. 그는 약간 취한 듯했다. 사랑은 뜻밖에 찾아와서 짧은 시간에 그의 내면의 삶을 바꾸어놓았다. 볼레스와프는 명랑하고 침착해졌다. 그러나 처음은 언제나 힘들었다……

스타시는 오후에 죽었다. 바로 옷을 벗기고 시체를 씻기는 일이 시작되었다. 이런 일은 나이가 많은 야넥의 어머니, 카타지나, 마리이카가 맡아서 했다. 밖은 아직 환했지만, 방에 불을 밝히고, 창문을 수건으로 가렸다. 스타시는 푸른색과 노란색 잠옷을 두 개나 껴입고 있어서, 벗기기가 쉽지 않았다. 잠옷이 시체에서 벗겨지고 알몸이 시트 위에 놓여졌다. 볼레스와프는 줄곧 방 한구석에 서서 침울하게 지켜보고 있었다. 그의 머릿속에서 누군가에게 하고 싶은 말이 맴돌고 있었다. 그러나 실은 누구에게 해야 할지, 무슨 말을 해야 할지, 정확히 알 수가 없었다. 어쩌면 그가 생각하고 있는 것은 어떤 구체적인 말이 아닐 수도 있었다. 지금 그의 뇌리를 스치고 지나가는 것은 어쨌든 뭔가 격렬하고, 불만스럽고, 반항적인 감정이었다. 그는 '그것으로 됐어'라고 스스로를 위로해 보았지만, '그것'이 과연 무엇을 뜻하는지 알지 못했다.

스타시는 침대 위에 눕혀졌다. 바싹 마른 시체가 안쓰러워 보였다. 희고 주름진 피부가 좁은 가슴에 붙어 있었고, 양손은 가슴 위에 단정하게 놓여 있었다. 손바닥은 몸통보다 훨씬 검었고, 두 개의 까만 젖꼭지는 밑으로 꺼져 있었다. 스타시의 얼굴에 수건이 덮였다. 할머니들이 또다른 붉은 수건으로 벌어진 턱뼈를 동여맸다. 동생의 얼굴에는 표정이 없었다. 나무토막처럼 여위고 딱딱한 몸, 생명이 떠난 그의 얼굴은 표정과는 무관했다. 세 명의 노파는 따뜻한 물이 담긴 대야를 가져와서 의식을 치르는 자세로 스펀지를 물에 적신 다음, 기도문을 중얼거리며 죽은 사람의 앙상한 가슴을 천천히 닦았다.

그때 말리나가 들어왔다. 볼레스와프는 긴장해서 한발 앞으로 나섰다. 말리나는 침대 아래쪽에 서서 눈앞에 놓인 부끄러움도 모르는 벌거벗은 몸을 계속해서 바라보았다. 하지만 할머니들이 그녀를 막았다.

"가서 물하고 식초 좀 가지고 오너라." 말리나의 어머니가 말했다.

말리나는 움직이려고 하지 않았다. 그저 홀린 듯 스타시를 바라보고 있을 따름이었다. 그녀는 스타시에게 가까이 다가가서 얼굴에서 수건을 벗기고는 낮은 소리로 슬피 울었다. 그러고는 스펀지를 들고 노인들과 함께 스타시의 몸을 닦으려고 했다.

볼레스와프가 두 걸음 앞으로 더 나와서 분명한 소리로 말했다.

"말리나, 여기서 뭘 하는 거니?"

말리나가 뒤돌아보았다. 눈이 흐려져 있었는데, 눈동자는 보이지 않고 거의 흰자위뿐이었다. 맹인의 눈 같았다. 크고 뚜렷한 얼굴 윤곽에 스타시의 오그라든 얼굴처럼 경직된 근육이 도드라졌다. 말리나는 다시 고개를 돌렸다. 꽉 끼는 브래지어에 눌린 가슴이 가볍게 흔들리고 있었다. 몸집이 크고 힘이 센 말리나는 아무 표정이 없었고, 아무런 감각도 없는 듯했다.

"말리나, 여기서 나가."

말리나는 아무런 반응도 보이지 않았다. 그녀는 물통을 들더니 스타시의 머리 가까이에 놓았다. 말리나는 물통에 희고 기다란 수건을 적셨다.

"말리나, 여기서 당장 나가!"

볼레스와프가 억누르는 듯한 목소리로 거듭 말했다. 목소리에는 절망의 빛이 담겨 있었다. 그러나 말리나는 못 들은 체 수건을 물통에서 꺼내어 꽉 짠 다음 몸을 일으켰다. 그녀는 수건으로 스타시의 가슴을 덮었다. 검은 젖꼭지가 하얀 수건에 가려졌다.

"나가!" 볼레스와프가 갑자기 소리를 버럭 질렀다. 그는 말리나의 어깨를 잡고는 그녀를 문 쪽으로 세게 떠밀었다. 말리나는 몸을 벌떡 일으켜 볼레스와프를 쳐다보고는 문을 세게 닫고 나가버렸다. 그녀가 나간 뒤에도 방 안에는 계속해서 "나가"라는 말이 메아리치는 듯했다. 볼레스와프는 곧 제정신을 찾았다. 그는 말리나의 뒤를 쫓아갔다. 밖에 나와보니, 어느 틈에 날이 저물어 있어 깜짝 놀랐다. 그는 말리나가 어느 쪽으로 갔는지 알 수 없었다. 볼레스와프는 크지 않은 소리로 "말리나, 말리나!" 하고 불렀다. 현관에서 나와 별채 쪽으로 빠르게 걸어가던 볼레스와프는 하마터면 말리나를 지나칠 뻔했다. 말리나는 무관심한 태도로 하얀 나무줄기에 기댄 채 서 있었다.

볼레스와프가 서둘러 말했다.

"미안하다. 어떻게 해야 할지 실은 나도 잘 모르겠어. 너도 알다시피, 나는 스타시가 죽지 않길 바랐다. 그런데 스타시가 죽었어. 유일하게 살아남은 내 마지막 동생이었는데. 우리는 그를 집사람 옆에 매장하려고 해……"

키도 몸집도 큰 말리나는 무심한 태도로 서 있었다. 그녀는 아무 말이 없었다…… 볼레스와프는 말리나가 자기를 쳐다보지 않고 있음을 느꼈다. 갑자기 그는 두 손으로 말리나를 안았다. 그녀의 몸은 뜨거웠다. 문득 이불 위에 누워 있는 스타시의 차가운 주검과 앙상한 갈비뼈가 떠올랐다. 그는 말리나를 끌어안았다. 그러고는 느닷없이 말리나의 크고 따뜻한 가슴에 머리를 묻고 울음을 터뜨렸다. 머리를 어루만지는 말리나의 손길이 느껴졌다. 이번에는 말리나가 그를 가슴에 꼭 껴안았다. 볼레스와프는 오래 울지 않았다. 잠시 후 그는 집으로 돌아갔다. 그사이에 세 명의 노파가 스타시의 몸을 다 씻기고 그에게 '유럽풍'의 외출복을 입혔다.

지금 볼레스와프는 숲의 가장자리에 있는 잔디밭을 걷고 있다. 그는 더이상 지난 일들과 장면들을 생각하지 않는다. 하지만 그 장면들은 오랫동안 그의 머리에서 맴돌다가 느닷없이 떠오르기도 하고, 또 갑작스레 눈앞에 펼쳐지기도 한다. 그는 지금 새로운 직책과 가을철 벌목 작업, 이사, 그리고 올라를 어떻게든 보살펴야 한다는 생각 등에 몰두해 있다. 소나무숲에서는 아직 가을의 기운이 뚜렷하게 느껴지지 않았다. 다만 소나무 줄기에서 엷은 붉은빛의 나무껍데기가 전보다 많이 날렸다. 그는 중간에 마리이카의 소들을 몰고 가던 에텍과 올렉을 만났다. 소들이 숲을 헤매다가 별채 마당까지 왔다고 했다. 적갈색의 소들은 노랗게 물든 개암나무숲 속을 지나갔다. 두 명의 사내아이가 소떼 뒤에서 짤막한 채찍을 휘두르기도 하고, 소리도 지르면서 뒤쫓아갔다. 볼레스와프도 그들 뒤를 한참 따라가다가 자신이 좋아하는 곳에서 걸음을 멈추었다. 마리이카의 오두막은 안개와 황금빛 석양에 잠겨 있었다. 그곳이 광활한 숲속에 있는 그리 넓지 않은 작은 풀밭에 지나지 않는다는 사실은 지금 이 순간 중요치 않았다. 그는 마치 자신이 드넓은 벌판을 거침없이 헤매다니는 것 같은 느낌에 사로잡혔다. 숲속의 모랫길로 여러 마리의 소들과 사내아이들이 지나가는 것이 보였지만, 그 모습은 이내 시야에서 사라졌다. 이른 가을 저녁이 찾아왔다. 평온하고, 또 평온해서 문득 행복하기까지 했다.

〔정병권 옮김〕

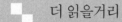

더 읽을거리

헤르만 헤쎄의 『아름다워라 청춘이여』(박환덕 옮김, 범우 사르비아 문고) 역시 「빌코의 아가씨들」처럼 돌이킬 수 없는 청춘에 바치는 아름다운 찬가이다. 이제 다시는 돌아갈 수 없는 아련한 시절, 생의 가장 빛나던 순간, 풋풋한 첫사랑의 추억과 아름다운 꿈으로 아로새겨진 삶의 소중한 한조각…… 객지를 방황하다 성인이 되어 고향에 돌아온 주인공은 그곳에서 소년시절의 풋풋한 첫사랑과 우정을 다시 만나게 된다.

Tadeusz Borowski

| 타데우쉬 보로프스키 |

1922~51

구소련 우끄라이나 태생 유대계 폴란드인으로, 정치적 격변기를 거치며 극한체험을 사실적으로 형상화하는 독특한 작품들로 주목받았다. 공산화과정에서 어려서는 부모와의 이산과 재회를 경험하고, 나치 치하에서 비밀리에 바르샤바대학교에서 수학했다. 1942년 나치 검열을 피해 지하출판으로 발간한 시집 『지상의 어느 곳에서도』로 본격적인 문학활동을 시작했다. 출간이 빌미가 되어 약혼녀 마리아 룬도와 함께 독일군에 체포, 1943~45년 사이에 아우슈비츠 수용소에 수감되었다가 전쟁이 끝나면서 자유를 찾게 된다. 두번째 시집 『조류(潮流)의 이름들』(1945)을 출간한 뒤 소설가로 변모, 수용소 체험을 토대로 한 소설집 『마리아와의 이별』(1948)과 『돌 같은 세상』(1948)을 내놓았다. 대표작이라 할 수 있는 이 두 권의 소설집에는 「신사 숙녀 여러분, 가스실로」를 비롯해 아우슈비츠의 잔혹한 현실을 극도의 리얼리즘적 기법으로 묘사한 작품들이 실려 있다. 전후 폴란드 문학의 기대주로 각광받던 보로프스키는 사회주의 조국에서 좌파 지식인으로 왕성하게 활동했으나 1951년 7월 1일, 채 서른이 안된 나이에 갑작스레 가스 자살하고 만다. 평론가들은 홀로코스트를 체험한 보로프스키가 결국 전쟁의 상흔을 극복하지 못하고, 현실에 적응하지 못한 데서 자살의 원인을 찾고 있다. 그의 죽음은 러시아의 쎄르게이 예세닌이나 미국의 여류시인 썰비아 플래스의 자살과 더불어 현대 문단에 적지 않은 충격을 불러일으켰다.

■　　　신사 숙녀 여러분, 가스실로 Proszę Państwa do gazu

　　　인류역사상 가장 치욕스러운 과거의 하나라고 할 수 있는 아우슈비츠 수용소의 만행을 지극히
사실적이면서도 냉소적인 시각으로 묘사한 작품이다. '죽음의 장소로 가라'라는 잔인한 메씨지를 최대한
예의를 갖춘 정중한 문장으로 표현한 제목에서 이미 역설적이고 그로테스크한 분위기를 엿볼 수 있다.
'수용소 문학'은 20세기 폴란드 문학이 피로 얼룩진 살육의 현장에서 일구어낸 위대한 성과 중 하나이다.
오욕의 땅 아우슈비츠에서 폴란드인은 '가해자'(나치)도 '피해자'(유대인)도 아닌, 인간의 추악한 만행을
생생하게 지켜본 '목격자'였다. 폴란드인들은 '왜 내버려두었는가'라는 역사의 준엄한 질책과 양심의 소
리에 귀를 기울임으로써, 진실에 근접한 객관적인 기록을 남길 수 있었다. 보로프스키는 자신의 체험을
바탕으로 한 이 작품에서 인간의 내면에 감추어진 잔인한 본성과 욕망을 소름끼칠 정도로 사실적이며 냉
철한 시각으로 밀도있게 그려내고 있다. 한쪽에서는 사람들이 죽어 연기가 되어 사라지는데, 다른 한쪽에
서는 독일인 간수들이 축구시합을 벌인다. 한쪽에서는 굶주림에 아이들이 죽어가는데, 다른 한쪽에서는
포로수송열차에서 몰래 빼내온 흰 빵과 신선한 포도주를 음미한다. 같은 희생자들끼리도 살아남기 위해
서 동료 수감자들을 서슴없이 밀고한다. 선과 악의 구별이 무의미해진 처절한 약육강식의 현장, 생존을
위해 인간이기를 포기해야만 했던 비극의 산실, 이것이 바로 아우슈비츠 수용소의 실체인 것이다.

신사 숙녀 여러분, 가스실로

    수감자들은 벌거벗은 채 돌아다니고 있다. 이 잡기는 이제야 다 끝났다. 싸이클론 B 용액이 가득 담긴 탱크에서 우리들의 옷이 돌아왔다. 그 용액은 옷 속의 이를 잡거나 아니면 사람들을 가스실에서 죽이는 데 쓰인다. 우리 막사와 가시철망으로 차단된 건너편 막사의 수감자들은 아직도 옷가지를 돌려받지 못했는지 여전히 벌거벗은 채 돌아다니고 있다. 더위는 지독했다. 수용소는 완전히 밀폐되었다. 수감자는 물론이고, 이 한마리조차 문밖으로 빠져나갈 수 없을 정도다. 사령부는 노동을 중단시켰다. 하루종일, 수천명의 나체들이 길 위나 운동장 주변을 서성이고 있다. 벽에 몸을 기대거나 지붕 위에 벌렁 드러누운 자들도 있다. 담요와 짚으로 만든 매트리스를 소독하는 중이기 때문에 우리는 널빤지 위에서 잠을 잔다. 막사 뒤쪽으로 여자 수용소가 보이는데, 거기서도 이 잡기가 한창이다. 벌거벗겨진 2만 8천명의 여자들이 밖으로 쫓겨나와, 막사와 막사 사이의 넓은 마당과 도로, 운동장에 모여 있다.

    수감자들은 아침부터 줄곧 점심시간이 되기만을 기다리다가 가족들이 보내온 소포를 끌러 대충 끼니를 때우고, 동료들과 어울려 무료한 시간을 소일하고 있다. 더위는 갈수록 기승을 부리고, 시간은 더디게 흐른다. 이곳에는 평범한 오락거리조차 없다. 소각장으로 향하는 넓은 도로는 텅 비어 있다. 지난 며칠 동안은 수송열차가 들어오지 않았다. 카나다(수용소 내의 특권층. 특히 가스실로 보내질 사람들을 싣고 오는 수송열차에서 짐을 부리는 자들이나 노동감독관 등을 가리킴—옮긴이)의 일부는 숙청당했고, 일부는 코만도(나치 수용소 내의 일종의 노역 분대—옮긴이)로 보내졌다. 건장하거나 혈기왕성하다는 이유로 가장 지독한 노역장으로 알려진 하르멘즈의 집단농장으로 이송된 경우도 있었다. 수용소에서는 시기심이 하나의 정의로 통한다. 즉 돈있고 힘있는 자들이 몰락하게 되면, 주변의 동료들은 그들이 완전히 밑바닥까지 추락하기를 고대하는 것이다. 우리의 카나다들은 피에들레르(Arkady Fiedler, 1894~1985. 전쟁을 소재로 한 산문으로 명성을 떨친 폴란드 작가. 그에 의하면 카나다들은 빼돌린 동전과 보석 들을 소나무숲에 숨겼다고 한다—옮긴이)의 책에 나오는 것처럼 송진 냄새를 풍기는 대신, 우아한 프랑스 향수 냄새를 풍겼다. 이곳에서는 전유럽에서 반입되는 보석이나 동전 따위를 숨길 만큼 커다란 소나무도 자라지 않았다.

우리는 판자를 이어붙여 만든 침대의 이층에 걸터앉아 아무렇게나 다리를 흔들면서, 바삭바삭하게 잘 구워진 흰 빵을 자르고 있는 중이다. 별로 맛은 없지만, 대신 몇주간은 상하지 않는 그런 빵이다. 바르샤바에서 보내온 빵. 일주일 전만 해도 이 빵은 내 어머니의 손에 있었을 것이다. 고마우신 신이여.

우리는 베이컨과 양파를 꺼내고, 탈지 분유통의 뚜껑을 땄다. 뚱뚱한 프랑스인 앙리는 스트라스부르크와 빠리, 마르쎄이유 등지로부터 오는 수송열차에 실려 있을 프랑스산 포도주를 떠올리며 말한다.

"들어봐, 몽 아미(Mon ami, 프랑스어로 친구여라는 뜻—옮긴이)! 다음번에 하역장에 가면 내 자네에게 진짜 샴페인을 갖다주지. 지금껏 여기서 샴페인은 마셔본 적이 없었지, 안 그런가?"

"그래, 없어. 하지만 그걸 가지고 정문을 몰래 통과할 수는 없을걸. 그러니 그만두게. 대신 구두나 마련해주지그래? 구멍이 송송 뚫리고, 이중 밑창이 있는 그런 구두 말이야. 그나저나 벌써 오래전에 약속한 셔츠는 감감 무소식이군."

"조금만 더 참아. 인내심을 가지라고. 새 수송열차가 들어오면, 전부 다 갖다주지. 우리는 다시 하역장에 나가게 될 거야."

"하지만 더이상 소각장으로 향하는 수송열차가 안 들어오면 어떻게 되는 거지?" 나는 짐짓 짓궂게 말했다. "수송열차 덕분에 수용소에서의 생활이 얼마나 편해졌는지 자네도 알잖아? 소포도 넘쳐나고, 구타도 금지되었으니 말이야. 심지어 집에다 편지도 쓸 수 있지…… 수용소 돌아가는 일에 대해서 이것저것 소문도 들을 수 있고 말이야. 자네도 곧잘 많은 이야기를 하잖아. 하지만 빌어먹을, 곧 이곳으로 실려오는 사람들이 바닥나 버릴지도 몰라."

"말도 안되는 소리 마!" 앙리가 정어리를 입속에 가득 넣은 채 우물거렸다. 그의 투실투실한 얼굴은 마치 코스웨이(Richard Cosway, 1742~1821. 영국의 초상화가로 미세화와 미니어처로 유명하다―옮긴이)의 미세화에 등장하는 주인공처럼 심각하면서도 열정적이었다. (우리는 오랜 친구이지만, 나는 아직 그의 성을 모른다.)

"말도 안돼." 그가 간신히 정어리를 꿀꺽 삼키고는(제기랄, 넘어갔다!) 되풀이했다. "사람들이 바닥날 거라고? 안돼, 그럴 리 없어. 잡혀오는 사람들이 없으면, 우리는 모두 여기서 굶어죽게 될 텐데…… 여기 있는 우리는 다들 그들이 가져오는 것을 먹고살잖아."

"모두라고? 그건 아니지. 우리에겐 소포가 있는걸……"

"자네와 자네 친구들 몇명이야 그렇겠지. 너희 폴란드인들 중에서 일부는 분명 소포로 식량을 받고 있으니까. 하지만 우린 어떡하지? 유대인이나 러시아놈들은? 만약 수송열차에 실려오는 식량이 없다면, 너희가 마음놓고 소포에 들어 있는 음식을 먹을 수 있을까? 우리가 그렇게 놔두지 않을 거야!"

"가만있을 수밖에 없을걸. 아니면 너희들은 그리스놈들처럼 굶어죽을 거야. 수용소에서는 식량 가진 자가 힘도 있다고."

"아무튼 지금은 너희도, 우리도 모두 충분히 가지고 있잖아. 그런데 뭣 때문에 우리가 이렇게 티격태격하는 거지?"

그렇다. 다툴 이유가 없는 것이다. 저들도, 나도 식량은 넉넉히 가지고 있다. 우리는 함께 먹고, 같은 침대에서 잠을 잔다. 앙리는 빵을 자르고, 토마토 샐러드를 만드는 중이다. 겨자 쏘스를 곁들이면 맛이 그만이다.

우리가 기거하는 판자침대의 아래쪽에서는 벌거벗은 사람들이 땀에 흠뻑 젖은 채 우글대고 있다. 그들은 머리를 잘 써서 설치한 거대한 벽난로를 따라 나란히 이어진 좁은 막사의 통로에 뒤엉켜 있다.(수감자들은 판자를 이어붙여 만든 이층 침대에서 먹고, 자고, 옷을 갈아입는 등 모든 일상생활을 해야 했다. 이층에 기거하는 사람들은 일어설 수 있었지만, 일층에 있는 사람들은 모든 동작을 앉은 자세로 해야만 했다. 그래서 수감자들은 서로 이층을 차지하기 위해 간수들에게 뇌물을 주기도 하고, 신경전을 벌였다——옮긴이) 마구간을 개조해 만든, 오백명이 거처하는 그 '멋진' 가옥에 사는 사람들은 그나마 형편이 나은 편이다. (문에는 'versuchte Pferde'라는 팻말이 아직도 걸려 있다. '병에 걸린 말들은 한옆으로 옮겨놓을 것'이라는 뜻이다.) 아래쪽 판자침대에는 여덟 명, 혹은 아홉 명씩 뭉쳐서 누워 있다. 뼈만 앙상한 그들의 쇠약한 알몸에서는 땀냄새와 똥냄새가 진동을 하고, 볼은

움푹 꺼졌다. 내 침대 바로 아래에는 유대인 랍비가 누워 있다. 그는 담요를 찢어 만든 누더기로 머리를 감싸고, 단조로우면서도 우렁찬 목소리로 히브리어로 된 기도서의 한구절을 암송하고 있다(이런 기도소리는 사방에서 들려온다).

"누가 저녀석 입 좀 다물게 할 수 없어? 꼭 신의 발목이라도 붙잡은 것처럼 떠들어대고 있잖아."

"침대에서 내려가기가 귀찮아. 그냥 놔둬. 곧 소각장으로 끌려갈 텐데, 뭐."

"종교는 인민의 아편이야. 하지만 나는 아편 피우는 걸 좋아하지." 공산주의자이며 유물론자인 앙리가 의미심장하고 심각한 얼굴로 말했다. "저들이 신과 영생을 믿지 않았다면, 벌써 오래전에 소각장을 때려부줬을 텐데……"

"그러는 너희는 왜 그렇게 못하는데?"

대답을 기대한 것이 아니라 그저 은유적인 질문이었음에도 불구하고, 앙리는 가볍게 대꾸를 했다.

"어리석기는." 그러고는 입에다 토마토를 쑤셔넣으면서, 뭔가 더 말하고 싶지만 그럴 수가 없다는 시늉을 해 보인다. 우리가 가벼운 식사를 막 끝냈을 무렵, 막사 문 쪽에서 갑자기 소란스러운 소리가 들려왔다. 무슬림들은 놀라서 그들의 침대로 허둥지둥 숨었다. 전령이 수용소장의 막사로 들어가더니, 얼마 후 수용소장이 엄숙한 얼굴로 밖으로 걸어나왔다.

"카나다! 집합! 서둘러라! 수송열차가 들어온다!"

"신이시여, 감사합니다!" 앙리가 침대에서 뛰어내린다. 그는 입안에 있던 토마토조각을 꿀꺽 삼키고, 옷을 잽싸게 집어들고는 아래쪽에 있는 사람들한테 나가자고 외치면서 단숨에 문으로 달려갔다. 다른 침대에서도 야단법석을 떠는 소리가 들려왔다. 카나다들은 하역장으로 향했다.

"앙리, 신발!" 나는 그의 뒤에다 대고 외쳤다.

"Keine Angst(걱정 마)!" 문 밖에서 앙리가 독일어로 대답하는 소리가 들려왔다.

나는 음식물을 포장하고, 가방끈을 묶었다. 그 가방에는 바르샤바에 있는 지아우카(사회주의 국가에서 개인에게 할당한 일종의 텃밭——옮긴이)에서 아버지가 가꾼 양파와 토마토, 포르투갈산 정어리 통조림과 루블린의 형이 보내온 베이컨, 그리고 살로니카에서 생산된 견과류를 넣은 진짜 초콜릿 과자가 들어 있다. 나는 그것들을 포장해서 단단히 묶어놓고서, 바지를 입고, 침대에서 내려왔다.

"비켜!" 나는 그리스인들을 밀치고 나가면서 외쳤다. 그들이 비켜섰다. 문앞에서 나는 앙리와 마주쳤다.

"Allez, allez, vite, vite(프랑스어로 '이리 와봐, 어서, 어서')!"

"Was ist los(독일어로 '무슨 일이야?')?"

"함께 하역장에 가지 않겠어?"

"좋아!"

"그럼 웃옷을 입고 따라와! 몇사람이 부족하거든. 카포(코만도의 분대장을 일컫는 속어. 카포는 노역을 지휘하고, 수감자들에게 식량을 나누어주는 일을 맡아 막강한 권력을 휘둘렀다——옮긴이)에게 벌써 말해놓았어."

그는 나를 막사 밖으로 밀어냈다.

우리는 일렬로 섰다. 누군가 우리의 머릿수를 세고, 또 누군가는 앞쪽에서 "전진, 전진!"하고 외친다. 우리는 서로 다른 언어로 떠드는 군중 틈에 섞여 정문 쪽으로 달려갔다. 인파 가운데 일부는 이미 채찍을 맞아가며 막사로 도로 쫓겨갔다. 누구나 다 하역장으로 가는 행운을 잡을 수는 없다…… 우리는 사람들을 따돌리고, 거의 정문 근처에까지 다다랐다. "Links, zwei, drei, vier! Mützen ab(독일어. 좌열, 2번, 3번, 4번! 모자 벗어)!" 우리는 몸을 똑바로 펴고 팔을 절도있게 쭉 뻗으며, 활기차고 날렵하게, 그리고 우아하게 행진하여 정문을 통과했다. 커다란 서류철을 손에 든 졸린 듯한 눈의 친위대원 한명이 인원수를 점검하면서, 다섯 명씩 손짓으로 끊어 앞으로 보냈다.

"Hundert(백명)!" 마지막 조가 통과하고 나자 그가 외쳤다.

"Stimmt(맞습니다)!" 행렬의 앞쪽에서 쉰 목소리가 들려왔다.

우리는 거의 달리듯이 빠르게 행군했다. 총을 멘 보초들이 도처에 서 있다. 우리는 BII 캠프를 통과하고, C동과 체코인들의 막사, 그리고 외딴 곳에 있는 격리수용소를 지나서, 사과나무와 배나무 숲으로 둘러싸인 나치 친위대 병원으로 들어섰다. 지난 며칠 동안 뙤약볕이 내리쬐는 노역장에서 죽어라고 일만 한 우리들에게는 우거진 푸른 숲이 낯설게만 느껴졌다. 판잣집이 늘어선 구역을 빙 돌아서 감시탑의 그늘을 벗어나니 갑자기 큰 도로가 나왔다. 목적지에 도착한 것이다. 몇십 미터 앞에 나무들로 둘러싸인 하역장이 있었다.

그것은 시골의 여느 철도역과 다를 바 없는 작은 하역장이었다. 광장에는 자갈이 깔려 있고, 커다란 나무들로 둘러싸여 있었다. 도로 옆, 한쪽 구석에는 그야말로 초라하기 짝이 없고 평범 그 자체인 낡은 역사가 보였다. 보잘것없는 목재로 지어진 조그만 임시가옥이었다. 그 너머로는 낡은 철로 조각과 부품들, 목재더미, 막사를 짓는 데 쓰이는 건축용 자재, 벽돌과 돌멩이, 수도관 등이 여기저기에 쌓여 있다. 여기가 비르케나우 수용소(아우슈비츠에서 3킬로미터 떨어진 제2수용소로 1940년에 세워졌다. 약 삼백개의 막사로 구성—옮긴이)로 가는 화물들, 즉 수용소 건설에 필요한 물자들과 가스실로 수송되어가는 사람들을 실어나르는 곳이다. 오늘은 평일이다. 트럭들이 목재와 씨멘트, 사람 들을 싣고 부지런히 왔다갔다하는 중이다……

철로에도, 나무기둥 사이에도, 실롱스크(슐레지엔의 폴란드식 표기—옮긴이) 지방의 밤나무가 만들어내는 녹색 그늘 아래에도 간수들이 배치되어 하역장 주위를 완벽하게 에워싸고 있다. 그들은 이마의 땀을 닦으며, 수통을 들고 벌컥벌컥 물을 마신다. 무더위가 기승을 부리는 가운데, 태양은 정점에서 꼼짝도 하지 않고 무섭게 내리쬐고 있다. "해산!" 우리는 철로변의 좁은 그늘에 앉았다. 굶주린 그리스인들이 철로 밑을 뒤적이며 뭔가를 찾고 있다. (서너 명쯤 되었는데, 그들이 어떻게 따라왔는지는 모르겠다.) 그들 중 하나가 고기 통조림과 곰팡이가 슨 빵, 먹다 남은 정어리를 찾아냈다. 그들은 그것을 먹는다.

"Schweinedreck(돼지 같은 새끼들)!" 옅은 금발머리에 푸른 눈을 가진, 키가 큰 젊은 보초가 침을 뱉는다. "잠시 후면 너희들은 배때기를 채우고도 남을 식량을 얻게 될 것이다. 너무 많아서 먹다가 그만 지쳐버릴걸." 그는 총을 곧추세우고, 손수건으로 얼굴을 닦았다.

"어이, 뚱보!" 그가 앙리의 목덜미를 툭툭 친다. "Pass mal aut(거기 너 말이야)! 물 마시고 싶나?"

"네, 마시고 싶습니다. 하지만 지금은 돈이 없습니다." 프랑스 친구가 대담하게 대답했다.

"Schade(유감이군)."

"Herr Posten(보초님), 왜 그러십니까? 저를 못 믿으시겠습니까? 예전에 저와 거래를 하셨잖아요. Wieviel(얼마입니까)?"

"백 마르크. Gemacht(좋지)?"

"Gemacht(좋습니다)."

우리는 아무런 맛도 없는 미지근한 물을 마셨다. 그 값은 잠시 후에 도착할 사람들이 대신 치르게 될 것이다.

"자, 조심하라고." 빈병을 던지며 프랑스인이 내게 말한다. 병이 철로에 부딪혀 산산조각났다. "돈은 가지면 안돼. 저들이 검사할지도 모르거든. 어차피 돈이 있어도 쓸 데가 없잖아. 안 그래도 먹을 것은 충분하니까. 될 수 있으면 옷에도 손대지 마. 탈출하려는 걸로 의심받을지도 몰라. 셔츠만 가져. 씰크로 만든, 깃이 달린 셔츠 말이야. 아, 그리고 러닝셔츠도 챙기라고. 마실 걸 발견하게 되면 날 불러. 내가 알아서 처리할 테니까. 저들에게 혼나지 않도록 주의하는 거 잊지 말고."

"저들이 때리기도 하나?"

"당연하지. 등뒤에도 눈을 달고 있어야 한다고. 개자식들!"

우리 주위에는 그리스인들이 앉아 있었는데, 그들의 턱은 마치 커다란 곤충같이 탐욕스럽게 움직이고 있었다. 그들은 상한 빵을 우적우적 씹으며, 앞으로 어떤 일이 일어날까 불안해하는 중이다. 철로더미와 나무기둥들 때문에 겁을 집어먹은 듯했다. 그들은 무거운 짐을 운반하고 싶지 않았던 것이다.

"Was wir arbeiten(우리는 무슨 일을 할까요)?" 그들이 묻는다.

"수송열차가 도착하면, 사람들을 모두 소각장으로 데려가. 알았나?"

"Alles verstehen(네, 잘 알겠습니다)!" 그리스인들은 수용소에서의 만국공통어로 이렇게 대답했다. 그들은 비로소 마음을 놓은 듯했다. 무거운 철로더미를 들거나 나무기둥을 운반할 필요가 없어진 것이다.

어느새 하역장은 인파가 몰려들며 점점 활기를 띠기 시작했다. 카포의 조수들은 순식간에 작업반을 두 그룹으로 나누었다. 객차의 문을 열고 들어가 짐을 내릴 사람들과 나무 사다리 밑에서 대기하고 있다가 짐을 운반할 사람들. 그러고는 어떻게 해야 가장 능률적으로 작업을 수행할 수 있는지를 지시한다. 휴대용 사다리는 마치 연단에 오르는 계단처럼 넓적하고, 편리했다. 나치 친위대 소속임을 드러내는 은빛 표지판을 단 오토바이가 요란한 소리를 내며 달려와서 장교들을 내려놓았다. 번들거리는 짐승 같은 얼굴에 뚱뚱한 체구를 지닌 그 사내들은 장교 특유의 반짝반짝 광이 나는 군화를 신었다. 몇명은 서류가방을 손에 들었고, 몇명은 갈대로 만든 채찍을 들고 있었다. 그들에게서는 군인 특유의 절도와 권위가 풍겨나왔다. 그들은 휴게소를 들락날락했다. 길옆의 작고 보잘것없는 역사는 독일 장교들이 물을 마시고, 겨울이면 따뜻한 포도주 한잔을 마시며 몸을 녹이는 휴게소로 사용되고 있었다. 거기서 그들은 옛날 로마식으로 팔을 뻗어 국가에 대한 충성을 표시하며 인사를 나누고, 다정하게 악수를 주고받으며, 친절한 미소를 교환한다. 자신들이 받은 편지와 집에서 온 소식, 각자의 자식들에 대해 이야기를 나누고, 사진을 보여줄 때도 있다. 몇명은 하역장 주위를 근엄하게 걷고 있다. 옷깃에 달린 사각형의 은빛 배지가 번쩍거리고, 군화 아래서는 자갈이 차르륵 소리를 내며, 대나무로 만든 지팡이가 성급하게 또각또각 소리를 낸다.

포로들이 입는 줄무늬 유니폼을 입은 우리 일행은 철로변의 좁은 그늘 아래 드러누웠다. 우리는 힘겹게 숨을 내쉬면서, 각양각색의 언어로 몇마디씩 이야기를 주고받으며, 초록색 제복을 입은 저 위엄있는 사람들과, 녹음에 물든 나무숲을 힘없이 바라보았다. 저 멀리 뒤늦게 삼종기도 시간을 알리는 종이 울리고 있는 마을 성당의 뾰족탑이 시야에 들어왔다.

"수송열차가 들어온다!" 누군가의 외침에 우리는 기대에 부풀어 벌떡 일어났다. 역의 모퉁이를 돌아, 기차가 들어오고 있다. 객차가 서서히 역에 들어서자, 차장이 상체를 밖으로 내밀고 손짓을 하며 호각을 분다. 기관차는 날카로운 기적소리를 내고 연기를 뿜으며, 철로를 따라 천천히 움직이고 있다. 창문 너머로 지칠 대로 지친 창백한 얼굴들이 보인다. 피로에 찌든 채, 헝클어진 머리카락을 아무렇게나 늘어뜨린 여자들과 수염이 덥수룩하게 자란 남자들의 얼굴이 나타난다. 그들은 말없이 역을 응시하고 있다. 바로 그때 객차 안에서 소동이 일어났다. 나무벽을 무엇인가로 마구 두드리는 소리가 들려왔다.

"물! 공기!" 지칠 대로 지친, 절망어린 고함소리들.

그들은 얼굴을 창밖으로 내밀고, 미친 듯이 숨을 헐떡이며 바깥 공기를 들이킨다. 몇번이나 심호흡을 하고는 금세 사라지고, 또다른 사람의 얼굴이 유리창에 나타났다가는 사라지기를 반복한다. 그러는 사이 절규와 신음소리는 더욱 커져만 갔다.

다른 이들보다 유난히 번쩍이는 녹색 제복을 입은 장교가 못마땅하다는 듯 입술을 찡그렸다. 그는 담배를 한모금 힘껏 빨고는 획 던져버리더니, 서류가방을 오른손에서 왼손으로 바꿔 쥐고 보초병에게 손짓을 한다. 그러자 보초병은 어깨에 차고 있던 총을 내려 조준을 하고는, 기차 주위에 대고 몇발을 쐈다. 순식간에 사위가 조용해졌다. 그동안 트럭들이 도착하고, 객차 밑에는 재빠른 솜씨로 나무 사다리가 세워졌다. 서류가방을 든 친위대 장교가 손을 들어올려 신호를 보낸다.

"먹을 것을 제외하고, 금이나 다른 물건을 가지려 하는 자는 누구든지 독일제국의 재산을 훔친 죄로 총살당하게 될 것이다. Verstanden(알았나)?"

"Jawohl(네, 알겠습니다)!"

비록 호흡도 안 맞고, 제각각이긴 했지만, 우리는 어쨌든 열심히 대답했다.

"Also los(자, 시작)!"

빗장이 벗겨지고, 객차 문이 열렸다. 신선한 공기의 물결이 열차 안으로 확 밀려들어가서 마치 독가스처럼 사람들을 강타했다. 그 속에는 모든 것이 숨막히게 꽉꽉 채워져 있다. 짐, 가방, 트렁크, 보따리, 상자, 궤짝, 온갖 종류의 꾸러미들(그들의 과거였고, 이제 곧 그들의 미래가 될 모든 것들)이 믿을 수 없을 만큼 촘촘히 쌓여 있고, 그 끔찍한 물건더미 사이사이에 사람들이 파묻혀 있다. 서로가 서로에게 눌려서, 더위로 질식하고 기절한 상태로, 서로를 뭉개고, 짓밟고 있다. 그들은 문이 열리기가 무섭게 우르르 쏟아져나와 마치 모래 위에 내던져진 물고기떼처럼 가쁜 숨을 몰아쉰다.

"자, 주목하시오! 각자 자신의 짐을 가지고 밖으로 나오시오! 짐은 모두 다 들고 나오시오! 그리고 객차의 문앞에다 물건들을 전부 쌓으시오! 그렇소, 외투도 마찬가지요. 지금은 여름이란 말이오. 자, 모두 왼쪽으로 걸어가시오. 알겠습니까?"

"선생, 우리는 어떻게 되는 겁니까?"

그들은 지치고, 불안한 얼굴로, 기차에서 자갈밭으로 뛰어내린다.

"당신들은 어디서 왔소?"

"소스노비에츠-벤진에서 왔습니다. 선생님, 우리는 어떻게 되는 겁니까?"

그들은 피곤에 찌든 우리의 낯선 눈동자를 바라보면서 끈질기게 똑같은 질문을 되풀이한다.

"몰라요. 나는 폴란드 말을 몰라요."

죽게 될 사람들을 마지막 순간까지 속이는 것, 그것이 수용소의 미덕이자, 이곳에서 허용되는 유일한 자비인 것이다. 더위는 끔찍했다. 바로 우리의 머리 위에서 태양은 작열하고 있고, 하늘은 전율하고 있다. 대기는 흔들리고, 가끔씩 불어대는 바람은 마치 용광로에서 나온 것처럼 후텁지근하다. 바싹 말라 부르튼 입가에는 소금기마저 느껴진다.

뜨거운 햇볕 아래 오랫동안 누워 있었기 때문에 지쳤는지 몸이 무겁다. 아, 물을 좀 마셨으면! 물!

다양한 피부색의 수많은 사람들의 물결이 등에 잔뜩 짐을 짊어진 채 마치 새로운 물길을 찾아 무턱대고 범람하는 강물처럼 기차에서 한꺼번에 쏟아져내려왔다. 그러나 그들이 미처 신선한 공기를 마시고 신록의 향기를 맡고서 정신을 가다듬기도 전에, 누군가가 그들의 손에서 보따리를 낚아채고, 등에서 외투를 벗겨간다. 여자들은 들고 있던 손가방과 우산을 빼앗긴다.

"이보세요, 선생님, 제발, 그건 안돼요. 햇볕을 가려야 하는데……"

"Verboten(물러서)!"

우리 일행 중 누군가가 이를 꽉 물고 소리쳤다. 등뒤에는 침착하고, 능숙한 친위대원들이 포진해 있다.

"Meine Herrschaften(신사 숙녀 여러분), 제발 그렇게 물건을 마구 집어던지지 마십시오. 성의를 보여주십시오."

친위대원들은 말은 정중하게 하면서도 손으로는 가느다란 채찍을 신경질적으로 휘두르고 있다.

"알겠습니다. 그러믄입쇼!"

여기저기서 답이 들려온다. 사람들은 객차를 따라 열심히 행군을 한다. 한 여자가 핸드백을 줍기 위해 몸을 굽히자 곧장 채찍이 날아온다. 여자는 그만 발에 걸려 사람들 앞에 넘어졌다. 여자의 뒤에서 한 아이가 달려나오며 "엄마!" 하고 외친다. 머리는 잔뜩 헝클어졌고, 몸집이 매우 작은 계집아이였다.

짐더미는 점점 커져갔다. 여행가방, 보따리, 배낭, 담요, 옷가지, 바닥에 떨어지면서 열린 핸드백, 여기저기 흩날리는 무지갯빛 지폐, 금, 시계 등이 차곡차곡 쌓인다. 온갖 종류의 빵과 통조림, 여러 가지 빛깔의 잼과 햄, 쏘시지 더미도 점점 늘어만 간다. 누군가가 엎질렀는지 객차 앞, 자갈밭 위에 설탕이 쏟아져 있다. 아이들과 헤어져 울부짖는 여자들의 비명소리와, 혼자 남겨져 반쯤 넋이 나간 남자들의 침묵을 뒤로한 채, 트럭들이 귀청이 찢어질 듯 요란한 소리를 내며 출발한다. 오른쪽으로 가도록 명령받은 사람들은 건강하고 젊은 사람들이다. 그들은 수용소로 가게 될 운명이었다. 결국 그들도 언젠가는 가스실을 면할 수는 없겠지만, 당장은 일을 해야만 한다.

트럭들이 마치 거대한 컨베이어처럼 끊임없이 출발하고, 되돌아온다. 붉은 십자 마크를 부착한 차량이 쉬지 않고 오가면서, 사람들을 죽이는 데 쓰는 가스를 운반하고 있다.

트럭에 걸쳐진 사다리 옆에서 카나다들은 잠시도 쉴 틈이 없다. 그들은 트럭 한 대당, 대략 육십여명씩, 수용소로 향하게 될 사람들을 밀어넣어 채우고 있다. 그 옆에 손에 노트를 든 젊은 친위대 장교가 서 있었는데, 그는 말끔하게 면도를 한 멋쟁이였다. 트럭이 떠날 때마다 작대기 하나씩을 그어 표시를 하는데, 지금까지 열여섯 대가 지나갔으니, 대략 천명 정도가 수용소로 실려간 셈이다. 그는 대단히 침착하고 정확했다. 그가 확인을 하고, 노트에 표시를 하기 전에는 단 한 대의 트럭도 그냥 떠날 수 없다. Ordnung muss sein(질서가 필요하다). 표시가 수천개로 늘어난다는 건, 결국 수천대의 차량이 지나갔음을 의미한다. 나중에 그 차량들은 '살로니카' '스트라스부르크' '로테르담' 등 출발지의 지명을 따서 부르게 된다. 이번에는 '소스노비에츠-벤진'이라 부를 것이다. '소스노비에츠-벤진'에서 수용소로 실려갈 새 수감자들은 '131-132', 그리고 뒤에 천 단위의 일련번호를 받게 되겠지만, 나중에는 줄여서 '131-132'로 불리게 될 것이다.

수감자들은 매주, 매달, 매년 불어나고 있다. 전쟁이 끝나면 그들은 소각장에서 불태운 사람들의 숫자를 계산하게 될 것이다. 아마 다 합하면 어림잡아 450만은 되리라. 가장 피비린내나는 전쟁. 가장 강력한 통일독일제국의 가장 위대한 승리. Ein Reich, ein Volk, ein Führer!(단일제국, 단일민족, 단일총통!)——그리고 네 개의 소각장. 아우슈비츠 내에는 앞으로 총 열여섯 개의 소각장이 만들어질 예정이고, 그 안에서는 각각 매일같이 오만명의 사람들이 연기가 되어 사라지게 될 것이다. 캠프의 규모는 자꾸만 확장되어 비스와 강변의 전기 철조망이 쳐진 곳까지 확대되리라. 그 안에는 삼십만명의 사람들이 갇혀 살게 될 것이며, 앞으로 이곳은 'Verbrecher Stadt(범죄자 도시)'로 불리게 될 것이다. 이곳으로 잡혀오는 사람들이 모자랄 가능성은 절대 없다. 유대인을 태우고, 폴란드인을 태우고, 러시아인을 태우고, 남쪽과 서쪽, 대륙과 섬에서 잡아온 사람들을 태우고 올 테니. 줄무늬 죄수복을 입은 사람들은 앞으로도 줄줄이 끌려올 것이고, 이곳에 독일의 도시들을 세우고, 토지를 경작하리라. 'Bewegung, Bewegung(움직여, 움직여)!'라는 구호에 맞춰 끝도 없는 무자비한 노동에 시달리다 마침내 기력이 쇠하고 나면, 그때는 그들 앞에 가스실 문이 열릴 것이다. 가스실의 시설은 점점 더 경제적이고 효과적으로 개선될 것이고, 점점 더 은밀하고 교묘한 방법이 고안되리라. 이제는 전설이 되어버린 독일의 저 유명한 드레스덴 가스실처럼.

열차는 말끔히 비워졌다. 얼굴이 얽은 깡마른 친위대원이 안을 들여다보고는, 구역질이 난다는 듯 머리를 흔들고, 안쪽을 가리키며, 우리에게 지시를 내린다.

"Rein(치워라)!"

우리는 안으로 들어갔다. 배설물과 누군가가 떨어뜨린 손목시계 등이 뒹굴고 있는 한쪽 구석에 커다란 머리에 부풀어오른 배를 가진 괴물 같은 갓난아기의 벌거숭이 시체들이 밟히고 눌린 채 버려져 있다. 우리는 마치 병아리를 다루듯 한손에 아이들의 시체를 두서너 구씩 모아쥐고서 밖으로 운반했다.

"그것들은 트럭에 싣지 말고 여자들에게 줘라."

친위대원이 담배에 불을 붙이며 말했다. 불이 잘 안 켜지는지, 그는 손에 든 라이터를 꼼꼼하게 살펴본다.

"제발 신의 자비로움으로 이 갓난아기들을 좀 데려가시오."

나는 화를 내며 소리를 버럭 질렀다. 손에 머리통을 들고 있는 나를 보고 여자들이 도망치기 시작했던 것이다.

여자들과 아이들이 죄다 죽음의 소각장으로 향하는 트럭에 오르고 있는 이 순간에, 신의 이름을 들먹인다는 것 자체가 우스꽝스럽기 짝이 없었다. 이 모든 것이 무엇을 의미하는지 우리 모두는 잘 알고 있었다. 우리는 두려움과 증오가 뒤엉킨 눈으로 서로를 쳐다보았다.

"뭐야, 가져가지 않겠다는 거야?"

얼굴이 얽은 친위대원이 이상스럽다는 듯이, 그러면서도 비난하는 투로 묻고는 권총에 손을 가져간다.

"쏘지 마세요. 제가 데려가겠어요."

머리가 허옇게 센, 키가 큰 여인이 내 손에서 죽은 아기들을 빼앗았다. 그러고는 잠시 동안 내 눈을 똑바로 쏘아보았다.

"불쌍한 아기들……" 그녀는 조그맣게 속삭이더니, 아기 시체들을 안고 자갈밭을 지나 행렬의 앞쪽으로 사라져버렸다.

나는 기차에 몸을 기댔다. 너무 피곤하다. 그때 누군가 내 소매를 잡았다.

"이리 와. 마실 걸 줄게. 마치 토악질이라도 할 것만 같은 기색인걸. En avant(앞으로)! 철로 쪽으로, 어서!"

올려다보니, 눈앞에 어떤 얼굴이 가물거린다. 커다랗고, 투명하고, 희미한 그 얼굴은 제자리에 붙박인 듯 움직이지 않는 검은빛으로 물든 나무들과 넘실대는 사람들의 물결과 합쳐진다…… 나는 눈을 깜빡거렸다. 앙리다.

"이봐, 앙리, 우리는 좋은 사람들일까?"

"왜 그런 바보 같은 질문을 하는 거지?"

"이봐, 친구, 난 그냥 저 사람들한테 자꾸만 화가 나. 이유는 나도 모르겠어. 저들 때문에 내가 지금 이 자리에 있어야 한다는 사실이 화가 나서 견딜 수가 없어. 저들이 가스실로 끌려가는데도 동정심은 전혀 느껴지지 않아. 저 사람들이 땅속으로 꺼져버렸으면 싶기도 하고, 주먹으로 실컷 패주기라도 했으면 좋겠어. 이건 정말 병적인 현상인데 말이야. 왜 그런지 나도 모르겠어……"

"아냐, 오히려 당연한 거야. 지극히 당연한 반응이라고. 넌 하역일에 지친 거야. 그래서 지금 거기에 맞서고 있는 거라고. 증오심이란 건 본래 약한 사람한테서 발산되게 마련이거든. 지금 넌 증오심을 표출하고 싶은 욕구 때문에 그러는 거야. 지극히 단순한 논리라고. 안 그래?" 프랑스 친구는 철로변에 벌렁 드러누우며 역설적인 어투로 말했다. "그리스인들을 보라고. 그들은 뭐든지 다 이용할 줄 알잖아! 무엇이든 찾아내 배를 채우지. 아까 내 곁에 있던 어떤 놈은 길에서 주운 잼 한병을 다 먹어치우더군."

"짐승 같은 놈들! 내일이면 그놈들 중 절반은 설사병에 걸려 죽을걸."

"짐승이라고? 너도 배를 곯아봤으면서."

"짐승들!"

나는 공연히 화가 나서 다시 한번 뇌까렸다. 그리고 눈을 감는다. 어디선가 끔찍한 비명이 들려온다. 대지가 내 밑에서 떨고 있는 게 느껴지고, 눈꺼풀에는 끈적끈적한 공기가 달라붙는다. 목구멍은 완전히 말라버렸다.

인파는 끝없이 흘러가고, 트럭들은 미친개처럼 으르렁댄다. 바로 눈앞에서 기차에서 끌려내려온 시체들, 짓밟힌 아이들, 불구자와 장애자들이 차곡차곡 쌓여가고 있다. 그리고 인파, 인파, 또 인파들…… 화물차가 들어오고, 누더기와 가방과 보따리 들이 산더미처럼 쌓이고, 열차에서 내린 사람들이 태양을 쳐다보고, 숨을 들이쉬고, 물을 달라고 애원하고, 트럭에 오르고, 떠나간다. 그리고 다시 수송열차가 들어오고, 사람들이 내리고…… 이 광경들이 내 머릿속에서 얼크러져 모든 것이 진짜인지, 아니면 꿈을 꾸고 있는 것인지 분간이 되질 않았다. 갑자기 눈앞에서 초록빛 숲과 형형색색의 인파, 거리의 풍경이 함께 아른거리기 시작했다. 머릿속이 웅웅거리고, 꼭 토할 것만 같다.

앙리가 내 팔을 잡아끈다.

"졸지 마, 짐 실으러 가야지."

승객들은 모두 떠나버렸다. 기차는 이미 출발했는지 보이지 않았다. 멀리 거대한 먼지구름을 내뿜으며 큰길을 따라 마지막 트럭이 출발하는 게 보인다. 텅 빈 하역장 주위를 몇몇 친위대 장교들이 어슬렁거리고 있다. 그들의 옷깃에서 은빛 배지가 번쩍인다. 구두에서 광채가 나고, 그들의 건장한 붉은 얼굴이 번들거린다. 그들 중에 여자가 끼어 있다는 사실을 나는 이제야 깨달았다. 그녀는 가슴이 납작하고, 뼈만 앙상한 말라깽이였다. 숱이 적고, 칙칙한 머리카락은 북유럽 스타일로 뒤로 묶고, 손은 폭이 넓은 큐롯 스커트의 주머니에 찔러넣고 있다. 그녀는 지금 마른 입술에 생쥐 같은 고집스러운 미소를 띠고서 하역장을 구석구석 누비고 있는 중이다. 못생긴 여자들이 으레 그러하듯 이 여인 또한 여성스러운 미모를 혐오하고 있으며, 자신이 아름답지 못하다는 사실 또한 누구보다 잘 알고 있는 듯하다. 그래. 나는 그녀를 전부터 여러 번 보아서 알고 있다. 그녀는 여자 수용소의 소장(작가는 마리아 만델(Maria Mandel)을 염두에 두었던 것 같다. 유대계 폴란드인인 마리아 만델은 아우슈비츠 수용소의 여자 포로수용소장을 지냈고, 전쟁이 끝난 뒤 1947년 12월 22일에 크라쿠프에서 사형선고를 받았다—옮긴이)이다. 그녀는 새로운 여성 수감자들을 조사하기 위해 이곳에 온 것이다. 젊은 여자들 중 몇몇은 트럭에 태워지지 않았다. 이제 그녀들은 수용소까지 걸어가게 될 것이다. 여자들은 우선 이를 박멸하는 곳으로 옮겨져 소독을 당하고, 청년들에 의해 머리를 빡빡 깎이게 된다. 청년들은 처녀들이 부끄러워하는 것을 보면서 묘한 쾌감을 느끼리라.

우리는 약탈한 물품들을 계속해서 차에다 옮겨실었다. 온힘을 다해 무거운 트렁크들을 트럭 위로 들어올린다. 그 안에는 여러 가지 물건들이 차곡차곡 정리되어 빽빽하게 들어차 있다. 가끔 누군가가 단순히 재미로, 아니면 보뜨까나 향수 따위를 찾기 위해 칼로 따서 열어보기도 한다. 가방 하나가 열리면, 그 안에서 온갖 물건들이 와르르 쏟아진다. 옷, 셔츠, 책들…… 나는 작고 무거운 꾸러미를 들어올려 열어본다. 그 안에는 두 줌가량의 금붙이와 회중시계, 팔찌, 반지, 목걸이, 다이아몬드가 들어 있다.

"Gib hier(이리 내)!" 친위대원 한명이 금붙이와 형형색색의 외국 동전들로 가득한 손가방을 벌리면서 침착하게 말한다. 잠시 후 그는 그 손가방을 닫고 다른 장교에게 건네준 뒤, 비어 있는 다른 가방을 받아든다. 그러고는 다른 트럭 옆으로 가서 대기한다. 이 금붙이들은 독일제국으로 보내질 것이다.

덥다. 끔찍하게 덥다. 공기는 허공에서 정체되어 마치 벌겋게 달군

불기둥처럼 변해버렸다. 목구멍이 바짝 말라 말을 할 때마다 따끔거린다. 아, 물 한모금만 마실 수 있었으면! 빨리 일을 끝내고, 어서 그늘에 가서 쉴 수 있었으면! 드디어 일이 끝났나 보다. 마지막 트럭이 막 출발하려 하고 있었다. 우리는 철로 위에 남겨진 더러운 쓰레기들을 신속하게 치우기 시작했다. "추잡한 것들의 흔적이 남아서는 결코 안되기 때문에" 자갈밭 사이사이에서 수송열차가 싣고 온 외부의 잔재를 말씀하게 제거했다. 숲 너머로 마지막 트럭의 꽁무니가 사라지자 마침내 물을 마시며 쉴 수 있게 되었다(어쩌면 프랑스 친구가 보초에게 물 한 병을 더 살지도 모른다). 우리 일행이 철로를 향해 막 걸어가고 있는데, 역 어귀에서 또다시 날카로운 기적소리가 들려왔다. 천천히, 아주 천천히 열차가 들어오면서 예의 그 끔찍한 기적소리를 뿜어낸다. 창문에는 다시금 이글이글 타오르는 커다란 눈망울들이, 야위고 창백한 얼굴들이 나타난다. 기적소리에 트럭들이 되돌아왔고, 노트를 손에 든 침착한 장교는 이미 자신의 위치에 가서 대기하고 있다. 친위대원 하나가 금붙이와 돈을 담을 손가방을 들고, 휴게소에서 걸어나오고 있다. 객차 문이 열린다.

이제 더이상은 참을 수 없다. 우리는 사람들의 손에서 가방을 빼앗고, 조급하게 그들의 외투를 벗긴다. 가라, 가! 어서 꺼지란 말이야! 그렇게 그들은 가고, 사라진다. 남자들, 여자들, 아이들. 그중의 일부는 자신들의 운명을 알고 있을지도 모른다.

여기 한 여자가 걸어가고 있다. 서둘러 걸으면서도, 태연해 보이려고 애쓰고 있다. 분홍빛의 통통한 뺨을 가진 천사 같은 아이가 그녀의 뒤를 따라 종종걸음으로 열심히 달려간다. 하지만 따라잡을 수가 없자, 손을 뻗으며 와락 울음을 터뜨린다.

"엄마! 엄마!"

"어이, 아이를 데리고 가야지?"

"제 아이가 아닙니다. 선생님, 제 아이가 아니에요!"

여자는 신경질적으로 외치며 두 손으로 얼굴을 가리고 뛰어간다. 그녀는 빨리 몸을 숨기고 싶은 것이다. 트럭을 타지 않는 사람들에게로, 걸어서 수용소까지 가게 될 사람들 틈으로, 계속 살아남게 될 사람들의 무리 속으로 가고 싶은 것이다. 그녀는 젊고, 아름답고, 건강하다. 그녀는 살고 싶은 것이다.

하지만 아이는 악을 쓰면서 그녀의 뒤를 따라간다.

"엄마, 엄마, 가지 마!"

"내 아이가 아냐, 내 아이가 아니라고, 아니라니까!……"

쎄바스또뿔 출신의 선원인 러시아인 안드레이가 그녀를 붙잡는다. 보뜨까와 무더위 때문인지 두 눈이 게슴츠레하다. 그는 여자를 세게 때려 넘어뜨리고는, 머리카락을 움켜쥐고 끌어올린다. 안드레이의 얼굴은 분노로 씰룩거렸다.

"지독한 유대인년이로군! 제 새끼를 버리고 도망치다니! 더러운 년, 맛 좀 보여주지!"

안드레이는 비명을 지르려는 여자의 입을 커다란 손으로 틀어막고, 공중에 번쩍 들어올려서, 마치 가마니처럼 트럭에다 던져버린다.

"여기 있다! 이 더러운 년을 데려가!"

그는 아이도 함께 어미의 발 앞에 집어던졌다.

"Gut gemacht(잘했어)! 타락한 어미는 그렇게 다루는 거야." 친위대원이 트럭 옆에 서서 맞장구를 쳤다. "좋아, 좋았어, 러시아인!"

"닥쳐!" 안드레이는 이를 꽉 물고 사납게 으르렁거리면서 객차를 향해 걸어갔다. 그는 누더기 옷이 잔뜩 쌓인 더미 아래에서 수통을 하나 꺼내더니 뚜껑을 열고, 쭉 들이킨 다음, 내게 건네준다. 독한 스삐리뚜스(슬라브인들이 즐겨 마시는 보뜨까보다 더 독한 술—옮긴이)가 목구멍에서 타는 듯하다. 머리는 어지럽고, 다리는 후들거린다. 또다시 구토를 할 것만 같다.

보이지 않는 불가사의한 힘에 의해 흘러가는 강물처럼 앞으로 앞으로 떠밀려나가는 인파들 사이로 갑자기 한 소녀가 나타났다. 그 소녀는 기차에서 자갈밭으로 가볍게 뛰어내리더니 뭔가에 놀란 사람처럼 호기심이 가득한 눈으로 주위를 둘러본다. 부드러운 금발이 어깨 위로 물결치며 쏟아져내리자, 그것을 재빨리 뒤로 넘긴다. 무의식적인 몸짓으로 블라우스의 매무새를 고치고는 치맛자락을 아래로 잡아당겨 편다. 잠시 후 그녀는 인파로부터 시선을 돌려, 마치 누군가를 찾기라도 하는 것처럼 우리들의 얼굴을 차례차례 들여다본다. 나도 모르는 새 그녀를 바라보다가 그만 그녀와 눈이 마주치고 말았다.

"여보세요, 말해주세요. 저들은 우리를 어디로 데려가는 거죠?"

나는 그저 물끄러미 그녀를 바라보았다. 여기, 내 앞에 한 소녀가 있다. 매력적인 금발과 아름다운 가슴을 가진, 바티스트 천(얇은 고급 마직—옮긴이)으로 만든 블라우스를 입은 한 소녀가 눈망울에 똑똑하고 성숙한 빛을 담고서 내 앞에 서 있다. 여기, 그녀가 내 얼굴을 빤히 쳐다보며, 내 대답을 기다리고 있다. 그녀를 기다리고 있는 건 가스실이다. 더럽고 구역질나는 집단적인 죽음이다. 또 한쪽에는 수용소가 있다. 빡빡 깎인 머리, 솜을 넣어 누빈 두꺼운 소련제 바지, 불결하고 축축한 여자들의 몸에서 나는 썩은 냄새, 동물적인 굶주림, 비인간적인 노동, 그리고 결국에는 바로 그 가스실, 훨씬 더 끔찍하고, 훨씬 더 무서운 죽음…… 한번 이곳에 들어온 사람은 끝이다. 유골이 되어서도 수용소의 철조망을 넘어 저 세상으로 돌아갈 순 없다.

'그녀는 무엇 때문에 저걸 차고 왔을까? 어차피 빼앗길 텐데.'

소녀의 가느다란 손목에 걸린 아름다운 금시계를 보면서 나도 모르게 그런 생각이 들었다. 투시카(보로프스키의 약혼녀인 마리아 룬도의 별칭—옮긴이)도 저것과 똑같은 시계를 가지고 있었다. 다만 시곗줄이 폭이 좁은 검은 가죽이라는 것만 다를 뿐이다.

"이봐요, 말해줘요."

내가 입을 굳게 다물고 있자, 그녀는 입술을 깨문다.

"나도 다 알고 있다고요."

소녀는 경멸 섞인 거만한 목소리로 말하면서, 고개를 우아하게 뒤로 젖히며, 트럭이 있는 쪽을 향해 당당하게 달려갔다. 누군가 그녀를 막자, 대담하게 밀치고는, 자리가 거의 다 찬 트럭 위로 올라갔다. 내가 할 수 있는 것이라고는 고작 바람에 휘날리는 그녀의 금발을 멀리서 바라보는 것뿐이다.

열차가 있는 곳으로 돌아왔다. 죽은 어린애들을 꺼내오고, 짐을 내렸다. 시체를 직접 만지니까 자꾸만 무섭고 섬뜩한 생각이 들어 견딜 수가 없었다. 시체로부터 벗어나고 싶지만, 그것들은 자갈밭에, 플랫폼의 씨멘트 바닥 위에, 객차 안에, 도처에 있다. 어린애들, 벌거벗은 몸뚱이의 혐오스러운 여자들, 경련으로 뒤틀린 남자들. 나는 되도록 멀리 달아나본다. 하지만 곧 채찍이 내 등을 후려갈긴다. 한쪽 구석에 욕을 퍼부으며 친위대원이 서 있는 게 보인다. 나는 그의 눈을 간신히 피해 줄무늬 죄수복을 입은 카나다의 무리 속에 섞였다. 또다시 철로변에서 쉴 수 있게 됐다. 지평선 위로 낮게 기운 태양이 하역장을 붉은 석양빛으로 물들이고, 나무 그림자들이 유령처럼 길어졌다. 저녁나절, 자연 속에 깃든 인간의 비명소리가 점점 더 크게, 점점 더 집요하게 하늘 위로 솟아오른다.

이렇게 떨어져 있으니, 끓어오르는 하역장의 지옥 같은 모습이 적나라하게 보인다. 땅바닥에 쓰러진 채, 필사적으로 서로를 끌어안고 있는 한쌍의 남녀가 보인다. 남자는 부들부들 떨면서 여자의 몸을 꽉 움켜쥐고, 이빨로는 여자의 옷을 물고 있다. 여자는 발작이라도 일으켰는지 비명을 지르고, 욕을 하며, 울부짖다가, 커다란 군화가 여자의 목을 밟자, 그제야 비로소 조용해진다. 잠시 후 남녀는 마치 나무토막처럼 둘로 쪼개져, 짐승처럼 트럭으로 질질 끌려간다. 한쪽에서는 네 명의 카나다들이 시체를 운반하고 있다. 퉁퉁 부은 여자의 시체를 들어 올리느라 욕설을 퍼부으며, 땀으로 뒤범벅이 되어 있다. 그들은 개처럼 울부짖으며 하역장을 뛰어다니는 아이들을 발길로 찬다. 그들은 아이들의 목덜미를, 머리를, 혹은 팔을 잡고, 트럭으로 던져넣는다. 네 명의 카나다들은 뚱뚱한 시체를 들어올리느라 애를 먹다가, 결국 다른 사람들을 불러 함께 들어올린다. 사람들은 힘을 모아 플랫폼에다 시체를 고깃덩이처럼 쌓았다. 이제 하역장에는 퉁퉁 분 커다란 시체들이 잔뜩 모였다. 그중에는 불구자들, 질식한 사람들, 잠시 의식을 잃은 사람들도 섞여 있다. 시체더미가 울부짖고, 신음하고, 비명을 지르고, 꿈틀댄다. 운전수가 시동을 걸고, 트럭이 막 떠나려 하고 있다.

"Halt, Halt(정지, 정지)!" 친위대원이 멀리서 소리친다. "빌어먹을, 멈추란 말이야!"

그들은 연미복을 입고 팔에 완장을 두른 한 노인을 트럭으로 질질 끌고 갔다. 노인의 머리가 자갈에 부딪쳤다. 그는 신음이 섞인 단조로운 음성으로 같은 말을 반복했다. "Ich will mit dem Herrn Kommandanten sprechen(사령관님을 만나고 싶소)." 질질 끌려가면서도 늙은이는 특유의 완고함으로 계속해서 되풀이했다. 트럭에 던져져서, 다른 사람의 발에 짓밟히면서도 그는 울면서 외쳤다. "사령관님을 만나……"

"이봐, 늙은이! 진정하라고! 반 시간 후면 위대하신 사령관님과 이야기하게 될 거야. 그분께 '하일, 히틀러!' 하고 인사하는 걸 잊지 말도록! 알았나?"

한 젊은 대원이 큰 소리로 웃으면서 외쳤다.

다른 사람들은 한쪽 다리가 없는 한 소녀를 운반하고 있다. 그들은 그녀의 두 팔과, 남은 한쪽 다리를 붙잡고 있다. 눈물이 소녀의 얼굴을 타고 흘러내린다. 소녀는 희미한 목소리로 말했다. "아파요, 아파요……" 그들은 시체더미 위에 그 소녀를 던진다. 그녀는 시체와 함께 소각장에서 산 채로 불에 태워질 것이다.

저녁이 되자 서늘한 기운이 몰려왔다. 밤하늘에 별이 총총 떠 있는 게 보인다. 우리들은 철로변에 누워 있다. 사방이 믿을 수 없을 만큼 고요하다. 높은 기둥 위에 희미한 전등이 매달려 있고, 그 불빛 주위로 감히 뚫을 수 없는 어둠이 짙게 깔려 있다. 어둠속으로 한발짝만 내디뎌도, 돌이킬 수 없는 영원 속으로 사라질 것만 같다. 보초들이 총을 메고 삼엄한 경비를 펼치고 있다.

"구두를 바꿔치기했어?" 앙리가 내게 묻는다.

"아니!"

"왜?"

"빌어먹을, 이봐, 난 지쳤어. 완전히 지쳤다고!"

"벌써? 겨우 수송열차 두 대로? 나를 봐. 크리스마스 이후로 적어도 백만명의 사람들이 내 손을 거쳐갔어. 최악은 빠리에서 오는 열차야. 사람은 언제나 아는 사람과 마주치는 법이니까."

"그러면 자네는 그들에게 뭐라고 말하지?"

"우선 목욕을 하고, 나중에 수용소에서 만나게 될 거라고 말해주지. 자네라면 뭐라고 하겠나?"

나는 아무 대꾸도 하지 않았다. 우리는 커피에 스삐리뚜스를 섞어서 마셨다. 누군가 코코아 깡통을 따서 설탕과 섞었다. 우리는 코코아가루를 한줌씩 퍼서 입에다 넣었다. 코코아가 입술에 달라붙는다. 다시 커피, 그리고 다시 스삐리뚜스.

"앙리, 우리가 지금 뭘 기다리고 있는 거지?"

"확실치는 않지만, 아마도 열차가 한대 더 올 거야."

"온다고 해도 난 하지 않겠어! 더는 못하겠다고.

"자네, 실망했군, 그래. 왜, 카나다 일이 마음에 안 드나?!"

앙리는 사람 좋은 웃음을 터뜨리면서 어둠속으로 사라졌다가 잠시 후에 돌아왔다.

"좋아. 여기 조용히 앉아 있으라고. 친위대원이 눈치채지 않게 조심해야 돼. 여기 꼼짝 말고 있어. 자네에게 줄 구두를 마련해보지."

"구두 따윈 집어치워."

나는 그저 잠을 자고 싶을 뿐이었다. 벌써 한밤중이었다.

또다시 기적소리, 그리고 수송열차. 어둠속에서 열차가 어렴풋이 모습을 드러내더니 가로등 아래를 지나서 다시 어둠속으로 사라진다. 하역장은 좁지만, 불빛이 비치는 구역은 더욱 좁다. 우리는 또다시 열차에서 짐을 내리는 일을 해야만 한다. 어디선가 트럭들이 부르릉거리고 있다. 유령을 닮은 검은 자동차들이 나무들 사이로 써치라이트를 비추며 하역장 쪽으로 다가온다. Wasser(물)! Luft(공기)! 똑같은 일들이, 마치 똑같은 영화를 한밤중에 다시 상영하듯이, 또다시 반복된다. 총 몇발을 쏘자, 열차 안은 이내 조용해진다. 작은 소녀 하나가 좁은 창문을 비집고 몸을 반쯤 내밀다가 균형을 잃고 그만 자갈밭 위로 떨어졌다. 소녀는 의식을 잃고 잠시 쓰러져 있다가 벌떡 일어나서는, 원을 그리며 걷는다. 발걸음이 점점 빨라지면서, 마치 체조라도 하듯이 팔을 뻗어 허공에서 크게 휘저으며, 가쁜 숨을 몰아쉬면서 날카롭게 비명을 지른다. 소녀는 숨막히는 객차 안에서 정신착란을 일으킨 듯했다. 그녀의 한결같은 비명소리가 신경을 거스르자, 친위대원 하나가 그녀에게 다가가 군화로 등을 걷어찬다. 소녀가 넘어진다. 그는 발로 소녀를 밟고는 권총을 꺼내 한방, 또 한방 쏜다. 소녀는 발로 자갈을 차며 버둥거리다가, 마침내 움직이지 않는다. 카나다들은 계속해서 객차의 문을 연다.

나는 다시 열차 근처로 돌아갔다. 뜨겁고, 구역질나는 냄새가 안에서 확 쏟아져나온다. 어중간한 높이로 객차 안을 가득 메운 산더미 같은 사람들이, 움직이지 않고, 끔찍스럽게 뒤섞여, 김을 내뿜고 있다.

"Ausladen(짐을 내려)!"

어둠을 가르며 한 친위대원의 명령이 들려온다. 그의 가슴에는 휴대용 탐조등이 매달려 있다. 그는 객차의 내부를 구석구석 비춘다.

"왜 바보같이 그렇게들 서 있는 거야? 어서 끌어내리라고!"

그의 채찍이 우리의 등을 때린다. 나는 재빨리 아무 시체나 잡았다. 그러자 시체의 손이 경련을 일으키며, 내 팔목을 움켜잡았다. 나는 비명을 지르며 와락 시체를 놓고는 후다닥 도망쳤다. 심장이 두근거리고, 숨이 막히고, 구역질이 났다. 열차 아래서 등을 구부리고 토했다. 그러고 나서 비틀거리며 철로 쪽으로 몰래 걸어갔다.

나는 차갑지만 편안한 철로 위에 누워, 수용소로 돌아갈 일을 생각했다. 매트리스가 없는 침대에서, 오늘밤 가스실로 가지 않게 된 동료들과 함께 잠자리에 드는 광경을 떠올렸다. 갑자기 수용소가 평화로운 안식처라는 생각이 든다. 다른 사람들이 끊임없이 죽어가고 있는 가운데, 또 어떤 사람들은, 어쨌든 아직도 멀쩡하게 살아 있고, 먹을 게 있고, 일할 힘이 남아 있고, 조국이 있고, 집이 있고, 애인이 있다……

하역장의 불빛이 괴이하게 깜빡인다. 제정신이 아닌, 머릿속이 몽롱

하고 혼란에 빠진 사람들의 물결이 끝없이 흐르고 있다. 저들은 이제 수용소에서의 새로운 삶을 시작해야 한다고 믿으며, 생존을 위한 힘겨운 사투를 위해 마음을 가다듬는다. 저들은 잠시 후면 자신들이 죽을 것이고, 옷의 안감이나 주름에, 구두 굽에, 몸 안의 후미진 곳에 그렇게도 신중하게 감춰 가져온 금붙이와 돈, 다이아몬드가 이제는 아무짝에도 쓸모없다는 사실을 모르고 있다. 경험이 풍부한 전문가들이 그들의 몸 구석구석 깊숙한 곳까지 다 조사할 것이고, 혓바닥 아래 숨겨놓은 금붙이까지, 자궁과 결장 속에 있는 다이아몬드 조각까지 모두 다 찾아낼 것이다. 금니도 떼어갈 것이다. 그것들은 단단히 밀봉된 상자에 담겨 베를린으로 보내지리라.

친위대원들의 검은 그림자가 침착하고 능숙하게 움직이고 있다. 노트를 손에 든 말쑥한 차림의 장교가 마지막 작대기를 긋고 오늘의 통계를 마감한다. 1만 5천명.

오늘도 상당히 많은 트럭들이 소각장을 드나들었다.

이제 거의 끝나간다. 시체들을 하역장에서 치우고, 마지막 트럭에다 옮겨싣는 중이다. 빼앗은 물품들도 모두 다 차에 실었다. 카나다들이 빵과 잼, 설탕, 향수, 깨끗한 속옷 등을 짊어진 채, 출발하기 위해 일렬로 정렬한다. 카포는 씰크로 만든 옷가지와 커피, 차 등을 커다란 솥단지 안에 쑤셔넣었다. 정문을 지키는 보초들에게 주기 위한 일종의 뇌물이다. 이것만 있으면 수색 없이 코만도를 통과시킬 것이다. 며칠 동안 수용소의 수감자들은 오늘 들어온 열차가 싣고 온 식량들을 먹으면서 목숨을 부지할 것이다. 햄과 쏘시지, 과일절임을 먹고, 보뜨까와 리퀴르를 마실 것이다. 열차가 싣고 온 속옷을 입고, 열차가 싣고 온 다이아몬드와 보따리 들을 가지고 장사를 할 것이다. 수많은 민간인이 수용소를 들락거리며 이 물품들을 씰롱스크로, 크라쿠프로, 그리고 다른 도시들로 옮겨갈 것이다. 그 댓가로 그들은 집에서 보내오는 담배와 달걀, 보뜨까, 편지 들을 날라다 주겠지.

며칠 동안 수용소는 소스노비에츠-벤진에서 온 열차에 대해 이야기할 것이다. 그것은 꽤 훌륭하고 풍성한 열차였노라고.

수용소로 돌아가는 길에 별들은 벌써 그 빛이 희미해져가고 있었다. 머리 위의 하늘이 점점 투명해지더니, 동이 트기 시작했다. 오늘도 화창하고 무더운 날씨가 계속되려나보다.

소각장 쪽에서는 커다란 연기기둥이 올라와, 공중에서 거대한 검은 물결로 바뀌더니, 비르케나우 수용소 상공에서 천천히 물결치다가, 트쉐비나 숲 너머로 사라져갔다. 소스노비에츠-벤진에서 온 열차가 벌써 불태워지고 있는 것이다.

우리 곁으로 완전무장한 친위대가 다른 대원들과 교대를 하기 위해 걸어간다. 그들은 어깨를 나란히 하고, 발을 맞추어 하나가 되어, 힘차게 행진하고 있다.

"Und morgen die ganze Welt(내일이면 전세계는)……!"(히틀러 찬가의 한 대목―옮긴이)

그들은 목청껏 노래 부른다.

"Rechts ran(우향우)!" 앞쪽에서 구령이 들려온다.

우리는 그들이 지나갈 수 있게 길을 비켜선다.

〔최성은 옮김〕

더 읽을거리

'수용소 문학'을 좀더 깊이 이해하기 위해서는 『아우슈비츠 이후 예술은 어디로 가야 하는가』(이상빈 지음, 책세상 2001)를 권한다. T. W. 아도르노는 일찍이 "아우슈비츠 이후 시(詩)란 존재하지 않는다"고 단언했다. 이 책은 아우슈비츠 이후에도 문학이 가능한지, 대량학살을 예술화하는 것은 정당한지, 문학연구는 역사와 이데올로기에서 얼마나 자유로울 수 있는지 등의 근원적인 물음을 던지고 있다.

헝가리 작가이자 2002년 노벨문학상 수상자인 임레 케르테스의 홀로코스트 3부작 『운명』『좌절』『태어나지 않은 아이를 위한 기도』(다른우리 2002~2003)는 수용소의 참혹함을 묵묵히 받아들이고 적응해가는 주인공을 통해 인간의 운명과 자유, 부조리와 행복에 대한 또다른 성찰을 시도한다.

Marek Hłasko

| 마렉 흐와스코 |

1934~69

1950, 60년대 폴란드 젊은이들의 우상이던 마렉 흐와스코는 바르샤바 빈민가에서 태어나 불우한 환경에서 성장했다. 열여섯에 학업을 포기하고 호텔 잡역부와 택시운전사로 일하며 생계를 유지하다 1954년 「소코워프카 기지」라는 단편으로 문단에 첫발을 디뎠고, 1956년 해빙기 폴란드의 자유화 바람과 함께 첫 소설집을 출간했다. 「구름 속의 첫걸음」을 비롯해 인간 본연의 문제를 심도 있게 파헤친 12편의 단편이 실린 이 소설집을 통해 흐와스코는 일약 문단의 주목을 받게 되었고, 같은해에 대표적 장편 『제8요일』도 출간되었다. 정부와 갈등을 빚던 흐와스코는 1958년 폴란드 망명문학의 산실이라 할 수 있는 빠리 문학연구소의 지원금을 받아 프랑스로 출국했고 다시는 폴란드로 돌아가지 않았다. 폴란드 이민자들의 생활상을 다룬 『공동묘지』와 『다음 정거장은 천국입니다』를 출판한 것도 이 무렵 빠리에서였다. 서구 언론은 그를 '폴란드의 분노한 젊은이' 혹은 '폴란드의 제임스 딘'이라 부르며 환호했으나 폴란드 당국은 해외에서 커다란 파문을 일으켰다는 이유로 작품출간을 전면금지했다. 1959년 망명을 결심한 흐와스코는 이딸리아·스위스·독일을 거쳐 이스라엘에 정착해 이년간 키부츠에서 생활하며 이 체류경험을 바탕으로 소설집 『더러운 업적』(1964) 『두번째로 개를 죽이기』(1965) 등을 출간했다. 1969년 6월 14일 35세로 수면제 과다복용으로 독일에서 사망했다. 그의 죽음이 자살인지 사고사인지는 확인되지 않고 있다.

■ 구름 속의 첫걸음 Pierwszy krok w chmurach

전후 폴란드 문학에서 사회주의 리얼리즘의 경직된 틀을 탈피, 새로운 가치를 희구하는 젊은 세대의 욕구를 대변하는 작품. 1958년 흐와스코는 이 작품으로 '인간 존재의 빛나는 증언'이라는 찬사를 받으며 폴란드 출판협회로부터 '폴란드 문학상'을 받았다. 일상의 단조로움과 추한 단면을 집요하게 들추어냄으로써 사회에 내재한 '악'을 그로테스크하고 역설적인 기법으로 부각한다. 작품에 등장하는 세 주인공은 모두 기존의 가치를 철저하게 거부하는 소외계층이며 현실 부적응자로, 뚜렷한 목적 없이 도시 주변을 끊임없이 배회하는데, 이처럼 생의 주변부를 떠돌며 정착을 회피하는 주인공들은 현실 속에서 적극적인 의지를 표출하지 않고, 무고한 대상을 향해 이유없는 폭력을 휘두른다. 이들이 보여주는 왜곡되고 뒤틀린 몸짓, 그리고 타인의 삶에 대한 짓궂은 응시와 은밀한 호기심 속에는 존재의 근원을 확인받으려는 절실한 욕구가 담겨 있다. 일상의 무기력함에 찌든 나머지 젊은시절 자신의 모습을 향해 저주와 욕설을 퍼부을 수밖에 없는 술 취한 사내들의 모습에는 1956년 여름 폴란드의 쓸쓸한 사회상이 고스란히 집약되어 있다.

■ 창 Okno

주인공이자 작중화자인 '나'는 사회주의 정부가 빈민을 위해 지은 성냥갑 같은 획일적인 공동주택에 혼자 살고 있다. 외로운 일상에 매몰된 나는 '창'을 통해 나는 타인의 생활을 엿보고, 또한 누군가 그 '창'을 통해 나를 들여다봐주기를 갈망한다. 어느날 뭔가 다른 세상, 다른 삶을 보고 싶은 바람을 안은 어린 소년이 나를 엿보지만 소년이 발견한 것은 자기가 속한 세상과 똑같은 모습의 무료한 일상뿐이다. 고립된 주인공의 모습은 현대인의 삶의 속성이라고 할 수 있는, 타인과의 유대나 소통이 불가능한 단절된 상황을 대변하고 있다. '나'는 익명의 이름으로 거대한 전체 속에 편입되어 개체로서의 특성을 잃어버린 고독한 존재인 것이다. 현대 조직사회의 구조적 모순이라 할 수 있는 단절되고 파편화된 인간관계와, 그 안에서 소외의 갈등을 경험하는 개인의 모습이 '창'이라는 매개체를 통해 선명하게 부각된다.

■ 노동자들 Robotnicy

이십대의 젊은 기술자인 우리 세 사람은 바르샤바에서 멀린 떨어진 외딴 평원의 철교 건설현장에 투입되어 일년 가까이 세상에서 격리된 채 극한의 고독을 맛보게 된다. 우여곡절 끝에 철교가 완공되어 마침내 손꼽아 기다리던 각자의 집으로 돌아가던 날, 우리는 그토록 증오하던 철교에 알 수 없는 애착을 느끼면서 이유도 모른 채 눈물을 흘린다. 이 작품은 '체제'라는 이름의 거대한 조직에 편입되어 사회적 연대감이나 공동체의식을 완전히 상실한 채 소외되어버린 현대인의 초상, 그리고 그들이 꿈꾸는 일탈의 욕구와 그것을 기만하는 현실 사이의 괴리를 상징적으로 그린 작품이다.

구름 속의 첫걸음

    토요일의 시내 중심가는 한 주간의 여느 날과 크게 다르지 않다. 다만 술집과 간이음식점, 버스와 건물 입구에 주정뱅이들이 평소보다 좀 더 많을 뿐이다. 도처에 술냄새가 배어 있다. 토요일 밤 도시에서는 열심히 일하는 분주한 모습은 찾아볼 수가 없고, 도시 전체가 거대한 술독이 되어버린다. 토요일 시내의 번화가에서는 인간의 삶을 진지하게 관찰하고 싶어하는 사람들의 모습을 발견할 수가 없다. 건물 입구에서서, 시내를 배회하면서, 혹은 공원 벤치에 몇시간씩 앉아서 다른 사람들을 바라보곤 하던 사람들…… 그들은 한 이십년쯤 지난 뒤에 이런저런 이상한 일들을 보았다고 떠벌리기 위해서 다른 사람들을 열심히 구경했던 것이다. 독일 점령기에 흔히 볼 수 있었던 붉은 모자를 쓴 우편배달부, 비쩍 마른 모래장수, 술에 찌든 뒷골목 테너 같은 객관적인 인생의 관찰자들은 이제 도시에서 자취를 감추었다.

    지금 이런 관찰자들은 변두리에서나 만날 수 있다. 도시의 외곽지대에 사는 사람들의 삶은 예나 지금이나 서로 밀착되어 있다. 변두리에서는 매주 토요일에 날씨가 좋으면 사람들이 의자를 밖으로 내놓고 다리를 쩍 벌리고 앉아서 다른 사람들을 쳐다본다. 때로는 평생을 그렇게 보내는 병적인 관찰자들도 있다. 그런 사람들은 정면으로 마주 보이는 관찰자의 얼굴 외에는 아무것도 보지 못하다가 일생을 마감한다. 그들은 이 세상이 잿빛이고 지루하다는 고정관념을 가지고 깊이 한탄하면서 최후를 맞으면서도, 앉은 자리에서 과감히 일어나 이웃 마을을 둘러볼 수 있다는 생각은 통 하지 못한다. 이러한 인생의 관찰자들은 나이를 먹어가면서 점점 불안해한다. 그들은 괜히 이리저리 분주하게 움직이고, 여느 노인들처럼 시계를 자주 본다. 시간을 붙들려고 안간힘을 쓰며, 인생의 어떤 시기에 이르면 삶에 대한 열망이나 호기심이 이십대 젊은이들보다도 더 강해진다. 말과 생각이 많아지고, 감정 또한 이상하게 비뚤어지거나 무뎌지게 된다. 그러다가 나중에는 결국 쉽게 시들고, 잠잠해진다. 그들은 죽어가면서도 인생을 폭넓고 다양하게 살았노라고 남들을 설득하기 위해 애를 쓴다. 성적으로 무능한 이들은 여자들을 만족시켰다고 자랑하고, 비겁한 자들은 무용담을 늘어놓고, 어리석은 자들은 삶의 지혜를 자랑하고 싶어한다.

직업이 페인트공인 기에넥 씨는 사십여년 동안 바르샤바의 마리몬트 지구에서 살아왔으며, 그동안 이곳의 삶을 관찰해왔다. 어느 토요일 기에넥 씨는 여느 때와 같이 집앞, 마당에 앉아서 아무 생각 없이 거리를 바라보고 있었다. 그는 가끔씩 침을 뱉고, 마른 입술에 침을 바르곤 했다. 하루가 저물어가는데도 날씨는 여전히 무덥고 숨이 막혔다. 기에넥 씨는 짜증이 났다. 오늘은 흥미로운 일이 하나도 일어나지 않았다. 손이 부러진 사람도 없고, 누가 누구를 두들겨패는 일도 벌어지지 않았기에 그는 권태로움과 지루함에 빠져 있었다. 기에넥 씨는 다리 밑에 나타난 개를 냅다 걷어차고는 불만이 가득한 얼굴로 하품을 하면서 거리를 바라보았다. 거리는 텅 비어 있었다. 어쩌다 한대씩 지나가는 자동차가 더위에 달구어진 모래먼지를 일으켰다. 인생의 한 단면이라도 구경할 수 있을지 모른다는 희망을 그가 막 포기하려는 순간, 누군가가 어깨를 가볍게 두드렸다. 그는 졸린 듯한 눈을 슬며시 치켜떴다. 이웃에 사는 말리셰프스키였다.

"따라와보세요." 말리셰프스키가 말했다.

"어딜?"

"멀지 않아요."

"무슨 일인데?"

"좋은 구경거리가 있어요."

말리셰프스키가 말했다. 작달막한 키에 서글서글한 인상, 다소 교활해 보이는 눈매를 가진 사내였다. 언뜻 보기에는 굼떠 보이지만, 실은 동작이 빠르고 어린 고양이처럼 민첩했다.

"도대체 무슨 일인데?"

기에넥 씨가 물었다. 그는 더위에 지쳐 하품을 했다.

"어린놈입니다." 말리셰프스키가 말했다.

"그게 뭐 어때서?"

"웃기는 일이죠. 그 녀석이 글쎄 웬 계집애와 함께 있다고요. 이제 이해가 되세요?"

"알았어."

기에넥 씨가 대답하면서 자리에서 벌떡 일어났다. 가슴에 다시금 희망이 꿈틀거렸다. 그는 생기있게 물었다.

"계집애가 이쁜가?"

"네, 싱싱하고 예뻐요." 말리셰프스키가 말했다. "정말 볼만한 일이 벌어지고 있다니까요." 그는 갑자기 조급해하면서 물었다. "갈 거요, 안 갈 거요?"

"가봐야 소용없을 텐데." 기에넥 씨가 말했다. "우리가 그곳에 도착하기 전에 그애들은 볼일을 다 끝낼 거 아냐. 가봤자 헛수고할 게 뻔해."

"이런, 걔들은 당신 같은 오십대가 아니에요." 말리셰프스키가 말했다. "제법 오랫동안 즐길 수 있다고요. 나도 왕년에는 몇시간이고 지치지 않고, 즐길 수 있었는데…… 정말이라니까요. 우리 처남도 함께 데려갑시다. 괜찮겠죠? 퇴근하고 돌아올 시간이라 기꺼이 우리와 함께 갈 겁니다. 아, 마침 저기 오네요."

정말로 젊고 땅딸막한 사내가 길을 따라 걸어오고 있었다. 셔츠 소매를 걷어올리고, 입에는 풀잎을 문 채, 졸음이 오는지 눈꺼풀이 무겁게 축 늘어져 있었다.

"헤니엑!" 말레셰프스키가 불렀다 "이리 잠깐 와봐!"

헤니엑이 다가와서 울타리에 기대고 섰다. 이마는 땀으로 흥건하게 젖어 있었다.

"안녕하세요. 별일없으시죠, 기에넥 씨?" 헤니엑이 말했다.

"헤니엑!" 말리셰프스키가 말했다. "우리와 함께 가세."

"더운 날씨군요." 헤니엑이 말하며, 입술을 핥았다. 그리고 한숨을 토했다.

"숨이 콱콱 막히네요. 성인군자라도 이런 더위는 못 참을 거예요. 그런데 어디를 가자는 겁니까?"

"오늘 지아우카에 갔다 오는데, 젊은 놈이 여자와 함께 있는 걸 봤어."

말리셰프스키가 말했다.

"걸레 같은 창녀랑 말이에요?"

헤니엑이 씹고 있던 풀잎을 뱉으며 물었다. 그러고는 새 풀잎을 뜯어서 질겅질겅 씹었다.

"아니야. 장담하는데 젊고 예쁜 여자라고." 말리셰프스키가 말했다.

"뭐, 그렇다면 한번 가보죠." 헤니엑이 말했다. "하지만 아시죠? 다른 사람의 삶을 구경하는 것은 좋아하지만, 만일 여자애가 못생겼으면, 매형이 오늘 한잔 사는 겁니다."

헤니엑이 말리셰프스키에게로 고개를 돌리며 말했다.

세 남자는 지아우카 사이를 빠르게 걸어갔다. 사람들은 퇴근 후에 이곳에 들러, 자신들의 감자와 토마토, 당근 밭을 둘러보곤 한다. 그러나 지금 지아우카는 텅 비어 있다. 무덥고 나른한 날이면 다들 집 안에 틀어박혀 있기 때문이다.

"숨이 턱턱 막히는군." 헤니엑이 말했다. "이런 날에는 아무것도 할 수 없어요. 하루종일 머리가 띵 하니 말이죠."

"거기 있는 그 녀석도 덥겠지." 기에넥 씨가 말했다.

"그렇겠죠." 말리셰프스키가 말했다. "우리가 그놈들의 간담을 서늘하게 해줍시다. 좋지, 헤니엑?

"작년에도 이곳에 어떤 남자가 여자를 데리고 여름 내내 왔었는데."

헤니엑이 말했다.

"그래서?"

"아무것도 아니에요. 아마 마땅한 집이 없어서 그랬겠죠."

"그들은 결혼했을까?"

기에넥 씨가 기운을 내서 물었다. 문득 쓴맛이 감도는 시원한 맥주 생각이 간절했다.

"모르겠어요. 결혼했을 수도 있죠. 그 여자애도 제법 예뻤는데."

"금발이었나?"

기에넥 씨가 다시 물었다. 사실 그에게는 아무 상관 없는 일이었다.

그는 여전히 견딜 수 없는 공허함과 쓸쓸함에 허덕이고 있었다.

"짙은 갈색머리였어요." 헤니엑이 말했다. "마치 오늘 일처럼 생생하게 기억나네요. 남자가 금발이었어요. 그렇게 예쁜 여자가 왜 그런 불량배 같은 놈과 놀아나는지 알 수가 없었죠."

"글쎄." 기에넥 씨가 중얼거렸다. 갑자기 그는 마른침을 뱉었다. 헤니엑에게 화가 났다. 못생기고 멍청한 자신의 아내를 떠올리게 했기 때문이다. "그 여자는 틀림없이 걸레였을 거야."

"그럴까요?…… 자, 이제 조용!"

말리셰프스키가 말했다. 그가 앞서고, 나머지 두 사람은 그의 뒤를 따라서 발소리를 죽이려 애쓰면서 천천히 걸어갔다. 벌써 땅거미가 지기 시작했는지, 풀밭에는 푸른 그늘이 드리워졌다. 어느 순간 말리셰프스키가 고개를 뒤로 돌리더니 작은 소리로 일행을 불렀다. "이리들 와봐요!"

그들은 뒤꿈치를 들고 살금살금 다가가서, 소녀와 함께 있는 소년을 보았다. 두 사람은 나란히 누워 있었다. 소녀는 소년의 팔을 베고 온몸을 남자에게 밀착하고 있었다. 그들은 격정적인 사랑과 무더위 탓에 지쳐 있었다. 둘 다 잘생기고 젊었다. 한사람은 밝은 색 머리카락, 또 한사람은 짙은 색 머리카락을 가지고 있었다. 소녀의 치마가 걷어올려져 있었는데, 그 밑으로 오랫동안 햇볕에 그을린 듯 길고 튼튼한 갈색 다리가 드러나 있었다.

"예쁘다!" 헤니엑이 말했다. "아주 예쁜데!"

"내가 뭐랬어!" 말리셰프스키가 속삭였다.

세 남자는 잠자코 서 있었다. 기에넥 씨는 다시 입술을 빨았다. 순간 그는 자기의 아내를 떠올리며 또다시 혐오감을 느꼈다. 말리셰프스키는 바보처럼 빙그레 웃었다. 헤니엑의 무거운 눈꺼풀은 더욱 처져 있었다. 발의 무게중심을 이쪽저쪽으로 바꿔가며 초초한 듯 서 있던 그가 갑자기 신경질적으로 물었다.

"보고만 있을 건가요?"

"자네가 나서봐." 말리셰프스키가 말했다. "저애들이 죽을 때까지 놀라서 정신을 못 차리게 해보란 말이야. 헤니엑, 자네는 할 수 있어."

"헤니엑!" 기에넥 씨가 말했다. "가장 좋은 방법은 저애들을 겁주는 거야." 그는 손가락을 튕겨 '딱' 소리를 내며 말했다. "여자애가 끝내주는군. 저렇게 예쁜 여자는 오랜만에 보는걸. 아직 햇병아리이긴 하지만 말이야. 어린것들이 저런 짓을 해서는 안되는데……" 기에넥 씨는 참을성을 잃고 헤니엑을 향해 말했다. "자네가 저애들을 어떻게 좀 해봐. 안 그러면 내가 놀래주겠어."

"잠깐! 제가 하는 편이 낫겠습니다." 헤니엑이 나섰다.

헤니엑은 잠시 동안 여자의 갈색 허벅지를 보았다. 그는 고통스러운 듯 얼굴을 찡그렸다. 그러고는 곧장 나무 뒤에서 걸어나와 젊은이들 앞에 섰다. 헤니엑이 눈을 가늘게 뜨고 말했다.

"너희들 지금 엄마 아빠 놀이하는 거냐? 그래 맛이 좋았겠구나!"

말리셰프스키와 기에넥 씨가 웃음을 터뜨렸다.

소년이 벌떡 일어서서 말을 더듬으며 소리쳤다.

"원하는 게 뭐죠?"

"아무것도 없어." 헤니엑이 아주 천천히 말했다. 그는 젊은이 앞에서 다리를 흔들면서, 여태껏 질겅질겅 씹고 있던 풀잎과 함께 초록빛 가래침을 내뱉고는 말했다.

"이놈아, 여자하고 놀 때는 항상 조심해야 해. 그 말을 해주려고 왔어. 알았어? 항상 조심해야 한다고."

말리셰프스키가 나무 뒤에서 나와 헤니엑 옆에 섰다.

"정말 깜찍한 아가씨군." 짙은 회색빛 눈으로 여자를 아래위로 훑어보면서 말리셰프스키가 말했다. "나도 저런 여자랑 한번 사귀어보면 소원이 없겠네그려! 이봐, 아가씨, 우리 한번 놀아볼까, 응?"

"병신 같은 놈들." 소녀가 날카롭게 쏘아붙이고는 소년의 등뒤에 가서 섰다. 그녀의 붉게 상기된 얼굴에, 불안한 표정이 역력했다. 기에넥씨는 여자애의 가느다란 등줄기가 파르르 떨리는 것을 보았다. 그는 다시 한번 자기 아내의 못생기고, 뚱뚱하고, 볼품없는 모습을 생각하면서 몸을 떨었다.

"너는 걸레야." 말리셰프스키가 분노 때문에 핏발이 선 눈을 번득이며, 마치 숨넘어갈 듯이 빠르게 지껄였다. "넌 그저 흔해빠진 창녀에 불과하다고. 알아? 내게는 너보다 나이가 많은 딸이 있어."

"제발 가주세요." 소년이 그들에게 애원하는 눈빛으로 말했다. "저리 가요. 우리가 당신들한테 해를 끼친 것도 아니잖아요. 부탁입니다, 제발!"

"야넥, 대체 지금 누구한테 사정을 하는 거야?" 소녀가 말했다. "저런 늙은 멍청이한테?"

"네 여자 주둥이나 닥치게 해라!" 헤니엑이 말했다. "안 그러면 내가 틀어막아버릴 테니까. 저 주둥이 좀 다물게 해."

"네놈 입도 주둥이야!" 소녀가 헤니엑을 경멸하는 눈빛으로 쳐다보며 말했다. 그녀는 긴장과 분노 때문에 거의 사색이 되었지만, 간신히 버티며 애써 비웃으려 했다. "이 짐승 같은 새끼들!" 여자애는 이렇게 말하고는 울음을 터뜨렸다.

"야, 너!" 헤니엑이 소녀의 팔을 잡았다. "지금 너 누구한테 쌍소리를 하는 거야? 여기까지 와서 남자하고 놀아난 주제에 무슨 할 말이 있어?"

소년이 달려들어 헤니엑의 얼굴을 쳤다. 한번, 두번, 순식간에 일어난 일이라 헤니엑은 눈만 껌뻑거렸을 뿐 아무런 대응도 하지 못했다. 그러나 다음 순간 그는 소년의 머리를 부여잡고는 얼굴을 자신의 무릎으로 올려친 다음, 주먹으로 입을 한방 때리고, 그를 땅바닥에 내동댕이쳤다.

"자, 손님, 이 정도면 충분하신가요?" 헤니엑이 물었다. "부족하다면 추가로 더 봉사할 수도 있죠. 할인가격으로 말입니다. 여기에 괜찮은 묘지도 있군요." 헤니엑은 그러고도 분이 안 풀렸는지 심한 욕지거리를 한바가지 쏟아냈다. 눈을 질끈 감았지만 여전히 여자애의 긴 갈색 다리가 눈에 어른거렸다.

"야넥, 어서 가자!" 소녀가 소년의 얼굴에서 흐르는 피를 닦아주며 말했다. 그러고는 그들을 향해 말했다. "두고 봐! 가만두지 않을 거야."

어린 남녀는 함께 도망쳤다. 소녀가 몇발자국 못 가서 신경질적으로 뒤돌아보며 소리쳤다.

"너희는 늙은 쓰레기야. 남자도 아니라고!"

세 사람은 집으로 향했다. 그들은 지아우카 사이를 걸었다.

"무척이나 덥군. 비가 오려나……" 헤니엑이 한숨을 내쉬며 말했다. "예쁜 여자애였어요. 그런데 매형은 왜 그애더러 창녀라고 했어요? 그 여자애를 모르잖아요. 제대로 알지도 못하면서 왜 그런 말을 했죠?"

"난 그 여자애한테 그런 말 한 적 없는데." 말리셰프스키가 말했다. "자네가 그랬잖아."

"내가요?"

"그래, 자네가."

"바보 같은 소리 마세요. 난 그 계집애를 정말 모르는걸요."

"난 그 여자애를 알지." 말리셰프스키가 말했다. "실은 그애들을 지아우카에서 본 게 처음이 아니거든. 둘은 서로 사랑하는 사이야."

"그애들은 앞으로 어떻게 될까?" 기에넥 씨가 물었다.

"어떻게 될지는 알 수 없죠. 하지만 그애들이 서로 사귀는 사이이고, 오늘 처음으로 사랑을 나누었다는 건 알아요."

"그걸 어떻게 알지?" 기에넥 씨가 느린 어조로 물었다.

"그놈이 여자애한테 간청하는 것을 들었거든요. 남자애도 두려워하고, 여자애도 두려워하더군요. 그애들이 서로를 설득하는 것도 들었지요. 그애들은 아기가 생길까 걱정하는 것 같았어요. 하지만 진짜로 두려웠던 건 자기 자신이었을 거예요."

"처음에는 항상 그렇지." 헤니엑이 말했다. "나도 무서웠으니까."

"누구나 첫번째는 두려운 법이야." 말리셰프스키가 말했다. "그런데 대체 뭣 때문에 그놈을 때렸나?"

"매형이 원한 거 아니에요?"

"난 일이 그렇게 될지 몰랐거든. 그나저나 남자애가 여자애한테 무슨 이상한 소리를 했었는데……"

"무슨 소리요?"

"기억이 안 나."

"구름이 꼈군." 기에넥 씨가 중얼거렸다.

"아, 바로 그거야. 사내녀석이 구름에 대해서 뭐라고 지껄였어." 말리셰프스키가 말했다. "무슨 시의 한구절 같았는데…… 내가 말했잖아. 그애들은 서로 사랑하는 사이라고."

"두 사람은 이제 더이상 서로를 사랑하지 않겠군." 기에넥 씨가 말했다. "아마 서로를 지긋지긋하게 여기게 될 거야. 그런 일을 겪고 나면,

서로 얼굴을 쳐다볼 수 없게 되는 법이지. 일이 설마 그렇게까지 될 줄은 몰랐는데…… 안됐군그래."

"이제 알았어!" 말리셰프스키가 말했다. "방금 생각났는데, 그 녀석이 여자애에게 이렇게 말하더군. 그것이 구름 속으로 내딛는 그들의 첫걸음이 될 거라고. 그놈이 시를 읊듯이 말하니까, 여자애는 무섭다는 말만 되풀이하면서 울음을 터뜨렸어."

"여자애는 아플까봐 무서웠던 걸까요?"

"그렇진 않았을 거야." 말리셰프스키가 말했다. "고통을 두려워한 건 아니었다고 생각해. 그건 나중에 뒤따라오는 거니까. 인생, 다른 사람들, 소문…… 이런 것들이 두려웠겠지. 첫 경험, 그건 정말 구름 속에 있는 것 같으니까. 사랑에 빠진 사람들에게는 아무것도 보이지 않거든."

"우리도 그랬을까요?" 헤니엑이 물었다.

"그들은 이제 서로를 사랑하지 않을 거야." 기에넥 씨가 말했다. "내게 만일 그런 일이 일어난다면, 나는 여자를 더이상 사랑하지 못할 것 같아."

기에넥 씨는 다시 우울해졌다. 공허함이 그를 엄습했다. 그들은 지아우카를 빠져나와서 큰길을 따라 걸었다.

"그래." 헤니엑이 말했다. "그들은 이제 서로를 사랑하지 않을 거예요. 예전에 내게도 비슷한 일이 일어났었죠. 그후로 그 여자를 더이상 사랑하지 않게 됐어요."

"우리 모두가 그런 비슷한 일을 경험했지." 말리셰프스키가 말했다. "그런데 자네는 왜 그놈의 입을 때렸나?"

"그놈이 먼저 나를 쳤으니까요." 헤니엑이 말했다. "우리 맥주 마시러 갈까요?"

"그래, 가자고. 그 계집애 이제 다시는 이곳에 안 오겠군."

"아마 그럴 거야." 기에넥 씨가 말했다. "그나저나 자네, 그 계집애를 왜 그렇게 불렀나?"

"언제였는지 정확히 기억은 안 나지만, 아무튼 누군가가 내 여자를 그렇게 불렀었거든요." 말리셰프스키가 말했다. "그렇지만 오늘까지도 왜 그런 일을 당해야만 했는지, 이유를 모르겠어요."

"그러고 난 뒤 그 여자를 사랑하지 않았나?"

"그래요, 사랑하지 않았죠." 말리셰프스키가 말했다. 그는 잠시 침묵하다가 갑자기 화를 버럭 내며 소리를 질렀다. "제발. 날 좀 가만 놔두세요! 난 사랑 따윈 믿지 않아요. 내 아내도 믿지 않아요. 아무도 믿지 않는다고요."

"뭐, 별일도 아니었잖아요." 헤니엑이 말했다. 그는 하늘을 보며 말했다. "구름이 꼈네요. 아까 그놈이 뭐라고 했다고요?"

"빗속으로의 첫걸음이었나, 아니면 그 비슷한 무언가로의 첫걸음, 어쩌구 했던 것 같아." 말리셰프스키가 지친 목소리로 말했다. "맥주나 마시러 가지…… 비였는지, 천둥이었는지…… 기억이 안 나. 아무것도 생각이 안 난다고. 그 무엇도 기억하고 싶지 않아. 내가 옛일을 기억만 안했어도, 오늘 같은 그런 불상사는 없었을 텐데."

"내일은 비가 올 것 같은데요……" 헤니엑이 말했다.

"일요일에는 항상 비가 오지." 기에넥 씨가 말했다. 그의 얼굴이 일그러졌다. 그는 또다시 자기의 못생긴 아내, 아까 그 소년, 내일, 예쁜 소녀, 그녀의 늘씬한 갈색 다리, 싱싱하고 붉은 입술, 햇볕에 그을린 건강한 목덜미와 겁에 질린 초록빛 눈망울을 생각했다. 뭔가를 말해야만 했기에, 그는 자꾸만 중얼거렸다.

"일요일에는 항상 비가 내린단 말이야……"

창

나를 찾아오는 사람은 거의 없다. 벌써 몇해 동안이나 나는 도심의 한모퉁이, 비좁은 골목 안의, 지저분하고 누추한 집에 혼자 살고 있다. 달은 내가 살고 있는 아파트의 창문을 엿보지 않는다. 이 창가에서는 하늘도, 별도 보이지 않는다. 보이는 것이라곤 오직 안마당의 일부와 맞은편에 버티고 선 또다른 아파트의 담벼락뿐이다. 야생 포도덩굴이 엉겨붙은 그 담벼락은 까마득히 높았다. 그 벽에는 두 개의 창이 있다. 한쪽 창 저편에는 소파 천갈이를 하는 일꾼이 살고 있었고, 또다른 창 너머에는 젊은 부부가 아이 하나를 데리고 살고 있었다. 그 아이의 밝은 금발이 이따금 내 눈에 띄곤 했다. 지금까지도 나는 그 아이가 사내아이였는지, 계집아이였는지 모른다. 그저 나중에 그 아이가 죽었다는 소식만 들었을 뿐이다. 그뒤로 나는 담벼락을 쳐다보고 싶은 생각이 없어졌다. 이제 다시는 그애를 볼 수 없다는 사실을 알게 된 순간, 나는 그 담벼락을 쳐다보는 것이 끔찍스럽게 여겨졌다.

매우 드물기는 하지만, 바로 위층에 사는 공무원 사내가 일층의 내 방에 들르는 경우가 있었다. 그 친구로 말하자면 '친절한 불한당'으로서 아무리 험한 욕지거리라도, 그의 입을 통해서 나오면 자연스럽게 완화되어 그다지 귀에 거슬리지 않았다. 그는 이야기를 하는 도중에 종종 한쪽 눈을 찡긋거리며 내 무릎을 치면서 이렇게 묻곤 했다.

"어때, 마음에 들어? 기가 막히지?"

처음에 나는 그 공무원 사내가 마음에 들지 않았고, 그가 늘어놓는 음담패설도 견딜 수가 없었다. 모든 것이 바보스럽게 느껴지고, 혐오스럽기만 했다. 그 친구의 농담이야말로 프란츠 요제프 왕(1848~1916년 재위. 오스트리아-헝가리 제국을 수립―옮긴이) 시대의 한물간 이야기라고 속으로 비웃으면서 일종의 쾌감마저 맛보았다. 하지만 시간이 흐르면서 나는 그 친구에 대해 별로 신경쓰지 않고, 덤덤하게 대할 수 있게 되었다. 게다가 위층에 사는 그 친구 역시, 아래층에 사는 나와 비슷한 처지의 가난하고 외로운 독신자라는 사실을 알게 된 뒤부터는 오히려 그는 나에게 필요한 존재가 되었다. 나는 어떻게든 그에게 기쁨을 주고 싶었다. 내 딴에는 제법 애를 써서 몇가지 재담을 열심히 배워가지고, 어느날 그가 내 방에 놀러 왔을 때 그 이야기를 들려주었다. 내 기억으로는 그날 저녁, 그는 줄곧 입을 다물고 내게 아무런 말도 하지 않았다. 그러고는 발길을 뚝 끊어버렸다. 대체 그 이유가 무엇인지, 나는 아직도 통 모르겠다.

내 방 창가에는 한그루의 아카시아 나무가 서 있는데, 매우 오래된 노목(老木)이라 거의 죽어가고 있다. 올봄에는 오직 가지 하나만이 꽃송이를 틔웠던 것으로 기억한다. 그 사내아이를 처음 본 것도 마침 아카시아 꽃이 피던 무렵이었다. 그때 나는 창가에 앉아 있다가, 어느 순간 내 방을 들여다보려고 안간힘을 쓰는, 붉은 머리카락을 보았다. 처음에는 섬뜩했지만, 그것이 어린애의 조그만 머리통이라는 것을 알게 된 순간, 조용히 기다리기로 결심했다. 나는 숨을 죽이고 지켜보았다. 가엾게도 내 방을 보고 싶은 모양이었지만, 아이는 제 키보다 높이 나 있는 창문까지 뛰어오를 수는 없는 모양이었다.

'어떡하지? 도와줄까? 하고 싶은 게 뭔지 한번 물어볼까?'

그러나 덜컥 겁이 났다. 만약 내가 말을 걸면 아이를 놀래거나, 아이의 호기심을 꺾어버릴지도 모른다는 생각이 들었던 것이다.

다음날 오후 예의 그 붉은 머리카락이 창 밑에서 발돋움을 하면서 내 방을 들여다보려 애쓰는 것을 알아챘다. 그러나 역시 키가 너무 작아서 호기심을 충족시킬 수가 없는 모양이었다. 나는 마음을 굳게 먹고, 아이의 정체를 확인했다. 우스꽝스러운 붉은 머리를 가진 작은 남자아이였는데, 허리춤에는 커다란 장난감칼을 차고 있었다. 조그만 몸집에 어울리지 않는 지나치게 큰 칼이었으므로 깜짝 놀랐다. 나는 용기를 내어 그 아이를 불렀다.

"애, 꼬마야!"

사내아이는 내게서 얼굴을 획 돌리고는 달아나버렸다. 겁을 집어먹고 도망쳤으니 이제는 더이상 오지 않겠구나…… 나는 문득 쓸쓸함을 느꼈다. 하지만 아니었다. 저녁나절에 아이의 붉은 머리가 또다시 창 너머로 보였다. 게다가 굽 높은 신발이라도 신었는지 이번에는 머리의 위치가 아까보다 다소 높은 곳에 있었다. 그제야 나는 내 방 안에 무언가 아이의 흥미를 끄는 물건이 있다는 것을 알았다. 그것은 바로 벽에 걸린 그림이었다. 해전(海戰)을 그린 조잡한 그 그림은 부러진 돛이 달린 전함들과 사납게 포효하는 파도, 그 위를 떠다니는 난파선의 파편들로 채워져 있었다. 아이는 안마당에서 그 그림을 보았던 것이다. 물론 아이가 본 것은 그림의 일부에 불과했을 것이다. 돛대의 끝 부분과 무명화가가 함부로 아무렇게나 칠한 기괴한 색의 하늘 정도밖에는 보이지 않았으리라. 나는 아이를 돕기로 마음을 굳히고는 창밖으로 얼굴을 쑥 내밀며 크게 소리쳤다.

"얘, 너 이 방에 있는 그림이 보고 싶지, 그렇지?"

아이는 잠시 내 얼굴을 바라보더니, 침을 꿀걱 삼키고는 씩씩하게 대답했다.

"네!"

나는 창밖으로 손을 내밀었다. 사내아이는 내 손을 잡고 새끼 원숭이처럼 가볍게 올라와서, 창턱에 앉았다. 아주 짧은 순간이지만 아이의 두 눈에서 반짝이던 기쁨의 광채를 나는 지금도 기억한다. 그러나 얼마 안 가서 아이는 더이상 그림에는 눈길을 주지 않았다. 대신 조심스럽게 내 방을 이리저리 둘러보는 것이었다. 그와 동시에 아이의 얼굴에서 기쁨의 기색이 점차 사라져가는 게 똑똑히 보였다. 아이의 표정에는 서글픔이 감돌았다. 창턱에 걸터앉아 있는 그 짧은 순간에 마치 오랜 세월과 시름을 단번에 겪은 사람처럼, 아이는 심각한 모습으로 망연히 앉아 있었다. 입은 굳게 다물고, 붉은 머리는 힘없이 아래로 떨어뜨린 채였다.

"어디나 다 똑같아."

"그럼. 어디든지 다 그게 그거지."

내가 대답했다.

"정말로 좀 다른 곳은 없나요?" 아이가 물었다.

"없어." 내가 대답했다.

"여기 말고 아주 먼데는 어때요? 거기도 마찬가진가요?"

"그럼…… 어딜 가나 다 비슷비슷한 방들뿐이란다. 온 세상이 다 똑같지. 세상이란, 이런 방이 아주 많이 있는 곳을 뜻하는 거야."

"나중에 내 눈으로 봐야지."

아이는 창턱에서 깡충 뛰어내리더니 재빨리 사라져버렸다. 다음날 나는 늦은 시각에 집에 돌아왔다. 방에 들어서자 창턱 아래에 뭔가가 놓여 있는 것을 발견했다. 얼른 집어들었다. 그것은 나를 놀라게 했던 그 아이의 장난감칼이었다.

그뒤로 아이는 다시는 내 눈에 띄지 않았다.

노동자들

우리는 평원에서 일하고 있다. 단조롭기 짝이 없는 평원이다. 만약 이 평원에 관해 노래를 짓는다면, 강약이 없는 무미건조한 멜로디가 되어버릴 것이다. 이곳은 숲도, 언덕도 없다. 어느 방향으로 시선을 돌려도 그저 들판과 촌락이 끊임없이 펼쳐져 있을 뿐이다. 평평하기 그지없는 이 평원을 바라보고 있노라면, 마치 자신의 손바닥을 거대하게 늘여놓은 것이 아닌가 하는 생각이 들 정도다. '시각(視覺)'이 의미를 잃어버리고, 눈이라는 것이 아예 없는 장님이 되어버린 듯싶기도 하다. 이렇게 인간은 점점 바보가 되어가는 것이다.

카지미에쉬가 언젠가 내게 말했다.

"내가 당원만 아니었으면, 생에 애착을 가진 인간이 죽음을 증오하듯이 나 역시 이 땅을 끝없이 미워했을 거야. 지금 나는 여기서 죽어가고 있다고. 나는 산도미에쉬 태생이야. 그곳은 토지가 비옥하고, 날씨도 따뜻하지. 이 저주받은 다리 공사가 끝나고 나면, 다시는 이곳에 발도 들여놓지 않을 거야. 내 아이들에게도 절대로 못 오게 할 테고……"

바르샤바의 마리몬트 지역에서 온 젊은 콘크리트 직공 스테판도 그와 동감이었다.

"이 염병할 다리공사가 끝나면, 내 비록 술을 못 마시지만, 술독에 빠진 돼지처럼 잔뜩 퍼마셔야지. 그리고 나서 경찰서 유치장에 들어가 사흘 동안 푹 쉴 생각이야. 젠장! 하다못해 여기에 경찰서라도 있으면 얼마나 좋을까…… 이 저주받은 다리와 씨름을 시작한 지 벌써 반년이나 지났는데, 그동안 나무 한그루 못 봤으니, 정말 미쳐버릴 것 같아!"

일행 중 가장 나이가 많고, 진지한 성품에다 독실한 가톨릭 신자인 대장장이 카민스키가 말했다.

"제기랄, 대체 내가 왜 여기에 굴러들어왔을까? 이곳에 온 뒤론 하느님을 믿지 않게 돼버렸어. 세상을 창조하신 전능하신 신께서 이 작은 귀퉁이를 까맣게 잊어버리신 게 아닌지 의심스러워. 아니면 이곳에 저주라도 내리셨단 말인가? 아무튼 이런 곳에선 도저히 살 수가 없어."

나는 되도록 말을 아끼려 애썼다. 대신 밤이 되면 들판에 나가 밤하늘을 올려다보는 버릇이 생겼다. 이곳에서는 하늘도 지상과 마찬가지로 단조롭고 지루하게만 보였다. 반짝이는 별조차 인간을 성가시게 하는 불필요한 존재에 불과했다. 다른 사람들은 이곳에서 일어나는 일에 아무런 관심도 없었다. 우리는 이미 서로의 출신성분은 물론이고, 각자의 아내와 아이들, 집과 숨겨둔 애인에 이르기까지 속속들이 꿰뚫고 있었다. 다들 자신의 처지에 대해서 더 보텔 말이 없을 만큼 시시콜콜하게 죄다 털어놓았던 것이다. 내게는 이곳에서 빠져나간다는 것이 불가능한 일처럼 여겨졌다. 그리고 언제부터인가 세상 어딘가에 도시가 있고, 도로가 있고, 사람들이 사는 집들이 있다는 것이 다른 세상의 일처럼 아득하게만 여겨졌다.

우리들은 임시로 지은 목조 가옥에 살고 있었다. 그것은 시골 농장에서 흔히 볼 수 있는, 되는대로 엉성하게 이어붙인 판잣집으로, 자연히 날씨와 기온에 고스란히 노출되어 있었다. 신문은 15킬로미터 떨어진 읍내에서 우편배달부가 가져왔다. 우체부가 평상시만큼만 술에 취했을 땐 신문이 하루 늦게 배달되었다. 그러나 술이 과했을 때는 이틀 정도 늦었다. 그가 우울증에 걸렸을 적에는 일주일 이상이나 세상 돌아가는 일을 완전히 모르고 지낼 수밖에 없었다. 한번은 화가 난 콘크리트 직공 스테판이 우체부를 두들겨팬 적이 있었다. 그러나 그의 배달 성적에는 아무런 진전이 없었다. 아니, 오히려 반대였다. 가족들이 보낸 연하장을 주의 공현 대축일(1월 6일. 세 명의 동방박사가 아기 예수에게 예물을 바친 것을 기념하는 날—옮긴이)이 지나서야 겨우 받아보았던 것이다.

가을이 되자 우리들의 임시 가옥은 빗방울이 새면서 습해졌다. 우리는 벽에서 사랑하는 사람들의 사진을 떼어 나무궤짝 속에 넣고는 판자 조각을 이어 만든 침대 밑에 처박아버렸다. 금세 겨울이 되어 매서운 바람이 밀어닥쳤다. 쇠난로가 토해내는 시커먼 그을음 때문에 우리의 작업복에는 언제나 끈적거리는 기름때가 묻어 있었다. 모두 감기를 달고 살았다. 목소리는 불량배들의 음성처럼 늘 쉬어 있었다. 판잣집 내부는 너무 추워서 면도는 물론이고, 세수조차 안한 지 오래되었다.

카지미에쉬는 거무스름하게 턱수염이 자라 마치 마테오 성인(聖人)처럼 보였고, 백발의 대장장이 카민스키는 그 풍채가 대주교 같았다. 마리몬트에서 온 스테판은 끝이 뾰족한 금빛 염소수염을 기르고 있었는데, 오페레타에 등장하는 골이 텅 빈 멋쟁이 난봉꾼을 연상시켰다. 그중에 가장 꼴사나운 것은 나였다. 숱이 없이 듬성듬성 솟아난 수염 때문에 내 몰골은 세상에 태어난 직후에 첫 목욕을 하고 나서 물 근처에는 한번도 가보지 못한 듯 꾀죄죄했다.

"될 대로 돼라. 봄까지만 참으면 되겠지."

결국 봄이 왔다. 하지만 뒤늦게 찾아온 쌀쌀한 봄은 가을보다 더 비참했다. 하루종일 비가 억수같이 퍼붓고 나면, 다음날엔 죽처럼 걸쭉한 진눈깨비가 내렸다. 바람은 그 진눈깨비를 산산이 부스러뜨려서는 우리들의 얼굴을 향해 사정없이 퍼부어댔다. 내 눈은 항상 열에 들떠 시뻘겋게 충혈되어 있었다. 판잣집의 양철 지붕이 반쯤 무너져내린 적도 있었다. 지붕을 대충 이어붙이는 데에만 이틀이나 걸렸다.

때때로 회색빛 하늘에 창백한 태양이 모습을 드러내곤 했다. 공사장 일대의 물웅덩이에 비친 태양은 누런 기름덩어리같이 보였다. 그나마 반가워서 우리들이 얼굴을 그쪽으로 돌리면, 태양은 곧 자취를 감추었다.

카지미에쉬가 말했다.

"젠장, 대체 언제까지 여기서 썩고 있어야 하지? 내가 당원만 아니었어도 아무데든 도망쳐버리면 되는데. 동생한테 가버릴까? 그 자식은 마우키니아 근교의 한 성당에 신부로 있거든. 동생에게 부탁해서 교회의 잡역부로라도 취직하면 좋으련만. 하지만 쑥스러워서 부탁할 수가 있어야지. 그러니 여기 꾹 참고 이렇게 눌러앉을 수밖에. 지금 난 여기서 떠날 날만 생각하는 중이야. 안 그러면 머지않아 내 비명소리가 십 리나 떨어진 시골 마을 구석구석까지 다 들리게 큰 소리로 울려퍼지게 될지도 몰라. 동지들, 고백하는데, 이제 난 저 원수 같은 다리 따위는 어떻게 되어도 아무 상관 없다고……"

스테판이 한마디했다.

"이봐, 서기관 동무! 이 고생도 여름이면 끝날 거야."

이 사내는 언제나 희망을 버리지 않았다. 그의 그런 성품은 동료들로부터 호감을 사기도 했지만, 때로는 바로 그런 점 때문에 미움을 사고 병신 취급도 받았다.

길고도 끔찍한 겨울이 지난 뒤에, 봄 같지도 않은 봄이 찾아와 잠시 나른하고 무기력한 나날이 시작되나 싶더니, 어느덧 지긋지긋한 무더위와 함께 여름이 찾아왔다. 근처 마을의 노인들도 평생 경험해보지 못했다는 이상고온이었다. 땀이 소나기처럼 쏟아져 눈으로 흘러들고, 셔츠를 좀먹고, 온몸을 적셨다. 지난겨울의 끔찍한 악몽이 지금 우리들에게는 동화 속의 꿈나라처럼 느껴졌다. 피부는 새까맣게 그을어 일곱번이나 허물이 벗겨졌다. 우리들은 폭염에 데어 부르튼 상처 때문에 잘 때 제대로 돌아눕지도 못하고, 끙끙댔다. 카민스키는 성호를 그으면서 처량한 어조로 한탄했다.

"하느님 아버지시여, 당신께서는 지금 죄인들에게 벌을 내리고 계시는군요……"

우리들은 보조역으로 와서 일하는 몇명의 여자들을 적개심이 가득한 눈으로 쳐다보았다. 이 여자들만 없었다면, 벌거벗고 지낼 수도 있을 것이다. 하지만 끔찍한 무더위 앞에서 우리들은 결국 여자들에 대한 체면 따위는 벗어던지고 말았다.

한번은 수도 바르샤바에서 현장을 시찰하기 위해 기술자가 파견된 적이 있었다. 목적지를 찾지 못해 반나절이나 벌판을 헤맨 끝에 간신히 도착한 그는 벌거벗은 내 가슴을 손가락질하면서 이렇게 비꼬았다.

"실례지만, 당신 집에선 이렇게 옷을 벗고 돌아다니나보죠?"

"네, 그렇습니다, 기사님. 하긴 우리집에서는 몸에다 청록색과 하늘색, 자주색 물감으로 줄무늬를 칠하곤 했었죠. 그러나 여기서야 어디 그럴 수 있어야죠. 이곳에는 사산화삼납(납이나 산화연을 400도 이상 가열해 얻는 붉은 가루. 연단(鉛丹)—옮긴이)밖엔 없거든요. 그러니 기사님이 편의를 좀 봐주실 수 없겠습니까?"

기사는 기가 막히다는 듯 눈동자를 이리저리 굴리면서 말했다.

"거 참, 이상한 취미도 다 있군, 그래."

우리는 다리 놓는 일을 계속했다. 우리는 노동이 인민의 의무요, 인생에서 얼마나 훌륭한 보람인지 익히 들어 알고 있었다. 그러나 우리가 하고 있는 이 일에는 콧노래 소리는 고사하고, 아무런 의욕도, 보람도 없었다. 그저 증오와 절망뿐이었고, 거머리처럼 우리들의 심장과 영혼을 빨아들이는 이 평원에서 하루빨리 벗어나고 싶은 바람뿐이었다. 다시는 이 근처에 얼씬도 하지 않는 것, 우리의 꿈은 고작 그뿐이었다. 우리 입에서는 지독한 욕설이 흘러나왔다. 언제부터인지 우리는 일상적인 말은 쓰지 않게 되었고, 욕지거리를 섞어가며 이야기했다. 만약 누군가가 평범한 단어를 입에 올리면, 나머지 동료는 의아한 눈길로 그를 쳐다보았다.

카지미에쉬는 이런 관행을 꺼렸으나, 막상 입을 열자 누구보다 가장 무서운 저주를 퍼부었다. 스테판은 이 분야에서 완전히 거장의 경지에 이르렀다. 그는 한시간 십오분 동안이나 해괴망측한 욕을 속사포처럼 퍼부어대면서도, 그동안에 단 한 번도 같은 욕을 반복하지 않는 놀라운 솜씨를 보여주었다. 우리는 스테판에게 '다리의 꾀꼬리'라는 칭호를 헌납했다. 대장장이 카민스키는 이미 오래전부터 자신이 영원한 구원에 이를 수 있다는 희망을 포기하고 있었다. 그는 보뜨까 4분의 1리터를 가져다주는 조건으로 우체부에게 기도서 세 권을 넘겨주었다. 나는 우리의 다리에 헌정하는 한편의 시를 썼는데, 그것은 어떤 면에서는 위대한 조상 프레드로(Aleksander Fredro, 1793~1876. 낭만주의 시대 폴란드의 유명한 희극작가이자 풍자시인—옮긴이)가 남긴 작품 가운데, 남녀간의 치정이나 사랑타령을 읊은 삼류급 작품들보다는 훨씬 낫다고 지금까지도 자부할 정도다. 우리들이 꿈꾸는 것은 오직 한가지, 이곳에서 맞게 될 마지막 날이었다.

마침내 우리는 다리를 완성했다. 하지만 그날 우리 모두는 기진맥진

한 나머지, 술에 취할 수도, 춤을 출 수도, 노래를 부를 수도 없었다. 카민스키는 그날 밤 자기 전에 성호조차 긋지 못했다.

다리에는 현수막이 잔뜩 걸렸다. 세 대의 트럭에 나누어 동원된 초등학교 학생들이 인민가곡 몇곡을 연달아 불렀다. 몇차례 연설이 있은 뒤에, 테이프 커팅이 이어졌다. 철교를 통과하는 열차 위에서 기관사가 꽃다발을 던졌다. 역시 트럭을 타고 온 군악대가 똑같은 행진곡을 열 번이나 되풀이해 연주했다. 홍보영화(당시 폴란드에서는 극장에서 영화를 상영하기 전에 정부에서 제작한 홍보영화를 상영하곤 했다—옮긴이)를 찍는 촬영기사는 거미처럼 철교 난간에 붙어서 열심히 촬영기를 돌려대고 있었다. 라디오 방송의 젊은 아나운서는 마이크에 대고 끊임없이 떠들었다.

"철교를 건설한 노동영웅들의 얼굴이 보이고 있습니다. 얼굴에는 크나큰 자부심과 기쁨이 가득합니다. 노동의 선구자들, 이 건설현장에서 한층 성숙된 젊은이들의 빛나는 모습이 보입니다. 꽃다발이 산처럼 쌓여 있습니다! 이 놀라운 광경을 전국에 계신 청취자 여러분께 보여드리지 못해 안타깝습니다. 오늘이야말로 이 철교를 건설한 젊은이들에게 다시 없는 보람의 날입니다. 당 노동위원회의 서기관인 카지미에쉬 로갈스키 동무의 얼굴이 보입니다. 책임을 완수한 자랑스럽고 행복한 얼굴입니다. 그에게는 오늘이 생애 최고의 날임에 틀림없습니다."

바로 그 순간 예상을 뒤엎는 놀라운 사건이 일어났다. 카지미에쉬가 아나운서에게로 달려가서 그의 손에서 마이크를 빼앗아 들고는 격분에 찬, 일그러진 얼굴로 악을 썼던 것이다.

"대체 무슨 개수작들이냐!"

철교 완공식은 완전히 아수라장이 되고 말았다. 나와 동료들은 모두 쉬러 가서 꼬박 이틀 동안 계속해서 잠만 잤다. 깨고 나니 많은 트럭들이 와 있었다. 우리들은 각자의 소지품을 챙겨넣은 궤짝을 차 위에 옮겨싣고, 판잣집을 해체했다. 카민스키는 다리를 향해 주먹질을 했다. (그는 여기 와서 관절염을 얻었다.) 그렇게 우리는 그곳을 떠났다.

트럭은 바람처럼 질주했다. 바로 우리가 그토록 꿈에 그리던 그 마지막 날이었다. 지금부터 우리는 자신의 집으로, 그리운 사람들 곁으로 돌아가게 된다. 그리고 이제 그 평원에는 다리만 덩그러니 남겨질 것이다. 돌아다보니 다리는 점점 작아져간다. 모퉁이 하나를 돌 때마다 우리들과 그렇게 점차 멀어져간다. 나는 잠자코 있었다. 모두가 잠자코 있었다. 나는 동료들이 저주를 퍼붓거나, 노래를 부르거나, 고함을 칠 것이라고 생각했다. 나는 카지미에쉬의 괴성과 스테판의 춤과 카민스키의 감사의 기도를 기다리고 있었다. 안도의 한숨, 익살스러운 농담, 그리고 마침내 집으로 돌아가게 되었다는 환희의 표현을 기다리고 있었다. 그러나 모두가 침묵했다. 주위를 둘러보니 모두가 다리만 뚫어져라 쳐다보고 있었다. 그렇게 멍하니 바라보는 사이에 우리의 시야에 비친 다리의 형상은 점점 작아져서 이젠 한 개의 조그만 점으로밖에 보이지 않았다. 나는 더이상 참지 못하고 입을 열었다.

"어이! 왜 다들 벙어리가 됐지? 노래라도 해야 하는 거 아닌가? 안 그래?"

모두들 입을 굳게 다문 채 누구 하나 내 쪽으로 얼굴을 돌리려고도 하지 않았다. 나는 큰 소리로 외쳤다.

"말 좀 해봐! 뭐든지 좋으니까 좀 떠들어보라고, 제기랄……!"

그래도 말이 없었다. 동료들은 넋이 나간 사람처럼 온힘을 다해 다리 쪽에만 시선을 고정시키고 있었다.

"말 좀 해보라니까!"

나는 버럭 고함을 질렀다.

"음…… 음……" 콘크리트 직공 스테판이 잠시 입을 우물거렸다. 그러나 손만 조금 흔들었을 뿐, 끝내 아무런 말도 하지 않았다.

이제 우리의 다리는 아주 자취를 감추고 말았다. 다리는 평원에 남겨졌고, 사방은 온통 희뿌연 안개에 뒤덮여 있었다. 그때 나는 그 다리가 이미 '추억'이 되었음을 깨달았다. 이제부터 그 철교를 기차로 통과하고, 걸어서 건너는 사람들은 그 다리가 '우리의 것'이라는 사실을 결코 모를 것이다.

우리는 울었다. 모두가 울고 있었다. 나는 그때 겨우 스무살이었다. 뚜렷한 이유도, 영문도 모른 채 눈물을 흘렸다. 그 눈물의 의미가 무엇인지 분명히 알기에는 그때 우리는 너무 어렸고, 아직 경험이 부족했다. 그러나 세월이 흐른 지금 나는 알게 되었다. 때로 우리는 평범한 일상의 흐름으로부터 우리를 떨어져나오게 만드는 사람들이나 사건들, 사물들에게 알 수 없는 무한한 애정을 느낀다는 사실을 말이다.

〔최성은 옮김〕

■ 더 읽을거리

마렉 흐와스코의 소설들은 지금껏 아무도 관심을 갖지 않던 소외계층을 주인공으로 삼아, 새로운 가치체계를 희구하는 젊은 세대의 욕구를 대변한다. 주인공이 쏟아내는 상스러운 욕설과 저주는 분노와 억압된 욕망을 달리 표현할 길 없는 반항적인 감정의 표현으로 이해된다. 흐와스코의 1956년작 『제8요일』(박지영 옮김, 세시 1994)은 목요일 오후부터 일요일 밤까지 나흘 동안 바르샤바의 평범한 노동자 가정을 배경으로 그들의 일상과 꿈, 좌절을 통해 탈출구를 찾을 수 없어 방황하는 1950년대 폴란드 젊은이들의 암울한 자화상을 그리고 있다. 제목에서 암시하듯 '제8요일'은 현실에서는 존재하지 않는, 영원히 박탈된 휴일을 의미한다. 이 작품은 세계 여러 나라 언어로 번역되어 루마니아 작가인 게오르규의 『25시』에 비견할 만한 문제작이라는 평가를 받았다.

폴란드, 그 멀고도 가까운 나라로

최성은

10세기말 국가 수립과 더불어 로마가톨릭을 국교로 수용한 폴란드는 기독교 문명권에 통합되어 서유럽과 사상적·문화적 변천을 함께 겪으면서 발전해왔다. 동서 유럽을 연결하는 완충지대로서 슬라브 문화권에 유럽 문명을 전하는 교두보 역할을 담당해온 것이다. 18세기 후반 폴란드는 지배계급의 분열에 따른 내정의 혼란과 주변 열강의 탐욕과 이해관계로 인해 러시아·프로이센·오스트리아에 분할점령되어 1차대전이 끝날 때까지 120여년 동안 외세의 지배를 받았다.

폴란드 문학은 바로 이 시기에 괄목할 만한 성과를 보여주었다. 한 민족의 문학이 국가의 번영기에보다는 오히려 수난기에 발전한다는 역설을 폴란드 문학에서 찾아볼 수 있는 것이다. 문학은 나라 잃고 방황하는 폴란드 민족에게 정신적 지침이자 단결의 구심점이 되어주었다. 1960년대 폴란드 젊은이들의 우상이던 마렉 흐와스코는 폴란드 문학의 역사적 상관관계에 대해 다음과 같이 말한 바 있다.

논리적으로 관찰해보면 폴란드인만큼 문학발전에 좋은 토양을 가진 민족도 없다. 우리 폴란드인들은 문학에 필요한 모든 요소를 빠짐없이 고루 가지고 있다. 끊임없이 계속되는 외세의 점령, 도처에 퍼져 있는 밀고자들, 정치적 숙청, 가난, 절망, 불행한 삶, 알코올 중독…… 이 이상 무엇이 더 필요하단 말인가?

마렉 흐와스코의 자조적인 역설 속에는 폴란드인들이 겪어야만 했던 험난한 역사의 질곡과 그로 인한 내적 고통과 갈등을 문학적 자양분으로 승화시킬 수밖에 없었던 폴란드 문학의 특수성이 잘 나타나 있다.

낭만주의 문학(1822~63)

폴란드 문학이 본격적으로 도약하기 시작한 19세기 전반기, 유럽 문학의 주류는 프랑스혁명과 독일 관념주의철학의 영향을 받은 낭만주의였다. 폴란드에서 낭만주의는 1820년대부터 싹트기 시작해 1830년 '11월봉기'(Powstanie listopadowe)로 알려진 반러시아 무장봉기를 계기로 그 절정에 이르렀다. 폴란드 문학이 독자적인 개성을 확립하고 예술적 가치를 인정받게 된 것은 바로 낭만주의 문학에서 비롯한 것이다. 그 이전의 문학은 소재나 형식, 내용에 있어서 '폴란드적인 것'이라기보다는 라틴문화권에 속한 범유럽적인 성격을 지녔다. 하지만 낭만주의시대에 이르러 폴란드 문학은 도약의 발판을 마련하고, 풍부한 예술적 토양을 일구게 되었다.

폴란드에서 낭만주의 문학은 '3대 민족시인'으로 일컬어지는 아담 미츠키에비츠(Adam Mickiewicz, 1798~1855), 율리우쉬 스워바츠키(Juliusz Słowacki, 1809~49), 지그문트 크라신스키(Zygmunt Krasiński, 1812~59)에 의해 찬란하게 꽃핀다. 특히 미츠키에비츠가 폴란드 문학에 미친 영향은 영국의 셰익스피어, 독일의 괴테, 러시아의 뿌슈낀에 비견할 수 있다. 그는 폴란드 민족의 고통을 예수의 수난에 비유하면서 폴란드 민족에게 '메시아적 소명의식'을 고취했고, 민족의 독립을 위한 투쟁을 영웅적으로 묘사하여 실의에 빠진 동포들에게 자긍심을 안겨주었다. 이 책의 첫번째 수록작인 「등대지기」에서 주인공 스카빈스키 노인이 폴란드 이민자협회로부터 선물받은 책이 바로 미츠키에비츠의 서사시 『판 타데우시』(1834)이다. 오랫동안 타향을 떠돌던 스카빈스키 노인은 '폴란드 정신의 전형'으로 추앙받는 위대한 민족시인의 작품을 읽고, 잃어버린 모국어의 소중함과 조국애를 확인하게 된다.

낭만주의 문학의 애국적인 정서에 고무된 폴란드 민족은 1863년 러시아의 압제에 항거하는 또다른 항쟁인 '1월봉기'(Powstanie Styczniowe)를 일으키게 된다. 15개월 동안 산발적인 게릴라전을 펼치며 지속된 독립운동은 압도적인 군사력의 열세로 인해 진압당하고, 봉기는 결국 실패로 끝나고 말았다.

실증주의 문학(1864~90)

1월봉기의 실패 후 폴란드 사회는 일대 변화를 맞게 된다. 봉기를 무자비하게 진압한 러시아는 폴란드의 러시아화를 강력하게 추진하는 한편, 다양한 탄압조치를 강행했다. 폴란드인들 사이에서는 낭만적 환상과 열정에 대한 비판론이 성행하게 되었고, 당시 유행하던 A. 꽁뜨의 실증주의가 확산되면서, 현실에 바탕을 둔 개혁과 계몽운동을 통해 점진적인 진보를 꾀하는 실증주의 사조가 성행했다. 이러한 분위기 속에서 폴란드 사회가 서구의 산업화 대열에 본격적으로 동참하면서 '중산층'이라는 새로운 시민계급이 대두하게 되었다.

실증주의 시대에는 문학의 사회적 역할이 크게 강조되었다. 작가들은 노동의 미덕을 강조했고, 여성해방과 어린이교육 등에 대해 적극적인 관심을 피력했으며, 노동자·농민에 대한 계몽운동을 주창했다. 유대인문제 또한 실증주의 작가들이 즐겨 다룬 주제였다. 당시의 소설들을 살펴보면 19세기말, 폴란드 사회에 성행하던 반유대주의 정서와 맞물려 '고리대금업자'로 대표되는 부정적인 유대인의 이미지를 반영한 작품들도 있지만, 이와는 대조적으로 유대인을 비롯한 소수민족의 인권문제를 본격적으로 거론하면서 인종주의에 반기를 든 작품들도 찾아볼 수 있다. 이처럼 문인들이 조국의 독립에 대한 낭만적이고 비현실적인 몽상을 냉정하게 비판함으로써, 시와 드라마가 성행하던 전시대 낭만주의 문학과는 달리 소설과 르뽀르따주 등 산문이 주류를 이루게 되었다. 대표적인 작가로는 「파문은 되돌아온다」 「모직조끼」를 쓴 볼레스와프 프루스(Bolesław Prus, 1845~1912), 「등대지기」의 작가이자 1905년 노벨문학상 수상자인 헨릭 시엔키에비츠(Henryk Sienkiewicz, 1846~1916), 여류작가 엘리자 오제슈코바(Eliza Orzeszkowa, 1841~1910) 등을 들 수 있다. 실증주의는 비록 그 시기는 짧았지만, 폴란드 문학이 애국주의나 민족주의의 한계를 벗어나 보편성과 인도주의를 아우르는 세계문학으로 성장하는 밑거름이 되었다는 점에서 그 의의를 찾을 수 있다.

청년 폴란드 시대 문학(1891~1918)

과학과 산업의 발달이 사회에 조화로운 진보를 가져다주리라고 믿은 공리주의와 실증주의 사상은 오래 가지 못했다. 급격하게 밀어닥친 산업화 열풍은 황금만능주의와 빈부격차 등 부작용을 낳았고, 실증주의를 현실 타협을 위한 구실이나 패배의식의 반영으로 보는 시각이 싹트게 되었다. 이러한 사회 분위기 속에서 정치적으로는 폴란드의 독립과 혁명에 대한 낭만주의적 꿈이 부활되었고, 문학에서는 낭만주의 사조에 대한 새로운 해석과 재평가가 이루어지게 되었다. 당시 유행하던 쇼펜하우어와 베르그쏭, 니체의 철학은 비인간적인 자본주의에 대한 실망감과 현실에 대한 절망을 더욱 부추겼다.

이 시기에는 신 낭만주의·예술지상주의·자연주의·인상주의·표현주의 등 다양한 예술사조가 한꺼번에 등장하게 된다. 결국 복잡하고, 다양한 조류를 특정한 주의로 한정할 수 없어 문학사가들은 이 시대 문학을 통칭하여 '청년 폴란드 문학'(Młoda Polska)이라는 포괄적이고 종합적인 개념으로 부르고 있다.

소설가로는 '폴란드 문학의 양심'이라 불린 스테판 제롬스키(Stefan Żeromski, 1864~1925), 1924년 노벨문학상 수상자이자 『농민들』(1902~1909)의 저자인 브와디스와프 레이몬트(Władysław Reymont, 1867~1925), 현대 산업사회의 비윤리적 행태를 고발한 바츠와프 베렌트(Wacław Berent, 1873~1940) 등이 유명하다. 또한 19세기말 서구 문학의 영향으로 세기말적인 비관주의와 애국적인 정서가 결합된 신낭만주의적 성향의 시인들이 대거 등장하는데, 볼레스와프 레시미안(Bolesław Leśmian, 1878~1937), 얀 카스프로비츠(Jan Kasprowicz, 1860~1926) 등이 그들이다. 드라마에서는 스타니스와프 비스피안스키(Stanisław Wyspiański, 1869~1907)가 폴란드 연극의 기틀을 확립했고, 스타니스와프 프쉬비쉐프스키(Stanisław Przybyszewski, 1968~27), 스타니스와프 브죠조프스키(Stanisław Brzozowski, 1878~1911) 등의 평론가들도 활발하게 활동했다.

양차 세계대전 사이의 문학(1918~39)

　제1차 세계대전의 종전과 더불어 폴란드는 123년간의 분할점령에서 벗어나 독립을 되찾게 된다. 이 시기에 폴란드 문학은 서구 문단과 활발히 교류하면서 또 한번 예술적으로 도약하게 된다. 역사적으로는 민족주의·사회주의·전체주의 등의 이데올로기가 대립하던 격동기였다.

　꿈에 그리던 조국의 해방을 맞이한 폴란드 민족은 1920년대 세계경제공황으로 인해 경제적 위기를 겪으면서도 재건의지를 버리지 않고 단계적으로 현대화를 이루어나갔다. 모더니즘·상징주의·미래파·초현실주의 등 다양한 사조가 등장한 이 시기에 문인들은 '민족'이란 명에를 벗어던지고, 개인적인 감성을 자유롭게 표현하고자 했다.

　시 분야에서는 바르샤바에서 발간되었던 문예지 『스카만데르』(*Skamander*) 동인들을 중심으로 애국적인 주제를 탈피해 생을 찬미하고 일상의 아름다움을 노래한 작품들이 쏟아져나왔다. 안토니 스워님스키(Antoni Słonimski, 1895~1976), 얀 레혼(Jan Lechoń, 1899~1956), 카지미에쉬 비에진스키(Kazimierz Wierzyński, 1894~1969), 그리고 「자작나무숲」과 「빌코의 아가씨들」을 쓴 야로스와프 이바슈키에비츠(Jarosław Iwaszkiewicz, 1894~1980) 등이 이 그룹에 속한다.

　산문 분야에서는 '3대 모더니즘 작가'가 등장하여 세계문학사에 뚜렷한 자취를 남겼다. 『페르디두르케』(1933) 『대서양 횡단』(1957) 『포르노그라피아』(1960) 『코스모스』(1965) 등의 장편소설을 통해 싸르트르나 까뮈보다 한발 앞서 소설에 실존철학을 결합하는 획기적인 시도로 20세기 문학의 새로운 지평을 연 비톨드 곰브로비츠(Witold Gombrowicz, 1904~69), 『계피색 가게들』(1933)과 『모래시계 요양원』(1937), 단 두 권의 작품집을 남겼지만 '폴란드 문단의 카프카'로 불리는 브루노 슐츠(Bruno Schulz, 1892~1942), 소설가·희곡작가·화가 등으로 다방면에 걸쳐 활약한 스타니스와프 이그나치 비트키에비츠(Stanisław Ignacy Witkiewicz, 1885~1939)가 그들이다. 비트키에비츠는 『작은 저택에서』(1923)와 『신기료 장수』(1934) 등의 희곡에 베께뜨나 이오네스꼬와 같은 작가들보다 훨씬 앞서서 부조리극의 개념을 도입한 선구자였다. 당시 폴란드에서는 100여개 극단과 2만개의 크고작은 무대가 생겨나면서 연극이 급속도로 발달하였다.

또한 마리아 돔브로프스카(Maria Dąbrowska, 1889~1965), 마리아 쿤체비쵸바(Maria Kuncewiczowa, 1897~1989), 조피아 나우코프스카(Zofia Nałkowska, 1884~1959), 조피아 코삭(Zofia Kossak, 1890~1968) 등 여류작가들의 활약이 두드러지면서 '여류작가 전성시대'를 열었다. 율리안 투빔(Julian Tuwim, 1894~1953)이나 야누쉬 코르착(Janusz Korczak, 1879~1942) 같은 작가들에 의해 동시와 동화가 본격적으로 창작되어 아동문학 발전의 기틀을 확립한 시기이기도 했다.

제2차 세계대전 당시의 문학(1939~45)

1939년 9월 1일 독일의 폴란드 침공으로 발발한 제2차 세계대전은 폴란드 민족에게 3백만명 이상의 인명피해와 함께 '아우슈비츠의 본고장'이자 '유대인 대학살의 진원지'라는 아픈 상처를 남겼다. '신의 놀이터'(God's playground)라는 역사학자 노먼 데이비스(Norman

Davies)의 표현처럼 전쟁기간 동안 폴란드는 한마디로 유럽의 전면적인 살육의 현장이었다.

나치 점령하에서 합법적인 출판활동이 불가능했음에도 불구하고, 문학을 매개로 한 문화적인 저항운동이 활발하게 전개되면서 지하출판을 통해 시집이나 소설이 발간되었고, 심지어는 감시의 눈을 피해 대학교육이 실시되고, 연극까지도 상연되었다. 저항문학의 정점은 폴란드 문학사에서 '콜럼버스 세대'(Kolumbowie)[1]라고 불리는 '전쟁세대'가 이루어냈다. 이들 '콜럼버스 세대'의 특징은 1920년대 초반에 출생해 2차대전 당시 이십대의 청년들이었으며, 무장독립군으로서 직접 전쟁에 참여하면서 시를 썼다는 점이다. 크쉬슈토프 카밀 바친스키(Krzysztof Kamil Baczyński, 1921~44), 타데우쉬 가이치(Tadeusz Gajcy, 1922~44), 그리고 「신사 숙녀 여러분, 가스실로」의 저자인 타데우쉬 보로프스키(Tadeusz Borowski, 1922~51) 등이 여기에 속한다. 이들 중 보로프스키를 제외한 나머지 시인들은 나치 수용소에서 목숨을 잃거나 아니면 1944년에 발발한 바르샤바 봉기(Powstanie Warszawskie)[2]에서 꽃다운 이십대의 나이로 전사했다. 전후에 소설가로 변모해 홀로코스트의 참상을 고발한 일련의 단편들을 발표한 보로프스키 역시 혼

---

1) 이 명칭은 1956년에 출판된 브라트니(R. Bratny)의 소설 『콜롬부스들, 1920년생』(Kolumbowie, Rocznik 20)에서 따온 것이다. 1943~47년의 폴란드를 배경으로 한 이 소설은 바르샤바 봉기에 참여하며 반나치 무장항쟁을 벌인 청년들의 영웅적인 일대기를 그리고 있다.

2) 1944년 8월 1일 바르샤바에서 부르-코모르프스키(T. Bor-Komorowski)의 지휘하에 폴란드군을 중심으로 독일군 격퇴를 목적으로 발발한 무장봉기. 군대 규모나 무기의 압도적인 열세, 즉흥적인 발상으로 인한 거사 준비의 미비, 그리고 기대했던 소련군의 비협조와 독일군의 증원으로 5주 만에 봉기는 실패로 끝났으며, 이후 바르샤바는 독일군에 의해 무참히 진압당하고, 도시의 70퍼센트가 파괴되었다.

자 살아남았다는 자책감과 사회주의체제에 대한 실망감을 견디지 못하고 1951년 자살로 생을 마감했다. '콜럼버스 세대'가 남긴 저항시에는 젊은이들의 순수하고 열정적인 조국애와 희생정신이 담겨 있으며, 한창 감수성이 예민한 청년들의 눈에 비친 전쟁의 참상과 비극이 여과 없이 적나라하게 고발되고 있다.

전쟁 직후의 폴란드 문학(1946~48)

1945년 히틀러의 자살과 무쏠리니 처형, 그리고 일본군의 항복으로 제2차 세계대전이 종결되면서 폴란드에는 사회주의정부가 들어서게 되었다. 나치의 폴란드 점령은 폴란드 민족에게서 기존의 도덕적 가치와 인간의 존엄성에 대한 신뢰를 송두리째 앗아갔다. 폴란드의 대표적인 문학평론가인 카지미에쉬 비카(Kazimierz Wyka, 1910~75)는 2차대전 동안 폴란드 국민들이 겪어야 했던 나치 식민지 경험은 너무나 혹독한 것이어서 전통적인 창작방식으로는 도저히 표현할 수 없다고 논평했다. 작가의 상상력을 초월하는 허구보다 더 잔혹한 현실 앞에서 문학은 존재 여부 자체를 놓고 심각한 위기를 맞게 된 것이다. 또한 아우슈비츠 같은 야만적인 학살행위를 예술화하는 것이 과연 의미가 있는지, 그렇다면 문학이 역사와 이데올로기에서 완전히 독립적일 수 있는지에 대해서도 끊임없는 논란이 제기되었다.

전쟁 직후 산문 분야에서는 타데우쉬 보로프스키 외에도 조피아 나우코프스카(Zofia Naukowska, 1844~1954), 스타니스와프 디가트(Stanisław Dygat, 1914~78), 카지미에쉬 브란디스(Kazimierz Brandys, 1916~2000), 예지 안제예프스키(Jerzy Andrzejewski, 1909~83)와 같은

작가들이 등장하여 전쟁의 참상을 고발하는 허구보다 더 극적인 소설들을 발표했다. 나우코프스카의 『메달리온』처럼 '학살'및 '홀로코스트'를 주제로 한 르뽀르따주 형식의 기록문학도 출판되었는데, 여기에는 나치의 만행에 대한 적나라한 고발과 더불어, 살기 위해 나치에 동조할 수밖에 없었던 폴란드인들의 비도덕적인 행태, 그리고 '방관자'로서 유대인들의 참상에 대해 침묵할 수밖에 없었던 폴란드인들의 딜레마가 고스란히 반영되어 있다.

시 분야에서도 민족의 역사와 개인의 운명 사이의 필연적인 상관관계를 놓고 진지한 고민이 시작되었다. 산 자가 과연 죽은 자에 대하여 말할 자격이 있는지, 비인간적인 현실에 인도주의적 혹은 미학적으로 접근한다는 것 자체가 위선이 아닌지 시인들은 갈등할 수밖에 없었다. 이 시기에 활약한 시인들로는 율리안 프시보시(Julian Przyboś, 1901~70), 미에치스와프 야스트룬(Mieczysław Jastrun, 1903~83), 타데우쉬 루제비츠(Tadeusz Różewicz, 1921~), 1980년 노벨문학상 수상자인 체스와프 미워쉬(Czesław Miłosz, 1911~2004), 1996년 노벨문학상 수상으로 또 한번 폴란드 문학의 우수성을 세계에 알린 여류시인 비스와바 쉼보르스카(Wisława Szymborska, 1923~) 등이 있다. 문학을 통한 자아비판, 현실도피, 니힐리즘, 미래에 대한 비관적인 진단 등은 전후 폴란드의 시에서 빈번하게 등장하는 테마였다.

사회주의 리얼리즘(1948~55)

1948년말부터 폴란드에서는 스딸린식 철권통치가 시작되면서 '사회주의 리얼리즘'(Realizm Socjalistyczny)을 모든 창작과 예술 활동의 유일한 지침으로 삼게 되었다. 1917년 10월혁명을 기점으로 러시아에서 대두한 사회주의 리얼리즘은 문학의 적극적인 현실참여를 통한 사회주의 이념의 실현을 추구하는 예술방법론이라고 할 수 있다. 1920년대 말부터 막심 고르끼(M. Gor'kii)를 비롯한 많은 작가들이 이 새로운 방법론에 동참했고, 1934년 쏘비에뜨 작가동맹의 제1차 대회에서 공식이론으로 채택되었다. 폴란드의 전통과 현실을 도외시하고, 정치 이데올로기에 입각해 도입된 이 방법론으로 인해 당시에 발표된 작품들은 도식적인 '생산문학'이 주류를 이루었다. 문학과 예술은 사회주의 이데올로기의 선전에 적극적으로 기여해야 하며, 사회주의 혁명사상을 고취하는 내용을 담아야 한다는 당의 요구에 따라 검열이 강화되어 주제와 문체, 구성, 어휘 등 형식적인 부분까지도 간섭을 받았다. 결국 이데올로기의 좁은 틀 안에서 창작의 자유를 박탈당한 많은 문인들이 해외로 망명했고, 절필을 선언하기도 했다.

해빙기(1956~59) 이후 폴란드의 현대문학

1953년 스딸린 사망 이후 구소련과 동유럽 사회주의국가에서 스딸린식 철권통치에 대한 비판과 반성론이 대두하면서 1956년 폴란드에는 민족적 사회주의로의 개혁을 표방하는 고무우카(W. Gomułka) 정권이 들어서게 되었다. 집권 초기 고무우카 정부는 대소(對蘇) 관계에서 주권회복을 선언하고, 국민의 여론을 대폭 수용하는 유화정책을 펼쳤다. 정치적 이완과 더불어 사회 전반에 파급된 자유화의 분위기는 문화·예술 분야로까지 확대되어 폴란드의 문화계는 일시적인 '해빙기'(Odwilż)를 맞게 되었다.[3]

해빙기의 자유화 바람을 타고 상당수 작가들이 사회주의 리얼리즘과의 본격적인 결별을 선언하고, 이데올로기의 틀에서 벗어난 자유로운 작품들을 선보이기 시작하였다. 소설 분야에서는 예지 안제예프스키, 타데우쉬 콘비츠키(Tadeusz Konwicki, 1926~), 카지미에쉬 브란디스(Kazimierz Brandys, 1916~2000), 타데우쉬 브레자(Tadeusz Breza, 1906~70) 등이, 시 분야에서는 타데우쉬 루제비츠, 비스와바 쉼보르스카 등이 사회주의 리얼리즘의 도식적인 구도에서 탈피하여 자유롭고 개성적인 작품들을 선보였다.

문학이 정치적 이데올로기의 멍에에서 벗어나 인간의 감성에 충실한 본연의 자세로 회귀하게 된 것이다. 마렉 흐와스코(Marek Hłasko, 1934~69)는 바로 이 시기에 「구름 속의 첫걸음」과 『제8요일』을 발표하며 혜성처럼 등장하여 1960년대 '폴란드 젊은이들의 우상'으로 폭발적인 인기를 끌었다. 쉼보르스카와 더불어 현대 폴란드 시단을 대표하는 양대 산맥으로 일컬어지는 즈비그니에프 헤르베르트(Zbigniew Herbert, 1924~98)도 이때 폴란드 문단에 첫 선을 보였다.

'56세대'(Pokolenie 56)라 불리는 시동인 그룹이 등장한 것도 바로 해빙기 때였다. 스타니스와프 그로호비아크(Stanisław Grochowiak, 1934~76), 할리나 포시비아토프스카(Halina Poświatowska, 1935~67) 등이 여기에 속한다.

---

3) '해빙기'라는 용어는 우끄라이나 출신 유대인 작가인 에렌부르그(I. Erenburg)가 1955년에 출판한 동명소설의 제목에서 유래한 것으로 비(非)스딸린화·자유화 등을 뜻하는 용어로 일반화되었다. 폴란드에서는 수필가로 이름을 날렸던 스템포브스키(J. Stempowski)가 빠리에서 발간된 문예지 『문화』(Kultura)에 기고한 논평에서 이 용어를 처음 사용하기 시작했다.

이후 1989년까지 사회주의 체제와 폴란드 문학의 줄다리기는 현대 정치사의 굴곡과 더불어 팽팽하게 지속된다. 1960년대에 고무우카의 장기집권으로 인해 해빙 무드가 사라지고, 사회·경제적 침체기에 돌입하면서, 문학은 망명문학과 지하출판을 통해 돌파구를 마련해가며 강압적인 체제와 이데올로기에 꿋꿋하게 맞섰다. 대표적인 망명작가로는 비톨드 곰브로비츠와 체스와프 미워쉬 외에도 소련 강제노동 수용소의 참상을 고발한 르뽀르따주『다른 세상』(1953)의 저자인 구스타프 헤를링-그루진스키(Gutaw Herling-Grudziński, 1919~2000), '폴란드 현대연극의 거장'으로 불리며『스티립티즈』(1961),『탱고』(1965) 등의 블랙 코미디를 발표한 스와보미르 므로젝(Sławomir Mrożek, 1939~), SF와 판타지 분야에서 새로운 경지를 개척했다고 평가받는『쏠라리스』(1961)의 작가 스타니스와프 렘(Stanisław Lem, 1921~2006) 등이 있다. 이들 망명작가들이 모국어로 작품활동을 펼칠 수 있었던 데에는 빠리에서 발간된 월간 문예지『문화』의 덕이 컸다. 출판인이자 평론가인 예지 기에드로이츠(Jerzy Giedroyc, 1906~2000)가 프랑스 빠리에 세운 '문학연구소'(Instytut Literacki)는 매달『문화』를 발간하는 것 말고도, '문화-도서관'(Boblioteka Kultury)이라는 문고판 씨리즈를 기획하여 5백여권의 단행본을 출간함으로써 명실공히 폴란드 망명문학의 산실이 되었다.

국내에서는 정치적인 이슈를 다룬 현실참여적인 작품보다는 작가 자신의 경험과 사고를 미학적으로 형상화하는 데 주력한 작품들이 주로 발표되었다. 당시 폴란드 문학은 현대문명의 획일화나 문화의 상업화 경향에 휩쓸리지 않고, 시대적 흐름에 동화되지 않는 고유한 독자성을 확립하였다. 「자작나무숲」과 「빌코의 아가씨들」을 쓴 야로스와프 이바슈키에비츠가 그 대표적인 예라고 할 수 있다. 이바슈키에비츠는 사회주의체제하에서 폴란드 작가동맹 의장을 지내면서도 폴란드 고유의 정서를 아름답게 표현한 예술성 짙은 작품들을 발표했다.

그밖에도 시분야에서 '신물결'(Nowa Fala) 동인인 '68세대'(Pokolenie 68)가 등장하면서 지하의 비공식문학이 본격적으로 활기를 띠게 되었다. 시인이자 평론가, 번역가인 스타니스와프 바라인착(Stanisław Barańczak, 1946~), 현재까지도 왕성한 활동을 펼치고 있는 리샤르드 크리니츠키(Ryszard Krynicki, 1943~)와 에바 립스카(Ewa Lipska, 1945~) 등이 이 그룹에 속하는데, 그들은 대중매체에 의해 인간성이 말살되어가는 현대사회의 단면을 고발하고, 신문이나 잡지에서 탄생되는 신조어나 선동적인 선전문구의 부정적인 면을 부각하고자 노력했다.

1970, 80년대에는 레흐 바웬사가 이끄는 자유노조를 중심으로 본격적인 반체제 저항운동이 전개되면서, 문학 또한 활발한 현실참여를 표방하게 되었고, 순수문학보다는 회고록이나 에쎄이, 르뽀르따주 등이 각광받았다. 지하에서는 노골적인 체제비판적 성향의 작품들이 발표되었고, 검열을 통과해 공식적으로 출판된 작품들 중에도 상징이나 은유를 통해 간접적인 반체제의지를 드러내는 작품들이 등장하게 되었다.

1989년 베를린 장벽의 붕괴와 함께 폴란드에서 사회주의체제가 무너지면서 폴란드 문학은 '역사'와 '민족'에 대한 오랜 강박관념과 사명감에서 벗어나 본격적으로 다원화·현대화를 모색하고 있다. 상당수의 문인들이 21세기 폴란드 문학이 해결해야 할 지상과제로 보수적인 편향성과 숙명과도 같은 지역성을 극복하고 '범세계적인 정서'를 추구해야 한다는 데 공감하고 있다. 외부적인 변혁에 융통성있게 대처하는 유연성과 고유한 민족성을 수호할 수 있는 내구성을 적절히 조화시켜나가는 것, 전통적인 기법에 현대적인 감각을 접목하는 것, 이것이 바

로 21세기 폴란드 문학의 현안인 것이다.

한국, 동방의 폴란드

조국이 박해받고 고난을 겪을 때, 폴란드 문학은 온갖 억압과 속박으로부터 민족의 자유와 정체성을 수호하기 위해 끊임없이 투쟁하면서 괄목할 만한 성장을 거듭했고, 네 명이나 되는 노벨문학상 수상자를 배출하는 눈부신 성과를 보여주었다. 동서 유럽 사이에서 문화적 교량의 역할을 해온 나라, 슬라브의 뿌리를 가졌지만 기독교 문명을 받아들인 나라, 낭만주의와 실증주의의 요소가 공존하는 나라, 사회주의체제하에서도 종교를 굳건히 지켜온 나라, 그 나라에서 탄생한 폴란드 문학은 바로 이런 이중적인 요소들 사이의 갈등과 충돌 속에서 담금질되며 단단한 초석을 쌓게 되었다.

한국과 폴란드는 강대국 사이에 위치한 지정학적 특수성으로 인해 역사적·정치적으로 많은 유사성을 갖고 있다. 동북아시아의 유일한 반도국가인 한국은 끊임없는 외세의 침략 위협에 시달려왔고, 유럽의 중앙에 위치한 폴란드 역시 늘 주변 열강의 공격과 침입을 받으며 '투쟁과 저항의 역사'를 만들어왔다. 특히 2차대전 중에는 한국과 폴란드가 각기 일본과 독일에 강제점령당했고, 종전 후 동서 냉전시대를 거치면서 자국민의 의사와는 무관하게 이분법적인 이데올로기의 잣대로 민족이 나뉘어 대립과 반목을 거듭하는 비극을 겪었다는 점은 공감할 만한 유사성이라고 하겠다.

한국을 가리켜 '동방의 폴란드'라고 이야기한 단재 신채호 선생의 표현을 굳이 빌리지 않더라도 두 나라 사이에는 역사적·정서적으로 많

은 공통점이 발견된다. 특히 양국 작가들의 문학작품 속에는, 서로 직접적인 교류가 거의 없었음에도 불구하고, 상대국에 대한 강한 공감대가 표출되고 있다. 대표적인 예로 19세기말 한국을 방문하고 기행문을 썼던 폴란드의 소설가 바츠와프 셰로쉐프스키(Wacław Sieroszewski, 1858~1945)는 강대국 사이에서 민족적 주체성을 지키기 위해 몸부림치던 당시 한국의 정치상황에서 러시아에 분할점령당한 조국 폴란드의 현실을 보았고, 그러한 감상을 "오, 조용한 아침의 나라여! 너의 운명은 불과 얼마 전 나의 조국 폴란드의 운명과 너무나 비슷하구나"라 표현했다. 마찬가지로 김광균 시인 역시 1940년에 발표한 「추일서정(秋日抒情)」이라는 시에서 "낙엽은 폴란드 망명정부의 지폐, 포화에 이즈러진 토룬 시(市)의 가을하늘을 생각게 한다"고 노래하며 일제 치하의 암울한 현실을 폴란드의 고도(古都) 토룬(Toruń)에 비유한 바 있다.

문학이 철저하게 소외당한 암흑의 시대에 한국에는 윤동주와 이육사 같은 저항시인이 있었고, 폴란드에는 미츠키에비츠나 스워바츠키 같은 민족시인들이 있어 꺼져가는 겨레의 혼을 되살리고, 민족의 상처와 애환을 어루만졌다. 두 나라 국민들에게 문학은 어둠의 시대에 새벽을 노래하고, 상처받은 동포들에게 희망을 일깨운 소중한 자산이었다. 오랜 역사적인 유사성 때문인지 폴란드인들은 정서적으로 한국인과 매우 비슷한 점이 많다. 상대국에 대한 동병상련의 연대의식이야말로 한국과 폴란드의 독자들이 서로 교감할 수 있는 중요한 단서라고 할 수 있다. 이 예사롭지 않은 단서가 있기에 이 책에 수록된 10편의 고전 또한 시공을 초월하여 21세기 한국의 독자들에게 적지 않은 공감과 반향을 불러일으킬 수 있으리라 기대해본다.

| 수록작품 출전 |

등대지기
Sienkiewicz, Henryk. *Latarnik*. Kraków: Greg. 1999.

파문은 되돌아온다 | 모직조끼
Prus, Bolesław. *Nowele i Opowiadania*. Kraków: Zielona Sowa. 2006.

우리들의 조랑말
Konopnicka, Maria. *Nasza szkapa*. Warszawa: Czytelnik. 1971.

빌코의 아가씨들
Iwaszkiewicz, Jarosław. *Opowiadania*. Warszawa: Książka i Wiedza. 1979.

자작나무숲
Iwaszkiewicz, Jarosław. *Opowiadania*. Warszawa: Wydawnictwa Szkolne i Pedagogiczne. 1985.

신사 숙녀 여러분, 가스실로
Borowski, Tadeusz. *Pożegnanie z Marią*. Wrocław: Siedmioróg. 2005.

구름 속의 첫걸음 | 창 | 노동자들
Hłasko, Marek. *Dzieło zebrane: Pierwszy krok w chmurach*. Warszawa: Wydawnictwo ELF. 2003.

| 원저작물 계약 상황 |

빌코의 아가씨들
Panny z Wilka by Jarosław Iwaszkiewicz
ⓒ Jarosław Iwaszkiewicz, 1933

자작나무숲
Brzezina by Jarosław Iwaszkiewicz
ⓒ Jarosław Iwaszkiewicz, 1933